KB128482

나뭇잎
사이로
반짝이는

§ 나뭇잎 사이로 반짝이는 2 §

2017년 3월 27일 초판 1쇄 인쇄
2017년 3월 29일 초판 1쇄 발행

지은이 § 문은숙
발행인 § 곽동현
기획&편집디자인 § 신연제, 이윤아
발행처 § (주)조은세상

등록 § 2002-23호.(1998년 01월 20일)
주소 § 경기도 연천군 미산면 청정로 1355
Tel § (02)587-2977
e-mail romance@comics21c.co.kr
블로그 http://goodworld24.blog.me

값 11,000원

ISBN 979-11-5832-917-4 / ISBN 979-11-5832-915-0(set)

문은숙
장편소설

나뭇잎
사이로
반짝이는

GOOD
WORLD
ROMANCE
NOVEL

2

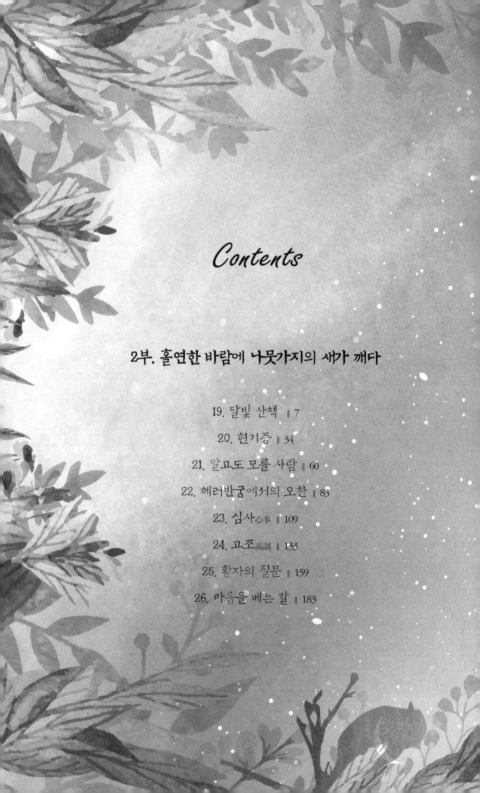

Contents

2부. 홀연한 바람에 나뭇가지의 새가 깨다

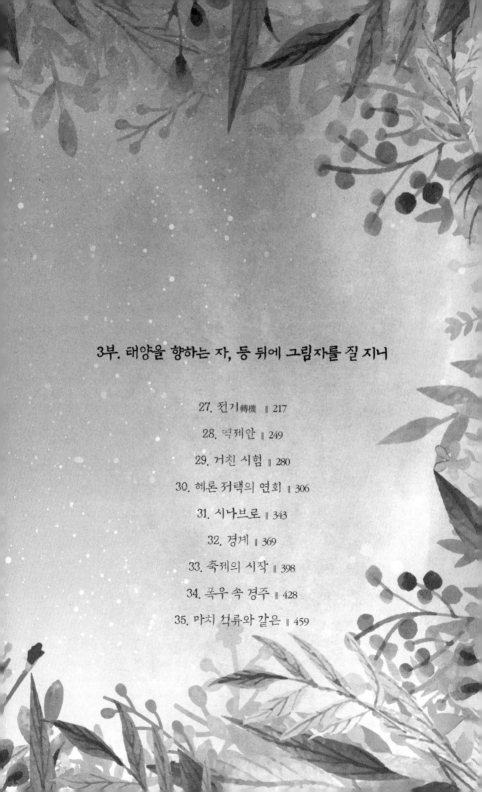

3부. 태양을 향하는 자, 등 뒤에 그림자를 질 지니

19.
달빛
산책

어둑한 사위 속에 깨어난 블레신은 부스스 몸을 일으키곤 요 며칠 늘 그랬듯이 목과 오른쪽 어깨를 주무르면서 하품을 연거푸 했다. 입을 너무 크게 벌렸던지 입 가장자리가 다 아팠다.

"영 마뜩치 않네."

비단 어깨 때문에 하는 말은 아니었다. 블레신의 손은 뒤통수로 향했다. 제법 불룩하니 생겼던 혹은 이젠 거의 가라앉았다. 만져보면 아픈 건 좀 있지만 본디 이 정도 아픈 것에 눈 하나 깜짝할 일 없다. 황족 남자들이 정식으로 검을 차도록 허락받는 열두 살 생일을 맞기 훨씬 전부터 훈련장에 들락거리며 이삼십 년의 군경력을 가진 교관들마저 두 손 들게 만든 연습벌레가 바로 그였다. 멍들고 다치고, 손과 발에 물집이 터졌다 아물고 그게 다시 터지는 과정을 수도 없이 반복했다. 신체의 고통에 대한 내성이라면 갖출 만큼 갖췄다는 소리이다.

그가 입맛이 쓴 것은, 이놈의 잠이 통 개운치 못한 까닭이다. 이틀쯤 못 자는 것은 일도 아니요, 사흘을 못 자도 한 여덟 시간 푹 자고 일어나면 거뜬해지곤 했다. 낮잠이란 건 자면 좋고 안 자도 상관없는 후식 같은 거였다.

그런데…… 오늘은 대체 낮잠으로 얼마를 잔 건지? 이미 자 버린 잠이야 어쩔 수 없다 치고 몸이나 가뿐하면 모르겠다. 이도 저도 아니다.

"하긴 그렇게 꿈을 꿔댔으니."

블레신은 크게 팔을 뻗어 기지개를 켜고 테라스로 향했다. 날벌레를 쫓기 위해 향을 피워놓은 향로에서 피어오르는 연기를 손짓으로 밀쳐내며 난간에 기대어 한동안 어둠에 젖은 뜰을 응시했다. 곧 달을 찾아 고개를 들었지만 별만 무성할 뿐 달은 아직 얼굴을 내밀기 전이었다.

이렇게 어둑해진 걸 보면 저녁 먹을 시각은 지났을 것 같은데, 아무도 깨우려 들지 않다니 좀 괘씸했다. 항명은 죽음이란 식으로 그가 군기를 꽉 잡아 놓은 시종들은 별수 없다 치자.

카리사는 대체 어디서 뭘 하는 건가? 휙 고개를 들어 2층에 배정해준 그녀의 방이 있는 곳을 쳐다보았다. 창은 닫혀 있고, 이렇다 할 불빛도 새어나오지 않았다.

자는 걸까? 카리사는 확실히 일찍 잔다. 아홉 시만 되어도 눈에 수마가 드리워지고 열 시엔 졸음의 늪에서 허우적거린다. 졸린 나머지 시무룩해지는 꼴을 보고 싶지 않다면 적어도 열 시 전에는 보내줘야 한다.

귀족답게 새벽에 자고 점심때쯤 일어나게 자는 시간을 바꿔보라고 충고를 했더니 일찍 자고 일찍 일어나면 기름을 아낄 수 있다는 대답을 해서 블레신의 말문을 막히게 한 바도 있다. 절약가 반니 양은 하필 그때 샌들을 수선하는 중이었다. 굵은 바늘을 들고 오래도 신어서 밑창이 반질반질 닳은 샌들을 꿰매는 모습은 그녀의 말에 강한 설득력을 부여했다.

"내가 만난 최초의 절약가 귀족 영애이시지."

과연 제국의 왕자 앞에서 낡은 샌들을 수선하면서 그리 당당할 수 있는 귀족 여자가 몇이나 될지, 새삼 웃음이 치밀었다. 하지만 즐거운 기분도 잠시, 또 미약한 두통과 함께 불쾌한 느낌이 엄습한다. 우선 속부터 채우고 보자고 돌아서는데 뭔가가 그의 발길을 붙잡았다.

귀와 눈, 어느 쪽이 더 예민했는지 구분은 못 하겠다. 하여간 그는 고개를 돌렸고 궁전으로 다가오는 무리를 알아챘다. 어른거리는 불빛이 담 너머로 둥그스름하게 퍼지면서 발소리도 또렷해졌다. 못해도 둘 이상…… 정확히 셋이 틀림없다. 묵직하게 느껴지는 발소리가 둘. 다른 하나는 가볍게 겉돈다. 그가 관심이 있는 건 그 가볍게 조바심치는 듯한 걸음걸이 쪽.

"내가 아는 사람 같은데."

그의 의심을 감지하기라도 한 듯 돌연 그자의 걸음이 멈추었다. 이어서 두 묵직한 걸음도 그치고 불빛도 한 자리에 고정된다. 그들이 이야기를 나누고 있을 거라는 짐작은 충분히 가능하다.

두통으로 곤욕스러웠던 것도 잊고 블레신은 테라스에서 훌쩍 내려서서 뜰을 가로질러 걸어갔다. 평소의 방만한 걸음걸이로는 상상할 수도 없는 아주 조용한 걸음.

"글쎄, 그만 돌아들 가요. 여기서부턴 등불 같은 거 없어도 길이야 훤한걸요."

블레신의 귀가 가장 먼저 또렷이 파악한 목소리는 과연 그가 잘 아는 사람의 것이다.

"짐도 혼자 들 만해요. 옥신각신할 시간에 나 같으면 반은 갔겠네. 자, 그만들 가래두요."

"하지만 이리 가면 저희가 혼납니다. 분명히 궁전까지 바래다 드리라고 전하께서……."

쩔쩔매며 대꾸하는 남자의 목소리는 귀에 설다. 확실한 것은 남자가 훨씬 저자세라는 것.

"그래요, 여기 이트궁까지 날 바래다줬잖아요. 그런데 뭘 걱정하는 거죠?"

"안까지 들어가시는 걸 정확히 보고 가야 저희가 떳떳이 명에 따랐다고 할 수 있습니다."

"있잖아요, 마르토. 뭔가 착각을 하는 것 같은데 나는 아르키스 전하의 손님이 아니에요. 우리는 똑같이 이 황궁에서 고귀한 분들을 모시는 시자侍者라구요, 그렇지 않아요?"

"그건 그렇습니다만……."

"그러니까 새삼스레 격식 따지고 그러지 말아요. 괜히 요란하게 들어가서 사람들 이목을 끄는 건 사양이니까. 과부 사정은 홀아비가 안다던데 이런 사소한 사정도 봐주지 않을 건가요?"

승패가 갈렸는지 이내 여자가 잘 가라고 배웅해주는 소리가 들렸다.

"데려다줘서 고마워요. 또 주사위 놀음으로 돈 날리지 말고 일찍들 자요."

등불이 멀어져 간다. 말소리가 그친 대신 희미한 콧노래가 들리기 시작했다. 샌들이 바닥을 지치는 타박타박 소리에 어울려 여자가 흥얼거리는 노래는 〈보리수나무〉이다.

"……그녀의 집 앞뜰에 보리수나무가 여전히 푸르걸랑, 나그네여 전해줘요, 옹기장이네 넷째 아들 티무스를 기억하느냐고. 여전히 푸른, 아직도 푸른 티무스를 기억하느냐고."

블레신은 팔짱을 낀 채 하품을 하면서 기다렸다. 이윽고 궁전의 앞뜰로 들어선 여자의 실루엣이 눈에 들어온다. 뭔지 모를 두툼한 꾸러미를 안고 또 길쭉한 것은 옆에 끼고 재게도 발을 놀리면서 흥얼거림은 반복된다. 불쑥 등 뒤에 나타난 블레신이 한마디 물을 때까지.

"천하제일의 노래도 세 번은 넘기지 않는다는 말, 들어본 적 없어?"

"에구머니, 여기서 대체 뭘 하십니까?"

놀라서 펄쩍 옆으로 비켜 선 카리사가 누군지 알아보곤 눈살을 찌푸렸다.

"뭘 하긴. 나는 내가 이 궁전의 주인인 줄 알고 있는데?"

블레신의 비아냥거림에 카리사가 작게 한숨을 쉬었다.

"제가 여쭌 건 이리 어두운데 왜 고양이 흉내를 내시냐는 뜻입니다. 요새 황궁 이곳저곳에서 뱀이 나타났다는 말씀 올린 거 기억 못 하세요?"

"독사는 아닐 거래도 그러네. 그런데 너야말로 그런 걸 아는 녀석이 밤이슬을 밟아?"

"오늘은 특수한 경우입니다. 아무튼 들어가서 말씀하시지요."

동의를 구할 것도 없이 제가 먼저 걸어가는 카리사를 빤히 쳐다보던 블레신이 금세 간격을 좁히며 그녀의 옆구리에 끼워져 있는 무언가를 홱 잡아 뺐다.

"어, 주세요, 주십시오, 왕자님!"

카리사가 손을 뻗어 뺏긴 걸 가져오려 했지만 블레신은 큰 신장을 이용해 손을 높이 들어 카리사가 닿지 못할 공중에서 긴 꾸러미를 묶고 있는 끈을 풀어내고 내용물을 감싼 보드라운 천을 아무렇게나 던졌다. 카리사가 울상을 지으며 끈과 천을 주워드는 사이 블레신은 내용물의 정체를 파악하고는 제멋대로 펼치기까지 했다.

"양산이로군. 새것이고 싸구려도 아니야."

"알려주셔서 감사합니다. 보셨으면 이리, 꺄아, 함부로 던지시면 어쩝니까!"

접지도 않고 양산을 훌쩍 옆으로 던져버리는 바람에 카리사가 기함을 하며 양산에 손을 뻗었다. 덕분에 블레신은 그녀가 품에 안고 있던 보퉁이도 쉽게 낚아챘다. 카리사가 다시금 "왕자님! 정말 이러실래요!"하고 소리쳤지만 듣는 척도 하지 않고 블레신은 포획물에만 집중한다.

"샌들에 부채, 이건 팔찌일 테고, 그리고 뭐냐, 이 나풀거리는 건?"

"베일입니다, 베일."

"베일 두 개? 한살림 장만했군, 절약가께서? 무슨 바람이 불어 이런 데 돈을 쓰셨을까?"

이 악동에게 두 손 든 카리사는 양산을 고이 접고선 체념조로 말했다.

"산 게 아니라 받은 것입니다."

"누구한테서?"

"제가 어디에 다녀오는 길인지 알고 계시잖습니까? 짐작하시는 그분이 주셨습니다."

"아니. 난 아무 짐작도 없거든? 그리고 난 네가 어디에 갔다 오는지도 전혀 모르겠어."

카리사의 눈빛에 의심이 실렸다. 황자가 이쪽에 사람을 보내 양해를 구했으니 그가 모를 리가 없는데. 또 비꼬는 건가?

그 속을 꿰뚫어본 블레신이 또박또박 말했다.

"이 몸은 막 일어나서 여기서 고양이처럼 어슬렁거리던 참이거든. 그래서 깨어난 뒤로 너 말고는 본 사람이 없어요. 이해가 가십니까, 반니 양?"

"설마 그때부터 내내 주무셨단 말씀이에요? 아니, 무슨 잠을 그리 오

나뭇잎 사이로
반짝이는 2

래? 그럼 저녁은요?"

"안 먹었어. 명색이 이 궁전의 주인인데, 내가 저녁을 먹든 말든 신경 써주는 사람이 한 명도 없더란 말이지."

"저런. 배고프시겠네요. 들어가 계셔요. 당장 왕자님 식사부터 올리게 준비시키겠습니다. 참, 이것도 좀 맡아주세요. 아, 이것도요."

카리사는 양산을 블레신에게 떠맡기고는 뛸 때 방해가 되는 베일조차 벗어서 맡겼다. 이내 옷자락을 위로 살짝 추켜들고 취사실에 가까운 문을 향해 달려가다가 문득 뒤돌아보며 "내던지거나 하지 마세요! 얌전히 두셔야 해요!"하고 다짐을 둔다.

여전히 감탄이 나올 만큼 가벼운 달음박질. 그 뒷모습을 빤히 쳐다보던 블레신이 혀를 찼다.

"하여간 독특한 방식으로 사람을 홀린다니까."

불을 켜놓고 보니 양산은 확실히 최고급품이었다. 비취색 바탕에 가장 자리에 은사로 수놓인 잎사귀하며, 금사로 수놓인 꽃심에는 자그마하지만 틀림없는 진주를 달았고 손잡이는 상아를 조각한 것이니 귀족의 영애가 쓰기에 모자라지 않았다.

양산을 뱅글뱅글 돌리면서 블레신은 테이블에 '얌전히' 늘어놓은 다른 것들도 훑어보았다. 공작의 깃 모양 장식을 단 보드라운 가죽 샌들과 홍학 깃털 부채, 남옥과 석류석이 잘그랑거리는 은팔찌. 새봄에 갓 눈을 틔운 초목의 그것처럼 연한 녹색의 베일엔 잔잔한 무늬가, 은은한 분홍빛 베일은 화사한 자색의 수가 이채롭다. 카리사를 직접 본 사람이 고른 물건이라는 심증이 든다. 카리사의 홍채가 어떤 빛깔인지, 피부가 어떤 빛을 띠는지 확실하게 아는 자가.

"설마 클라이저, 너는 아니겠지."

언뜻 든 생각에 말도 안 된다는 듯 고개를 저으며 웃었다. 그리고 어처구니없는 생각이나 하는 자신을 나무라고자 툭툭 양산으로 머리를 때렸다.

"그러시면 안 된다니까요!"

문을 열고 안으로 들어서던 카리사가 한달음에 달려와 그에게서 양산을 뺏었다. 양산에 이어 테이블에 있는 물건들을 옷자락으로 쓸어 담는 속도가 가히 예사롭지 않아 블레신은 허, 하고 웃으며 박수를 쳤다.

"이렇게나 야무진 분인 줄 몰랐구려, 반니 양."

카리사는 새침하게 블레신을 쏘아보고는 그가 앉아 있는 의자에서 최대한 먼 곳에 물건들을 조심히 모아두고 돌아와 하인 두 명이 테이블에 음식을 늘어놓는데 손을 보탰다.

"당장 먹을 수 있는 것을 챙겨오느라 뜨거운 것이 거의 없네요. 우선 드시고 계시면 수프와 구이요리를 더 챙겨올 거예요."

카리사가 하는 말에 블레신은 얇게 저민 훈제 돼지고기를 빵에 얹으며 중얼거렸다.

"딱히 더 챙겨올 것까진 없는데. 기왕 준비한다니 어쩔 수 없지만."

포도주와 물을 혼합하며 카리사는 블레신을 보았다. 제법 큼지막한 빵 조각을 입에 넣고 몇 번 우물거리기 무섭게 삼키는 블레신의 모습에 한숨을 쉬었다.

"조금만 천천히, 꼭꼭 씹어 드시면 안 될까요? 워낙에 건강하신 분인 건 알지만 볼 때마다 조마조마해요."

"혁란 놈이 참 간사하거든. 요 간사한 녀석에게 휘둘리지 않으려면 녀석이 활약할 기회를 주지 않아야 해. 어떻든 간에 음식이란 건 배불리 먹고, 소화가 잘되면 그만이라구. 사람은 살려고 먹는 거지 먹으려고 사는 게 아니잖아?"

"저번의 음식점 탐방은 뭐라고 하실 거죠? 그날 왕자님께서 살려고 먹었다는 생각은 별로 들지 않는데요?"

카리사가 준비해준 묽은 포도주를 단박에 꿀꺽꿀꺽 들이켠 뒤 빈 잔을 그녀 쪽으로 밀면서 블레신이 싱글거렸다.

"그 일은 어디까지나 예외야. 이를테면 그건 내 방식의 민심조사라고 할 수 있거든."

"민심조사라고요? 그런 일에서 무슨 민심을 알 수 있단 말입니까?"

"나는 어떤 곳을 가든 간에 그 지방의 하층민들이 즐겨 찾는 음식점의 요리를 맛보는 습관이 있어. 요리에 그 지방색이 묻어난다는 심증을 갖고 있거든."

"요리에 묻어나는 지방색이란 건 당연하지 않습니까? 장소가 달라지면 그 풍토 또한 다르니까 말이죠."

"그건 그렇지. 그렇지만 풍토와 더불어 인심이란 것도 무시할 수 없는 요소거든. 날씨가 어떻고 땅이 어떤가가 큰 요소가 되지만 못지않게 거기 사는 사람들의 분위기도 영향을 미친다는 거지. 당장 우리 수도만 해도 황궁으로부터의 거리에 따라 그 맛이 점차 달라져. 황궁에 가까운 곳일수록 단맛이 주가 되고, 멀어질수록 신맛이 강해지는 편이야. 저기 붉은 성벽 가까이 사는 자들은 황궁에서 10토드 안에 있는 음식점에서 식사를 하면 음식이 다 꿀에 절여진 거냐고 투덜거릴 거란 말이지."

"확실히 저번 날 밖에서 맛본 음식들이 전반적으로 시다는 생각을 했던 것 같습니다. 맞아요, 심지어는 민숭민숭한 포도주도 신맛은 강했죠."

눈을 가늘게 뜨고 그날 일을 떠올려보다가 카리사는 동그래진 눈으로 블레신에게 물었다.

"그래서 그 신맛이 어떤 걸 말해주는 겁니까? 단맛, 신맛, 짠맛, 쓴맛, 매큼한 맛, 그 각각에 어떤 의미를 두시고 계신가요?"

블레신은 채워진 은잔을 쥐고 의자에 상체를 깊이 묻으며 씩 웃었다.

"단번에 너무 많은 걸 알고자 하는군. 여행기에 넣을까 고민 중인 소재인데 호락호락 알려줄 수 있겠어?"

"여행기라니, 책을 쓰신다는 말씀이십니까?"

대번에 관심을 보이며 카리사의 눈이 초롱초롱해졌다.

"일단은 구상만 있어. 두 종류로 생각 중인데, 하나는 제국 바깥세상의 풍토기이고, 다른 하나는 제국 내 속주의 풍토기이지. 후자의 경우는 머릿속을 벗어나지 못할 것 같지만 말이야."

"어머나, 왜요? 속주의 풍토기라니 훌륭한 구상이지 않습니까? 그 비슷한 책이 있다는 소린 듣지 못했으니 왕자님께서 쓰시면 시초가 될 텐데요. 제국의 운영에도 도움이 될 것 같고."

"그렇겠지. 하지만 그런 책은 이를테면 지도와 비슷한 거야. 쉽게 예를 들자면 이 황궁의 조감도를 만들어 바깥에 뿌린다고 생각해봐."

"악용의 소지가 없잖아 있다는 말씀이군요."

카리사는 고개를 갸웃한데 이어 도무지 이해할 수 없다는 뜻으로 고개를 저었다.

"제 땅의 국민들이 부족함 없이 사는 것에 만족하면 좋으련만, 국력이 좀 있다는 나라들은 당연하다는 듯이 나라 밖으로 눈을 돌리는 이유를 모르겠어요. 심지어는 자기 나라 안조차 어지러우면서도 주변국에 싸움을 거는 나라도 있지요. 남자들에겐 평화를 싫어하는 어떤 본능이라도 있는 게 틀림없어요."

"무조건 남자만 매도하지는 말라고. 탐욕에 있어선 남녀의 차이를 논

하는 게 우습지 않아? 석류, 너만 해도 그래. 살면서 지금껏 다른 사람의 물건에 탐심을 가진 적이 없단 말이야?"

바로 대꾸하지 못하고 카리사는 살짝 머뭇거렸다. 거보란 듯한 빈잔을 내미는 블레신에게 포도주를 따라주고 그녀는 대답했다.

"사람이 완벽한 게 아니니 제겐 없는 무언가를 보고 갈망하는 기분이 드는 것까지는 어쩔 수 없잖아요. 그건 모든 사람을 똑같이 창조하지 않은 신들의 잘못이에요."

"어쨌든 너도 그것이 사람의 본성임을 인정하는 거잖아?"

블레신이 싱글거리며 술잔을 입으로 가져가는 순간 카리사가 말했다.

"세 번째 잔인데 조금 아끼시는 게 좋겠습니다. 구이요리가 올 텐데 마지막 포도주 한 잔 가지고 드시기엔 무리가 있지 않겠어요?"

블레신이 확 미간을 찡그렸다. 카리사가 이트궁에서 지내게 된 뒤로 식사 시중을 전담하고 있는데 특히 포도주 마시는 양을 엄격히 제한해 저녁식사에 블레신에게 허락된 양은 딱 네 잔이다. 아침 점심엔 두 잔씩. 묽게 희석한 포도주를 하루에 여덟 잔을 마신다고 해봤자 블레신의 양에 찰리 만무하지만 언제 한 번 폭발할 것 같으면서도 여태 아슬아슬하게 선을 넘지는 않고 있다.

"네 감독이 무서워서가 아니야. 에스테르랑 한 약속을 지키는 거라고."

"예, 왕자님께선 참으로 다정한 오라버니이십니다."

"내 귀가 문젠가, 네 말은 어째 좋은 뜻으로 들리지가 않아……."

고개를 절레절레 젓고 블레신은 포도주 대신 물을 들이켰다. 성에 안 차는 표정으로 입술을 핥는 그가 오래 자고 일어났는데도 피곤해 보인다는 생각을 언뜻 하고 카리사는 테이블 주위의 등잔을 살폈다. 일단은 심지가 잘 타고 있다는 걸 확인하고 고개를 돌려 좀 더 유심히 블레신의 얼굴을 보았다.

양파와 함께 볶은 렌즈콩을 한 숟가락 듬뿍 떠 넣고 우물거리던 블레신이 그 시선에 눈을 끔벅거리며 그녀를 마주 보았다. 그가 꿀꺽 음식을 삼키길 기다렸다가 카리사가 냅킨을 건넸다.

"격식 갖춰야 하는 자리도 아닌데 그냥 좀 두지."

투덜거리면서도 블레신은 냅킨으로 입술을 가볍게 훔쳤다. 다시 렌즈콩 접시에 스푼을 뻗는 그에게 카리사가 물었다.

"저기, 입술에 상처가 생기신 겁니까?"

"상처?"

무슨 소리냐는 듯 반문한 블레신은 제 입술을 슥 만져보다가 뭔가 걸리는 부분을 찾았다. 입술 오른쪽 끄트머리가 손을 대니 따끔거렸다.

"아. 어쩐지 입을 벌릴 때마다 근질거린다 했지."

"부스럼인가요?"

"아까 하품을 하다 찢어졌나봐. 턱이 빠지지 않은 게 신기할 정도로 크게 하품을 했거든."

블레신은 피식 웃고선 렌즈콩 요리를 먹었다. 아프지 않냐는 물음에 손을 홰홰 내저으며.

"난 이런 데 무뎌. 그리고 남자가 아프다고 말해도 좋을 때는, 뼈가 부러졌는데 그 뼈가 살갗 밖으로 튀어나온 경우 정도야. 그 정도가 아니면 모두 다 엄살이라고."

그러곤 보란 듯이 입을 크게 벌려서 요리를 먹었다. 카리사는 떨떠름하게 그를 쳐다보다가 의자에서 일어나 테이블을 돌아 블레신의 바로 옆까지 갔다. 동그래진 눈으로 그녀가 제 입술을 쳐다보는 것에 블레신은 미간을 찡그렸다.

"괜찮대도 그러네. 호들갑 떨만한 일 전혀 아니래도?"

카리사는 그의 말을 듣고 있지 않았다. 그녀는 냅킨을 집어서 블레신의 입술 끄트머리의 상처를 짐짓 힘을 주어 문질렀고, 블레신이 움찔하며 뒤로 피하자 거 보라며 한숨을 쉬었다.

"찢어진 부위는 얼마 안 되는 것 같지만 입이다 보니 골칫거리가 될 수도 있겠네요. 양치하시고 연고를 바르셔야겠어요. 그리고 오늘은 일찍 주무시는 거예요. 아셨죠?"

"날 아주……."

블레신이 뭐라 말하려는데 문이 열리고 쿠르도가 구이요리가 담긴 쟁반을 들고 들어왔다. 자두와 사과로 속을 채워 구운 먹음직스러운 닭요리에선 김이 피어올랐다. 다리 한쪽을 쭉 찢어먹을 생각에 팔을 뻗는 블레신의 눈앞에서 카리사가 접시를 슥 치우며 말했다.

"쿠르도, 내가 뜨거운 걸 잘 못 만져서 그러는데 이걸 좀 잘게 잘라줄 수 있겠어요? 왕자님께서 입술에 상처가 나서 입을 크게 벌리기 곤란하거든요."

"왜, 아주 궁전 밖으로 나가서 떠들고 다니지 그래?"

블레신의 타박에도 불구하고 쿠르도는 닭요리를 붙들고 손질을 시작했다. 시종의 부지런한 손놀림에 착착 준비되는 닭의 살점을 접시에 담아 카리사는 왕자에게 건넸다.

"노릇노릇하게 잘 구워진 닭이네요. 이곳의 요리장님은 특히 새 요리에 실력이 뛰어나다고 생각하지 않으십니까? 여행지에서 이보다 더 새 요리를 잘하는 사람을 보신 적 있나요?"

그녀가 제법 능청스럽게 화제를 돌리려고는 했지만 블레신은 그 노력을 무시했다. 먹기 싫은 것을 억지로 먹는다는 듯이 성의 없게 고기

몇 점을 넣고 얼마 안 가 바로 포도주잔에 손을 뻗으며 말했다.

"크노밋궁 요리장은 무슨 요리에 재능이 있는 것 같았는데?"

용케도 안 묻고 넘어간다 했더니 지금부터 시작인가 하며 카리사는 어깨를 으쓱했다. 자리를 옮겨 앉을까 하다가 그대로 블레신의 옆에서 시중을 들기로 했다.

"과자가 색달랐습니다. 아몬드랑 살구가 만나니까 그 맛이 꽤 괜찮더군요. 코로나에게 먹이게 하나 가져오고 싶었는데 자리가 자리이다 보니 생각으로 그쳤지요."

블레신은 잠자코 볼이 미어터져라 고기를 욱여넣었다. 카리사가 식사 준비를 하러 간 사이 들어온 시종에게서 대충 이야기는 들었다. 클라이저가 찾아왔던 일, 블레신이 자고 있어서 돌아가려는 황자를 카리사가 배웅하러 나간 한참 후 크노밋궁에서 온 시종이 반니 양이 거기서 식사하게되었다고 알려온 일.

오며 가며 걷는 시간을 제외해도 그녀는 거기서 한 시간 반쯤은 머물렀다. 곰곰이 생각을 해봤지만 카리사가 클라이저의 궁전에 간 이유도, 하물며 거기서 식사까지 하고 온 이유도 짐작이 되지 않는다. 저 물건들을 받으러? 저런 건 그냥 사람을 시켜서 보내면 그만 아닌가.

"배웅이란 건 어디까지나 잠깐 따라 나가서 가는 모습을 확인하는 거지, 아예 그 사람 집까지 데려다 준다는 뜻이 아니야. 사람들이 그런 식으로 배웅을 해대다간 언제까지고 이 집 저 집 왕복만 해야 하잖아."

"오늘은 예외적인 상황이었을 뿐입니다. 저녁식사 전에 잠시 걷는 것도 좋겠다 싶었고."

카리사의 대꾸에 블레신이 슥 고개를 들어 그녀를 보았다.

"참, 요새 말 타러 간다는 말을 안 하네? 그날 굉장한 솜씨를 보인다 싶더니 무리한 거야?"

"발레리아 님께서 아직 돌아오지 않으셨습니다."

황자 일행이 바깥 구경을 하고 돌아온 다음날 오후 발레리아가 에스테르를 보러 헤러반궁에 들렀다는 소릴 듣고, 그 뒷날 카리사가 발레리아를 찾아갔을 땐 이미 출궁한 후였다. 따로 언질은 없었지만 이즈음이 발레리아가 달거리를 할 때란 걸 떠올리고 카리사는 납득했었다. 달거리 때면 발레리아는 곧잘 우울해져 기분 전환이 될만한 일이 간절한 터였다.

기억이 생생할 때 발레리아에게 외출담을 들려주고 싶었는데 불과 며칠 만에 그날 일의 상당 부분이 흐릿해진 느낌이다. 오늘 밤 자고 일어나면 또 한 번 퇴색하고 말 텐데. 휴 하고 카리사는 저도 모르게 한숨을 쉬었다. 그 모습을 블레신은 오해했다.

"언제든 와서 타도 된다고 했다며? 뭘 기다리는데?"

"좋은 스승님을 모시고 타는 편이 제게도 낫습니다."

블레신은 슥 눈썹을 치켜 올리고 묵묵히 음식을 먹다가 아껴둔 포도주를 비우며 말했다.

"그런 거면 말을 하지. 날 밝으면 말 타러 가자구."

"글쎄요. 또 저번처럼 고생하는 건 반갑지 않은데요. 말씀은 안 드렸지만 한 며칠 근육통에 시달렸었습니다."

낙뢰가 친 날을 떠올리고 대번에 카리사의 표정이 떨떠름해졌다.

"그날은 어디까지나 특수 상황이었잖아. 왕자를 도운 일을 가지고 왜 그리 떫은 표정이야? 마땅히 긍지를 느껴야 할 거 아냐."

"네, 안 그래도 긍지가 철철철 넘쳐서 더는 필요 없을 것 같습니다."

생긋 웃으며 카리사가 고기 접시를 바꿔 주었다. 블레신은 할 말이 많았지만 고기를 손질하는 쿠르도 때문에 일단 참았다. 대신 회유에 나섰다.

"그날은 제대로 내 솜씨를 보이지 못했어. 이번엔 기대하라구. 난 말 위에서 물구나무도 서고 뒤로 돌기도 할 수 있지."

"그것은 승마가 아니라 곡예입니다."

"내가 궁기병 부대도 창설했다니까? 이젠 어떤 군단에서든 정예부대는 내가 짠 훈련 요강대로 궁기병 훈련을 받는다는 말씀이야. 말 위에서 활을 쏜다는 게 어떤 건지 알기나 해? 내가 그것도 보여줄게."

그가 어지간히 열성을 보이는 것에 카리사도 "그럼 내일……."하고 입을 열었다가 곧 입을 다물고 블레신의 잔을 채워주었다. 블레신이 무슨 말을 하려다 마느냐고 채근했다.

"내일 승마할 일이 기대가 된다는 말을 드리려던 것뿐이에요."

"아닌데. 그 말이 아니야. 누굴 바보로 아나, 반니 양?"

포도주를 들이켜는 입가는 웃는데 그의 눈은 어서 실토하라고 윽박지르고 있다. 카리사는 둘러댈 말을 찾다가 컴컴한 바깥의 모습이 눈에 들어오자, 이거다! 하고선 짐짓 하품을 했다.

"그나저나 부쩍 졸리네요. 몇 시나 됐담."

"아홉 시가 훌쩍 넘었습니다. 카리사 님이 졸리실 만도 하지요."

쿠르도가 물시계를 보고 웃으며 불쑥 말을 건넨 것에 블레신이 포도주 잔 너머로 웃음기 없는 시선을 던졌다. 네가 끼어들 곳과 아닌 곳을 분별을 못하는구나, 쿠르도?

한 발 늦게 쿠르도를 돌아본 카리사는 그가 고개를 푹 숙이고 너무도 열심히 고기를 써는 모습밖에 보지 못했다. 땀까지 흘리면서.

"고기는 그만하면 됐지 않나요, 쿠르도? 왕자님께서 일어난 지 얼마 안 된 참이니 한 마리를 다 드시긴 무리인 것 같은데."

말의 말미에 또 한 번 손등으로 입을 가리고 하품을 하면서 카리사는 슬쩍 블레신을 쳐다보았다. 보통 이럴 때 졸리면 가서 자라는 말이 떨어지기 마련이다. 어린애 같다는 빈정거림은 양념이고. 그런데 오늘은 반응이 달랐다.

"음. 확실히 무리야. 배는 고픈데 영 안 들어가. 너무 오래 잔 탓인가."

영 안 들어간다는 표현치곤, 이미 어지간한 성인 남자 한 사람 몫은 먹은 후이다. 포도주만 해도 벌써 네 잔을 비웠다. 블레신은 손을 씻고는 자리에서 벌떡 일어나며 말했다.

"잠깐 돌고 와야겠어. 산책이다, 석류."

오밤중에 산책? 할 말이 없지는 않으나 말을 아낀다. 이미 성큼성큼 방을 가로질러가는 블레신을 보며 미적미적 자리에서 일어난 카리사가 졸음에 겨운 목소리로 말했다.

"밖이 어둡습니다. 밤눈이 밝으신 건 건 잘 알지만 그래도 등은 하나 가지고 가십시오."

"그러든가."

뒤도 돌아보지 않고 그렇게 대꾸한 블레신이 막 문간을 나서는 것을 보고서야 카리사는 정신이 번쩍 들었다.

그러든가? 뭐지, 저 무책임한 대답은? 뭔가 불안한 느낌인 것을 꾹 참고 우선은 내실에 있는 등롱을 내려 안의 등잔 심지에 불을 붙였다. 그것을 들고 쿠르도를 보자 쿠르도는 기름 범벅인 손을 내보이며 곤란한 표정을 짓는다. 손을 닦자면 못 닦을 게 아니지만 블레신의 뜻도 모르고 우쭐우쭐 따라나설 만큼 눈치가 없는 사내는 아니었다.

불안한 느낌이 가중되는 것을 참고 카리사는 복도로 나갔다. 저 앞쪽의 모퉁이에서 블레신이 얼굴을 내밀었다 쏙 사라졌다. 카리사는 옷자락을 거머쥐고 종종걸음을 쳤다.

"후원으로 나가실 줄 알았습니다."

"요새 내가 좀 두문불출했기로서니 갈 데가 거기밖에 없는 줄 알아?"

핀잔을 던지고 궁에서 나서는 그를 무심코 따라가던 카리사는 계단을 내려서는 순간 멈칫했다. 내 불안이 현실이 되는가? 꿀꺽 마른침을 삼키고 카리사가 조심스레 물었다.

"왕자님, 등롱은……?"

이미 몇 걸음 걸어간 블레신이 뒤를 돌아보더니 고개를 갸웃했다.

"무거워? 왜 갑자기 약한 척이야?"

불안적중. 카리사는 최후의 버티기를 시도했다.

"제가 좀 졸립니다, 왕자님. 다른 사람을 불러올 테니 잠시만 기다려주시면…….''

"괜찮아. 가는 데까지 가보고 죽어도 안 되겠다 싶으면 자."

"길에서 잠을 잘 수는 없지 않습니까?"

"자면 자는 거지. 걱정 마. 설마 내가 널 버리고 오겠어?"

눈을 찡긋하고선 블레신은 몸을 돌렸다. 성큼성큼 걸어가며 그가 〈보리수나무〉를 콧노래로 흥얼거리는 것을 카리사는 망연히 바라본다.

"이젠 심술을 이런 식으로 부리는구나! 잠도 못 자게 하다니. 고문이 따로 없어."

카리사는 나직이 탄식하고 손에 들린 등롱을 보다가 그것을 바닥에 내려놓고 궁전 안으로 다시 들어갔다. 발소리가 멀어지는 것에 블레신이 힐끗 뒤를 돌아보았다.

"항명인가?"

기어코 다른 사람을 대신 보낼 셈인가 하고 느긋이 팔짱을 끼고 기다리자니 얼마 안 가 카리사가 도로 나타났다. 아까는 없던 기다란 막대기 같은 것을 손에 들고 있었다.

"그건 웬 거야?"

카리사는 지팡이를 앞으로 내려 바닥에 끝이 닿게 해 탁탁 땅을 두드렸다.

"이렇게 바닥을 가볍게 치면서 가면 혹여 뱀이 근처에 있어도 땅의 진동을 느껴서 피한다나 봐요. 일 터진 뒤에 후회하면 늦으니 예방 차원에서."

"허. 그놈의 뱀이 그렇게도 무서우셨어요, 반니 양? 애초에 독뱀 아닌 건 물려도 한 며칠 저릿저릿하다가 마는데 너무 걱정하신다, 우리 반니 양께서."

어린애를 어르는 듯한 말투에 카리사는 힐긋 블레신을 쏘아보고 더 보란 듯이 지팡이 끝으로 땅을 두드리며 말했다.

"느닷없이 뱀에게 물리는 게 안 무서울 리 있습니까? 그리고 사람이 놀라는 만큼 뱀은 얼마나 놀라겠어요?"

"뱀이 놀라?"

"당연하죠. 생각해 보셔요, 가뜩이나 다리도 없어서 꾸물꾸물 기어가야 하는 처지인데 갑자기 커다란 적이 나타나서 내려다보는 거예요. 밟히면 끝장이란 생각에 그나마 제게 있는 유일한 무기를 쓰는 거지요. 대체 뱀이 사람을 물어서 뭘 어쩌겠어요? 먹을 수 있는 것도 아니고. 피차 말이 안 통하니 벌어지는 비극인 거죠. 쯧쯧."

"자비로운지고, 반니 아가씨! 그 고결한 뜻을 어찌 무시할쏘냐!"

카리사의 손에서 지팡이를 빼앗아 든 블레신이 요란하게 지팡이로 바닥을 짚어가며 걸었다. 탁, 타악, 한동안 그 소리만 자박거리는 걸음과 함께 어우러져 고요한 밤공기를 갈랐다.

어디로 산책을 가는 건지 전혀 모르고 가던 카리사는 문득 그 길이 크노밋궁으로 향하고 있음을 깨달았다. 중간에 분기점이 몇 번 더 남았으니 꼭 그리 가는 건 아닐 수도 있으나 어쨌든 그녀의 느낌이 그랬다. 설마 이 밤중에 답방을 가는 건 아닐 테고. 하물며 블레신이 클라이저에게? 이제껏 그런 경우가 없었음을 떠올리고 카리사는 자신의 짐작을 부정했다.

죽마고우라고 유달리 블레신을 아껴주는 클라이저에게 블레신은 참으로 무례하다. 같은 해, 같은 날 태어났다고 해도 엄연히 숙부인데. 하물며 제 쌍둥이 여동생의 약혼자이니 더욱 그를 대함에 조심해야 마땅할 텐데.

"아, 그래서 더 그런가?"

저도 모르게 소리 내어 중얼거린 카리사를 블레신이 쳐다보며 무슨 소리냐고 물었다. 무슨 소리인지 이실직고하면 결코 좋은 반응이 나올 리 없다고 생각한 카리사는 얼렁뚱땅 블레신의 손을 가리키며 말했다.

"방금 손이 닿았을 때 조금 뜨거웠던 것 같아서요. 역시 왕자님께 미열이 있나 봅니다."

"너무 많이 자서 그러나 보지."

"그렇게 오래 낮잠을 주무시는 것도 흔치 않은 일이잖습니까? 아무래도 저번에 다치고 제대로 살피지 않은 게 염려됩니다. 오늘 쿠르도가 의사를 불러오긴 했는데 왕자님께서 주무시는 바람에 그냥 돌아갔다고 하더군요. 내일 다시 온다니 꼭 의사에게 문진을 받으셔야 합니다."

"싫은데."

"싫다 좋다 그런 건 혼자 생각만 하시구요."

또 그만 발끈하고 만 것을 카리사는 헛기침을 한 후 차분하게 말을 이었다.

"황자께선 오늘도 몇 시간이나 훈련을 하셨다는데 왕자님께선 연습은 커녕 평소보다 몸이 더 안 좋으십니다. 무술대회가 열릴 날이 얼마 안 남았는데 조금은 몸을 돌볼 생각을 하셔야지요."

"까짓것 망신 좀 당하면 그만이지. 둘이 싸움을 붙여서 뭘 구경하자는 건데? 또 내가 그 녀석을 이겨 먹으면 누가 좋아하겠어? 눈치 없이 이겨서 욕먹는 일 따위 사양이야."

카리사는 하마터면 발을 멈출 뻔하다가 계속 걸으며 언성을 조금 높였다.

"미리부터 질 생각을 하고 계신 겁니까? 아르키스 전하는 왕자님과 모처럼 대련을 하게 됐다고 어린애처럼 좋아하시던데, 지금 그 말씀을 들으면 얼마나 실망하실지 제가 다 민망하네요. 누구 한 사람 죽어야 하는 싸움도 아니고 정정당당한 대결인데 최소한 성실하게는 임하셔야지요. 그리고 왕자님이 이기면 좋아할 사람이 왜 없습니까?"

"누구? 말만 하지 말고 대보시지?"

"그야 공주님께서도."

"아, 에스테르가 과연? 내가 고양이 쥐 가지고 놀듯 클라이저를 가지고 놀면 우와, 우리 오라버니 대단하구나 한다 이 말이지?"

카리사는 그만 말문이 막혔다. 전에 발레리아도 말한 것처럼 이번 대결은 에스테르의 입장에선 아주 애매한 일이었다. 카리사는 입술을 핥고 분연히 주먹을 움켜쥐었다.

"제가 왕자님을 응원하겠습니다."

"네가? 근데 응원만?"

"그럼 응원 말고 달리 뭘 하나요?"

"장담하건대 그날 틀림없이 돈 내기가 있을 거야. 무술대회라면 아주

꽝장한 먹이잖아? 나한테 걸어. 네가 지금껏 모은 연급 전부. 그럼 믿어주지.”

“예?”

“그래야 내가 이기면 정말로 기쁠 거 아냐. 안 그래? 말로는 응원한단 말을 누가 못해? 속으로 누굴 응원하는지 보이는 것도 아니고. 금화를 걸라구. 말은 몰라도 황금은 믿을 테니까.”

멍하니 벌려진 입을 다물기 위해 카리사는 노력을 기울여야 했다. 등에 진땀이 흐른다. 그동안 모은 연급? 만에 하나 그걸 다 날리게 된다면? 등을 비롯해 관자놀이를 타고 진땀이 흘렀다. 재삼 입술을 핥고서 카리사가 말했다.

“제가 모은 연급이 얼마나 되는지 모르시잖습니까? 전부를 걸지 어떨지 왕자님께서 어찌 아신다고요?”

“그야 네 양심에 달렸지. 나는 네 양심을 믿어볼 참이야. 신뢰, 알지?”

블레신이 싱긋 웃었지만 카리사는 뭔가 그의 교묘한 언변에 놀아난 기분이다.

“궁전의 다른 이들에게도 이런 식으로 있는 돈 전부를 걸라고 을러대실 겁니까?”

“누구를 말하는 건지 모르겠는데?”

“누구긴요. 전하의 궁전, 이트궁 권속들이요.”

“여기서 그네들 이야기가 왜 나오지?”

정말로 몰라서 묻는 듯한 그의 말에 카리사가 더 의아해졌다.

“당연히 그 사람들도 왕자님을 응원할 테니까요.”

미심쩍다는 듯 고개를 갸웃하고 마는 블레신 때문에 카리사가 힘주어 말했다.

"전에 왕자님께선 그들을 빈집 지키는 개들처럼 말씀하신 적이 있지요. 하지만 이트궁의 권속들은 궁전을 지키려고 있는 게 아닙니다. 그들은 왕자님을 모시기 위해 존재하는 왕자님의 사람들이에요. 그들에겐 왕자님이 당당한 존재의 이유인데 정작 왕자님께선 자신을 바라보는 이들에게 너무도 무심하십니다."

블레신은 가늘게 뜬 눈으로 카리사를 내려다보며 피식 웃기만 한다.

"제 말이 탐탁지 않으시면 말로 표현을 해주시지요."

"탐탁지 않다기보다는 그냥 네가 참으로 사람을 긍정적으로 보는구나 싶어서 말이야. 그런데 사람들은 모두 너처럼 반짝반짝한 에메랄드 같은 눈으로 세상을 보는 게 아니거든."

"제가 세상물정을 모른다는 소리를 하고 싶으신 겁니까?"

"글쎄다, 물정이랄까, 사람이랄까. 하긴 사람도 물정에 포함이 되는 말이겠군."

카리사를 돌아본 블레신이 웬일로 진지한 눈빛으로 말했다.

"저 이트궁에 있는 녀석들? 설사 내일 당장 내가 죽어도 한 사흘, 그것도 너무 긴가? 하여간 얼마쯤 슬퍼해주고 다른 곳으로 배속되어 제 할 일들을 하며 살아갈 거야. 특별히 나라서 모시는 게 아니야. 그냥 우연히 내 밑에 모였고, 또 어느 날 다른 곳으로 가라는 말이 떨어지면 네, 하고 갈 인생들이야. 그러니 날 모시기 위해 존재한다는 네 말에도 어폐가 있지. 이런 곳에서의 인연이란 건 다 그런 식이라고. 거기에 무심, 유심을 따져서 뭘 하겠어?"

카리사는 입을 뻐끔거리다가 마침내 할 말을 떠올렸다.

"록사네는요? 록사네는 정말로 공주님과 왕자님을 아끼지 않습니까."

"아, 겉으론 무뚝뚝하지만 속은 여린 새싹 같은 충직한 록사네가 있지.

그녀는 예외야. 대개의 원칙에 으레 예외가 따르는 법이란 거 몰라?"

"쿠르도도 있습니다. 왕자님을 따라 군대에도 다녀왔죠."

"쿠르도라. 흠. 그 녀석이라면 한 일주일쯤 울적해 할지도 모르겠군."

다시금 예의 피식하는 미소가 그의 입가에 떠올랐다. 그런 그를 보며 카리사는 생각했다.

이분은 확실히 비뚤어져 있다. 신처럼 완벽했을 얼굴에 도사린 흉터처럼 마음 어딘가에 그늘이 있다. 그렇지 않고서야 세상을 보는, 사람을 대하는 눈이 이토록 싸늘할 리 없다. 어째서? 이분은 무엇 하나 부족함 없이 자란 왕자인데 대체 어디에서 그런 굴절이 생긴 걸까?

궁금함을 느꼈다. 그리고 고요한 어둠 속에 어딘지 모를 곳으로 막연히 걸어가는 둘뿐인 상황이 그녀의 무거운 호기심을 밀어 올리는 지렛대가 되었다.

"제가 사람을 보는 눈이 긍정적인 거라면 왕자님은 참으로 부정적이십니다. 하지만 제가 들은 왕자님에 대한 이야기는 그렇지 않았거든요. 에스테르 공주님은 왕자님을 태양 같은 분이라고 하셨습니다. 언제, 어디에서든 반짝반짝한 광휘로 사람을 끌어모으신다고……. 그런데 제가 본 왕자님은 오히려 달과 비슷하네요. 저는 왕자님 같은 분이 인적 드문 밤길을 비춰야 할 이유가 무엇인지 도무지 모르겠습니다."

우뚝 블레신이 멈춰 섰다. 그녀를 돌아보는 그의 표정이 여느 때와 달라 카리사는 저도 모르게 마른침을 삼켰으나 블레신은 잠자코 지팡이를 들어 왼편을 가리켰다.

"저기로 꺾어야 했는데 말하느라 깜빡했어."

그가 말하는 저기를 향해 고개를 돌린 카리사는 마침내 왕자의 목적지를 깨달았다.

얼마 후, 둘은 버드나무 아래에 서서 잔잔한 연못을 보고 있었다. 연못 너머에서 불어오는 바람이 쏴아아 버드나무 이파리들을 흔들었다. 머리칼을 정돈하며 카리사가 밝게 웃었다.

"다행히 아직 각다귀가 들끓을 때가 아니네요. 지난해 여름에 하도 더워서 밤중에 이곳까지 온 적이 있었는데 모기떼에 쫓겨서 다시 돌아갔었습니다. 괜히 땀만 빼고 한밤중에 결국 목욕을 했었지요. 투렐리아도 그렇고 둘 다 모기 생각을 못 했다고 한참 웃었어요."

기분은 상쾌하지만 오전엔 헤러반궁, 오후엔 크노밋궁을 왕복한 다리가 아파서 가볍게 옷 위로 다리를 주무르면서 카리사는 하품을 했다. 블레신은 지팡이로 근처 풀을 한 번씩 헤집어보곤 제 카프탄을 벗어 버드나무 앞에 툭 던져 깔개로 삼았다.

"앉아. 뱀 없어."

"아니요, 전 아무래도 앉으면 잘 것 같아서."

"안 버리고 간다니까? 업어서라도 데려갈게."

"제 발로 돌아가고 싶습니다."

"두 가지 기회를 주지. 하나, 네가 알아서 앉는다. 둘, 내가 직접 앉혀준다. 선택은?"

카리사는 알아서 앉았다. 그리고 짐작했던 대로 앉기 무섭게 하품이 쏟아진다. 그러나 문득 들려오기 시작한 나지막한 허밍을 못 들을 정도는 아니다.

턱을 괸 채 노래를 흥얼거리는 블레신의 두 눈에 달의 조각이 담겨 있다. 카리사는 흉터가 새겨진 옆얼굴을 보며 새삼 신이 세상에 무심치는 않다고 생각했다. 분명히 인간의 덧없는 아름다움을 소중히 여기는 신이 있어, 절체절명의 순간 왕자를 칼날에서 지켜준 것이다. 이 아름다운 눈동자가 고스란히 존재한다는 것. 그것이 바로 신의 증명이지 않은가.

아름다운 이를 보며 감미로운 노래를 듣는 것. 순간순간을 즐길 만한 일임에도 불구하고 졸려서 눈꺼풀이 천근만근인 것은 어쩔 수 없다. 자꾸만 눈을 비비는 그녀를 보고 블레신이 말했다.

"자도 된다니까 왜 눈은 괴롭히고 그래? 그러다 눈에 다래끼 나도 모른다."

"전 안 졸립니다, 눈에 뭐가 들어갔을 뿐이에요. 그런데 왕자님은 낮에 그리 오래 자서 어쩝니까. 일찍 주무시라고 말씀드려 보았자 또 아침 다 되어 주무시겠네요."

"글쎄. 오래 자긴 했는데 영양가가 없었어. 일단 돌아가면 나도 누울 거야. 꿈 안 꾸고 몇 시간만 푹 자도 원이 없겠는데."

"솔직히 말씀해 보십시오. 역시 화재 때문에 몸이 편찮으신 거죠?"

"난 멀쩡해. 다만 꿈이 많을 뿐이야……."

카리사는 졸음과의 사투를 벌이는 한편으로도 블레신의 목소리에 힘이 없다고 얼핏 생각했다. 거의 감긴 거나 다름없는 눈을 손가락으로 억지로 벌리고 블레신을 돌아보며 물었다.

"나쁜 꿈을 꾸시는 겁니까? 안 좋은 기억들이 막 떠오르고 그러셔요?"

그런 게 아니라고 말하려던 블레신은 카리사의 우스꽝스러운 얼굴에 쿡 웃고 말았다. 의지는 감탄스러운데 손가락으로 벌린 눈 틈으로 보이는 눈동자가 별로 없었던 것이다. 블레신이 두르고 있던 마지막 한 꺼풀의 방어막도 그 웃음에 스르륵 녹아내렸다.

"응. 악몽을 꿔. 불길이 해묵은 기억들을 끄집어낸 모양이야. 그런 꿈이 찾아올 바엔 자고 싶지 않아."

툭, 카리사의 어깨에 얼굴을 올리며 블레신이 물었다.

"나 불쌍하지, 석류? 도와야겠다는 생각이 물씬 들지 않아?"

"뭘 어떻게 해드리면 될까……요."

카리사는 반쯤 잠에 빠져 말조차 웅얼웅얼 입에서 씹힌다.

"포도주. 내 금주령을 잠시만 풀어줘. 에스테르에게는 비밀로."

"그건…… 안 됩니다. 둘이 짜고서 공주님을 속이는 게…… 되잖아요."

"내가 잠을 제대로 못 자서 아프기라도 하면 에스테르가 마음 아파할 건 생각 못해?"

카리사는 잠시 말이 없었다. 그녀가 아주 잠이 든 건가 싶어 지켜보던 블레신이 슬며시 그녀의 머리칼에 손을 대는데 카리사의 입이 반짝 열렸다.

"제가, 기도를 하겠습니다. 공주님께 한 것처럼…… 왕자님을 위해서도 기도를…… 아마, 효과가 있을……."

슥슥슥, 그녀의 고개가 앞으로 수그러진다. 이번에야말로 잠든 건가 했는데 그 자세로도 뭔가 웅얼거리고 있었다.

"불침번을 설게요, 그래서 왕자님을 악몽에서…… 지켜드리겠습니다. 푹 주무시도록, 제가…… 꼭……."

결국 카리사는 잠들고 말았다. 블레신은 잠자코 달을 올려다보면서 카리사의 어깨에 손을 둘렀다. 스르륵 카리사의 몸이 그에게 기울어진다. 그대로 그의 어깨에 기대어 그녀는 새근새근 잤다.

가볍게 연못을 스치고 지나온 바람이 버드나무 이파리 사이로 빠져나가며 서늘한 소리가 일어났다. 왕자의 부드러운 허밍도 그 속에 녹아든다.

바람이 퍽 잦은 밤이었다.

20.
현기증

"아, 코로나…… 안 돼. 이젠 좀 아프다구. 너 이빨이 제법 자랐단 말이야……."

코로나가 자꾸만 손가락을 깨물어대는 바람에 카리사는 잠에서 깨어났다. 우선 고양이를 끌어안고 배시시 웃으며 잘 잤느냐고 인사를 했다. 자기가 먼저 만지는 건 몰라도 남이 만져주는 것에는 변덕이 넘치는 고양이가 오늘은 발버둥을 치면서 그녀의 품에서 달아났다. 요새 카리사는 아침 인사에 보이는 고양이의 반응을 보고 하루를 점치는 버릇이 들었다.

"만만치 않은 하루가 되려나."

버둥거리던 고양이가 카리사의 손등에 붉은 줄까지 만들어 놓았으니 그 예상에 더욱 비중을 두어 본다.

"그러고 보니 난 여기 어떻게 온 거지?"

흠칫 놀라서 일어나 앉은 카리사는 자신이 어제 입고 있던 옷 그대로 잠들었다는 걸 알게 되었다. 그녀의 샌들은 침대 발치에 가지런히 놓여 있다. 거의 모든 걸 순식간에 이해했다.

"어쩜 좋아, 거기서 진짜로 잔 거야?"

왕자에게 제대로 놀릴 거리를 만들어줬구나 싶어 카리사는 제 머리를 부여잡고 앓는 소리를 냈다. 속 모르는 고양이가 그녀의 옷자락 속에 숨어서 놀았지만 카리사는 말릴 힘도 없었다.

"놀 기분 아니야, 코로나. 언니는 도끼로 발등을 찍고 싶단 말이야."

창가로 걸어간 그녀가 한숨을 푹 쉬며 덧문을 열었다. 그녀를 기다리는 것은 이미 하늘에 당당히 자리 잡은 해님이다. 아주 잠깐 그녀는 이 사태를 이해할 수 없었다. 야오옹, 코로나가 목청을 늘여 길게 울부짖었다. 천천히 고양이를 돌아보며 카리사가 중얼거렸다.

"그래. 너 이제 보니 배가 고픈 거구나. 내가 늦잠을 자서……."

카리사는 다시금 머리를 부여 쥐었다.

"내가 늦잠을 자다니!"

십 년을 한결같이 일찍 일어나던 새는 인정할 수 없는 현실 앞에서 절규를 했다. 질세라 고양이가 부산히 뛰어다니며 울어대니 카리사의 작은 처소가 아침부터 참으로 법석이었다.

부랴부랴 단장을 마치고 아래로 내려갔더니 놀랄 일이 또 있었다. 왕자는 없고 하인들이 침방의 문을 활짝 열고서 청소 중이었다. 블레신은 이미 간단히 아침을 들고 쿠르도와 함께 궁을 나섰다고 한다.

"어디로 가셨는데?"

"저희한테 그런 걸 말씀하실 리 있나요. 일찌감치 나가셨다는 것 말고는……."

하인들은 서로를 쳐다보며 어깨를 으쓱했다.

"일찍이라니 정확히 언제쯤이야?"

"글쎄요, 한두 시간쯤 됐나? 테무, 왕자님을 봤다며, 언제쯤이었어?"

"제가 정원에 막 물을 뿌릴 즈음이니 일곱 시가 약간 넘거나 못 됐을 겁니다."

"정말로 일찍이구나. 알려줘서 고마워. 그럼 수고들 해요."

그때 나갔다고 하면 블레신이 적어도 여섯 시경에는 일어났다는 소리이다. 나는 늦잠을 자고 왕자는 일찍 일어나다니, 과연 희한한 날이구나 하며 눈알을 굴렸다.

행선지도 모르고, 귀환 시각도 알 수 없는 왕자의 일은 제쳐두고 카리사는 목욕을 하러 갔다. 전날 저녁에 받아놓은 미지근한 물로 몸을 씻으며 뜨거운 물이 준비되길 기다리던 카리사는 문득 어떤 생각이 들어 눈살을 찌푸렸다.

"설마 의사한테 보이기 싫어서 도망간 건 아니겠지? 아니, 그 사람이라면 가능해. 아무래도 록사네에게 말을 해야겠어. 대체 글리코 시종장은 어딜 가서 이리 감감무소식이람?"

이 궁에도 사람이 수두룩한데 결국 록사네의 힘을 빌려야 한다니 뭔가참 마뜩치 않다. 시종장만 건재해도 어떻게든 해보겠는데, 하필 일전의 외유 전날 블레신의 심부름으로 출궁해서는 아직 돌아오지 않고 있다. 시종장의 오랜 부재에 혀를 차며 카리사는 블레신이 그에게 시킨 심부름이 무엇일지 새삼 궁금해 했다.

몸을 다 씻고 머리 감는 일이 남아 뜨거운 물은 아직인가 하고 곤란한 표정으로 제 머리를 들여다보고 있는데 타박타박 돌바닥을 차고 오는 발걸음 소리가 들렸다. 물이 준비됐다고 하인이 말을 전하러 오는 건가 하고 목을 빼는 카리사의 귀에 생뚱맞은 목소리가 들려왔다.

"괜찮아, 대충 찬물로 땀이나 씻고 가면 돼. 쿠르도, 군대에 있을 때 엄동설한에 눈을 비벼서 목욕하던 거 기억 안 나? 사내가 뜨거운 물 없이 목욕을 못 한다고 하면 누가 네가 군인이었다고 하겠어? 하물며 초여름 이잖아."

워낙 성량이 좋다 보니 거리가 멀어도 마치 옆에서 말하듯이 잘 들리는 블레신의 말에 쿠르도가 뭐라고 대꾸했는지 블레신이 으하하 웃는 소리가 별채에 쩌렁쩌렁하게 울렸다.

카리사는 황급히 일어나 몸을 닦고 말고 할 엄두도 못 내고 탈의실로 뛰어 들어갔다. 냉탕, 열탕, 온탕의 세 구역으로 구분된 목욕장 중에 블레신은 냉탕에 갈 모양이었다. 아무쪼록 평소의 왕자답게 번거롭게 탈의실에 들를 것 없이 냉탕으로 직행해 옷 따위는 시종에게 던져주면 좋으련만, 하고 카리사가 빈 것도 보람 없이 탈의실의 문이 덜컥 흔들렸다.

"응? 잠겼나?"

"이 시간에 누가 여길 쓴다고. 비켜봐."

안에 사람이 있다고 말을 꺼내보기도 전에 덜컥덜컥 문이 흔들리더니 확 열렸다. 카리사가 틀림없이 고리도 걸어뒀건만 청동 고리가 무슨 나뭇조각인 것처럼 떨어져서 바닥에 데구루루 굴러갔다. 아무렇지 않은 얼굴로 괴력을 발휘한 블레신과 카리사의 눈이 정면으로 마주쳤다.

블레신은 눈을 한 번 깜박였고 거의 바로 고개를 돌려 쿠르도에게 말했다.

"그래도 역시 뜨거운 물을 써야겠어. 가서 부채질을 하든 풀무질을 하든 최대한 빨리 불을 피워서 물을 데우게 해. 멍하니 섰지 말고 어서!"

"예? 예, 알겠습니다, 왕자님."

쿠르도가 급히 뛰어가는 발소리의 잔향이 귓전에서 채 지워지기도 전에 블레신이 쾅, 문을 닫으며 탈의실로 들어섰다.

"너 입 벌려봐, 당장."

"이, 입은 왜요?"

블레신의 엉뚱한 명령에 카리사가 반문하기 무섭게 블레신이 확 인상을 찌푸렸다.

"느닷없이 벙어리가 됐길래 입이 붙은 줄 알았단 말이다! 대체, 안에 있으면 있다고 왜 말을 안 해? 그 꼴을 하고 다른 남자 눈에 띄었으면, 정신이 있는 거야, 없는 거야, 대체?"

성큼성큼 다가오며 으르렁거리는 기세에 밀려 카리사는 저도 모르게 뒤로 주춤주춤 물러났다. 하지만 곧 그런 자신을 깨닫고 오기가 나 다리에 힘을 주고 버티고 섰다.

"안에 있다고 말하려는데 그럴 틈도 주지 않고 말도 안 되는 힘자랑을 하신 분이 누구신데요. 다른 사람 같으면 문이 잠겼으면 안에 누가 있나 생각부터 하지 부수기부터 하진 않을걸요? 그리고 전 엄연히 옷도 입고 있습니다, 제 꼴이 뭐가…… 어때서요."

항변하면서 힐긋 제 모습을 내려다본 카리사는—급한 김에 리넨 튜닉부터 꿰어 입고 덜렁 목만 내민 참이었다—얼굴을 붉히며 부랴부랴 옆구리 구멍으로 팔을 꺼내 팔짱을 끼었다.

가슴가리개를 두를 시간도 없었기 때문에 달랑 옷 한 장 걸치고 있단 소린데 애초에 스톨라 속에 받쳐 입는 속옷삼아 지은 튜닉인 터라 소매도 없고 아랫단은 무릎이나 가릴 정도이다. 하물며 몸의 물기를 닦지도 않고 입었더니 얇은 튜닉은 몸에 달라붙고 야단도 아니다.

머리카락으로 좀 가릴까 싶어 카리사는 씻는 동안 틀어 올려두었던 머리의 정수리에 꽂은 머리핀을 뽑았다. 일시에 쏟아져 내리는 풍성한 머리카락을 정돈하려고 가볍게 머리를 흔들며 쓸어 넘기는 그녀를 블레신은 빤히 쳐다보다가 피식 웃었다.

"순진한 줄 알았더니⋯⋯."

그의 중얼거림에 고개를 든 카리사는 어느새 코앞까지 와 있는 블레신을 보고 눈이 휘둥그레졌다. 급히 뒤로 물러났으나 바로 그만큼 아무렇지 않게 다가오는 블레신으로 인해 곧 그녀는 벽까지 내몰렸다. 왠지 불편한 느낌으로 빠르게 숨을 들이쉬던 카리사는 그가 평소에 즐겨 쓰는 발삼 향유 냄새가 오늘따라 유난히 진하지 않나 하는 생각을 언뜻 했다.

"왕자님께서 나가주셔야 제가 마저 옷을⋯⋯."

카리사의 말은 불현듯 블레신이 그녀의 머리카락을 만지는 바람에 잠시 끊어졌다. 그녀는 제 머리카락을 만지는 블레신의 손가락과 그의 얼굴을 보면서 빠르게 눈을 깜박거리다가 잠겨든 목소리를 다시 틔웠다.

"왕자님께서 여기 계시겠다면 제가 옷가지를 챙겨서 다른 곳에 가서 입도록 하겠습니다."

블레신은 오로지 그녀의 머리카락에만 관심이 있어 보였다. 머리카락 약간을 손가락 끝으로 비비듯 만져보던 손놀림이 점차 대담해져 머리카락 한 줌을 손바닥으로 움켜쥐며 물었다.

"확실히 몰라보게 부드러워졌군. 그간 공을 기울인 거겠지?"

"뭐, 얼마쯤은요⋯⋯."

그의 손이 더 대담하게 머리카락 속으로 파고들며 두피와 목덜미를 감싸오는 것에 카리사는 당황해 어쩔 줄 몰랐다. 그가 손에 힘을 주자 머리카락이 가볍게 당겨지는 느낌과 함께 카리사의 고개가 뒤로 젖혀졌다. 그녀를 내려다보며 블레신이 한쪽 입술을 끌어올려 씩 웃었다.

"석류. 솔직히 말해봐. 정말 못 본 사이 연애한 거 아냐?"

무슨 어처구니없는 소리람, 하고 에메랄드빛 눈이 말하고 있다. 블레신은 고개를 갸웃했다.

"나는 어째선지 네가 연기를 못 하는 사람이라고 생각했어. 널 잘 알지도 못하면서 진실한 사람에 가깝다고 믿었다는 건데. 첫인상이 다소 거칠었던 탓일까?"

"그냥 사람을 제대로 볼 줄 아신다는 말로 들리는데요, 제 귀에는."

"오호라, 너는 진실한 사람이라고 주장할 참인가 보지?"

블레신의 눈을 똑바로 쳐다보면서 카리사는 주저 없이 말했다.

"사실이 그런 걸요. 제가 왕자님 앞에서 진실하지 못할 이유가 어디 있겠습니까?"

올곧게 반짝이는 연초록의 눈은 아주 아름답다. 하지만 블레신은 아름다운 눈은 거짓을 말할 때도 아름답다는 것을 알고 있다. 그렇기에 자신의 성급함이 도무지 마음에 들지 않았다.

'충동도 정도껏. 가벼운 장난이 통할 상대가 아닌데…….'

차갑게 벼려낸 자제력은 블레신이 스스로의 성품 중에 가장 만족스러워하는 것이다. 본디 없던 것을, 각고의 노력 끝에 제 것으로 삼았으니까. 그런 자제력을 시험하는 자가 남자였다면 천적으로 여겨 수단 방법 가리지 않고 치워버렸을 것이다.

하지만 여자니까, 이 존재가 더 특별해지기 전에 시들게 하면 그만일 거라고 생각한다. 사람에게 실망할 수 있는 길은 찾고자 맘먹으면 얼마든지 있으니까. 블레신은 싱긋 웃으며 손에 쥔 카리사의 머리를 가볍게 쓰다듬었고 그 행동에 눈을 찡그리는 카리사에게 말했다.

"좋아, 카리사. 네가 진실한 사람이라면 내 질문에 대답 못 할 것도 없겠군."

또 무슨 엉뚱한 소리를 하려고 이러나 싶으면서도 카리사는 당차게 대꾸했다.

"왕자님이 질문이 어떤 것이냐에 따라서 대답을 할 수 없는 것이 있을 수도 있습니다. 하지만 궁금하신 것이 제 일신에 한정된 것이라면 대답하도록 노력하겠습니다."

"물론 네 일신에 관한 것이야. 카리사, 마음에 두고 있는 남자, 있어?"

"예? 아니, 저기 아까부터 왜 자꾸 그런 것을……."

전혀 짐작 못 한 질문에 그만 얼굴을 붉히는 그녀를 다그치듯이 블레신이 빠르게 말했다.

"셋을 세지. 그 안에 대답하지 않으면 있다로 해석하겠어. 하나, 둘."

"없습니다, 제 주변에 누가 있다고 그런 마음을……."

그렇게 내뱉는 순간, 카리사의 뇌리에 누군가가 스쳐갔다. 머리를 저으며 고개를 숙이는 그녀의 반응을 블레신은 수줍음으로 해석했다. 만족스런 미소와 함께 그가 중얼거렸다.

"당장 내가 있잖아. 이렇게."

블레신이 카리사의 턱을 가볍게 들어 올리자 짧은 사이 진하게 홍조가 퍼진 그녀의 얼굴을 볼 수 있었다. 전에 없이 흔들리고 있는 그녀의 눈을 들여다보며 블레신이 말했다.

"네게 화관을 주고 싶어, 카리사."

카리사는 그의 손을 밀쳐내며 고개를 돌렸다.

"조금도 재미있지 않습니다, 그런 농담 따위."

하지만 다시금 강경한 손아귀에 붙들려 블레신을 올려다보게 되었다.

"나에 대해 소문으로 들은 이야기가 좀 될 테지. 돌아다니는 이야기가 어떻든 크게 관심 없어. 하지만 그중에 내 여성 편력에 대한 이야기가 있다면 거기에 대해선 한 가지 정확히 해둘 게 있어. 이 황궁에 내게서 입맞춤 이상을 받은 여자는 단 한 명도 없다는 거지."

블레신의 가늘어진 푸른 눈이 카리사를 담아 날카롭게 빛났다.

"난 정실을 맞이할 생각이 없고, 여자에 대한 음욕이 넘치는 것과도 거리가 머니까 이곳에 다른 여자가 네 경쟁자로 들어올 일도 없을 거야. 그러니 내 뜻을 받아들인다면 넌 이트궁의 안주인 대접을 받을 거야. 네 마음이 다른 이에게 흘러 날 떠나지 않는 이상 내가 먼저 널 내치지 않을 것이라 맹세하지."

카리사는 멍하니 블레신을 쳐다보았지만 그가 말하고자 하는 바가 좀처럼 또렷이 잡히지 않았다. 하지만 말에 이어 블레신이 고개를 숙여 그녀의 입술을 훔치는 순간 깨우친 바가 있었다. 아무리 머릿속이 어지러워도 그의 입맞춤을 거부할 정신은 남아 있었다.

"참으로 곤란한 분이시군요! 설사 농담이 아니라고 하셔도, 전 왕자님을 그런 식으로 생각한 적이 없습니다."

홋, 블레신이 웃었다. 키득거리며 그는 한사코 외면하려 하는 카리사의 입술을 만졌다.

"통 마음에 남자를 품어본 적이 있어야 그런 걸 생각하고 말고 하지. 그런데 카리사, 머리가 그쪽으로 아직 트이지 않았을 뿐이지 넌 완연히 여자란 말이야. 남자를 앞에 두고 천연덕스럽게 교태를 흩뿌리는 네 모습이 얼마나 자극적인지 알기나 해?"

"저는 결코 교태 같은 걸 부린 적이 없습니다."

발끈해서 블레신을 쏘아보는 카리사에게 블레신이 고개를 갸웃했다.

"죽어도 아니라고 맹세할 수 있어? 네가 그토록 신봉하는 하레샤 여신의 이름을 걸고?"

신을 앞에 두고 해야 하는 맹세 앞에서 카리사의 예기는 한풀 꺾였다. 교태라니, 어떤 점에서? 라고 반발하면서도 내가 정말 그런 구석이 있나?

하고 미심쩍어하는 마음이 일어났다.

"봐, 당장 이렇게 머뭇거릴 거면서. 뭐 좋아. 난 이렇게 서툰 네 면면이 마음에 드니까. 이런 어설픔조차 계산해서 부릴 만큼 영악하다면, 그건 그것대로 잘난 거라고 인정해주지."

"설마 지금 그걸 칭찬이라고 하시는 건가요?"

"정말 칭찬이야. 워낙에 부족한 구석 하나 없이 태어난 몸인지라 내가 사람을 보는 눈이 더럽게 까다롭거든. 그런데 너한텐 그 까다로운 눈이 거의 작동을 안 해. 네가 어마어마한 미인이라서 보면 머리가 마비돼서 그런 거라면 이해를 하겠는데, 그런 것도 아니면서 내 멀쩡한 눈을 무용지물로 만든단 말이지. 좀 기뻐하는 게 어때?"

"영광스럽고 기뻐서 눈물이 날 것 같습니다, 됐습니까?"

오히려 더 가시를 세우는 꽃에게 블레신은 더욱 바싹 다가선다. 밀쳐내려는 카리사의 손을 움켜쥔 블레신은 보란 듯이 그녀의 손에 진한 입맞춤을 쏟았다.

"왕자님, 놓아주세요, 약속이 틀리잖습니까. 저는 이러시는 게 정말 당혹스럽습니다."

쉽게 놔주지 않을 거라 생각해 카리사는 있는 힘껏 버둥거렸는데, 의외로 너무 간단히 손이 풀렸다. 뒤로 물러난 블레신은 그녀가 떨어뜨린 옷가지를 들고 와 그녀에게 건넸다.

"아무래도 장소가 나쁘군. 게다가 너까지 그런 모습으로 있어서야 차분히 말을 할 수가 있나. 하여간 내 뜻은 전달되었으리라고 생각해. 총기는 있는 편이잖아. 안 그래?"

조심스럽게 손을 뻗어 옷가지를 건네받으면서도 카리사는 경계의 끈을 놓지 않았다.

"왕자님이야말로 총기로 이름을 얻으셨으니 제 대답 또한 아시겠지요, 저는 결코 왕자님을."

"쉬잇. 어린애도 아니고 그렇게 내키는 대로 대답하는 거 아니지."

블레신은 그녀의 말을 잘라먹으며 혀를 찼다.

"거절해도 좋아. 단, 얼마쯤 생각해 보는 척이라도 한 후에. 어른들은 말이지, 그런 식으로 제 몸값을 높이는 법이야, 석류."

"저는 그런 계산 따위 못합니다, 하고 싶지도 않고요. 얼마를 더 생각해도 제 대답은 같⋯⋯."

카리사의 강경한 대꾸는 그녀의 팔을 휙 낚아채는 블레신의 손에 의해 끊어졌다. 그녀가 아무리 경계해봤자 블레신이 마음먹는다면 매 눈앞의 병아리에 불과함을 그의 가슴에 꼼짝없이 갇혀서 분명히 깨달았다. 예리하게 빛나는 푸른 눈으로 그녀를 내려다보며 블레신이 경고했다.

"생각을 하라니까, 석류? 생각은 가슴이 아니라 머리로 하는 거야."

이마부터 천천히 카리사의 머리카락을 쓸어 넘기는 손길 속에서 블레신의 말이 이어졌다.

"이 어여쁜 머리를 굴려서 차근차근 생각하는 거야. 신전을 나오면서 네가 바란 미래가 단지 어떤 황족의 시녀로 청춘을 허비하는 것에 불과했는지. 속주 출신의 귀족인 네가 이 황궁에서 얻을 수 있는 기회가 얼마나 될지. 그리고 내 마음을 수락하는 대가로 무엇을 얻을 수 있는지⋯⋯. **생각해.**"

카리사가 무어라 말하려 입술을 열었을 때 블레신이 힐끗 뒤를 돌아보았다. 누군가 뛰어오는 발소리가 희미하게 들리는 것을 뒤늦게 카리사도 알았다. 블레신은 찡긋 윙크를 던지고는 이따 보자며 탈의실을 뒤로하고 나갔다. 얼마 안 있어 쿠르도에게 마음이 바뀌었다며 목욕은 나중에 하고 땀이나 더 빼러 가자고 말하는 블레신의 목소리를 카리사는 들을 수 있었다.

"기왕 훈련하는 거 한 번 땀으로 목욕을 해보자고. 그럼 날더러 불성실하다는 둥 하는 말이 쏙 들어가겠지."

"누가 감히 왕자님을 불성실하다고 한단 말입니까? 그런 자를 그냥 두셨단 말씀입니까?"

쿠르도의 분해하는 목소리에 블레신이 낄낄거렸다.

"괜찮아. 그리 건방진 게 또 귀엽거든."

불현듯 현기증이 나는지 눈앞이 어찔어찔해져 카리사는 벽에 기댄 채 주르륵 주저앉았다. 뒤늦게 쿵쿵 뛰는 가슴을 의식하며 그녀는 쥐고 있는 옷에 얼굴을 묻었다.

"그냥 놀리는 거라고 해줘, 제발……."

언제나처럼 고즈넉하도록 조용할 줄 알았던 헤러반궁이 오늘은 왠지 떠들썩하다. 활짝 열린 창들 사이로 사람들의 웃음소리가 바깥까지 흘러나오는 것에 카리사는 의아해하며 안으로 들어섰다. 쟁반을 들고 부산히 걸어가던 투렐리아가 카리사를 보고 유쾌하게 인사를 던졌다.

"카리사 님, 오늘은 일찍 오셨네요?"

"왕자님께서 아침 일찍부터 외출을 하셨거든요. 그런데 어떻게 된 거죠? 여긴 뭔가 분위기가 좋아 보여요."

"여기서 좋을 일이 뭐가 있겠어요, 공주님의 몸이 한결 좋아지신 거죠."

활짝 이를 드러내어 웃으며 카리사는 잘 된 일이라고 연거푸 말했다. 투렐리아는 에스테르가 목욕탕에 있다고 말하면서 카리사가 챙겨온 바구니에 관심을 보였다.

"고양일 데려왔어요, 공주님께서 궁금해 하셔서 보여드리려고요."

"어머, 왕자님께서 선물해 주신 그 고양이로군요, 그럼? 틀림없는 쿠아론 고양이랬지요? 어디 보자, 어떻게 생긴 녀석이려나, 꺄앗!"

투렐리아가 고양이가 든 바구니 덮개를 연 순간 코로나가 새총으로 쏜 돌멩이처럼 핑 하고 튀어나왔다. 바구니에 갇혀 벼르고 별렀던 고양이의 습격에 얼굴을 맞은 투렐리아가 균형을 잃고 쟁반과 함께 나동그라졌다. 카리사가 가까스로 팔을 잡아주어서 엉덩방아를 찧는 것은 모면했으나 쏟아진 쟁반에서 떨어진 병이며 잔이 구르고 깨져 야단도 아니었다.

"투렐리아, 괜찮아요? 코로나! 너 이리 오지 못해!"

투렐리아를 일으키랴 벌써 저 멀리 달아나는 고양이를 부르랴 카리사는 바쁘다.

"어휴, 저 녀석도 미오 못지않네요. 전 괜찮으니까 어서 가서 고양이나 잡으세요."

"미안해요, 투렐리아. 이따 봐요."

작은 녀석이 어찌나 재빠른지 곧 종적을 놓쳐서 애를 먹었지만 다행히 몇몇 하인들 눈에 띄어서 그들이 고양이가 간 방향을 일러주었다.

"잡아 보려고는 했는데 화살처럼 빠른 통에……."

뜰의 풀을 매던 하인이 가리킨 쪽으로 재빨리 걸음을 옮긴 카리사의 시야를 빨랫줄에 가득 널린 천들이 가로막았다. 한창 볕 좋은 때에 잘 마르고 있는 빨래들을 보고 그녀는 자신이 세탁물을 말리는 뜨락에 들어섰다는 것을 알았다.

카리사는 바지랑대 사이를 걸어가며 고양이를 부르다가 여자들의 두런거리는 말소리가 들리는 곳으로 가 보았다. 우물터에 모인 하녀들이 잠시 일에 손에서 놓고 물푸레나무를 올려다보며 저희들끼리 이야기를 주고받고 있었다. 그녀들이 쳐다보는 잎사귀 무성한 물푸레나무를 보고 카리사가 직감한 것이 있었다.

"혹시 고양이가 이쪽으로 왔나요?"

하녀들은 이구동성으로 흰 얼룩고양이가 사방을 휘젓고 다니다가 나무에 올라갔다고 말했다. 나무 아래로 다가선 카리사가 위를 올려다보며 몇 번이고 고양이의 이름을 부르자 아주 잠시 고양이가 얼굴을 내밀긴 했다. 그러곤 다시 쏘옥 얼굴을 감춘다. 대신 야옹, 야옹 하고 소리 높여 울면서 나뭇잎 사이에서 꼬리를 흔들었다.

"코로나, 거기서 계속 놀 거야? 버리고 간다, 그러면."

짐짓 무섭게 을러보았지만 소리 높여 우는 소리만 거듭된다. 짝짝 박수를 치면서 내려오라고 손을 뻗고 달래도 본다.

하지만 그나마 보이던 꼬리조차 사라져 카리사는 이마를 짚었다. 빙 둘러서 지켜보고 있던 하녀들을 돌아보며 카리사는 자리를 비켜달라고 말했다.

"저 아이가 겁이 좀 많아요. 주변에 사람이 없으면 내려올 것 같으니까 잠시만 부탁해요."

모두 그녀의 부탁대로 나무에서 보이지 않는 곳으로 가주어서 홀로 남은 카리사는 다시금 나무를 올려다보며 고양이를 불렀다.

"코로나, 이리 나와. 나랑 같이 돌아가야지. 응?"

상냥하게, 나지막한 목소리로 거듭 고양이를 부르자 마침내 고양이가 저 있는 곳에서 바스락대며 표시를 했다. 하지만 내려올 기미는 보이지 않고 연신 울어대기만 했다. 올라가긴 올라갔는데, 내려오기는 무서워서 저러는 걸까? 하염없이 이러고 기다리고 있을 수도 없다는 생각에 카리사는 고뇌에 찬 표정으로 나무 아래를 서성이다가 큰 결심을 했다.

베일을 걷은 데 이어 카리사는 주변을 슥 돌아본 뒤 스톨라마저 벗어서 옆에 두었다. 튜닉 차림이 된 그녀는 샌들마저 벗어두고 나무를 올려다보며 심호흡을 했다. 어릴 때 아엘리아의 은 머리핀을 물고 간 까마귀의 둥지를 찾으러 나무를 탔던 이래 생애 두 번째 도전이다.

"성공하자, 이번에도."

몸이 가벼웠던 어릴 적은 몰라도 할 수 있을까 내심 의문이었는데 차근차근 한 발 한 발 떼어놓으면서 어느새 카리사는 나무의 우듬지를 코앞에 두었다. 그때 왼편에서 바스락바스락 소리가 들려 돌아보니 저편 나뭇가지에 웅크리고 앉아 있는 고양이가 희끄무레하게 보였다. 이파리 사이로 보이는 고양이의 초록빛 눈을 향해 카리사가 웃었다.

"자, 코로나 공주님. 모시러 왔으니 이젠 정말 내려가시지요."

정말로 겁이라도 집어먹은 건지 고양이는 요지부동 움직일 줄을 몰랐다. 한 손을 뻗어 오라고 손짓하면서 거듭 이름을 불러 고양이가 마음을 바꾸길 기다렸다. 몸통이 이리저리 휘어져 자란 수령 이삼백 년쯤 된 물푸레나무는 꽤 튼튼한 버팀목이긴 했으나 아무래도 긴장감 없이 있을 장소가 아니다 보니 카리사의 관자놀이를 타고 땀이 흘러내렸다.

잠깐 내려갔다가 다시 올라올까 하고 아래를 내려다본 카리사는 비로소 인식한 높이에 깜짝 놀랐다. 이렇게까지 높이 올라왔나 싶어 마른침을 삼키며 본능적으로 나무를 꽉 움켜잡았다.

"신들의 어머니 하레샤시여, 지고의 푸른빛 가르나시여, 부디 당신들의 신실한 종이 겁쟁이로 돌변하지 않도록 지켜봐 주옵소서."

그녀의 기도에 신들의 가호가 내렸던지 계속 애를 먹이던 고양이가 돌연 마음을 고쳐먹고 사뿐사뿐 가지 위를 달려와 카리사의 얼굴을 향해 야옹, 하고 울었다.

"요 말썽쟁이."

얼굴을 찡그리고 웃는 카리사의 머리를 밟고 고양이는 그녀의 어깨에 안착했다. 골골골 목을 울리며 그녀의 목덜미에 머리를 비벼대는 고양이가 귀여운 한편으로 이제 카리사는 나무에서 내려가야 한다는 난관에 봉착했다.

"옛날엔 어떻게 내려갔었지? 아……, 기억났다."

무서운 기억이었다. 카리사는 그 옛날 나무에 올랐을 때, 내려가다가 미끄러지는 바람에 다리를 크게 다쳤던 것이다. 나무에 올라 까마귀 둥지에서 아엘리아의 은 머리핀을 찾아낸 의기양양한 기억만 남고 그 뒤의 기억은 시치미 뚝 떼듯 잊고 있었다니.

"에이, 별로 안 높네. 고작 내 키 세 배 정도밖에 안 돼. 그때 그 나무는 진짜 높았다구."

야옹, 하고 귓가에서 코로나가 운다. 카리사는 어색한 웃음을 터뜨렸다.

"염려 마, 이 정도야 마음만 먹으면 주르륵 내려갈 수 있어. 여기서 그냥 뛰어도 한 군데도 안 다치겠는 걸 뭐. 괜찮아, 코로나. 우리 어서 내려가서 공주님한테 인사드리러 가자."

호탕하게 웃는 건 좋았지만 내려가기 위해 움직이는 순간, 찌르륵, 다리가 저려왔다. 계속 긴장하고 있던 다리에 쥐가 났다는 사실을 깨달은 카리사는 눈앞이 깜깜해졌다.

야옹, 야옹, 사정 모르는 고양이는 자꾸만 울어댄다. 카리사는 쿵쿵 나무에 이마를 찧으며 한탄했다.

"왜 사람한텐 날개가 없는 걸까, 코로나? 응?"

"사람한테 날개가 있으면 틀림없이 하늘까지 올라와 신들을 귀찮게 할 거라고 생각했기 때문이겠지요."

전혀 짐작도 못한 대구의 목소리에 카리사가 흠칫하며 아래를 내려다 보았다. 냐아옹 하고 길게 끄는 고양이 울음. 코로나가 아니라 클라이저의 팔에 안긴 미오가 우는 소리였다. 카리사가 제 눈을 의심해 보기엔 미오도, 황자도 너무나 실감이 났다. 그렇지만 여긴 헤러반궁의 뒤뜰, 그것도 빨래터인데?

"어, 어…… 공주님을 찾아오셨습니까?"

"그래요, 에스테르를 보러 왔습니다. 누가 날더러 은근히 무심한 사람이라고 한 말이 떠올라서는 아니고요."

빙그레 웃는 그를 카리사는 휘둥그레진 눈으로 돌아보았다.

"혹 그게 저입니까? 제가 드린 말씀은 그런 뜻이 아니라."

"마음은 눈에 보이지 않는 것이니 소소한 배려로 표현되지 않는다면 무심과 유심의 차이를 알기 어려운 법이라 했죠. 어쩌다 한 번 베푸는 큰 선심으로 무심했던 걸 보상하는 남자들의 방식은 어리석다고도 했고요."

"그건 꼭 전하의 일을 말한 것은 아닌데……."

카리사는 곤혹스럽게 웅얼거렸다. 간밤에 클라이저와의 정찬 자리에서 자신이 수다스럽다 싶을 정도로 말이 많았다 싶어 내심 후회하고 있었다. 황자의 손님이 되어 정찬을 든다는 사실에 고무되어 무슨 말을 했는지 전부 떠올릴 수도 없을 만큼 많은 이야기를 주절거렸다. 오늘 블레신이 그녀의 심사를 어지럽히지 않았다면 아직도 어젯밤 일에 좌절하고 있었을 터.

"그런데 나무에는 왜 올라가 있는 겁니까?"

"그게 저, 코로나가 올라와서는 못 내려오는 터라. 무서웠나 봐요."

하물며! 지금은 또 어떠한가? 카리사는 자신이 벗어둔 옷이며 샌들을 힐끗 쳐다보고 시선을 들다가 클라이저와 눈이 마주치자 새삼 창피해서 고개를 돌렸다.

나무 아래에 있는 클라이저에겐 카리사의 새빨개진 얼굴이 잘 보이진 않았다. 다만 희읍스름한 튜닉 밖으로 쭉 뻗은 다리는 너무도 잘 보여 의식하지 않으려고 노력 중이다.

카리사의 어깨에 앉아 있는 고양이가 울자 그의 품에 있는 미오가 마치 대답하듯이 짧게 울었다. 클라이저는 이 뜻밖의 광경을 보게 그를 인도한 제 고양이의 머리를 가볍게 쓰다듬었다.

'아니, 여기엔 내 의지도 반은 들어 있겠지.'

지난밤 일을 떠올리는 클라이저의 입가에 살짝 볼우물이 팬다. 그가 던진 한마디로 꼬리에 꼬리를 물어 이야기를 엮어나가는 재능을 선보인 밝고 싱그러운 존재로 인해 배를 채우는 곳일 뿐이었던 식당이 전혀 다른 곳이 되는 색다른 경험을 했다.

오늘 아침을 들면서 둘러본 식당이 어찌나 적적하게 느껴지던지. 어젯밤의 식사를 차린 요리장의 솜씨라고는 믿을 수 없을 만큼 밋밋한 죽을 먹으면서 클라이저는 카리사와 주고받은 말들을 떠올렸다. 따지고 보면 소소한 것들인데 듣고 있을 당시엔 이상하리만치 열중했었던 이야기들.

그중에서 내일 오후에 공주님을 찾아뵐 때엔 고양이를 데려가 인사시킬 거라고 한 그녀의 말을 떠올린 클라이저는 불현듯 마음이 급해져 서둘러 식사를 마쳤다. 훈련도, 공부도 몰아치듯 해치우고 이른 점심에 이어 산책에 나서듯이 헤러반궁을 찾았다.

그리고 졸린지 오는 내내 눈을 감고 있던 미오가 뜰에 이르러 훌쩍 뛰어내리더니 제멋대로 뛰어가는 것을 쫓아온 끝에, 엉뚱하게도 나무에 올라가 있는 카리사를 만나게 되었다. 자신의 의지와 고양이의 의지가 모두 한 사람에게 있었다는 것에 클라이저의 볼우물은 한층 깊어졌다.

"그런데 혹시 손이 필요하지는 않습니까? 내려오는 게 여의치 않을 것 같은데."

카리사가 내려오지 못해 전전긍긍한다는 것을 전혀 모르는 듯이 시치미를 떼고 클라이저가 물었다. 카리사의 어색한 웃음이 또 한 번 터졌다.

"아하하, 아니요, 이 정도쯤이야 간단히 내려가지요. 혼자서도 잘만 올라온 걸요."

"아, 그렇다면 제가 여기서 지켜볼 필요는 없는 일인가보군요. 솔직히 전 깜짝 놀랐는데 반니 양에겐 간단한 일인가 봅니다."

클라이저는 웃는 얼굴로 가볍게 목례를 한 뒤 그림 안에서 보자고 말하고 돌아섰다. 그가 세 발짝쯤 뗐을까, 뒤에서 카리사의 애처로운 목소리가 들렸다.

"저기, 저기, 제가 갑자기 다리에 쥐가 났나 봅니다, 그래서 그러는데, 전하께서 고양이만 좀 받아주시면…… 안 될까요?"

"고양이라. 도울 수 있다면 도와야지요."

시치미를 뚝 떼고 나무 아래로 돌아간 클라이저는 위를 올려다보며 갸우뚱했다.

"그런데 내게 선뜻 오려고 할지 모르겠습니다."

"보내보겠습니다. 코로나, 코로나, 저기 계신 분한테 가렴. 무섭지 않아. 어서."

손을 위로 뻗고 기다리는 클라이저에게 고양이를 보내보려고 열심히 말해보았지만 코로나는 한층 더 몸을 웅송그려 카리사의 목덜미에 딱 달라붙었다.

"아무래도 안 되겠군요. 반니 양께서 내려오는 편이 더 빠르겠어요."

정말 민망하지만 억지로 웃는 얼굴을 짓고 카리사는 클라이저를 내려다보았다.

"죄송하지만 사다리를 좀 가져오도록 말씀 좀 전해주시겠어요? 다리에 쥐가 난 게 얼른 풀리지가 않네요. 이런 걸 부탁드리고, 정말 면목 없습니다."

"일이 커지겠군요."

클라이저는 그녀의 말대로 할 생각인 양 뒤를 돌아보았다. 하지만 이내 카리사를 올려다보며 손을 뻗었다.

"더 간단히 해결해보죠. 그냥 뛰어내려요, 반니 양. 내가 받아줄게요."

그녀가 뛰어내리고 그가 받는다. 가능하지 못할 것도 없는 거리였으나 카리사로서는 생급스럽기 짝이 없다. 그녀는 홱홱 고개를 저으며 거듭 사다리를 부탁했다.

"내가 사람을 부르러 가고, 또 그 사람이 사다리를 가지고 올 동안 거기서 버틸 수 있을 거란 보장이 있나요? 다리에 쥐가 나는 바람에 죽은 보초병 이야길 못 들어봤군요, 반니 양은."

"거, 겁주지 마십시오. 아무럼 다리에 쥐가 났다고 죽었겠습니까, 다른 이유가 있었겠죠."

"내 말이 거짓말인지는 내려오고서도 확인할 수 있겠죠. 그리고 말할 시간에 열 번도 더 내려왔을 텐데. 아, 혹시 겁이 나서 그래요? 내가 제대로 받지 못할까 봐?"

"어, 아뇨, 아닙니다, 겁이 나긴요……."

말끝을 흐리는 카리사에게 클라이저는 온화한 미소를 지으며 더 높이 팔을 펼쳐보았다.

"놓치지 않고 받아줄게요. 날 믿는다면 내려와요, 어서."

믿는다면 내려오라. 그럼 뛰어내리지 않는 건 믿지 않는다는 말이 된다. 카리사는 이러지도 저러지도 못한다는 말을 실감하며 쩔쩔맨 끝에 결심을 했다. 나무를 붙잡고 있던 왼손을 떼고 위태위태하게 몸을 돌렸다. 입술을 앙다물고, 두 눈을 질끈 감고서 마침내⋯⋯!

"엇차."

절벽에서 뛰어내리듯이 비장했던 순간은 너무도 짧게 지나갔다. 뛰어내린 카리사를 클라이저는 가벼운 기합과 함께 거뜬히 받아냈던 것이다. 땅에서 다리가 훌쩍 뜬 채로 눈을 뜬 카리사는 클라이저를 머리 하나쯤 위에서 내려다보는 위치였다. 눈이 마주치자 클라이저가 싱긋 웃었다.

"가볍군요, 반니 양은. 제설 대비로 던지고 받은 모래포대 정도는 각오했는데. 터무니없는 짐작을 해서 미안할 지경이네요."

"아, 아닙니다, 그런 말씀을 들으니 제가 더⋯⋯."

해야 할 말이 더 있는 것 같은데 그만 잊었다. 클라이저의 팔 안에서 그를 내려다보며 정면으로 마주한 시린 하늘 같은 눈동자에 카리사는 심지어 지금 뭘 하던 중인지도 잊었다.

클라이저 또한 그랬다. 그녀의 녹색 눈을 물끄러미 올려다보던 그의 눈이 살짝 커진다. 초록의 물결 속에 금빛 파편들이 춤추고 있었다. 마치 나뭇잎 사이로 반짝이는 햇살처럼⋯⋯.

시간이 멈춘 듯한 그 정적을 깬 것은 여태 카리사의 어깨에 매달려 있던 코로나의 가냘픈 울음이었다. 누가 먼저랄 것도 없이 퍼뜩 정신을 차린 두 사람은 부리나케 떨어졌다.

무사히 땅에 다다른 카리사는 뻣뻣한 나무토막처럼 느껴지는 다리를 움직여 뒤로 물러나며 감사의 말을 우물거렸다. 클라이저는 별것 아니었다고 대꾸하다가 그녀의 다리에 머문 시선을 깨닫고 볼을 붉히며 외면하듯 몸을 돌렸다. 카리사는 절룩거리며 옷을 가지러 갔다.

"공주님께서 목욕 중이라는 말을 들은 지 얼마 안 되었는데 지금은 어떠실지 모르겠습니다. 아무쪼록 내실로 먼저 가 계시지요, 전하."

물푸레나무 쪽으로 슬금슬금 멀어지는 카리사를 힐긋 쳐다본 클라이저는 어느샌가 쫓고 쫓기며 놀고 있는 고양이들에게 다가가 한 손에 하나씩 두 녀석을 붙들어 올렸다.

"그럼 먼저 출발하겠습니다. 그런데 반니 양의 빠른 걸음이라면 내가 내실에 다다르기 전에 다시 만나는 게 아닐지 모르겠습니다."

클라이저가 코로나까지 함께 데려가는 걸 보면서도 카리사는 제지하는 어떤 말도 하지 못했다. 서둘러 스톨라를 입다 말고 카리사는 주먹 쥔 손으로 가슴 언저리를 쿵쿵 두드려댔다.

"느닷없는 짓을 했더니 속까지 놀랐나봐. 체하는 거 아냐?"

부랴부랴 매무새를 수습하고 출발한 그녀는 황자가 말한 내실보다 한참 전의 복도에서 그를 따라잡아 고양이를 넘겨받았다.

클라이저의 옆에는 이제 낯이 익은 시종이 함께 하고 있었다. 카리사는 아까의 장소에도 이 사람이 있었는지 어땠는지 전혀 기억할 수 없는 자신을 깨닫고 당황했지만 겉으로는 밝은 얼굴로 다시 한 번 정중히 감사의 인사를 올렸다.

"어머, 저 꽃이 그새 피었네."

무언가 새로운 화제로 삼을 게 없을까 하며 주위를 돌아보던 카리사는 열린 창 너머로 보인 나무에 핀 꽃을 보고 다소 호들갑스럽게 말했다.

"무슨 꽃이었더라? 눈에 많이 익은데."

"석류꽃입니다, 전하."

"아, 그렇군. 내 정신 좀 봐. 아무래도 군대에서 보낸 2년 동안 머리에 좀이 슬었나 봐요."

"아주 익숙한 것도 장소에 따라 낯설게 보일 수 있죠. 크노밋궁에는 석류나무가 없나요?"

"없습니다. 모후께서 화려한 색감의 꽃이나 향이 강한 꽃이 피는 건, 학업에 방해가 된다고 치우게 하셨거든요. 그나마 연못가에 수선화가 좀 피는데 모후께서 아신다면 그마저 다 치우라고 하실 겁니다."

"하긴 저렇게나 예쁜 것들이 주변에 그득하다면 눈길을 주지 않을 수 없겠죠."

다시 걸음을 떼어놓던 그들은 에스테르의 침전 청소를 하고 나오는 하녀들과 마주쳤다. 여느 때 같으면 클라이저에게 정중히 절하고 총총히 물러났을 하녀들이 카리사가 일일이 이름을 부르며 인사하자 잠시 한데 모여 고양이를 구경했다.

뻘쭘하게 서 있을 수도 없는 노릇이라 클라이저는 그대로 내실로 향하면서도 뒤로 시선이 가는 걸 멈출 수 없었다. 무슨 이야기가 그리 즐거운지 작게 웃음꽃이 피었다. 오가며 종종 보았을 하녀들이건만 클라이저는 그들 중 어떤 이의 이름도 몰랐다. 말 한마디 건넨 적 없고 하물며 웃는 얼굴을 본 적은 더더욱 없다.

"체로스, 내 궁전에서 일을 하는 이들의 숫자가 몇이냐?"

"서른둘, 아, 시종장님까지 포함한다면 서른셋입니다."

"서른셋. 그런데 내가 이름을 아는 이는 여섯뿐인가."

내실의 의자에 앉은 클라이저는 잠자코 팔짱을 긴 채 맞은편 벽에 걸린 태피스트리를 응시했다. 카리사가 상기된 얼굴로 눈을 빛내며 내실에 들어온 것은 그러고도 얼마쯤 지나서였다.

"다들 고양이를 너무 좋아하네요. 쿠아론 고양이는 별나게도 예쁘다고 칭찬이 자자했어요."

"한 두어 달 후에도 그 칭찬이 나올지는 미지수에요. 어릴 때 예쁘지 않은 고양이는 드뭅답니다, 반니 양. 이 녀석 어릴 때를 봤다면 반니 양도 동감할 겁니다."

그사이 그의 무릎에서 잠든 미오를 가리키며 하는 말에 카리사가 눈을 동그랗게 떴다.

"어머, 왜요, 미오는 지금도 아주 예쁜 걸요?"

클라이저는 미소와 함께 고개를 갸웃했다.

"보는 눈이 생각보다 낮으십니다, 반니 양은."

"전하의 보는 눈은 제 생각만큼이나 까다로우시구요."

클라이저는 눈썹을 슬쩍 치켜 올리곤 시종에게 손짓해 미오를 데려가게 했다. 베개가 바뀌는 것에 못마땅한 듯 한쪽 눈을 떴던 고양이는 어지간히 졸렸는지 다시 골골거리며 잠에 빠졌다. 그런 미오를 귀엽다는 듯 바라보는 카리사에게 클라이저가 밖으로 나가자고 말했다.

"아까 본 석류꽃이 자꾸만 눈앞에 아른거리는군요."

"과연 황후께선 선견지명을 갖고 계신가 봅니다."

언뜻 본 꽃에 혹한 클라이저를 놀리듯이 웃으면서 카리사는 그와 함께 내실을 나섰다.

햇볕을 좋아하는 나무답게 석류나무 세 그루가 모인 주변에는 이렇다 할 그늘이 없어 눈이 부실 지경이었다. 손갓을 하고 꽃을 들여다보는 카리사를 보고 클라이저가 지나치는 말처럼 양산은 어디에 두었느냐 물었다.

"아, 오늘은 이 아이를 데려오느라……."

"코로나가 그렇게 무거운 줄은 미처 몰랐군요."

궁색한 변명에 대꾸하는 부드럽지만 날카로운 지적에 카리사는 눈썹을 늘어뜨렸다. 그녀는 꽃을 만지작거리며 다시금 변명을 시도했다.

"장난으로 할퀴어 손잡이에 흠집이라도 나면 속상할까 봐서. 야단친다고 고양이가 알아들을 리 없으니 소중한 건 제가 알아서 간수해야지요."

소중한 것, 인가. 단순한 표현에 지나지 않을 수 있는 말에 동요하는 걸 자각한 클라이저는 꽃 한 송이를 꺾어 향기를 맡듯이 코 가까이 가져왔다. 주황빛의 화사함을 상쇄하듯 박한 향기. 눈으로 즐기는데 만족하며 꽃을 들여다보던 그는 언뜻 떠오른 것이 있어 입을 열었다.

"블레신은 반니 양을 석류라고 부르기를 즐기지요. 그 호칭이 마음에 드는 겁니까?"

"마음에 든다기보다 대추야자나 무화과보다는 낫지 싶어서요. 그리 부르지 마시라고 말씀도 드려봤지만 통해야 말이지요."

카리사는 용케 머릿속에서 몰아낸 블레신이 또 머리 한구석을 차지하는 것을 씁쓸히 받아들였다. 그 묘한 제안. 그분이 나한테 대체 왜 이러지? 라는 생각을 벌써 몇 번째로 하는지.

"나라면 석류보다는 수선화라고 불렀을 텐데."

클라이저의 중얼거림에 카리사는 퍼뜩 정신을 차리곤 클라이저를 돌아보았다.

"수선화라면 아름다울뿐더러 향기 또한 일품이지요."

"예…… 어, 수선화는 그렇지요. 그래서 향료로도 인기가 좋고, 또 레노아 여신께 바치는 꽃이기도 하고. 하지만 석류도 예쁩니다. 꽃도 예쁘고…… 향기는 보잘것없을지 몰라도 석류는 열매가 꽃보다 훨씬 아름다우니까요."

어쩐지 당황하여 카리사는 제대로 생각할 겨를도 없이 그런 말들을 쏟아냈다. 클라이저가 작게 소리를 내어 웃었다.

"그렇군요. 반니 양 말대로 열매가 꽃보다 아름다운 게 석류이지요."

클라이저는 카리사를 돌아보며 나직하게 말했다.

"덕분에 석류의 진짜 아름다움을 깨달았습니다."

클라이저가 손을 움직여 그녀의 귀 옆의 머리카락에 손에 들고 있던 석류꽃을 꽂아주었다. 그런 뒤 제 작품을 확인하듯 상체를 뒤로 젖히고 바라보며 빙그레 웃었다.

"블레신의 심미안을 의심한 내가 어리석었군요. 아주 잘 어울려요, 반니 양."

카리사는 눈을 뜬 채로 꿈을 꾸고 있는 것만 같았다. 하지만 생시임을 자각하는 순간 불현듯 아찔하게 어지럼증이 다가든다.

'체했어, 아무래도 진짜 체한 모양이야.'

거듭, 거듭, 그렇게 생각했다.

21.
알고도
모를
사람

석양이 질 무렵 헤러반궁을 떠나 이트궁으로 돌아오던 카리사는 막 궁전에서 나오는 세 명의 낯선 남자들을 볼 수 있었다. 그녀를 비켜 옆으로 걸어가는 남자들의 복장을 보고 궁전의 집기류를 만드는 조성소造成所 소속 공인工人들임을 어렵지 않게 알아보았다.

"새 가구라도 들이나? 무슨 변덕이지?"

바지런히 걸음을 옮기는 것도 잠시, 오전의 일을 떠올리고 저도 모르게 발이 느려졌다. 마침 바구니 안에서 코로나가 가늘게 우는 소리에 카리사는 눈을 부릅뜨며 고개를 저었다.

"공은 공이고 사는 사. 나는 엄연히 시녀로서 연급을 받는 몸이라구."

허리를 꼿꼿이 펴고 턱을 들고 카리사는 총총히 걸어갔다. 뜰을 걸어오는 그녀를 본 블레신이 창밖으로 쑥 몸을 내밀었다.

"어이구, 잘 놀다 오십니까, 반니 양?"

소리가 들려오는 곳을 찾아 두리번거리던 카리사는 이윽고 2층에서 자신을 내려다보는 왕자를 발견했다. 블레신은 손으로 하늘을 가리키며 이

죽거렸다.

"정오 전에 나갔다더니 해가 다 져서 돌아와? 이렇게 불성실하게 나온다 이거지?"

"공주님께 가 있었습니다. 왕자님께서 언제쯤 돌아오신다고 언질을 주셨으면 더 빨리 왔겠지요."

일단은 침착하게 대꾸를 했으나 곧 뭔가를 깨닫고 카리사의 언성이 높아졌다.

"그런데 어째서 제 방에 계시는 겁니까?"

"글쎄. 왜일까?"

씩 웃더니 블레신의 머리가 창문 안으로 사라졌다. 카리사는 코로나가 놀라서 울어대는 것도 무시하고 2층 자신의 방까지 내달렸으나, 한 발 늦었다. 이미 블레신은 내뺀 뒤였다. 여봐란듯이 흐트러진 침대와 그 옆의 탁자에 놓인 석류 껍질만이 왕자가 여기 있었다는 증거였다.

"하여간에, 하여간에…… 진짜 못됐어!"

바구니를 내려놓고 침대를 정리하면서 베개를 두드리는데 무언가 서늘한 향기가 확 피어올랐다. 그게 블레신이 쓰는 발삼 향료의 냄새임을 깨닫고 카리사는 아예 베개를 창가로 가져가 두들겨 패듯이 때렸다. 제 힘으로 바구니에서 나온 코로나는 주인의 과격함에 놀랐는지 슬그머니 방을 나서 어디론가 가버렸다.

침대 정돈을 마치고 심호흡을 해서 마음을 가라앉힌 뒤 카리사는 아래로 내려갔다. 왕자를 찾아 숨바꼭질이라도 해야 하는 건 아닌가 했는데 의외로 쉽게 복도에 있던 하인에게서 왕자가 내실로 들어갔다는 말을 들었다. 잔뜩 벼르며 그녀는 내실의 문을 두드렸다.

"카리사입니다. 안으로 들어가도 되겠습니까?"

대꾸가 들려오지 않아 같은 말을 더 크게 반복했으나 여전히 답이 없다. 얼마쯤 기다린 끝에 카리사는 들어가겠다고 고하고 문을 열었다.

테라스로 열린 문을 통해 뜰에서 한가로이 지저귀는 새의 노래가 들려오는 가운데 카리사는 널따란 내실을 둘러보았다. 인기척이 없다. 그녀는 테라스 쪽을 미덥지 못한 눈으로 쳐다보면서 걸음을 옮겨 잔뜩 경계한 자세로 뜰을 내다보았다. 텅 빈 뜰을 훑어본 그녀의 시선이 이끌리듯 위로 향했다.

이글거리는 선홍빛 노을 빛깔이 마치 석류 속처럼 붉다고 생각했다. 그 생각은 너무도 자연스레 그녀를 누군가에게로 이끌었다.

'아주 잘 어울려요, 반니 양.'

노을이 내린 듯이 그녀의 뺨도 물들었다. 그대로 황급히 뒷걸음쳐서 테라스에서 물러났다.

"정신 차리자, 카리사. 정신 똑바로. 숨을 들이쉬고, 내쉬고, 들이쉬고……. 좋아, 내가 여기서 뭘 하고 있더라? 음, 음, 왕자님의 내실이로군. 맞다, 왕자님!"

멋대로 자신의 침대를 어지르고 나간 왕자를 생각하자 정신이 번쩍 드는 효과가 있었다. 뜰에는 일단 나가지 않았다고 가정하고 카리사는 다시금 내실 안을 꼼꼼히 살핀 뒤 블레신의 침소로 통한 커튼 앞에 섰다.

"왕자님, 여기 계십니까? 저 카리사입니다."

여전히 아무 대답도 없다. 설마 그 짧은 동안에 내려와서 잠이라도 자는 걸까? 확인을 위해 카리사는 커튼을 젖히고 침소로 들어섰다.

화사하게 꾸며진 에스테르의 침소와 달리 오로지 본래 용도에만 충실한 침소. 큼지막한 사주식 침대 외에 이렇다 할 가구가 없는 방은 두툼한 카펫과 벽을 가득 메운 태피스트리들로 바깥의 소음을 차단해 적막할 정도로 고요하다.

카리사는 침대 앞 발판에 슬리퍼가 얌전히 놓여 있는 것을 보고 고개를 갸웃했다. 침대 주위를 돌면서 멋대로 팽개쳐진 신이 없는지 살폈지만 바닥은 말끔했다. 그래도 휘장이 내려져 있는 침대 안쪽이 매우 수상쩍다.

그러나 차마 휘장을 들쳐볼 수는 없는 노릇. 블레신이 낮잠을 자는 거든, 자는 척하는 거든 그대로 물러나는 수밖에 없다. 한두 시간 정도 후에 보게 되면 2층에서의 일을 따지려고 해도 뭐 그런 걸로 아직까지 꽁해 있느냐 오히려 핀잔을 듣겠지.

"또 이렇게 얼렁뚱땅 넘어가는 거군."

약이 올라 허공에 대고 주먹을 휘둘러보았지만 그런다고 기분이 나아질 리 없다. 아무 보람 없이 내실로 나온 카리사는 밖으로 나가려다 눈에 들어온 무언가를 보고 걸음을 멈추었다. 그녀의 눈이 반짝 빛났다.

다시 블레신의 침소로 들어갔다. 이번엔 손에 리라를 들고 있다. 그녀는 침대 머리맡까지 씩씩하게 걸어가 휘장 너머를 향해 상냥하게 말했다.

"왕자님께서 요새 잘 주무시지 못한다고 하신 말씀이 언뜻 떠올랐습니다. 그래서 부족한 실력이나마 제가 왕자님의 숙면에 도움이 되실 노래를 타드릴까 하고요. 싫으시면 지금 싫다고 말씀해 주시지요."

열을 셀 동안 기다렸다. 아무 대답도 없다. 카리사는 싱긋 웃고 카펫에 단정히 앉아 〈사막의 달밤〉을 타며 곁들여 노래까지 불렀다.

맹세컨대 아직 카리사가 탈 수준이 아니다. 발레리아도 다만 리라를 탄다고 말하려면 이런 수준까지는 타야 한다고 맛보기로 한 번 가르쳐준 곡이었다. 카리사도 맛보기로 한 번 타봤다가 죽기 전에 탈 수나 있겠느냐며 웃어버리곤 한 번도 타지 않았던 곡이다. 하물며 카리사는 노래도 못한다.

제가 하는 짓임에도 너무 엉망이라 카리사는 잠시 손을 멈추고 실실 웃었다.

"왕자님께서 주무시기 망정이지 깨어 있으시면 저를 얼마나 구박하셨을까요. 열심히 연습해서 언젠가 깜짝 놀라게 해드릴 테니 기대하시고, 지금은 푹 주무시기만 하셔요. 아무쪼록 이 극진한 마음이 왕자님의 꿈에가 닿으면 좋을 텐데요. 오호호홋."

더욱 장난기가 인 카리사는 자리에서 일어나 언젠가 블레신이 연회장에서 그런 것처럼 서서 주위를 배회하며 노래를 했다. 그리고 그것이 얼마나 어려운 일인지 확실히 배웠다.

"그래요, 인정해야겠어요. 왕자님의 실력은 대단하군요. 발레리아 님보다도 나은지 모르겠어요. 언제 한 번 두 분이 실력대결을 하시면 어떨까요? 정말 귀가 호강할 자리가 될 텐데. 아, 잘난 남자가 한낱 계집 따위와 그런 대결을 하는 건 수치라고 생각하실까요?"

침대의 머리맡에서 좀 떨어진 벽에 기대서서 리라를 뜯던 카리사가 이윽고 다시 걸음을 내디딜 때, 바로 옆 태피스트리가 흔들리더니 불쑥 그사이로 사람의 팔이 나타났다. 카리사는 순간 너무 놀라 얼음이 되었고 속수무책으로 그 팔에 붙잡혀 벽으로 끌려들어갔다.

"꺄아……."

뒤늦게 비명을 지르려한 카리사의 입을 큼지막한 손이 틀어막았다. 몸부림치며 미친 듯이 눈을 깜박여보아도 당장 보이는 것은 암흑뿐. 벽 속이니까 당연한가? 너무도 황망하고 겁이 나서 왈칵 울음이 터지려는 그녀의 귓가에 나지막한 속삭임이 떨어졌다.

"우리 대찬 아가씨께서 오늘은 휘두를 칼이 없으신가?"

칼? 찔끔 눈물이 새어나온 눈을 끔벅거리던 카리사는 비로소 자신을 붙잡고 있는 자가 웃고 있음을 느낄 수 있었다. 게다가 가쁘게 들이쉬는 숨을 따라 콧속에 전해지는 어떤 향기가 낯설지 않았다. 짙은 나무 냄새? 그래, 이건 꼭 발삼 향료의…….

설마 하며 카리사는 머리를 젖혀 위를 올려다보았다. 어둠에 눈이 익어 그녀를 내려다보는 자의 실루엣을 파악한 것은 물론 곧 그자의 눈동자가 얼마나 푸른지도 깨달았다.

"왕자님! 이게 대체……."

블레신이 입을 막은 손을 놔주기 무섭게 카리사가 소리쳤다. 그 결과 다시금 입이 틀어 막히고 말았다.

"쉬잇. 여기가 아무리 은폐된 곳이어도 그렇게 소리를 질러대면 곤란하다구. 이제 내가 손을 뗄 테니까 소리는 지르지 않는 거야. 알겠지, 석류?"

분하기 짝이 없지만 입의 자유를 위해서 카리사는 마지못해 고개를 끄덕였다.

"대체 이 무슨 장난이십니까? 여긴 또 어디고요?"

"어디긴 어디야. 보는 대로, 측실이지."

"측실이요?"

블레신이 손을 뻗자 카리사의 눈앞에서 벽이 옆으로 휙 젖혀지면서 빛이 쏟아져 들어왔다. 그녀가 벽이라고 생각한 것은 실상 벽이 아니라 태피스트리였다. 블레신이 젖힌 태피스트리를 옆으로 고정시키는 동안 카리사는 발을 내딛어 두 걸음 앞으로 나왔다. 사주식 침대 머리 뒷부분이 앞을 가로막고 있었지만 그 옆으로 한두 사람쯤은 지나다닐 만한 공간이 있었다.

평화로운 들판의 전경을 담은 태피스트리들이 죽 늘어뜨려진 벽의 한 곳에 이런 비밀 공간이 있을 줄이야. 다시 그 안으로 들어가 보니 침소에 비하자면 협소하긴 해도 한쪽 벽에 환기용 창문까지 달린 멀쩡한 방이었다. 하물며 한 귀퉁이엔 침대조차 놓여 있다.

"여긴 비밀의 방인가요?"

"나름대로는? 저기 구석의 계단 보여? 2층 서고로 가는 계단이야. 서고를 청소하는 하인들도 저기로 연결되는 계단이 있다는 걸 모른다는데 내 손을 걸지. 그리고 저 동그란 카펫, 저걸 들추면 거기에도 문이 있어. 지하 저장고로 내려가는 계단과 연결되는. 네 식대로 말하자면 두 번째 비밀통로야."

"근사하네요! 이런 거 공주님 침소에는 없는데. 설마, 있는데도 제가 모르고 있는 건가요?"

뒤늦게 얼굴을 찡그리는 카리사에게 블레신이 고개를 저어 보였다.

"거긴 없어. 황궁이 조성되던 초기에 지어진 궁이라 여긴 이런 게 심심찮게 있어. 헤러반궁은 지어진 지 백 년이 약간 넘었을 뿐이고. 원래 평화가 길어지면 안전은 뒷전으로 밀려나는 법이잖아?"

카리사는 대충 고개를 끄덕이고 더 안으로 들어가 보았다. 천장이 높아서인지 폐쇄감은 심하지 않았다. 덜렁 침대만 하나 놓여 있긴 해도 다른 가구들을 들여온다면 충분히 훌륭한 방이 되지 싶었다.

"아무래도 좀 협소하지?"

걷어서 고정해 놓은 태피스트리 옆에 팔짱을 끼고 서서 방을 둘러보는 블레신의 미간에 희미하게 주름이 선 것이 보였다. 카리사는 그의 시선을 따라 방을 둘러보면서 눈을 반짝였다.

"한두 사람쯤은 너끈히 지내겠는 걸요. 탁자나 의자 놓을 자리도 넉넉하고 운동 삼아 걸을 공간도 있고요. 하지만 왕자님께서 하룻밤이라도 지내실 작정이라면 침대를 보다 안락한 것으로 바꾸시길 권할게요. 저건,

음, 제 눈엔 꼭 돌처럼 보이는군요."

"안 그래도 침상은 교체할 참이야. 탁자와 의자, 챙겼고 물론. 저기 창 아래쪽에 작은 서가를 꾸미라고 했어. 그 위로 등잔 놓을 자리를 만들고. 굳이 사방을 환히 밝힐 필요는 없다고 생각해서 다른 주문은 안 했는데 등은 하나로 충분하려나?"

아까 그 공인들이 왔다간 이유를 짐작해보며 카리사도 동의를 표했다.

"이 방의 용도상 등은 하나면 충분할 거예요. 정말로 여길 쓰지 않으면 안 되는 상황이 닥친다면 사방을 환하게 밝힐 여유도 없을 테니까요."

"용도? 푸흣, 카리사, 내 생전에 이 방이 제 용도로 쓰이는 날은 오지 않을 거야. 이런 곳에 틀어박혀 목숨을 유지해야 하는 모멸 따위, 블레신 루키아노스에겐 가당치도 않지. 아하하! 그거 상상만으로도 웃긴 꼬라지로군!"

낄낄거리는 왕자를 카리사는 의아한 표정으로 쳐다보았다.

"오면서 공인들이 떠나는 것도 봤습니다만. 이 방을 꾸미시려고 부른 게 아닌가요?"

"응. 꾸며볼 참이야. 글피의 밤에는 안락하게 잘 수 있게 해놓으랬으니 그만하면 기간도 넉넉하잖아? 그런데도 시일이 촉박하다고 죽는 소리를 늘어놓더군."

"안락하게라는 단서가 붙어서가 아니었을까요?"

세로 폭이 좀 좁아서 그렇지 가로 길이로 따지면 자신이 머무는 방보다도 훨씬 넓겠다고 생각하면서 카리사는 말했다.

"아무튼 이런 방인지라 청소는 네가 하는 수밖에 없겠어. 귀족 아가씨에겐 힘든 일이겠지만 말이야."

"방청소 정도는 힘들 것 없지요. 알겠습니다. 제가 여기 머무는 동안엔 맡아서 할게요."

그녀의 대답에 블레신이 짐짓 눈을 크게 뜨며 능청을 떨었다.

"뭐야, 이미 눈치챘으면서 모른 척하는 거였군. 역시 우리 석류, 만만히 보면 안 된다니까. 자, 방은 충분히 머릿속에 넣었지? 언제라도 상관없으니 더 필요한 게 있다 싶으면 개의치 말고 말해. 글피 안으로는 안 된다고 해도 차차 빠짐없이 챙겨줄 테니까."

밖으로 나가자는 뜻으로 블레신이 손을 뻗어 안내하는 대로 발을 내딛던 카리사는 아무래도 블레신의 말이 묘해서 문간에서 걸음을 멈추었다.

"더 필요한 건 뭐고, 챙겨준다는 말씀은 또 무슨 뜻입니까? 그리고 또 제가 뭘 눈치챘다고 말씀하시는 건지……."

"왜, 방금 그랬잖아. 여기 머무는 동안엔 맡아서 하겠다고."

"청소요? 예, 제가 여기 머무는 동안엔……."

여기, 이트궁에 머무는 동안엔. 그런데 불쑥, 블레신은 '여기'를 다른 식으로 해석하고 있다는 생각이 들었다. 카리사는 휙 뒤를 돌아보았고 뒤를 보기 전보다 더욱 커진 눈으로 블레신을 돌아보았다. 그녀는 저도 모르게 말을 다 더듬고 있었다.

"여, 여기요? 지금 저더러 이 방에서 지내라, 이 말씀이십니까?"

씩 웃으며 블레신이 그녀의 어깨를 툭 쳤다.

"왜 그래, 이제 와서 놀란 척은."

침소로 들어가는 블레신을 따라 황급히 카리사도 밖으로 나갔다. 그녀가 묵직한 태피스트리가 축 늘어져 감쪽같이 벽으로 둔갑한 것을 돌아보는 사이 블레신은 휘장을 걷고 침대에 걸터앉아 아무렇게나 샌들을 벗어던졌다. 뒤늦게 왕자를 따라 종종걸음을 한 카리사가 몸에 밴 정돈 습관이 발동해 샌들을 주워들다가 이럴 때가 아니란 생각에 획 고개를 들었다.

"멀쩡한 제 방을 두고 제가 왜 저기서 지내야 합니까? 이제부터 그 방은 왕자님이 쓸 거라는 둥의 헛소리라면 듣지 않겠습니다. 설사 2층의 그 방을 왕자님께서 쓰신다고 해도 주인 없이 남아도는 방이 넘친다는 것, 저도 잘 알고 있습니다."

"안 뺏을 테니 2층 방, 계속 네가 써. 낮에 쉴 곳이 있긴 해야지, 너도."

"예? 그럼 저 방은……."

"저 방도 쓰고. 대신 저 방을 네가 쓰는 건, 되도록 비밀로 하자고. 아무리 내가 얼굴이 두껍다고 해도 잠을 제대로 못 자서 불침번을 옆방에 재운다고 소문이 난다는 건 쑥스럽거든."

"예에……?"

블레신은 카프탄의 허리끈을 느슨하게 하며 팔꿈치를 뒤로 해 반은 드러눕다시피 앉았다. 느릿하게 하품을 하고 그녀를 바라보는 눈이 금세 촉촉하게 젖어들었다.

"저녁 먹기 전에 조금이라도 자볼까 하는데 아까의 그 연주, 계속해봐. 웃다가 잠드는 진귀한 경험을 기대해볼 테니까. 그런데 노래는 좀……. 정 하고 싶다면 말리진 않을게."

한숨을 푹 쉬고 블레신이 머리를 젓더니 중얼거렸다.

"어쩌다 내가 널 이렇게나 아끼게 됐는지 원."

블레신의 몸이 뒤로 더 젖혀진다 싶더니 털썩 침대에 드러누웠다. 그의 발에 걸려 젖혀진 채였던 휘장이 스르륵 원위치로 미끄러지며 아예 그의 모습이 카리사의 시야에서 사라졌다.

그제서야 정신을 차린 카리사가 침상으로 다가서며 다급히 물었다.

"왕자님, 전 영문을 모르겠습니다, 불침번이라니, 그건 대체. 왕자님, 왕자님?"

카리사는 이대로 얼렁뚱땅 넘어갈 일이 아니란 각오로 휙 휘장을 젖혔다. 그리고 눈에 들어온 살색의 향연에 소스라쳐서 휘장을 원위치시켰다. 어느새 요의 차림으로 베개에 엎드려 있던 블레신은 그녀의 순진한 반응에 소리 없이 웃으면서 졸음에 겨운 목소리를 내었다.

"설마 잊었다고 시치미 뗄 참이야? 연못에 가서 한 말."

"전 시치미 같은 건 떼고 있지 않습니다."

"그럼 기억하겠네. 내가 악몽 때문에 잠을 제대로 못 잔다고 했더니 네가 했던 말."

"어, 저기, 그런 이야기를 한 것 같기는 한데 그때 저는 너무 졸렸던 나머지 뭐라고 횡설수설한 느낌밖에는……."

"술에 취하듯이 잠에 취했었다 이건가? 그런 연유로 모든 것을 잊었고?"

바로 그렇다고 카리사가 대꾸하려는데 휘장 너머에서 블레신의 말소리가 흘러나왔다.

"아아, 좋아. 석류 네가 아무리 솔직해도 결국 평생의 말이 갓 태어난 새의 깃털 하나보다 가벼운 여자에 불과한 걸 깜박했군. 귀엽게 여긴 나머지 내가 머리를 잠시 딴 곳에 뒀던 모양이야. 없었던 말로 해줄 테니 그만 가봐. 리라는 이제 됐어."

카리사는 입을 꾹 다문 채 왕자의 침소를 나왔다. 내실을 가로질러 문을 열려던 그녀는 아직 왼손에 왕자의 샌들을 들고 있는 것을 보고 얼굴을 찡그렸다. 그녀는 얼른 돌아가 침소 커튼 앞에 샌들을 놓아두고 몸을 돌려 내실을 뛰듯이 가로질러 밖으로 나갔다.

하지만 그 얼마 후 다시 내실의 문이 열렸고, 카리사가 들어왔다. 곧장 성큼성큼 걸어가 침소 커튼 앞에 놓인 샌들을 주워들고는 거침없이 커튼을 열어젖히고 침소에 들어섰다. 발판에 놓인 비단 슬리퍼 옆에 샌들을 놓고 카리사는 비밀의 방 앞에서 떨어뜨렸던 리라를 찾아와 침대머리 옆에 앉았다.

"카리사 베로우스 반니는 허언을 하지 않습니다. 약속을 했다면 지키겠습니다. 하지만 제가 한 말을 기억 못 한다는 걸 핑계로 제가 약속하지도 않은 일까지 얼렁뚱땅 들이미신다면 하레샤의 권능에 맹세코 종기나 사마귀, 부스럼 같은 시답잖은 것들로 고생하실 겁니다. 그러니 제 믿음을 악용치 마십시오."

"믿는다면서, 종기나 사마귀, 부스럼으로 위협이야? 아이고, 무서워라."

쿡쿡쿡, 블레신이 웃는 소리가 휘장 너머에서 물결쳤다.

자려고 누웠다가 아무래도 잠이 오지 않아 다시 일어난 카리사는 등잔의 불을 돋우고 서탁 앞에 앉았다. 두루마리며 책 위를 잠시 서성인 그녀의 시선은 곧 곱게 접은 얄팍한 양피지 꾸러미로 향했다. 조심스레 펼치자 가장 먼저 빛바랜 보랏빛의 꽃들이 그녀의 눈에 들어온다. 작은 꽃송이를 부서지지 않게 집어 들어 코끝에 대고 카리사는 빙그레 웃었다.

"한결같이 상냥하기도 하지, 루피나."

양피지의 정체는 서신. 루피나가 보낸 것으로 헤러반궁에 들렀을 때 투렐리아가 받아놓았다며 전해주었다.

제국의 훌륭한 우편제도 덕분에 루피나와는 지난 2년간 두 달에 한 번 꼴로 꾸준히 서신을 주고받고 있다. 편지로 쓸 양피지를 구하는 것도 쉽지만은 않은 신전의 사정을 생각해 카리사는 편지를 보낼 때 여분의 양피지며 제국 내에서 두루 통용되는 우편 인지도 동봉했다. 그러면 루피나는 양피지 가득 쓰인 재미난 글과 함께 서신 속에 말린꽃을 그득히 담아 보내준다. 이번 편지는 히아신스였다.

이미 예닐곱 번은 읽었을 서신을 다시금 천천히 읽어 내려갔다. 작년에야 겨우 청동의 무녀가 된 루피나는 올해 막내가 몇 명 생겼음에도 다 신분이 고상한 치들이라 여전히 막내 신세를 면치 못하고 있는 모양이었다.

〈차라리 견습무녀 고참일 때가 나았나 싶을 때가 한두 번이어야 말이지. 매의 꼬리보다 참새의 머리로 사는 편이 더 나을 것 같지 않니? 정말로 아니꼬워서 죽겠구나 싶은 날엔 자려고 누워서 그런 생각을 하기도 해. 지금은 이렇게 천덕꾸러기 신세지만 나중엔 저 먼 황도에서 당당한 여관女官으로서 떵떵거릴 날이 올 수도 있다고 말이야. 천지를 둘러봐도 내가 믿을 구석이 너 하나뿐이라니, 엄청 부담되지? 하하, 카리사, 어깨에 힘 빼고 웃어넘기렴. 나는 세상의 중심 카데사레아, 그것도 황궁에서 날 잊지 않고 서신을 보내주는 친구가 있다는 걸로 아주 만족하니까. 내 편지를 기다리는 누군가가 세상에 존재한다는 건 정말 행복한 일이야.〉

"그래요. 루피나, 정말 그래."

어떤 답장을 보낼까 생각해보다가 방이 답답하게 느껴져 창의 덧문을 열었다. 올려다본 하늘에 달이 청아하게 빛나고 있었다. 그녀의 시선은 서탁 한 귀퉁이로 향했다. 거기 놓인 풀이 죽어 볼품없어진 석류꽃을 바라보며 그녀의 눈은 한층 더 초롱초롱해졌다.

아, 머릿속이 너무도 맑아 잠들기 위해선 특단의 조처가 필요했다. 그녀는 승마하러 갈 때 곧잘 입는 투박한 모직튜닉으로 갈아입고 머리를 질끈 묶었다. 루피나의 서신을 돌돌 말아 가슴춤에 넣고서 선반 위에 고이 모셔둔 양산까지 덥석 집었다. 침대에서 자는 줄 알았던 코로나가 야옹, 하면서 우는 바람에 카리사는 문간에서 되돌아와 고양이를 품에 안았다.

"밖에 나갈래, 코로나? 하지만 다들 자는 시간이니까 울어선 안 돼. 알 겠지?"

주종 간에 마음이 통했는지 방을 나서 궁전 복도며 계단을 지나가는 동안에도 고양이는 아주 조용했다. 고양이 흉내를 내듯 살금살금 걸어가는 카리사를 보는 게 신기해서 그랬을 수도 있다. 그녀는 거의 완벽하게 궁을 빠져나올 수도 있었으나 마지막 관문인 문을 열면서 끼익, 하고 끌리는 소리를 한 번 낸 것이 옥에 티였다.

"아는 곳을 드나드는 것도 쉽지가 않네. 도둑은 못 될 운명인가 봐. 그치, 코로나?"

몸만 빠져나갈 정도로 좁은 틈으로 밖으로 나간 뒤 총총히 계단을 내려 갔다. 밤이 깊은 때라 힐긋 돌아본 궁전에 불 켜진 곳이 없어 유난히 괴괴했다. 대신 구름 한 점 없는 하늘엔 별과 달이 밝기를 경쟁하듯 빛나고 있어 툭 터진 길을 가는 것은 그리 두렵지 않았다. 후원으로 들어가면서 카리사는 왠지 모를 고양감에 콧노래를 흥얼거리고 있을 정도였다.

그림자를 드리운 큰키나무들을 피해 카리사는 달빛이 좋은 길을 골라 걸었다. 그러던 중에 문득 석류나무 군락과 마주쳤을 때 카리사는 걸음을 멈추고 앉을 만한 곳을 찾았다. 의자로 삼을 만한 바위에 카리사는 엉덩이를 내리고 멀뚱거리며 한동안 주변을 둘러보았다. 그때까지 조용하던 코로나가 가늘게 울어대서 바닥에 내려주며 멀리 가지 말라고 경고했다.

"특히, 나무에 올라가면 안 돼. 올라가면, 이번엔 모른 척하고 돌아가 버릴 테니까. 응?"

고양이는 손을 놓기 무섭게 달음박질이다. 태평히 그 모습을 구경하는 건 이미 이 후원엔 여러 번 데리고 왔던 까닭에 길을 잃지는 않으리라 믿기 때문이다. 밤외출에 신이 난 고양이에게서 눈길을 거두고 카리사는 무릎에 얹어놓은 양산을 쓰다듬었다.

"왜 가지고 나왔을까?"

고개를 설레설레 저으며 품에서 루피나의 서신을 꺼내 펼쳤지만 얼마 못 가 다시 카리사는 양산을 보고 있다. 기왕 가져온 거 어이없는 짓을 한 번 더 한다고 대수이랴.

양산을 펼쳐서 스윽 머리 위로 든다. 자청해서 어둠으로 숨어드는 자신의 행동에 피식 웃으며 양산을 뒤로 젖혔다. 하늘의 달을 향해 카리사는 슬며시 변명했다.

"마라 신이시여, 당신이 너무 눈이 부셔서 살이 탈까 봐 걱정하는 것입니다. 공주님께서 제 살결이 곱다고 칭찬해주신 적이 있거든요."

카리사는 일어서서 바위 주위를 서성거렸다. '양산을 쓰고 달빛 아래를 걷는다.' 어쩐지 우화집의 소재가 될 만한 묘한 상황 같아 카리사는 새삼 웃었다.

웃음이 잦아드는 것과 거의 맞물려 그녀의 걸음도 멈추었다. 그녀는 갓 꽃피우기 시작한 석류나무를 지그시 올려다보는 중이다. 있지도 않은 꽃을 떠올리며 자신의 오른쪽 귀 옆을 만지는 손이 사뭇 진지했다. 그러다 붕붕 소리가 나게 고개를 저었다.

"다 왕자님 탓이야. 괜히 날 석류, 석류 해대니까. 어휴……."

괜한 한숨만 거푸 내쉬곤 기분을 전환할 셈으로 루피나의 서신을 꺼내들었다. 한 손에 들고 있는 양산 때문에 쉽지가 않아 아쉽지만 양산을 접어 옆구리에 끼고 이미 달달 외운 거나 다름없는 서신을 펼쳤다. 토씨까지 외웠을지 몰라도 서신을 들여다보고 필체를 확인하는 것은 또 다른 감회가 있다.

"턱이 두 개가 될 정도로 살이 찌다니. 믿기지가 않아."

청동의 무녀가 되어서 좋은 건 맛없는 음식이나마 양껏 먹을 수 있다는 점. 그래서 이젠 턱이 두 개가 되었다는 대목은 읽을 때마다 웃음이 나왔다.

"여기는 음식도 맛있으니 루피나가 오면 턱이 세 개가 되는 건 시간문제겠어. 나도 많이 먹는다고 먹는데 살이 통 오르질 않는단 말이야. 통통해졌다고 자랑하는 날이 오긴 오려나."

달빛에 푸르게 빛나는 제 흰 팔을 쭈욱 펼쳐보며 그 얄팍함에 눈살을 찌푸렸다. 그때 등 뒤에서 뻗은 손이 그 가느다란 팔을 감아쥐는 바람에 카리사는 심장이 철렁하도록 놀랐다.

"지금까지 한 번이라도 통통했던 적이 있긴 있어?"

장난기 어린 목소리의 주인은 아니나 다를까 블레신 왕자. 카리사는 놀란 가슴을 누르며 벌컥 화를 냈다.

"왕자님! 어쩌면 그렇게 인기척도 없이 다니십니까!"

"기척을 감추어 매복하는데 이 몸이 일가견이 있지. 그리고 허를 찔러서 기습하는 거야. 제아무리 무적의 용사라도 평정심이 무너지면 제 능력의 반의반도 발휘하지 못하는 법이거든."

"전 무적의 용사 같은 게 아니니 매복이나 기습 같은 건 좀 삼가 주십시오. 아까 저녁 무렵에도 제가 얼마나 놀란 줄 아십니까?"

"애초에 형편없는 연주로 골탕 먹으려고 한 건 잊었나?"

"왕자님께서 제 방을 멋대로 어지르신 게 먼저입니다."

"이 몸은 어디까지나 이트궁의 주인이라고. 빈방에 들어가 잠시 쉴 만한

75

자격은 충분하다고 생각하는데? 또 쉬는 것 말고도 네게 필요한 가구를 살펴 셈이기도 했고. 이만큼 배려심 넘치는 왕자가 달리 있을까?"

사과는커녕 자화자찬을 하는 블레신 때문에 카리사는 할 말을 잃었다.

"그리고 방금 전엔 매복도 기습도 아니었어. 굳이 따지자면 은밀한 추격이라고 해야 하나? 잠 못 들고 뒤척이는 나와 비슷한 녀석을 쫓아온 거니 말이야."

결국 그 문소리가 화근이었다. 뒷문과 블레신의 침전은 꽤 먼 곳인데 지독히 예민한 귀를 가지고 있구나 생각하며 카리사는 팔에 힘을 주어 당겼다. 블레신은 의도가 분명한 그녀의 몸짓을 전혀 모른 척하면서 외려 가는 팔을 만지작거리며 혀를 찼다.

"질문에 대답이나 해봐. 여태 살면서 한 번이라도 보기 좋게 살이 올랐던 적이 있어?"

"……없었죠. 갓난아기 때도 빼빼 말랐었다나 봐요."

유모의 젖을 양껏 먹은 아엘리아와 달리 젖만 먹으면 토하는 바람에 카리사는 양젖을 먹여 키웠다고 들었다. 밤이면 몰래 술을 훔쳐 마시는 버릇이 있던 유모의 젖을 못 먹은 것에 그다지 유감은 없으나 어린 마음에도 느껴질 정도로 유모가 아엘리아를 더 편애한 것은 씁쓸한 기억으로 남아 있다. 속 모르는 왕자는 싱글거리며 카리사의 팔을 슥슥 어루만졌다.

"너무 상심 마. 여자는 노력과 무관하게 변신할 기회가 있긴 하니까."

"노력과 무관한 변신이라구요?"

"쯧쯧, 출산 말이야, 출산. 나는 통통했던 사람이 출산 후에 꼬챙이처럼 마른 경우도 봤고, 반면 꼬챙이 같던 사람이 애를 배면서 신전 기둥처럼 살이 붙은 경우도 봤어. 죽음의 문턱까지 갔다 오는 일에는 그런 변화가 왕왕 있는 것 같아."

가볍게 시작한 말이었으나 말끝에 블레신의 표정은 사뭇 진지해졌다. 카리사 또한 그랬다. 둘은 죽음의 문턱에서 돌아오지 못한 자신들의 어머니를 떠올리고 있었다. 카리사는 돌연 부르르 몸을 떨며 탄식했다.

"여자에게 출산처럼 두려운 일이 또 있을까요. 동생의 혼인 소식에 무척 기뻐했는데도 서신을 받은 밤에 결국 악몽을 꿨답니다. 저는 아엘리아가 아기를 낳는 방 앞에 서 있었어요. 아기가 쌍둥이란 걸 이미 알고 있었죠. 그런데 아엘리아는…… 그 일을 무사히 끝마치지 못하는 거예요. 아기도 죽고, 산모도 죽고……. 그렇게 꺼림칙한 꿈을 한 번도 아니고 그 뒤로도 더러 꿨어요. 경우는 각각 제각각이지만 결국 누군가는 죽어요."

블레신은 카리사의 손을 꽉 잡아주었다. 눈시울이 젖어 동요하는 눈으로 카리사는 블레신을 올려다보았다. 망설이는 듯 들썩이던 그녀의 입술이 작게 몇 마디를 보탰다.

"때로는 그 사람이 공주님이기도 하답니다. 괜한 걱정이란 걸 알면서도, 번번이 몽마한테 놀림 당하는 한심한 인간이에요."

무슨 재수 없는 말이냐고 일갈해 주길 바랐다. 블레신이 웃기는 소리! 라고 단호하게 물리치고 네가 나약해 빠져서 그런 거라고 야단치면 카리사도 정말 그렇다고 인정하고 몽마를 원망할 수 있을 것 같았다. 하지만 블레신은 가만히 입가에 미소를 지으며 시선을 떨어뜨렸다.

"몽마는 사람의 두려움을 먹고 자라는 법이니까. 이 땅 위에 사람이 단 한 명이라도 존재하는 한 마지막까지 살아남겠지."

"왕자님도 그런 두려움을 느끼십니까?"

"나 또한 육신을 갖춘 사람이야. 아니면 내가 무슨 허깨비로 보여?"

그가 짐짓 눈을 부라리며 묻자 카리사는 쓴웃음을 지었다.

"제겐, 두려움 같은 건 모르는 분처럼 보입니다. 거침없고 매사에 자신만만하고 신조차 그리 두려워하지 않으시는……."

"그래, 이 몸이 바로 나 잘난 맛에 사는 루키아노스 왕자라구."

가볍게 낄낄거린 블레신이 하늘을 올려다보며 중얼거렸다.

"내 한 몸 건사하는 게 전부라면 신 따위 알게 뭐냐다만, 소중하다 싶은 건 제 한 몸에 국한되는 게 아니니 말이야. 어딜 가도 어깨 한쪽을 잡고 있는 작은 손이랄까. 그래도 그런 굴레가 있어서 사람이 사람답게 사는지도 모르지."

천천히 옅은 미소를 짓는 블레신의 눈이 따뜻하게 빛났다. 그 너머에 에스테르기 있으리라 짐작하며 카리사는 말했다.

"확실히 소중한 게 많아질수록 두려움의 굴레도 무거워지는 거겠지요. 그렇다고 마음을 닫고 사는 건 쓸쓸한 일이고. 사람이 마냥 행복하게 살 수 있는 방법은 어디에도 없나 봅니다."

한숨을 내쉬는 카리사를 쳐다보던 블레신이 갑자기 그녀의 앞이마를 찰싹 때렸다. 봉변을 당한 카리사가 무슨 짓이냐고 따져 묻자 블레신은 전혀 미안한 기색 없이 말했다.

"안 어울리게 심각한 척은. 진지해 빠진 여잔 매력 없으니까 평소 하던 대로 해."

"제가 평소 어땠는데요!"

"어땠긴. 왈가닥에 어디로 튈지 모르는 공이지."

"그건 본인의 경우를 말씀하시는 거겠죠!"

"봐봐, 이렇게 한마디도 안 지고 따지고 들잖아. 잘하면 멱살도 잡으시겠어. 아, 맞다, 칼 들고 피도 봤었지 참."

"그건 엄연히 제 피였습니다."

카리사는 씩씩거리며 벌떡 일어났다. 돌아서는데 왠지 옆구리가 갑자기 허전해져서 뒤돌아보니 블레신은 그녀의 양산을 가져가서 괴이하다는 듯 보고 있다.

"이것 보란 말이지. 이 밤에 양산을 들고 돌아다니는 여자가 정상이냔 말이야. 쯧쯧쯧."

"그건, 그건 호신용으로……."

"호신용? 대체 뭘로부터 몸을 지키려고? 설마 이 궁에 감히 너한테 치근대는 녀석이 있단 말이야? 어떤 놈인데, 말해, 내 당장에 도륙을 내주지."

반은 놀리는 소리인데도 기겁을 한 카리사가 급히 손을 휘저으며 말했다.

"그런 사람, 없어요. 모두 얼마나 친절한데요. 제가 말한 호신용이란 뜻은…… 뱀, 뱀이요!"

"또 그놈의 뱀이야? 독뱀은 아닐 거라는데도 너 정말 뱀 무서워하나 보구나."

혀를 찬 블레신은 후원을 한 바퀴 둘러보며 눈을 가늘게 떴다. 이윽고 카리사를 돌아보며 양산을 돌려주려던 그의 시선이 그녀의 손에 들린 양피지에 머물렀다.

"서신으로 보이는데."

아직 심기가 불편한 카리사는 고개만 까딱하고는 손을 내밀며 양산을 달라고 했다.

"전 좀 더 걷다 들어갈 참입니다. 혼자서요."

그러니 방해하지 말란 으름장이 담긴 말에 웬일로 블레신이 순순히 양산을 건네는 듯싶었다. 하지만 카리사가 양산을 받는 순간 그의 다른 손은 그녀의 서신을 낚아챘다.

"왕자님!"

도로 뺏기 위해 카리사가 손을 뻗었지만 블레신이 손을 하늘로 쭉 치켜
든 후이다. 깡충깡충 뛰어도 어림도 없다. 블레신이 히죽거리며 뒷걸음질
치다가 빙글 돌아서서 뛰기 시작했다.

"잡으면 줄 테니까, 힘내 봐!"

카리사도 쫓아서 뛰긴 했지만 머릿속에 생각이 많아서 달리는데 전력
을 기울일 수 없었다. 어쩜 저렇게 장난을 해댈까? 정말 나한테 문제가
있나?

이트궁에 온 후로 두 눈 크게 뜨고 지켜보았지만 블레신이 그녀를 대하
듯이 짓궂게 구는 사람은 한 명도 없었다. 생각 외로 그가 엄격하고 냉랭한
상전에 가까워 놀라기도 했다. 이트궁의 권속들 또한 그를 경외하여 누구
도 허투루 농담 한 번 건네지 않는다. 그 안에서 왕자에게 잔소리를 퍼붓고
대거리를 하는 카리사의 존재를 그들이 신기해하는 것도 피부로 느꼈다.

화재 현장에서 서슴없이 두 남자의 팔을 잘라 피가 튀는 데도 눈 하나
깜빡 안 하던 블레신을 목도한 이래 카리사도 그가 마냥 경조부박한 자가
아님을 체감했으나 그 일로 느낀 거리감을 태도에 표현할 틈을 왕자는 도
통 주질 않았다. 물러나보려 해도 자꾸만 붙잡아 당겨 제 옆으로 끌어다
놓는 것이다.

남다르다면 남다른 대우. 싫은 것은 아니었다. 카리사는 이 패기만만
하고 종잡을 수 없이 제멋대로인 왕자에게 분명 호기심을 가지고 있다.
실로 이 사람은 무슨 생각을 하고 사는 사람일까 그 머릿속이 궁금해진
적이 여러 번이다.

지독히 허술한가 싶으면 철벽처럼 공고하다. 블레신 루키아노스라는
인물의 내면을 들여다볼 재주, 그런 건 자신에게 없었다. 아마 앞으로도

그럴 것이다.

점점 느려지던 카리사의 걸음이 아예 멈춰진다. 블레신이 뛰어간 어둠 속을 응시하며 가빠진 호흡을 골랐다.

"난 저 사람을 모르겠어."

그의 마음에 닿은 적이 없다. 심지어 입맞춤을 하는 순간마저. 그래서 더 당혹스러웠던 게 아닐까? 누군가를 가슴에 간절히 품는 마음은 그런 게 아닐 것 같은데. 그것은 감추려고 노력하는 때조차 저도 모르게 드러나는 홍조처럼…….

불현듯 그녀의 발치를 부드럽게 스치는 무언가 때문에 소스라치게 놀라 카리사는 아래를 내려다보았다. 코로나가 그녀의 발에 머리를 비비고 있었다.

"놀다 왔니? 더 놀고 싶어?"

작은 귀를 축 늘어뜨리고 코로나는 하품을 한다. 고양이의 모습에서 그만 돌아가서 자고 싶어 하는 마음을 느꼈다. 심지어 이렇게 어린 고양이의 마음조차 알겠는데.

이제는 기척조차 느껴지지 않는 블레신을 쫓는 걸 단념하고 카리사는 돌아섰다. 날이 밝은 후 서신을 되찾기로 하고 그대로 후원을 뒤로 한다. 무심코 택한 길에서 다시 석류나무를 만났을 때 카리사는 걸음을 늦추지 않고 지나쳐가면서 손을 뻗어 꽃 한 송이를 땄다.

'아주 잘 어울려요, 반니 양.'

카리사는 한숨을 쉬지만 왜 한숨을 내쉬는지 스스로도 모른다. 그저 멈춰 서서 달을 찾고 싶어지는 기분이다. 멀지 않은 곳에서 개똥지빠귀 우는 소리가 들려온다. 그 아름다운 울음소리 또한 카리사가 한숨을 내쉬게 하는 계기가 된다.

발치에서 코로나가 뒤돌아보며 꽤 앙칼지게 울어대는 걸 듣고 카리사는 잠시 동안 젖어 있던 감상에서 빠져나왔다.

"쉿, 코로나. 노랫소리가 곱잖니."

코로나가 잠잠해지자 얼마 후 개똥지빠귀가 다시 지저귄다. 참으로 아름다운 노랫소리. 제아무리 훌륭한 악기도 천연의 재능에는 미치지 못한다고 생각하다가 언뜻 떠오른 무엇에 미간을 좁혔다. 그녀가 후원에 나온 후 내내 조용하다가 이제 돌아가려는 무렵에 홀연히 들려오는 새의 지저귐. 카리사의 심중에 묵직한 의혹이 든다…….

그래서 더 빠르게 걸음을 옮겼다. 바람이 일어 나뭇잎들이 수런거리는 소리 속에 가늘고 청명하게 따라오는 새의 지저귐을 계속 의식하면서.

"쳇, 돌아보지도 않는군. 너무 일찍 포기하다니 재미없네."

끝내 울타리 밖으로 나가고 마는 카리사의 실루엣을 확인하며 블레신은 투덜거렸다. 너른 후원을 능히 조망할 수 있을 만큼 키가 큰 플라타너스에 오른 보람이 별로 없었다. 추격보다는 매복에, 매복보다는 기습에 더 재주가 있다는 걸 보여줄 생각이었는데. 그 대신이라고 하기엔 볼품없으나 어쨌든 적이 포기하고 간 노획품을 달빛에 펼쳐본다.

"늘 보고 싶고 그리운 카리사에게…… 뭐야, 이 달짝지근한 서두는? 무심하다는 쌍둥이일 리는 없고. 숨겨둔 남잔가?"

양피지를 차례차례 들춰보다 발신자로 루피나라는 서명을 보고서야 씩 웃었다.

"신전에 있다는 그 친구로군. 어디, 과연 어떤 자를 친구로 두었나 볼까?"

그렇게 블레신은 거리낌 없이 남의 편지를 읽기 시작했다.

22.
헤러반궁
에서의
오찬

　이튿날 카리사는 여느 때처럼 일찍 일어났으나 또 블레신보다 한 발 늦었다. 그렇게 아침에 못 일어난다고 뻗대던 사람이 동도 트지 않은 새벽에 궁을 나섰다는 사실에 카리사는 눈살을 찌푸렸다. 어떤 날은 해 저물 무렵이 되어서야 침대에서 내려오던 사람이 어제는 침대에 든 건지도 의아할 지경. 카리사는 고개를 내저었다.

　"중도가 없는 분이야."

　내실을 청소하는 하인들을 돌아보며 카리사는 루피나의 서신이 눈에 띄지 않는지 살폈으나 적어도 눈에 잘 보이는 곳에는 두지 않았다는 결론을 내리고 손질할 옷가지를 들고 방으로 돌아갔다. 왕자가 어찌나 옷을 험하게 입는지 매일같이 수선할 거리가 생긴다.

　하레샤 신전에서 바느질은 으레 무녀의 일과이기에 아주 출중한 몇을 빼곤 칭찬은 꿈도 꿀 수 없는 일이었는데 황궁에 들어온 이후 그것은 카리사의 비장의 기예가 되었다. 헤러반궁의 시녀들은 저마다 카리사의 자수가 놓인 손수건 두세 장은 가지고 있을 정도이다.

오늘도 옷 수선을 금세 마치고 며칠 전부터 손에 잡은 손수건을 꺼내 가장자리를 마무리하는데 공을 들였다. 에스테르에게 준 선물 이래 이렇게 금사를 많이 쓴 것도 드물다.

"아, 다행이야. 안 부족하게 어떻게든 마무리됐어."

부족하지나 않을까 마음 졸였던 금사가 딱 맞게 쓰여 안심하고 바느질함을 정리한 후 블레신의 의복을 들고 일어섰다. 내실에 있는 의복궤에 옷을 넣어두고 복도로 나와 얼마쯤 걸어가는데 눈에 익은 애젊은 소년이 그녀를 보고 총총히 달려왔다.

여자라고 말해도 무방할 어여쁜 외모의 시종은 발레리아를 모시는 이들 중 하나이다. 곱게 화장까지 하고 있는 시종이 그녀를 보고 싶어 하는 주인의 뜻을 전했다. 카리사는 반색을 했다.

"궁에 들어오셨나 보구나. 오늘 들어오신 거니?"

"예, 황궁문이 열릴 때 들어오셨습니다. 가마를 대어놓았습니다, 마님께서 아씨를 어서 뵙고 싶어 하시거든요."

"가마까지 보내실 건 없는데. 마침 바로 가도 상관없으니까, 아, 아니구나, 그걸 가져가야지. 금방 나갈 테니까 앞에서 기다려줄래?"

시종을 먼저 내보내놓고 제 방에 올라간 카리사는 오늘 완성한 손수건을 챙겼다. 그리고 양산을 쳐다보았으나 눈만 깜박거리다 그냥 두고 돌아섰다.

이미 알고 있던 대로 밖으로 나서자 햇볕이 인정사정없이 쏟아져 내렸다. 구름 한 점 없는 날이다. 더할 나위 없이 유용했을 양산을 그대로 두고 온 이유. 카리사는 그저 가슴을 한 차례 두드릴 뿐이다.

"어서 와, 카리사. 오늘 아침부터 너무 덥지 않니? 난 아무리 살아도 슈파르나 제전 전에 찾아오는 이 반짝 더위가 마음에 안 들어."

발레리아는 나귀 젖을 채운 욕조에 몸을 담근 채 그녀를 맞이했다. 볕에 금방 타는 그녀는 흰 피부를 지키기 위해 많은 노력을 기울였다. 그녀의 피부 관리만을 전담하는 시녀, 톨라가 만든 특별한 팩을 얼굴에 두텁게 발라 눈과 입술 약간만을 내놓은 발레리아를 향해 카리사는 웃음 섞인 말을 건넸다.

"전 발레리아 님이 아예 이 더위를 피했다가 오실 줄 알았습니다."

"그럴까 했지. 하지만 사람이 그리워져서 말이야. 난 죽었다 깨어나도 에스테르처럼 적적하게 살 수 있는 인간이 아니란 걸 새삼 깨달았어. 그리 사는 것도 재능이야, 재능."

발레리아의 손짓에 시녀가 두 사람에게 음료가 담긴 잔을 올렸다. 얼음을 갈아 넣은 복숭아주스를 들고 카리사는 살짝 눈썹을 늘어트렸다. 발레리아는 녹는 거 구경하느냐 타박이다.

"신전에 있는 친구를 생각했어요. 거기선 얼음은커녕 복숭아 한 조각 맛보기도 힘들거든요. 광주리 가득 복숭아를 보내줄 수 있다면 친구가 얼마나 좋아할까 그런 생각이 드네요."

"다행히 넌 거길 벗어나 신의 눈에 들 수 있는 곳까지 올라와 있으니 그 즐거움을 만끽하라구. 물론 만끽하는데 그치지 않고 더 높이 올라가볼 꿈도 품어봐야지!"

고귀한 신분과 빼어난 아름다움, 총명함, 게다가 젊은 나이에 출중한 재력까지 거머쥔 발레리아는 그야말로 그 한 몸에 온갖 축복을 다 갖춘 셈이다. 그럼에도 불구하고 그녀는 꿈에 대한 이야기를 즐겨한다. 자칫 방탕으로 흐를 법한 풍요로움에도 불구하고 발레리아가 늘 생생한 열정을 갖춘 이유가 바로 거기 있을 것이라 카리사는 생각한다.

"이 더위에 얼음을 넣은 복숭아주스를 마실 수 있는 걸로 전 충분해요.

설사 황제 폐하라고 해도 얼음 이상 가는 무언가로 더위를 나시는 건 아니잖아요?"

"그런 감상에 젖는 자체가 아직 멀었다는 뜻이야. 아까 친구 이야길 했지? 네가 어떤 위치에 있느냐에 따라 그런 소망을 이루는 게 일도 아닐 수 있다는 걸 왜 몰라? 카리사, 세상의 태반이 그늘진 곳인데 너는 양지에서 태어났어. 뭐 아주 환한 곳은 아니라 쳐도 말이지."

속주의 귀족이라는 카리사의 신분을 빗댄 말에 카리사는 잠자코 주스를 한 모금 마셨다.

"그리고 신을 모시는 그렇고 그런 무녀 중 하나로 하릴없이 늙어갈 뻔한 신세를 떨치고 여기까지 온 걸 생각해봐. 네 사촌들이나 네 동생이었다고 하면 과연 어디까지 와 있을까?"

"그들은 아름다워요, 특히 제 동생 아엘리아는……."

"알아, 알아, 사랑스러운 님프 같은 아엘리아. 귀에 못이 박혔다구."

지겹다는 듯 손을 젓고 발레리아는 포도주로 입을 적신 뒤 품평을 계속했다.

"너의 그 대단한 아엘리아만은 못할지 몰라도 너도 그만하면 쓸 만한 머리에 외모 또한 퍽 나아졌어. 아직 어려서 모르겠지만 여자의 아름다움이란 게 얼마나 수명이 짧은 줄 알아? 정신 바짝 차리고 갈고 닦지 않는 건 태만이야."

태만인가. 하지만 외모를 가꾸는 것에는 역시 돈이 든다. 발레리아처럼 피부를 위해 나귀 젖으로 욕조를 채울 수 있는 사람이 얼마나 될까? 하물며 이토록 호화스러운 시중은?

카리사의 속을 꿰뚫어 본 것처럼 발레리아가 가볍게 웃었다.

"물론 혼자 노력하는 데에는 한계가 있지. 나만 해도 내일 당장 시녀들

이 모두 증발해 버린다면 세수조차 못할걸? 여기 톨라만 없어져도 야단
이 날 거야."

발레리아는 머리카락을 손질하고 있는 회색 머리의 시녀를 가리켰다.
트라비잔의 의술의 신 테브로크의 신전에서 약초학을 배웠다는 특이한
이력을 가진 이 중년의 여자에게 카리사는 관심이 있었으나 어찌나 무뚝
뚝한지 어쩌다 말을 붙여볼 기회가 있어도 번번이 무시당하기 일쑤였다.
다른 시녀들에게 듣자 하니 주인인 발레리아에게도 말 한마디 꺼내는 일
이 가뭄에 보리 나듯 한다고 한다. 지금도 발레리아가 자기 이야기를 하
는데도 뚱한 표정으로 묵묵히 머리카락만 들여다보는 중이다.

"그렇지, 카리사. 어디 한 번 내가 살아가는 방식을 맛볼래? 어때, 시간
여유 좀 있니? 빨리 돌아가야 하는 거야?"

"아뇨, 왕자님께선 훈련장에 가셔서 오후 늦게나 돌아오실 거예요."

"어머, 루키아가 훈련장엘? 그 이야기, 이따 해줘. 아무튼 잘 됐네. 오
늘 하루 나랑 같이 느긋하게 몸을 가꾸자구. 실컷 수다도 떨고."

휘장 너머에 대기하던 시녀들을 불러들인 발레리아는 몇 가지 명령을
내렸다. 사양에 사양을 거듭하는 카리사의 말을 발레리아는 조금도 귀에
담지 않았다. 때론 독불장군이 되는 발레리아 덕분에 졸지에 카리사는 발
레리아의 목욕탕에서 발가벗고 뜀뛰기부터 했다. 땀을 흘린 후에 목욕을
해야 피부가 고와지고 탄력이 생긴다는 발레리아의 신념 탓이다. 반 시간
정도 뛴 후에야 열탕과 냉탕을 번갈아가며 몸을 씻었다. 네 명의 시녀가
카리사는 손가락 하나 못 움직이게 하고 몸을 씻기는 바람에 적잖이 민망
해 눈을 감고 있었다.

목욕을 마친 후 향유 마사지를 받고 있던 발레리아 곁으로 가니 요염의
극치를 이루는 풍만한 몸과 견주어 카리사는 참으로 가시가 따로 없다.

부끄러워 얼굴을 못 들겠는데 때마침 톨라가 카리사의 얼굴에 두툼하게 팩을 해주기 시작했다. 뭐라 꼬집어 형용하기 어려운 고약한 팩 냄새에 숨 쉬는 게 힘들어 그녀의 몸을 주물러대는 두 시녀의 손을 신경 쓸 겨를도 없었다.

"정말로 넌 살이 잘 붙질 않는구나, 카리사. 식성이 나쁜 편도 아닌데 말이야."

"노력, 중입니다, 계속."

입으로 숨 쉬랴, 말하랴 카리사는 숨이 가빴다. 똑같은 신세임에도 발레리아는 낭랑하게 웃기까지 하니 존경하지 않을 수 없다.

"억지로 먹는다고 찔 체형이 아닌 것 같아. 하지만 이런 몸에도 매력을 느끼는 사내들이 틀림없이 있으니까 걱정할 건 없어."

아아, 역시 발레리아 님의 눈에는 내 몸이 어린애처럼 보이는 게지. 몰래 한숨을 쉬고는 그만 코로 숨을 들이쉬는 바람에 역한 팩 냄새를 된통 삼켜 죽을 맛을 보았다.

"그런데 그 목걸이는 수호부적 같은 거니? 가만 보면 늘 걸고 있더라?"

"목걸이? 아, 네, 부적 같은 거예요. 신전에서 같이 지내던 친구가 행운을 빌면서, 주었죠."

가죽끈 목걸이가 향유 범벅이 되지 않도록 당기면서 매달린 돌을 가만히 쓰다듬었다.

"걸려 있는 건 무슨 보석인데?"

"강가에서 주운 돌이래요. 하지만 확실히 행운의 돌이에요. 친구에게도 행운을 주었다고 하고, 저도 이걸 걸게 된 후 늘 행운의 보살핌을 받았다고 믿거든요."

"어떤 행운? 설명해 봐."

"저는 신전을 떠난 후로 일련의 좋은 운들과 만났어요. 황도로 오는 길에 탄 배에서…… 뱃멀미로 죽지 않고 산 것부터가 행운이었죠. 황궁에 들어와서도, 거의 사역원으로 갈 뻔한 처지였는데 용케 록사네의 눈에 들어 공주님을 모시게 되었구요. 그 인연으로 이렇게 발레리아 님과도 알게 되고. 그래서 전 이 돌에 보다 좋은 자리로 이끌어주는 힘이 있다고 생각해요."

"보다 좋은 자리로 이끌어주는 힘이라……."

감사한 일들이야 부지기수지만 충분히 설명하기엔 상황이 너무 좋지 않다. 말을 하느라 코로 몇 번 숨을 들이쉬었다가 욕지기마저 치밀어 오른 카리사는 얼굴의 팩을 치워달라고 사정했다. 발레리아도 하고 있으라고 강요하는 대신 선선히 톨라에게 팩을 닦으라고 분부했다.

"비위가 약하면 못 견딜 만도 하지. 사슴 똥이랑 달팽이, 두꺼비 진액부터 시작해서……."

"노, 농담이시죠?"

카리사는 제 귀를 의심했으나 발레리아는 그보다 더한 것도 들어 있다고 태연하게 대꾸했다. 어떻게 이런 것을 바르시느냐 묻자 발레리아가 쯧쯧 혀를 찼다.

"이 고약한 냄새를 한 시간쯤 참아내면 피부의 잡티가 사라지고 주름살을 예방할 수 있어. 너도 아주 흉물스러운 것이 때론 아름다움을 위한 요람이 되기도 하는 이치를 알아야 해. 뒤집어서 아름다움을 위해서라면 능히 독마저 품을 수 있어야 한다는 말도 되겠지."

"〈박물지〉에서 독버섯이 모두 아름답지는 않으나 기이할 정도로 화려한 버섯은 독버섯으로 봐도 무방하다는 말을 읽었어요. 방금 말씀하신 것과 무언가 통하는 것 같아요."

"호호호, 그래, 지나치게 아름다운 건 숨은 독을 의심해봐야 한단다. 초목이든, 사람이든."

팩에서 아주 해방되어 장미 향유 냄새를 가득 들이마신 카리사는 행복한 기분으로 발레리아를 돌아보며 말했다.

"그럼 전 발레리아 님부터 의심해야겠는 걸요. 앞으론 의심 좀 하겠습니다!"

"넉살은. 후훗. 그거 아니, 카리사? 난 무조건 예쁜 걸 좋아하는데 너는 내가 예쁘다고 생각하는 기준에 한참 못 미칠 때부터 싫지 않았어. 다행히 네가 요즘 들어선 꽤 예뻐졌기 망정이지 계속 키만 덜렁 큰 말라깽이였으면 내가 왜 이러나 고민하고 있었을 거야, 아직도."

같은 여자끼리인데도 그런 말을 들으니 가슴이 뛰어 카리사는 얼굴이 달아올랐다.

"저는 예전부터 발레리아 님을 몹시…… 존경해왔으니까요. 아마도 그래서?"

"호호, 그 커다란 눈으로 똘망똘망 쳐다보는데 모를 리 있겠어? 그런데 카리사, 그 점을 귀엽게는 생각했지만 별로 특별할 건 없었어. 아주 어릴 때부터 내 주변엔 내 웃음을 얻고 싶어 애쓰는 사람들이 넘쳐났단다. 별다른 노력 없이 사람들의 호의를 얻는 것, 그건 마치 숨을 쉬듯 자연스러운 일이었어, 내겐. 그래서 난 그런 것에 별 감명을 느끼지 않아. 하긴 누군가가 마음에 드는 것에 굳이 이유가 필요한가? 중요한 건 지금 내게 너는 함께 있으면 즐겁고 귀여운 벗이란 거니까. 마음 같아선 내 옆에 늘 붙들어두고 싶은 심정이야. 난 네게 일 같은 건 시키지도 않을 거고 아주 많은 걸 누리게 해줄 텐데 말이지."

엎드린 채 마사지를 받던 발레리아가 문득 카리사를 향해 고개를 돌리며 물었다.

"내게 여동생이 있었다면 꼭 이런 기분이 들었을까? 카리사, 넌 쌍둥이 동생이 있잖아. 그 아이를 어떻게 생각하지?"

"많이 애틋해요. 이따금 무심한 그 아일 원망할 때도 있지만 그래도 항상 그 애가 잘되길 바라요. 행복하길, 아프지 않길, 좋은 사람들에게 사랑받길. 기도할 때 늘 그렇게 빌죠."

"이렇게 살뜰한 언니가 있다니 운이 좋네, 그 아인. 맞다, 예뻐서 그런가?"

아엘리아의 미모를 곧잘 자랑한 바 있는 카리사는 그 말에 후훗 웃기만 했다. 그 뒤론 발레리아가 황궁에서 나가 있었던 지난 며칠 동안의 황궁 이야기로 화제가 흘러갔다.

"글리코 시종장이 아직까지 돌아오지 않았다구? 일은 못해도 고지식한 인간이라 웬만한 일로 이리 여러 날 자릴 비울 사람은 아닌데. 루키아가 힌트 같은 것도 안 줬어?"

"전혀요. 저도 여쭤보지 않았구요."

"왜? 너 호기심이 꽤 왕성한 편이잖아. 궁금하지 않았어?"

"왕자님과의 대화는 지금도 충분해요. 굳이 화제를 늘리고 싶지가 않네요."

"어머, 눈살까지 찌푸리고. 루키아랑 싸웠니? 이실직고해, 어서."

역시 발레리아의 눈을 속일 수는 없다. 시녀들이 엎드려 달라는 말에 몸을 뒤집으면서 카리사는 한숨을 쉬었다.

"전 그분이 어떤 분인지 통 모르겠어요. 어렴풋이 알겠는 건 그분은 사람을 대하는 얼굴이 퍽 여럿이라는 것 정도랄까요."

"호호호, 제대로 알고 있는 걸? 이 세상에 루키아에게 절대적인 건 에스테르뿐. 그 외의 사람들은 오늘 그가 보이는 얼굴이 내일도 그대로일 거라고 생각해선 안 돼. 한 번 수틀리면 가차 없이 냉정해지지. 클라이저를 보라구. 한때의 단짝이 지금은 혼자 짝사랑하는 신세잖아."

"그게 궁금해요, 발레리아 님. 어째서 왕자님께서는 황자 전하께 그리 냉담하실까요? 역시 제 쌍둥이를 빼앗기는 기분 때문일까요?"

"카리사, 너는 네 동생과 결혼했다는 남자에게 적개심을 불태우고 있니?"

"그럴 리가요. 아엘리아를 행복하게 해달라고 빌고 있는 걸요."

"루키아는 결코 그릇이 작은 인간은 아니야. 또 제 동생에게 클라이저만큼 좋은 배필이 따로 없을 거란 것도 잘 알고 있을 테고. 어떤 이유인지는 나도 잘 모르겠어. 확실히 루키아는 읽기 어려운 책이거든. 그 점이 참 귀엽지 않니? 후훗."

웃음소리에 배인 정다운 감정에 카리사는 슬며시 발레리아에게 눈길을 던졌다.

마사지는 끝났으나 손발톱 관리에 이어 머리를 꾸미는 시간이 길었다. 직모인 카리사의 머리에 변화를 주려고 불에 달군 쇠막대가 등장했으나 이것만큼은 목숨을 걸고 버텨 피할 수 있었다.

"원래도 불이 무서웠지만 저번 일을 겪고 더 무서워졌어요."

"멋진 황족 두 분의 활약을 보고서도 말이지? 그날 일을 볼 수 있게 해준다면 난 내 목숨의 일 년 분을 바칠 의향도 있다구."

발레리아가 진심으로 애석해하니 카리사는 떨떠름한 표정이 되었다.

그날 화재로 죽은 이들이 열아홉 명이고 화재의 범인으로 지목된 피로스의 수하 넷은 화재 일주일 후 공개 처형되었다. 클라이저가 직접 재판소에 나가 재판 과정을 참관하고 돌아왔는데 저번 날 밤 카리사와 저녁을 들면서 그 재판에 대한 이야기를 나누었다. 수하들의 과잉충성 운운하며 자신은 전혀 모르는 일이라고 잡아뗀 피로스는 유족들에 대한 보상과 아울러 막대한 기부금을 황제에게 상납할 것을 약속하여 그 어떤 심문도 받지 않았다고 한다. 유능한 변호사를 둔 그는 하물며 재판소에 얼굴을 비출 필요조차 없었다!

깃털 몇 개 뽑고서 해조害鳥를 놓아준 것이 아니냐는 카리사의 말에 클라이저는 황금의 힘이 그만큼 대단한 거라며 쓴웃음을 지었다. 하물며 발레리아도 클라이저의 말에 동의했다.

"유형의 힘이든 무형의 힘이든, 힘을 가지고 있는 자는 세상을 훨씬 수월하게 살지. 피로스 그자가 돈만 많은 졸부였다면 이번 사건이 터졌을 때 그 부유함을 뜯어먹으려는 각다귀들이 들끓었을 거야. 하지만 황족이 둘이나 연관된 일임에도 불구하고 그렇게 쏙 빠져나간 걸 보면 그만큼 돈을 먹인 인맥이 쟁쟁하다는 뜻이야. 피로스란 자, 장래가 꽤 촉망되는 걸?"

"발레리아 님은 어쩐지……."

"응? 내가 뭐?"

발레리아가 돌아보자 카리사는 아무것도 아니라고 얼버무리고 서둘러 옷을 입었다. 화장까지 받으란 말에 극구 사양, 차라리 달아날 기세인 것을 보고 발레리아가 혀를 찼다.

마침내 팩을 떼어낸 발레리아의 얼굴은 은은한 장밋빛이 도는 대리석을 방불케 했다. 그 고운 얼굴에 또 한 겹 화장을 덮어가며 발레리아는 입을 옷을 골라달라는 주문을 했다. 열 벌도 넘는 의복이 카리사의 눈앞에 전시되었는데 모두가 이번 달에 맞춘 새 옷이었다. 덤덤히 살펴본 카리사는 검은 비단으로 가장자리를 두른 백합 수가 놓인 옷을 골랐다.

"좋아. 오늘은 저걸 입겠어. 그런데 카리사, 너처럼 옷이며 보석에 무덤덤한 아가씨도 없을 거야. 다른 일에는 금방금방 감동하면서 말이지."

처음 발레리아가 아침 단장을 하는 자리에 동석했을 때엔 그 많은 옷과 장신구에 놀라 눈이 휘둥그레진 적도 있었다. 하지만 필요한 모든 게 풍족하다 못해 넘쳐나야 직성이 풀리는 발레리아의 성향을 이해한 뒤로는 그녀의 부가 카리사를 놀라게 하는 일은 거의 없었다.

"일일이 감동하다간 오늘 하루 해가 다 저물 테니까요. 게다가 저는 대단하다고 입 밖으로 내어 말해버리면 그게 갖고 싶어지는 욕심꾸러기거든요."

"어머, 알고 보니 야심덩어리 아가씨란 말이지? 너 은근히 나랑 닮은 거 아니? 그래서 내가 널 귀여워하나 보다."

웃음을 터뜨린 발레리아는 목걸이를 고르다 말고 카리사에게 가까이 와보라고 손짓했다.

"네 수호신도 가르나라고 했지? 이거 어떠니?"

황금 사슬에 매달린 푸른 뱀의 펜던트. 비늘 하나하나를 청금석으로 꾸미고 한쪽 눈은 에메랄드, 한쪽 눈은 루비를 박았다. 뒷면에는 '고귀한 자여, 영예가 그대와 함께할지니'라는 가호의 말이 적혀 있다. 과연 발레리아에게 어울리는 사치스러운 수호부적이다.

"어때, 카리사? 이걸 줄 테니 그걸 내게 주지 않을래?"

"네? 어, 하지만 이건……."

발레리아가 자신의 목걸이를 원한다는 사실에 카리사는 곤혹스러워졌다. 발레리아가 보여준 수호부적에 비할 것은 못 되지만 그것을 준 친구의 뜻이 있어 난감한 노릇이었다.

"친구에게 늘 소중히 하겠다고 약속한 거라서요."

"소중히 할게, 나도. 카리사, 넌 그 친구만 소중하고 난 그다지 가깝게 여기지 않는 모양이구나? 어쩐지 서운해지려고 그러네."

"아니요, 발레리아 님. 더 소중하거나 소중하지 않아서가 아니에요. 다만 이걸 발레리아 님께 드리면 그 친구에게 면목 없는 일이 아닌가 싶어서요."

발레리아는 환하게 웃으며 고개를 끄덕이더니 손가락을 튕기며 말했다.

"친구한테 미안한 거라면 미안하지 않게 하면 그만이지. 아까 복숭아 얘기에서 나온 친구가 그 친구 맞지? 내가 그 친구에게 복숭아 한 수레를 보내줄게. 부족한가? 그러면 여기 이 귀걸이를 몇 가지 챙겨서 함께……."

"아닙니다, 발레리아 님. 그러실 것까진 없어요."

귀걸이만 든 보석함에서 아무렇게나 한 움큼 집어 드는 발레리아를 보고 카리사가 놀라서 만류했다. 발레리아는 생글거리며 카리사에게 물었다.

"그럼 복숭아로 충분해?"

그녀의 바람을 한사코 거절한다면 둘의 교분에도 영향을 미칠 수 있음을 카리사는 깨달았다. 루피나가 준 목걸이도 소중하지만 발레리아라는 사람을 잃는 것과는 비할 수 없다.

"아껴주셔야 하는데. 한두 번 차고 보석함에 보관하실 거면 제게 돌려주시면 좋겠구요."

"매일 차겠다고 맹세할게. 대신 살짝 가공을 해서 말이야. 아, 돌은 안 건드릴 거고. 그래도 불안해? 음. 어떻게 해야 카리사가 믿어주려나?"

"믿어요, 믿을게요."

카리사는 마침내 목걸이의 매듭을 풀고 발레리아에게 건넸다. 마음이 아주 내키는 것은 아니었으나 흐뭇한 표정으로 그것을 들여다보는 발레리아를 보니 잘한 일이지 싶다. 발레리아는 곧 아까 보여준 가르나의 목걸이를 카리사에게 직접 걸어주며 눈을 찡긋했다.

"염려 마, 복숭아는 황제가 부럽지 않을 만큼 최상급으로 보내줄게."

둘은 그리고서 가까운 연못으로 뱃놀이를 갔다. 꼼꼼히 펼쳐진 차양 아래에서 발레리아가 새로 구했다는 쿠아론 서적을 카리사가 낭송해 나가면 이따금씩 발레리아가 틀린 발음을 교정해주고는 했다. 몇 백 년 전에 살았던 쿠아론의 한 공주와 그녀의 시종장, 그리고 대신이 얽힌 사랑 이야기가 너무 흥미진진해 카리사의 목소리는 갈수록 열기를 띠어갔다.

"결말을 들어서 아는데 그 공주 말이야, 끝에 가서."

"아아, 안 돼요, 말씀하지 마세요, 말씀하시면 미워할 거예요, 안 돼요, 안 돼!"

카리사를 놀려주려는 발레리아의 시도에 카리사는 번번이 걸려들었다.

"딱 봐도 뻔하잖아. 일국의 공주에게 사랑이란……."

"으아아아! 〈그리하여 다리크 대신은 생각했으니 다가오는 태후의 탄신일에 그녀가 한 번도 보지 못한 검은 바다의 눈물을…….〉 어머, 태후를 뇌물로 매수하려나 봐요. 정정당당하게 공주의 마음을 얻을 것이지, 대신이나 되는 사내가 참 비열하군요."

"너 그 말한 걸 나중에 가서 후회할걸? 곧 있으면……."

"아아아, 그만두시지 않으면 저 이 책이랑 함께 물에 뛰어들 거예요."

울상이 되어선 책을 볼모로 을러대는 카리사 때문에 발레리아는 배까지 누르며 웃었다.

"물에 빠지면 누가 구해줄 줄 알아? 들어가서 빠져나올 재주가 있다면 한 번 좋을 대로 해보렴. 있잖니, 태후의 탄신일에 공주가 큰 곤경에 처하는데 그걸 다리크 대신이."

"정말, 이따금씩 발레리아 님은 왕자님하고 똑 닮은 분 같아요!"

바동바동 발을 구르며 카리사가 푸념을 했다. 발레리아는 유쾌하게 고개를 주억거렸다.

"루키아랑 나 말이야? 전에는 그런 말 자주 들었지."

"칭찬으로 드린 말씀이 아니거든요?"

"어째서? 루키아는 참 근사한 남자야. 내가 남자로 태어났다면 루키아와는 세상에 둘도 없는 친구가 되었을 거라구."

차양 너머의 하늘을 올려다보며 말하는 발레리아의 분위기가 예사롭지 않게 느껴졌다. 남자로 태어났다면 친구가 되었을 것이다, 한데 여자라서 어떻다는 말일까?

종종 왕자가 화제에 오를 때면 카리사는 발레리아의 어조에서 조금은 색다른 어떤 것을 감지하고는 했었다. 여태 의심만 하던 것을 오늘 카리사는 한 번은 확인해 볼 결심을 했다. 주위의 시녀들 속에 쿠아론어를 알아듣는 시녀가 없기를 바라며 카리사는 조심스레 질문을 했다.

"전부터 궁금하게 여겼는데…… 혹시 발레리아 님께선 왕자님을 마음에 두고 계십니까?"

"내가 루키아를? 그렇게 보였니?"

벌꿀을 입힌 대추야자를 혀에 올려놓으며 발레리아가 생긋 웃었다.

"일전에 왕자님의 접견실에서 주웠다고 드린 귀걸이를 기억하실지 모르겠습니다."

"아아, 알지. 내가 나스타에게 업혀서 돌아간 날이잖아."

"귀걸이를 주운 게 저였는데, 그게 떨어져 있던 자리가……."

얼굴이 발그레해진 카리사를 짓궂은 눈빛으로 쳐다보며 발레리아는 과자 부스러기가 묻은 입술을 훔쳤다.

"시시한 장난을 했을 뿐이니까 오해 말아. 루키아는 참으로 멋지지만 내게 어울리는 남자가 아니야. 나는 여기가 아니라 여기로 사람을 고르거든. 나는 정말 남자로 태어났어야 했어."

가슴에 이어 머리를 가리키며 발레리아가 탄식했다. 교묘한 대답이다. 블레신이 발레리아의 머리가 원하는 상대가 아니란 뜻은 알겠다. 하지만 가슴 속에도 없노라, 말한 건 아니다. 그걸 곧장 지적하는 건 무례하지 않나 고민하는 카리사에게 발레리아는 빙그레 웃으며 말했다.

"내 염려는 말고 루키아와 잘해봐. 루키아는 전부터 귀여운 말괄량이 타입을 좋아했지."

"예? 아뇨, 아뇨, 전 그런 생각으로 드린 말씀이 아니라요."

놀란 카리사가 맹렬히 두 손을 내저었지만 발레리아는 의미심장하게 눈썹을 치켜 올렸다.

"왜 잘 어울리던데, 두 사람. 루키아가 자기 궁까지 끌어들인 걸 보면 노림수가 있는 거고 말이지. 너도 순순히 루키아 시중을 드는 건 생각하는 바가 있는 거잖아. 괜찮아. 내 앞에선 솔직해져도 돼."

"전 절대로 그분에게 다른 마음을 가진 적이 없어요. 제발 오해 마셔요, 발레리아 님."

"그런 멋진 남자가 한 지붕 아래 있는데 정말 아무렇지도 않은 거면, 반성해, 카리사. 가슴앓이 몇 번은 했어야 할 나이에 말이야. 말해봐, 남자를 보고 가슴이 뛴 적이 있긴 해?"

발레리아가 부채 끝으로 카리사의 턱을 쿡 찌르며 묻자 카리사는 빠르게 눈을 깜박이고서 모기만 한 소리로 없다고 중얼거렸다. 그녀답지 않은 반응에 발레리아의 눈이 반짝 빛났다.

"타나, 이 귀여운 아가씨가 거짓말을 하는 것 같지 않니?"

품 안의 강아지에게 묻는 척하며 발레리아는 지긋하게 카리사를 쳐다보았다. 카리사는 당황스러워 시선도 마주하지 못하고 책을 뒤적이다가 도로 책을 덮고는 자리에서 일어났다.

"아까부터 멀미가 날 것 같은 걸 참고 있었거든요. 잠깐 걸어야겠어요."

"진짜 뱃멀미일까, 타나? 사람 때문에 멀미를 하는덴 약도 없는데 말이지."

발레리아의 예리한 눈앞에서 카리사는 등을 움츠리며 앞으로 걸어갔다. 차양이 드리우는 그늘을 벗어나자 당장에 쨍쨍한 햇살이 이글거렸다. 주위가 온통 물이라 반사되는 햇빛 또한 굉장했다. 시녀에게 양산을 빌려달라고 할까 하는 생각은 곧 두고 온 자신의 양산으로 향했다. 그리고 양산을 선물해준 이에게로.

여지없이 가슴이 답답해졌다. 설마 이게 발레리아가 말한 가슴앓이는 아니겠지 싶어 카리사는 눈살을 찡그렸다.

'아니야, 아니야. 그분이 누군데? 장차 황제가 되실 분. 하물며 내가 모시는 공주님의 약혼자야. 가슴앓이라니, 당치도 않아. 아니야, 절대 아니야.'

가만히 서 있자니 가슴이 답답한 건 좀 가라앉는데 대신 배 안이 요동치기 시작했다. 정말 멀미를 하면 큰일이지 하고 차양 아래로 돌아가려던 그녀는 돌연한 부름에 멈칫했다.

"카리사!"

연못에 파문이 이는 게 아닌가 싶을 정도로 쩌렁쩌렁한 외침. 당연히 블레신을 보게 될 거란 걸 알고 카리사는 소리가 들려온 곳을 쳐다보았다. 대각선으로 한참 떨어진 연못가에서 검은 말을 탄 남자가 그녀를 향해 손을 흔들고 있었다.

"눈도 좋아, 저분은."

마주 손을 흔들던 카리사는 블레신의 말 옆으로 보이는 회색빛 말에 탄 사람을 언뜻 보고는 눈이 커졌다. 연한 하늘빛 튜닉을 입은 갈색 머리의 남자…….

카리사는 블레신만큼 눈이 밝지는 않다. 하지만 그 사람을 알아보았다. 알아볼 수 있었다.

배가 흔들리지도 않는데 가슴에 세차게 물결이 쳤다.

"다들 절 놀라게 하려고 작정하셨군요."

록사네가 모처럼 뜰에 점심을 준비했다 하여 나와 본 에스테르는 준비된 후원의 식탁에 모인 사람들을 보고 벅찬 듯 가슴을 눌렀다. 에스테르가 자리에 앉는 것을 거들며 카리사는 새삼 흐뭇한 미소로 식탁을 둘러싼 사람들을 돌아보았다.

뱃놀이 중에 블레신과 클라이저를 본 발레리아는 배를 물가에 대게 하여 그들을 점심 식사에 초대했었다. 일없이 노닥거릴 생각 없다며 시큰둥한 반응을 보이는 블레신의 마음을 돌린 건, 그럼 헤러반궁에서 점심을 드시는 건 어떠냐는 카리사의 한마디였다. 블레신이 심통을 부리지 않자 모두의 의견은 금세 통일되어 전언을 보낼 심부름꾼이 달려갔다.

"한 백만 년만인 것 같군요, 이렇게 한자리에 모인 게. 황궁이 아무리 넓기로서니 고작 우리 네 사람이 밥 한 번 먹기가 이리 힘들어서야!"

클라이저 옆에 앉은 발레리아가 포도주 잔을 흔들며 너스레를 떨자 맞은편에 앉은 에스테르가 가벼운 한숨 후에 대꾸했다.

"다들 마냥 한가한 분들은 아니니까요. 그런데 정작 여유로운 제가 변변찮은 병을 핑계로 어른 행세를 하고 있네요."

"어머, 에스테르, 그런 소리 말아요. 여기 있는 사람 중에 어느 누가 정말 바쁘겠어요. 저기 황성 밖 뙤약볕 아래서 밭을 돌보느라 하루 내 허리 펼 일 없는 평민들이 보기엔 우린 다들 구름 위에서 노니는 한량일 뿐이에요. 살면서 식탁 위에 오르는 빵 하나, 채소 하나 제 손으로 건사해본 적 없는 건 우리 모두 매일반이잖아요?"

에스테르는 살짝 커진 눈으로 발레리아를 보다가 옆에 앉은 블레신을 돌아보며 중얼거렸다.

"어쩐지 꼭 오라버니가 발레리아 님 목소리로 말하고 있는 기분이 드는데요."

"그러게. 복화술을 한다고 해도 믿겠군."

클라이저도 에스테르의 말에 동의했다. 블레신은 피식 웃으며 포도주만 들이켰고 발레리아가 낭랑하게 웃으며 말했다.

"아, 못 속이겠네요. 안 그래도 일전에 루키아에게 들은 말을 한 번 읊어보았답니다. 말을 베껴보았자, 역시 내 입에서 나올 소리가 아니죠. 후훗."

"그런 식으로 자기가 속한 계급을 향해 칼을 겨누는 소리를 늘어놓는 건 이 녀석의 재주니까요. 블레신, 평민들의 고충을 이해하는 것까진 좋지만 우리가 평민들처럼 살지 않는다는 이유로 한량이네 뭐네 하는 소리를 들을 것까진 없다고 생각해. 저마다 태어난 자리에 어울리는 삶이란 게 있고, 그 삶속에서 최선을 다하는 걸로 충분히 의의가 있지 않아?"

"내 말이요, 클라이저!"

말 한 번 잘했다는 듯 발레리아가 포도주 잔을 기울여 클라이저의 잔에 쨍 부딪혔다. 그러곤 바로 에스테르를 돌아보며 잔을 쥔 손을 뻗었다. 에스테르는 힐긋 블레신을 보았지만 이내 음료가 든 잔을 들어 발레리아의 잔에 갖다 대었다.

"삼 대 일! 외로워서 어쩌나, 루키아는?"

발레리아가 놀리는 소리에 블레신은 슥 고개를 젖혀 누군가를 찾았다. 그의 푸른 눈이 제게 멈추는 순간 카리사는 재빨리 시선을 피했으나 의미 없는 회피 동작이었다.

"석류, 못 들은 척 그러고 서 있을 거야? 옆에 와서 얼른 내 편들어야지."

"그래, 카리사. 시중들 사람이 이렇게 많은데 거기 서서 뭘 하는 거야. 우리 외로운 왕자님 옆에서 지원군 노릇 좀 해드려."

찡긋 발레리아가 던지는 윙크에 카리사는 웃기만 했다. 클라이저가 말한 저마다의 자리에 어울리는 삶, 지금 카리사에게는 시녀로서 선을 지키는 것이었다.

그런데 그녀를 정말 분별력 없는 시녀로 만들 셈인지 블레신이 당장 자리를 하나 더 만들라고 시종들을 다그쳐댔다.

"마음 써주시는 건 감사하지만 저는 여기서 공주님 시중을 들겠습니다. 그리고 왕자님, 벌써 포도주를 세 잔째 드시고 계시거든요?"

하지만 그녀의 사양이며 경고, 둘 다 블레신은 무시했다. 아직 머뭇거리고 있던 시종들에게 의자를 여기서 빚어낼 참이냐고 블레신이 웃으며 묻자 한 명도 아니고 셋이나 되는 시종이 달음박질을 쳤다. 그리고 블레신은 에스테르를 향해 물었다.

"말해보렴, 에스테르. 지금 반니 양은 널 모시고 있는 거냐, 날 모시고 있는 거냐?"

"오라버니께서 돌려주겠다고 말씀하지 않으셨으니 카리사는 오라버니의 사람이지요."

"석류. 들었지? 넌 내 사람이란다. 그리고 난 지금 지원군이 필요해."

"하지만 왕자님, 여긴 제가 낄 자리가……"

난처해하는 카리사의 말을 끊고 블레신이 좌중을 둘러보며 물었다.

"혹 여기 반니 양이 자리를 함께 하는 것을 불쾌하게 여기시는 분이 계십니까? 조금이라도 거슬린다면 지금 말씀하시고 아니면 영원히 침묵하시지요."

에스테르는 물론 클라이저도 카리사를 보며 싱긋 웃기만 했다. 발레리아는 말할 것도 없다.

"그런데 루키아, 노림수는 알겠는데 기대가 배반당할까 봐 걱정이네요."

"배반이라. 반니 양이요?"

클라이저가 묻자 발레리아는 의미심장하게 눈썹을 치켜 올렸다.

"지원군이라고 불러들였는데, 알고 보니 적군으로 판명나면 어쩌나 하는 거죠. 카리사는 그저 윗사람 말이라면 예, 예 해주는 줏대 없는 아이가 아니거든요."

그때 허둥지둥 의자를 챙겨온 시종들이 자리에 이르러 블레신 옆에 자리를 만들었다. 그래도 주춤거리고 있는 카리사를 블레신이 직접 제 옆에 끌어다 앉혔다. 그녀의 양 어깨를 붙잡아 누른 채 블레신이 중얼거렸다.

"알죠, 줏대가 너무 서서 때론 상전이 따로 없죠. 하지만 발레리아 님의 걱정이 섣부른 게, 반니 양은 나랑 약속을 했거든요. 저 숙부를 상대할 땐 내 편이 되어주겠노라고. 그렇지?"

"저기, 그건……."

어디까지나 무술대회에 국한된 일이라고 카리사가 항변하려는 찰나 클라이저가 물었다.

"아! 웬일로 승리의 여신 운운하더니 그게 설마?"

"승리의 여신이라뇨? 무슨 소리인지 우리도 알아듣게 말해 봐요, 클라이저."

발레리아가 부추기고 에스테르 역시 관심이 동하는지 스푼을 멈춘 채 블레신과 클라이저를 갈마보았다. 클라이저가 머뭇거리자 블레신은 두 팔을 벌려 보이며 제자리에 앉았다.

"감출 일이라고 생각했다면 숙부에게 떠벌렸겠습니까? 얼마든지 말씀하시죠."

무슨 이야기인지 대충 감이 온 카리사는 제 앞에 포도주 잔을 채워주기 무섭게 양손으로 움켜쥐고 꿀꺽꿀꺽 들이켰다.

"왜, 블레신이 무술대회 같은 것엔 일고의 흥미도 없어 보이더니 요 며칠 훈련장에 나와 운동을 하고 있거든요. 그게 꽤 진지해 보여서 무슨 바람이 분 거냐 물었더니 승리의 여신에게 소개시켜줄 여자가 있다는 겁니다."

"어머……. 그거 흥미로운 발언이군요. 카리사, 그 여자가 너란 말이야?"

묻는 발레리아뿐 아니라 다른 이들의 시선도 카리사에게 와 머물렀다. 카리사는 이미 다 비운 잔을 꼭 쥔 채 대답했다.

"저는 대회에서 왕자님을 응원하겠다고 말씀드렸을 뿐입니다."

"내 편 해주겠다고 했잖아, 내 편. 정확히 말해야지, 석류."

"그게 그 말입니다, 왕자님."

살짝 날이 돋친 카리사의 대구에 블레신이 낄낄거리며 손수 카리사의 잔을 채워주었다.

"하여간 덕분에 의욕이 생겼습니다! 다들 이기길 바라는 사람을 꺾어서 무슨 영예를 얻겠냐 싶어 당일에 꾀병으로 드러누워버릴까 하던 차였는데, 여기 이 아이가 응원하겠다고 하니 이기고 욕 한 번 걸쭉하게 먹는 것도 나쁘지 않겠다 싶어서요."

"마음먹으면 당연히 이길 거라는 그 오만함은 둘째 치고 다들 이기길 바라는 사람이라뇨? 클라이저를 말하는 거예요?"

블레신은 고개를 갸웃했다. 당연하지 않냐는 그 태도에 클라이저가 눈살을 찌푸렸다.

"쓸데없는 생각을 하고 있군. 네가 이긴다고 누가 대체 욕을 한단 말이냐? 다들 내가 이기길 바랄 거란 건 또 뭐구. 넌 당장 에스테르부터 무시하고 있잖아."

"제가요? 에스테르, 대회에서 이 오라비를 응원할 거냐?"

짐짓 놀란 시늉에 이어 블레신은 에스테르를 돌아보며 물었다.

"그럼요."

"오, 내 사랑스러운 누이. 당연히 그러리라 믿는다. 그런데 만에 하나, 결선에서 나와 숙부가 맞붙는다면 그땐 어떡하고?"

"그야……. 둘 다 응원하겠어요."

어려운 결정을 한 에스테르의 머리를 쓰다듬어주며 블레신이 너털웃음을 터뜨렸다.

"됐다, 그 말만으로도. 네 응원은 받은 걸로 칠 테니 나는 신경 쓰지 말고 마음껏 숙부를 응원하렴. 나한텐 여기 이 귀여운 응원군이 있으니까. 사실 이 아이가 일당백의 전력이거든."

귀여운 응원군이자 일당백의 전력, 카리사는 포도주를 마시다 사레가 들렸다. 블레신은 그녀의 등을 툭툭 두드려주며 히죽히죽 웃었다.

"이런 식으로 사람을 방심하게 하는 게 특기야. 귀엽다고 방심하면 큰 코다치지. 여차할 땐 이 작은 손으로……."

"네, 감사합니다, 왕자님! 제 칭찬은 돌아가서 차분하게 해주시고 이제 그만 식사를 하시지요? 어머나, 아직도 스푼이 이렇게나 깨끗하다니, 포도주는 세 잔이나 드셨으면서! 자, 이 부드러운 빵부터 한 조각 맛보셔요. 굴도 참 싱싱하네요, 드시기 좋게 까드리겠습니다."

블레신의 혀를 막으려면 그의 입을 봉쇄하는 수밖에 없다. 카리사는 사레가 진정되기 무섭게 빠른 속도로 말하며 빵 그릇에서 가져온 빵을 수프에 적셔 직접 그의 입에 밀어 넣었다. 그리고 그의 허락이 떨어지기도 전에 바지런히 굴을 까서 금세 한 접시 수북하게 만들었다.

그러는 중에도 블레신이 좋아할 만한 게 없나 매의 눈으로 살피다 척척 음식을 골라 그의 앞에 챙겨놓았다. 블레신의 손에 포도주 잔 대신 스푼을 쥐어주는 것도 그녀의 일이다.

잠시 조용해졌던 식탁은 발레리아의 유쾌한 웃음소리로 다시 대화의 물꼬를 텄다.

"오호호, 이래서 일당백인 거군요. 클라이저, 루키아가 저렇게 고분고분하게 음식 받아먹는 모습 본 적 있어요?"

"글쎄요, 아주 어릴 때엔 어땠더라……."

클라이저는 카리사가 벗겨놓은 굴 껍질 하나를 들어 감상하듯 쳐다보았다.

"적어도 블레신이 남이 까주는 굴을 먹는 건 오랜만에 보는군요. 에스테르, 너는 어떠냐?"

"전 오라버니가 어디 아픈 건 아닌가 걱정하는 중이에요."

에스테르가 농을 다 할 정도로 보기 드문 광경임에 틀림없었다. 정작 블레신은 아무렇지 않은 표정으로 카리사가 놓아주는 대로 음식을 먹다가 화제의 키를 홱 돌렸다.

"그래서 말인데 더 늦기 전에 내기라도 걸어 두는 게 어떻겠습니까?"

"내기? 어떤?"

클라이저의 반문에 발레리아가 클라이저 쪽으로 고개를 기울여 속닥거렸다.

"어떤 내기겠어요. 대회의 결과를 두고 걸자는 거죠."

"오라버니, 그런 걸로 도박은 마셔요."

에스테르가 못마땅한 기색을 짓는 것을 보고 블레신은 누이의 홀쭉한 뺨을 장난스레 꼬집는 시늉을 했다.

"승산이 구 할이 넘는 일에 거는 건 도박이라고 하는 게 아니야, 사랑스러운 누이야."

"구 할의 승산이라니, 아직 대회에 어떤 쟁쟁한 인물들이 나올지 전혀 모르잖아요. 아니면 무슨 비밀 소식통이라도 가지고 있는 건가요?"

발레리아의 질문에 블레신은 어깨를 으쓱했다.

"모릅니다, 다른 사람들 따위 관심도 없고."

"그런데 무슨 근거로 승산 구 할 운운이죠?"

그것은 카리사도 궁금해서 귀를 쫑긋 세웠다. 블레신은 씩 웃으며 말했다.

"내가 블레신 루키아노스니까. 그거 말고 더 뭐가 필요합니까?"

발레리아는 동그래진 눈으로 블레신을 응시하고 클라이저는 엷은 미소를 담아 살짝 머리를 저었다. 에스테르는 그럴 줄 알았다는 듯 덤덤히 주스를 마셨다. 그 조용한 반응들 때문에 "어휴." 하고 내쉰 카리사의 작은 한숨은 지나치게 크게 들렸다.

맞은편 자리였던 까닭에 클라이저는 그렇게 한숨을 쉬며 블레신을 보는 카리사의 찰나의 표정을 온전히 목격했다. '이 한심한 사람을 어쩌면 좋아.' 라고 이마에 적어놓은 얼굴.

불쑥 치밀어 오르는 웃음을 누르는데 실패한 클라이저는 머리를 젖히고 아하하 웃고 만다.

그 웃음에 놀라 발레리아와 에스테르가 클라이저를 멀뚱히 쳐다보는 사이 블레신은 카리사의 정수리를 꾹꾹 문지르며 묻고 있었다.

"방금 전에 한숨 쉰 거 뭐야, 석류? 감히 이 몸을 상대로 한숨? 한숨? 내 덕에 한 재산 장만하면 내 얼굴을 어떻게 보려고, 응? 으응?"

"오, 오해십니다. 방금 전 그건 포도주 때문에 속이 좀 안 좋아서……."

"내 눈을 보고 말해볼래?"

역시 그냥 뒤에 서 있어야 했다!

카리사는 블레신의 핍박 속에서도 힐긋 클라이저를 훔쳐보았다. 저리 해맑게 웃고 있으니 조금은 장난꾸러기 같은 면도 보이는구나 싶어 신기하다.

식탁에 앉게 되어 좋은 점이, 아주 없지는 않았다.

오전 일곱 시. 식전 훈련에 참가하는 친위대 병사들의 함성으로 체력 단련장은 아침부터 떠들썩하다. 떠나온 병영의 분위기를 느끼게 하는 그 분주함 속으로 클라이저는 기분 좋게 걸음을 옮겼다. 오늘도 블레신이 먼저 와 있을까?

경쟁심이라기보다는 기대감으로 클라이저의 입가에 미소가 떠올랐다. 목과 어깨, 팔 등을 슬슬 풀면서 안으로 들어서는 클라이저를 맞은 건 평소와는 조금 다른 훈련장의 모습이다.

"우오오!"

한차례 떠들썩하게 일어나는 함성 사이로 박수 소리와 휘파람이 뒤섞여 요란하다. 클라이저가 의아하게 쳐다본 곳에는 한창 훈련에 매진 중이어야 할 병사들이 둥글게 원을 형성하고 발을 구른다던가 손을 휘둘러가며 무언가를 응원하고 있었다.

"약해! 이놈도, 저놈도 하나같이 약골들뿐이야!"

쿵쿵, 하고 무언가 메다꽂히는 소리에 이어 우렁우렁하게 내지르는 목소리가 귀에 익다.

"더 들어와, 더! 자신 있는 놈은 누구든 들어와서 이 몸을 밟아보란 말이야! 너! 그리고 너! 허우대가 아깝게 구경만 할 참이냐? 들어와, 검 들고!"

병사들 뒤로 다가서며 목을 늘여 빼고 클라이저는 원의 안쪽을 응시했다. 모래판 위에서는 일 대 사의 검술 대련이 한창이었다. 이미 쓰러져서 어깨며 다리를 누르며 일어나는 둘을 대신해 다른 두 병사가 목검을 쥐고 합세하면서 곧 일 대 육이 되었지만 말이다. 목검임에도 깡깡 부딪히는 검 소리가 요란해 불꽃이라도 튈 것 같다.

"손속에 사정 두지 마, 차례 기다리는 거냐, 미련한 놈아! 손에 검 들었다고 발은 놀아? 둘러쌌으면 일제히 찔러, 멍청한 자식들, 위에서 내리치는 거 말고 아는 게 뭐야!"

앞뒤에서 달려드는 두 병사의 검을 간단히 걷어내고 순식간에 몽둥이로 돌변한 검으로 둘의 안면과 배, 다리까지 후려쳤다. 연타를 당한 병사들이 풀썩 앞으로 고꾸라진다. 또 다른 네 사람이 우르르 검을 치켜들고 덤벼보았지만 가볍게 허리를 낮춰 공격을 무위로 만들고 짧은 기합과 함께 일어서며 전후좌우 상하를 자유자재로 휘돌며 춤을 추는 검 앞에서 넷은 신나게 두들겨 맞고 나가떨어졌다. 지켜보던 병사들의 입에서 또 한 번 환성이 일어나는 순간이다.

원 안에 홀로 선 블레신은 검을 들어 깡깡 부딪혀 병사들의 소란을 잠재운 뒤 말했다.

"이놈들이 나한테 매수되어 꾀병을 부리는 게 아닌가, 싶은 사람 있을 거다. 매수는 아니어도 상대가 왕자라서 제 실력을 발휘 못 했다고 짐작하는 녀석도 있을 거고. 의심만 할 게 아니라, 나와서 실력을 보여주길 바란다. 난 언제라도 큰 코 다칠 준비가 돼있다! 누구든 좋다, 내 한쪽 무릎이라도 이 땅에 닿게 만드는 자에게 금화 열 개를 상으로 주겠다!"

금화 열 개라는 먹음직스러운 포상 앞에 병사들의 함성은 더 거대해졌다. 그리하여 완력에 자신 좀 있다 하는 사내들이 서로 질세라 목검을 거머쥐고 블레신을 상대하러 나섰다.

그리고 차례차례, 우수수 나가떨어졌다. 열 명, 스무 명, 마침내 서른을 헤아릴 즈음이 되자 훈련장에 찾아왔던 축제의 분위기도 완연히 시들해졌다.

"대체 몇 사람째야? 어떻게 지치지도 않지?"

"숫제 괴물이야, 괴물. 소문이 아주 과장은 아니었나봐."

다음 먹이를 찾는 블레신의 재촉에도 이제 병사들은 그런 소리를 수군거리며 고개를 내저었다. 뒷자리에서 내내 지켜만 보던 클라이저가 병사들을 헤치고 앞으로 나아갔다.

"오늘은 손님이 떨어진 모양인데, 어때, 나라도 상대해 줄까?"

이마의 땀을 훔치며 블레신이 씩 웃었다.

"이런 자리에서 숙부를 모셔야 쓰겠습니까? 저는 좀 더 좋은 자리를 기대하고 있습니다."

여전히 왕성한 기력에 클라이저는 새삼 그 체력에 감탄했다. 아직 조금 검을 쓰는 게 기술보다는 완력에 의존하려는 면이 없잖아 있으나, 이렇게 한 며칠 실전을 거듭하다 보면 곧 예전의 감을 찾을 것이다.

"내깃돈을 너무 크게 걸었나."

모래판에서 나와 물을 마시는 블레신 옆에서 클라이저가 한숨을 쉬었다.

이틀 전 헤러반궁의 오찬에서 블레신의 제안대로 다들 대회의 결과를 두고 돈을 걸었다. 클라이저와 블레신은 각자 본인에게 금화 스무 개씩, 에스테르는 두 사람 앞으로 각각 열 개씩, 발레리아는 클라이저 쪽에 금화 스무 개를 걸었다.

아, 카리사를 대신해 블레신이 제멋대로 금화 다섯 개를 제 앞으로 건 것도 포함해야 할 것이다. 카리사는 그건 자신의 두 해 연금보다 많다고 항의를 했지만 블레신은 한 번 건 돈은 회수할 수 없는 거라며 항의를 묵살했다.

그 때문에 시무룩한 고양이 같은 표정을 짓던 카리사를 떠올리고 클라이저는 쿡 웃음 지었다. 웃는 이유를 짐작 못 할 블레신은 클라이저를 힐 긋 쳐다보며 눈썹을 치켜 올렸다.

"돈을 잃을까 봐 걱정인 분치고는 여유가 넘치시는데요? 좋군요, 그렇게 자신만만한 것도. 어서 검을 겨뤄보고 싶어 손이 근질거리기 시작했습니다."

"그렇게 기합을 넣을 것까진 없잖아. 봐달라고까진 안 하겠지만 혹시라도 한자리에서 만나게 된다면 체면치레는 하게 해다오. 저 병사들에게 한 것처럼 패대기치는 것은 좀……."

"적이 자신의 전력을 얕보게 하여 방심을 유도하는 것, 기본 중의 기본인데 제법 잘하고 계십니다. 계속 그렇게만 하세요."

실컷 목을 축인 블레신은 뒷목이 뻣뻣하다며 한바탕 달려야겠다고 일어났다. 같이 뛰겠느냐는 물음에 클라이저는 몸부터 푼다며 고개를 저었다. 두 번 권하지 않고 블레신은 경주로로 뛰어갔다. 슬슬 뛰어가는 뒷모습에서도 풍겨오는 기백이 남다르다.

클라이저는 살짝 입맛이 썼다. 자신의 무재武才가 블레신만 못 하다는 것은 일찍이 인정했지만 그래도 모래가 계속 쌓이면 사막이 된다는 말처럼 게으름 피우지 않고 꾸준히 몸을 단련해온 자신의 세월을 믿는 마음은 있었다. 그런데 방금 장면을 보고 나니 믿고 있던 세월에도 고개가 갸웃해지는 기분이다.

본격적으로 몸을 풀면서 클라이저는 생각을 이어갔다. 블레신과의 대결. 내심 겨뤄볼 만한 승부가 되지 않을까, 하고 생각했던 것도 따지고 보면 블레신이 그간 단련에 소홀했을 거라는 계산이 뒷받침된 거였다. 상대가 최고 기량이 아닌 것을 불만스러워하긴커녕 호재로 본 것이다. 슥 고개를 들어 달리고 있는 블레신을 보며 클라이저는 긴 한숨을 쉬었다.

"바람 좀 쐬고 와야겠다."

몸을 풀다 말고 밖으로 나가려는 그를 따라 시종도 움직이는 것을 손을 들어 그대로 대기하게 했다. 밖으로 나갈 때까지만 해도 말 그대로 잠시 바람이나 쐬고 들어갈 생각이었다.

밖으로 나오니 쨍한 해가 눈부셔서 근처의 사시나무 그늘로 걸어갔다. 나무에 기대어 위를 올려다보니 나뭇잎 사이로 자잘한 햇살이 쉴 새 없이 반짝였다. 한동안 멍하니 그 초록에 어린 빛의 향연에 빠져 있다가, 불쑥 어떤 생각에 사로잡혔다.

클라이저는 체력단련장을 한 번 쳐다본 뒤 이내 몸을 돌려 걸음을 옮겼다. 등 뒤로 체력단련장이 계속 멀어져간다. 그의 걸음은 평소보다 조금 더 빨랐다. 어쩌면 조급해 하는 듯이.

"카리사 님, 카리사 님, 안에 계십니까?"

"네에, 있어요, 들어와요."

이른 아침부터 방문을 두드리는 소리가 책에 푹 빠져 있던 카리사를 일깨웠다. 한창 어려운 대목을 읽던 차라 흐름을 놓치지 않게 막 읽은 단어를 중얼중얼하면서 들어서는 사람을 향해 고개를 돌렸다.

"소토, 좋은 아침이에요. 그런데 무슨 일…… 어머나, 전하!"

먼저 들어온 이트궁의 시종 뒤로 보이는 뜻밖의 얼굴에 카리사는 벌떡 의자에서 일어났다. 그 바람에 손에 들고 있던 두루마리 책이 또르르 굴러가 방문자의 발치에 이르렀다.

"『관대한 신과 관대하지 않은 인간』. 까다로운 걸 보고 있군요. 이거 좀 어렵죠?"

두루마리를 집어든 짧은 순간의 일별로 그 제목을 알아낸 박식한 황자를 응시하며 카리사는 고개를 끄덕였다.

"좀이 아니라 많이, 아주 많이 어렵습니다. 그래서 열심히 반복해서 읽고 있어요."

"훌륭한 학생이군요."

싱긋 웃는 클라이저의 눈과 마주친 순간 카리사는 잠시 머릿속이 하얘지는 묘한 현상에 휩싸였다. 그럼 이만 물러가겠다고 하는 시종의 말이 들리긴 했는데 거기에 뭐라고 대답을 했는지 잘 떠올릴 수가 없을 만큼. 하여간 문득 정신을 차렸을 때엔 클라이저가 단정하게 만 두루마리를 그녀에게 건네고 있었다.

"어쩌지요, 왕자님께선 이미 아침 일찍 단련장에 가셨습니다만."

"응, 그래요. 그렇다고 하더군요."

클라이저는 고개를 갸우뚱하며 그녀의 말에 대해 생각해 보는 시늉을 한다.

"모처럼 오셨는데 헛걸음을 하셨네요."

"그렇군요, 확실히."

이제라도 체력단련장에서 블레신을 보고 오는 길이라고 말할까 클라

나뭇잎 사이로
반짝이는   2

이저는 생각해 본다. 하지만 그의 느닷없는 방문에 쩔쩔매고 있는 카리사를 보고 있자니 사실을 고백하고픈 마음은 금세 자취를 감추었다. 대신 클라이저는 카리사의 방을 둘러보는 쪽을 택했다.

"고양이가 안 보이네요?"

"아, 밤새 안에만 있어서 답답한지 요샌 아침 되면 나가서 한 바퀴 돌다 오네요."

"아침 순찰인가요, 믿음직하군요."

농담인지 진담인지 클라이저의 얼굴만 봐서는 알 수가 없어 카리사는 어정쩡하게 미소했다.

그사이에도 클라이저는 찬찬히 방을 구경했다. 협소한 방에는 이렇다 할 장식도 없고 가구도 빈약해 여느 시종들이라면 몰라도 귀족 아가씨가 거처하기엔 부족하다 싶었다. 찌푸려진 그의 미간은 그나마 카리사의 책상을 보고 얼마쯤 풀어졌다.

황자의 시선이 책상으로 향한 걸 보고 카리사는 허둥지둥 정리에 나섰다. 작은 책상의 한편엔 플라무투스의 박물지가 펼쳐져 있고 암기하느라 끼적거린 밀랍서판과 철필이 굴러다닌다. 또 한쪽에는 발레리아에게서 빌린 쿠아론의 이야기책이, 그 옆에는 롤리아에게서 빌린 시집이 펼쳐진 채 하늘을 보고 있었다. 방금 전에 클라이저가 본 철학서까지 네 권.

조용히 걸음을 옮겨 책상에 이른 클라이저는 귀퉁이에 세워진 리라를 보는 척하면서 말했다.

"여기 얼마나 더 있을지 몰라도 서가 정도는 있는 게 좋겠군요."

그의 지적에 카리사는 얼굴을 붉히면서 변명했다.

"헤러반궁의 처소에는 있습니다. 여기엔 당장 읽고 공부할 책들만 가져온 터라……."

"당장 읽고 공부할 책들이 이렇게나 많아요?"

"모르는 게 많으니까요. 어서어서 배워야죠."

부랴부랴 책상 정리를 마친 카리사는 머리를 쓸어 넘기며 황자에게 말했다.

"나가시죠, 전하. 아래에서 차라도 한 잔…… 아, 그전에 아침은 드셨습니까?"

"식전입니다."

"어, 그렇겠지요, 아직 시간이 이르니. 어쩌나……."

블레신은 오후 느지막이나 되어야 돌아올 것이다. 주인이 없는 궁에서 찾아온 손님에게 식사를 대접하는 것이 정중한 일인지 넘치는 일인지 카리사는 가늠하기가 힘들었다. 손님이 다른 이도 아니고 왕자의 숙부이니 괜찮지 않나 싶다가도 블레신이 나중에 들으면 좋은 낯을 하지 않을 성싶고. 대체 글리코 시종장은 왜 아직도 돌아오지 않는 건지!

카리사의 갈등을 마치 훤히 들여다본 듯이 클라이저가 책상을 툭툭 두드리며 말했다.

"주인도 없는 곳에서 식사를 대접받을 수야 없지요. 이만 돌아가 보겠습니다. 아침을 들고 나도 단련장으로 향할 테니 굳이 내가 왔었단 이야기를 할 필요는 없습니다."

입단속을 시키는 그의 의중을 모르고 카리사는 고개를 주억거렸다. 한시름 덜긴 했지만 이대로 황자가 돌아간다고 하니 조금 아쉽다.

"목을 축이실 만한 음료라도 대접하는 게 도리일 것 같습니다만……."

"괜찮습니다, 갈 길이 먼 것도 아니고."

클라이저는 문간에서 문득 생각났다는 듯 걸음을 멈추고 뒤따라오던 카리사를 보았다.

"반니 양도 아직 식사 전이죠?"

아침에 일어나 하루를 시작하는 기도를 하고 간단히 요기를 하노라 설명할 수도 있었다. 그런데 뭐라 꼬집어 설명할 수 없는 망설임이 그녀가 대답하는 것을 가로막았다.

"블레신이 아침을 들러 여기까지 돌아오지는 않을 것 같은데, 그래도 기다려야 하나요?"

"딱히 기다리는 것은 아닙니다. 왕자님께선 저녁이 다 되어서야 돌아오실 테고요."

"그럼 피차 혼자 아침을 먹게 될 거란 소리군요. 아, 보통 나는 아침으로 간단한 죽 내지 빵에 수프, 샐러드 정도를 곁들여 먹는데 이트궁에선 어떤지 모르겠군요."

"여기도 크게 차이는 없습니다만, 과일이 빠지는 법이 없다는 게 특징일 것 같습니다."

"과일이라. 이를테면 석류?"

"예, 물론 석류야 빠지지 않는…… 과일이지요."

언뜻 놀림을 당하는 기분에 말을 어름거리는 그녀를 보며 클라이저가 싱긋 웃었다.

"내 궁의 주방에 석류가 준비되어 있는지는 모르겠지만, 어쨌든 두 사람 몫의 음식 정도는 충분히 내어 올 겁니다. 그러니 반니 양, 다시 한 번 내 말벗이 되어주는 건 어떻습니까?"

생각지도 못한 아침식사 초대에 카리사는 못내 어리둥절한 눈으로 그를 본다.

"모처럼 골칫거리 왕자가 없이 홀가분하게 식사하려는데 이건 웬 훼방꾼이냐, 싶나요?"

"설마요! 어찌 그런 생각을 하겠습니까. 저는 다만, 음…… 말벗이 필요하시다면, 공주님께 들러보심이 어떨지. 아마도 공주님께선 기쁘게 하루를 시작하실 수 있을 텐데요."

"미리 전갈도 없이 내가 불쑥 나타나 아침을 먹으러 왔다고 말하면 록사네가 기절초풍을 할 겁니다."

"기절초풍까지야. 후훗, 살짝 당황은 하겠지요."

카리사가 웃는 모습을 바라보는 클라이저의 눈이 살짝 가늘어졌다. 그녀가 고개를 들어 똑바로 시선을 마주쳐 오자, 클라이저는 저도 모르게 시선을 약간 피하며 중얼거렸다.

"에스테르에게는 여유가 있는 다른 때에 찾아가겠습니다. 오늘은 아침을 들고 바로 단련장으로 향할 생각이니 여유롭다고는 말할 수 없어서. 아, 이런."

거기서 말을 끊고 클라이저는 한숨을 쉬었다.

"반니 양이 식사 한 번 하자고 여기서 크노밋궁까지 오며 가며 길에 뿌릴 시간을 생각 못하다니……. 가뜩이나 공부할 열의에 가득 찬 학생인데 말입니다. 곤란해 하는 게 당연하죠."

카리사는 급히 두 손을 저으며 말했다.

"아뇨, 전하, 전 책 보고 공부하는 것도 좋지만, 밖에 나가 산책하는 것도 좋아합니다. 크노밋궁까지 왕복하는 정도야 딱 좋은 운동이지요. 운동 후엔 공부도 더 잘될 거구요."

"정말 그렇게 생각하나요?"

"생각이 아니라 실제로 그런 걸요".

"그럼 잘됐습니다. 내가 아주 헛걸음을 한 셈은 아니군요."

엉겁결에 황자의 초대를 수락한 게 됐다. 막무가내에 가깝게 사람을 휘둘러대는 블레신과는 전혀 다른 황자의 온유함에도 불구하고 카리사가 느끼는 얼떨떨함은 크게 차이가 없다.

"바깥은 벌써부터 볕이 무척 강합니다. 양산을 가지고 가는 게 좋을 거예요."

베일을 걸치며 클라이저를 따라나서려는 그녀에게 복도에 나간 클라이저가 충고했다. 카리사는 창문을 쳐다본 뒤 침대로 향했다. 그녀가 옷궤에서 기다란 보퉁이를 꺼내 천을 펼쳐 조심스레 양산을 꺼내는 것을 클라이저가 들여다보았다. 카리사가 문을 향해 돌아서면서 눈이 마주치자 그는 가만히 웃고선 못 본 체했지만 그녀는 왠지 모르게 쑥스러워지고 말았다.

확실히 궁전의 포치를 나서기 무섭게 쨍한 햇살이 찾아들었다. 카리사는 양산을 펼치면서 주변을 두리번거렸다.

"시종 없이 혼자 오셨습니까?"

"네. 몇 번 해보니 이게 꽤 홀가분하더군요."

"그럼 전하께서 여기 오신 건 누가 알고 있나요?"

아무도 없다는 뜻으로 클라이저가 어깨를 으쓱하자 카리사는 고개를 살짝 저었다.

"한두 번은 몰라도 시종들은 난처해진답니다. 모시는 분의 소재 파악조차 못 한다면 시종들은 눈뜨고 자는 거냐고 책망을 들어도 할 말이 없지 않습니까."

"음. 거기까진 생각을 못 했군요."

이렇다 할 말도 없이 단련장에 두고 온 시종을 떠올리며 클라이저는 약간의 가책을 느꼈다. 카리사가 지적하기 전까진 그자가 겪을 곤란에 대해서는 생각조차 못 했다.

"반니 양의 조언을 받아들여 누구처럼 버릇이 되지 않도록 하겠습니다. 하지만 가끔은, 이런 일탈도 즐겁군요."

"가끔이라면요. 누구처럼이 아니라."

그 누구에 대한 공감을 토대로 둘 사이에 가벼운 웃음이 일었다. 그리고 웃음의 끝엔 왠지 모를 어색함으로 저마다 시선을 다른 곳으로 옮겼다.

한동안 클라이저는 등 뒤에서 비친 햇살에 그들보다 앞서 나아가는 그림자를 묵묵히 쳐다보았다. 자신의 옆을 걸어가는 날씬한 여자의 그림자는 받친 양산 때문에 키가 더 커졌다. 이따금 바람이 없는 데도 양산의 동그란 그림자가 흔들흔들거린다. 옆을 보니 무언가 생각에 골똘한 표정으로 발치를 내려다보며 카리사가 양산 손잡이를 뱅글뱅글 돌리고 있는 거였다.

"관대한 신과 관대하지 않은 인간."

불쑥 클라이저가 꺼낸 말에 카리사가 눈을 깜박거리며 고개를 들었다.

"자못 심각한 표정인 걸로 보아 아무래도 머릿속으로 그 책 내용을 반추하고 있는 것 같아서요. 한때 스키레우스 그자 때문에 밤잠 좀 설친 자로서 충분히 이해할 수 있습니다."

"아뇨, 딱히 그 책을 생각한 건……."

아까부터 말이 없는 클라이저가 흥미를 가질 만한 이야깃거리가 없을까 머리에 쥐가 나도록 고민했다고 밝힐 수는 없으니 카리사는 그렇게 얼버무리고는 황자가 꺼낸 화제를 이어갔다.

"그런데 스키레우스 때문에 밤잠을 설치신 그 한때라는 게 언제쯤이신지요?"

"그게 아마도……. 그래요, 블레신이 군대에 가 있을 무렵이니 열셋, 넷, 그쯤일 거예요. 머리가 터질 만큼 어려운 걸 공부하고 싶다고 한창 선생들을 닦달하던 시기였으니까요."

"……머리가 터질 만큼 어려운 걸 자청해서? 아, 혹시 왕자님께서 군대에 가신 것 때문에?"

블레신이 혼자 군대에 갔을 때 클라이저가 꽤 낙담했었다는 이야기를 떠올리고 카리사가 물으니 클라이저가 선선히 고개를 끄덕였다.

"드러내놓고 불평은 못해도 어지간히 심기가 상했었지요. 나는 나중을 기약하겠다고 태연한 척 굴었지만 간절히 원하는 게 있는데 무심을 가장하는 건 쉬운 일은 아니었죠. 아예 생각을 그쪽으로 안 두려고 부러 다른 걸로 머리를 괴롭힌 거죠."

"그리 원하시는 일이었으면 좀 더 우겨보시지."

측은한 듯이 그를 올려다보는 카리사를 보며 클라이저가 고개를 저었다.

"떼를 써볼까도 했습니다. 하지만 뭐랄까, 마음은 굴뚝같아도 행동으로 옮기는 데 대한 저항감이 너무 강했어요. 어릴 때부터 귀에 못이 박히도록 의젓한 전하, 침착하고 어른스러운 전하 소리를 듣고 자란 탓인지, 막상 그 평판에 반대되는 일을 하려니 영……."

말하다 말고 쿡, 클라이저가 웃었다.

"누구한테 이런 말을 꺼내는 것도 처음이네요. 어쩌다 이런 말까지 하게 됐지?"

다른 사람은 모르는 클라이저의 마음 한 조각을 들었다고 생각하니 가슴 한쪽이 빵빵하게 부푸는 느낌이다. 카리사는 기쁜 마음을 꾹 누르며 황자의 의문에 답하려고 머리를 굴렸다.

"아마도 제가 전하를 꽤 최근에 알게 된 사람이라서가 아닐까요? 전하의 평판을 익히 아는 사람들과는 달리 저는 이제 하나둘, 전하에 대해 알아가는 단계이니 다른 사람들이라면 어리둥절해 할 일도 저는 선입관 없이 받아들일 수 있잖아요."

"흠. 과연⋯⋯."

일리가 있다는 듯 클라이저가 고개를 주억거리며 카리사를 쳐다보았다. 그리 시선을 받는 게 쑥스러워 카리사는 또 양산을 뱅글뱅글 돌린다. 양산 겉의 금, 은 자수며 진주 장식이 도르르 양산이 돌 때마다 햇살에 반짝거리는 게 이상하리만치 클라이저의 마음에 들었다.

"반니 양."

그의 부름에 올려다보는 카리사의 눈동자에도 그런 반짝임이 있다. 무슨 말을 하려고 했더라? 잠깐 할 말을 잊었다는 사실에 헛기침을 하면서 클라이저는 뒷짐을 지며 입을 열었다.

"선입관이 없다기에 묻는 건데, 지금 반니 양이 보는 나란 사람은 어떤 사람입니까?"

"어떤 사람이냐니, 갑자기 그렇게 물어보시면⋯⋯."

당황한 나머지 양산을 돌리는 속도가 더욱 빨라졌다. 그러다 자신이 양산을 그리 돌린다는 사실을 깨닫고 깜짝 놀라 손잡이를 꼭 쥐며 걸음까지 멈췄다. 덩달아 그마저 멈춰 섰다.

"더 열심히 돌려도 되는데. 옆에서 바람이 일어서 나름 시원했거든요."

황자의 표정이며 말투, 모두가 진지하지만 틀림없이 놀리는 말이다. 민망해해야 할지 웃어야 할지 잠시 갈팡질팡한 끝에 카리사는 짐짓 쾌활하게 대꾸했다.

"그간 제가 뵙기로 아르키스 황자란 분은 매사 진지하게 임하시고 스스로를 꾸준히 갈고 닦는 성실한 분 같습니다. 흔히들 말하듯이 차분한 몸가짐을 갖춘 의젓한 분이기도 하고요."

말 그대로 흔히 들어온 이야기에 클라이저는 잠자코 미소를 지었다. 그러나 카리사의 말에는 반전이 있었다.

"그렇지만 알게 모르게 장난꾸러기 기질이 좀 있으십니다."

"……내가, 장난꾸러기?"

의아한 듯이 자신을 가리키는 클라이저의 물음에 카리사는 고개를 끄덕였다.

"이건 어디까지나 제가 받은 인상에 근거한 건데, 아니다, 근거가 있다! 미오를 근거로 제시하겠습니다."

"미오? 내 고양이가 어떻게 근거가 되죠?"

"언젠가 전하께서 하신 말씀인데요. 동물은 키우는 주인을 닮는 법이라고. 그래도 모르시겠다면 돌아가셔서 미오를 잘 관찰해 보십시오."

생긋 웃은데 이어 카리사는 빠르게 걸음을 옮겨 금세 클라이저를 앞질러가며 말했다.

"전하도 좀 빨리 걸으시죠? 해가 길다고 방심했다간 도착했을 때 점심이 다 되겠습니다."

조금 너스레를 떨어보았는데 혹 버릇없다고 여기는 건 아닐지. 황자와 함께 있으면 온통 신경 쓰이는 일투성이다. 맞다, 그래서 벌써부터 가슴이 또 이리 답답한 모양이다.

총총히 걸어가는 카리사를 느긋이 뒤따라가는 클라이저의 입가에 미소가 고였다. 고양이를 키우긴 하지만 동물이 잘 따르는 편과는 거리가 먼 클라이저에게 선뜻 다가와 애교를 부리던 그 하얀 고양이가 떠오르는 경쾌한 걸음걸이…….

마침 그때 카리사가 뒤처진 그를 돌아본다. 댕글댕글 눈동자가 구르는 소리가 들릴 것 같은 큰 눈. 언제라도 웃을 준비가 된 듯 입꼬리가 위를

향한 입술. 칠흑같은 머리에 감싸인 하얀 얼굴은 보기 좋게 홍조가 감돌
아 더 싱그러워 보인다.

첫눈에 아찔하도록 아름다운 것과는 달라도, 자꾸만 눈길을 주게 되는
어여쁨이란 것도 있다는 것을 클라이저는 깨닫는다.

그가 다가오길 기다려 다시 걸음을 옮기며 카리사가 말했다.

"왕자님과 함께 걷다 보면 어느샌가 경주가 되어버리곤 하는데, 전하
와는 그럴 일은 없어서 다행이네요."

"경주라니, 블레신이 반니 양에게 달리기도 시키나요?"

"시킨다기보다는, 제가 도발에 약하더라구요. 그리고 정말이지 왕자님
은 사람 언짢게 하는 데에 탁월한 재주가 있으시고요."

"그래요, 블레신은 짓궂을 땐 한없이 짓궂지요. 그래도 그 녀석을 응원
하기로 한 걸 보면 그간 꽤 친해졌다는 뜻이 아닙니까?"

"그건, 왕자님의 맥없는 태도를 보는 게 제가 다 답답해서 그만. 이제
와서 생각해 보면 그것도 도발이 아니었나 모르겠습니다. 아시겠지만 왕
자님은 머리가 보통 좋은 사람이 아니니까요. 글쎄, 한번은 제가 코로나
털을 빗겨주는 동안 책 한 권을 다 읽으시더군요. 눈앞에서 보면서도 믿
기지가 않았지만 정말 최근에 나온 책이라 믿지 않을 수 없었어요."

"믿도록 해요. 블레신이라면 그보다 더한 일도 능히 해치울 수 있어요.
어느 날은 내가 공부를 하는데 찾아와 옆에서 『박물지』 전질을 다 읽고
간 적이 있죠."

"플라무투스의 그 『박물지』요? 마흔 권짜리 그 『박물지』?"

경악에 가까운 표정을 짓는 카리사를 향해 클라이저가 크게 고개를 주
억거렸다.

"그게 블레신에겐 한나절의 소일거리였어요. 그날 블레신이 돌아간 뒤

내가 영 공부할 기분이 안 났던 이유 이해되지 않아요?"

"이해됩니다. 너무도요. 아아아, 하루만 그렇게 똑똑한 머리로 살아봤으면."

툭, 그녀의 어깨에 위로하듯 클라이저가 손을 올렸다.

"그런 사람은 다행히 세상에 얼마 없습니다. 그리고 우린 블레신에 비하면 느릴지 몰라도 블레신은 맛볼 수 없는 보상을 얻을 수 있죠."

카리사는 알쏭달쏭한 표정을 지으며 그의 설명을 기다렸다.

"노력 끝에 얻는 성취의 즐거움. 생각해 봐요. 블레신이 과연 책씻이의 즐거움이 뭔지 알 수나 있겠습니까? 저 박물지조차 한나절로 끝나는데?"

그제야 카리사는 조금 알 것 같았다. 너무 쉽게 얻어지는 것의 가치는 그만큼 박하게 느껴지게 마련이니까.

카리사는 그때부터 과묵해졌다. 클라이저가 달리 이런저런 화제를 들어 대화를 풀어갔지만 간신히 보조를 맞추는 것에 불과했다. 그녀는 다른 생각에 빠져 있었다. 그걸 느낀 클라이저도 침묵에 빠져들었다. 어느새 그들의 목전에 크노밋궁이 바라보이는 거리였다.

"이제 좀 알 것 같아요, 무작정 포도주를 줄이라고 하는 건 의미가 없는 거예요."

불쑥 카리사가 그런 알아들을 수 없는 말로 침묵을 깼다.

"왕자님쯤 되는 분이 홀로 그렇게 세상을 유랑하는 것, 전 정말 겁 없는 짓이라고 여겼거든요. 매일같이 지루하다느니 하는 말을 입에 달고 사는 것도 한심하다고 생각했어요. 술꾼이라고 속으로 흉본 건 얼마나 되는지. 허풍스럽고, 사치스럽기 짝이 없는 권태에 빠져 허송세월하는구나 싶었어요. 그런데 전하의 말씀을 듣고 보니 알 것 같아요. 왕자님이 찾고 있는 것, 왕자님한테 필요한 건 바로 성취감이에요. 그렇게 생각하지 않으세요?"

"어쩌면요."

그녀는 가슴 앞에 모은 두 손을 꼭 움켜쥐고 열성적으로 말했다.

"풀기 힘든 난제라든가, 한두 사람의 힘으론 어림도 없는 큰일을 도모한다든가, 하여간 왕자님께는 큰 꿈이 필요할 것 같아요. 그런 큰 꿈, 뭐가 있을까요? 아, 이따 공주님께도 찾아가서 여쭤봐야겠다. 공주님이라면 틀림없이 뭔가 지혜로운 말씀을 해주실 거예요."

블레신에게 어울릴 꿈을 고민하면서 눈을 빛내는 그녀 때문에, 왠지 클라이저는 입이 마르도록 초조한 기분을 맛보았다.

크노밋궁 앞뜰에 들어서자 2층 테라스에서 일광욕을 즐기던 미오가 나는 듯이 뛰어내려 뜰을 질주해왔다. 하지만 정작 카리사의 바로 앞에 이르자 탐색하는 듯이 천천히 그녀를 살폈다.

클라이저로서는 이해할 수 없는 반응을 카리사는 금세 그 이유까지 꿰뚫어 보았다. 양산을 잠시 클라이저에게 맡기고 카리사는 자신의 빈손을 보이며 말했다.

"오늘은 코로나 안 데려왔어. 그러니 실컷 놀자, 응?"

그 말을 알아들은 것처럼 갑자기 돌변한 미오가 펄쩍펄쩍 카리사의 주위를 돌았다. 어지럽다고 하면서도 카리사는 미오를 따라 뱅글뱅글 돌았다. 함빡 웃음을 터뜨리며 미오를 안아들어 뺨을 비비는 카리사를 보며 클라이저는 자신이 고양이와 닮은 점을 또 하나 깨달았다.

'그래, 미오. 나도 너처럼 질투를 하는구나.'

"저기 오는 이가 반니 양 같습니다만."

해가 한창 중천에 있을 때 헤러반궁을 향해 가던 발레리아는 밖에서 나스타가 건네는 말을 듣고 커튼을 걷어 바깥을 내다보았다.

"멋들어진 양산이 생겼네?"

발레리아는 그저 한 번 슥 쳐다본 것으로 카리사에게 생긴 새 양산의 가치를 알아보았다.

발치를 골똘히 쳐다보며 길을 걷던 카리사는 발레리아의 가마와의 거리가 겨우 일고여덟 걸음 정도가 되었을 때에야 기척을 깨닫고 급히 옆으로 비켜섰다. 그러고도 다시 제 생각에 빠져 그대로 지나갈 뻔한 것을 발레리아의 가늘고 높은 목소리가 붙들었다.

"얘, 카리사! 무슨 생각을 그리하느라 나도 몰라보고 가는 거야?"

"어, 발레리아 님, 안녕하세요! 오늘 날씨가 정말로 덥죠?"

늘 그렇듯이 유난히 반가움에 넘치는 인사를 받으며 발레리아는 싱긋 웃었다.

"그런데 이렇게 더울 때 어딜 가시는 거예요?"

더위에 취약해 한창 더울 땐 손 하나 까딱하는 것도 싫어하는 발레리아를 아는 카리사가 눈을 동그랗게 뜨며 물었다. 발레리아는 부채를 들어 헤러반궁을 가리켰다.

"에스테르를 볼까 하고. 저녁에 있을 폼페이아 황녀의 생일 연회에 가자고 꾀어볼 참이야."

"아, 안 그래도 공주님께서 그 말씀을 하셨어요. 연회에 참가하실 거라구요."

"역시 헤러반궁에서 나오는 길이었구나? 그럼 그 심술꾸러기 할멈한테 에스테르가 잡아먹히지 않게 네가 꼭 붙어 있어야 할 거 아냐. 어째서 그냥 돌아가는 거야?"

"이트궁에 약간 일이 있어요. 글리코 시종장도 없으니 저라도 지켜봐야 해서요."

"루키아는? 오늘도 단련장에 갔어?"

카리사가 그렇다고 고개를 끄덕이자 발레리아가 묘한 미소를 지었다.

"우리 카리사를 실망시키지 않으려고 루키아가 퍽 노력하는 모양이야."

"제 연금이 걸린 일이니까요. 노력해주시지 않으면 곤란해요."

눈썹을 찡그리고 카리사는 푹 한숨을 내쉬었다. 어찌나 절실해 보이는지 발레리아 안에서 고개를 들었던 의심이 한풀 꺾였다.

"맞아, 네 소중한 연금이 걸렸으니 당연히 애써야지. 네가 많이 딸 수 있도록 내가 클라이저에게 돈을 더 걸어야겠구나."

카리사는 멍한 얼굴로 발레리아를 보며 눈을 깜박거렸다. 발레리아의 입에서 나온 클라이저란 이름에 본의 아니게 머릿속이 흐트러진 것을 발레리아가 따악 눈앞에서 손가락을 튕길 때에야 간신히 되잡았다.

"너 더위라도 먹은 거니? 얼굴도 좀 발그스레한 것 같고."

그 정도는 아니라며 손수건을 꺼내 이마를 훔치던 카리사는 또 잠깐 움직임을 그치고 눈을 깜박거리다가 이내 머리를 홱홱 내저었다.

"왜 그래, 카리사? 아무래도 어딘가 이상하다, 너."

"그게, 저기 발레리아 님, 제가 여쭤보고 싶은 게…… 아, 아니에요."

"뭐야, 더 궁금해졌어. 나한테 못 물어볼 게 뭐가 있다고 그리 쭈뼛대는 거야?"

"나중에요, 여기서 할 만한 이야기가 아니네요."

"좋아. 내일 승마하러 올 거지? 그때 와서 이야기하는 거야."

카리사가 고개를 끄덕이자 발레리아는 여전히 못내 궁금하다는 표정을 드러낸 채 쿠션에 등을 기댔다. 그녀를 태운 가마가 움직이기 시작했고 카리사는 가마가 멀어져가는 걸 보다가 몸을 돌렸다. 막 한 걸음 떼었을까, 발레리아의 목소리가 뒤에서 날아왔다.

"예쁜 양산이야, 카리사! 너한테 잘 어울려."

카리사가 뒤돌아보니 발레리아가 가마 옆으로 머리를 내민 채 물어왔다.

"네가 샀을 것 같지는 않은데, 어디서 난 거야? 혹시 루키아의 선물?"

"어, 아니에요, 왕자님이 주신 게 아니라……."

순간 카리사는 그 이름을 입 밖에 내는 것에 아주 많은 힘을 기울여야 했다.

"아르키스 전하께서 주셨어요. 안 계신 동안 고양이를 돌봐준 일이 고맙다시면서."

"하긴 받을 만하지. 그런데 고작 양산 하나? 클라이저, 보기보다 손이 작네."

"아뇨, 이것 말고도 주신 게 또 있어요. 여러 가지인데."

"그 이야기도, 내일 제대로 들을게. 우리 내일 할 말 많겠다. 호호홋."

살짝 짓궂어 보이는 웃음을 남기고 발레리아를 태운 가마는 멀어져갔다. 카리사는 양산을 올려다보고 가만히 한숨을 내쉰 후 이트궁을 향해 바지런히 걸어갔다.

헤러반궁을 찾은 발레리아는 모처럼 생기 넘치는 에스테르의 환영을 받았다. 발레리아를 접대하는 동안 에스테르는 보기 드물게 간식에 손을 댈 정도였다.

"뜰을 산책했더니 허기가 지네요. 어제, 오늘은 약도 먹지 않았어요. 머리가 이렇게 맑고, 시야마저 탁 트인 듯한 기분을 느낀 게 얼마 만인지."

"잘됐어요, 에스테르. 그래요, 이런 날도 있어야죠. 그런데 약을 먹지 않는 건 나도 걱정이 되네요. 이렇게 반짝 건강하게 보였다가, 더 심하게 탈이라도 나는 건 아닌지……."

"그때는 또 그때 가서 약을 쓰면 되는 거죠. 나는 늘 약을 달고 살았잖아요. 때로는 그래, 한 번 버텨봐라 하고 내 몸을 내버려두는 것도 좋지 않을까 해요. 나무나 꽃도 사람이 너무 지극정성으로 돌보면 오히려 더 허약해진다네요. 비바람과 눈보라를 스스로 이겨낸 나무는 줄기와 뿌리가 그전보다 더 두껍고 튼튼해진대요."

"갑자기 식물학에 조예가 깊어졌네요. 박물지라면 나도 공부했는데 무슨 책을 본 거예요?"

"들은 이야기예요. 요새 카리사가 이트궁의 정원사를 선생으로 모시고 있다나 봐요."

"아, 그럼 그 아이가 약은 잠시 끊고 버틸 때까지 버텨보라는 조언을 한 거군요?"

에스테르는 손가락을 들어 입술에 대고 비밀이란 시늉을 했다.

"록사네가 들으면 좋은 내색을 안 할 거예요. 이렇게 더울 때 내가 산책을 나가는 것도 질색을 하는 걸요."

"맞다, 그리고 보니 산책도 카리사 생각이었죠. 에스테르, 록사네가 괜한 걱정을 했다는 걸 증명하기 위해서라도 꿋꿋이 버텨야겠어요."

힘내라는 뜻으로 발레리아가 손을 뻗어 에스테르의 손을 잡아 다정하게 흔들었다. 그러다 고개를 갸우뚱하고 상체를 에스테르에게 더 가까이 기울여오며 코를 킁킁거렸다.

"뭔가 향기가 바뀐 것 같은데. 쓰는 향유를 바꿨나요?"

"아, 은매화 향유를 써봤어요. 달거리를 하는 동안 후각이 더 예민해진 건지 늘 쓰던 게 좀 강하게 느껴져서……."

"진작 말을 하지. 내가 더 순한 걸로 보내게 했을 텐데."

"번번이 폐를 끼치는 게 미안해서."

"그런 게 무슨 폐예요, 우리 사이에. 나는 내가 좋아하는 사람들을 기쁘게 만드는 것에서 삶의 보람을 느끼는 사람이에요. 에스테르, 내 기쁨을 빼앗을 건 아니죠?"

발레리아는 아직 쥐고 있던 에스테르의 손을 더 꼬옥 잡으며 미소 지었다.

"톨라가 당신을 위해 훨씬 순한 향유를 만들어낼 거예요. 에스테르, 당신에겐 백단향이 어울려요. 은매화 같은 건, 카리사 같은 어린애들이나 쓰는 거죠. 그리고 주인이 시녀의 향유를 따라 쓰는 건, 좀 모양새가 그렇잖아요."

"그렇게는 생각을 못 했네요."

덤덤히 중얼거리는 에스테르를 보며 발레리아는 혀를 찼다.

"난 또 루키아가 카리사를 각별히 생각하니까 샘이 나서 일부러 따라 한 건가 했잖아요."

에스테르는 살짝 커진 눈으로 발레리아를 보고는 근처에 앉아 있는 시녀를 잠깐 보았다. 발레리아가 부채를 팔락이며 웃었다.

"이제 와서 조심할 건 뭐예요. 루키아가 그렇게 보란 듯이 드러내고 다니는데."

"음…… 오라버니야 그렇다 치고, 카리사는 딱히 그런 생각이 없어 보이던데요."

"순진한 아이잖아요. 난 딱 보니 알겠던데 뭘."

에스테르의 눈이 더욱 커졌다. 발레리아는 한쪽 눈을 찡긋했다.

"당신보다 몇 해 더 산 세월에 걸고 말할 수 있어요. 우리의 카리사는 지금 가슴앓이를 하는 중이랍니다."

아직 밤의 연회까지는 시간이 꽤 남아서 옷을 갈아입고 저녁에 다시 오겠다는 약속을 하고 발레리아는 자신의 처소로 돌아갔다. 가마에서 내리자마자 목욕부터 하겠다고 외치는 주인의 말에 기다렸던 것처럼 착착 모든 것이 대령 되었다.

뽀얀 나귀 젖에 몸을 담그고 휴식을 취하는 발레리아의 곁으로 요새 한창 귀여워하고 있는 시종이 다가와 귓속말을 전했다.

"오늘 아침식사를 함께? 단련장은 어쩌고?"

"그렇지 않아도 한창 단련장에 계실 분께서 갑자기 돌아오시는 바람에 손 놓고 있던 아랫것들이 혼쭐이 났다고 합니다. 반니 아씨가 황자께 서고 구경을 시켜달라고 청해서 식사를 준비할 시간을 벌었답니다."

"……두 번째로군. 두 번 일어난 일이면, 세 번 없으란 법은 없지."

손을 내밀자 곁에 있던 시녀가 수정으로 된 포도주 잔을 쥐어주었다. 얼음장처럼 차가운 포도주를 목으로 넘긴 후 발레리아의 붉은 입술 꼬리가 천천히 말려 올라갔다.

"알고 보니 진짜 야심가였어, 카리사? 후훗, 우후후후후."

24.
고조
高調

창가를 등지고 앉아 책을 읽던 카리사는 날이 아주 저물어 땅거미가 지고서야 퍼뜩 주위가 어두워졌음을 깨달았다. 시나브로 어둠에 익숙해졌던 눈은, 시간의 흐름을 자각하고 나자 반 장님으로 돌변해 방금 전까지 잘 읽던 책의 글귀 하나 구별할 수 없었다.

"왕자님은 아직이신가? 돌아오는 시간이 자꾸 늦어지시네. 코로나? 얘도 아직이야?"

배고플 때가 됐는데 보이지 않는 고양이 생각에 고개를 갸웃하곤 방을 나섰다.

아래로 내려간 카리사는 바지런한 하인들이 이미 등을 내건 복도를 지나 내실로 들어갔다. 안에도 방 곳곳에 등불을 켜놓아 환하다. 창가에 피워놓은 벌레를 쫓는 향 조각에서 연기가 좀 심하게 나는 듯해 다가가서 살펴보고 있는데 뒤에서 문 열리는 소리가 났다.

"이거 아무래도 눅눅한 걸 피운 모양이에요. 가서 잘 마른 걸로 골라서 가져와야겠어요."

"타다 보면 마르겠지. 그런 건 그냥 무시해."

궁의 시종이나 하인이 들어온 줄 알고 건넨 말에 돌아온 시큰둥한 대꾸. 확 뒤돌아본 카리사는 막 씻고 오는지 달랑 요의 차림으로 건들건들 걸어 들어오는 블레신을 보고 부리나케 고개를 돌렸다.

"지금 오시는 길입니까?"

왕자가 입을 옷을 꺼내려고 의복함으로 걸어간 카리사가 궤의 뚜껑에 손을 댔다. 질이 좋긴 해도 유난히 무거운 감이 있는 궤라서 열 때마다 적잖이 힘이 필요하다. 가볍게 마음의 준비를 하고 기합을 넣는 바로 그 순간, 바로 뒤에서 불쑥 뻗은 손 하나가 벌컥 뚜껑을 들어올렸다. 그대로 뚜껑이 내려오지 않도록 비스듬히 붙들고 선 블레신에게서 풍기는 신선한 발삼 향이 섞인 체취에 카리사는 저도 모르게 숨을 멈췄다.

"온 지는 좀 됐는데 누가 먼지투성이로 식탁 앞에 앉지 말라고 하도 구박을 해대니 말이야. 배가 고파 쓰러지게 생겼어도 그 누구한테 받을 핍박이 서러워서 뽀득뽀득 씻고 오는 중이야. 어때요, 만족하십니까, 반니양?"

싱글거리는 블레신을 불만을 담아 카리사는 쳐다보았다.

"기왕이면 깨끗하게 씻고 식사를 하는 편이 좋을 거라고 충고를 드린 거지요. 배부르면 쉬고 싶은 게 사람 마음인데 먼저 식사부터 하셔서야 편히 쉬기도 곤란하잖습니까."

"편히 못 쉴 건 또 뭐야. 하루이틀 먼지투성이로 잠든다고 사람이 어찌 되진 않아."

"어찌 되진 않겠죠. 그렇지만 왕자님쯤 되는 분이 길에서 하늘을 이불 삼아 자는 헐벗은 거지하고 구별이 없어서야 쓰나요."

"거지라니! 아니 아무리 그래도 날 거지에 비유하기야, 석류?"

황당해하는 블레신에게 카리사는 막 골라든 짙은 푸른색의 카프탄을 밀치듯이 건넸다.

"그런 비유를 하지 않게 모쪼록 옷을 좀 챙겨 입어주시지요."

"입혀줘."

째릿, 카리사가 블레신을 쏘아보았다. 블레신이 쭈욱 기지개를 켜면서 말했다.

"그 정도 시중은 들어줄 수 있잖아. 에스테르처럼 목욕 시중을 들어달라는 것도 아니고."

"왜요, 원하신다면 목욕 시중도 들 수 있습니다."

호기롭게 장담하는 소리에 블레신의 눈이 동그래졌다.

"오오? 석류, 이미 뱉어버린 말은 도로 주울 수 없다는 거 몰라?"

"걱정 마시지요, 주울 생각 없습니다."

이쯤 되자 블레신이 카리사의 이마에 손을 대보았다. 카리사는 그 손을 부드럽게 옆으로 치우며 생긋 웃었다.

"하지만 제가 목욕 시중을 든다는 게 알려지면 어떤 사람들은 고약한 상상으로 못된 말을 하겠지요. 그러니 왕자님의 평판에 누가 되지 않도록 아쉽지만 목욕 시중은 단념하겠습니다. 옷 시중도, 최소한 왕자님께서 두 가지의 옷을 걸치신 후에나 거들도록 하겠습니다."

"그것도 내 평판을 위해서?"

그렇다는 뜻으로 크게 고개를 끄덕이는 카리사를 보며 블레신은 잠자코 카프탄을 펼쳐 소매에 팔을 꿰었다. 카리사는 그녀가 한 말대로 그가 카프탄까지 걸치자 허리띠를 두르는 것을 거들었다. 띠의 매듭을 짓는 그녀를 내려다보며 블레신이 중얼거렸다.

"전에도 말한 것 같은데 난 내가 관심 없는 사람들이 나에 대해 무슨 말을 하건 아무래도 좋거든. 너는 어때 석류?"

"신경 쓰입니다. 그런 사람들이 하는 말이, 제가 관심을 둔 사람들에게 흘러갈 테니까요."

"그런 거 무서워할 것 없어. 자기 눈으로 보고, 자기 귀로 들은 것만 믿는다면 말이야. 넌 스스로의 눈과 귀에 그리 자신이 없어?"

그녀는 다 맺은 허리띠를 놓고 뒤로 물러나며 대꾸했다.

"네, 아직 없습니다. 왕자님과 달리 전 별나게 명석한 것도 아니고 세상 경험도 일천한, 둥지 속의 새일 따름입니다."

물기가 남은 머리카락을 쓸어 넘기며 블레신이 미소했다.

"이렇게 다 큰 아가씨가 둥지 속에만 있어서야 쓰나. 좋은 바람을 타고, 날아올라야지. 근데 우리 석류가 보기보다 겁이 많지, 참. 그저 에스테르라는 나무에 깃들어 소소하게 책 보고 공부나 하며 살아도 큰 불만 없을 거야. 그렇지?"

카리사는 블레신을 물끄러미 쳐다보다가 조금은 굳은 표정으로 입을 열었다.

"왕자님께서 소소하다고 말씀하시는 그 삶을 아무나 누릴 수 있는 것은 아닙니다. 그리고 에스테르 님은 단순한 나무가 아니라 큰 나무이고요. 제가 늘 감사하는 행운을 왕자님께서 비웃고 계신 것 같아 듣기가 심히 거북합니다."

"그러게. 날 때부터 다 가지고 태어난 놈이 작은 것에 만족할 줄 아는 견실한 사람을 비웃다니, 교만이 하늘을 찌르네. 그치?"

남은 심각하게 한 말인데, 역시 왕자에겐 히죽거리며 웃을 이야기밖에 되지 않았다. 진지하게 상대한 자신이 바보 같다고 생각하면서 카리사는 한숨을 쉬었다.

그사이 하인들이 내실로 저녁식사를 준비해 왔다. 여느 때보다 조용한 식사가 이어져 내실엔 이따금 식기가 달그락거리는 소리나 등불 심지가 타는 소리가 유난히 크게 들렸다.

식사가 치워지고 블레신이 의자에 길게 누웠다. 바로 눕지는 말라는 카리사의 충고에 상체를 세워 앉긴 했는데 눈을 감은 채 머리를 젖히고 있는 품새가 몹시 고단해 보였다.

물시계를 보니 아홉 시가 갓 넘은 시각이다. 졸리기 시작할 즈음인데 카리사는 아직 눈이 초롱초롱하다. 오늘 블레신의 침소에 있는 비밀의 방을 꾸민 일에 대해 물어볼 줄 알았는데 그는 이미 그런 건 까맣게 잊고 있는 듯했다.

반 시간 후, 카리사는 읽고 있던 책을 덮고 블레신을 보았다. 반 시간 전과 거의 똑같은 자세. 시종을 불러 침소로 모실 생각에 조용히 일어서는데 나직한 블레신의 질문이 떨어졌다.

"방은, 차질 없이 꾸몄나?"

"잠드신 게 아니었습니까?"

그녀의 질문에 블레신이 쿡쿡 웃으면서 고개를 바르게 해 그녀를 보았다. 정말로 지쳐 보이는 눈이다. 그러나 잠에서 깬 눈과는 거리가 멀었다.

"그리 쉽게 잠들 수 있는 거면 굳이 네게 그런 청까지 했겠어? 그보다 방은?"

"방은 제가 보기엔 잘 꾸며진 것 같습니다. 한 번 들어가서 보시지요."

"됐어, 쓸 사람이 잘됐다면 잘된 거지."

시큰둥하게 말하고 의자에서 일어서던 블레신은 문득 짓궂은 눈빛으로 카리사에게 말했다.

"정식으로 초대한다면 거절하진 않겠어. 비록 지금 내 머리가 깨질 것 같아도 날 바라는 여인에게 잊지 못할 밤을 선사하는 것쯤이야."

평상시라면 치근거리는 말에 얼굴을 붉혔겠지만 카리사는 다른 말에 신경이 쓰여 블레신에게 다가갔다.

"머리가 많이 아프십니까? 의사를 불러보시는 게……."

"잠을 제대로 못 자서 그래. 오늘 단련장에서 한바탕 한 탓도 있을 거고. 푹 자고 나면 언제 그랬냐는 듯 나을 거야. 석류, 난 꽤 진지하게 네 능력을 기대하고 있다구."

"캐모마일차를 준비해 오겠습니다. 우선 침대에 올라 눈이라도 감고 계셔요."

서둘러 내실을 나가는 그녀의 뒷모습을 보며 블레신은 가볍게 혀를 찼다.

"부담감 좀 느끼라고 한 말인데 신경도 안 쓰네. 저런 걸 보면 대범한 게 맞는데."

잠들기 전을 위해 남겨놓은 포도주잔을 들고 침소로 들어간 블레신은 벽감에서 작은 상자를 꺼냈다. 어둑한 실내에 아직 눈은 적응을 못 했지만 손의 감각만으로 상자 안에서 원하던 것을 찾아 몇 조각 손에 쥐었다. 손바닥 안에 쥐고 가볍게 부스러뜨린 가루를 입에 털어 넣고 포도주로 삼킨 후 침대로 걸어가 휘장을 걷고 아무렇게나 드러누웠다.

그러나 얼마 후 도로 일어나 내실에서 가져온 의자를 머리맡에 가까운 자리에 배치하며 피식 웃었다.

"자상하기도 하셔라, 루키아노스 왕자님. 근데 저 꼬마가 이걸 알아야 말이지."

그대로 침대 머리맡의 태피스트리를 향해 걸어갔다. 흐트러짐 없는 벽으로 둔갑해 있는 태피스트리를 젖히자 칠흑 같은 어둠에 잠긴 방이 빠끔히 입을 열었다. 새로 짠 가구 특유의 냄새를 맡으며 형형하게 빛나는 블레신의 눈이 그림자들을 더듬었다.

"안락한 굴 같군."

만족의 표시다. 한 며칠 냄새가 빠지도록 신경 써줘야겠지만 블레신은 갓 잘라낸 목재의 냄새가 마음에 들었다. 그렇기에 잠시 어딘가 들여다만 볼 것이었던 것에서 마음을 바꿔 측실 안으로 아예 들어섰다.

창가로 다가가 그가 바란 대로 짜 넣은 큼지막한 서가 위의 등잔에 불을 붙이고 한 바퀴 둘러보았다. 벽을 채운 연둣빛이 주가 되게 꾸며진 태피스트리들은 그가 원했던 것보다는 색감이 약했지만 따뜻하고 편안한 느낌을 주는 데엔 성공했다. 그리고 가구들…… 다만 잘 다듬은 것에 그치지 않고 그가 내린 특별한 주문도 충실히 맞추었다. 안에 놓인 가구마다 한 귀퉁이에 석류 문양이 새겨진 것을 카리사가 눈치챘을까?

적어도 이것은 보았겠지. 침대로 향한 그는 침대맡을 보며 씩 웃었다. 황실의 공인들은 공으로 녹을 받는 게 아니다. 무성한 이파리와 석류꽃, 석류에 이르기까지 이틀 만에 급조한 것치고는 굉장한 완성도를 자랑했다.

"애썼군. 상을 내려야겠어."

금세라도 칠이 묻어나올 것 같은 머리판을 스윽 쓰다듬으며 블레신은 침대에 앉았고, 이내 누워보았다. 눈을 감자 하품이 나왔다. 오늘 밤 부러 더 많이 먹은 약효 때문인지, 새 침대 때문인지는 모른다. 졸음의 물결이 천천히 차올랐다.

차를 가지고 돌아온 카리사는 내실에도, 침소에도 블레신이 없어 어리둥절해졌다. 볼일이라도 보러 갔나 하고 기다렸지만 시간이 흘러도 사람이 돌아오는 기척이 없다. 이미 열 시가 훌쩍 넘은 시각이라 시녀로서의 책임감과 달려드는 졸음이 카리사 안에서 전투를 시작했다. 졸음을 쫓을

겸 테라스로 나가서 서성거려보던 카리사의 눈이 무언가를 보고 크게 떠졌다.

"저기는……."

침소의 창문에서 조금 떨어진 곳에 높게 달려 있는 작은 창에서 흐릿하나마 불빛이 새어나온다. 전엔 몰랐어도 이제 카리사는 그것이 침실에 딸린 측실의 창문이란 걸 알고 있다. 왕자가 어디 있는지 깨달은 카리사는 부리나케 뛰어 들어갔다.

"여기 계신 줄 모르고 한참을 기다렸지 않습니……까."

측실로 들어선 카리사를 기다리는 건 그녀의 침대를 차지하고 잠자는 왕자였다. 전적이 있는 터라 카리사는 의혹을 가득 품고 곁으로 다가갔다.

고른 숨결, 낯선 사람처럼 느껴지는 천진한 얼굴. 손을 뻗어 그의 눈앞에서 휘휘 저어본 뒤 카리사가 중얼거렸다.

"이렇게 잘 자면서 무슨 불침번 타령이야?"

한숨을 쉬고 이불을 살펴주고서 돌아서는데 뒤에서 잡아당기는 듯한 느낌이 들었다. 돌아보니 블레신의 손이 그녀의 옷자락을 쥐고 있었다. 그의 붉은 입술이 아주 작게 들썩거렸다.

"들려줘. 그 자장가라는 거."

"……저 때문에 깨신 겁니까, 아예 주무신 적이 없는 겁니까?"

"반반이야. 잠이 찰랑찰랑거리는 큰 호수가 있다고 상상해봐. 나는 그 호수에 배를 띄우고 손만 담근 채 떠다니는 중이야."

"항상 그러시다는 말씀은 아니죠?"

"늘 그렇다면 아무리 나라고 해도 죽고 못 살지 싶은데. 어쨌든 자장가를 들려줘. 아, 일단 네 원래 방으로 돌아가야겠지. 평판을 무서워하는 겁쟁이 아가씨니까. 기다릴게. 다녀와."

블레신이 그녀의 옷자락을 놓아주었다. 그의 말대로 카리사는 곧장 복도로 나가 시립해 있던 시종에게 왕자가 잠자리에 드셨으니 내실을 단속하라 이르고 내일 보자는 인사를 주고받은 후 총총히 2층으로 향했다. 2층 복도는 마침 텅 비어 있었다. 카리사는 제 방을 그대로 지나쳐 서고로 스며들듯이 들어갔다. 그리고 블레신이 알려주기 전까진 몇 번이나 드나들면서도 전혀 눈치조차 못 챘던 비밀계단을 이용해 아래로 내려갔다.

왕자는 여전히 한없이 잠든 것처럼 보이는 얼굴로 그녀를 기다리고 있었다. 계단을 내려가는 그녀의 발걸음에 맞추어 그는 감미로운 목소리로 작게 노래까지 불렀다.

"내 귀여운 고양이, 사뿐사뿐 걸어오네. 발걸음마저 어여뻐라, 그림자마저 향긋해라. 새침한 눈길로 슥 보고 모른 체하네. 저 귀여운 꼬리 좀 봐, 살랑살랑 흔들리는."

"그런 노랠 자꾸 부르시니 바람둥이 같아 보이는 겁니다."

따끔한 충고와 함께 카리사는 서가 옆 의자에 앉았다. 블레신이 자그맣게 웃었다.

"제대로 불러보지도 못하고 구박을 당하는군. 원래 노래가 얼마나 음탕한지 들으면 놀랄까 봐 신경 쓴 건 모르고. 에잇, 기왕 욕먹은 거 제대로 불러나 봐야겠다. 내 귀여운 아가씨, 사뿐사뿐 걸어오네, 젖내가 풍기는 저 뽀얀 목덜미에……."

"계속 부르시면 곧장 올라가서 다신 내려오지 않을 겁니다."

"하여간 나한테는 앙칼지기 그지없다니까. 역시 사람은 처음에 어떻게 만나느냐가 중요해."

엄살을 부리긴 했지만 노래는 그쳤다. 카리사는 골이 난 눈으로 블레신을 쳐다보며 말했다.

"뭔가 오해하시는 것 같은데 이참에 분명히 하죠. 전 궁에서 다시 만나기 전의 빨간 머리 서기에겐 큰 불만 없습니다. 부두에서의 일은 어디까지나 제 사촌 오라비의 잘못이기에 제가 유감 가질 일 없고요, 배에서는 뱃멀미로 고생하던 제게 귀한 석류를 주어 기운을 얻게 해준 고마운 분이었지요. 배를 떠날 때에 준 석류 두 개도 참 감사했고요. 황궁에서 재회하는 일만 없었다면 블레신 루키아노스라는 남자는 지금도 제가 아침저녁으로 신의 축복을 기원하는 고운 은인으로 남았을 것입니다."

"그 빨간 머리 서기하고 여기 누워 있는 나는 동일인물이거든?"

"그러니까요."

참으로 안타깝다는 뜻으로 카리사가 고개를 내저으며 한숨을 쉬었다.

"그 한숨에 심하게 불만이 있는데."

블레신이 눈을 움찔거리며 당장이라도 일어나려 하자 카리사가 손을 뻗어 그의 눈을 덮었다.

"한없이 이야기만 하실 건가요? 전 지금도 졸려서 죽을 지경이에요. 자, 이젠 자장가를, 아니 기도를 들려드릴 테니까 호수에 푹 잠길 준비를 하세요."

그리고 손을 떼려는 순간 블레신의 손이 그 손을 덮어 눌렀다. 또 장난을 칠 셈인가 하고 카리사가 눈을 찡그리는데 블레신이 중얼거렸다.

"넌 목소리가 따뜻한 거 알아?"

"졸리신 건 확실하네요. 방금 손이 아니라 목소리라고 잘못 말하셨어요."

"아니, 목소리 맞아. 손도 따듯하지만 그런 사람은 세상에 많으니까. 하지만 목소리가 따듯한 사람은 흔치 않아."

"어째 믿기지가 않네요. 제가 왕자님께 드린 말 중에 그리 따듯한 말이 있었던가요."

"주고받은 말의 내용 같은 건 중요한 게 아니야. 그냥, 사람마다 가진 목소리의 기본 체온이란 게 있어. 너는 따듯해. 그래서 너를 다시 봤을 때 반가웠어."

카리사는 블레신에게 잡히지 않은 손으로 목을 간질간질 문지르면서 고개를 갸우뚱했다.

"목소리의 체온이란 건 뭘로 감지하시는데요? 전 잘 모르겠습니다만."

"그걸 말하자면 옛날이야기를 해야 하는데."

"저 옛날이야기 아주 좋아합니다."

졸음에 겨웠던 눈을 번쩍 뜨며 카리사가 힘주어 말하자 블레신이 쿡쿡 웃었다.

"나는 이쪽 눈가에 큰 흉터가 있잖아. 지금은 이리 멀쩡해도 다쳤을 당시엔 한 스무날은 눈조차 뜨기가 버거웠어. 당시엔 뭐, 잃으면 잃는 거지, 하고 생각했어. 팔다리가 잘린 것도 아니고 겨우 눈 하나 잃은 걸로 끙끙댈소냐 싶어서 부러 더 보란 듯이 돌아다녔지."

"저런."

"하지만 원래 하나였던 것도 아니고 어느 날 갑자기 하나로 살자니 불편이 이만저만해지. 두 개가 해야 할 일을 하나가 하니 멀쩡한 눈도 밤이 되면 쏟아질 것처럼 아팠지. 그래서 생각한 게 밤에 막사에 있을 땐 아예 두 눈을 다 감고 있는 거였어. 실수로라도 뜨지 못하게 두툼한 천으로 칭칭 동여매고서 말이야. 답답함이 한층 배가된 건 당연했지만, 사람이 대단한 건 그런 상황에조차 무섭게 적응해나간다는 사실이야. 며칠 안 되어 나는 대낮에도 곧잘 눈가리개를 하고 사람들 앞에 나섰어."

사람이 대단한 게 아니라, 당신이 대단한 거 아닐까? 카리사는 살며시 감탄한다.

"단지 앞을 보는 눈, 그걸 차단했을 뿐인데 세상이 얼마나 크고 두려운 곳이 되던지. 사람들이 흔히 눈앞이 캄캄해졌다고 하는 표현의 뜻을, 나는 그때 비로소 몸으로 배웠어. 원하는 것이 있어도 이룰 길이 없는 자들의 무기력함도 어렴풋하게나마……. 그렇지만 난 역시 '블레신 루키아노스'란 말이지. 어둠 속에서 쭈뼛대며 웅크리고 있는 건 내 체질에 맞지 않아."

꾸벅, 카리사는 저도 모르게 고개를 끄덕였다.

"나는 어둠을 조금이라도 더 환하게 만들 방법이 없을까 궁리했어. 방법이 없진 않더라구. 눈이 잠시 쉬고 있는 거지 다른 것들은 멀쩡했으니까. 특히 내가 관심을 갖게 된 건 귀와 코였지. 색채만 없을 뿐, 그것들 또한 내 머릿속에 그림을 그릴 줄 아는 힘이 있더라 이거야."

"귀하고 코가요?"

되도록 경청하려던 것도 잊고 그만 묻고 말았다. 카리사의 손을 쥐고 있는 블레신의 손가락들이 리라라도 타듯이 나긋나긋 움직였다.

"덧붙이자면 손 또한 그런 힘이 있지."

그녀의 손더러 따뜻하다고 했지만 블레신의 손은 따뜻함을 넘어 뜨겁다. 그녀가 아는 그 어떤 사람보다도 높은 체온을 자랑하는 블레신이 다시금 말을 이어갔다.

"어둠에 음영을 넣는 방법을 모색하는 와중에 귀가 가진 색다른 힘도 깨달았어. 사람을 대할 때 귀가 발휘할 수 있는 힘에 대해 나는 거의 모르고 있었다는 것도. 곧 일없이 노름이나 하며 밤시간을 때우던 병사들을 상대로 어떤 게임을 하나 고안했지. 게임의 이름은 '거짓과 진실'. 병사들은 내게 이야기를 하나씩 하는데, 그게 거짓인지 진실인지는 미리 내 앞의 테이블에 올려둔 동전으로 밝혀두는 거야. 동전의 앞면이면 진실, 뒷면은 거짓. 그런 룰이지."

"왕자님께선 그들의 목소리만으로 그것을 알아맞히고요?"

"그래. 내가 맞추지 못하면 상대는 무조건 은화 한 개를 벌지. 짤막한 이야기 하나로 돈을 벌 수 있는 기회야. 구태여 명령을 내린 것도 아닌데 지원자는 넘쳐났어."

"그런데 짤막한 이야기라면, 얼마나 짧아야 하는데요?"

"그저 진위를 구별할 수 있는 문장이면 돼. 어떤 병사는 '저는 2월생입니다.' 한마디 한 적도 있어."

"그런 걸 무슨 수로 맞힐 수 있죠? 왕자님 그 게임으로 돈깨나 잃으셨겠는데요."

"초반엔 꽤 잃었지. 하지만 그 짓을 한 열흘 반복하니 전혀 잃지 않는 날이 오더라구?"

그런 게 가능할까? 납득이 될 설명이 있긴 했다. 블레신의 터무니없이 비상한 기억력.

"사람의 목소리에는 저마다 특징이 있죠. 혹시 병사들 목소리를 외우신 건 아닐까요?"

"인정해. 난 그들의 목소리를 외웠어. 진실을 말할 때와 거짓말을 할 때의 어조의 차이도 익혔지. 물론 그렇게 될 줄 알고 있었어. 이틀 연속으로 아무도 내 은화를 따내지 못한 날이 오자 게임은 접었어. 그리고 거추장스럽던 눈가리개도 풀었지. 그땐 이미 이쪽 눈도 멀쩡히 앞을 볼 수 있었거든."

마치 그 순간을 회상하듯 블레신은 카리사의 손을 내리며 실눈을 떴다.

"값비싼 수업료를 내고 왕자님의 기억력이 좋다는 것 말고 배운 게 있으신가요?"

블레신은 새파란 눈동자만 굴려 카리사를 보며 씩 웃었다.

"직관. 네 목소리를 따뜻하다고 단언할 수 있는 직관의 토대를 얻었어. 그다음 수업은 세상을 떠돌며 공짜나 다름없이 배우고 있으니 그만 하면 남는 장사잖아?"

여전히 카리사에겐 아리송하기만 한 이야기였다. 하지만 카리사는 방금 블레신이 한 어떤 말에 매우 관심이 있었다.

"왕자님께는 세상을 여행하는 것이 공부의 일환이라는 말씀이시군요."

"작정하지 않아도 밖에 나가면 배울 게 널렸거든."

"그럼 세상과 사람에 대해서 공부하는 것이 왕자님의 꿈인가요?"

생전 처음 듣는 단어라도 되는 양 "꿈?" 하고 블레신이 중얼거렸다.

"네, 꿈이요. 왕자님께서 바라고, 이루고 싶은 일 말이에요."

문득 카리사는 무언가를 떠올리고 고개를 꾸벅 숙였다.

"죄송한 말씀인데, 전 왕자님께선 그런 걸 딱히 가지고 있지 않나보다고 생각했거든요. 그래서 왕자님께는 당장 꿈이 필요하다, 주위에서 찾도록 도와드려야 한다는 버릇없는 생각까지 했어요. 도통 알 수 없는 분을 딴에는 이해해 보려고 노력한다는 게…… 조금 과했죠."

"그 도통 알 수 없는 분에 대한 이야기를 더 해봐."

"예?"

"정말 미안하다고 생각한다면 카리사 베로우스 반니에게 나란 사람이 어찌 비쳤는지, 말해줘. 이제 눈을 감을 테니까."

그리고 실제로 그는 눈을 감았다. 어설픈 거짓말은 꿈꾸지 말라는 경고에 카리사는 손수건을 꼭 쥐며 입을 열었다.

"왕자님께서 이번 여행길 선물로 공주님께 가져다주신 동방의 책을 기억하세요?"

"그래. 동쪽의 끝, 킨이란 나라의 신의 말씀이 적힌 책이지."

"제게 왕자님은 그 책과 비슷해요. 눈이 부시도록 화려한 장정에 펼치는 면면마다 그림에 가까운 아름다운 글씨가 가득하지요. 하지만 전 그 내용을 이해할 수 없어요. 제가 평생 흙 한 줌 밟을 일 없는 킨이란 나라처럼 그곳의 위대한 신 또한 불가지에 그칠 테구요. 그렇다 해도 큰 유감은 없어요. 그 책은 그냥 감상하는 것으로도 충분히 아름다우니까요."

잠시 동안의 침묵 끝에 블레신이 눈을 뜨며 중얼거렸다.

"감상하는 것으로 족한 아름다운 책이라. 하물며 해독불가? 이상하군. 네게는 꽤 속이 빤히 보이는 짓을 여러 번 했다고 생각했는데. 내가 그렇게 어렵게 굴었나? 어떤 점에서?"

"어렵게 굴었다기보다는, 아, 어떻게 설명하면 좋을까."

마땅한 표현에 고민하며 땀이 배어든 손수건을 내려다보던 카리사의 눈이 반짝 빛났다.

"어려운 게 아니라 쉽기 때문이에요. 왕자님은 어렵게 해야 할 말을 너무도 쉽게 하세요."

"쉬운 게 탈이라고? 이봐, 석류, 난 원래 타고나기가 달변가에 자신이 넘치다 못해 교만할 지경인 녀석이라고. 성격이야, 성격."

"달변이나 교만, 그런 의미가 아니에요. 저는 왕자님의 냉랭함을 말씀드리는 거예요."

"냉랭……? 내가?"

"잘은 몰라도 저는 누군가를 마음에 품는 것은 아주 뜨거운 일일 거라고 생각해요. 설사 자기 제어에 아무리 뛰어난 사람이라고 해도 그 상대를 앞에 두고선 뜨거움이 치밀어 올라 평정을 유지할 수가 없는…… 하지만 저는 왕자님이 저로 인해 평정이 깨어진 모습을 본 기억이 없어요. 한없이 가볍고, 그런 이유로 싸늘하게까지 느껴졌죠."

그와 눈을 마주하여서도 전혀 흔들림 없는 눈으로 그렇게 말했다. 엷게 웃기까지 하며.

한없이 가볍고, 그런 이유로 싸늘하다.

블레신은 카리사가 방금 내뱉은 그런 기분을 지금 그에게 향하는 그녀의 미소에서 느낄 수 있었다. 그는 벌떡 일어나 앉았다.

"잠자긴 글렀군. 자장가는 내일로 미루지."

침대에서 내려서려는 블레신 앞으로 카리사가 몸을 굽혀 슬리퍼를 단정히 놓아주었다.

"그럼 전 올라가서 자도 되겠습니까? 아니면 여기서?"

"올라가서 자도록 해."

거칠게 슬리퍼를 꿰어 신고 블레신은 뒤도 돌아보지 않고 측실을 나갔다.

태피스트리의 흔들림이 거의 잦아드는 것을 보고서 카리사는 몸을 돌려 등불을 껐다. 칠흑의 어둠에 휩싸이자 생각을 잘못했다는 걸 깨달았다. 올라갈 때까지는 불빛이 필요한데.

불을 다시 켤지, 어둠 속을 더듬거리며 나아갈지 고민하다가 카리사는 하품을 했다. 블레신과 이야기하느라 미뤄놓았던 잠이 그 하품을 계기로 둑이라도 터진 듯이 휘몰아쳤다.

"난 왜 이렇게 잠을 못 이길까……."

카리사는 팔을 뻗어 더듬거리며 몇 발 떼어놓았다. 어느 순간 다리에 닿은 딱딱한 것이 침대임을 깨닫기 무섭게 카리사는 주르륵 그 위로 몸을 던졌다.

베개에 얼굴을 파묻으며 크게 한 번 어깨를 들썩였다. 베개에서 블레신의 냄새가 났다. 발삼 향유 냄새……. 그렇지만 진짜 발삼하고는 또 미묘하게 다른. 고귀한 분답게 취향이 까다롭기 그지없는 왕자가 뭔가 특별한 비법을 쓴 것이 틀림없다고 짐작해 본다. 며칠 전만 해도 잠깐 그녀의 침대에 누워있다 나갔을 뿐인데 그 냄새가 하루 가까이 머물러 있었다. 골은 냈지만 워낙에 좋은 냄새라…….

'지금 이런 걸 생각해서 뭘 어쩌자는 거야?'

카리사는 억지로 몸을 뒤척여 반듯하게 돌아누웠다. 그리고 블레신은 여간해서 가지 못하는 잠의 호수 깊숙이 가라앉았다.

같은 시간, 리니우스궁에선 타이스 황후가 막 침소를 향해 거동한 차였다. 간혹 손수건으로 입을 막고 잔기침을 거듭하는 모후를 부축하는 클라이저의 눈에 수심이 어렸다.

"어머님, 계속 물리치지만 마시고 쿠아론의 치료사들을 불러보심이 어떻겠습니까?"

"또 그 이야기냐? 지겹구나, 아르키스. 옆에서 볶아대는 건 발레리아 하나로 족하다."

"그만큼 쿠아론의 치료사들이 오랜 기침병에 탁월한 실력을 자랑한다지 않습니까."

"전의 중에도 쿠아론 출신 의사는 있다. 사람 탓이 아니라 땅의 차이인 게지. 쿠아론에 넘쳐나는 온천이 몇몇 병에는 이로운 작용을 하는 게 틀림없다고 루키아노스도 말하지 않던?"

지리멸렬한 소모전 끝에 쿠아론이 자치권만은 인정받는 종속국이 된 것도 거의 이백 년 전. 그때 이래 쿠아론과는 이렇다 할 분쟁이 없었으나, 유리크의 왕자가 신분을 드러내고 홀로 돌아다녀도 좋을 만한 곳은 아니다. 그런 곳을 홀로 한 달 가까이 탐방하고 에스테르를 데려가 요양을 시키고 싶다고 블레신이 말한 것이 거의 3년은 되었지 싶다.

황후는 고민했으나, 허락은 떨어지지 않았다. 오며 가는데 석 달이 걸리는 거리의 여행을 해야 한다는 것도 걸렸지만 쿠아론이 고산지대이다 보니 심장이 약한 에스테르에게는 치명적일 수 있다는 의사들의 말에 고개를 젓고 만 것이다. 블레신도 그것이 영 걸렸던지 강경하게 제 뜻을 내세우지 않아 에스테르의 쿠아론행은 흐지부지되었다.

그러나 이제 차도가 없는 모후의 환후에 클라이저가 쿠아론을 생각하는 빈도가 늘었다.

"올해가 다 가도 병세에 진전이 없다면 다음 해 봄에 쿠아론으로 떠나셨으면 합니다. 일기가 따뜻한 동안만이라도 요양을 해보심이 좋을 것 같습니다. 물론 제가 모시고 갈 생각입니다."

자리옷으로 갈아입는 황후에게 클라이저가 말하자 황후는 긴 한숨을 내쉬었다.

"이미 사람이 할 수 있는 최선의 치료를 받고 있다. 그 이상의 일은 신께 맡길 일이다."

"쿠아론이 존재한다는 자체가 신의 뜻 아니겠습니까?"

"그랬다면 그 땅이 좀 더 가까이에 있지 않았을까?"

황후는 옷시중을 들던 시녀들이 물러서자 클라이저에게 다가오라 손짓했다. 아들의 부축으로 침상에 오른 황후는 그의 손을 토닥이며 생각해

보마고 말했다.

"네 혼인이 성사되고 안정되는 걸 본 후라면, 봄이 아니라 겨울에라도 길에 나서는 것이 무엇이 어렵겠느냐? 네가 아니더라도 발레리아가 있으니 어미의 일로 마음 끓일 것 없다."

"발레리아가 아무리 미더워도 아들인 저만 하겠습니까? 마땅히 제가 할 일입니다."

"네 어찌 가벼이 황도를 비울 수 있는 신분이더냐? 지난 두 해 에흐렌툼에서 지낸 것으로 외유는 충분했다. 폐하의 연세를 생각거라, 아르키스. 그분은 머지않아 신이 될 터이니."

에흐렌툼에서 돌아온 뒤로 매일 밤, 황후는 그런 말로 클라이저에게 무언의 압박을 했다. 같은 소리를 수십 번도 넘게 들으니 이제는 덤덤히 어머닐 바라볼 따름. 짧은 밤인사로 황후의 이마에 입 맞추고 일어서려는 클라이저에게 불현듯 황후가 말했다.

"에스테르를 아껴주렴, 아르키스."

"그럴 것입니다."

늘 그렇듯이 노파심에 가까운 말에 클라이저는 변함없이 공손히 대답했다. 황후가 손을 뻗어 클라이저의 손을 쥐며 거듭 당부했다.

"아내로서 존중하는데 그치지 말고 여자로서도. 혼인 후, 일 년, 아니 이 년은 다른 꽃에 눈길을 돌리지 말거라. 어차피 그 애는 아이를 갖기 힘들 테니 네게는 다른 꽃들이 필요할 것이다. 그러니 그 아이에게 홀로 극진히 사랑받은 기억이라도 남겨줌이 좋지 않겠느냐."

그리 말하는 황후의 눈이 열에 들뜬 듯 예사롭지 않게 빛나고 있다.

"그리하겠습니다."

황후는 미소 지으며 클라이저의 손을 지긋이 움켜쥐었다 놓았다. 눈을 감는 황후를 보고 물러나는데 시녀들이 내린 침대 휘장 너머로 황후의 목소리가 흘러나왔다.

"그 아이에게 너무 가까운 꽃은, 그만한 가치가 있는지 재삼 생각할 일이야."

뭐라 딱히 대꾸할 말이 없어 그는 안녕히 주무시라는 인사를 되풀이하고 침소를 나왔다. 고요한 복도를 걸어가는 동안 클라이저의 표정이 조금씩 무거워졌다. 어느 순간 걸음을 멈추고 벽에서 타고 있는 등불이 지어내는 자신의 검은 그림자를 응시했다.

"경고를 하신 거군."

허벅지를 가볍게 두드리는 손가락에는 유감이 실려 있다. 아침에 카리사를 데려와 궁에서 식사를 한 일이 이미 황후의 귀에 들어갔음이 틀림없다. 모두 황후가 고른 시종, 시녀들이니 당연한 일이건만, 미처 거기까지 생각이 미치지 못했다는 게 스스로도 믿겨지지 않았다.

—그 아이에게 너무 가까운 꽃.

가만히 클라이저는 입술을 깨물었다. 스스로도 이제 막 흘러가는 마음을 자각한 참이건만, 어떻게 모후는 단박에 그 사실을 꿰뚫어보셨을까. 그것이 연륜이란 것인가? 아니면 그저 미연에 방지할 차원에서 넓게 한마디 건넨 것에 내가 흔들리고 있는 것일까?

다시 걸음을 떼어놓긴 했으나 궁을 나서는 발걸음이 여느 때보다 무겁다. 그런 그의 등을 툭 두드리며 누군가 유쾌한 목소리로 말을 걸어왔다.

"뭐예요, 클라이저. 꼭 야단맞은 아이처럼 걷고 있잖아요."

뒤를 돌아보니 활짝 웃음을 머금은 발레리아였다. 내실에 모여 담소를 나누고, 오늘은 클라이저가 왔으니 황후의 침실을 살피는 것을 그의 몫으로 남기고 발레리아는 먼저 방으로 돌아갔었다. 하지만 마음이 바뀌어 밤 산책에 나섰던지 이렇게 앞뜰에서 마주쳤다.

"응? 정말 풀 죽은 얼굴을 하고 있네? 왜 그래요, 정말 침소로 데려가서 어머니가 야단이라도 친 거예요? 우리끼리 있을 땐 화기애애했잖아요."

"야단맞을 일이 있어야지요. 그저 오늘 운동이 과했던지 조금 피곤해서요."

클라이저는 엷은 미소로 속마음이 드러났던 얼굴을 덮었다. 발레리아는 고개를 갸웃거리면서 그를 쳐다보다가 그의 팔에 손을 올려 부드럽게 어루만지며 말했다.

"그렇게 피곤한데도 어머닐 찾아와 말벗이 되어드리다니 어쩌면 이리 성실한 사람일까."

"당연한 도리니까요. 발레리아를 따라가려면 멀었죠."

"날 따라잡을 생각을 하는 거예요? 난 이따금 어머니랑 침상도 함께 쓰는데, 날 무슨 수로 이겨요? 설마하니 그 체구로 어머니 침상에 파고들기라도 할 건가요?"

"침상이라……. 과연 따라잡기 버거운 난제로군요."

"아, 웃었다, 웃었다."

피식하고 작게 지은 그의 웃음에 발레리아는 자못 기쁜 듯 박수를 쳤다.

"가서 푹 잘 테니 발레리아도 그만 들어가요. 고운 얼굴에 벌레라도 물려서 울지 말고."

"어머, 또 그 이야기를 꺼내기에요. 그게 대체 언제 일인데. 모처럼 배웅해줄까 했는데 기분 상해서 들어갈래요."

클라이저는 빙그레 웃고는 고개를 까딱해 보이고 돌아섰다. 그 어떤 애교도 그저 바다에 비 내린 것처럼 덤덤히 지나칠 뿐인 무심한 황자의 뒷모습을 지켜보면서 발레리아는 짤막히 한숨을 삼켰다. 그리고 그가 더 멀어지기 전에 총총히 그를 쫓아가 팔을 붙들었다. 또 무슨 일이냐는 듯 쳐다보는 클라이저에게 발레리아는 그녀의 최고의 미소를 지었다.

"내가 당신 친구라는 거 알죠? 푹 자는 걸론 해결할 수 없는 일이 있다면 혼자 고민하지 말고 나란 친구도 있다는 거 기억해줘요. 잘 자요, 클라이저."

클라이저는 고개를 기울여 그녀의 이마에 입맞춰주며 말했다.

"기억할게요. 잘 자요, 내 친구."

상냥한 입맞춤. 하지만 그는 배웅하는 그녀를 단 한 번도 돌아보지 않았다.

한바탕 후원을 배회하여 몸은 더더욱 피곤해졌지만 여전히 잠은 오지 않는다. 이런 때엔 포도주라도 양껏 먹으면 술기운에라도 잘 텐데.

"까짓것 마시는 거지. 내가 왜 그 말라깽이 말에 죽는시늉까지 해야 해?"

신경질을 내면서 휘두른 팔에 애꿎은 근처의 나뭇가지가 맞아 부러졌다. 우연히 일어난 일이지만, 그 부러지는 소리가 상쾌하게 들렸다. 돌아보니 그것도 석류나무이다. 블레신은 이미 부러진 가지를 집어 들어 그 굵기며 탄성을 확인했다. 그리고 가지를 채찍 삼아 힘껏 휘두르기 시작했다. 윙윙, 바람이라도 벨 듯한 힘으로 쉴 새 없이 내리치는 서슬에 십 년 넘게 자란 석류나무가 형체도 찾을 수 없게 무너져 간다.

다음날 정원사 제도가 영문 모를 사태에 어안이 벙벙해질 쑥대밭을 만

들어 놓고서야 블레신은 손에 든 가지를 내던졌다. 식물에 깃든 혼 운운하는 에스터 신관들의 말을 굳이 떠올리지 않더라도 자랑할 만한 일이 아님을 잘 알고 있다. 어리석은 화풀이이다. 그런데 이 정도로 화풀이를 했음에도 불구하고 속 시끄럽게 부글거리는 뭔가가 아직 남아 있다.

'왕자님은 어렵게 해야 할 말을 너무도 쉽게 하세요.'

간파당했다. 분명 그는 카리사의 일을 가볍게 생각했다. 내가 갖고 싶다고 마음먹은 이상, 빠르건 늦건 그 아이는 내 것이 된다고 생각한 안일함 또한 인정한다.

간파당한 사실이 분한 게 아니다. 사실 그는 감탄했다. 머리가 좋다고 해도 통찰력이 있는 가는 별개의 문제인데 카리사에겐 그게 있었다. 적당한 교양을 갖춘, 말을 나누어 즐거운 상대를 넘어 어떤 일을 의논해 볼 수준을 갖추고 있는 여자로 카리사의 가치가 뛰어올랐다.

그것은 좋다. 그가 화가 나는 건 그 말을 할 때의 카리사의 태도였다. 그녀는 너무 덤덤했다! 그의 구애가 치열하지 않음을 꿰뚫어보았으나 그것에 전혀 아쉬움 같은 건 없다는 그 태도! 정말로 그에게 아무런 마음이 없다는 뜻인가?

"그럴 리가!"

타고난 교만함으로 그런 생각 자체를 일소에 부친다.

비상한 기억력 탓에 이제껏 살면서 만나 온 사람들 거의 모두를 기억하고 있지만, 그렇게 기억하는 자들 중에 그의 머릿속에 생생히 '존재' 하는 이는 극소수.

타지를 떠돌며 낯선 하늘을 올려다보면서 그 안부가 궁금하고 이따금 보고 싶다는 생각을 한 그 극소수에 카리사 또한 있었다. 아마 어디서건 기회만 있으면 석류를 입에 달고 사는 기호 때문에 자신이 석류라 이름

붙인 그녀의 일을 계속 반추하는 거라고 생각했었다.

하지만 2년이 흘러 그녀와 재회하게 된 날, 그 숲 속에서 블레신의 마음은 철렁 흔들렸다. 예뻐졌다고는 해도 부러 뒤돌아볼 만한 대단한 미녀로 환골탈태한 것도 아닌데, 다시 만나게 된 카리사에게서 눈을 뗄 수가 없었다. 전에는 느껴보지 못한 강렬한 '여자' 내음을 발하는 그녀를 만지는 손끝부터 타고 올라오는 짜릿함을 의식했다.

육체적 자극을 일으키는 여자가 아예 없었던 것은 아니나 한 발 물러나 두 번 보고, 세 번 살피는 사이 자극은 가뭇없이 사라지곤 했다. 그런 까닭에 카리사의 일도 심각하게 여기지 않았다. 별안간 일어나지만, 그만큼 쉽게 가라앉는 까닭에 '충동' 이라 하지 않는가.

……그런데 이번엔 달랐다. 나른한 몸살처럼 시작된 무언가가 한 번의 키스로 인해 열꽃으로 발현했다.

여전히 '내가 왜?' 라는 기분이었다. 별수 없는 사람이기에 이렇게 얼떨떨하게 휘말려드는 일도 있는 거라고 납득하고 넘어가려 했다. 그러는 사이 열꽃의 군생지가 늘어났다. 블레신은 어차피 이리된 거 확 터져서 시들어버리라는 기분으로 카리사를 가까이 불러들였다.

또 한 번의 판단 실패. 열꽃은 자꾸만 피는데 봉오리가 터지지 않는다. 스스로 충분히 제어할 수 있다고 여긴 것이 방심이 되어 병을 키운 게 아닐까.

뭔가 좀 이상하다 싶을 때, 그냥 안아버릴 걸 그랬다. 연못에 데려갔던 그 밤에라도…….

제 뜻 같지 않은 일도 질색이지만, 후회하는 일은 더더욱 싫다. 블레신은 거칠게 두 손으로 얼굴을 문지르고 궁으로 몸을 돌렸다.

오래 걸은 데다 때아닌 가지치기까지 하느라 몸에선 열이 나고 목이 말라왔다. 하루 종일 골치 아프게 달라붙었던 두통이 다시 시작될 조짐마저 있다. 이게 다 맹랑한 석류 때문이란 생각에 산책을 나올 때보다 더 짜증이 치밀어 오른 상태로 방으로 돌아갔다.

물을 양껏 마시고 침실의 벽감에 있는 상자를 열어 과하다 싶을 정도로 약초를 집어 털어 넣었다. 내일은 혼곤히 잠에서 못 헤어 나올지도 모르겠다. 카프탄을 벗어 아무렇게나 내던지며 침대로 향하던 그의 눈이 무심코 왼편 벽을 따라 움직였다.

마치 보이지 않는 어떤 힘에 이끌려 가듯이 그는 침대 머리맡으로 돌아가 측실로 들어서는 태피스트리를 걷어찼다. 전후좌우 구별도 안 되는 어둠 속에서 블레신은 이미 외운 구조대로 정확히 여섯 걸음을 걸어갔고, 침대에 누웠다. 그리고 다시 벌떡 일어나 앉았다.

"석류?"

은매화 향기에 이미 확신했지만 블레신은 굳이 손으로 옆에 누운 이의 얼굴을 더듬었다. 틀림없는 카리사다.

올라가서 자라고 했는데 왜 아직 여기 있지? 너무 졸려서 계단을 올라가는 것도 귀찮았나? 아니, 잘 시간이 지나긴 했어도 분명 그가 나갈 땐 꽤 멀쩡해 보였다. 그런데도 여기 남아 자고 있는 것……. 내게 좋은 쪽으로 해석해도 될까?

'사람은 자신이 원하는 대로 믿으려하는 생물이다.'

까마득히 어린 시절 배운 금언이 떠올랐지만 어둠 속에서 이성은 썩 힘을 발휘하지 못했다. 어둠이 차차 눈에 익어 카리사의 이목구비를 눈으로 구별할 수 있게 되었어도 마찬가지다.

블레신의 얼굴이 서서히 그녀의 얼굴 위로 기울었다. 흘러내린 그의 머리카락이 카리사의 머리카락과 한데 엉킨다. 지글지글 신열에 휩싸이는 것을 자각했다.

네게 가벼움으로 지탄받았다. 마음의 기울기를 조정한 나의 싸늘함을 인정한다. 너무 가까워질 여지, 주고 싶지 않았다.

"내가 치열해지길 원해?"

나지막하게 묻는 블레신의 입술이 카리사의 뺨에 살짝 닿았다가 떨어졌다. 키스라고도 할 수 없는 그 간단한 접촉에 입술이 경련했다. 한 손으로 그녀의 등을 받쳐 가볍게 들어 올려 품어본다. 의심할 여지가 없다. 욕망은 적나라하다.

안아버릴까. 이대로.

지금이라도 일을 간단하게 매듭짓자는 교만한 자아를 한줄기 이성이 가로막는다. 육체와 함께, 정신도 원한다. 둘이서 신뢰를 쌓아보자던 말은 빈말만은 아니었다. 그리고 블레신은 자신을 믿었다.

'시작하지 않는다면 모를까, 지는 게임은 하지 않아.'

가냘프지만 부드러운 곡선 또한 머금은 카리사의 몸을 스르륵 옥죄어 안았다. 그가 조금 팔에 힘을 넣은 것만으로 잠결에 가쁜 한숨을 내쉬는 그녀의 귓가에 블레신이 거듭 물었다.

"내가 치열해지면…… 감당할 수 있겠어?"

감당해야 할 것이다. 이 밤, 게임의 판돈을 올린 건 그녀니까.

"요새 리라 연습은 잘돼가니?"

에스테르의 질문에 카리사는 공주의 가느다란 발목을 꼭꼭 주무르며 싱긋 웃었다. 산책에 나선 지 불과 얼마 안 되어 안색이 나빠진 공주의 다리를 주무르는 중이었다.

"예, 늘 그렇듯이 주위에 적잖이 폐를 끼치고 있답니다."

"점차 실력이 늘고 있다고 발레리아 님은 칭찬하던걸?"

"'점차'라는 말이 핵심이네요. 일전에 한 번은, 발레리아 님이 제게 리라 말고 다른 걸 배울 생각이 없느냐 물으셨답니다. 그게 무슨 뜻이겠어요?"

에스테르의 창백한 얼굴에 엷게 미소가 떠올랐다. 다독다독 이마의 땀을 훔치는 에스테르에게 주려고 카리사는 가져온 바구니에서 물병과 잔을 꺼내 차를 따랐다.

희미하게 김이 피어오르는 게 보이는 박하차를 올리자 에스테르는 작은 한숨을 내쉬곤 잔에 입을 댔다. 설사 여름이 되어도 차갑다 싶은 물한 번 마음껏 못 마시는 신세를 한탄하는 한숨 같아서 카리사는 저도 모르게 축 눈썹을 늘어뜨렸다. 에스테르가 그걸 보고 손가락으로 콕 카리사의 이마를 건드렸다.

"울상 짓지 마. 네 귀여운 눈썹은 웃을 땐 예쁘지만 그런 표정엔 어울리지 않아."

에스테르가 언젠가 지나가듯이 카리사는 눈썹이 진한 게 귀엽구나 한 말에 여태 카리사는 한 올도 뽑지 않은 어린애 같은 눈썹을 간직하고 있다. 발레리아가 몇 번이나 정리 좀 하라고 핀잔을 줘도 잠자코 웃으며 고개만 저은 바 있는 눈썹을 쑥스러운 듯이 비벼보는 카리사에게 에스테르는 계속해서 말했다.

"난 뜨거운 박하차를 아주 좋아하니까 날이 더울 때도 마시는 걸 고역이라고 여기지 않아. 오라버니가 널 석류로 부르지 않니? 나는 박하로 불러주면 어떨까 생각해본 적이 있어."

"박하요?"

"응. 귀엽지 않니? 난 한 번도 애칭을 가져본 적이 없어서 이름 말고 달리 불리면 어떤 기분일까 궁금해."

"고민하실 게 있나요, 제가 당장 왕자님께 말씀 올리겠습니다."

카리사의 의욕에 에스테르는 웃으며 고개를 저었다.

"그런 식으로 자청해서는 싫구. 그리고 오라버니가 들으면 서운해 하시겠지만 내가 그런 애칭을 듣고 싶은 분은……."

말하다 말고 수줍어졌는지 에스테르는 차만 연신 홀짝거렸다. 구태여 말하지 않아도 뒷말은 알 수 있다. 약혼자인 황자에게 듣고 싶다는 뜻이다.

아, 가련하도록 어여쁘신 분, 틀림없이 황자께서도…….

홀연 어두워진 낯빛으로 카리사는 고개를 떨구었다. 에스테르에 대한 황자의 마음은 공주와는 그 빛깔이 다르다. 그녀를 아끼는 것은 틀림없지만 사모 같은 것은 아니라 했던가.

"공주님께선 황자 전하가 그리도 좋으십니까?"

너무도 직설적인 물음에 에스테르의 눈이 다 동그래졌다.

"같은 날, 같은 궁에서 태어난 이래 스무 해가 훌쩍 넘게 보고 지내신 분이잖아요. 오라버니이신 루키아노스 왕자님과 마찬가지로 좋은 점, 나쁜 점, 볼 것, 못 볼 것 다 보신 사이일 텐데 어쩌면 그리 한결같이 마음을 쏟으시는지 궁금해서요."

"음⋯⋯. 한결같이. 그게 답이 되겠구나, 카리사."

에스테르는 대리석 벤치 위로 가지를 드리운 사시나무의 무성한 이파리 사이로 비치는 햇살을 바라보며 중얼거렸다.

"나는 사람들의 도움 없이는 하루도 살기 힘든 몸이잖니. 오늘은 그럭저럭 좋다가도 내일 아침엔 당장 죽을 만큼 열이 끓어오르는 일들이 끊임없이 반복되는. 어릴 때는 왜 나만 이런 몸에 갇힌 걸까 싶어 신을 원망한 적도 부지기수란다. 하지만 차차 나이가 들면서 깨달았지. 이런 몸을 한 나를 무지렁이 노예의 집에 떨구는 대신 황궁에 태어나게 해준 신의 배려를. 다른 곳에서였다면 걸음마조차 못 해보고 죽었을지 모르는 몸으로 여태 이리 살아 있잖아."

숨을 돌릴 겸 차를 마시고 에스테르는 말을 이어갔다.

"하지만 사람은 하루하루 먹고 자는 일을 반복한다고 살아 있는 건 아니니까. 살아도 좋을 만한, 살고 싶을 만한 이유 하나쯤은 필요하지 않겠니? 내게 답은 멀리 있지 않았어. 나는 두 명의 남자로 인해 살고 있단다. 누군지는 너도 알겠지?"

따스하게 반짝이는 눈을 카리사에게 고정한 채로 에스테르가 말했다.

"나는 오라버니의 자유로운 삶을 지켜보고 싶어. 큰 날개를 가진 오라버니가 무엇을 꿈꾸고 무엇을 이뤄가는지 궁금하고도 기대가 된단다. 그리고 황자 전하…… . 내게 이렇다 할 예지력이 있는 것은 아니지만 전하의 위대한 운명만큼은 한 번도 의심해 본 적이 없어. 네 말대로 그토록 오래 알고 지내왔지만, 단 하루도 허투루 보내지 않고 성실히 자신을 갈고 닦은 전하께서 어떤 세상을 가꿔나갈지, 역시 궁금하고 기대가 돼. 오라버니와 황자 전하, 두 분의 삶을 지켜볼 수 있다면 비록 나는 구경꾼에 불과하더라도 전혀 아쉽지 않아. 하늘엔 태양이 하나뿐이지만 내 세상엔 두 개의 태양이 한결같이 빛나고 있어. 두 태양을 사랑하는 것, 그것이 내가 사는 이유이고, 내가 가장 잘할 수 있는 일이란다."

엷게 홍조가 피어오른 에스테르의 얼굴에선 빛이 나는 것 같았다. 멍하니 에스테르를 올려다보던 카리사는 마침내 고개를 끄덕이며 빙그레 웃었다.

"그분이 태양이셨군요, 공주님께는. 와아, 왕자님께서도 들으시면 우쭐해하시겠어요."

"카리사, 이건 둘만 아는 비밀인 거야. 응?"

"공주님의 명령이시라면 베로우스의 딸 카리사, 목숨을 걸고 지키겠나이다."

짐짓 거창하게 사내처럼 서약을 하는 카리사 때문에 에스테르가 웃는다. 그런 두 사람 사이로 누군가의 낭랑한 목소리가 날아들었다.

"한창 화기애애한 것 같은데 나도 좀 끼워주면 안 될까요?"

돌아보니 흰 장미의 화신인 양 새하얗게 치장한 발레리아가 그들을 향해 오고 있었다. 웬일로 저리 담백한 옷차림일까 했는데 가까이서 본 그녀의 스톨라를 비롯해 머리에도 석류씨앗만 한 크기의 진주들이 헤아릴 수 없이 물결치고 있다. 그녀가 에스테르의 옆에 앉자 그 화려함이 한층 증폭되었다.

"여기서 대접받은 맛있는 점심이 생각나서 들렀는데 많이 먹는다고 쫓아내진 않겠죠, 에스테르?"

"설마요."

"염려 붙들어 놓으셔요. 오늘은 제가 없으니 공주님의 식탁은 예전처럼 풍성할 거예요."

에스테르의 말을 보강하듯 카리사가 힘주어 말하자 발레리아가 의외란 표정을 지었다.

"여기서 점심 안 먹을 거니? 잠시 놀다가 함께 승마하러 갈 생각이었는데."

"어머, 아직 못 들으셨구나. 아까 발레리아 님 처소에 들러서 말을 남겨놓았는데요."

"응. 일찍 나와서 계속 밖에 있느라. 무슨 말을 남겼는데?"

"오늘 승마는 혼자 가시라고요. 전 공주님과 산책만 마치고 이트궁으로 가봐야 하거든요."

"왜? 이트궁에 무슨 흥미진진한 일이라도 있어?"

호기심을 보이는 발레리아에게 에스테르가 살짝 한숨을 섞어 대답해주었다.

"식상한 일이랍니다. 저 잠꾸러기이신 루키아노스 오라버니께서 아직도 쿨쿨 자고 있을 가능성이 농후하다지요."

"요즘 체력단련장에 꼭두새벽부터 나간다지 않았나? 며칠이나 됐다고 또?"

"오라버니의 일이니 놀라울 것도 없지요."

오가는 말의 저간에 깔린 비난의 기색에 카리사는 왕자의 편을 들어주고 싶은 걸 참았다. 가뜩이나 제 몸 건사로도 벅찬 에스테르에게 오라버니의 불면증에 대해 옮기는 것은 어려운 일이다. 블레신 또한 그 정도 지각은 기대했기에 카리사에게 그런 이야기를 했을 것이다.

"흠. 그럼 카리사를 따라 이트궁으로 가서 그쪽 점심을 축내볼까. 어때요, 에스테르. 모처럼 오라버니의 궁에 놀러가는 건? 내 가마를 타고 함께 가면 되니까 어려울 것 없잖아요."

돌발제안에 에스테르는 곰곰 생각해보더니 곧 안 되겠다며 고개를 저었다.

"막 일어났을 때의 오라버니는 꼭 골이 난 일곱 살짜리 꼬마 같은 걸요. 어때, 카리사? 요새는 달라졌니?"

"기침하시고 목욕을 하기 전과 후가 확실히 다르긴 하지요."

"여전하네요, 발레리아 님. 점심은 여기서 저와 함께 하세요. 다소 적적하기야 하시겠지만."

"적적할 거야 있나요, 에스테르와 단둘이 식사하는 게 얼마나 내게 큰 즐거움인데요."

에스테르의 팔에 팔짱을 끼며 발레리아가 환하게 웃었다.

발레리아도 온 김에 다시 산책을 재개하여 자리에서 일어선 얼마 후. 발레리아는 카리사가 에스테르에게 씌워주고 있는 양산을 올려다보며 물었다.

"그런데 에스테르, 둘이서 산책할 땐 늘 이렇게 양산을 하나만 쓰는 거예요?"

"조금 그런가요?"

"둘 다 체구가 날씬한 건 알겠지만 키 차이가 이리 나니 하나씩 써도 좋을 텐데. 카리사는 카리사대로 쓰게 하고 양산을 씌우는 하인을 하나 더 데리고 다니는 게 좋겠어요."

"아뇨, 발레리아 님, 전 공주님께 양산 씌워드리는 일이 좋은 데요!"

일감을 빼앗길까 봐 조바심치는 말에 발레리아는 웃으면서 손사래를 쳤다.

"에스테르에게 맞춰주느라 네 자세가 영 엉거주춤해지잖아. 하물며 넌 거의 가린 것도 아니고. 요새 볕이 얼마나 강한데, 귀족 아가씨가 시골촌부처럼 까매져서야 쓰나. 봐요, 에스테르, 카리사 전에 비해 좀 까무잡잡해지지 않았어요?"

"아…… 미처 난 거기까지 생각이 미치지 못했어요."

에스테르가 물끄러미 카리사를 올려다보며 한숨을 쉬었다.

"그러고 보니 그새 좀 탔구나. 하긴 매일같이 이트궁이랑 이곳을 오가는 것도 있는데. 카리사, 내가 무심했구나."

"아니에요, 공주님. 저 조금 타도 며칠만 조심하면 금세 돌아오니까 공주님께서 걱정하지 않으셔도 돼요. 무심이라니 당치도 않습니다."

"들어가면 내 양산 중에서 좋은 것을 고르렴. 발레리아 님 말씀처럼 시골촌부 소리를 들어서야 큰일이지."

아무리 타도 시골촌부가 될 리 없다, 저는 공주님께 양산을 받쳐드리는 게 너무 좋다 등등 카리사가 열심히 항변했지만, 바람 불면 날아갈 듯 가녀린 외모에도 불구하고 강단은 꽤 있는 에스테르는 다만 은은히 미소 지을 뿐, 자신의 의견을 철회하지 않았다. 그럴 때 곁에서 발레리아가 한마디 훈수를 둔다.

"양산이라면 카리사한테도 있잖아요? 카리사, 설마 벌써 질려서 안 쓰는

건 아니지? 왜 있잖아, 클라이저가 선물해준 예쁜 양산. 에스테르는 아직 못 봤나 봐요?'

일부러 비밀로 한 것은 아니었으나 발레리아의 입을 통해 에스테르가 그 사실을 알게 된 것에 카리사는 내심 크게 당황했다. 의아한 표정으로 그녀를 보는 에스테르에게 설명을 하는 카리사의 목소리가 아주 살짝 떨렸다.

"일전에 황궁 밖에 나갔던 날……."

"아, 그 며칠 후에 전하께서 보내시는 거라며 물건들이 왔었지. 네게 간 것 중엔 양산도 있었나보구나."

그때 에스테르를 비롯해 공주의 시녀들에게도 클라이저는 선물을 보냈다. 물론 카리사에게도 보낸 것은 에스테르도 알고 있었다. 고양이 미오를 돌봐준 공이 있으니 카리사에게는 조금 더 보답했다는 클라이저의 말에 당연히 그러셔야지요, 하고 맞장구친 기억도 또렷했다.

"어찌나 아기자기하게 예쁘던지 내가 봐도 탐이 날 정도였어요."

"카리사는 2년간 성심껏 미오를 돌봤으니까요. 그 정도야 받을 자격이 있지요."

에스테르는 조금도 언짢은 기색을 보이지 않고 내일은 그 양산을 가져와 산책하자고 상냥하게 말했다. 역시 우리 공주님, 하고 생각하며 카리사는 크게 고개를 끄덕거렸다.

산책을 마치고 공주를 주랑 현관까지 모신 후 카리사는 돌아갔다. 반은 뛰는 것처럼 재바르게 앞뜰을 걸어가는 카리사를 발레리아가 자못 재미있다는 듯 지켜보며 중얼거렸다.

"크고 늘씬해서 그런가 저리 서둘러도 경박스럽지 않고 시원시원해 보이는군요."

"네, 발랄한 게 보기가 좋죠."

"저 날쌘 아이가 에스테르, 당신의 느린 걸음에 맞추느라 얼마나 애를 먹을까요. 확실히 당신을 참 좋아하나봐요. 어쩐지 나 조금 질투나려고 그러네요."

그 말엔 이렇다 할 말없이 에스테르는 따뜻한 눈빛으로 카리사를 지그시 응시했다.

그만 안으로 들어가자고 에스테르의 팔을 이끌어 팔짱을 끼고 걸어가다가 쿡쿡 발레리아가 뜬금없이 웃었다. 에스테르가 쳐다보자 발레리아는 조금 더 웃은 뒤 말했다.

"방금 비겼다는 생각을 하던 차에요. 카리사는 내게 양산을 씌워주느라 걸음을 늦춰주지는 않지만, 적어도 카리사의 새 양산에 대한 이야긴 내가 먼저 알았잖아요? 이만 하면 우리 둘이 비긴 거다, 그랬어요. 내 나이가 몇인데 이리 유치한가 싶어서 그만 웃음이. 호호, 호호호."

싱거운 웃음 한 번 머금고 에스테르는 앞을 보았다. 느린 걸음이란 말을 의식했는지 조금 걸음이 빠르다. 머리 한편에 아까부터 떠올라있던 질문이 좀 더 생생해졌다.

'전하께서 주었다는 그 양산은 얼마나 예쁜 걸까.'

머리가 아파왔다. 두통이 시작될 조짐이었다.

계속 빠른 걸음으로 걸어왔더니 이트궁 앞에 이르러 숨이 차서 쉬어야 했다. 카리사는 담을 짚고서 심호흡을 했다. 휴식은 좋았지만 머릿속이 다시 묵직해지려 한다. 가슴도 일없이 답답해졌다. 아니, 일없이란 말에는 어폐가 있다. 그 원인이 되는 바를 알고는 있으나…….

'발레리아 님의 말에 왜 그리 놀랐을까. 그보다, 나는 왜 여태 공주님께

양산에 대해 말씀드리지 못한 걸까.'

"못한 게 아니라 안 한 건가."

기회라면 얼마든지 있었다. 하다못해 코로나가 이런 똥도 싸더라는 자질구레한 이야기까지 올리면서 양산에 대해선 침묵했다. 그 이유를 생각하려 하자 가슴속에서 바람이 일어났다. 뽀얀 흙먼지로 가득한 바람에 가슴의 답답함은 한층 강해졌다.

그만. 더는 생각 말자. 눈앞의 일만 보자, 당장엔.

카리사는 옷자락을 거머쥐고 뜰을 달려 궁 안으로 들어갔다. 가다가 만난 하인들에게 왕자님을 뵀느냐 물었지만 다들 고개만 설레설레 흔든다. 내실이 목전일 때 복도 의자에 앉아 꾸벅꾸벅 조는 쿠르도를 발견했다. 카리사가 공주님을 뵙고 오겠다고 떠날 때에도 쿠르도는 바로 저기 앉아 있었다. 왕자가 깨어나 부르면 가장 먼저 들어가 시중을 들기 위해.

남들은 이미 점심을 먹는다 마는다 하는데 정말로 왕자님은 아직 기침 전인 건가 하며 쿠르도에게 다가가 이름을 불러 깨웠다.

"예, 예! 왕자님, 쿠르도가 여기 있습니다! 아…… 카리사 님."

헐레벌떡 자리에서 일어나 복명하던 쿠르도는 카리사를 보고는 잠시 멍해졌다가 이내 무슨 상황인지 깨닫고 거푸 헛기침을 했다.

"왕자님이 아직도 주무시고 계시나요?"

"예, 제가 들여다볼 때까지는 그랬습니다."

"한 번 더 들어가봐요."

그녀의 말에 따라 쿠르도는 내실 안으로 들어갔다. 그러고도 얼마 후 혼자 조용히 나와서 고개를 저었다. 카리사는 눈썹을 치켜 올리곤 어디 아파 보이시진 않느냐 물었다.

"그런 건 아닌 것 같습니다. 그저 아주 깊이, 곤히 잠드신 기색이었습니다."

"푹 주무시는 건 나쁘지 않겠지만……. 일단 알겠어요. 금방 방에 다녀올 테니까 오면 그때 교대해요. 점심 먹고 와야죠."

자신이 더 기다릴 테니 먼저 점심을 드시라는 쿠르도에게 공주님께서 맛있는 간식을 주셔서 아직 배고픈 줄 모르겠다고 둘러대고 카리사는 방으로 향했다.

"코로나, 나 왔어. 코로나 어딨니?"

방에 들어가 휙 둘러보며 고양이가 있을 만한 곳을 훑었지만, 찾아내는데 실패했다. 바닥에 놓아둔 고양이 밥도 그대로이다. 카리사는 비로소 좀 심각한 표정을 지었다. 고양이를 어젯밤부터 본 기억이 없는데 먹이를 먹고 간 흔적조차 없는 것이다.

"어떻게 된 거지. 산책을 너무 멀리 나갔나? 아니면 누구 먹이 주는 사람이라도 생겼나?"

고양이가 돌아올 때까지 기다려보고 싶지만 이미 쿠르도와 약속한 바가 있다. 머리를 한데 모아 질끈 묶은 그녀는 읽을 책을 한 권 골라 방을 다시 나갔다. 고양이 밥이 문틈으로도 잘 보이도록 질그릇을 옮겨다놓는 것도 잊지 않았다.

쿠르도를 식당으로 보내고 책을 두세 장쯤 읽었는데 하인이 손님이 왔다며 낯선 이를 안내해왔다. 밑단이 발목까지 내려올 정도로 길이가 긴 흰 튜닉에 붉은 사선무늬 천으로 가장자리 처리가 되어 있는 옷을 보고 카리사는 그자가 황후전의 사람임을 알 수 있었다.

"왕자님께서 아직 기침 전이니 화급한 일이 아니라면 제가 듣고 전했으면 합니다만."

"왕자님께는 용무가 없습니다. 제가 뵈러 온 분은 반니 아씨입니다."

황후전의 시종은 침착한 태도로 말을 전했다.

"황후께서 사뭇 적적하시어 입맛조차 없으신 터에 불현듯 반니 아씨의 리라 솜씨가 떠올라 한 번 들려주었으면 하고 계십니다. 크게 다망한 일이 없으시다면 모쪼록 전하의 기대를 채워주셨으면 합니다. 반니 아씨가 올 것을 감안해 오늘은 전하의 점심식사도 늦추어 놓았습니다."

"예……?"

뜻밖의 일에 놀란 건 둘째고, 어쩌다가 황후께서 그런 몹쓸 생각을…… 하고 카리사는 창백해졌다.

일전에 그토록 실수 연발로 기막힌 광경을 보여드렸는데, 하물며 점심을 드시는 자리에? 내 연주를 들었던 주변의 시종과 시녀들은 어찌하여 아무런 충고도 올리지 않은 걸까?

이럴 줄 알았으면 발레리아 님이 여기로 와서 점심을 들겠다고 할 때 말리지 않을 것을 하고 카리사는 아쉬워했다. 발레리아라면 이 시종에게 몇 마디 말을 들려 돌려보낼 수도 있었겠으나 카리사로선 거절할 도리가 없다. 왕자라도 깨어 있었다면 좋았을 텐데. 카리사는 힐끗 원망스러운 시선을 내실을 향해 던지고는 따라나설 준비를 했다.

리라를 한 팔에 껴안고 마치 제물로 끌려가는 소처럼 슬픈 표정으로 카리사는 계단을 천천히 내려갔다. 황후가 보내준 가마가 궁전 앞에 기다리고 있었다.

바삐 걸은 가마꾼들 때문에 일각 조금 못 되어 리니우스궁의 앞뜰에서 내려 숨 돌릴 겨를도 없이 식당으로 향했다. 가마 위에서 그토록 생각했어도 익힌 곡 중에서 처음 시작 부분이 떠오르는 게 하나도 없는 게, 제발 긴장 탓이길 빌었다. 단정히 앉아서 마음을 가라앉히고 리라를 잡으면 손이 열심히 익혀온 곡들을 떠올려낼 것이다. 꼭 그래야 한다.

"부르심을 받아 카리사가 황후전하를 뵙습니다."

"오, 다행히 엇갈리지 않았나 보구나. 어서 오렴, 카리사."

정면에 보이는 황후를 향해 깊이 허리 숙여 절하고 고개를 들던 카리사는 황후가 건네는 인사말이 귀에 거의 들리지 않는 경험을 했다. 비로소 그녀의 시야에 들어온 다른 사람, 클라이저 때문이었다. 그는 그녀가 처음 보는 무서운 얼굴을 하고 있었다.

미처 그녀가 올 줄 몰랐던 클라이저는 당황한 나머지 얼굴이 굳었다. 간밤에 그런 경고를 한 모후가 오늘 점심 자리에 부러 카리사를 불러들인 이유가 무엇일지 짐작하느라 머릿속에서 한차례 격랑이 일었다.

그 속내를 모를 카리사는 그저 당황스러워 황자에게도 절과 함께 몇 마디 어름거리듯 올렸다. 어머니를 의식하느라 클라이저가 카리사에게 건네는 말도 영 시원찮았다.

"한창 더울 때 오라 가라 해서 미안하구나. 이노라, 저 아이에게 마실 것을 내어다 주게."

황후의 배려로 카리사는 잠시 음료를 마시며 숨을 돌릴 시간을 가졌다. 불그스름하게 달아오른 카리사의 얼굴을 건너다보며 황후가 클라이저에게 말했다.

"간밤에 네가 그러지 않았니. 날도 날이지만 마음에 즐거운 일이 있어야 식욕도 더 이는 법이라고. 곰곰이 생각하다 보니 언젠가 반니 양의 연주를 유쾌하게 들은 기억이 나더구나. 거기에 너까지 왔으니 오늘 점심은 느긋하게 즐겨볼 만하겠어."

클라이저는 고개를 끄덕였으나 심사는 한층 복잡해졌다. 황후는 마치 먼저 카리사를 불러놓았는데 클라이저가 우연히 점심을 하러 들른 것처럼 말하고 있지만, 사실과 달랐다. 아침부터 체력단련장으로 사람을 보내어 클라이저에게 점심때 건너오라며 불러들였던 것이다.

잔을 내려놓고 리라의 줄을 고른 카리사가 탈 줄 아는 곡이 얼마 안 된다며 미리 양해를 구했다. 황후는 연한 하늘색 눈에 미소를 머금고 자유롭게 하라고 말했다.

"빼어난 솜씨를 기대했다면 여기에도 사람은 많지. 조금은 서툴러도 기운 넘치는 싱그런 연주를 듣고픈 것이니 실수를 겁내어 노심초사할 것 없다."

카리사는 고마운 말씀에 기대어 연주를 시작했다. 시작부터 몇 번이나 실수했지만 그렇게 실수를 저질러버리니 뭔가 긴장의 고비를 지났달까, 이후의 연주는 좀 더 매끄럽게 흘러갔다.

오히려 긴장의 끈을 못 놓고 있는 것은 클라이저 쪽. 카리사가 음 하나를 틀리고 손가락이 미끄러져 음이 뭉개질 때마다 테이블 아래의 손이 움찔거리면서 음식을 먹는 건지 마는 건지 모를 기분이었다. 하물며 그는 황후의 이야기 상대도 하고 있었다. 여느 때와 달리 황후의 말은 그의 귓바퀴를 스쳐 지나가는 바람처럼 가벼울 뿐이다.

"……그래서 너희의 혼인은 슈파르나제祭의 마지막 날로 생각해 두었다. 그날이 딱 하지夏至이니 더없이 상서로운 날이지."

카리사가 전혀 엉뚱한 줄을 튕긴 바람에 클라이저는 저도 모르게 그녀를 쳐다보았다. 손수건으로 손바닥을 훔치고 다시 리라 연주를 하는 카리사를 물끄러미 바라보는 클라이저에게 질문하는 황후의 언성이 살짝 높다.

"내 말을 들었느냐, 아르키스?"

"들었습니다. 혼인은, 슈파르나제의 마지막 날인 하지라고요."

식당에 들어올 땐 상기된 듯이 붉던 카리사의 얼굴이 지금은 좀 창백하다. 빠르게 깜박이는 그녀의 검은 눈썹을 클라이저는 또렷이 눈에 담았다.

'동요한 걸까? 방금, 그 말 때문에?'

식사를 하던 손도 멈추고 뚫어져라 카리사를 보는 클라이저 때문에 황후의 미간에 그늘이 졌다.

"혹 네게 날짜에 대해 달리 생각한 바가 있더냐?"

"아뇨, 없습니다. 모든 것을 어머님께 맡길 따름입니다."

평소와 다름없는 단정한 말투. 그러나 그 무심함이 심중에 머물지 않고 밖으로 드러났다.

"마치 남의 일을 말하는 것 같구나, 아르키스. 혼인을 할 사람은 다름 아닌 너란다."

슥 황후를 돌아본 클라이저가 태연히 말했다.

"새삼 어떤 감흥을 느끼기에는 에스테르와의 약혼 기간이 너무 길었습니다. 제 무덤덤함을 탓하신다면, 어머님의 기대에 부응치 못해 죄송하다고 할 밖에요."

황후의 미간에 서린 그늘을 외면하고 클라이저는 식사를 재개했다. 못마땅한 일 앞에서 한없이 냉담해질 수 있는 아들의 성정도, 에스테르에게 크게 열정 같은 건 가지고 있지 않은 것도 잘 아는 황후였으나 이 자리는 모자만 있는 게 아니란 것이 문제였다. 황후가 어떤 의도로 마련한 자리인지 모르지 않을 텐데도, 클라이저는 보란 듯이 카리사에게 시선을 주었다. 황후의 하늘색 눈동자는 천천히 카리사에게 가서 머물렀다.

카리사가 오기 전에 이미 식사가 시작되었던 터라 그녀가 그나마 잘 탄다고 생각하는 네 곡의 연주를 마칠 즈음엔 식탁이 치워지고 후식이

나왔다. 다섯 번째 곡으로는 무엇을 하나, 골똘히 생각하는 카리사에게 문득 황후가 말을 건넸다.

"계속 연주를 했으니 잠시 쉬도록 하렴. 함께 자리해서 후식을 들어도 좋고."

"말씀은 감사하오나 오기 전에 이미 잘 먹고 왔습니다."

실은 아직 점심 전이지만 식욕이 전혀 없다. 다만 잠시 쉬라는 황후의 말에 손을 내려놓고 멍하니 손바닥을 쳐다보았다. 하지만 황후는 그녀가 넋 놓고 있을 겨를을 주지 않았다.

"카리사, 들었는지 모르겠구나. 에스테르와 황자의 혼인을 하지 때로 잡아놓았는데."

"아, 얼핏 들었습니다. 저희 시녀들끼리 늘 고대하던 일이라 막상 그 날짜가 정해지니 제가 다 얼떨떨할 지경입니다. 어서 가서 공주님께도 알려드리고 싶고……."

"기분은 알겠지만 오늘 예서 들은 건 한 며칠 비밀이다. 다른 사람을 통해서가 아니라 내가 직접 에스테르에게 알려줄 욕심도 있고. 어떠냐, 네 입이 무겁길 기대해도 되는 것이냐?"

"어김없이 지키겠습니다. 하레샤 여신께 맹세코."

공주를 위해 기뻐하는 마음은 거짓 없는 진심이다. 환히 미소 지으며 카리사가 맹세의 표시로 두 손을 하늘을 향해 폈다가 짝, 마주치는 소리가 경쾌했다.

특히 웃는 모습이 매력적인 아이라고 황후는 생각했다. 발레리아처럼 꽉 짜인 조화로운 미인에 비할 바는 아니지만 활짝 웃는 보기 좋은 입매와 반짝임이 유별난 눈이 시선을 끄는 힘이 강렬했다.

클라이저도 그 강렬함에 시선을 주고 있다. 바라보는 것을 넘어 입가에 엷은 미소를 머금고. 아들의 표정을 읽고 천천히 카리사를 돌아본 황후는 이내 시선을 거두고 차를 마시며 말했다.

"그러고 보면 발레리아 말이 참으로 옳아. 고귀하게 태어난 사람, 힘센 사람, 아름다운 사람, 머리가 좋은 사람 등등, 사람은 저마다의 분복이 다르지만 그중 으뜸은 '운이 좋은 사람'이라고 하더구나. 비상한 재주도, 운이 좋은 사람에게는 상대가 안 된다나."

"사람을 나약하게 만드는 말이로군요. 저는 운이란 것도 어디까지나 노력하는 사람에게 더 따르는 법이라고 생각합니다."

클라이저답게 성실한 인간의 노력을 더 높이 쳤지만 황후는 고개를 갸우뚱하더니 말했다.

"그 반대도 옳지. 기본적인 운이 없다면 노력해 볼 여지도 없는 법이라고."

시선을 카리사에게 던지며 황후가 미소했다.

"저 아이에게 물어보자꾸나. 카리사, 신전을 떠나서 수도로 올 때 에스테르의 시녀가 될 거라는 상상이나 했었느냐?"

"꿈에도 짐작조차 못 했습니다."

"그럼 황궁에 들어와 에스테르의 시녀가 되는데 네가 기울인 노력이 있더냐?"

카리사는 고개를 저을 수밖에 없다. 운이 좋았음을 스스로도 잘 알고 있다. 지난 2년, 함께 궁에 들어온 속주의 공녀들 중에는 이런저런 불행을 당한 이들도 있다. 카리사보다 두 살이나 어린 어떤 여자는 아이를 떼려고 먹은 약이 잘못되어 아까운 목숨을 잃기도 했다. 아이 아버지가 누구인지조차 밝혀지지 않고 흐지부지 없었던 일처럼 묻혔다. 그것 말고도 모시는 주인과, 혹은 같이 지내는 사람들과 뜻이 맞지 않아 고생 중인 공녀들의 이야기는 부지기수.

　물론 카리사는 시녀가 된 후 하루하루 매사에 최선을 다했다. 하지만 그녀가 모시는 이가 에스테르가 아니었다면 그리 노력할 여지조차 없었을지 모른다.

　"신의 축복이라 여기고 늘 감사하고 있습니다."

　버릇처럼 부적 목걸이를 쥐어보던 카리사는 옷 너머로 느껴지는 묵직한 감촉에 비로소 루피나가 준 것이 아님을 깨닫고 기분이 묘해졌다. 거보란 듯한 황후의 목소리가 실내에 퍼졌다.

　"바로 저런 게 운이다, 아르키스. 노력의 여지가 없기에 운이라고 부르는 게야. 록사네가 다른 선택을 했다면 저 아이는 십중팔구는 사역원으로 보내져 그 못난이들, 그들을 뭐라고 부르더라, 이노라? 아, 그래, 무화과 꽃인가 뭔가 하는 시시한 존재로 살다가 여자로서의 한창때를 다 보내고서야 궁을 떠났을 게다. 하지만 그런 일은 일어나지 않겠지. 록사네가 저 아이를 선택했다는 그 이유 하나로. 아니지, 참. 내 말엔 어폐가 있구나."

　황후는 톡톡톡 테이블을 두드리며 말을 수정했다.

　"록사네가 아니라 에스테르가 골랐다고 해야겠지. 얼마든지 영리하고 예쁜 아이를 선점할 수 있었는데 에스테르는 굳이 선택받지 못한 딱한 이들 중에서 한 명을 데려오라 했으니 말이야. 그나우스 총관은 너무 볼품없는 아이를 보냈다며 내게 면목이 없어 했지만 난 그 애의 자애로운 마음에 흡족했더랬지. 에스테르라면 나보다 훨씬 훌륭한 황후가 될 게야."

　에스테르를 향한 칭찬에도 카리사는 마냥 기쁜 낯을 할 수 없었다. 그런 자신을 나무라며 애써 활짝 웃어보지만 웃는 게 이토록 힘든 일이었던가 싶다.

자꾸만 몰려오는 민망한 기분을 떨쳐내려 그녀는 리라를 잡은 손에 힘을 주고 심호흡을 한 뒤 노래를 연주했다.

　타려고 마음먹었던 곡이 아니라 〈사막의 달밤〉이 흘러나왔다. 외우고는 있으되 실수 없이 타 본 적이 한 번도 없는 노래. 부쩍 주위가 어두워진 듯한 막막함을 느끼며 카리사는 묵묵히 손을 놀렸다. 머릿속이 복잡해진 게 차라리 득이 되어 속도가 좀 빠르긴 했어도 처음부터 끝까지, 어떠한 실수도 없이 마쳤다.

　"그런 실력을 숨겨놓았구나. 처음엔 실망시켰다가 나중에 놀라게 하려던 거라면 훌륭히 이뤄냈다."

　황후는 칭찬을 건넸고, 시녀장을 시켜 상으로 진주 귀걸이까지 내렸다. 감사 인사를 올리고 귀걸이를 받아 카리사는 식당에서 물러났다. 카리사의 기척이 충분히 멀어지자 클라이저가 비로소 언짢은 기색을 드러냈다.

　"이리 유치한 일까지 도모하시는 분인 줄 몰랐습니다."

　황후는 슥 눈썹을 치켜 올렸다.

　"쥐도 새도 모르게 따로 불러들일 수도 있었다. 공정하게 너도 합석하게 해주었더니 유치하다 어미를 타박하느냐?"

　"그래서 즐거우셨습니까? 제 면전에서 저 아일 무안하게 만드는 일이?"

　의자 끄는 소리가 날카롭게 울리며 클라이저가 자리에서 일어났다.

　"저는 한 번 입 밖에 낸 말은 무슨 일이 있어도 지킵니다. 다른 이도 아니고, 어머님께서 그 사실을 망각하셨다는 게 믿기지가 않습니다."

　까닥 목례를 해보인 후 클라이저는 뒤도 돌아보지 않고 식당을 나갔다.

우두커니 앉아 있던 황후가 이윽고 의자에서 몸을 일으키려다 말고 터져 나온 기침에 도로 주저앉았다. 시녀장이 건네는 붉은 수건으로 입을 틀어막고 황후는 그칠 기미가 없는 기침과 한바탕 실랑이를 벌였다.

마침내 기침이 그쳤을 때엔, 기진한 나머지 한 십 년은 더 나이 들어 보이는 얼굴이 되어 있었다. 묵직한 한숨을 내쉬며 황후는 의자에 기대어 눈을 감았다.

"……잊어서가 아니라 초조한 것이겠지."

"반니 양, 반니 양, 잠시만요."

식당을 나온 클라이저는 어렵잖게 카리사의 모습을 발견하고 쫓아갔으나 그녀는 좀처럼 뒤를 돌아보지 않았다. 클라이저가 성큼성큼 걷는데도 카리사의 걸음도 예사롭지 않게 빨라 간격이 좀처럼 좁혀지지 않자 아예 그가 달려갔다. 지나쳐가는 황후궁의 하인과 시녀들이 평소답지 않은 그를 의아한 듯이 바라보는 것도 눈에 들어오지 않았다.

"카리사!"

거의 등 뒤에 이르러 나지막하게 부른 이름에 카리사가 흠칫하며 멈춰 섰다. 클라이저는 카리사의 앞을 가로막듯이 서다가 깜짝 놀라 그녀의 얼굴에 손을 뻗었다.

"울었나요?"

"……아뇨."

고개를 저으며 카리사는 그의 손이 닿기 직전에 뒤로 물러났다. 목표를 잃은 손에 허공을 움켜쥐고 거두긴 했으나 클라이저의 눈은 카리사의 눈을 삼킬 듯이 응시했다.

불그스름한 눈가. 말간 흰자위의 가장자리로 그렁거리는 물기도 이리 또렷하다. 하지만 카리사는 거듭 분명하게 못 박았다.

"울지 않았습니다. 울 생각도 없구요. 전하께서도 돌아가시는 길입니까? 다시 체력단련장으로 가시나요?"

그녀는 엷게 웃기까지 했다. 클라이저는 멀거니 고개를 끄덕였다.

"저희 왕자님께선 며칠도 안 돼 벌써 꾀가 나시나 봅니다. 실은 여기 오기 전까지 주무시고 계신 걸 보고 왔어요. 지금은 깨셨나 모르겠습니다. 깨셨으면 제가 혼자 제멋대로 돌아다닌다고 투덜거리실 거예요. 어서 가봐야지요."

꾸벅 절하고 카리사는 옆으로 비켜 걸음을 옮겼다. 클라이저는 그런 그녀를 따라 천천히 시선을 옮겼다. 그냥 가게 둘까 망설이다가 다시금 성큼성큼 걸어가 그녀에게 바짝 다가섰다.

"나는 사람에게 주어지는 자리엔 운이 작용할지 몰라도, 결국 그 자리를 감당하는 것은 사람의 할 탓이라고 생각합니다."

카리사는 그의 말을 들었다는 반응도 없이 앞만 보며 걸었다. 꺾어져야 할 모퉁이에서 잠자코 앞으로만 가는 걸 보고 클라이저는 그녀가 무턱대고 걷고 있음을 알았다. 알려줄 수 있었지만 모른 체했다. 조금 돌아가는 건 그만큼 함께 있을 시간이 길어진다는 뜻.

"때문에 그 사람이 감당할 수 있는 자리로 운이 이끄는 거라고 생각해요. 아무리 좋은 자리라고 해도 감당해낼 수 없는 사람에겐 불운이 되는 거라고요. 반니 양은 어떻게 생각합니까?"

"……비슷하게요. 그러나 노력 이전에 결국 사람은 신의 입김에 좌지우지된다고 생각하면 조금 서글퍼져서."

그녀를 대화로 끌어들인 것이 반가워 클라이저는 이 흐름을 조금이라도 밝게 하고자 궁리했다.

"블레신이라면 밥 잘 먹고 헛소리들 한다고 할 겁니다. 그 녀석은 신학이라면 질색을 하거든요. 그렇게 고루고루 잘나게 태어난 주제에 행운아라고 부르는 소리도 싫어했죠."

"확실히 왕자님은 경건한 부류의 사람은 못 되지요."

빙긋이 카리사가 웃었다.

"다 가지고 있는데도 고마워할 줄 모르는 분이라고 할까."

"바로 그거예요. 하물며 그런 상처를 입고도 눈이 멀쩡한 걸 그 녀석은 당연하게만 여기더라구요. 두려움이란 걸 모르니 신을 떠올릴 이유가 없는 건지. 여하튼 에스테르가 아프지 않았다면 신전 그림자조차 피해 다니며 살았을 거예요."

블레신의 눈에 관한 발언에 카리사는 미묘한 표정으로 고개를 갸웃했지만 굳이 클라이저의 말에 반박을 하진 않았다. 그녀의 생각은 이내 에스테르에게로 옮겨갔고 잠시 후 미처 저 안에선 하지 못한 경하의 말을 꺼냈다. 충고의 말도 함께.

"저 안에서처럼 무덤덤하게 나오시면 아무리 공주님이라도 마음에 상처가 될 거예요. 아무쪼록 공주님이 이 소식을 알고 처음 같이 자리하실 적에는 표정 같은 것에 신경을 좀 써주셨으면 좋겠습니다."

"염려 말아요. 내가 에스테르를 모르는 것도 아니고, 에스테르도 나를 모르는 게 아니니. 마음에 없는 치레에 그 아이가 기뻐할 거라곤 생각하지 않습니다."

마음에 없는 치레란 표현에 카리사는 정원에서 보았던 에스테르를 떠올리고 안쓰러움을 느꼈다. 상기된 얼굴로 황자를 자신의 태양이라 말하던 공주님…….

"전하, 저는 공주님이 혼인 소식에 기뻐하시는 모습을 바로 옆에서 보았습니다. 공주님을 아끼신다면, 마음에 없는 치레로 느껴지지 않도록 살뜰히 대해주실 수도 있지 않을까요?"

문득 클라이저가 한숨을 내쉬며 걸음을 멈추는 바람에 카리사도 발이 묶였다.

"나는 간밤에 모후께 어떤 약속을 했습니다. 혼인 후 이 년 동안은 에스테르에게만 충실하겠다는 약속이었지요."

뜻밖의 비밀을 엿들은 듯한 당혹감에 카리사는 고개를 숙였다. 클라이저는 그런 그녀를 응시하며 말했다.

"그런 약속이 아니더라도 방종하게 뭇 여자를 거느릴 생각은 없습니다. 나는 마음이 동한다는 이유로 머리가 납득하지 못하는 일을 하지는 않거든요. 그러니 지금 눈길을 끄는 여자가 있다 해도, 내 성격상 보고 또 보며 확신을 얻는 데엔 이 년은 딱히 긴 시간이 아닐 겁니다."

너무도 내밀한 이야기라 당혹감의 안개는 숨 막힐 정도로 짙어졌다. 입술을 깨물고 어쩔 줄 몰라 황자를 힐긋 쳐다본 카리사는 자신을 뚫어져라 쳐다보는 황자의 시선과 맞부딪쳤다.

그만, 숨이 뚝 멎었다.

그의 입술이 계속 움직이며 무슨 말을 건넸지만 카리사의 귀가 제대로 움직이기까지는 시간이 필요했다.

"……대답해 봐요, 반니 양."

"죄송합니다만, 제가 질문을 잘……. 다시 한 번 말씀해 주시겠어요?"

카리사의 청에 클라이저는 천천히 입술을 핥았다. 가볍게 헛기침을 하고 그가 말했다.

"나와 에스테르의 혼인 날짜가 정해졌다는 이야길 듣는 순간, 순전히 기쁘기만 했습니까?"

카리사는 눈을 깜박거렸다. 이번엔 질문은 분명히 들었지만 그 말이 이해가 되지 않았다.

결국 이해가 되는 순간, 카리사가 대답했다.

"당연히요."

스르륵, 몸을 비켜 카리사는 다시 발을 떼어놓았다.

클라이저는 그대로 그 자리에 멈춘 채 앞으로 걸어가는 그녀를 보았다. 조금 있다가 한 가지 더, 물었을 뿐이다.

"정말로, 카리사?"

서로의 목소리가 충분히 들릴 거리. 대답 없이 그녀는 계속 멀어져갔다.

26.
마음을 베는 칼

고개를 들었을 때 창 너머 하늘엔 노을이 깔려 있었다. 긴 한숨과 함께 카리사는 오후 내 멍하니 앉아 있던 의자에서 몸을 일으켰다. 방을 나서려던 그녀는 언뜻 무언가를 떠올리고 방 안을 돌아보았다. 여전히 고양이가 없다. 문가에 놓은 고양이의 밥그릇도 그대로였다.

"어디 있니, 꼬마야⋯⋯."

천천히 계단을 내려가 왕자의 내실로 향했다. 오전처럼 복도의 의자에 앉은 채 졸고 있던 쿠르도가 그녀의 기척에 눈을 비비며 일어났다. 무어라 말하려는 것을 카리사가 선수 쳤다.

"네, 아직도 안 깨어나셨다는 거군요. 내가 들어가 볼게요."

침소는 그지없이 조용했다. 카리사는 침대의 머리맡 옆에 놓인 의자에 앉았다.

"바깥엔 노을이 지고 있어요. 침대에서 하루를 다 보내실 건가요, 왕자님?"

아무런 대답도 흘러나오지 않는 휘장 너머를 응시하며 카리사가 한숨을 쉬었다.

"저도 뭐 마찬가지네요. 한 것 없이 하루가 흘렀어요. 아니다, 한 게 있긴 해요. 노래 다섯 곡을 연주했어요. 믿지 못하시겠지만 〈사막의 달밤〉을 실수 없이 탔답니다. 할 때는 하죠. 그때가 언제인지 저도 알 수가 없다는 게 문제지만요."

침대에서 그 어떤 작은 기척이라도 있을까 기다려보던 카리사는 결국 소득 없이 일어섰다.

"코로나가 어젯밤부터 안 보이네요. 더 어두워지기 전에 찾아보려구요."

문으로 걸어가 커튼을 걷던 손을 잠시 멈추고 카리사는 뒤를 돌아보았다. 십중팔구 기우일 거란 건 알지만, 그래도 이리 오래 자는 왕자가 걱정스럽다. 침대로 다가간 카리사는 아무쪼록 그가 다 벗고 있지만 않기를 기도하며 슥 휘장을 젖혔다. 그녀의 예상과 달리 블레신은 너무도 단정하게, 반듯이 위를 보고 이불까지 덮은 채 자고 있었다.

"역시 쓸데없는 걱정이라니까."

실소를 머금으며 휘장을 내렸다. 하지만 금세 다시 휘장을 젖히고 카리사는 거침없이 침상에 올랐다.

그녀가 아는 왕자라면 절대 이리 반듯하게 잘 리가 없었다. 아침에 쿠르도나 다른 시종이 잠자리를 살펴준 대로, 꼼짝도 하지 않은 것이리라. 그 긴 시간 동안 자면서 뒤척임 한 번 없다니.

그녀는 잠든 블레신의 얼굴 가까이 고개를 숙였다. 틀림없이 숨을 쉬고 있었다.

"무슨 잠을 이리도……"

죽은 듯이 잘까, 라는 말을 하려다 불길한 말이라 삼갔다. 휘장 안이 어둑해 블레신의 얼굴에 송송히 땀이 배어난 것을 뒤늦게 알아챘다. 손수건을 꺼내 땀을 닦아주면서 카리사는 조심스레 그의 뺨에 손을 댔다. 기분 나쁜 차가움이 마음에 들지 않았다.

"아프신 건 아니죠? 아프지 마세요. 오래 잔다고 잔소리하지 않겠다고 약속드릴게요. 기분이다, 오늘은 포도주 다섯 잔까지 봐 드릴게요."

상냥한 목소리로 말을 걸며 정성스레 땀을 훔쳐 주었지만 어찌나 그의 잠이 깊은지, 눈썹 한 올 흔들리는 기미도 없다. 물끄러미 깊은 상처의 흔적이 있는 그의 얼굴을 들여다보다가 잠 좀 잔다고 죽는 사람 못 봤다는 생각에 괜한 걱정이라며 고개를 저었다.

"말씀드린 대로 전 고양이를 찾으러 가겠습니다. 돌아와서도 주무시고 계시면 제 대단한 리라 솜씨로 깨워드릴 테니 각오하셔요, 잠자는 왕자님."

내실을 나온 후부턴 그녀의 걸음이 빨라졌다. 너른 궁을 일일이 돌아보며 고양이가 숨어 있을 만한 장소를 살피고 마주치는 이들마다 고양이를 봤느냐 물었지만 다들 고개를 저었다.

호기심이 많긴 해도 또 겁도 그만큼 많아 아예 궁전을 벗어났을 리는 없었다. 궁전 안이 아니면 뜰인 걸까 싶어 앞뜰로 나가 보았다. 장미 울타리를 손질하던 정원사 제도가 카리사가 고양이를 찾는다는 소리에 그 꼬마라면 어제 새를 쫓느라 정신이 없더란 소리를 했다.

"그래서 마지막으로 보신 곳이 어딘데요?"

"어디냐, 저기, 사과나무 숲 위쪽으로 플라타너스들이 모인 데였을걸요. 그쪽에 까마귀 둥지가 몇 개 있으니까. 지금은 없을 겁니다, 벌써 다른 데로 갔겠지요."

어쨌든 가보겠다고 말하고 카리사는 후원으로 길을 잡았다. 해가 금세

라도 지평선 너머로 사라지려고 하는 때라 마음이 급해진 카리사는 뜀박
질을 시작했다.

"코로나, 코로나, 어딨니? 야옹, 대답해 보렴, 코로나!"

숲속을 한 시간도 넘게 고양이를 부르며 돌아다녔더니 목이 가칫하게
아파왔다.

"찾기만 해봐라, 이 녀석한테 방울을 달아놓아야지."

지쳐서 나무에 기대앉아 잠시 쉬었다. 이미 땅거미가 내리는 때라 돌
아다니기도 힘들다.

어둠이 싫다. 무섭다든가 하는 이유가 아니라 어둠 속에서는 싫은 생
각들이 자꾸만 고개를 들기 때문이다. 시야가 제한되는 대신, 마음의 눈
이 크게 떠진다. 그 눈이 돌아보는 것은 밝은 곳에는 어울리지 않는 것이
대부분이다.

 '정말로, 카리사?'

클라이저의 목소리가 어둠을 비집고 또 그녀의 머릿속을 잠식한다. 어
떻게 황자의 말들을 다 기억할 수 있을까? 이렇게 머리가 좋은 걸 왜 이
제 알았지? 황당하다는 듯 소리 내어 웃어 보았지만 그 결과 더 가슴이
답답해졌다. 오늘, 그가 두 번이나 자신의 이름을 불러주었건만 그걸 기
뻐할 수조차 없다.

"동경하고 있어, 그게 왜?"

에스테르와 발레리아를 흠모하듯이, 시종일관 자신을 정중하게 대해
준 단정한 황자 전하를 동경했을 따름.

……하지만 어둠 속에서 들여다보는 자신의 깊은 곳에 무언가 다른 것
이 어른거리고 있었다. 모른 척 눈을 감아보려 해도 소용없다. 물러서려
해도 자신으로부터 도망칠 수 있는 방법은 없다.

아아, 나는 그분을 좋아하는 거구나. 하고많은 사람 중에 공주님의 태양을.

"미쳤어."

먹먹함에 가슴이 내려앉았다. 다음 순간 두려움에 심장이 옥죄어 왔다.

'그분도 아는 거야.'

그의 혼인이 순전히 기쁘기만 하냐고, 정말이냐고 거듭 다그치던 클라이저.

눈앞이 캄캄해진 나머지 주르륵 눈물마저 흘렀다. 걷잡을 수 없는 황망함에 숨조차 제대로 쉴 수가 없다. 벌떡 자리에서 일어나 미친 듯이 주변을 서성거렸으나 아무것도 달라지지 않았다. 터질 것 같은 머리를 떼어 어디론가 던져버리고 싶다는 생각까지 들었다.

"그만, 그만! 내가 인정하지 않으면 그만이야. 다른 사람의 속내를 환히 꿰뚫어볼 수 있는 사람이 세상에 어디 있어? 그분이 신이라도 돼? 달라질 건 아무것도 없어, 아무것도! 난 공주님의 태양을 욕심내지 않아. 그런 배은망덕한 짓, 카리사 베로우스 반니는 하지 않아!"

목이 터져라 소리치고서 카리사는 스르륵 주저앉았다. 다시금 눈물 한 방울이 뺨을 적시는 걸 고개를 흔들어 털어냈다.

"정신 바짝 차려. 앞으론 빈틈 같은 거 보여선 안 돼. 할 수 있어. 아무렴, 어른이니까."

눈물 자국을 지우려 열심히 뺨을 비비며 마침내 단단한 얼굴로 자리에서 일어났다. 이젠 또 어디로 갈까 하고 주위를 둘러보던 카리사의 귀에 묘한 소리가 들려온 것은 그때였다.

"……응?"

워낙 크게 소리친 나머지 귀가 우는 건가 했으나, 계속 반복되는 그 소리가 고양이의 울음소리라는 것을 곧 깨달았다.

"코로나? 어디 있니, 코로나?"

가까운가 싶으면 멀게 느껴지는 이상한 진원지를 찾아 주변을 방황하던 카리사는 마침내 고양이가 숨어 있는 게 틀림없는 나무를 확정했다. 어둠 속에서 그 꼭대기마저 잘 보이지 않는 플라타너스 나무를 올려다보며 카리사는 현실적인 막막함에 부딪혔다.

"맙소사, 여길 어떻게 올라간 거야?"

전에 한 번 물푸레나무에 올라가서 고생한 녀석이 이번엔 더 높은 나무에 겁도 없이. 나무를 한 번 끌어안아보고 뒤로 물러나며 카리사는 저도 모르게 고개를 절레절레 저었다. 무리였다. 이건 객기를 부린다고 가능한 높이가 아니다. 하물며 어둠 속에서는 더욱.

"코로나, 조심해서 내려와 봐, 올라갔으니 내려올 수도 있을 거란 말이야. 코로나, 어서!"

고양이는 보이지 않고 하염없이 가여운 울음소리만 이어졌다. 기운이 없는지 금방이라도 꺼질 것 같은 소리에 카리사는 그저 발만 동동 굴렀다.

"어쩌자고 거기까지 올라가냐구, 대체! 바보 고양이 같으니!"

냉정하게, 밝은 날 해결하는 수밖에 없다고 결론 내리고 돌아섰으나 새끼 고양이의 겁에 질린 울음소리가 그녀를 좀처럼 놔주질 않았다.

"이건 진짜 미친 짓이야. 무모하고 대책 없어. 그래, 네가 누굴 닮았겠니. 왕자님 선물이란 게 결국 이런 거지. 떨어져 죽으면 왕자님 꿈에 나타나 원망 한마디 하고 갈 거야."

거추장스러운 스톨라를 벗고 샌들도 벗고 머리를 질끈 묶었다. 그리고 나무에 달려들었다.

……아무래도 나무에서 떨어져 죽을 팔자는 아닌 모양이었다. 거듭되는 시도에도 카리사는 자신의 키보다 훌쩍 높이 있는 나뭇가지 하나도 붙잡지 못했다. 물푸레나무하고는 표면 자체가 다른 터라 나무를 타보려 해도 얼마못가 주르륵 미끄러지기의 반복이었다. 괜히 여기저기 생채기만 나고 기력만 빠졌다.

"내 등에 날개가 돋치지 않는 이상 안 되겠다, 바보야. 어우, 더워."

땅에 드러누워서 가쁜 숨을 돌리다가 끈질기도록 구조를 바라는 고양이의 울음에 마지막으로 한 번 더! 라는 기분으로 몸을 일으켰다. 이번엔 거리를 두고 달려가서 나무에 뛰어올랐다.

"으랏차, 으아, 조금만 더, 조금만, 조금…… 으아, 안 돼, 올라가고 말거야! 으으응!"

가장 낮은 가지에 거의 손이 닿을 뻔했는데 간발의 차이로 미끄러졌다. 용을 쓰면서 있는 기운 없는 기운 다 끌어내 재도약을 꿈꾸는 와중에 어디선가 축 늘어지는 하품 소리가 났다.

"기운이 넘치면 나한테나 달려들 것이지, 왜 하필이면 나무가 그 상대야?"

휙휙 주위를 돌아본 카리사는 바로 나무 아래에서 그녀를 올려다보는 블레신을 발견했다. 씩 웃더니 그가 휘파람을 불었다.

"허벅지에 살이 좀 있긴 하구나, 석류. 내 양엔 안 차지만 얼굴이 예쁘니 봐준다."

나무에 오르는데 거치적거려서 튜닉 아랫단을 돌돌 말아 허리띠로 감아놓은 바람에 달랑 샅 가리개 하나가 하체를 가리고 있을 뿐이다. 그나마도 나무에 개구리처럼 매달려 있는 꼴이니.

"얼굴 돌리십시오!"

말 떨어지기 무섭게 아래로 뛰어내린 카리사가 쌩하니 나무 뒤로 숨어 옷을 정리했다. 그런데 그새를 못 참고 블레신은 고개를 들이밀며 구경 중이었다.

"뭘 보시는 거예요!"

주먹이라도 휘두를 기세인 걸 블레신은 슥 몸을 젖혀 피했다. 낄낄 웃다 말고 또 하품이다.

"감추려고 하니 더 보고 싶어지는 걸 어떡하라구. 아, 근데 배고파서 안 되겠다. 후딱 해치우고 가자, 석류."

"뭐, 뭘 해치우고 가는데요?"

"뭐긴, 잊었어? 저기 올라가 있는 네 고양이 말이야."

위를 올려다보며 블레신은 신묘한 재주를 유감없이 발휘했다. 그의 놀랍도록 생생한 고양이 울음소리 흉내에, 지쳐서 우는 소리조차 잠잠해졌던 코로나가 열심히 칭얼거렸다.

"데리러 간다고 했더니 어서 오라고 야단이다. 노래라도 불러보지, 석류? 배가 고파서 영 기운이 없는데 그거라도 듣고 웃어야겠다."

블레신이 카프탄을 벗어 휙 던지는 것을 카리사가 놓치지 않고 받았다.

"뜻은 알겠지만 날도 너무 어둡고 나무도 너무 높아요, 왕자님. 내일 날이나 밝으면 제가 알아서, 왕자님, 왕자님!"

기지개를 몇 번 켜고서 흙을 한 줌 집어 손에 비빈데 이어 블레신은 훌쩍 뛰어 카리사가 그렇게나 쥐고자 했던 첫 번째 나뭇가지를 잡았고 큰 체격이 믿기지 않을 만큼 가볍게 몸을 솟구쳐 단번에 자기 키보다 높이 올라갔다. 어찌나 간단하게 훅훅 올라가는지 카리사는 제 눈으로 보면서도 놀랍기만 했다.

그렇게 눈도 깜빡 않고 지켜보는 사이 블레신의 모습은 나뭇가지에 가려 잘 보이지 않게 되었다. 어디쯤 갔는지 보려고 뒤로 물러나는 것에도 한계가 있어 카리사는 그저 나뭇잎 스치는 소리들로 거리를 가늠하고 가슴을 졸였다.

"위험하면 그냥 내려오세요! 고양이도 고양이지만 왕자님이 다치시면 절대 안 돼요!"

"이미 다쳤어!"

멀리서 들려오는 목소리에 깜짝 놀라 어디를 다쳤느냐고 소리쳐 물었다.

"생채기가 났어! 앗, 방금은 웬 벌레가 날 쏘고 갔어!"

"그건 제가 약 발라 드릴게요!"

조금만 방심해도 장난을 치니 정말이지 심심할 일은 없다. 카리사는 두 손을 모으고 왕자의 무사를 기원하는 기도를 쉴 새 없이 중얼거리며 나무 주위를 돌았다. 어느 순간 위에서 고양이 우는 소리가 여러 번 들린다 싶더니 나뭇가지가 크게 흔들리는 소리가 났다.

"왕자님! 왕자님, 괜찮으세요? 왕자님?"

대답이 얼른 돌아오지 않아 카리사는 마른침을 꿀꺽 삼켰다.

"안 괜찮아, 나 배고파!"

놀란 가슴을 쓸어내리고 카리사는 위를 향해 소리쳤다.

"돌아가서 맛있는 것 잔뜩 드시게 준비할게요."

"포도주 다섯 잔, 주는 거 맞지?"

"예, 포도주 다섯 잔……. 그때 주무시고 계신 거 아니었어요?"

침소에서의 중얼거림을 떠올리고 카리사는 놀랐다. 블레신의 웃음소리가 조금씩 가까워졌다.

"몸은 자는데 머리가 깨어 있었어. 그런 불쾌한 잠, 자본 적 없나, 석류?"

"아뇨, 전 아직 그런 적 없어요."

"잘됐네. 별로 좋은 거 아니니까 부러워하진 마!"

몸이 자고 있는데 머리가 활동한다는 건, 몸이 결박된 것과 다를 게 없잖은가? 상상만으로도 얼굴이 찡그려져서 걱정스레 위를 보는데 갑자기 "내려간다!" 하는 외침과 함께 위에서 희끄무레한 뭔가가 후드득 떨어졌다.

움찔 저도 모르게 눈을 감고 만 카리사의 어깨를 통 하고 밟은 무언가가 버둥거리면서 앞으로 주르륵 미끄러졌다. 본능적으로 손을 뻗어 허리춤에서 움켜쥔 그것은 카리사의 새끼고양이 코로나였다. 어지간히도 놀랐는지 동그랗게 뜬 눈으로 카리사를 올려다보며 낑낑거리는 고양이를 카리사는 야단치는 것도 잊고 덥석 껴안았다.

"어우, 이 바보 녀석."

상봉을 기뻐한 것도 잠시, 아직 나무 위에 있는 블레신을 생각하고 카리사는 위를 보았다.

"왕자님, 조심해서 내려오세요, 다 내려왔다고 방심하지 마시고 조심조심……."

당부의 말이 끝나기도 전에 파사사사삭 이파리며 가지 부대끼는 소리가 유별나게 난다 싶더니 그녀의 눈앞에서 블레신이 추락했다.

쿵 하고 떨어지는 소리를 바닥 가득한 풀들이 삼켜 삽시간에 주위는 고요해졌다.

카리사는 어안이 벙벙한 채로 돌처럼 굳어 있었다.

야옹, 코로나가 우는 소리에 퍼뜩 정신을 차린 그녀가 구르듯이 블레신에게 달려갔다.

"왕자님…… 왕자님?"

오른쪽 옆구리를 아래로 해서 비스듬히 쓰러진 채 블레신은 눈을 감고 있다. 카리사는 두 손으로 입을 가리고 크게 눈을 깜박이며 방금 자신이 본 광경을 떠올렸다.

그래, 떨어질 때도 분명 몸이 상당히 옆으로 기울어 있었다. 머리부터 떨어지진 않았다. 않았을 것이다.

"……왕자님, 제발요, 눈 좀, 눈 좀 떠 보세요."

숨을 쉬는지 확인하려고 코끝에 손을 댔지만 손가락이 심하게 떨려 해보나 마나다. 심장 고동을 확인하려고 그의 가슴에 귀를 대보려는데 그녀의 별것 아닌 손길에 밀려 블레신의 몸이 스르륵 옆으로 쓰러졌다. 맥없이 젖혀지는 그의 머리를 보고 카리사는 왈칵 눈물이 솟았다.

"어떡해, 왜 이러시는 거야……. 죽지 마요, 죽지 마세요, 왕자님, 고작 이런 일로 죽을 분 아니시잖아요, 어떡해, 어떡해……."

그의 왼쪽 가슴에 귀를 대보았지만 울음이 격한 데다 그녀의 심장소리도 엄청나서 분간을 할 수가 없었다. 블레신의 머리를 무릎 위에 얹고 카리사는 엉엉 울었다.

"눈 뜨세요, 왕자님. 어서 눈 뜨고 다 장난이라고 해주세요, 제발. 절대 화 안 낼 테니까 왕자님, 왕자님 눈 좀……. 하레샤 여신이시여, 카리사가 맹세하겠습니다, 우리 왕자님, 블레신 루키아노스 네메트러스를 살려주시면 그를 대신해 제 남은 생을 모두."

카리사의 맹세는 갑자기 입을 가로막는 큼지막한 손 때문에 중도에 취소되었다. 휘둥그레진 그녀의 눈에 블레신의 입술이 들썩거리는 게 보였다.

"그 남은 생, 여신 말고 내게 넘겨. 원없이 유용하게 써주지."

"왕자님!"

다시 시작된 카리사의 울음은 낭떠러지로 떨어졌다가 하늘 끝으로 솟구칠 정도로 안도한 마음만큼이나 가히 폭발적. 하도 서럽게 통곡을 해대는 통에 블레신이 그만 눈을 뜨고 멀뚱멀뚱 쳐다볼 정도였다.

"석류, 너 내가 죽는 것보다 사는 게 더 슬퍼서 우는 것 같다?"

"그걸 말이라고 하세요!"

어찌나 얄미운지 철썩, 카리사가 블레신의 팔을 쳤는데 그녀가 예상치 못한 큰 신음이 블레신의 입에서 흘러나왔다. 또 장난을 치는구나 하고 원망의 눈초리를 짓던 카리사는 오른팔을 움켜쥔 블레신의 표정에서 사태의 심각함을 깨달았다.

"팔이 아프세요? 아, 그러고 보니 이쪽을 아래로 해서 떨어지셨는데…… 부러진 것 같아요? 다른 곳은요? 다리는 어떠세요? 왕자님, 일어나실 수 있겠어요? 아, 이럴 때가 아니지, 제가 얼른 가서 사람을 불러올게요."

"가지 마. 일어나 볼 테니까 팔이나 좀 빌려줘."

가볍게 호흡을 한 번 고른 뒤 블레신은 상체를 일으켜 앉았다. 그리고 어렵지 않게 두 발로 땅을 디디고 섰다. 하지만 이내 휘청거리는 것을 카리사가 급히 붙들고 괜찮으시냐 물었다.

"괜찮아. 깜빡 정신을 잃은 게 오히려 득이 된 것 같군. 멀쩡한 정신으로 떨어졌으면 긴장해서 팔이 부러졌을지도 몰라. 봐, 손가락이 움직이는 거 보이지? 부러진 건 아니야. 전에 한 번 부러져 본 데라 왼팔보다 더 튼튼한 것도 도움이 됐나봐. 기껏해야 금이나 갔을 거야."

나무를 올려다보며 블레신이 히죽 웃었다.

"운이 나쁘고도 좋았군. 역시 괜히 블레신 루키아노스가 아니라니까."

"그런 것으로 거들먹거릴 여유가 있으십니까? 대체 어쩌다 나무에서 떨어지신 겁니까? 졸려서 그랬다는 말씀은 마시고요."

"하지만 그게 정답인걸?"

"왕자님, 방금 그런 일을 겪고도 어쩌면!"

"어, 화 안 낸다고 하더니 또 화낸다."

그의 지적에 카리사는 입을 다물었지만 눈물이 글썽거리는 눈에는 불만이 그득했다. 요의 하나 달랑 걸친 거의 나신이나 다름없는 블레신의 몸을 제가 지탱해볼 생각으로 꼭 안고 있으면서도 의식조차 못하는 그녀를 내려다보며 블레신은 불현듯 사랑스럽다는 생각에 사로잡혔다.

어지럼증은 가셨지만 부러 블레신은 다리에 힘을 빼며 앞으로 고꾸라질 듯 가장했다. 카리사가 체격의 차이도 잊고 그의 무게를 버텨내려 애쓰는 것을 잠시 감상하다가 슬쩍 몸에 힘을 넣어 그대로 둘이 바닥에 함께 쓰러졌다. 아슬아슬하게 그녀가 땅에 부딪히기 전에 손으로 허리를 받쳐주었다. 덕분에 다친 오른팔로 땅을 밀치다 눈앞에 잠깐 별이 날아다니는 고통도 맛보았다. 때문에 가장할 것 없이 자연스레 입에서 신음이 흘러나왔다.

"젠장, 꼴사납게 이게 뭐하는 짓이람. 석류, 금방 일어날 수 있으니까 잠시만 참아줘."

"서두르실 것 없어요, 왕자님. 괜찮으니까 제게 기대서 쉬세요."

카리사가 블레신을 끌어당기며 부러 남겨놓은 최소의 간격조차 사라지는 바람에 그가 도리어 당황했다. 몸이 포개어지며 둘 사이를 가르고 있는 것은 그가 간단히 힘 한 번 주는 것으로 찢어질 법한 얇은 천밖에 남지 않았다. 하물며 그의 체중이 그녀의 몸에 실리고 있다.

"……무겁지 않아?"

"염려 마세요. 깔려 죽지 않을 테니까요. 눈을 좀 감고 있어 보세요. 머리를 부딪친 건 아니라고 해도 역시 충격이 갔을 거예요."

생생하게 수용되는 상대의 노골적인 존재감. 지금의 카리사는 잠들어 있지도 않으니 느끼지 않을 수 없을 텐데 그를 걱정하는데 정신이 팔려 그저 한가득 걱정스런 표정을 짓고 있다.

너무도 무방비한 나머지 보는 이쪽이 얼떨떨하다. 블레신이 질끈 눈을 감아버리자 카리사는 한술 더 떠 머리를 다친 곳은 없느냐며 그의 머리카락 속에 손을 넣고 더듬거리며 만졌다. 덕분에 아직도 뒷골을 욱신거리게 만들던 약효가 싹 달아나는 효과는 있었다.

"머리는 괜찮아. 어지러운 건 좀 있는데 그건 떨어져서라기보다……."

먼 동방에서 외과 수술 때 환자를 재울 요량으로 환자에게 먹게 하는 약초를 수면제 대용으로 썼으니 그 부작용을 모르진 않았다. 치사량만 먹지 않으면 된다고 쉽게 생각했다가 오늘처럼 나무 위에서 정신을 놓치는 불상사도 일어난 걸 보면 제대로 안 것은 아니었나 보다.

문득 정신을 차려보니 블레신은 뭐에 홀린 것처럼 카리사에게 약에 대해 주절주절 말하고 있었다. 카리사는 기겁을 하며 돌아가면 그 약을 다 내놓으라고 호통을 쳤다.

"그리 위험한 것을 곁에 두고 내키는 대로 먹다니, 정말 마음 놓아선 안 될 분이로군요."

"적당량을 먹으면 그럭저럭 푹 잘 수 있어. 어제는 내가 생각해도 좀 과했던 거고."

"애초에 그런 것에 의지하는 자체가 문제입니다. 그냥도 주무실 수 있도록 제가 도울 테니까 왕자님의 아슬아슬한 지식은 제발 봉인해 두십시오."

"그래, 제발 좀 그렇게 해줘."

싱긋 웃으면서 블레신은 약간 머리를 뒤척여 카리사의 목덜미 가까이 머리를 놓았다. 여름이 한창이라 후원의 흙 한 뼘 한 뼘마다 온갖 풀들이 왕성한 생명력을 뽐내고 있지만 그런 풀밭 속에서도 카리사의 향기가 가장 강렬했다.

은매화, 썩 좋다고 생각해본 적 없는 향이지만 카리사의 체취와 섞인 은매화 향은 단연 자극적이다. 더할 수 없이 당당하게 마음껏 그녀의 향을 들이쉬는 사이 결국 그의 하반신이 크게 반응하기에 이르렀다.

……어라? 왕자가 죽었다는 생각에 한순간 지옥을 경험했던 카리사는 이후 넘치는 사명감이 다른 감각을 다 압도하던 차였다. 하지만 문득 아랫배를 압박해오는 생경한 존재에 그녀의 무딘 본능이 마침내 눈을 떴다.

'혹시 이거, 이거 설마 투렐리아가 이야기하던 남자의 그……?'

조각상으로 본 형상 정도만 알고 있던 카리사에게 투렐리아가 실감나게 들려준 어떤 것의 작용과 용도 등이 머릿속에 빠르게 스쳐 지나가면서 카리사는 뒤늦게 자신에게 닥친 위험을 깨달았다. 그런데 이 상황은 왕자가 강요한 게 아니니 난감한 노릇.

블레신의 입에서 이제 그만 쉬어도 되겠다는 말이 나오길 기다렸으나 그녀가 초조해하는 탓인지 그 시간이 너무 길게 느껴졌다. 때문에 카리사가 먼저 타개책을 도모했다.

"아무래도, 제가 사람을 불러오는 게 좋겠습니다. 당장 의사에게 보이고, 안정할 일이 시급한데 이리 시간만 보낼 수도 없고."

"내 대답은 둘 다 그럴 필요 없다야. 머리는 점차 맑아지고 있으니 다시 일어나면 네 부축만으로도 충분히 돌아갈 수 있어. 아랫것들에게 이렇게 창피하게 다친 걸 자랑이라도 하란 말이야? 의사라니, 더더욱 말도 안 되지."

"자존심을 내세우실 때가 아닙니다, 왕자님."

"자존심을 내세우지 못할 때 같은 건 없어. 설사 죽음이 목전이라도 지킬 건 지켜야지."

"하지만 살아 있어야 자존심이 있는 거지 죽은 다음에 자존심이 무슨 소용이에요? 일전의 화재 때도 그렇고 이번에도 왕자님께서 엉뚱한 일에 자존심을 챙긴다고 밖에는……."

그녀의 말 도중 슥 왼팔로 땅을 짚으며 블레신이 상체를 일으켰다. 그 몸짓으로 하반신이 더욱 밀착되어 오는 바람에 카리사는 그만 입이 얼어붙었다. 의식하지 않으려 기를 쓰는 카리사의 딱딱한 표정을 환히 읽으면서도 블레신은 태연히 말을 꺼냈다.

"충고를 하나 할게, 카리사."

석류가 아니라 제대로 이름을 불러준 것에 카리사도 그의 말에 집중하려고 했다.

"내가 너를 귀여워한 나머지, 내 궁의 다른 권속들과는 확연히 다른 차별 대우를 하고 있는 것은 사실이야. 딴에는 귀족이고, 에스테르를 모신다는 점도 있으니 그러려니들 하겠지. 하지만 어떤 이유를 대든, 결국 넌 시녀에 지나지 않아. 그런데 넌 지금 착각을 하고 있어."

"제가 어떤 착각을 한다는 말씀이시죠?"

"네가 시중드는 이가 누구인지에 대한 착각. 넌 지금 에스테르가 아닌 날 모시는 거야. 그리고 난 에스테르와는 달라. 나는 내 면전에서 내 말에 반박 같은 걸 하는 권속은 부리지 않아. 나는 명령하는 자이고, 나 외의 모두는 명령을 받는 자야."

밀려오는 당혹감에 블레신을 올려다보는 카리사의 눈 깜박임이 커졌다. 이트궁에서 블레신의 권위가 절대적이란 것은 그녀도 모르지 않았다. 그의 말대로 이트궁에서 감히 왕자의 말에 반박을 하는 자는 없다. 하지만 카리사는 예외였고, 그 사실에 내심 우쭐함을 느끼지 않았다고 하면 거짓말이다. 하지만 여태 묵인했으면서 왜 이제 와서……?

"왜 이제 와서 이런 소리를 하나 하는 표정이군."

그야말로 속마음을 꿰뚫어보는 것에 카리사는 움찔했다.

"알아서 이쪽 분위기에 맞춰갈 시간을 주고 있었지. 물론 다른 궁리가 있기도 했고. 네가 내 제안을 받아들이면 너는 당연히 특별 대우를 받게 될 테니까. 하지만 너는 아무리 봐도 이것이 내 배려라는 것을 모르는 것 같단 말이지."

블레신은 그쯤에서야 땅을 짚고 전신을 일으켜 카리사에게 온전한 자유를 주었다. 그가 내밀어준 왼손을 잡고 몸을 일으키던 카리사는 시야에 확 들어오는 그의 도드라진 하반신 때문에 눈 둘 곳을 몰라 허둥지둥했다.

"옷 좀 걸쳐주겠어? 이번엔 특수한 경우니까."

블레신의 요청에 그의 카프탄을 찾아 입는 걸 거들고 자신도 벗어둔 스톨라를 찾으려고 몸을 돌리는데 돌연 그녀의 허리를 감아 뒤로 잡아당기는 손이 있었다. 그대로 블레신은 고개를 숙여 그녀의 귓가에 속삭였다.

"네게 가볍게 굴었다는 거 인정해. 무심하고도, 냉랭하게 느껴졌을 수 있어. 그렇다고 내 마음의 유무마저 의심하진 마. 남자로서 널 원하는 건 확실하니까. 이 점, 반박할 거라도 있나?"

카리사는 움츠러든 채 꼼짝도 하지 않았다. 아무 말도 없다는 자체가 긍정이다. 하기야 방금 그렇게 몸으로 확인시켜줬으니 당연하겠지만.

"그리고 네가 가볍다고 지탄한 내 제안, 황궁은 물론, 지상에 살아 숨쉬는 그 어떤 여자도 들은 바 없음을 왕자의 긍지를 걸고 맹세하지. 내 요사스러운 혀가 불러온 평판은 나도 알고 있어. 말장난을 좋아하는 건 내 고질병이야. 하지만 장난이 통할 일과 통하지 않을 일 정도는 구별해. 생각해봐, 카리사. 이트궁에 날 기다리며 독수공방하는 여자는 단 한 명도 없다는걸."

무언가 촉촉하고 뜨거운 것이 목에 닿는 감촉에 카리사의 눈이 크게 떠졌다. 목과 어깨가 이어지는 부분을 따라 그 감촉이 되풀이되었다. 부드럽고도 은근하게 블레신의 입술이 그녀의 살갗을 희롱하고 있는 것이었다.

뒤늦게 몸을 앞으로 숙이며 달아나려 하는 카리사를 허리를 감은 블레신의 손이 놓아주지 않았다. 오히려 더 강하게 압박하며 위로 올라온 그의 손이 카리사의 턱을 움켜잡고 고개를 뒤로 젖혔다.

도리질 한 번 해볼 틈도 없이 입맞춤을 당했다. 거침없이 그녀의 입술을 비벼 눌러오는 힘은 그녀의 버둥거림에 비례해 더욱 강해졌다.

한사코 저항하다 보니 어느 순간 숨이 가빠오며 머리가 핑 돌았다. 그래서 잠시 맥을 놓고 헐떡이는 그사이에 그녀의 입술 안으로 블레신은 혀를 밀어 넣었다. 놀란 카리사의 사력을 다한 바르작거림에도 불구하고 입맞춤은 시시각각 농염해졌다.

길어지는 키스 속에 블레신의 팔을 뿌리치는 것에 그야말로 혼신을 다했으나 두려울 지경으로 그는 꼼짝도 하지 않았다. 거기서 카리사는 블레신의 아픈 팔에 생각이 미쳤다. 정말 이러고 싶지 않지만 최후의 방어책으로 카리사는 블레신이 다친 오른쪽 위팔을 꽉 붙들었다.

"크읏!"

통했다. 나직한 신음과 함께 그가 움찔거리는 틈을 타 카리사는 마침내 그에게서 해방되었다. 튕겨나가듯이 뒷걸음쳐 거리를 만든 그녀에게 블레신이 투덜거렸다.

"치졸하게 다친 데를 공격하기야?"

가책이 일어나기 전에 카리사는 분노를 끌어 모아 외쳤다.

"제가 그렇게까지 하게 만드셨잖습니까! 왕자님은, 왕자님은 약속을 어기셨습니다! 전 이제 공주님께 돌아가겠습니다!"

"흥. 누구 맘대로. 약속? 못 지키겠어. 그러니 파기하자구."

그가 어찌나 당당한지 카리사는 그만 말문이 막혔다. 하지만 그가 그녀에게 걸음을 내딛은 순간 다가오지 말라고 소리칠 정신은 있었다.

"파기 못 합니다, 전 돌아가겠습니다!"

"안 돌려보내."

사람을 뭘로 보고! 카리사는 새로이 들끓는 분노에 몸을 떨었다.

"아까 저보고 착각을 한다고 하시더니 왕자님이야말로 착각을 하고 계시는군요. 제게 진정으로 명령할 자격이 있는 분은 당신이 아니라 에스테르 공주님인 것을요. 저는 공주님께 돌아가겠다고 청할 것이고, 공주님께선 제 청을 들어주실 겁니다."

"멋대로 해. 나 또한 말할 테니까."

무슨 말을? 비로소 카리사는 여유 넘치는 블레신의 태도에 불안을 느꼈다.

어둠 속에서도 속마음이 고스란히 드러나는 카리사의 얼굴을 응시하며 블레신은 한 걸음 앞으로 내딛었다. 카리사가 한 걸음 물러난다.

"에스테르에게 널 측실로 들이고 싶다고 고백하겠어. 이제 곧 혼인할 마당이니 적적한 오라비를 생각해 두 팔 벌려 환영하지 않을까 싶은데. 하물며 에스테르는 널 좋아하잖아?"

"제, 제가 그럴 의사가 없다고 명백하게 밝히겠습니다. 저는 공주님이 무리한 강요를 할 분이 아니라고 믿습니다."

한 걸음, 한 걸음, 다가가고 물러나는 게임이 계속된다. 뒤를 살피랴 앞서 오는 블레신을 경계하랴 바쁜 카리사와 달리 블레신은 미소를 띤 채 느긋한 걸음을 떼어놓으며 말했다.

"그래, 에스테르라면 난처해하겠지. 그럼 나는 더 윗선에 호소하는 수밖에."

윗선이란 말에 카리사는 눈을 동그랗게 떴다.

"하기야 호소라고 할 것도 없군. 할아버지이신 황제께 내가 측실을 들였으니 황궁 밖에 저택을 하사해 달라 조르면 대체 내 마음을 앗아간 그 예쁜이가 누구냐 폐하께서 궁금해하실 거란 말이야. 그럼 내가 말하겠지. 속주 헤메디아에서 온 반니가家의 여식, 베로우스의 딸 카리사가 이 루키아노스의 마음을 앗아갔사옵니다, 폐하. 자아, 여기서 문제. 황제가 인지한 왕자의 당당한 측실이 살아야 할 곳은 어디일까요?"

어안이 벙벙해 카리사는 설마 진심으로 하는 말은 아니겠지 하고 블레신을 쳐다보았지만 '저 왕자라면 하고도 남지 않을까?' 라는 마음의 소리가 들려왔다. 다시 한 걸음 성큼 그녀에게 다가오며 블레신은 도발적으로 혀를 내밀어 제 입술을 훑었다. 그 행동만으로 갑자기 쿵쾅거리는 심장에 화가 나서 카리사가 손가락질을 하며 외쳤다.

"사내가 치졸하게, 정면 승부도 아니고, 그런 반칙을 쓰는 게 자랑입니까? 그러기만 해보세요, 그때부터는 왕자님을 왕자님이 아니라 공주님이라고 부르면서, 앗, 꺄아아아!"

약이 올라 블레신만 쏘아보며 뒤를 살피지 못하고 물러난다는 게 나무 뿌리에 걸려 허우적대다 결국은 뒤로 넘어졌다.

그러나 이번에도 이렇다 할 심각한 충격은 없다. 그녀가 넘어지려는 것을 보고 달려온 블레신이 땅에 부딪히기 직전에 그녀의 등을 받아준 까닭이다.

질끈 감았던 눈을 떴을 때 카리사는 푸르스름하게 빛나는 보석 같은 한 쌍의 눈과 마주쳤다. 어느새 달이 떠올라, 나뭇잎 틈새로 쏟아지는 달빛으로 음영이 진 블레신의 얼굴이 어찌나 아름다운지 카리사는 순간 직전까지의 다툼조차 잊고 온전한 찬탄에 빠져들었다.

"……아름답구나."

"네, 아름다우시네요."

말의 주어에 대한 잠시간의 혼동. 슥 한쪽 눈썹을 치켜 올리며 블레신이 물었다.

"나, 말이야?"

"그럼요, 왕자님이죠. 여기 왕자님 말고 아름다운 이가 또 누가……."

말이 길어지자 그녀를 홀렸던 달빛의 주술이 스르륵 흩어지며 카리사는 정신을 차렸다. 블레신이 그녀를 내려다보며 빙그레 웃고 있었다.

"반했어?"

심장이 또, 제정신이 아닌 것처럼 쿵쾅쿵쾅 뛰는 것을 카리사는 거세게 부정하며 블레신을 확 밀쳐냈다. 방심한 사자가 사슴 뒷다리에 차여 나가떨어지듯이 블레신은 뒤로 밀려났고 덕분에 등을 받쳐주는 손을 잃은 카리사도 땅으로 떨어졌다. 낙폭이 그리 크지 않아 그녀가 별 충격 없이 얼른 자리에서 일어난 반면 블레신은 주저앉은 채 오른팔을 붙들고 신음 중이다.

"또 속아 넘어갈 줄 아십니까?"

"아아, 바보가 아니라 다행이네, 석류."

힘없는 그의 목소리에도 전혀 동요하지 않고 카리사는 고양이를 안아들고 이쪽으로 시종들을 보내겠다고 하고 돌아섰다. 뒤도 돌아보지 않고 뛰었다. 그러나 그녀는 사과나무 숲에 이르러 우뚝 멈춰 섰다. 자신의 등을 만져보면서 뭔가를 생각해보던 카리사가 한숨을 내쉬었다.

"날 오른손으로 받친 거네. 무슨 그런 바보 같은 실수를 했데?"

카리사가 넘어질 뻔하고 그가 달려와 받쳐주는 데에 오랜 시간이 걸린 게 아니다. 그저 본능처럼 잘 쓰는 쪽 손을 움직였겠지. 그래, 일전의 화재 때 다친 쪽도 오른쪽 어깨였던 것처럼. 그리고 카리사의 품에는, 감히 왕자의 금쪽같은 오른팔을 다치게 한 새끼 고양이가 있다.

"위험한 남자지만 버리고 도망가는 건 도리가 아니지, 코로나."

내키진 않지만 발길을 돌려 블레신에게로 돌아간다. 터벅터벅 걸어가면서 손등으로 꾸욱 입술을 눌렀다. 또 그런 일을 벌이려 하면 어쩌지?

"울어버릴까? 아니야, 울긴 왜 울어. 무는 거야. 이빨로 물고 손톱으로 할퀴고, 엇, 그러기엔 내 손톱이 너무 짧구나."

불안한 마음을 쉴 새 없는 입속말로 해소하며 걸었다. 중얼거림은 플라타너스 나무에 기대어 앉아 있는 블레신을 보는 순간 저절로 그쳤다.

푸르스름한 달빛이 내리쬐는 그 얼마 안 되는 공간에 블레신의 얼굴이 떠 있다. 흉터를 머금은 왼쪽 얼굴이 발하는 쓸쓸한 느낌에 카리사는 선뜻 앞으로 나서지 못하고 주춤거렸다.

마침 코로나가 칭얼거리듯이 우는 바람에 블레신이 눈을 뜨고 그녀를 돌아보더니 씩 웃었다.

"내기를 걸었지. 다시 온다, 오지 않는다. 어디에 걸었을 것 같아?"

"관심 없습니다. 그만 일어나서 가시지요."

"당연히 온다는데 걸었어. 나는 지는 게임은 안 한다니까. 상품도 걸었는데, 뭔지 맞춰봐."

"배고프시다면서요. 저도 점심을 걸러서 배고픕니다."

"저런! 우리 석류가 배가 고프다니, 2년 만에 찾아온 대위기로군."

자리를 털고 일어난 블레신이 성큼성큼 카리사에게 다가왔다. 카리사는 코로나를 방패처럼 목까지 끌어올려 안고선 블레신과 간격을 유지했다. 하지만 블레신은 아무렇지 않게 그녀의 어깨에 팔을 두르며 몸을 기대어왔다. 경계하여 몸을 움츠린 그녀를 본체만체 걸음을 옮긴다.

블레신이 입을 다물고 있으니 가는 길은 내내 조용했다. 후원을 거의 다 빠져나왔을 때, 카리사는 여기서 일어난 일은 여기 두고 가는 게 옳다는 생각을 했다.

"팔을 다치신 것도 있으니, 아까의 일은 제가 덮고, 아니, 아예 없었던 일로 하겠습니다. 그러니 이제부터 다시 약속은 유효한 겁니다."

"봐준다는 식으로 말하지 마. 그럴 생각 없으니까. 약속은 파기야."

"왕자님……!"

기껏 사람이 마음을 잡아 제시한 타협안을 블레신은 거들떠보지도 않고 내동댕이쳤다. 이미 궁전의 불빛이 뜰에 흘러나오는 곳이라 카리사는 걸음을 멈추고 이야기를 해보려 했으나 어깨에 둘러진 그의 팔이 그걸 허락치 않았다.

"난 곁에 누가 있든 상관없이 내가 원할 때 너를 안고 입 맞출 거야. 싫으면 싫다고 표현해. 그 정도 자유는 허락하지. 도망가고 싶으면 도망가봐. 이 황궁 안에 있는 한 넌 독 안에 든 쥐란 걸 배우게 되겠지."

궁전으로 들어가는 계단을 오를 때 카리사는 계단 난간의 수선화가 새겨진 돌장식을 팔로 안고 올라가지 않으려 버티며 말했다.

"너무 불공평한 게임입니다! 이게 아예 무방비한 백성에 지나지 않는 사람에게 군장을 갖추고 칼을 휘둘러 대는 것과 무엇이 다릅니까?"

"그래, 불공평하지. 애초에 네가 나와 대등하지 못하기 때문이야. 지금 이 자리처럼 나는 위에 있고 너는 아래에 있는 이상, 네겐 선택할 수 있는 힘 같은 건 없어."

……선택할 수 있는 힘?

언젠가 그가 말한 강함에 대한 정의가 카리사의 뇌리를 스치며 돌장식을 안고 있던 팔에서 힘이 빠져나갔다. 그 바람에 계단 위쪽의 블레신에게 고꾸라질 듯 가 안겼다. 위태로운 자세였지만 지탱해준 블레신 때문에 쓰러지는 일 없이 무사히 섰다.

둘의 발이 같은 단 위에 놓인 것을 물끄러미 쳐다보는 카리사에게 그는 보다 부드러워진 목소리로 말했다.

"내게 항거할 수 있는 힘을 원해? 그럼 올라와야지, 내가 있는 곳으로. 그런데 얄궂지? 내가 있는 곳으로 올라오려면 넌 내 손이 필요하거든."

멍하니 흔들리는 눈동자로 그를 바라보는 그녀의 모습은 침착하게 그를 질책할 때와는 또 다른 의미로 자극적이었다. 그 자극을 다만 그녀의 뺨을 한 번 쓰다듬는 걸로 해소하며 블레신은 크게 넉살을 떨었다.

"젠장, 배가 너무 고파서 널 꼬실 기운도 없다. 들어가서 배가 터지지 않을 정도만 먹어보자고, 석류. 아참, 포도주 다섯 잔, 나 안 잊었으니까."

기운이 없다는 사람치고는 안으로 내딛는 발걸음에서도, 카리사의 손을 잡아끄는 손에서도 활기가 흘렀다. 오른팔 전부가 뻣뻣한 나무토막 같았고, 지긋지긋한 편두통이 도진 후였지만 기분은 더없이 좋았다. 이래서 사람들이 연애를 하나, 생각해보는 블레신이었다.

무언가 자꾸만 낑낑거리는 소리가 카리사를 도로 수면 위로 불러냈다. 어렵게 든 잠이라 그만 모른 체하고 싶은 것을 조용해질 만하면 반복되는 낑낑거림이 바로 코로나가 내는 소리란 것을 깨닫고 떨쳐 일어났다. 침상에서 내려서다가 발에 닿는 푹신한 카펫에 카리사는 잠시 놀랐다. 이내 고개를 절레절레 저으며 새삼 실내를 돌아본 뒤 등불을 켰다.

"코로나? 왜 그래, 변소는 저기 만들어주었잖아. 이리 오렴."

왕자의 방으로 통하는 태피스트리 앞에서 오줌이라도 마려운 것처럼 동동거리는 고양이를 임시로 만들어 놓은 짚자리 위로 데려다 주었지만 고양이는 도로 태피스트리 앞으로 달려갔다. 머리를 태피스트리 단에 비비며 사뭇 처량한 소리로 끙끙 목을 울렸다. 카리사에겐 조금 묵직한 정도의 천이 새끼 고양이에겐 난공불락의 벽인 모양이다.

"나가고 싶어? 하지만 거긴 왕자님이 주무시는 곳이야."

방이 답답해서 그러는 거라면 2층의 방에 데려다줘야겠다고 생각하며 고양이를 안아 올렸다. 하지만 태피스트리에서 멀어지자 코로나는 한층 버둥거리며 높직이 울어댔다.

"정말 왜 그러는 거야?"

어쩔 수 없이 도로 태피스트리 앞으로 데려가 내려주기 무섭게 고양이는 머리로 태피스트리를 밀며 낑낑거렸다. 망설이던 손을 움직여 슉, 태피스트리를 살짝 들어 올리자 그 틈으로 코로나가 쏜살같이 빠져나갔다. 카리사는 결국 코로나를 따라 블레신의 침소로 들어섰다.

그녀가 들고 있는 등불이 침소를 흐릿하게 밝힌다. 코로나의 작은 울음소리가 들려오는 곳으로 조심스레 기웃거리던 카리사는 애석하게도 그 진원지가 블레신의 침대 안이라는 것을 인정해야 했다. 재주도 좋다. 어느 틈에 거기까지 돌진했단 말인가.

"코로나, 왕자님 어렵게 주무셨어. 깨우면 안 되니까 그만 나와."

'이건 찬송 따위가 아니라 명백한 최면의 주문이야!'

카리사가 그의 잠을 도울 생각으로 들려준 여신을 위한 신성한 기도에 감히 그런 불경의 언사를 내뱉은 왕자는, 그럼에도 불구하고 잠드는데 한 시간이 족히 걸렸다.

그리 어렵게 든 잠, 깨웠다가 무슨 소리를 들을지 몰라 내키지 않는 손짓으로 휘장 안을 들여다본 카리사는 코로나가 왕자의 얼굴을 핥고 있는 것을 보고 기겁을 했다.

"코로나, 이리 나와, 어서! 왕자님 깨시면 너 진짜 나한테 혼난다."

목소리를 죽여 열심히 불러도 고양이는 힐긋 그녀를 쳐다보고선 또 열심히 블레신의 얼굴을 핥았다. 저러다 정말 깨우지 싶어 카리사는 침상에 올라 고양이를 붙잡으러 기어갔다. 목덜미를 붙들어 들어 올린 코로나를 데리고 내려가려는데, 또다시 고양이가 발버둥 치며 낑낑거렸다.

앙칼지게 울어대는 소리가 어찌나 큰지 카리사가 깜짝 놀라 품에 묻듯이 안았더니 세상에, 녀석이 그녀의 가슴을 발톱으로 할퀴기까지 했다!

아픈 것보다 놀라서 카리사는 고양이를 놓치고 말았다. 따끔거리는 가슴을 내려다보고 코로나를 쳐다보며 저 녀석이 정말 왜 저러지 한다. 방금 무슨 일이 있었냐는 듯 코로나는 도로 블레신의 머리에 찰싹 달라붙어 뺨을 핥고 있다.

"코로나, 네가 언제부터 그리 왕자님이랑 친했다고 그래? 진짜 이상하다, 너?"

원망의 화살은 고양이에게서 사람에게로 향했다. 역시나, 험하게 잘 거란 예상이 맞았다. 아까 언뜻 들여다봤을 땐 그토록 깔끔하던 침대시트가 마치 위에서 레슬링이라도 한 듯이 흐트러져 있다. 오른쪽으로 돌아누운 것도 아니고 엎드린 것도 아닌 어정쩡한 자세는 보기에도 불편해 보인다. 그래선지 자면서도 그의 미간에 주름이 또렷하게…….

"아, 맞다, 팔."

얼음찜질만 대충하고 만 팔을 아래로 깔고 자고 있으니 잠결이어도 아픈 게 당연하다. 카리사는 낑낑거리며 블레신이 천장을 보고 눕도록 했다. 그리고 저 홀로 내팽개쳐진 베개를 가져와 받쳐주려고 그의 머리를 들다가 멈칫했다.

'왜 이렇게 축축하지?

손에 닿은 블레신의 머리카락이 막 목욕이라도 한 것처럼 젖어 있다. 목욕을 한 지가 언젠데 아직까지? 일단 베개에 블레신의 머리를 누이고 얼굴을 들여다본 카리사는 금세 그의 이상 상태를 깨달았다. 유난히 창백해진 얼굴이 온통 땀으로 번들거리는 걸 보고 급히 그의 이마에 손을 대본 카리사는 깜짝 놀라 중얼거렸다.

"차가워?"

열이 아니라 한기가 블레신을 휘감고 있었다. 아직도 블레신의 뺨을 핥아주는 코로나를 보고 그녀도 우선 옷자락으로나마 땀을 훔쳐주면서 이런 상황에선 뭘 어찌하나 막막하게 생각했다. 틀림없이 아까 나무에서 떨어진 것이 안 좋았던 것이다.

"역시 전의를…….."

그 방법뿐이라고 결정하고 몸을 일으키는데, 여태 죽은 듯이 잠잠하던 블레신에게서 희미하게 신음소리가 흘러나왔다.

"왕자님?"

부름에 대답하듯, 신음이 커졌다. 감긴 눈꺼풀이 바르르 떨리는 것을 보고 카리사는 도로 블레신의 곁에 앉았다. 눈꺼풀이 거듭해서 떨리고 목 구멍 저 안쪽에서 끓는 듯한 신음도 반복됐지만 좀처럼 깨지를 않는다. 깨 려고 그러는 것인지 아파서 그러는 것인지 카리사는 좀처럼 분간할 수 없 었다. 그저 본능적으로 그래야 할 것 같아서, 그의 왼손을 꽉 쥐며 말했다.

"떨쳐내세요, 왕자님. 강한 분이시잖아요. 왕자님, 어서요. 왕자님. ……블레신."

다독이듯 부드러운 호칭 끝에 그의 이름을 부르는 순간, 그가 눈을 떴 다. 얼마쯤 뚫어져라 천장을 응시하던 왕자의 눈동자가 스르륵 옆으로 움 직여 자신을 불러낸 여자를 쳐다보았다.

"카리사."

잔뜩 가라앉은 목소리로 그녀를 불렀다. 그 직후 그의 얼굴에 말갛게 퍼지는 미소가 하도 고와 카리사도 멍하니 따라 웃다가 곧 눈을 깜박이며 다그쳐 물었다.

"많이 아프신 거죠? 얼른 가서 전의를 불러올게요."

"아니야. 그런 게."

"하지만 이렇게나 땀을 흠뻑 흘리시고, 끙끙 앓으셨다구요."

"악몽을 조금……. 겨우 벗어났나 싶었는데, 여전히 꿈속이잖아. 간신 히 꿈이 흩어지니 이번엔 가위에 눌리더군."

어렵게 잠들었는데 잠들어서도 고생을 하다니. 측은한 마음에 아직 쥐 고 있던 블레신의 손을 토닥거리다가 그가 그 손으로 시선을 주는 것을 보고 퍼뜩 놀라 손을 놓아주었다.

"코로나가 기특하지 뭐예요, 자꾸 낑낑대며 나가려고 해서 왜 그러나 했는데 왕자님께서 가위에 눌리신 걸 알았나 봐요. 애가 왕자님 뺨도 열 심히 핥았는데 느끼셨어요?"

급하게 화제를 돌리며 코로나를 찾아 두리번거렸는데, 유령이 곡할 노
릇, 어느 틈엔가 고양이는 사라진 후였다.

"어디 갔지? 틀림없이 있었어요, 방금 전까지 정말로 있었어요."

"알아. 있었어. 네가 고양이한테 하는 말도 다 들었는걸."

블레신이 그녀를 물끄러미 올려다보다 빙그레 웃었다.

"감히 내 이름을 존칭 없이 부르더군."

"그건, 뭐라도 해보려다가 그만. 다른 뜻이 있었던 건 절대 아닙니다."

"있어도 돼. 너라면."

"예? 아, 저기, 왕자님, 이러시면⋯⋯!"

문득 블레신이 카리사의 손목을 거머쥐고 당기는 서슬에 카리사는 소
스라쳐 놀랐다. 막 자다 깼는데도 압도적인 그 힘에 카리사의 몸이 꼼짝
없이 침대로 쓰러졌다. 당연히 바로 몸을 일으키려 하는 그녀의 어깨를
붙잡고 블레신이 중얼거렸다.

"아무 짓도 안 할게. 그냥 옆에 있어줘. 너라면 지켜줄 수 있을 것 같아
서 그래."

"⋯⋯지켜요? 제가, 왕자님을요? 무엇으로부터요?"

"몽마夢魔로부터. 어쩐지 너랑 있으면 그 고약한 녀석이 이 침상에 얼씬
도 못 할 것 같은 예감이 들어."

몽마로부터 왕자님을? 아, 나한텐 그 수가 있구나.

"알겠습니다. 어차피 잠도 깼겠다, 왕자님을 위해 철야기도를 올리겠
습니다. 왕자님은 안심하고 주무십시오."

결연히 눈을 빛내는 카리사를 보며 블레신은 또 말갛게 웃었다.

"그건 다음을 위해 남겨놓는 게 어때? 당장 내가 바라는 건 그저 옆에
있어주는 것뿐이야. 믿어줘, 네가 싫어하는 짓 안 할 테니까."

아직도 얼굴이 많이 창백한 블레신을 카리사는 미덥지 못한 눈으로 쳐다보다가 휴우, 하고 한숨을 쉬었다.

"팔을 다치신 게 있으니 이번 한 번만 청을 들어드리겠습니다. 하지만 이 약속마저 깨트리신다면 정말로 끝입니다. 그때는 황제 폐하가 아니라 폐하의 할아버지께서 살아서 돌아오신다고 해도 제 마음을 못 돌릴 테니 명심, 해주십시오."

"오, 야무진데, 우리 석류?"

슬그머니 눈빛에 장난기가 되살아난 블레신을 모른 체하고 몸을 일으킨 카리사는 고양이를 데리고 자야 한다며 잠시 침소와 그 밖의 내실까지 살폈다. 대체 어디에 숨었는지 도통 찾을 수 없어 난감해하는 카리사를 블레신이 이러다 날 밝겠다며 불러댔다. 침대가 아무리 넓어도 단둘이서만 있는 건 싫은데 고양이가 도와주질 않는다.

"얘가 요새 반항기인가 봐."

침소로 돌아온 카리사는 늑장을 부리며 침상에 올라 블레신을 힐긋 보고 자신은 최대한 가장자리로 가서 누웠다. 블레신이 쿡쿡 웃으며 떨어지지만 말라고 충고했다.

등불을 끄자 삽시간에 휘장 안에 어둠이 내려앉는다. 이유야 어찌 됐건, 침대에 남자와 둘이 눕게 되다니. 기분이 너무도 이상해지는 것을, 아엘리아는 벌써 남편도 있다는 생각을 하며 대범한 표정을 지었다.

하지만 블레신이 뒤척이는 소리에 그만 간이 콩알만 해져 금방이라도 침대에서 뛰쳐나갈 준비를 했다. 단순히 그는 베개를 고쳐 벤 것에 불과했다.

"카리사."

"예."

깊은 어둠 속에서 들려오는 블레신의 목소리도, 대답하는 자신의 목소리도 어쩐지 낯설다.

"내 이름 다시 불러볼래? 아까처럼, 블레신이라고."

카리사는 몇 번 눈을 깜박거리고 대답했다.

"싫습니다."

"왜? 이름을 불러달라는 것뿐이잖아."

"왕자님도 아까 말씀하셨듯이, 그건 '감히' 제가 해서는 안 될 일이니까요."

반박 대신 블레신은 침묵했다. 말을 하다만 기분이 들긴 해도 이건 이걸로 좋다고 여기며 카리사는 눈을 감았다. 그러나 그의 목소리가 다시 들리자 기다렸다는 듯이 번쩍 눈을 떴다.

"네가 마음먹기에 따라 그 '감히'라는 제한이 사라질 텐데. 카리사, 잘 생각해봐. 내가 계단에서 했던 말."

겨우 잔잔해진 마음에 파문을 만들어놓고 블레신은 꼭 그다운 말로 마무리를 지었다.

"황궁을 탈탈 뒤져도 나만한 남자가 있을 것 같아?"

블레신은 몇 번 더 뒤척였고, 어느 순간부터는 아예 꼼짝도 하지 않았다. 슬쩍 고개를 돌린 카리사는 그녀 쪽을 보고 누운 블레신의 모습을 알아볼 수 있었다. 그가 잠이 들었다는 걸 굳이 확인하지 않아도 느낄 수 있었다. 카리사는 비로소 쓴웃음을 머금으며 입 안에서 중얼거렸다.

"나만한 남자라……."

그 말을 들을 때부터 카리사의 뇌리엔 클라이저 황자가 서성거렸다.

하지만 안 될 사람, 그러지 못할 사람이다. 에스테르 공주를 위해서라도, 절대로 내색치 않고 무덤까지 가져가는 것이 최선.

머리로는 아는데, 과연 끝까지 지켜낼 수 있을지 자신이 없다. 이제 곧 두 사람은 혼인을 한다. 공주는 크노밋궁으로 거처를 옮길 테고 별다른 지시가 없다면 카리사는 계속 공주의 시녀일 테니 결국은 한 공간에서 매일 황자와 얼굴을 마주하는 일을 피할 수 없을 것이다.

더는 여지를 주고 싶지 않다. 더 커서는 안 되는 나무라면 미적거리지 말고 베어내야 한다. 그러나 마음을 무슨 수로 벤담?

무슨 수로…….

카리사의 시선은 어느샌가 블레신에게 멈춰 있었다.

3부.
태양을 향하는 자,
등 뒤에 그림자를 질 지니

27.
전기
轉機

"그러고 보니 슬슬 출궁할 날이지 않니, 카리사?"

함께 공터를 돌던 발레리아가 문득 뒤돌아보며 던진 질문을 카리사는 생각에 잠겨 있다 놓치고 말았다. 발레리아가 두 번 더 이름을 불러 재촉하고서야 카리사는 퍼뜩 놀라 흐릿해져 있던 초점을 맞추며 앞을 응시했다.

"무슨 생각을 그리 골똘히 해? 고민이 있으면 말해. 힘닿는 대로 도와줄 테니까."

"아뇨, 고민은요. 말씀만이라도 감사합니다. 그런데 방금 제게 뭘 묻지 않으셨나요?"

발레리아는 미심쩍은 시선을 거두지 않고서 아까의 질문을 반복했다. 출궁 이야기에 카리사는 어리둥절한 표정을 지었다가 곧 소스라쳐 놀랐다.

"아, 마세르 오라버니의!"

카리사가 까맣게 잊고 있었단 사실을 확인한 발레리아가 쯧쯧 혀를 찼다.

"역시 너 뭔가 수상해. 하다못해 이트궁 문지기 어머니의 생일도 기억하고 챙겨주는 아이가 수도에 딱 하나 있는 사촌의 생일을 잊고 있었단 말이지."

"잊지 않았습니다, 며칠 전까지만 해도 오라버니에게 드릴 표장_{表章}을 짓고 있었는걸요."

"며칠 전까지만 해도? 그 뒤로 잊었다는 소리잖아?"

"어쩌다 보니 조금 바빠져서."

그래봤자 변명. 잊고 말았다, 확실히. 발레리아가 깨우쳐주지 않았으면 오늘이 다 가도록 또 망각 속에 내버려뒀으리라.

"뭐 마뜩찮은 사촌의 생일 같은 거 한 번쯤 잊을 수도 있는 거니까 그렇게 시무룩해질 건 없어. 어쨌든 아직 지나가버린 건 아니잖아?"

"네, 다행히도 내일이에요. 감사합니다."

카리사는 진실로 가슴을 쓸어내렸다. 출궁 건이야 오늘 안에 왕자에게 허락을 구하면 될 것이고 준비한 생일선물도 잘 마무리해서……

"아, 표장."

자수에는 익숙한 터라 일찍부터 준비하지 않고 생일이 열흘 앞으로 다가올 때부터 자투리 시간을 이용해 카프탄의 등을 장식할 표장을 지었다. 며칠 놓아버린 시간 때문에 표장은 절반쯤 짓다 만 상태.

마음이 초조해졌다. 말고삐를 짧게 잡으며 카리사는 발레리아에게 양해를 구했다. 발레리아는 언짢은 기색 없이 급하면 가야지 하고 고개를 주억거렸다.

"그대로 말을 타고 가는 게 어때? 걷는 것보다는 더 빨리 갈 수 있잖아."

"이트궁까지요? 조금 멀지 않나요?"

"멀긴. 할 때는 한다면서 왜 이럴 때만 겁쟁이 시늉이람? 클라이저가 네 승마 솜씨를 입이 아프게 칭찬하는 걸 내 두 귀로 들었단 말이지."

"……전하께서요?"

카리사의 얼굴에 수줍은 듯 떠오른 기쁜 미소가 이내 구름에 덮이고, 곧 그 구름마저도 언제 그랬냐는 듯이 싹 가시는 짧은 순간을 발레리아는 목도했다.

"전하 같은 분이야 그렇게 말씀하실 수도 있죠. 하지만 저는 지금 루키 아노스 왕자님을 모시고 있답니다. 몇 번 함께 말을 타러 갔다가 평생 들을 구박을 다 들었지 싶어요. 발레리아 님이 얼마나 친절한 교사인지 지금껏 몰랐어요. 용서해 주세요."

"호호호, 너그러이 용서해 주지. 그런데 루키아가 그 정도로 잔소리를 해댔다는 건 네게 개선의 여지가 있다는 소리야. 루키아는 되지 않을 일에는 입도 벙긋하지 않거든."

"그런 걸까요?"

고개를 갸웃하는 카리사를 보며 발레리아는 빙그레 웃었다.

"그런 면이 있어, 루키아에겐. 몰두할 때엔 불 같고, 외면할 때엔 얼음 같고……. 그 뜨거움을 오롯이 감당할 수 있는 여자는 틀림없이 행복해질 거야, 카리사."

마치 그 뜨거움을 오롯이 감당할 수 있는 여자가 '너'라고 밀어붙이는 듯한 시선에 카리사는 살짝 뒤로 밀리는 느낌이었다. 가뜩이나 고민 중인 일이 있으니 괜스레 발레리아의 시선에 제 발이 저려 얼굴을 붉혔다가 퍼뜩, 보다 분명하게 발레리아의 확인을 받아둘 생각이 들었다.

"발레리아 님께선 그 행복을 거머쥘 생각이 정말 없으신 건가요?"

카리사의 질문에 발레리아는 눈을 동그랗게 떴다가 곧 크게 손사래를 치며 웃었다.

"아직도 의심하는 거야? 없어, 정말로 없다구."

곧고 아름다운 흰 목덜미에 돋아난 땀을 훔치던 발레리아는 목에 걸린 수호부적 목걸이를 꺼내어 눈앞으로 들어올렸다.

"사랑받는 아내, 존경받는 어머니, 그런 건 내 욕망의 곁가지도 못돼. 아, 그런 여자들을 경멸하는 건 아니야. 나는 그렇게 살 수 없을 뿐이지. 남자가 쟁취하는 수많은 것 중, 여자는 그 일부분일 뿐인데 여자는 왜 그 반대가 되면 안 되는 거지?"

언젠가 카리사와 교환한 수호부적을 물끄러미 들여다보는 발레리아를 보며 카리사도 제 수호부적을 꺼내 반짝이는 가르나의 형상을 들여다보았다.

"그럴 능력이 있다면 여자라도 얼마든지 약진할 수 있는 일이죠. 언젠가 제게 야망에 대해 말씀하신 적이 있죠, 발레리아 님. 실은 그때 주위에 사람들이 많아서 그냥 넘어갔지만 저한테도 야망은 있어요."

"어머, 요 앙큼한 강아지 좀 봐? 어서 들려줘."

"저는, 장래에 총관이 되고 싶어요."

발레리아가 못내 의아한 얼굴로 "총관?" 하고 되묻자 카리사가 눈을 빛내며 설명했다.

"황궁에서 귀인들을 시봉하는 자가 오를 수 있는 최고의 자리잖아요. 차근차근 역량을 쌓아서 언젠가 그 자리에 이르고 싶어요. 반니 총관, 그게 바로 제 야망입니다."

시종원의 수장인 총관은 남녀 각 한 명씩으로 남자의 경우 황제를, 여자의 경우엔 황후를 보필하며 휘하의 시종과 시녀들을 두루 통솔한다.

"호오…… 총관이라. 그런 생각을 하는 줄은 몰랐네."

발레리아는 몇 번이고 총관, 총관 하고 중얼거리더니 이내 생긋 웃었다.

"하긴, 에스테르의 시녀들 중에선 단연 두각을 드러내고 있으니 말이야. 에스테르가 황후가 된다면 못 이룰 것 없는 꿈이겠는데? 장래라고는 했지만, 아주 먼일도 아니겠어. 록사네도 나이가 있으니 언제 죽을 줄 모르고…… 이러다 잘하면 20대의 총관이 탄생하는 거 아냐?"

발레리아의 설레발에 카리사는 그럴 일은 없을 거라고 거듭 고개를 저었다.

"이건 먼 훗날을 위한 꿈이에요. 관록이 있는 반니 총관이 되어야지요. 아, 그전에 필요 없는 사람이라고 궁에서 쫓아내지 않는다면요. 남고 싶은데 아무도 받아주는 이가 없어서 떠나야 하는 건 너무도 슬플 거예요."

발레리아는 정말 쓸데없는 걱정을 한다며 깔깔 웃었다.

"지금처럼만 해, 카리사. 관록이야 나이가 만드나? 자리가 만드는 거지. 바라는 게 고작 총관인데, 못 이뤄서야 쓰나?"

고작 총관. 발레리아의 표현에 카리사는 눈을 깜박거렸으나 워낙에 대범한 발레리아의 면모를 생각하고 고까운 기분을 떨쳐냈다.

"나중에 발레리아 님께 힘이 되어달라고 넌지시 청탁을 할지도 몰라요."

"얼마든지. 나도 우리 반니 총관 덕 좀 보고 살자구."

찡긋 발레리아가 윙크를 하자 카리사도 한껏 발랄하게 웃으며 염려 붙들어 매시라고 맞장구를 쳤다. 웃다 말고 퍼뜩, 이럴 때가 아니구나 하고 카리사는 허둥지둥 말머리를 돌렸다.

"파니, 잘 돌보고 내일, 아니 내일모레 돌려드리러 올게요! 먼저 가서 죄송하고 오늘 감사했습니다, 발레리아 님!"

카리사를 태운 말이 금세 사라져 먼지바람만이 남게 되었을 때 발레리아는 공터의 한쪽에서 책을 보고 있던 시종 나스타에게 향했다. 그녀가 말에서 내리는 것을 돕기 위해 엎드린 나스타의 등에 앉아 발레리아는 중얼거렸다.

"지지리도 실력이 늘지 않는다 싶더니 오늘 보니 엄살이었나 봐."

"늘 만한 때가 온 거겠지요. 시간을 들이면 들인 만큼 느는 사람이 있고, 들여도 들인 티가 안 나다가 어느 날 확 깨우치는 사람도 있습니다."

말구종이 말을 데리고 가는 것을 멀거니 보면서 나스타가 대꾸했다.

"들었어? 저 강아지가 총관이 되고 싶대."

"그렇게만 된다면야 황궁이 확실히 젊어지겠습니다."

"그래, 딴엔 그렇네. 총관이라……"

뺨을 만지작거리며 발레리아는 카리사가 사라진 쪽을 한 번 돌아보곤 제 안에 떠오른 어떤 생각을 부정하듯 고개를 저었다. 그리곤 나스타의 등에서 일어나며 짝 박수를 쳤다.

"어쨌든 화급한 건 그게 아니니까. 나스타, 당장 출궁하겠어. 말을 다시 가져오게 해."

"무슨 일정이십니까?"

예정에 없는 출궁 독촉에 나스타가 의아해하자 발레리아가 씩 웃으며 말했다.

"아무래도 내가 직접 강아지 짝짓기에 나서야겠어."

카리사가 급히 말을 달려 이트궁으로 돌아왔을 때 블레신은 후원에서 왼손으로 검 휘두르기를 하고 있었다. 옷도 갈아입지 않고 후원에 온 카리사는 돌아왔다고 보고를 한 뒤 그냥 서 있어도 땀이 뚝뚝 떨어지는 블레신의 상기된 얼굴을 보고 잔소리를 했다.

"하루쯤 푹 쉬실 것이지 이렇게 무리를 하면 어떡하세요?"

손수건으로 그의 땀을 닦아주는 카리사에게 어리광을 부리는 기분으로 블레신은 지친 목소리를 꾸며냈다.

"안 그래도 찜질을 좀 해야겠다고 생각하던 차야. 우리 충실한 석류가 도와주겠지?"

"습포를 해드릴 테니 꼼짝 말고 쉬시는 거예요."

"쉴 수는 있는데 꼼짝 말라는 건 좀. 누가 지루하지 않게 노래라도 불러준다면 모를까."

"가인들을 몇 부르지요. 어머나, 이건 대체 왜 이렇게 무거운 거예요?"

블레신이 지팡이처럼 짚고서 기대서 있던 투박한 양손검을 들어주려고 손잡이에 손을 댄 카리사는 손에 전해지는 그 막중한 무게에 깜짝 놀라고 말았다. 블레신이 부러 검에서 손을 떼자 검 무게가 오롯이 카리사의 몫이 되면서 카리사는 그만 휘청 옆으로 쓰러질 뻔했다.

낄낄거리며 블레신이 카리사의 허리를 팔로 감아 똑바로 서게 했다. 검의 무게에 카리사까지 더해졌어도 힘쓰는 기색조차 없는 블레신을 카리사는 새삼 놀라 쳐다보았다. 이런 검을 방금 전까지 그는 한 손으로 휘둘렀던 것이다.

"전 왕자님이 두 사람 몫의 건강을 가지고 있다고 생각했는데 그게 아닌 것 같아요. 원래 한 네 쌍둥이쯤 되려던 건 아니었을까요?"

"글쎄, 그런 걸로 치자면 한 열 쌍둥이는 되어야 할걸?"

"열 쌍둥이는 너무 심하잖아요. 왕자님도 결국엔 사람일 뿐이니 좀 겸손해 보세요."

모처럼 진지하게 감탄했는데 그리 능청을 떠니 그만 김이 새서 카리사는 고개를 저었다. 블레신은 씩 웃더니 느닷없이 카리사를 번쩍 안아 어깨에 들쳐 멨다. 그러고선 왼발을 축으로 시계 방향으로 빠르게 돌기 시작했다.

"내가 그렇다고 하면 그런 줄 알아야지, 또 입바른 소리를 한다 이거지? 혼나야겠어, 진짜."

"아니, 꺄아, 왕자님, 어지러워요, 이러다 넘어지면, 으아아, 어지럽다니까요!"

"그래? 그럼 반대방향으로 돌아줄게."

"그, 그러지 마시고 좀, 우와아……!"

그도 슬슬 어지럽다 싶어 관두려 마음먹었을 땐 이미 카리사는 밀랍 같은 얼굴로 축 늘어진 채였다. 때문에 블레신이 싱글벙글거리며 그대로 궁전으로 들어가는 것도 말릴 힘이 없었다.

"공중에서도 멀미를 하는구나. 약해 빠졌어, 하여간."

"제가 약한 게 아니라, 왕자님이 괴물……."

"괴물? 감히 누구더러?"

찰싹, 아프지 않을 정도로 다리를 때려도 카리사는 반항할 힘조차 끌어내지 못했다. 궁전에 들어가면서 마주치는 사람들마다 카리사에게 무슨 일이 있는지 물었고, 블레신은 더위를 먹은 것 같다며 태연하게 대꾸했다. 다들 전의를 부르러 제가 가겠다고 자원하고 나서는 것을 쿠르도나 찾아오라며 시큰둥하게 쫓았다.

내실에 들어서서 그녀를 침대의자에 기대 눕히고 물을 섞은 포도주를 한 잔 만들며 블레신은 투덜거렸다.

"암만 봐도 이트궁 남자들에게 너무 인기가 좋으십니다, 반니 양?"

소파로 돌아와 카리사를 안아 일으켜 잔을 입에 대어주자 얼굴을 찡그리면서도 반잔 가까이 마셨다. 그녀가 조금 화색을 되찾는 것을 들여다보며 블레신은 계속 빈정거렸다.

"정작 주인인 내가 팔 다친 것도 모르는 녀석들이. 여자 하나 들어왔다고 군기가 빠졌어."

"제가 여자라서가 아니라, 다들 상냥한 사람들이라서 그런 겁니다. 누구처럼 자기 입으로 마음에 두었다고 말하는 여자에게 밑도 끝도 없이 짓궂은 일을 하는 괴짜가 또 있겠습니까?"

살 만해지자 혀부터 무장하는 카리사가 블레신의 눈에는 마냥 귀엽다. 꼭 껴안고 마구 입맞춤하고 싶은 마음을 그녀가 마시다 만 포도주를 꿀꺽 삼키는 걸로 달래고 제어력이 바닥나기 전에 카리사에게서 떨어진 의자로 이동했다.

"내 소망을 들어주지 않으니 그런 거 아냐. 내 뜻대로 하겠다고만 해 봐, 그 당장부터 세상에 둘도 없는 근사한 연인이 되어줄 테니까."

"펵이나요."

아직도 울렁거림이 약간 남은 배를 문지르며 카리사는 반듯하게 일어나 앉았다. 그 자세 때문에 더 돋보이는 그녀의 보기 좋게 부푼 가슴을 노골적으로 쳐다보며 블레신은 말했다.

"이렇게 날 욕구 불만으로 내버려두는 주제에 조금 짓궂은 정도로 불평 같은 거 하지 말라구. 점잖은 척할 수야 있지만 그렇게 꾹꾹 누르다 어느 날 펑 하고 터지면 어찌 감당하려고."

"왜 그걸 제게 감당하라고 하시나요. 나이도 저보다 위이시면서."

"남자의 나이 따위 욕망하는 여자 앞에선 의미가 없어. 전에 켄 봤잖아. 사람이라고 크게 다를 것 같아?"

블레신의 말로 잊고 있었던 광경을 떠올린 카리사의 얼굴에 삽시간에

225

홍조가 퍼졌다.

"달라야지요, 사람이니까. 그래서 사람이 말을 타는 거구요. 안 그랬으면 아마 세상은 말이 사람을 타고 있을 거예요. 아, 쿠르도! 왕자님 찜질할 준비를 좀 해주겠어요? 난, 음, 옷을 좀 갈아입고 올게요. 맞다, 가인도 몇 불러야겠어요."

쿠르도가 들어온 것을 기회로 카리사는 급히 내실을 빠져나왔다. 2층 제 방으로 갔더니 침대에서 잠을 자던 코로나가 그녀를 보고는 어슬렁거리며 발치로 다가왔다. 고양이를 가뿐히 안아들고 보드라운 털에 뺨을 비비던 카리사는 문득 떠오른 대로 코로나를 어깨에 올리고 뱅그르르 돌아보았다. 어지럽고 말고 할 것도 없이 고양이의 도망으로 금세 흐지부지되었지만.

"넌 참 가볍구나, 코로나. 하지만 아무리 그래도 난 사람인데."

절레절레 고개를 내젓고 카리사는 옷을 갈아입었다. 바느질감을 챙겨들고 방문을 여는데 막 그녀의 방문에 노크하려던 하인과 딱 마주쳤다.

"서둘러 내려오라는 왕자님의 전갈입니다."

카리사는 혀를 내두르고 싶은 걸 참으면서 아래로 내려갔다. 내실로 들어서자 세 번은 왔다 갔다 할 수 있는 시간이었다며 블레신이 불평을 늘어놓았다.

카리사는 잠자코 한 귀로 흘리며 약초물에 담가놓은 리넨 천을 그의 오른팔에 꼼꼼하게 붙여나갔다. 아침에 볼 때 넓은 부위에 확연히 자주색 멍이 든 것을 보고 놀랐었는데 그 심정은 지금도 여전했다. 왕자나 됐기 망정이지 다른 사람이었다면 큰일이 났겠구나 싶어 간담이 서늘하다.

'하긴. 다른 사람이라면 그 시간에 겁도 없이 거길 올라갈 리가 없지.'

푹 한숨을 쉬었는데, 다음 순간 이마에 따끔하며 아픔이 느껴졌다. 블레신이 그녀의 이마에 손가락을 튀긴 거였다.

"안 어울리게 왜 한숨이야. 얼굴도 못나 보이잖아."

"누가 이렇게 안쓰러운 꼴로 제 앞에 계시래요?"

"내가 안쓰러운 거면 그런 쓸모없는 거 말고 도움이 되는 걸로 보여 봐."

"그래서 이리 치료하고 있지 않습니까."

"그거야 네 임무인 거고. 좀 더 상냥하게, 해줄 수 있잖아? 에스테르에 겐 간이라도 빼줄 것처럼 사근사근하던데 말이야."

"비교할 걸 비교하시지요. 왕자님이 공주님 절반만 따라가도 제가 훨씬 공손했을 겁니다."

카리사는 아까보다 거친 손놀림으로 리넨 천을 철썩철썩 팔에 붙였다. 블레신이 호들갑스럽게 죽는시늉을 해도 눈 하나 꿈쩍 안 하다가 급기야 강아지처럼 낑낑거리는 소리를 내자 그녀도 그만 웃고 말았다. 그들의 옆에서 과일을 깎고 있던 쿠르도도 웃음을 참는 눈치다.

치료를 마치고 카리사는 바느질감을 들고 앉고 블레신은 과일을 들면서 가인 대신 쿠르도가 책 낭송을 하는 것을 들었다. 비록 카리사는 완전히 문외한인 〈전쟁기〉였지만 낭송 실력이 뛰어나 카리사는 가끔 바늘도 놓고 이야기에 빠져들곤 했다.

쿠르도가 잠시 책을 놓고 칼칼해진 목을 물로 축일 때 카리사가 기회는 이때란 듯이 그의 낭송 실력을 한껏 칭찬했다. 그리고 블레신을 돌아보며 물었다.

"목소리도 좋을뿐더러 맺고 끊는 호흡이 참 좋지 않나요? 공주님께 가끔 가서 책을 읽어드리면 좋을 것 같은데 어떻게 생각하세요, 왕자님?"

"우리 에스테르가 나보다 몇 백배는 섬세한 아인 거 잘 알고 계시지 않나, 반니 양? 지겨우니까 그만 나가봐, 쿠르도."

더할 나위 없이 냉랭한 반응에 카리사가 다 무안해질 지경이었다. 쿠르도가 내실을 나가기 무섭게 그녀의 타박이 이어졌다.

"의욕적으로 열심히 하던데, 수고했다는 말 한마디 하기가 그렇게 힘드세요?"

"힘들어. 보다시피 난 환자라구."

카리사가 한숨을 내쉬며 바느질감으로 시선을 내리는데 블레신의 뒷말이 들려왔다.

"내가 자상한 주인 노릇을 하는 게 보고 싶은 거라면, 내 앞에서 그리 눈을 반짝이며 다른 남자 칭찬을 해서는 안 되지."

고개를 들긴 했지만 잠시 말문이 막혀 카리사는 눈만 깜박였다.

"다른, 남자요? 쿠르도가 남자입니까?"

"아무렴. 나만 못한 걸 달고 있긴 해도 남자란 건 보증해."

처녀답게 그만 얼굴을 붉히고 말았지만 카리사는 꿋꿋이 블레신을 직시하며 대꾸했다.

"못 알아들은 척하지 마세요. 제가 이트궁 식솔들을 남자로 의식할 리 없다는 것은 잘 알고 계실 거면서."

"그런 재주가 있나? 다시 봐야겠군, 석류."

"가만 보면 은근히 유치하십니다."

"날 과소평가하는군. 난 은근히가 아니라 당당하게 유치해."

역시 못 당하겠다. 카리사는 머리를 내저으며 바느질틀을 고쳐 잡았지만 블레신은 그녀의 기권을 순순히 받아들이지 않았다.

"난 더 유치하고 더 웃긴 짓도 할 수 있을 거야. 네게 홀려버렸으니 별

수 있겠어? 이전까지처럼 평정 같은 걸 유지할 수 있는 거라면 '홀렸다'라고 말할 것도 없지."

이르게 나온 포도를 입술 위에서 굴리며 씩 웃은 블레신이 단정을 내렸다.

"반했다, 홀렸다, 빠졌다라는 말. 나 말고 다른 사람의 일로 여기, 머릿속이 채워지는 통에 제정신이 아니란 소리야. 그러니 내게 부끄러움 따위는 기대 말라구, 석류. 재주 있으면 내 머릿속에서 뛰놀고 있는 너를 끄집어내가든가."

모른 체하며 바느질틀을 내려다보는 카리사의 목덜미가 불그스름하다. 몸에 익은 버릇대로 바늘을 놀려 수를 놓기는 하지만 바늘을 쥔 손가락이 희미하게 떨리는 건 어쩔 수 없었다.

"지루하시면 잠시 눈이라도 붙이심이 어떻겠습니까? 제가 의사는 아니지만, 몸이 아플 때엔 잘 먹고 잘 자는 것만큼 좋은 게 없다고 압니다만."

"그거 좋은 일이지. 하지만 지금은 지루하지 않으니 내 염려는 내려놓도록 해. 지루하면 어련히 알아서 보챌까."

그렇게까지 말하니 카리사가 더 할 말이 없다. 그녀는 바느질을 하고 그는 천천히 포도를 먹는다. 마냥 물끄러미 그녀를 쳐다보면서.

묵묵히 자수를 해나가는 카리사의 살쩍 주변으로 촘촘히 땀이 돋는다. 그것이 한 방울 또르르 뺨을 타고 흐르는 느낌에 카리사는 손등으로 땀을 훔칠 여유를 가졌다.

블레신이 벌떡 소파에서 일어난 건 그때였다. 갑자기 다가오는 블레신 때문에 움칫하며 뒤로 몸을 젖히는 그녀의 눈앞에 보인 건 손수건이었다. 블레신은 아주 잠시 짓궂은 미소를 짓더니 손수건으로 그녀의 땀을 닦아주며 더우냐고 물었다.

"알고 보니 더위에 약한가 보네, 우리 석류? 부채질할 아이라도 하나 불러줘야겠어."

"……그럴 정도는 아닙니다. 아마 아까 주신 포도주가 좀 독했던 것 같습니다."

카리사는 손수건을 빼앗듯이 가져와 몸을 옆으로 돌리고 땀을 훔쳤다. 그사이 블레신은 그녀가 붙잡고 있던 수틀을 들여다보고 눈썹을 치켜 올렸다. 귀족연감에서 본 반니가(家)의 문장을 기억하는 건 어렵지 않다. 문제는 이런 자수본이 그녀에게 왜 필요한가이다. 그가 용도를 묻자 카리사는 솔직하게 사촌 오라비에게 줄 것이라고 대답했다.

"사촌, 오라비?"

"왜 왕자님께서도 전에 본 적 있으시죠. 내일이 생일이라서 선물 삼아. 진작 완성했어야 하는데 어쩌다 보니 직전에 이러고 있습니다."

"일전에 출궁한다고 했던 게, 그 녀석을 만나러 가는 거였어? 그 녀석 혼인했나?"

블레신의 언성이 높아졌다. 카리사는 의아한 얼굴로 그를 올려다보며 아니라고 답했다.

"애인은?"

"제가 그런 걸 어찌 알겠습니까. 작년 오라버니 생일에 만나고 올해 처음 만나는 것입니다. 어찌나 공사가 다망하신지 기껏 찾아간 사촌 누이에게 반 시간도 내어주질 않더군요."

"어디로 찾아갔는데? 황립학교?"

"저택이요. 황립학교 부근에 있는 어떤 귀족 저택의 별채를 빌려 쓰고 있더군요. 황도는 물가가 워낙 비싸서 집을 구하기가 쉽지 않은 눈치였어요."

"혼자 저택에 찾아갔다고?"

"그럼 혼자 가지 거길 누구랑 함께 갑니까?"

"그 별채에서 부리는 하인은 몇에 하녀는 몇인데?"

질문이 거기에 이르자 카리사는 새삼 눈썹을 찌푸렸다.

"잘 모르지요, 그것도. 왕자님께선 왜 그리 시시콜콜한 것에 관심이 많으십니까?"

블레신은 맞은편 침대의자로 돌아가 풀썩 기대앉았다. 그리곤 그녀의 질문은 무시한 채 고압적으로 말했다.

"쿠르도에게 말해놓지. 마차를 타고 가."

"발레리아 님께 안 그래도 말을 빌려놓았는데요."

"아, 두 다리를 다 내놓는 복장으로 말을 타고 가겠다고? 체통을 좀 지키시지요, 반니 양?"

빈정거림에 이어 블레신은 모로 돌아누웠다. 뭔가 심기가 어그러진 모양이다. 설마 질투? 사촌 오라비를 떠올린 카리사는 말도 안 된다는 듯이 고개를 저었다.

이날 내내 앵돌아져있는 블레신 덕분에 카리사는 순조롭게 마세르에게 줄 선물을 완성하고 손수건까지 덤으로 하나 더 만들 수 있었다.

다음날 아침, 식전부터 발레리아의 시종이 이트궁에 와서 카리사를 찾았다. 긴히 할 말이 있으니 아침식사 후 들러달라고 발레리아가 가마까지 보내왔다. 어차피 정오가 넘어서 출궁할 작정이었기에 카리사는 식사 시중을 들며 블레신에게 허락을 구하고 궁전을 떠났다.

"흐응. 왠지 느낌이 안 좋은데."

옥상에서 멀어져가는 가마를 보며 블레신은 중얼거렸다.

가뜩이나 기분도 썩 좋지 않은 차에 블레신은 그대로 옥상에서 검 연습을 했다. 오른팔을 삼각건으로 몸에 고정시키고 왼팔만 이용해 검을 쓰는 훈련을 했다. 이런 연습은 군대에 있을 당시에도 충분히 했던 터라 감각을 되살리는 건 어렵지 않았다.

하지만 컨디션이 난조인 건 분명해서 불과 한 시간도 안 되어 검을 든 왼손목이 시큰거리고 팔이 무겁게 느껴졌다. 완전무장을 시킨 쿠르도를 상대로 검을 휘둘러보았지만 통 신통치 않다.

다친 팔로 체력단련장에 가서 약점을 광고할 생각은 손톱만큼도 없다. 그렇다고 마냥 혼자 연습하자니 따분해서 흥이 안 난다. 후원에 가서 자신을 내동댕이친 바 있는 나무라도 두들길까 하다가 그냥 검을 팽개치는 쪽을 택했다. 그리고 쿠르도를 등에 앉고 왼팔로 팔굽혀펴기를 이백 개쯤 했을 때 블레신의 귓가에 희미한 말발굽소리가 잡혔다.

"누가 이쪽으로 오는 것 같은데 보이느냐?"

"글쎄요, 제게는 아직 잘……."

눈을 부릅뜨고 주위를 경계한 끝에 쿠르도는 말을 탄 사람과 시종 일행을 발견했다.

"예, 오고 있습니다. 막 수사 궁전 옆길을 돌았습니다."

"카리사?"

그쪽이라면, 하고 반짝 눈을 빛내며 블레신이 고개를 든다.

"아뇨, 남자인 것 같습니다. 아, 아르키스 황자 전하십니다."

실망과 언짢음으로 블레신의 목에서 끄으응 신음이 흘러나왔다. 다짜고짜 쿠르도를 등에서 떨쳐내곤 "나는 오늘 일어난 적이 없는 거다."하고 엄포를 놓았다. 쿠르도는 우물쭈물하다가 블레신이 매섭게 쏘아보며 어서 가서 옷이나 갈아입으라고 하자 허둥거리며 내려갔다.

혹시 몰라 오른팔의 삼각건을 풀고 팔굽혀펴기에 매진 중인데 옥상으로 누군가 올라오는 기척이 나서 힐끗 눈길을 주었더니 클라이저의 갈색 머리가 바람에 흩날리는 게 눈에 들어왔다.

"멍청한 자식, 그것 하나 못 하고."

클라이저를 따돌리는데 실패한 시종에게 욕설을 내던지는 블레신의 목소리가 충분히 들렸지만 클라이저는 짐짓 시치미를 떼며 블레신에게 향했다.

"게으름이 도진 줄 알았더니 단련을 아예 안 하는 건 아니었구나? 이런, 땀범벅이잖아. 꼭두새벽부터 단련을 한 거야?"

손을 털고 일어서는 블레신은 아닌 게 아니라 꽤 땀에 젖어 있다. 그의 괴물 같은 체력을 익히 아는 클라이저는 얼마나 강도 높은 훈련을 했기에, 하고 놀랐다.

"하기로 했으니 어중간하게는 안 할 겁니다. 혹시 절 상대로 만나게 된다면 기권하시는 쪽을 권하지요, 숙부."

"길고 짧은 건 대봐야지, 블레신."

만만찮은 미소를 짓던 클라이저는 땅바닥에 굴러다니는 양손검을 보고 눈썹을 치켜 올렸다. 어릴 적부터 줄곧 블레신은 쌍검을 좋아했다. 방어는 버리고 맹렬한 공격에 치중하는 스타일로 공격이야말로 최선의 방어라는 지론을 갖고 있는 까닭이다. 그런 이유로 블레신의 백병전은 때론 숨이 턱 막힐 만큼 위태로울 때가 있지만 압도적이리만치 화려한 것도 사실이다. 그런데 오늘은 달랑 이 투박한 검 하나?

"요즘은 이런 걸로 팔을 단련시키나 보지? 무게가 꽤 되는데."

"아, 너무 자세히 알려고 하지 마시지요. 기권하시겠다면 모를까 예비

경쟁자가 아닙니까?"

클라이저에게 검을 넘겨받아 맛보기로 윙윙 공중을 갈라 보이는데 불현듯 뒷골이 띵한 감각에 블레신은 우뚝 멈춰 섰다. 게다가 어지러움까지 닥쳐와 눈을 꼭 감고 이를 악물었다.

블레신의 뒤에 있던 클라이저는 그의 이상 상태를 눈치채지 못하고 뭔가 블레신의 시선을 붙잡는 것이 있는 건가 하고 앞을 내다보았다. 우연의 일치로 그의 시선이 향한 곳에 이쪽을 향해 다가오는 가마가 있었다. 가늘게 눈을 뜨고 바라보던 클라이저가 중얼거렸다.

"발레리아의 가마인가?"

가까스로 현기증이 지나간 블레신도 눈을 뜨고 문제의 가마를 보았다. 아까 카리사를 태우고 간 그 가마임을 확인하고 시큰둥하게 석류가 돌아오는 거라고 말했다.

"반니 양이 일찌감치 외출을 했던 모양이구나."

"아예 출궁을 할 겁니다. 사촌 오라비를 만나러 간다나."

"사촌 오라비? 함께 수도로 온 친척을 말하는 거냐? 어떤 사람인지 알아?"

호기심도 많다는 생각을 하며 클라이저를 힐긋 쳐다보고선 블레신은 검에 기대선 채 점점 더 다가오는 가마를 응시했다.

"시시한 녀석입니다. 엄한 화풀이로 연약한 사촌의 **뺨**이나 올려붙이는."

"설마 그 사촌이 반니 양은 아니지?"

고리눈이 된 클라이저의 물음에 블레신은 어깨를 으쓱했다. 클라이저의 눈매가 험악해졌다.

"고약한 자로구나, 그 가냘픈 몸에 어디 때릴 곳이 있다고!"

노기에 찬 중얼거림은 블레신이 새삼 클라이저를 살피는 시선을 던지게 하기 충분했다. 일단 블레신은 가볍게 떠보듯이 웃으며 말했다.

"예전이라면 모를까 지금의 석류에게 가냘프다는 표현은 조금 어울리지 않지요. 가냘픈 건 우리 에스테르고 석류는 음, 보기 좋게 늘씬한 쪽이지요. 아직 내 성에 찰 정도는 아니지만 그만하면 앞으로를 기대해볼 만하달까. 뭐 지금도 여인으로서는 충분히……."

"블레신, 경박한 언행은 삼가라."

클라이저의 경고가 블레신의 말을 중도에 끊었다. 블레신이 고개를 돌리자 냉랭하고, 어쩌면 고압적이기까지 한 시선이 그를 마주 보고 있었다.

"반니 양은 에스테르를 오래 모실 사람이야. 섣부른 객기로 그녀를 불편한 상황으로 몰지 마라. 너는 가끔 보면 장난이 지나쳐."

록사네에게도 이 비슷한 훈계를 들은 바 있다. 하지만 블레신의 예리한 감은 이번만큼은 슬그머니 가시를 세우고 있다. 무엇보다도 클라이저의 태도가—마치 카리사가 자신의 피보호자라도 되는 듯이 굴고 있지 않은가—심히 거슬렸다. 블레신은 씩 웃으며 너스레를 떨었다.

"큰일이군요. 이젠 뭘 해도 경박하다는 비난을 피해갈 수 없으니 저도 심기일전할 때지 싶군요. 황후마마 말씀대로 저도 일가를 꾸려야겠어요."

"일가? 네가?"

돌발적인 말에 클라이저는 그만 얼빠진 표정을 짓고 말았다.

"에스테르가 숙부와 혼인하는 걸 본 뒤에 저도 측실과 황궁 밖에 나가 살까 하는 생각도 해보고 있지요, 요즘."

클라이저는 그야말로 말문이 막혀 눈만 끔벅인다. 블레신이 바로 그

측실 후보에 대해 넌지시 흘리려고 하는 찰나 이트궁 앞뜰로 들어선 가마에서 누군가 밖으로 내렸다. 저도 모르게 상체를 슥 앞으로 내밀며 집중하는 블레신의 몸짓에 클라이저의 고개도 그쪽으로 향했다.

"왜 또 데려온 거야?"

먼저 내린 이가 발레리아란 걸 안 블레신이 짜증을 내뱉었다. 이어서 발레리아의 손을 잡고 가마에서 내리는 여자를 본 블레신의 눈이 천천히 커졌다. 같은 광경을 보고 있던 클라이저가 나직이 중얼거렸다.

"……아름답구나."

그 소리가 들리기라도 한 듯이 발레리아가 고개를 들어 옥상을 쳐다보았다. 활짝 웃으며 손을 흔드는 발레리아 옆에서 클라이저의 찬탄을 끌어낸 여자도 물끄러미 위를 보았다.

시선을 떼지 못한다는 말이 어떤 것인지 실감하며 클라이저는 난간을 꽉 붙잡는다.

"클라이저! 루키아는 어쩌고 혼자 있어요?"

"네? 아, 블레신이라면 여기, 어라?"

옆을 돌아본 클라이저는 온데간데없이 사라져버린 블레신 때문에 어리둥절해졌다.

블레신은 이미 2층 계단을 거의 다 내려간 참이다. 계단을 둘씩 셋씩 건너뛰면서 미끄러지듯 내달린 그는 1층 복도에 이르러 짧게 숨을 고르고 흐트러진 매무새를 바로잡았다.

다시 저벅저벅 걸어 나가는 그의 미간에 희미하게 주름이 서 있다. 그것은 1층의 넓은 홀로 들어서다 두 여자와 딱 마주쳤을 때 더 깊게 패었다.

"루키아, 좋은 아침이에요! 조금 늦긴 했지만."

인사를 건네는 발레리아에게 시선 한 번 던지지 않고 블레신은 카리사에게 다가갔다. 부딪칠 정도로 가까이 오는 그 때문에 카리사가 무르춤히 뒤로 물러섰다. 블레신이 그녀의 턱에 손가락을 대고 슥 들어 올리며 물었다.

"이러고 나가시겠다?"

카리사는 크게 뜬 눈을 깜박거리다가 살짝 울상을 지었다.

"왕자님 보시기에도 좀 이상하지요?"

그가 무어라 대답하기 전에 발레리아가 끼어들어 블레신에게서 카리사를 떼어냈다.

"이상하긴. 대체 이 발레리아의 안목을 뭐라고 생각하는 거야. 그래, 루키아, 당신이 말해 봐요. 여기, 내가 만들어낸 걸작에 대해 어떻게 생각해요?"

도발적인 시선을 블레신에게 던지며 발레리아는 카리사가 한 바퀴 빙그르르 돌게 만들었다. 그 바람에 구름처럼 풍성한 머리끝에 매달린 은제 머리장식들이 부딪쳐 차랑차랑 소리를 내는 가운데 진초록 실크 스톨라의 치맛자락을 채운 진주로 심을 만들고 은사로 수놓인 꽃들이 아스라이 빛살에 물결치는 것이 장관이었다.

그런 겉치레 따위에 일일이 감명 받을 블레신은 아니다. 그의 시선이 향한 곳은 카리사의 환히 드러난 목덜미, 동그란 달걀 같은 어깨선과 깊게 팬 옷 위로 드러난 새하얗게 부푼 가슴선. 그리고 완벽하게 정돈되어 보석처럼 빛나는 카리사의 얼굴이었다.

'저, 빌어먹을 여자가 대체 무슨 생각으로.'

발레리아를 쏘아보며 블레신은 속으로 욕설을 내뱉었다. 다른 건 몰라도 아름다움을 파악하고 끌어내는 능력의 탁월함은 인정하지 않을 수 없다.

도톰하고 약간 끝이 아래로 처져서 앳된 인상을 강하게 했던 눈썹을 끝만 살짝 정리해 처진 느낌을 싹 없앤 것을 시작으로 금가루를 눈두덩과 속눈썹에 살며시 펴 발라 에메랄드 같은 눈동자가 그야말로 보석인 양 이채로웠다. 누구든 이 눈을 보지 않으면 모를까, 한 번만은 보지 못하리라.

잡티 하나 없이 뽀얗게 정돈된 살결 속에서 탐스러운 붉은 입술도 황금빛이 감돌아 시선을 붙잡는다. 하지만 그 입술이 살짝 벌어지며 고개를 옆으로 살며시 갸웃하는 순간 오늘 처음 드러난 요염함의 그림자가 카리사의 사랑스러운 미소에 녹아들었다.

"너무 무서운 얼굴을 하고 계시네요, 왕자님. 각오 단단히 하고 있으니까 얼마든지 신랄한 말씀을 해보시지요."

"눈이 있으면 신랄한 말 따위 못할 거야. 나 발레리아의 명예에 걸고 말하건대 카리사 넌 아침에 내게 올 때보다 이백 배는 더 아름다워졌단 말이야."

호언장담하는 발레리아를 보며 카리사는 웃음을 참는지 우스꽝스러운 표정을 지었다. 하지만 블레신과 눈이 마주치자 참던 웃음을 터뜨리고 말았다.

"왕자님께선 영 못마땅하신가 봐요. 염려 마세요, 마세르 오라버니만 뵙고 돌아와서 평소대로 돌아갈 테니까요. 보세요, 발레리아 님. 제가 너무 힘을 주는 것 같다고 말씀드렸잖아요."

"뭐가 너무란 거야. 루키아, 입이 갑자기 붙기라도 했어요? 카리사 얼굴 뚫어지게 보지만 말고 좋으면 좋다 싫으면 싫다 말을 해보지 그래요?"

발레리아의 요구에도 블레신은 묵묵부답, 카리사를 쏘듯이 쳐다보며 엉뚱한 질문을 했다.

"언제 나갈 건데?"

"이제 가봐야지요. 선물 꾸러미만 챙겨서 슬슬 출발하려고요. 해 지기 전엔 돌아올 생각인데, 혹 늦어지더라도 황궁 문이 닫히기 전엔 돌아오겠습니다."

"좋아. 올라갔다 와. 이 자리에서 다시 보지."

그렇게 말하고 빙글 몸을 돌리는 블레신을 카리사는 의아하게 쳐다보았다. 발레리아가 쿡 카리사의 옆구리를 찌르며 의미심장한 눈초리를 지었다.

"너랑 동행할 작정인 듯한데?"

"예? 설마요. 왕자님, 왕자님, 잠시만요, 혹시……."

설마라고 부정하긴 했으나 성큼성큼 내실 쪽으로 걸어가는 블레신의 뒷모습을 보니 저분이라면 충분히 그럴지도 모른다는 생각이 들었다. 부랴부랴 블레신을 쫓아가며 막 그의 소맷자락에 손을 댄 찰나, 뒤늦게 아래로 내려온 클라이저가 그녀의 시야에 들어왔다.

언뜻 그와 눈이 마주치는 순간의 벼락같은 떨림. 카리사는 저도 모르게 블레신의 팔을 꽉 움켜잡았다.

블레신은 미처 클라이저가 가까이 온 것을 모르고 그녀의 손목을 마주 움켜잡았다. 발레리아의 것일 두 개의 금팔찌가 지독히 잘 어울리는 흰 팔을 보며 그는 카리사에게 이런 호사스러움을 한껏 선사해줄 수 있는 기회를 뺏긴 것에 약이 올랐다. 이러한 변신을 느긋하게 만끽하는 건 자신의 몫이라고 여겼는데.

"무슨 소릴 했길래 저 여자가 널 이렇게 치장을 시킨 거냐?"

속삭임에 가까운 블레신의 질문엔 짜증이 넘실거렸다. 카리사는 클라이저가 점차 다가오는 것을 보고 급히 눈을 내리깔았다.

"별반 이야기는. 다만 작년에 채 반 시간도 안 되어 마세르 오라버니가 먼저 자리를 뜬 일을 듣고 발레리아 님께서 널 무시해서 그런 거라며 불쾌하게 여기신 적이 있어요."

"오지랖도 넓군. 그래서 이번엔 눈이 번쩍 뜨이는 미녀가 되어 사촌을 찾아가란 건가? 기를 죽이겠다는 거야, 사촌을 홀려놓겠다는 거야? 꼭 자기 같은 생각만 하는 여자라니까."

클라이저를 의식하느라 반쯤 얼어 있는 머리에도 블레신의 투덜거림은 상당한 파문을 불러일으켰다. 카리사는 눈을 깜박거리며 블레신을 올려다보았다. 지금 이분의 말은, 그러니까 내가 눈이 번쩍 뜨이는 미녀로 보인다는……?

쿡, 하는 웃음과 함께 카리사는 대담하게 말했다.

"둘 다 나쁘지 않은데요? 기가 죽으면 그것대로, 홀리면 홀리는 대로. 그 잘난 체하는 사촌이 제 앞에서 쩔쩔매는 걸 보면 기분은 참 좋을 것 같습니다."

"맹랑한 아이 같으니."

질렸다는 듯이 말했지만 카리사를 보는 블레신의 눈은 더더욱 강렬히 빛났다.

카리사는 어느새 그들의 대화가 들릴 거리에 다가온 클라이저에게서 몸을 감추듯 슬쩍 블레신의 왼편으로 다가서며 설마 자신과 함께 나가실 작정이냐 물었다.

"그럴 참인데?"

"따로 용무가 있는 게 아니시라면 저 혼자 다녀오도록 해주십시오."

"용무라면 있어."

"아침까진 아무 말씀 없지 않으셨나요?"

카리사가 눈살을 찌푸리는데 클라이저의 헛기침 소리가 두 사람의 대화를 끊었다. 더는 모른 체할 수 없어진 카리사가 황자를 향해 나긋이 절을 하는 동안 꾸벅 고개를 숙이는 클라이저의 시선은 블레신이 쥐고 있는 그녀의 손목에 머물렀다.

무슨 이야기를 하느냐는 클라이저의 질문에 블레신은 간단하게 심심하던 차에 카리사나 따라 나갔다 올까 한다고 대꾸했다.

"네가 왜?"

클라이저의 질문은 바로 카리사가 하고 싶은 말이었다. 전 같았으면 몇 번이고 왕자님이 왜요? 하고 경계하듯 물었을 것이다.

"왜긴요? 심심해서 그런다고 말씀드렸잖습니까?"

대꾸하는 블레신의 한쪽 눈썹이 슥 치켜 올라갔다. 옥상에서 잠시 클라이저에게 느꼈던 그 고까움이 또 한 번 아지랑이처럼 피어올랐다.

"반니 양의 개인적인 용무다. 거절하기 힘든 상대에게 그렇게 막무가내를 부리는 건 어른스럽지 않아."

그 또한 지당한 말이다. 고개를 주억거리고 싶은 걸 참아내는 카리사의 속도 모르고 블레신은 잡고 있는 카리사의 손을 흔들며 전에 없이 혀짧은 목소리를 내었다.

"막무가내를 부리는 왕자라서 싫은 거냐, 석류? 그래서 나 못 따라가게 할 거야?"

왜 이리 잘 어울리나 싶어서 더 뜨악한 애교. 대놓고 못마땅한 눈초리를 짓는 클라이저와 달리 카리사는 꾸욱, 본마음을 누른다. 그리고 어서 이 자리를 피하고 싶다는 생각과 거기에 더해진 또 다른 생각의 힘으로 카리사는 왕자님 좋을 대로 하시라고 대답했다.

그 체념조의 대답에 클라이저는 답답한 듯이 말했다.

"싫은 걸 억지로 감내할 필요는 없습니다, 반니 양. 그런다고 고마워할 녀석도 아니에요."

그의 시선에 마음이 소란스러워지기 전에 카리사는 단호한 어조로 클라이저에게 말했다.

"저도 따분하지는 않을 거라는 생각이 들어서 결정한 겁니다, 전하. 저는 싫은 건 싫다, 아닌 건 아니다라고 말할 정도의 자유는 충분히 누리고 있으니 염려 않으셔도 되고요."

"그래요, 숙부. 우리 석류는 공손하지만 비굴한 것과는 인연이 없지요. 아, 가끔 저한테는 공손도 어디 두고 온 것처럼 굴긴 하지만요."

"그럼 저는 잠깐 방에 다녀오겠습니다, 왕자님."

멀어져가는 카리사를 보며 블레신이 나도 채비를 해야지, 하며 쭉 기지개를 켰다.

"모처럼 오셨는데 오늘은 여기서 작별인사를 드려야겠습니다. 아직 발레리아 님이 저기 계시니 두 분이 함께, 살펴 가시죠."

지나치게 정중한 인사를 남기고 블레신도 제 갈 곳으로 향했다. 홀로 남은 클라이저에게 발레리아가 다가오며 물었다.

"참 잘 어울리는 한 쌍이죠?"

"한 쌍이라니. 무언가, 둘이 약속이라도 했단 말입니까?"

"아뇨, 아직은."

일단 부정했다. 하지만 덧붙여서 발레리아가 확언했다.

"시간문제지요. 루키아는 카리사에게 단단히 빠졌다구요. 루키아가 무엇이든 지는 싸움을 하는 것 봤어요?"

"사람의 마음은 힘이나 머리로 어쩔 수 있는 것이 아닙니다."

"어쩔 수는 없다고 해도 영향을 받죠. 두고 봐요, 클라이저. 며칠 내로 카리사는 루키아의 화관을 받을 거예요."

발레리아는 무심히 그러는 것처럼 클라이저의 팔을 쓰다듬으며 웃었다.

"루키아는 한 번 몰두하면 주위가 안 보이는 사람인데 이러다 카리사를 측실로 맞는 건 아닐까요? 이거 어쩐지 내 가슴이 다 뛰는 걸요."

"측실…… 카리사를?"

오늘 두 번째로 듣는 그 단어를 클라이저가 멍하니 입 안에서 굴려본다. 지켜보는 발레리아의 입가에 보일 듯 말 듯 미소가 떠돌았다.

황궁 밖에 사는 사촌 마세르를 방문하고 돌아오는 길. 황궁 안으로 들어서면서 답답한 마차에서 내려 말에 옮겨 타고서 이트궁으로 향하는 중이다. 원치 않았던 동행인 덕분에 환궁하는 카리사의 마음은 한창 유쾌했다.

"저는 오라버니가 왕자님을 알아보지 못하는 것 때문에 더 놀랐습니다. 공식적인 자리에서 왕자님을 뵌 일이 없어 왕자란 것은 모른다 쳐도, 부두에서 그런 일을 겪었는데 새까맣게 잊어버리다니요."

"허영심 강한 녀석들의 전형적인 행태일 뿐이야. 자신에게 불리한, 기억해서 좋을 것 없는 일들은 언제 그런 일이 있었냐 싶게 잊고 마는 거지. 애초에 네 사촌은 부두에서 그런 불상사가 있었단 자체도 잊었을걸?"

"설마요. 아무렴 그리 큰일을 잊을까."

카리사의 의심에 블레신은 오늘 출궁하며 착용한 넓은 안대를 툭툭 두드렸다.

"그럼 이 몸이 한 번 보면 쉬 잊을 만큼 인상이 약하다고 생각하나, 석류?"

카리사도 도리도리 고개를 저었다. 잠자코 입 다물고 있어도 예사 사내가 아니라고 온몸에서 도전적으로 발산되는 아우라. 그걸 제대로 알아보지 못할 만큼 2년 전의 자신은 어렸다.

"사람의 눈은 똑같이 본다고 해도 다 보는 건 아니로군요."

"그래, 오늘 널 보고 놀라서 뒤로 나자빠질 뻔한 네 사촌 녀석처럼 말이야."

"저보고 정말로 네가 카리사냐고 물었지요."

블레신의 말은 아주 과장만은 아니었다. 오늘 저택을 방문한 카리사를 일없이 기다리게 하다 나타난 사촌 마세르는 눈부시게 치장한 그녀의 모습에 반쯤 얼이 나가 말더듬이처럼 굴었다. 나중엔 생일 연회를 위해 와 있던 지인들에게까지 그녀를 소개하며 황궁에서 공주를 모시는 자신의 사촌이라고 의기양양하게 자랑하던 모습이라니.

"유치하다고 하셔도 좋지만, 전 조금 우쭐해지고 말았답니다. 제 가족 중에 누군가가 절 자랑스럽게 여겨 뽐내고 싶어 안달하는 일은 오늘이 처음이었거든요."

"우쭐해 해도 돼. 미인은, 교만조차도 사랑스럽게 여겨지는 법이지."

부추기는 말에 더욱 뺨을 물들이던 카리사는 홱 블레신을 돌아보며 탐색하듯 물었다.

"그 말씀, 확실히 지금의 제가 미인으로 보인다는 뜻입니까?"

"이봐, 난 애초에 네 이름을 처음 듣던 날 말했어. '미인'에게 잘 어울리는 이름이라고."

"그저 치레말인 걸 누가 모를까 봐요. 하물며 황궁에서 만난 뒤에는 계속 못난이니 뭐니 하시지 않았습니까. 나이 어릴 때 머리 잘 굴려서 남자를 물라느니 어쩌라느니 운운하시고."

"그거야 놀리면 놀리는 대로 반응이 나오니 찔러보고 싶어 견딜 수가 있어야지. 생각해보면 그때도 난 너한테 끌리고 있었던 게 분명해. 애초에 너한테 석류를 주러 선실로 내려갈 이유가 없었다구."

"그건…… 아미카에게 제가 뱃멀미한다는 소릴 듣고 가져다주신 거잖아요?"

"그랬었지. 하지만 난 뱃멀미하는 모든 사람을 구제할 만큼 선량한 놈은 아니야. 죽고 사는 건 자신의 운. 다른 사람이었다면 그대로 죽었다고 해도 눈 하나 깜빡 안 했어."

태연자약하게 무정한 말을 하지만 이것이 아마도 그의 본심. 불과 같은 성정의 뒷면엔 얼음절벽이 존재한다. 과연 발레리아는 블레신에 대해 꿰뚫어보고 있다.

"제가 운이 참 좋았군요."

"그냥 좋은 게 아니라 어마어마한 행운아지."

주저 없이 맞장구친 블레신이 안대를 뒤로 젖히더니 눈부심을 이겨내려는 듯 가늘어진 눈으로 카리사를 응시하며 말했다.

"그러니 지나친 교만으로 그 행운이 불운으로 변하지 않게 조심하라구. 기다리다 지쳐서 내가 모멸감까지 느낄 때가 오면 어떻게 돌변할지 나도 몰라."

웃음으로 포장된 위협에 카리사는 훗 하고 가벼이 웃었다. 하지만 반듯하게 앞을 보면서 그녀는 옷 너머로 자신의 수호부적을 지그시 눌렀다. 행운이 불운으로 변하지 않게라…….

이트궁에 들어서는 둘을 가장 먼저 맞이한 문지기 하인이 블레신에게 글리코 시종장의 환궁 소식을 알렸다.

"혼자서?"

"아닙니다, 난쟁이 똥자루만 한 웬 꼽추를 데려왔는데 아리우스 신께 맹세코 태어나서 그리 못생긴 사람은 처음 봅니다."

얼마나 못생겼기에 메데스가 신께 맹세까지? 의아해하는 카리사 앞에서 블레신은 말에서 구르듯이 뛰어내려 건물 안으로 뛰어들며 눈에 보이는 사람마다 다그치듯 물었다.

"모셔온 손님은 어디에 있느냐? 손님, 손님 말이다! 본 사람 없어? 글리코는? 글리코!"

마침내 궁밖에 심부름을 나가 아예 사라져버린 건가 했던 글리코 시종장이 황급히 복도로 뛰어나와 손님은 방에서 쉬고 있다고 말했다. 안내하라는 블레신의 닦달에 글리코가 뛰고, 그 뒤를 블레신이, 또 그 뒤를 카리사가 덩달아 뛰었다.

문제의 손님은 블레신의 거처를 제외하고 가장 좋은 방의 침대에서 당당히 큰소리로 코를 골며 자고 있었다.

"방락! 방락!"

발음조차 기이한 이름을 거듭 부르며 블레신이 남자를 깨웠다. 잠에서 깨어나며 남자는 알아듣지 못할 말로 무어라 투덜거리더니 블레신을 보고서도 작은 입이 찢어져라 하품만 했다.

그러거나 말거나 블레신은 허리가 꺾일 지경으로 공손하게 남자에게 절을 했다. 두 손을 눈높이로 맞잡고 하는 인사는 카리사는 생전 처음 보는 것이었다. 꼽추 남자는 뭐라 한마디 지껄이곤 그저 발만 슥 휘저어 보이더니 도로 눈을 감고 얼마 안 가 코 고는 소리를 내기 시작했다. 그 무례함에 어안이 벙벙한 카리사와 잔뜩 성난 표정을 짓고 있는 시종장을 돌아보며 블레신은 손짓으로 밖으로 나가자는 시늉을 했다.

"대체 무업니까, 저자는? 유리크의 왕자를 상대로 저리도 오만방자할 수가……. 어디 먼 나라의 왕족이라도 되는 겁니까? 아니, 왕족이어도 그렇지 어찌 감히 누워서 발로!"

복도에 나오자마자 카리사가 기가 차서 따져 물었다. 정작 블레신은 싱글벙글 화기 그득한 얼굴로 두 손을 비볐다.

"방락은 천민이었다가 평민이 된 자지. 우리 제국으로 치자면 해방노예쯤 되는 자야."

"해방노예요? 그럼 더더욱 저자의 교만을 그냥 두어선 안 되지요!"

"그냥 교만하기만 하면 다행이게? 이 나를 1년 동안이나 제 발 닦고 요강 치우는 몸종으로 부릴 정도로 강심장이야. 망할 놈의 영감 같으니."

"저, 저자의 바, 발을 닦고 요강을 치웠다구요? 왕자님께서요? 그냥 해보는 말씀이시죠?"

"틀림없는 사실인데?"

"세상에……."

카리사는 그만 휘청 현기증까지 느꼈다. 냉큼 그녀를 붙잡은 블레신이 번쩍 그녀를 안아들고선 아직 옆에 있던 시종장에게 내실로 차가운 마실 것부터 준비해 오라고 일렀다.

내실로 그녀를 데려간 블레신은 침대의자에 앉아 그녀가 자신의 다리를 베게 하고 손부채질을 해주었다. 그 정도 말에 이리 충격을 받을 정도인 걸 보면 내 바람도 가망이 없는 건 아니지 싶어 그는 흐뭇해졌다.

이윽고 얼음을 갈아 넣은 복숭아주스를 입가에 대어주자 카리사가 기운을 찾았다. 잠시 후 일어나 앉아 야무지게 주스를 다 비운 카리사는 정색을 하고 블레신에게 설명을 요구했다.

"왕자님쯤 되는 분이 일없이 그런 천한 일을 하셨을 리 만무하니, 그 곡절이 있겠지요. 대체 저자는 누구입니까?"

블레신은 씩 웃고는 말했다.

"의사야. 저 동쪽 끝의 '킨'이란 나라에서 죽은 이도 살린다는 명의로 소문이 자자하지."

아! 알아들을 수 없었던 그 희한한 말은 바로 킨의 언어였구나. 카리사는 휘둥그레진 눈으로 꼽추 남자가 자는 방이 있는 쪽으로 고개를 돌리고 중얼거렸다.

"그런 훌륭한 의사가 어찌하여 이 먼 곳까지……. 아, 설마?"

뭔가 짚이는 바가 있어 카리사는 자리에서 일어날 듯 들썩였다. 블레신이 고개를 끄덕였다.

"그래. 에스테르를 위해 데려왔어. 이게 바로 내 비밀이었지."

28.
역제안

방락. 유리크제국의 왕자를 1년간 허드렛일이나 하는 몸종으로 부린 교만한 곱사등이 영감은 말도 못할 추남임에도 불구하고 색골이었다. 하물며 여자들 사이에 인기가 좋단다.

"설마요."

시간이 늦었으니 에스테르를 보는 건 내일로 미루고 블레신의 다친 오른팔부터 봐주는 방락은 고약한 냄새를 피우는 거무스름한 덩어리를 블레신의 어깨며 팔 여기저기에 놓고 태우며 연신 카리사를 쳐다보기 바빴다. 눈이 마주칠 때마다 거무스름한 이를 활짝 드러내며 웃어대니 카리사는 모골이 송연할 지경이다.

"정말이야. 여체의 신비에 대해 통달했다나 뭐라나. 내가 이 영감 집에서 지내는 일 년간 들락거리는 여자는 부지기수였어. 본처는 없지만 첩만 해도 셋을 두고 지냈는걸?"

믿고 싶지 않은 이야기라고 생각하며 카리사는 방락을 쳐다보다 또 만개한 그자의 웃음에 그만 뱀 앞의 개구리처럼 움츠러들었다. 방락이 무어라 낄낄거리며 말을 했고 블레신이 거기에 무어라 대꾸하며 둘이 한바탕 웃었다. 전혀 알아들을 수는 없어도 그 대화의 소재가 자신이란 것만은 분명히 느껴져 카리사가 발끈했다.

"딱히 제가 있어야 할 자리가 아닌 듯하군요. 두 분의 대화에 방해되지 않도록 저는 이만 나가보겠습니다."

냉기를 흩뿌리며 걸어가는 카리사의 뒤에서 블레신이 방락에게 건네는 말이 들려왔다.

"알아들을 수 있게 말하라는데?"

"역시 예쁜 여자라 성질이 좀 있군."

어눌하지만 분명하게 알아들을 수 있는 쿠아론어. 카리사가 뒤를 돌아보자 방락은 해죽이 웃으며 소싯적에 쿠아론 귀족의 집에서 어릿광대로 지낸 바 있노라 말했다.

"생긴 게 이래서 노예로 팔려갔었지. 죽게 생겼으니 내버리긴 했지만 호시절이었어."

쩝쩝 입맛을 다시고 방락은 카리사를 향해 개구쟁이같이 눈을 찡긋하며 말했다.

"여기 와서 처음 본 진짜 미인이라고 말했으니 화내지 말게나, 이쁜이."

"그 미인, 곧 내 여자가 될 거라고 경고도 해뒀어."

"흥, 당장은 아니잖아? 이쁜이, 내 진가를 알면 내 네 번째 첩이 되고 싶어질 게야. 암."

"간도 크지, 영감탱이."

"어헛, 어깨가 아니라 네놈이 주둥아리가 아픈 게로구나."

철썩 소리가 나도록 방락은 블레신의 뒤통수를 휘갈겼다. 그 겁 없는 행동에 카리사가 다 놀랐는데 블레신은 아프다고 투덜거리며 나중에 두고 보자고 할 뿐 느긋하게 누워있기만 했다. 하지만 카리사를 보며 경고하는 건 잊지 않았다.

"이 영감, 손이 음흉하니까 내가 없을 땐 반경 3오드 이내론 접근도 하지 마. 영감도 내 석류한테 손댔다간 고자 될 각오 하라고."

"석류라……. 엉덩뼈가 펑퍼짐한 게 이름값은 하겠다. 미인이야, 미인. 고것 참."

아예 카리사의 이름을 석류로 착각하는 건 둘째 치고 그녀를 훑어보는 시선이 하도 음흉해 카리사는 덥석 옆에 있는 쿠션을 들어 가슴에 안고 방락을 쏘아보며 말했다.

"왕자님의 경고를 쉬 생각지 마십시오. 저는, 칼도 가지고 있습니다."

오늘 사촌 마세르를 보러 나갈 때 허리에 드리웠던 아엘리아가 준 단도를 슬쩍 내비치자 방락의 눈이 휘둥그레지더니 곧 낄낄거리며 아이고, 무서워라 하고 엄살을 떨었다.

"얕보지 마, 방락. 저 칼을 나한테 휘두른 적도 있어. 못 믿겠으면 시험해 보든가. 물론 고자 될 각오는 하고."

블레신이 찡긋 카리사에게 눈짓을 하며 하는 말에 카리사 딴에는 무서운 표정을 지었다. 하지만 그 표정에 방락이 또 알아듣지 못할 말로 무언가 말했고 블레신 또한 킨의 말로 웃음을 섞어 대답했다. 영락없이 바보가 된 듯한 기분에 입술을 깨물며 찡그린 그녀의 얼굴을 보고도 방락이 뭐라뭐라 떠들어대고 블레신은 하하하 웃었다.

죽은 사람도 살리는 명의인지 뭔지는 몰라도 예의라고는 눈곱만큼도 없다. 내일 우리 공주님한테도 그랬단 봐라 하고 속으로 이를 갈며 카리사는 블레신의 오른팔만 뚫어져라 쳐다보았다.

엎드려서 한 번, 반듯하게 누워서 한 번, 또 앉아서 한 번 총 세 차례의 뜸을 뜨고 나서야 방락이 내일 보자며 내실을 나섰다. 틀림없이 데인 곳이 있을 줄 알았는데 카리사가 아무리 살펴봐도 약간 불그스름한 기운들만 남았을 뿐 물집이 잡힌 곳은 없었다.

"이렇게 해서 낫는단 말이에요?"

"저리 생겼어도 거기선 '신의 손'이라고 불려. 내가 보건대, 그건 과장만은 아니었어."

"신의 손이라. 마술을 부리는군요, 저 의사는."

"부린다면 좋을 텐데. 우리 에스테르를 위해서라도."

한숨을 쉬며 블레신이 침대의자에서 일어나 침소를 향해 몸을 돌렸다.

"오늘은 아마 일찍 잠들 수 있을 거야. 자, 좀 이따 보자구."

내실에서 나온 카리사는 하인이 불단속을 하러 들어가는 것을 보고 걸어가면서 우스꽝스러운 의사에 대해 생각했다.

블레신은 방락이란 자와 저녁 내내 이야기를 하느라 바빴지만 어디까지나 킨나라의 말이었기 때문에 카리사가 알고 있는 것은 그자는 명의이고 블레신이 에스테르를 위해 여기까지 초빙했다는 사실뿐이다. 아, 또 있다. 그자가 블레신을 일 년 가까이 몸종이나 다름없이 험하게 대접했다는 점.

"뭐야, 대체 무슨 사연이지? 궁금해서 좀이 쑤시네."

어서 궁금증을 해결할 욕심에 목욕탕에서 서둘러 씻고 코로나를 안아 들고 서재로 향했다.

하지만 전에 없는 그 분주함은 아무 소용도 없는 것으로 판명났다. 블레신은 이미 잠들어 있었기 때문이다. 블레신이 그녀를 놀려줄 속셈에 짐짓 자는 체하는 게 아닌가 싶어 카리사는 침대로 슬며시 코로나를 밀어 넣으며 자는지 확인해 보라고 시켰다. 고양이는 말을 알아들은 것처럼 어슬렁거리며 블레신의 얼굴 쪽으로 향하더니 몇 번 킁킁거리다 그의 머리 옆에 몸을 동그랗게 말고 제 머리를 묻었다. 엉뚱하게도 그의 옆에서 잠을 청하는 것이었다!

"코로나, 코로나, 이리 와. 거기서 자면 어떡해?"

돌아오라고 속삭이는 주인을 고양이는 힐긋 쳐다보더니 도로 눈을 감았다. 카리사는 어안이 벙벙해졌다. 무시당한 건 둘째 치고, 갑자기 저 아이가 블레신을 너무 따르는 게 낯설다. 역시 위험한 지경에서 구해준 은인이라서?

카리사는 두 번 더 같이 가자고 말해 본 후 그래도 고양이가 반응이 없자 홀로 곁방으로 향했다.

이미 잘 시간이 훌쩍 지났음에도 카리사는 선뜻 잠에 들 수가 없었다. 내일 있을 일을 생각하니 가슴이 자꾸만 두근거렸다.

저 남자가 블레신의 말처럼 훌륭한 의사라면 오죽 좋을까. 그래서 공주님이 언제 아팠냐 싶게 건강해져서 꿈꿔온 많은 일들을 할 수 있게 된다면. 건강만 받쳐준다면 공주님은 더욱 멋진 분으로 거듭날 것이다. 그럼 분명 황자 전하께서도 공주님의 새로운 면을 발견하고 지금까지와는 다른 눈으로…….

'오늘 전하께 내가 너무 무례했었나?'

먼 길을 돌아 카리사의 생각은 클라이저에게 멈추었다. 생각하지 않겠다고 굳게 각오해 보았자 오히려 역효과만 날 뿐이라는 진리와 마주하면서 하릴없이 돌아눕기만 수십 차례.

잠들지 못하는 밤이 깊어지고 있었다.

"방락."

에스테르는 그 어려운 이름을 꽤 수월히 발음했다.

"제가 워낙 잘생긴 몸이라 있어도 없는 듯 무시한다는 게 쉬운 일은 아니겠지만 하루가 이틀이 되고 이틀이 사흘이 되면 차차 적응이 되시겠지요. 아무리 고운 꽃도 열흘은 붉지 않다는 말이 제 나라엔 있습니다. 하물며 저는 꽃보다는 못한 외모니 참 다행이지요."

너스레를 떠는 방락의 말에 에스테르가 희미하게 웃고는 이 희한한 손님을 데려온 오라비를 쳐다보았다. 카리사는 두 사람이 말을 나눌 수 있게 방락을 데리고 내실을 물러나왔다.

"어디를 가십니까? 여기서 기다리셔야지요."

방락이 뒷짐을 지고 무턱대고 어딘가로 걸어가는 바람에 카리사가 그를 쫓아가며 만류했다.

"변소에 간다, 변소. 왜 네가 안내해 주려고? 뭐 나야 좋다만."

음흉한 눈초리에 카리사는 순간 흠칫했지만 다음 순간 단호히 턱을 치켜들며 대꾸했다.

"안내해 드리지요. 혼자 다니시다가 길이라도 잃으시면 곤란하니까요."

"사람 사는 데가 다 거기서 거기지. 구석구석 찾다 보면 변소 하나 못 찾을라구."

길안내를 맡아 발을 떼며 카리사는 굳은 각오로 붙임성 있게 말을 걸었다.

"방락 님은 세상 구경을 많이 해보신 모양이지요?"

"많이라고 할 것도 없겠지. 킨에서 태어나서 쿠아론으로 팔려갔다가 내 주인이 죽으면서 자유인으로 풀어준 덕분에 다시 킨으로 돌아간 게 전부다."

"쿠아론에서 킨이라면 세계의 끝에서 끝이나 다름없지 않습니까. 오가는 과정이 마냥 순탄치 않았을 텐데요."

"오가면서 보낸 시간이 삼사 년은 되겠지."

"삼사 년이나! 충분히 길다고 표현해도 좋을 시간이로군요."

그녀의 순진한 감탄에 방락이 삐딱한 웃음을 지었다.

"너희 같은 애들에게나 긴 시간이겠지. 한 육십 년쯤 살아보려무나. 삼 년이고 사 년이고 그저 한순간의 꿈인가 싶을 게야."

카리사가 고개를 갸웃하면서 그 말에 대해 생각하는 사이 목적지의 지척에 다다랐다. 방락이 변소에서 용무를 마치고 나오길 기다리며 카리사는 창밖으로 보이는 하늘을 응시했다.

언젠가 자신에게도 젊은 시절의 몇 년쯤은 가벼운 꿈처럼 여길 날이 올까? 하지만 아무리 나이가 들어도 바로 지금, 그녀가 보내는 현재는 생생하게 기억할 수 있으면 좋겠다고 생각했다. 그녀는 살아온 중에 지금의 자신이 가장 마음에 들었다.

"예순 살이라. 그때는 지금의 이런 나도 시시해 보일 정도로 대단한 사람이면 좋겠다."

불과 며칠 후도 내다볼 수 없는 형편에 예순의 자신을 그려본다는 것은 불가능에 가깝다. 그저 막연히 소원을 말해보며 웃고 있는데 느닷없이 찰싹 하고 엉덩이를 두드리는 손길에 그만 화들짝 놀랐다.

"야망이 드글드글하구만, 어린 아가씨가. 이래서 예쁜 여자는 머리가 좋으면 안 된다니까."

방락은 카리사의 엉덩이가 말 궁둥이라도 되는 듯이 연신 토닥토닥 중이다.

"이, 이, 이게 무슨……."

"어디 지금쯤 이야기가 끝났으려나? 어서 돌아가 보자고."

방락은 무슨 일이 있었냐는 듯 시치미를 뚝 떼고 온 길을 되돌아가기 시작했다. 카리사가 조용히 넘어갈 거라고 생각했다면 큰 오산. 뒷골이 뻣뻣해지도록 화가 나는 중에도, 저 고약한 영감이 다시는 이런 짓을 못 하게 할 방법을 냉정하게 궁리했다. 그녀의 눈에 좋은 게 보였다.

어째 너무 조용하다 싶어 힐긋 뒤돌아본 방락은 카리사가 손에 칼을 쥐고 빠른 걸음으로 쫓아오는 모습에 꿈쩍 놀라 뛰기 시작했다.

"어이쿠, 이보게, 진심이야? 아니 뭐 그런 것 좀 만진 것 가지고, 어이쿠, 어이쿠!"

육십 넘은 노구를 이끌고도 방락은 잘도 달렸다. 하지만 그보다 훨씬 잘 달릴 수 있는 카리사는 부러 속도를 조절해 잡힐 듯 말 듯한 간격을 두고 쫓아가면서 가끔 "그쪽이 아닙니다, 선생님." "앞에서 왼쪽으로 꺾으세요, 선생님."하고 방락의 경로까지 수정해주었다.

위태로운 술래잡기는 카리사가 방락을 에스테르의 내실 앞 복도까지 몰 동안 계속되었다. 막 복도에 나와 두 사람을 찾아 두리번거리던 블레신을 보고 방락은 거의 뛰어들듯이 쇄도했다. 나 좀 살려달라며 블레신의 다리 뒤로 숨는 방락을 블레신이 멀뚱히 쳐다보다가 카리사를 쳐다보았다. 이미 카리사는 칼을 검집에 넣어 장식칼답게 늘어뜨린 후였다.

"시시한 짓 그만하고 들어와요, 에스테르가 차를 대접하겠대요."

"이 녀석이, 못 본 체하기냐? 저 아이가 방금 전까지 칼을 들고 날 쫓아왔다고."

"칼이요? 석류가 왜요?"

"왜긴, 제 엉덩이 좀 건드렸다고 눈에 쌍심지를 켜고……."

블레신이 덥석 방락의 목덜미를 붙잡아 들어올려 순식간에 둘의 눈높이가 같아졌다. 허공에 대롱대롱 매달린 늙은 의사를 향해 블레신이 하얀 치아가 활짝 드러나게 웃으며 물었다.

"내가 잘 못 들은 것 같은데 지금 선생이 내 여자 엉덩이를 만졌다고 고백한 건 아니죠?"

꿀꺽 방락이 마른침을 삼키는 걸 보고 카리사는 속으로 흐음 하며 블레신을 쳐다보았다. 다소 완악할지언정 그녀를 추행한 방락에게 따끔히 경고하려는 자체는 보기 나쁘지 않았다.

"만진 게 아니라 손이 좀 닿았을 뿐인데."

"어디 감히 제자가 침 발라 놓은 여자한테 수작이에요, 우리 석류 엉덩인 나도 몇 번 안 만져봤다구요!"

카리사는 어안이 벙벙해졌다가 이내 얼굴이 확 달아올랐다. 지금 화내는 이유가 저거야?

"이놈아, 그게 내 탓이냐? 그 멀끔한 허우대로 자랑이다, 자랑, 이놈아."

"우격다짐으로 어찌해볼 거면 이미 옛날에 했죠. 하기야 선생이 정신적인 교감이 통할 만한 여자를 만나봤어야 말이지. 내가 석류랑 하는 건 선생이 하는 동물들 교접이 아니라 사람의 연애란 겁니다."

"정신적인 교감 좋아하시네, 어차피 암수가 정분나면 결국에는 들러붙어서……."

"두 분 다 시끄러워요!"

버럭 내지르는 외침에 둘은 동시에 카리사를 돌아보았다.

"백주대낮에 할 말이 있고 못 할 말이 있지, 여기가 어딘 줄 알고. 제발, 배운 사람들답게 행동하세요. 정말 왕자님까지 이러시기에요?"

카리사는 세차게 문을 닫고 내실로 들어갔다. 한 걸음 내딛으려는데 밖에서 옥신각신하는 목소리가 들려왔다. 이번엔 그놈의 알아듣지 못할 킨 말로 떠드는 대화였다. 배운 사람들답게 행동하랬더니 저게 그 답인가. 한숨을 푹 내쉬고 안쪽 침소로 들어선 카리사는 웃고 있는 에스테르와 눈이 마주쳤다.

"록사네. 나가서 저 둘의 싸움 좀 말려야겠어. 조금 진정시킨 후에 함께 들어오도록 해."

록사네가 나가고 에스테르와 카리사 둘만 남은 상황에서 카리사가 쑥스럽게 말을 꺼냈다.

"역시 비슷한 깃털을 가진 새들끼리 친구가 되나 봐요."

에스테르는 가만히 제 옆의 의자를 두드리며 와서 앉아보라고 말했다. 다가앉은 카리사를 말간 하늘빛 눈으로 물끄러미 바라보던 공주가 물었다.

"넌 오라버니를 어찌 생각하니?"

복도에서 떠드는 소리가 여기까지 미쳤음이다.

"쿠아론어였으니 록사네는 알아듣지 못했을 거야. 물론 시녀들이 다른 방에 있다는 거, 오라버니는 알고 있고. 나라면 여기서도 대화가 들릴 거라는 거 오라버니라면 감안했을 거야. 이런 식으로 얼렁뚱땅 내게 들으라고 말하는 게 오라버니답다고 생각했어."

그런 건가? 뒤늦게 블레신의 유치한 행동에 다른 이유가 있었다는 사실을 알고 카리사는 적잖이 놀랐다. 하지만 그 놀라움이 민망함을 가라앉혀주진 않았다.

"오라버닌 정이 헤픈 사람은 아니야."

카리사가 아무 말도 꺼내지 않는 것에 조바심이 났는지 에스테르가 연

이어 말했다.

"밖에서 행실을 어찌하고 다니느냐 내 입으로 지탄한 적도 있지만 들은 그대로 생각하진 말아줘. 조금은 원망을 담아 과장한 거니까. 난 다른 사람들이 뭐라고 해도 오라버니의 품성을 믿어. 어떤 말을 하고 어떤 행동을 하든 오라버니는 뼛속부터 고결한 사람이란다."

고결. 에스테르가 입에 올린 그 말에 너무도 자연스레 카리사의 뇌리에 한 사람이 떠올랐다. 그 사람은 블레신이 아니다. 쓴웃음을 삼키며 카리사는 입을 열었다.

"이 일은 제게 맡겨주세요."

"……부담을 주려고 한 건 아닌데."

"부담은요. 카리사는 그리 약하지 않답니다."

록사네가 블레신과 방락을 뒤에 꼬리처럼 달고 들어오면서 둘의 대화는 일단락되었다.

차를 마시며 방락이 킨의 풍정에 대해 이야기하는 것을 듣는 사이 한 시간이 우습게 흘러갔다. 호기심으로 충만했던 에스테르도 그때쯤엔 급속도로 피곤을 느껴 오수에 들어야 했다.

저녁에 다시 와서 식사를 함께 하겠다는 약속을 하고 블레신은 에스테르의 침소를 뒤로 했다. 모처럼 에스테르의 잠자리를 살피고 카리사도 밖으로 나왔다.

올 때는 셋이 왔는데 이트궁으로 돌아가는 건 둘뿐이다. 방락을 헤러 반궁에 남기고 돌아가자니 통 미덥지 못한 느낌이라 카리사는 연신 뒤를 돌아보았다.

"공주님께는 방락에 대해 무어라 소개하셨나요?"

"침술을 주된 업으로 하는 치료사라고 말해뒀어. 킨에선 좀 산다 하는 큰 가문은 다 그런 치료사 한둘은 두고 지낸다고 말했지."

"실력을 너무 얕잡아서 말씀하신 것 아닌가요?"

어렵게 데려온 명의를 왜 그렇게 시시한 허울로 포장했는지 의아해 카리사가 다시금 헤러반궁 쪽을 보았다. 블레신은 팔락팔락 부채질을 하면서 느긋하게 대답했다.

"방락이 당장 마술을 부릴 것도 아닌데 죽은 사람도 살리는 명의니 뭐니 하는 호들갑이 무슨 소용이겠어. 본인 뜻대로 있는 듯 없는 듯이 지내게 너도 너무 극진히 모시진 마. 아, 이런 걱정은 너한테 할 필요가 없겠구나. 어쨌든 어렵게 데려온 자니까 죽이진 말아줘, 석류."

찡긋 윙크하는 블레신의 눈짓을 카리사는 짐짓 모른 체했다.

방락은 치료사란 명분으로 오늘부터 헤러반궁에서 지낸다. 병약한 에스테르 때문에 사흘에 한 번꼴로 전의를 부르러 달려가는 게 일상사였던 터라 느닷없이 블레신이 쓸 만한 치료사라고 옆에 두고 지내라고 한 말도 쉽게 받아들여졌다. 여자가 아니면 쉬 드나들지 못하는 공주의 침소까지 드나들면서 방락은 그녀의 섭생을 비롯해 지내는 환경과 사소한 버릇 하나하나까지 세세히 관찰할 것이다. 보름 후부터는 그것을 토대로 약을 쓸 것이라 한다.

"최소한 달포는 지켜봐야 하는데 내가 재촉을 했어. 혼인이 코앞이라 마음이 급해서."

"더 일찍 왔으면 좋았을 텐데요. 어째서 왕자님이 오실 때 함께 데려오지 않으셨습니까?"

"데리고 왔어. 그런데 황도에 들어서기 무섭게 딱 배를 깔고 누워버리는 거야."

블레신은 한숨짓고 카리사는 이유가 뭐냐고 재촉하듯 물었다.

"사람을 보기 전에 이 땅이 어떤 곳인지 아는 게 먼저라는 거였어. 풍토와 기후는 어떤지, 사람들은 어떤 걸 먹고 사는지 제대로 알기 전까지 진료 따위 할 수 없다는 거지. 사람은 하늘과 땅이 길러내는 것이라 그 하늘과 땅부터 제대로 알아야 한다는 지론을 갖고 있거든."

"그런 식으로 생각해본 적은 없었는데 일리가 있는 말 같아요. 킨의 의사들은 다들 그렇게 세세한 면까지 살피나요?"

"아니, 저자가 아주 특이한 거야. 한 번은 일 년 내내 한 사람만 치료한 적도 있대. 그 환자가 굉장한 부자였을 것 같지? 천만에, 다 죽어가던 다리 밑의 거지였다나 봐."

"거지를 치료했다고요?"

"그래. 온갖 병이란 병은 다 달고 있는 거지에 매달려서 기어코 멀쩡한 사람으로 만들어내고 만 거지. 환자를 받는 기준이 그야말로 제멋대로지만 일단 한 번 맡으면 혀를 내두를 정도로 철저해. 심지어 그 환자가 머리가 다 깨져 죽어가는 개여도 저자가 맡으면 살려내고야 말아. 우연찮게 그 장면을 목격했을 때 난 이런 게 바로 신의 계시인가 했어."

평소 어지간히 신에 대해 불손한 말을 지껄여대던 그에게서 나올 법한 말이 아니었다. 때문에 카리사는 조금 웃음을 섞어 "신의 계시요?"하고 물었다.

"몇 년간 수십, 수백의 눈과 귀를 사도 변변찮게 건질 것이 없었어. 하물며 내 발로 서쪽에서 동쪽까지 쭉 훑었단 말이야. 이제 더는 갈 곳도 없는데 이제부턴 어쩌나 막막하던 차에 피투성이인 개를 살리기 위해 개 주둥이에 숨을 불어넣는 기인을 본 거야. 하물며 주위 사람들이 그자를 '신의 손'이라고 말하고 있었지. 난 내가 꿈을 꾸고 있나 얼굴까지 꼬집었었어."

블레신이 상기된 얼굴로 제 얼굴을 꼬집는 시늉을 했다. 그 어린애 같은 모습을 찬찬히 바라보며 카리사가 중얼거렸다.

"여행을 다니시면서 왕자님은 의사를 찾고 계셨군요."

"응?"

"애초에 그런 이유로 여행을 시작하신 거예요. 그렇죠?"

블레신은 눈을 씀벅거리다가 갑자기 맹렬히 부채질을 하며 홍소를 터뜨렸다.

"하하하, 그냥 놀고 싶어서 뛰쳐나간 거지 뭐 그런 이유로. 내가 그리 상냥한 오라비였으면 몇 년간 군대에 처박혀 서신이라고 꼴랑 일 년에 한두 통 보내고 말았겠어? 핑계야, 핑계."

혀를 쯧쯧 찬 블레신이 괜스레 걸음을 빨리했다. 뒤늦게 거들먹거리고는 있으나 카리사는 자신이 정곡을 찔렀다는 걸 확신했다. 패기로 넘치는 외양과 달리 알고 보면 속이 섬세한, 여린 사람일지도 모르겠다고 카리사는 블레신의 뒷모습을 보며 생각했다.

그날 밤 헤러반궁의 식당은 모처럼 사람들로 북적였다. 새사람을 들여보낸 거부감을 눅잦힐 요령으로 블레신이 수도에서 행락 중이던 쿠아론 곡예단을 몇 사람 불러들여 놀이를 선보인 저녁 자리엔 클라이저와 발레리아 또한 손님으로 와 있었다. 방락도 귀인들의 식사에 당당히 한 자리 차지하고 점잔을 빼며 시중을 받았다.

하지만 슬슬 술이 오르자 방락은 곡예단의 인기몰이꾼인 소리 흉내쟁이가 좌중의 목소리를 감쪽같이 모며 선보이는 연극을 시시해 못 봐주겠다면서 해살을 놓더니 진짜 재주를 보여주겠다며 걸쭉한 해학을 곁들인 음담을 늘어놓기 시작했다. 뱃사람들 음담은 저리 가라 할 수준의 저속한 이야기였지만 재치 있게 호응해 주는 발레리아와 블레신 덕분에 자리는 더욱 화기애애해졌다.

록사네가 쿠아론어를 알아들었다면 이 못된 늙은이 하고 호통을 치며 당장에 내쫓았겠지만 에스테르와 카리사가 얼굴을 붉히거나 혹은 말을 알아듣는 시녀들이 저희끼리 눈짓하고 키득대는 걸 보아도 영문을 모르니 찌뿌듯하게 인상만 쓰고 있을 수밖에 없었다.

그러니 그 일은 카리사의 몫이 되었다. 후식이 나올 즈음 방락이 나이 들면 한창 시절 마누라 찾듯이 변소를 찾게 마련이라며 식당을 나서는 것을 잠자코 보았다가 뒤따라나갔다. 조용히 간격을 두고 따라간 카리사는 변소를 나오며 노래를 흥얼거리며 나오는 방락의 곁에 "즐거우십니까?" 하고 물으며 다가섰다. 방락은 어지간히 놀랐는지 거의 뒤로 나자빠질 뻔했다.

"아이쿠, 그야말로 유령인가 했네. 가만 보니 하는 짓이 저놈이랑 판박이구먼. 곰만 한 놈이 어찌 그리 기척을 잘 죽이는지 그것도 재주다 했더니 여자도 꼭 자길 닮은 여잘 골랐어."

공주님 앞에서 말을 좀 가려 달라 부탁하려던 건 잠시 잊고 카리사는 슬쩍 인상을 썼다.

"선생님의 나라에서는 어찌 지내셨는지 몰라도 여기서는 왕자님의 지체를 좀 생각해 주시지요. 이놈 저놈 해대는 말이 듣기 거북합니다."

"흥, 저놈도 아무 말 않는데 자네가 무어라고 나서서 이래라저래란가?"

"왕자님을 모시는 시녀로서 충분히 드릴 수 있는 말이라고 생각합니다."

방락은 코가 떨어져나가라 콧방귀를 뀌었다.

"자네 주인은 내 발도 닦아주고, 우리 집 개똥도 치우라면 치웠네. 그 정성이 하 갸륵해서 이 이역만리까지 와준 이 몸을 고작 시녀 주제에 흰눈으로 대할 생각은 말아야지. 하다못해 첩이라도 된다면 몰라."

"대체 어쩌다가 왕자님께서 그런 처지가 되셨단 말입니까? 애초에 왕자님께서 선생님께 신분을 제대로 밝히지 않으셨나요?"

"밝혔지. 빙물이라고 바리바리 싸들고 와서 자길 따라 유란국에 가주면 일국의 왕이 부럽잖게 해주겠다 호언장담을 하더만."

킨에서는 유리크를 '유란국'으로 부른다고 한다. 아무튼 블레신다운 패기라고 고개를 끄덕이는 카리사에게 방락이 거만하게 말했다.

"누굴 돈이 없어 환장한 놈인 줄 아나, 나는 우리 킨의 황제가 황궁에 들어오라 애걸복걸을 해도 눈 하나 꿈쩍 안 한 사람이라 이거야. 명을 안 받들면 죽인다고 해도 죽일 테면 죽이라고 뻗댔단 말이야. 난 내가 그럴 기분이 들지 않는 일은 목에 칼이 들어와도 안 해!"

한때 노예로 팔려가 웃음을 팔며 목숨을 부지한 어릿광대로 지낸 까닭인지 본인의 뜻을 개진하는데 굉장한 의의를 두는 듯하다. 어떤 심정의 발로인지 어렴풋이 이해 못 할 바는 아니었다. 때문에 카리사는 솔직하게 그 점에 대해 감탄했다.

"돈은 그렇다 쳐도 죽이겠다는 협박은 퍽 두려웠을 것 같은데 보통 배짱이 아니시군요."

"아무렴, 배짱 하면 이 방락이지. 암, 암."

기꺼운 표정으로 가슴을 쑥 앞으로 내밀고 수염을 매만지는 모습이 본인의 생각만큼 멋지지는 않다. 하지만 카리사는 빙그레 웃으며 물었다.

"그럼 왕자님 제의는 단칼에 거절하셨을 테고, 그 뒤엔 무슨 일이 일어난 건가요?"

"내가 전부터 그리 와서 돈지랄을 하는 것들한테 써먹는 말이 있었지. 그래, 날 모셔갈 마음이 그리 극진하다면 증명을 해라, 돈 말고 너희들의 그 황금 같은 몸뚱이로 이 방락을 위해 1년간 종살이를 하면 믿겠다 하고."

"그래서 왕자님께서 그 제의를 받아들이신 거라구요?"

"그랬다네."

카리사는 동그래진 눈을 깜박거리다가 그전엔 몇 명이나 그렇게 종살이를 했느냐 물었다.

"덤벼든 사람은 꽤 됐지. 하지만 달포를 넘기는 종자를 못 봤어. 저놈, 이 유란국의 왕자란 자가 1년을 채운 유일한 놈이야. 아주 독한 놈이지."

질렸다는 듯이 혀를 내두르던 방락이 이내 벙긋 검은 이를 드러내며 웃었다.

"제 풀에 나가떨어지게 하려고 정말 갖은 못된 꾀는 다 부렸거든. 내 밑에서 킨의 온갖 욕은 다 들어봤을 거야. 그런데도 꿈쩍을 안 해. 파김치가 되어 곯아떨어졌다가도 다음 날 아침이면 이제 1년 되려면 몇 날짜 남았소, 하고 싱글거리는 거야. 나만큼 독한 사람이 또 없다 싶었는데 저놈은 나보다 한술 더 떠. 그러니 차차 궁금해지더군. 유란국에는 과연 저런 왕자가 얼마나 있을지, 그 수모를 참으면서 내게 보이고 싶어 하는 누이는 또 어떤 사람인지."

"왕자님 같은 분은 여기서도 아주 드물죠."

가만히 중얼거리는 카리사의 목소리에는 한숨이 깃들어 있다. 방금 전 방락의 이야기로 무언가 먹먹한 감정이 가슴을 채웠던 것이다. 그것은 오후에 이트궁으로 돌아가면서 블레신과 나눈 대화에서 받은 인상의 연장선에 있었다.

감추어 무엇하랴. 카리사는 감동하고 말았다.

다른 이도 아니고 저 거만한 왕자가 1년씩이나 다른 이의 밑에서 노예나 다름없는 일을 하면서 버틴 것이다. 성질 같아선 이 의사를 충분히 납치해 오고도 남았을 것 같은데 그렇게나 성실하게 1년을 버텼다는 것도 놀랍다. 바로 그런 사람이기에 뛰어난 의사를 찾기 위해 제 발로 직접 세상을 떠돌 수 있었던 걸까?

남자였다면 나도 아엘리아를 위해 그쯤은 했을 거라고 생각해 보지만 해보지 않은 일이니 확언은 힘들다. 말로는 하늘의 별도 못 따다 줄 것이 없다.

분명한 건 블레신은 목표한 바를 이뤘다는 것이다. 아픈 동생은 나 몰라라 하고 세상 구경이나 다니는 무정한 오라비 소리를 감수하면서. 일찍이 왕자를 지탄하는데 목소리를 보탠 바 있는 열없음에 카리사는 얼굴을 붉혔다.

그런 생각에 골똘했던 카리사는 뒤늦게 그들을 향해 다가오는 인기척을 깨달았다. 클라이저였다.

"어서 저 재미난 자를 데려오라고 발레리아가 성화입니다."

"그 화통한 미인께서 사람 보는 눈도 뛰어나신 줄 이 몸이 이미 알아봤지요."

황자의 말에 껄껄거리며 더 재게 발을 놀리는 방락과 달리 카리사의 걸음은 다소 느려졌다. 눈길을 내리깐 채 무심결에 클라이저에게서 더 멀찍이 떨어지도록 걸음을 옮기는 그녀의 베일을 불현듯 뒤에서 잡았다 놓는 손길이 있었다.

"할 말이 있습니다."

나직한 클라이저의 트라비잔어가 카리사에게는 천둥처럼 크게 들렸다.

"자리를 오래 비웠으니 왕자님께서 절 찾으실 텐데……."

"그 녀석이라면 기분 좋게 마시고 있는 참입니다. 잠깐 뜰을 거닐 여유는 있을 겁니다."

클라이저는 이미 몸을 돌려 걷기 시작했다. 거절할 기회를 놓치고 만 카리사는 그새 방락이 들어갔는지 웃음으로 왁자지껄해진 식당 쪽을 돌아보았다가 천천히 클라이저의 뒤를 따랐다.

궁의 건물에서 비쳐 나오는 불빛이 희미해져 어스름으로 접어드는 경계선을 따라 클라이저는 한 발 한 발 딛고 있었다. 그 반듯한 뒷모습을 아득한 눈빛으로 응시하며 걷던 카리사는 한숨이 나오려는 것을 억누르며 시선을 내리깔았다.

자박자박, 두 사람의 발소리가 조용한 사위를 깨우며 반복된다. 문득 카리사는 자신과 황자의 보조가 같다는 것을 깨달았다. 그가 왼발을 내밀 때 자신도 왼발을, 오른발을 내밀 때 자신도 오른발을 내밀고 있다. 그 아무것도 아닌 공통점에 저도 모르게 빙그레 웃었다.

"……석류꽃이 그새 다 시들었군요."

불쑥 들려온 클라이저의 목소리에 카리사는 고개를 들어 그의 시선을 좇았다. 어느새 전에 본 석류나무와 마주해 있었다. 클라이저의 말대로 이미 꽃은 가뭇없이 시든 후이다.

"장미처럼 번갈아가며 오래 피는 꽃이 아니니까요."

클라이저는 고개를 주억거렸지만 다른 곳으로 걸음을 옮기는 대신 물끄러미 석류나무를 볼 뿐이다. 카리사도 시든 꽃을 바라보길 한참, 못내 조용한 클라이저에게 신경이 쓰여 살짝 옆을 돌아본다. 거짓말처럼 클라이저도 딱 그 순간 카리사를 돌아보다가 둘의 시선이 허공에서 만났다.

그만 또 똑같이 수줍어져 서로를 외면해 버렸다. 어색한 순간순간이 지나는 것에 쩔쩔매던 두 사람이 마침내 용기를 내어 입을 열었다.

"어제는……."

뒤질세라 또 동시에 이구동성으로 터져 나온 말. 카리사가 그만 웃음을 터뜨리면서 클라이저도 실소를 지었고 곤혹스러운 공기도 일소에 맑아졌다.

"먼저 말씀하십시오, 전하. 정중히 우선권을 양보하겠나이다."

장난스러운 카리사의 미소를 바라보는 클라이저의 눈빛이 다른 감정으로 흔들렸다.

"어제는 참으로 아름답더군요. 그 한마디를 못한 게 내내 아쉬웠습니다."

카리사는 생각지도 못한 찬사에 발갛게 상기되는 볼을 느끼면서도 짐짓 대차게 굴었다.

"어제만요? 저는 평소에도 아름다운 줄 알았습니다만."

"아…… 그래요, 물론입니다. 어제만이 아니라 늘 반니 양을 어여쁜 이라고 생각했습니다."

조금은 당황한 듯이 시작한 말이었으나 곧 너무도 침착하게, 진지하게 클라이저가 그리 대답했다. 정작 당황하게 된 것은 카리사였다.

"뭇 시인들이 미인을 칭송한 시를 꽤 많이 보았습니다만, 외워둔 게 하나도 없는 게 아쉽군요. 블레신이라면 이 자리에서 한 시간이고 두 시간이고 거뜬히 암송할 텐데……. 그러니 내 빈약한 표현을 이해해줘요, 반니 양."

클라이저가 그녀에게 한 발 다가오며 내처 말했다.

"그대는 돌아서는 순간 다시 보고 싶을 정도로 어여쁜 사람입니다."

……내게는. 그 말을 차마 꺼내지 못하고 입 안으로 삼킨다.

카리사는 순간 몸이 붕 뜨는 듯한 어지럼증을 느꼈다. 맞잡고 있는 손의 손바닥에 손톱이 박힐 정도로 꼭 쥐면서 카리사는 가까스로 미소를 지었다.

"전하께선 참 상냥한 분이십니다. 그 상냥함이 무척 기뻤지만, 곰곰이 생각해 보니 제가 누릴 몫이 아니지 싶네요. 이제 기꺼이 제 주인이신 공주님께 돌려드릴까 합니다."

"반니 양."

클라이저가 무어라 말을 꺼내기 전에 카리사는 빠르게 부연했다.

"만약 제게 약혼자가 있다면, 특히나 그분을 진심으로 연모한다면, 그분이 제 주위의 어떤 여자에게 상냥한 말 한마디 건네는 것도 샘이 날 것 같거든요. 물론 저를 공주님과 견주어 보는 건 절대 아니에요. 다만 제 경우였다면 싫게 느껴졌을 일이니 제가 조심하는 게 맞지 싶습니다. 앞으로 주제넘은 언행은 삼가겠습니다. 그간 무람없이 군 것은 너그러이 용서해 주십시오, 전하."

거리를 두겠노라 분명하게 못을 박은 것이다. 그를 향해 머리를 숙이고 있는 카리사의 모습에 클라이저는 까칠하게 말라있는 입술을 깨물었다. 이리 간단하게 정리하겠다고?

답답한 마음에 저도 모르게 그녀에게 손을 뻗는 그의 귓가에 불현듯 "석류! 석류우! 석류 너 어디서 농땡이냐!"하고 외치는 블레신의 목소리가 들려왔다. 고개를 든 카리사가 소리가 들려오는 곳을 돌아보며 피식 웃었다.

"제가 없으면 좋아라 술독에 빠지실 줄 알았더니 그렇지 않아서 다행이네요. 가봐야겠습니다. 아, 제게 할 말이 있다고 하셨죠, 참. 이미 하셨습니까? 그렇지 않으면⋯⋯."

너무도 담담한 얼굴로 그를 보는 카리사로 인해 클라이저의 머릿속이 하얗게 바래갔다. 할 말. 할 말이라. 있었는데. 묻고 싶은 것이 분명히.

"이야기를 하고 싶었습니다. 그대와. 그뿐이에요."

또 한 번, 다리가 풀릴 뻔한 위기를 카리사는 모면한다. 나아가 카리사는 생긋 웃었다.

"오늘처럼 사람이 많아서야 안부 인사를 건네는 것도 쉬운 일은 아니네요. 내일이라도 이트궁에 찾아주세요. 왕자님께서 도망가시지 않게 잘 붙들고 있겠습니다."

깍듯이 절을 하고 돌아선 카리사는 이미 몇 걸음 뗀 후에야 잘못된 방향으로 가고 있음을 깨달았다. 그래도 그게 맞는 것처럼 꿋꿋이 걸음을 옮겼다.

멀어져가는 그녀를 보며 클라이저는 하지 못한 말을 중얼거렸다.

"함께 있고 싶었어. 너랑 함께. 그게 왜 이렇게 어렵지?"

카리사가 더는 보이지 않게 된 뒤에도 우두커니 그 자리에 서 있던 클라이저의 눈앞에 불쑥 블레신이 나타났다.

"여기서 뭘 하십니까, 숙부? 변소에 간 줄 알았는데 설마?"

어두침침한 수풀을 가리키며 클라이저를 쳐다보는 블레신의 표정이 우스꽝스러워졌다. 곧 그건 아무래도 아니다 싶었던지 절레절레 고개를 저으며 웃었다.

"아무리 급해도 그럴 사람은 아니지. 설마 벌써 취해서 바람이라도 쐬고 있었던 겁니까?"

"응. 앉아 있을 땐 모르겠더니 걷다 보니 술이 좀 오르는 것 같아서. 너는 왜?"

"카리사가 증발해서요. 방락 감시하러 나간 줄 알았는데 방락만 들어오고 그 아인 감감무소식이네요. 혹시 못 보셨습니까?"

허리에 두 손을 짚고 주위를 둘러보는 블레신에게 클라이저는 묘한 반발심을 느꼈다.

"꼭 잃어버린 고양일 찾으러 다니는 주인 같구나."

"정말 고양이라면 목줄이라도 해놓을 텐데 말이죠. 아, 목줄 노릇을 할 방울이라도 달아줄까? 방울 달린 목걸이는 안 될 테고 팔찌라면? 호오."

그녀는 시녀이지 네 소유물이 아니야. 하물며, 정식으로는 네 시녀도 아니야. 입 밖으로 내지 않는 말 대신 클라이저의 눈이 전에 없이 서늘하게 빛났다. 아까 카리사에게 물어보려고 했던 말이 비로소 생생히 떠올랐다.

'블레신이 그대를 측실로 들이겠다고 하면, 받아들일 겁니까?'

"블레신. 너 정말로 진지하게……."

"쉿, 이 소린 코로나 울음소리인데, 응? 코로나가 숙부 고양이랑 싸우는 모양인데요? 아, 방금 그 목소리! 잡았다! 숙부, 바람 적당히 쐬고 들어가서 에스테르랑 놀아주시라구요!"

대체 얼마나 청력이 좋은 건지 클라이저에겐 전혀 들리지 않는 무언가를 속속 잡아챈 블레신이 냅다 달음박질을 쳤다. 얼마쯤 얼이 빠져 그 모습을 지켜보던 클라이저가 중얼거렸다.

"잡았다……라고. 나한테 어려운 일이 너한텐 늘 쉽구나."

밤하늘을 올려다보는 클라이저에게서 한숨이 새어나왔다.

"역시 너랑 내가 자리를 바꿔서 태어나면 좋았을 텐데."

달이 구름에 가려지면서 그의 얼굴도 서서히 어스름에 물들었다.

한편 카리사는 정말로 두 고양이의 싸움 한복판에 있었다. 이제 제법 체격이 커진 신참 코로나의 패기와 백전노장 미오의 노련함이 팽팽히 맞서며 둘은 먼저 울음으로 기선제압을 하려고 안간힘이다. 고양이들을 밖으로 데리고 나온 록사네가 수수방관하는 가운데 마침 그 상황을 목도한 카리사가 부리나케 달려와 두 녀석을 떼어놓으려 온갖 노력을 기울이다가 마침내 최후의 수단을 치켜들었다.

그것은 바로 그녀의 샌들! 다행히도 오늘 그녀는 두 고양이가 볼 때마다 사족을 못 쓰는 녹색 술 장식이 달린 청금석 샌들을 신고 있었다. 샌들을 벗어 양손에 들고 살랑살랑 흔들자 거기 매달린 술 장식이 흔들리면서 고양이들의 눈길이 몽롱해졌다. 그러곤 완전히 몰두해서 서로 샌들 하나씩을 노리고 두 발로 서서 깡충거렸다.

"얘들은 만나기만 하면 싸우네요. 아무래도 코로나가 외국 고양이라 말이 안 통하나 봐요."

한시름 덜어서 흐뭇한 얼굴로 카리사는 록사네에게 농을 던졌는데 시녀장은 미간의 주름이 한껏 선명한 게 기분이 썩 좋아 보이지 않았다.

"록사네? 이제 보니 얼굴빛이 많이 안 좋네요. 여기가 어두침침해서 그런가."

"타이스 황후께선 짧게나마 돌아가신 이다 황후를 모신 적이 있습니다."

이다 황후라면 현 황제의 두 번째 황후였다. 록사네가 갑자기 무슨 말을 꺼내려는 건지 얼른 짚이지 않은 카리사가 그녀를 올려다보자니 록사네가 뚝뚝하게 읊조렸다.

"황후가 병상에 누운 5년 동안 한 달에 고작 두세 번 들르는 게 고작이던 황제가 어느 날부터 리니우스궁 현관이 닳도록 드나드는 까닭을 두고 소문이 무성했습니다. 황후가 미인계로 뭇후궁들에 뺏긴 황제의 총애를 찾으려 한다는 말들이었습니다. 제 눈으로 직접 본 바가 없으니 정확한 사실은 모릅니다. 하지만 이다 황후의 뒤를 이은 황후가, 이다 황후를 모시던 타이스라는 젊은 시녀라는 것은 알고 있습니다."

카리사는 록사네의 말이 이어질수록 싸한 기분에 사로잡혔다.

"훗날의 일에 대해서는 미리부터 생각하지 않으렵니다. 다만 한 가지, 이 록사네가 살아서 공주님을 모시는 한 이다 황후와 같은 전철을 밟게 되는 일 만큼은 막을 생각입니다."

여태 시선을 주지 않던 록사네가 비로소 카리사의 눈을 똑바로 쳐다보며 물었다.

"제 결심에 대해 어찌 생각하십니까, 카리사 님?"

그것은 질문으로 위장한 경고.

며칠 전 타이스 황후가 한 일을 록사네가 지금 반복하고 있었다. 그리고 이번의 것은, 그 사람이 록사네인 까닭에 더욱 카리사에게는 충격이었다.

"갑자기 입술이 붙어버리기라도 하셨습니까, 카리사 님?"

뚫어져라 카리사를 응시하는 록사네의 눈빛은 카리사가 한 번도 본 적 없는 것이었다.

"나는……."

일단 입을 여는 것으로 새하얘진 머릿속을 일깨우려 했는데 카리사가 평정을 되찾기 전에 블레신이 느닷없이 둘 사이에 머리를 디밀었다.

"어디로 사라졌나 했더니 여기서 고양이랑 노는 거였어? 록사네까지 고양이를 좋아하는 줄은 몰랐는데?"

"두 녀석이 울부짖으며 싸우기 직전이라 데리고 나온 것뿐입니다. 공교롭게도 제가 왕자님보다 카리사 님을 찾는 게 빨랐군요. 그럼 슬슬 들어오십시오."

시녀장의 발소리가 멀어져가는 동안에도 카리사는 얼어붙은 듯이 꼼짝도 하지 않았다.

"뭐야, 뭘 물고 있나 했더니 이거 석류 네 샌들 아냐? 아주 살판났군, 석류, 너 눈 뜨고 뭘 하는 거야, 맨발로 돌아갈 참이야? 어이, 카리사, 자?"

블레신이 그녀의 눈앞에 대고 손을 흔들어 보일 때에야 카리사는 퍼뜩 정신을 차리고 눈을 깜박거렸다. 비로소 카리사의 샌들을 하나씩 물고 뒹굴고 있는 두 고양이가 눈에 들어왔다. 뒤늦게 말려보려다가 그녀는 쓴웃음을 짓고 만다.

"뭐, 더 좋은 샌들을 마련하죠. 왕자님께서 제게 한몫 벌게 해주신다고 하셨으니까요."

한 팔에 하나씩 고양이를 안고 일어나는 카리사의 맨발을 보며 블레신이 고개를 갸웃했다.

"당연 그럴 참이긴 한데, 정말 그러고 가려고?"

이미 몸을 돌리고 있던 카리사가 가볍게 웃음소리를 냈다.

"왜요, 업어주시렵니까?"

"못할 것 없지."

그렇게 중얼거렸지만 블레신은 당장 실행으로 옮기진 않았다. 그의 기민한 신경이 카리사가 어딘가 이상하다고 알려오고 있었다. 하지만 막연한 느낌뿐, 왜인지 모를 일에 그는 다만 카리사 옆에서 걸으며 이따금 그녀의 맨발을 볼 뿐이었다.

그 밤, 카리사는 지독한 악몽에 시달리다 눈을 떴다. 깨어나는 순간 순식간에 형체가 증발해버리는 그런 종류의 악몽을 처음 겪는 카리사는 숨도 제대로 쉬지 못할 정도로 기진해 헐떡거렸다.

그런 자신을 어떤 단단한 팔이 붙잡고 등을 다독여주고 있다는 것을 뒤늦게 깨달았다. 어둠 속에서 자신을 내려다보는 이의 깊은 푸른 눈과 마주했을 때 형용할 수 없을 정도로 안도하는 스스로에 카리사는 놀랐다.

"내가 좀 푹 자려니까 이젠 네가 악몽을 꾸는 거냐?"

"몽마가 왕자님을 찾아왔다가, 퇴짜를 맞은 게 분해 제게로 온 모양입니다."

"그럴지도 모르겠군. 여자라고 신나서 달려든 걸 보면 수컷이 틀림없어. 내가 꿈에서 다시 만나면 갈가리 찢어놓으마."

블레신은 카리사를 가볍게 일으켜 제 품에 품었다. 등을 쓰다듬어주는 손길은 그지없이 부드러웠으나 땀으로 흠뻑 젖은 제 몸을 의식한 카리사는 이내 불편함을 느꼈다. 그에게 손을 대지 않고 슬쩍 상체를 뒤로 빼며 카리사는 자신 때문에 깬 거냐고 물었다.

"그렇게 무서운 비명을 지르는데 목석도 아니고 무슨 수로 버텨?"

"비명까지 질렀습니까?"

"꼭 누가 널 잡아먹는 건 줄 알았다. 사지가 멀쩡한 걸 보고 가슴을 쓸어내렸다고."

카리사가 슬금슬금 물러나는 걸 모른 체하던 블레신이 어느 순간 확 허리를 끌어당겨 그녀는 외려 더 그에게 꽉 안겼다. 웃옷을 걸치지 않은 블레신의 가슴팍에 제 가슴이 눌리는 감각에 카리사는 소스라쳐 그를 밀쳐내려 했다. 대번에 블레신의 언짢은 질타가 쏟아졌다.

"쓸데없는 걱정 마. 이런 걸 기회로 삼을 만큼 얄팍하지 않아. 아직 네가 대답하지 않은 사실을 내가 잠결에라도 잊을 성싶어?"

"그런 오해를 한 것이 아니라 제가 땀을 많이 흘렸기에……."

"알아. 몽마에 시달리느라 흘린 땀은 몸에 해롭다. 방이 얼마나 덥든, 따뜻하든 일순간 몸이 싸늘하게 식어버리거든. 나같이 튼튼한 녀석도 이따금은 혼마저 닳는 느낌이 들 정도야. 그러니 넌 괜한 생각 말고 내 체온이나 실컷 앗아가라구."

그 말을 듣고 보니 과연 식은땀이 말라가는 몸에는 싸하게 한기가 돌고 있었다. 하지만 한기가 범하지 못하는 곳이 분명히 있었으니, 블레신과 맞닿은, 그의 말대로라면 그의 체온을 앗아 내는 곳이었다. 더디지만 확실하게 그에게서 비롯된 따스함이 한기를 몰아내어간다. 긴장을 내려두니 그 정도가 훨씬 더 빨라졌다. 일순 잠에서 깨어 그의 눈을 보면서 느꼈던 안온함에 휩싸여 카리사는 맥이 탁 풀렸다.

"이럴 땐 상냥하시네요, 왕자님은."

카리사가 온몸을 유순히 맡겨오는 바람에 정작 블레신에게 괜한 생각이 일기 시작했다. 눈을 찡그리며 이를 악물어 보았지만 들숨마다 그의 폐부를 채워오는 카리사의 체향에 블레신의 얼굴이 벌겋게 달아올랐다.

몸 구석구석까지 확고하게 열이 올랐다. 그런 줄도 모르고 카리사는 눈을 감고 고양이처럼 더 은근히 그의 품을 파고들며 나직하게 한숨을 쉬었다.

"훨씬 더 상냥해질 수도 있지. 그런 나를 볼 수 있는 방법은 이미 네게 쥐어줬다."

카리사는 가만히 눈을 떠 어둠 속을 응시했다. 왕자의 말뜻은 알고 있다. 대답을 하지 않는 것 또한 미온적인 거절의 하나라 여겼으나 블레신에게는 통하지 않는 방법이었다. 어쩌면 그리 무시하는 그를 보는 것을 즐겼을지도 모른다. 구애를 받는 처녀로서의 우쭐함이랄까.

애초에 대답은 정해져 있었다. 아니요, 아니요, 아니요. 달리 어떤 답이 있겠는가.

하지만 사태는 달라졌다, 시간과 함께.

—이야기를 하고 싶었습니다. 그대와. 그뿐이에요.

—넌 오라버니를 어찌 생각하니?

—갑자기 입술이 붙어버리기라도 하셨습니까, 카리사 님?

다시금 록사네의 그 낯선 눈이 카리사를 압박해왔다. 그녀를 공주님의 행복을 위협할 적대자로 간주해 경계하던 싸늘한 눈.

내가 꿈에서라도 그런 짓을 하리라고 생각했단 말인가, 록사네는? 지난 2년간 에스테르를 하늘처럼 여기며 숭배해왔건만 그 진심이 그리 가볍게 의심받을 수 있다는 사실에 카리사는 부르르 몸을 떨었다.

"아직도 많이 추워?"

블레신의 물음에 퍼뜩 상념에서 깨어난 카리사가 그를 보았다. 새삼 찬찬히 바라보는 시선에 블레신은 머쓱한 듯 웃었다.

"왜, 어두운 데서 보니 이리 잘생긴 사람이었나 싶어?"

"……전 왕자님의 측실이 되지는 않을 겁니다."

무장해제 상태에서 돌연 검이라도 목에 날아든 것처럼 블레신은 움찔했다. 잠시 후, 기가 막힌다는 듯 웃는다.

"그게 네 대답이야? 그걸, 꼭 이렇게 내 품에서 해야 하는 거였어?"

카리사가 스르륵 그에게서 몸을 떼는 것을 블레신은 이제 보기만 했다. 짐짓 웃음은 터뜨렸지만 가늘어진 눈매 속의 짙푸른 눈동자가 요동치고 있는 게 카리사에겐 보였다.

"언젠가 승마를 하러 갔다가 왕자님께서 벼락을 피하신 날의 일, 기억하십니까?"

"기억해."

"그때 나눈 대화도요?"

"어디서부터 어디까지 읊어줄까? 승마를 하러 궁을 나선 순간부터 돌아올 때까지 했던 말들, 다 읊어줄 수 있는데."

빈정거리는 말에 얇게 가시가 돋쳐 있다. 카리사가 빙긋이 웃자 블레신의 눈은 더욱 가늘어졌다. 이를 악무는지 그의 반듯한 턱이 매섭게 긴장하는 게 어둠 속에서도 또렷이 보였다. 카리사는 약간 시선을 내리깔며 한숨을 섞어 말했다.

"그때 들려주셨던 '강함'에 대한 이야기가 제겐 꽤 인상적이었습니다. 그리고 내가 오로지 날 위해 원하는 게 무엇이 있나 생각하는 계기가 되었지요. 왕자님 덕분에 저는 언젠가 반니 총관이라 불리우고 싶은 제 야심을 깨달았답니다."

"반니 총관?"

황당하다는 듯이 되물어오는 것이 발레리아와 비슷해 카리사는 웃었다.

"총관이 어떤 직책인지 제가 설명해야 하는 건 아니죠?"

"물론 뭔지 알아. 아는데…… 총관? 네가?"

"그래요. 제가요. 언젠가 총관이 되어 황후마마를 보필해 내궁을 다스리고 싶어요. 그러니 제게 고작 왕자님의 측실이 되어 이트궁 하나로 만족하라는 요청은 말아주세요."

생각도 못해본 흐름에 블레신은 얼떨떨하니 카리사를 쳐다보았다. 그런 블레신에게 문득 카리사가 손을 뻗어 흘러내린 그의 머리카락을 귀 옆으로 넘겨주면서 말했다.

"그러니 누군가의 측실은 못 되겠지만, 애인조차 될 수 없는 건 아니죠."

머리카락을 넘긴 그녀의 손이 스윽 블레신의 뺨을 훑어 내려와 턱에 머물렀다. 제 손에 블레신의 얼굴을 받쳐 들고 품평이라도 하듯이 그의 얼굴을 바라보면서 카리사가 미소했다.

"화관을 드리겠어요, 왕자님. 제 애인이 되어주세요."

29. 거친 시험

"카리사도 방락이랑 함께 있을 줄 알았는데 어딜 간 거람. 밖에서 누구
랑 수다라도 떠나?"

혼잣말처럼 중얼거리며 발레리아는 힐긋 맞은편 자리를 응시했다. 온
화한 표정으로 방락의 이야기를 듣고 있는 에스테르의 옆자리가 비어 있
다. 클라이저의 부재를 새삼 확인하고 고개를 갸우뚱하는 그녀의 몸짓은
누군가를 향한 의미심장한 어필.

구태여 그 이상 혼잣말을 하지 않아도 블레신이 벌떡 자리에서 일어나
식당을 나갔다. 그의 뒷모습에 눈길을 주었다 거두며 발레리아는 잔을 들
었다. 입술에 머문 짓궂은 미소를 피 같은 포도주 속에 녹이며.

그 후 블레신이 카리사와 함께 식당으로 돌아왔다. 좀 더 시간이 지나
고 클라이저도 돌아왔다. 다시금 블레신과 발레리아, 방락 세 사람의 환
담으로 떠들썩하게 흐른 시간 속에서도 발레리아는 누군가를 살피는 시
선을 게을리하지 않았다.

그리하여 제 짐작에 더욱 뚜렷한 색을 입혔다.

"오, 저런 저런."

거울을 들여다보며 나지막이 혀를 차는 그녀의 말에 시중들던 시녀가 바짝 긴장하며 무엇이 마음에 안 드시느냐 물어왔다. 발레리아의 가늘어진 눈이 시녀에게 향했다.

"어떠냐, 나는 아름다우냐?"

"정말로 아름다우십니다."

들어보았자 이렇다 할 감흥이 없다. 발레리아의 침묵을 오해한 시녀들이 다투어 말했다.

"마님보다 아름다운 여인은 이 황궁 안에서도 본 적이 없습니다."

"단연 수도 제일, 아니 유리크 제일의 미인이십니다."

"유리크 너머의 그 어떤 나라에도 마님만큼 아름다운 이가 또 있지는 않을 겁니다."

황궁에서 수도, 유리크를 넘어 세상으로 확대되는 범위에 발레리아는 쓴웃음을 지었다. 하지만 그것을 아부나 아첨이라고는 여기지 않았다. 스스로 제 아름다움을 알고, 그 가치를 믿었다. 할 마음만 있었다면 벌써 기십 번 재혼을 하고도 남았으리라. 다만 이미 오래전부터 원하는 바가 확고했을 뿐.

거울을 물끄러미 들여다보며 발레리아는 머릿속에서 서성이는 근심의 씨앗에 생각을 기울였다. 그리고 이내 절레절레 머리를 저으며 그녀는 나스타에게 말했다.

"점심은 밖에서 먹을 수 있게 준비시켜. 체로스에게는 내가 가기 전까지 클라이저를 붙잡고 있으라고 전하구."

명령을 받은 나스타가 조용히 내실을 나간다. 다시 눈을 감고 시녀들에게 몸을 맡기는데 발치에서 강아지가 캥캥 짖어댔다. 엊저녁부터 오늘까지 한 번도 주인의 눈길을 받지 못한 강아지의 목청이 요란하다. 발톱을 다듬던 시녀가 딴에는 눈총을 주었지만 전혀 아랑곳하지 않던 강아지는 급기야 주인의 느닷없는 발길질을 받았다.

"깨갱깽깽깽!"

걷어차여서 붕 하고 나가떨어진 강아지가 자지러지게 울어대는 소리에도 시녀들은 아무것도 못 본 척 시선조차 주지 않았다.

"뭘 보고 서 있어? 이 소리 나만 들려?"

발레리아의 불호령에 문 앞에 서 있던 시종이 달려와 강아지를 데리고 밖으로 나갔다. 서러운 강아지의 울부짖음이 멀어지는 동안 발레리아는 싸늘히 혀를 차며 주변을 훑어보았다.

"변변한 아이가 하나도 없으니."

머리를 젖혀 천장에 그려진 성좌도를 보며 발레리아는 누구에게랄 것 없이 중얼거렸다.

"그나마 그 아이, 키우면 쓸 만해질까 싶었는데 엉뚱하게도⋯⋯."

쓴웃음인지 냉소인지 모를 것이 입가를 맴돈다. 하지만 성좌도에서 그녀의 머리를 만져주는 시녀 톨라에게로 또르르 시선이 옮겨가면서 발레리아의 관심사도 변했다.

"톨라, 오늘은 머리를 물들여야겠어."

말을 들은 건지 만 건지 이렇다 할 반응도 없이 톨라는 발레리아의 머리만 손질한다. 감히 발레리아의 말에 대답조차 하지 않는 불경한 그녀를 시녀들이 슬몃슬몃 쳐다보았지만 발레리아는 아무렇지 않게 그저 눈을 감을 따름이었다.

"왕자님, 잠시 쉬셔야 할 때가 아닌가요?"

불쑥 들려오는 카리사의 목소리에 블레신은 퍼뜩 눈을 깜박이며 소리 난 곳을 돌아보았다. 회랑에 서서 그를 바라보며 카리사가 빙긋 웃었다.

"여기서 한참을 봤는데 전혀 모르시더군요. 감탄할 정도의 집중력이에요."

비로소 검을 내려놓고 한숨 돌리는 그의 곁으로 다가온 카리사가 손수건으로 얼굴의 땀을 훔쳐 주면서 손가락이 튕겨 나올 듯한 억센 팔근육을 보고 우스꽝스러운 표정을 지었다.

"이런 엄청난 팔은 그냥 만들어지는 게 아니군요. 제가 보는 동안만 해도 족히 사백 번은 넘게 검을 휘두르셨어요."

"중간중간 쉬었어야 하는데."

"하는데? 안 쉬었다는 말씀이세요? 설마, 저 갈 때부터 지금까지 계속?"

"너도 말했다시피 내가 좀 집중력이 좋거든."

찡긋 윙크를 하고 왼팔을 주무르는 블레신을 카리사는 어안이 벙벙하여 쳐다보았다. 그녀는 일찍이 그가 단련을 시작하는 걸 보고 헤러반궁에 갔다가 돌아온 참이다. 갈 때 동쪽 하늘에 있었던 해는 이미 중천에 머물러 있다. 서너 시간 가까이 한 손으로 저 무거운 검을 휘둘렀다는 소리인데 무던한 것인지 대단한 것인지 원.

"방락 님께 배운 걸 당장 시험할 때로군요. 들어가죠. 식사 전에 찜질을 해드릴게요."

"방락한테 그런 걸 다 배웠어? 순순히 가르쳐줘?"

블레신이 놀라 묻자 카리사가 슥 눈썹을 치켜 올렸다.

"어찌나 거만한지 왕자님께 도움이 될 치료를 가르쳐 달라는 제 청을 들은 척도 않더군요. 감히 왕자님더러 오라 마라 하기에 어제 본 게 있으니 그거라도 해보겠노라 말했지요. 네가 본다고 뭘 아느냐, 비꼬아 말하기에 무엇을 보았는지 말했어요. 왕자님께서 가르쳐준 약재 이름을 줄줄이 댔더니 입이 딱 벌어지던 걸요."

카리사가 싱긋 웃는 모습에 블레신의 얼굴에도 미소가 번졌다.

"한 방 먹었겠군, 방락이."

블레신이 그녀를 먼저 보내고 몸을 씻고 돌아갔을 때 카리사는 착실히 찜질할 준비를 마친 후였다. 무턱대고 뭐라도 할 기세인 카리사에게 방락은 일단 쉬운 것부터 가르쳐준 것이다.

상의를 벗은 블레신의 양 어깨며 팔을 카리사는 뜨거운 물에 적신 수건으로 차곡차곡 감싸주었다. 대야에 넣어둔 불에 달군 돌이 맹렬히 열기를 뿜어내는지 수건만 닿아도 팔이 화끈거릴 정도로 뜨거워 블레신이 미간을 찡그렸다.

"물이 너무 뜨거운 거 아냐? 너 자칫 손 데이겠어."

"참을 만합니다. 왕자님도 참으세요."

게다가 방락이 쓰게끔 한 약재는 유리크 사람들에겐 뭐라 말할 수 없이 고역인 냄새를 풍겼다. 블레신은 그럭저럭 익숙하게 감당할 수 있지만 내실에 있던 쿠르도는 심하게 기침을 하다가 시끄러우니 나가 있으라는 블레신의 말에 방을 나갔다.

반면 카리사는 대견할 정도로 잘 참았다. 하지만 대견을 넘어 바보스러울 정도였다. 마무리로 손가락 끝까지 뜨거운 약물에 적신 수건으로 덮어주기 위해 카리사가 앞으로 왔을 때 블레신은 먼저 그녀의 손이 손목까지 새빨갛게 익은 걸 보았다. 눈에는 눈물이 자글자글했다. 매캐한 냄새 탓이다.

"멍청이, 누가 이렇게 될 때까지 참으래?"

과도하게 열이 오른 카리사의 손을 잡고 블레신이 짜증을 냈다. 카리사는 오히려 웃었다.

"왜요, 바느질하느라 굳은살이 박인 손이 모처럼 좀 시원해진 것 같은걸요? 이거 하레샤 신전 무녀들에게 엄청 환영받을 텐데, 당장 가르쳐줄 수가 없어서 아쉽네요."

"말이나 못하면."

적잖이 고역스러울 텐데도 아무렇지 않게 웃는 걸 보니 심사가 복잡해진다. 하지만 다른 모든 걸 젖혀두고 '어여쁘다'는 생각이 가장 강렬하다. 안아서, 저 미소 어린 붉은 입술을······.

"어서 가서 찬물에 좀 담그고 있어."

생각을 뿌리치듯 카리사의 손을 밀쳐내고 블레신은 등받이 없는 의자에서 일어섰다. 당장 침대의자에 가서 앉으려는 걸 카리사가 말렸다.

"그거 생각보다 빨리 식을 거래요. 와서 앉으세요. 최소한 세 번은 해야 해요."

"그건 다른 평범한 놈들한테나 쓰이는 거구. 나는 무쇠처럼 튼튼해."

"정말 무쇠였으면 이런 걸 할 필요도 없겠지요. 하나도 안 멋지니 강한 척하지 마시고 얼른 와서 앉으세요."

블레신이 보란 듯이 눈알을 한 번 굴렸지만 결국 도로 그녀 앞으로 갔다. 벌써 수건이 식었나 살펴보는 카리사를 빤히 쳐다보면서 블레신이 말했다.

"말이야 바로 해야지, 난 딱히 네 앞에서 강한 척한 거 아니야. 멋지고, 강한 척하는 모습은 비장의 수단으로 남겨 놓았어."

"감추지 말고 야금야금 보여주지 그러셨어요? 그랬다면 마음 결정하기가 쉬웠을 텐데."

웃음 섞인 그녀의 말에 블레신은 불쑥 카리사의 손목을 꽉 쥐었다. 그녀가 시선을 마주해오길 기다렸다가 그는 말했다.

"무술대회, 전 종목을 석권하면 어떨까 했지. 제국에서 가장 강한 남자라는 걸 증명하면 아무리 너라도 눈이 번쩍 뜨일 테니까."

"……그렇게나 내키지 않아 하시더니."

"이유 없이 힘자랑하는 건 광대 같아서 싫지만 이유가 생겼으니까. 나도 별수 없는 수컷이더란 말이지."

카리사의 손목을 더 제게로 당긴 블레신이 마침내 그녀의 손바닥에 꾹 입술을 댔다. 그러면서도 눈길은 카리사에게 그대로 못 박고 있다. 어딘가 탐색하는 듯한 그 시선을 대하여 카리사는 살며시 눈길을 내리깔며 고개를 돌렸다. 뜨거운 약물의 증기로 얼굴도 발그스름하게 달아오른 터라 제아무리 블레신도 그녀의 속내를 꿰뚫긴 역부족이었다.

"수건을 갈아야 해요."

블레신은 큰 실랑이 없이 그녀의 손을 놓아준다. 카리사는 침착하게 수건을 모두 떼어 약물에 적셔 다시 차근차근 같은 일을 반복했다. 그리고 블레신은 입을 다물고 그녀를 지그시 눈에 담기만 했다. 하지만 그의 그런 낯선 침묵에 오히려 카리사는 조금씩 불안해졌다. 요설가饒舌家라고 스스로를 단정 지은 사람이 하염없이 조용하게, 이렇다 할 표정도 없이 그저 눈으로 그녀의 일거수일투족을 따라오는 것이다. 황금빛 속눈썹에 감싸인 새파란 눈동자의 광채가 뜨겁고도, 서늘하다.

"자, 세 번째도 끝났네요. 한 번 더 해도 괜찮으시죠?"

카리사가 블레신과 비로소 눈을 맞추자 블레신이 잠자코 고개를 저었다.

"굶주림 때문에, 더는 곤란해."

"배가 고프실 만도 하죠. 이미 준비는 다 됐을 거예요, 식당으로 가시겠어요?"

"아니, 조금 졸리기 시작했어. 배를 채우고 나면 바로 곯아떨어질 것 같아."

"그럴 수도 있다고 들었어요. 어쩐지 저도 졸리네요."

무슨 약재이기에 그럴까, 골똘히 약물을 쳐다보는 카리사의 머리 너머로 블레신이 쿠르도를 불렀다. 이쪽으로 식사를 준비해 오라는 분부에 쿠르도가 당장 주방을 향해 뛰어갔다.

굶주렸다고 표현한 것치곤 블레신의 식사량은 얼마 되지 않았다. 포도주 두 잔을 연달아 마시며 카리사에게만 이것 먹어라, 저것 먹어라 명령하기 바빴다. 뿐더러 몇 번이고 하품을 연달아 하는 블레신을 보고 카리사는 서둘러 음식을 치우게 했다. 그사이 그는 식사를 하던 침대의자에 모로 누워 눈을 감았다.

"여기서 주무시지 말고 안에 들어가서 편히 주무세요."

"싫어. 성가신 녀석 떼어놓고 홀가분하게 지낼 생각 누가 모를 줄 알고. 난 자겠지만 넌 뭘 하든 내 옆에서 해."

졸음으로 웅얼거리는 말에 카리사가 피식 웃었다.

"공부할 책이랑 코로나를 데리고 내려오겠어요. 그러니 침대로 가 계셔요. 왕자님께서 깨어나셨을 때 옆에 제가 없다면, 무엇이든 벌을 주셔도 좋아요."

"벌을 받겠다? 정말이지?"

어지간히 졸린지 눈을 부릅뜬 블레신의 쌍꺼풀이 유난히 깊다. 하지만 카리사가 재차 약속하자 벌떡 의자에서 일어나 뚜벅뚜벅 침소로 걸어갔다.

"잠들기도 전에 깨고 싶어진 적은 또 처음이군."

그가 침소로 들어간 뒤 홀로 흔들거리는 커튼을 보며 카리사는 한숨을 쉬었다.

"벌이란 소리에 왜 저리 좋아하는 거람. 괜한 말을 했나봐."

그렇다면 왕자가 실망하도록 최선을 다할 밖에. 코로나를 넣은 바구니와 책 꾸러미를 챙겨서 내실로 다시 돌아온 카리사는 침소로 향하며 힐긋 물시계를 보았다. 대략 두 시 반.

바구니를 내려놓기 무섭게 영역 확인이라도 하듯 침소 안을 어슬렁거리던 코로나가 마지막으로 선택한 곳은 왕자의 침대였다. 여름용의 얄따란 리넨 휘장에 매달려 기어오르는 모습에 찢어질까 싶어서 카리사가 재빨리 휘장 너머로 들여보내주었다. 이미 곤히 잠든 블레신의 머리 옆으로 달려가 대뜸 잠 잘 준비를 하는 고양이가 조금 우스웠다.

"내가 안아주려니 도망치기 바쁘더니, 왕자님한테는 냄새도 상관없다 이거야?"

씻어도 살에 배어서 여간해선 가시지 않는 매운 약초냄새를 맡아본 카리사는 찜질 후 물기만 닦고 옷을 걸쳤던 블레신을 쳐다보았다. 하물며 이젠 옷조차 입고 있지 않은데.

창 너머로 비쳐오는 애애한 밝은 빛에 탄탄한 블레신의 상반신이 매끄럽게 빛났다. 돌덩이 같은 근육과는 별개로, 그의 살결이 얼마나 매끄러운지 카리사는 꽤 잘 알고 있다. 그리고 그 살결을 유심히 들여다보면 자잘한 흉터들이 깜짝 놀랄 만큼 많다는 것도. 십중팔구 군대에 있을 때 생긴 흉터일 것이다.

덮는 둥 마는 둥 한 이불을 고쳐 덮어주려고 침대에 오른 카리사는 코로나를 쓰다듬어 주는 김에 블레신의 고수머리도 가볍게 헝클어뜨리듯이 만졌다.

"잘 자요, 왕자님."

장난기가 서렸던 눈빛은 어느새 진지해졌다. 그의 자는 모습이 믿기지
않을 만큼 천진한 것이 어딘가 애틋하다고 생각했다. 그런 식으로 조금이
라도 애틋하게 느껴지는 것들을 하나하나 발견하다 보면 이 남자에게 정
말로 지극한 마음을 품을 수 있을지도 모른다.

"난 당신만큼 뛰어난 머리는 없지만……."

나지막이 속살거리며 카리사는 고개를 주억거렸다.

"한 번 마음먹은 일은 놓지 않아요. 공부는 물론 승마가 됐든 리라가
됐든, 언젠간 스스로 납득할 만큼 해내고야 말 거예요. 그래요, 당신의 일
도…… 블레신."

카리사를 부르는 목소리가 몇 번이나 거듭되고서야 그녀는 퍼뜩 책에
서 눈길을 들었다. 그러자 용케도 책을 읽었구나 싶을 만큼 주위가 침침
해진 것을 알 수 있었다. 벌써 해가 거의 저물 무렵이었다. 아직도 고요하
기만 한 침상을 확인하고 카리사는 내실로 나갔다. 쿠르도가 그녀에게 록
사네 시녀장의 방문을 알렸다.

"록사네. 안으로 들어오시지 않고요."

복도로 나간 카리사는 전날 무슨 일이 있었냐는 듯이 환하게 웃으며 록
사네를 맞았다. 록사네는 무뚝뚝한 얼굴로 예를 차리고는 왕자께서 주무
신다기에 예서 기다렸다고 대답했다.

"조심을 한다고 해도 워낙에 이 사람이 쿵쿵대는 하마 같은 터라."

"이미 많이 주무셔서 슬슬 깨셔도 괜찮아요. 왕자님께 할 말이 있는 거
아닌가요?"

"그 판라라는 남자에 대한 이야기입니다."

방락이란 발음이 어려운지 록사네는 아예 그를 '판라'라고 불렀다. 그 자가 에스테르가 쓰는 목욕탕에서 똑같은 시중을 받으며 목욕을 하겠다고 한 걸로 모자라, 에스테르가 목욕하는 것도 봐야겠다고 우긴다는 게 록사네가 여기까지 쫓아온 이유였다.

가당치도 않다는 록사네의 거절에 방락은 블레신이 약속한 바가 있다고 팽팽히 맞섰다. 블레신이 그 음흉한 자에게 대체 무슨 말을 어찌한 건지 똑똑히 들어야겠다고 록사네는 이를 갈며 말했다. 말은 안 통해도 그 의사의 심성은 이미 꿰뚫어봤구나 싶어 카리사는 살짝 웃음을 머금었다가 얼른 지웠다.

"정말 중요한 문제로군요. 자, 어서 들어가서 왕자님과 이야기를 해보세요. 저는 자리를 비켜드릴게요."

내실 문을 쳐다보는 록사네의 시선은 당장이라도 그러고 싶은 기색이었으나 그녀는 무겁게 고개를 저었다.

"요즈음 잠 때문에 고생하시는 모양이던데 잘 수 있을 때라도 실컷 주무셔야지요."

카리사의 눈이 동그래졌다. 블레신은 불면으로 고생한다는 사실을 이트궁 시종들에게도 감추었다. 물론 카리사가 그 일을 물어 나른 적도 없다.

"들어서 아는 게 아니라 보아서 아는 것입니다. 한눈에 그 정도도 간파하지 못하면서 감히 두 분을 이 사람의 걸작 운운하겠습니까?"

놀랍기도 하고 인상적이기도 해서 카리사는 말없이 고개를 끄덕였다.

"마냥 기다릴 수도 없으니 이 사람은 이만 가보겠습니다. 왕자께서 깨시면 카리사 님이 운이라도 한 번 떼어보시지요."

"네. 할 수 있다면 왕자님을 모시고 건너가겠습니다."

목례를 건네고 몇 걸음 내딛은 록사네가 문득 발을 멈추고 말했다.

"황궁에서 한 오십 년쯤 살면 어지간한 사람 속을 읽는 것쯤 일도 아니게 되지요. 이 사람처럼 오십 년까지 갈 것도 없습니다. 어디에나 비상히 눈치가 빠른 것들이 있기 마련이에요. 조심하십시오. 아차 하는 순간 구설수에 올라 여러 사람이 진흙을 뒤집어쓸 수 있습니다."

말을 마치고 록사네는 총총히 앞으로 걸어갔다. 쿵쿵대는 하마라는 소리 따윈 어울리지 않을 너무도 조용한 걸음걸이. 시녀장의 모습이 모퉁이를 돌아 보이지 않을 때까지 카리사는 물끄러미 시선을 두었다. 딱히 아무 말도 하지 않은 것은 아직 대꾸할 말이 없는 까닭이다.

카리사는 지난밤, 왕자에게 대담한 제의를 했다. 그리고 블레신은 그녀의 말을 못 들었나 싶을 정도로 조용히 있다가 "생각해 보겠다."는 한마디를 남기고 침소로 돌아갔다.

아무 대답도 받지 못한 채 여느 때와 같은 하루가 흘러가고 있다. 침소로 들어서며 처음으로 카리사의 마음에 불안이 피어올랐다.

'거절당한다면?'

블레신이 줄기차게 요구한 바가 있으니 거절당할 거라는 생각은 해보지도 않았는데 그것이 오만은 아니었을까 걱정스러워졌다. 어디에나 비상히 눈치 빠른 자가 있기 마련……. 당장 록사네의 그 말에 해당되는 사람이 여기 있잖은가.

복잡한 표정으로 힐긋 침대를 쳐다본 그녀는 언제 깼는지 나른하게 팔꿈치를 괴고 누운 자세로 코로나와 놀고 있는 블레신을 보고 움칫했다.

"옳지, 옳지. 고양이치고 참 예쁜 아이란 말이야. 누구처럼 지키지 못할 약속을 덥석덥석 하지 않으니 믿음직하기도 하고. 안 그래, 석류?"

지키지 못할 약속? 아, 아까 그 이야기인가.

"록사네가 다녀갔습니다. 왕자님 대신 나가서 맞이한 건데 예외를 인정해주셔야지요."

"이제 와서 약한 소리는. 고양아. 인간은 참 핑계가 많은 동물이야, 그렇지?"

마치 그의 빈정거림에 맞장구치듯 코로나가 가늘게 야옹거리며 울었다. 대체 어쩌다 저 아이가 왕자에게 저리 친밀하게 굴게 되었나 하는 의아함 반, 샘 반으로 눈썹을 찌푸렸던 카리사는 곧 가슴을 쭉 펴고 침대 옆으로 걸어갔다.

"네, 좋습니다, 좋아요. 정히 소원이시라면 벌을 받아야지요. 자, 제게 벌을 주세요."

"내가 무슨 소릴 할 줄 알고 그렇게 당당해? 당장 옷이라도 벗으라고 하면 어쩔 참이야?"

"어쩌긴요. 벗지요. 벗을까요?"

도전적인 대꾸에 블레신의 눈이 휘둥그레졌으나 아무 말도 없이 고개만 갸우뚱했다. 카리사는 스톨라의 가슴 아래와 허리에 두른 끈의 매듭을 풀어 의자에 내려놓고 어깨를 여민 브로치를 끌렀다. 스르륵 연한 풀빛의 옷이 허리춤까지 흘러내리는데 불쑥 블레신이 말했다.

"이건 아무래도 좋은 벌이 아닌 것 같아. 네 옷을 벗기는 즐거움은 날 위해 남겨놓자고."

"참으로 빨리도 말씀하시는군요."

"왜, 내가 '옷을 벗어' 하고 명령한 적은 없잖아?"

애석하지만 블레신의 말이 옳다. 카리사는 언젠가 자신의 연금이 허락한다면 수사학 교사를 들여서 화술 공부를 하겠노라 굳게 맹세하며 도로 옷매무새를 고쳤다.

손가락 하나하나까지 훑는 듯한 시선으로 그녀의 움직임을 지켜보던 블레신은 카리사가 고개를 드는 순간 언제 그랬냐 싶게 장난스러운 눈으로 툭툭 침대를 두드리며 말했다.

"일단 올라와."

옷 벗는 것도 대담하게 해치울 태세이던 카리사가 그 말에는 당혹감을 여실히 드러냈다.

"안 잡아먹어. '벌'이라고 했잖아."

블레신의 새빨간 입술을 경계하듯 바라보던 카리사는 이윽고 샌들을 벗고 침대에 올랐다. 가장자리에 걸터앉았는데 "더 가까이, 더."라는 블레신의 재촉에 결국 그의 바로 옆까지 이르렀다.

당장 그가 여기서 나쁜 마음을 먹는다면 자력으로는 이겨낼 수 없다는 걸 분명히 아는 카리사의 심장이 무섭게 두근거렸다. 하지만 블레신은 그런 그녀의 불안을 꿰뚫어본 것처럼 손가락 하나도 그녀에게 대지 않았다. 오로지 느긋하게 코로나의 털을 쓰다듬어주며 그녀의 얼굴을 감상이라도 하듯 바라보았다. 결국 조바심에 밀려 카리사가 물었다.

"혹시 벌이란 게 여기 이렇게 앉아서 눈싸움을 하는 건가요?"

"밤낮의 온도 차이가 너무 심하군, 석류. 내게 애인이 되어 달라고 말한 지난밤의 요염한 아가씨라면 지금 상황에서 눈싸움 운운하진 않을 텐데."

그 말엔 카리사도 그만 뜨끔하여 괜스레 머리카락을 매만지며 어름거렸다.

"어떤 말은 밤이 아니면 할 수 없어요. 어리다고 하셔도 어쩔 수 없지요."

"그런 것치고 아까 옷은 잘만 벗던데?"

"그건 왕자님께서 중도에 말리실 줄 알았으니까요."

"말릴 줄 알았다고? 내가?"

의아해하는 블레신을 카리사가 똑바로 응시하며 고개를 끄덕였다.

"아무리 건들거리고 능청스러운 척해도 왕자님은 애초에 무뢰배가 아니니까요. 짓궂은 언행으로 사람을 당혹케 할망정, 저열한 품성과는 전혀 다르죠. 왕자님은 누가 뭐래도 명예가 무엇인지 똑똑히 알고 있는 천생 귀인이십니다."

담백하지만 진심을 담은 카리사의 강한 눈빛에 블레신은 뭔지 모르게 쑥스러워져 그만 제가 먼저 시선을 돌렸다. 그리곤 그 사실에 골이 나 괜히 언성을 높였다.

"그런 추켜세우기로 벌을 피해볼 속셈인가 본데, 안 통해. 제대로 벌을 줄 거야."

마음을 가라앉히고 카리사를 돌아본 블레신이 이내 뭔가를 떠올리고 짓궂게 웃었다.

"잡힐 듯 말 듯이란 말 알지? 이게 주제야, 석류. 내 입술에, 입맞춤 할 듯 말 듯 다가오는 거야. 해선 안 돼, 어디까지나 벌이니까. 알겠어?"

얼굴을 찡그리고 눈을 빠르게 깜박거리던 카리사는 항명을 할 시간에 차라리 움직였다.

새파란 눈을 또렷이 뜨고 그녀를 바라보는 블레신에게로 카리사가 천천히 고개를 숙여간다. 흘러내리는 머리카락을 한 손으로 붙잡고 그에게로 얼굴을 기울였으나 얼굴간의 거리가 반 뼘쯤 되는 순간부터는 움직이는 건지 마는 건지 모를 정도로 움직임이 더디다.

"이건 할 듯 말 듯이 아니라 그냥 내 얼굴을 구경하는 것에 불과한데?"

그의 지적에 가까스로 손가락 한마디쯤 더 하강하곤 다시 마냥 느려졌다.

"도와줘? 내가 눈을 감아주는 게 편하려나?"

어지간히 어려운 주문이었던지 그녀는 어깨를 들썩이며 숨을 쉬고 있는 지경이다. 블레신이 눈을 감고 얼굴을 받친 손을 까딱거리며 기다린 지 얼마나 됐을까, 부드럽게 살이 스치는 느낌이 찾아왔다.

"코가 닿은 겁니다, 입술이 아니에요. 그러니 이 정도면……?"

말하는 숨결이 그의 입술을 적실만큼 가까워졌으나 블레신은 슥 그사이에 손가락을 넣어 보이며 말했다.

"손가락 하나가 놀 공간이 있잖아."

카리사의 목구멍에서 끄응 하고 앓는 소리가 흘러나와 웃음이 치미는 걸 블레신은 겨우 참았다. 침대를 눌러 제 몸을 지탱하는 카리사의 두 팔이 파들파들 떨리기 시작했다. 더욱 아슬아슬하게 거리를 좁혀오는 카리사의 콧잔등에 옅게 땀이 배어났다.

"명심해, 닿을 듯 말 듯이지 닿아선 안 돼."

"알고 있……."

그 짧은 한마디를 꺼낸다는 게 결정적 패인. 감춰물었던 입술을 열어 말이 맺히는 찰나 그녀의 입술이 블레신의 입술을 건드렸다.

"이런. 이 쉬운 것도 못하다니. 다른 벌을 줘야 하나?"

쿡 웃으며 블레신이 카리사의 뺨을 토닥거렸다. 얼굴을 붉게 물들이며 카리사가 뒤로 몸을 빼려는 것을 한발 빠르게 움직인 블레신의 손이 그녀의 목을 휘감아 아래로 끌어당겼다.

"아!"

나른하게 쉬고 있던 흐트러진 자태는 눈속임이었던 걸까. 블레신이 잡아당긴 그녀를 침대에 눕히고 제 팔 안에 가둔 채 내려다보기까지 눈한 번 깜박할 시간도 흐르지 않았다.

웃음기 없는 얼굴. 가늘어진 눈으로 카리사를 훑으며 블레신이 중얼거렸다.

"재미있는 발상이라고 생각했는데, 알고 보니 자충수였어."

확 그의 얼굴이 가까워지자 카리사가 놀라 숨을 멈추었다. 안심하라는 듯 그가 싱긋 웃어서 카리사의 굳어진 입매가 약간 풀렸다. 하지만 다음 순간 블레신은 그녀에게 몸을 허물어뜨리며 입술을 겹쳐왔다.

"웃, 으응!"

카리사는 온몸을 통해 생생히 밀려드는 그를 절감했다. 버둥거려보려고 해도 팔 하나 뺄 여유가 없다. 그녀의 입술에 한 치의 여유도 없이 맞물려 빨고 비벼대는 입술 자체는 부드러웠으나 내리눌러오는 힘은 그악스럽기 짝이 없다. 카리사는 흡사 거대한 맹수에게 습격을 받은 약한 동물이 된 것처럼 숨이 막히고 기가 질렸다.

'난 대체 이 남자를 어떻게 등에 지고 끌고 갔던 거지?'

낙뢰가 아슬아슬하게 비껴간 날의 일을 떠올리며 카리사는 기억 자체에 의심을 품었다. 그건 꿈이었나? 설사 내가 열 명이 있다고 해도 이 남자를 어떡할 수 있다는 거지?

"아, 콜록콜록, 잠깐……."

문득 입술이 떨어진 짧은 순간 카리사는 황망히 숨을 고르며 말을 꺼냈으나 블레신은 그녀가 입을 벌리게 하는 게 목적이었고 그것을 이루자 더욱 격하게 입술을 포개왔다. 그의 혀가 거칠 것 없이 그녀의 입속을 헤치며 날뛰듯이 유영했다.

블레신의 손이 그녀의 몸을 더듬고 있다는 것을 깨달았을 땐, 이미 스톨라가 발치로 흘러내린 후였다. 카리사의 얇은 여름용 튜닉 너머로 요의만 걸친 그의 몸이 또렷이 느껴졌다. 뒤엉켜 맞비벼지는 다리의 까슬까슬한 감촉이 적나라하다.

카리사의 끙끙거림은 블레신의 손이 그녀의 허리 아래로 끼어들어와 훌쩍 그녀의 허리를 들어 올리는 순간 잠깐 멈추었다가 이어지는 보다 깊은 포옹에 그 색깔이 달라졌다.

그녀의 두 다리 사이에 자리를 잡고 블레신은 당장이라도 사랑을 나눌 것처럼 강하게 허리를 밀어붙였다. 두 사람의 사이를 가로막은 것은 고작 얇은 천 몇 장에 불과하다. 하물며 블레신에겐 그 천조차 의미가 없을 듯했다.

심장이 아플 정도로 뛰고 머릿속이 빙빙 돌며 눈앞이 어찔어찔한 것이 꼭 기절할 것만 같아 카리사는 손톱이 손에 박히도록 으스러져라 주먹을 쥐었다. 그 손을 블레신이 각각 붙잡아 머리 위로 끌어올렸다. 격하게 힘이 들어간 손을 놀리듯 어루만지다 기어코 손가락을 펴게 만들더니 깍지를 끼워 꽉 움켜쥐며 천천히 고개를 들었다.

"날 봐, 카리사."

몇 번이고 같은 말을 반복해서야 파들거리며 떨고 있던 카리사가 눈을 떴다.

"내 애인이 된다는 게 뭘 해야 하는 건지 알아?"

그래서 그게 어떤 건지 살짝 알려줬단 뜻인가? 카리사는 아직도 저릿저릿하도록 뛰는 심장을 느끼며 블레신을 응시했다. 무섭게 긴장했던 몸이 이젠 맥이 탁 풀려 꼼짝도 할 수 없다. 여전히 카리사는 자신이 압도적으로 강한 맹수 앞에 놓인 토끼나 다름없다고 느낀다.

"……알아요. 이런 일도 겪을 거란 거."

"알고 있다고."

그녀의 말을 되뇐 블레신이 천천히 고개를 숙여 입을 맞추려 했다. 카리사가 저도 모르게 고개를 돌려 그의 입술이 그녀의 뺨에 미끄러졌다. 순간 아차 하는 그녀에게 느릿느릿, 블레신의 혀 차는 소리가 들려왔다.

"마치 곧 희생될 제물 같은 눈을 하고 있군."

거칠게 그가 카리사의 얼굴을 돌려 자신을 보게 하며 다그쳐 물었다.

"너 날 조금이라도 좋아하긴 해?"

당혹스럽지만 진실이 필요한 순간이었다. 카리사는 초조하게 입술을 적셨다.

"왕자님께 제가 무람없이 군 것과 별개로, 왕자님이란 그릇 자체는 저와 비교도 안 될 만큼 크다는 것을 알고 있어요. 머릿속이 온통 왕자님으로 차도록 압도되고 감탄한 일도 있어요. 신 중에 아리우스, 사람 중에 블레신. 그 말에 웃으면서도 진심으로 고개를 끄덕였어요. 그런 분의 애인이 되어 총애를 받는 건 멋진 일이 될 거라고 생각했죠. 그걸로는 부족한가요?"

"결국 마음보다 머리가 움직였다는 거군."

"가슴이 아니라 머리로 생각하라고 했던 건 왕자님이세요."

"응. 내가 말했지. 우리 석류, 역시 똑똑하다니까."

블레신이 아이 다루듯이 카리사의 머리카락을 헝클어뜨리며 활짝 웃었다. 그리고 벌떡 일어나 앉더니 벗겨낸 스톨라를 들어 그녀에게 덮어주었다. 그 아래로 드러난 그녀의 다리를 보고 블레신이 불쑥 고개를 숙여 정강이에 입을 맞췄다. 퍼뜩 놀라 움츠러드는 카리사의 반응에 아랑곳하지 않고 정강이를 쓰다듬으며 블레신이 중얼거렸다.

"누워서 다릴 보여주는 걸로는 어림없다는 말을 한 게 아직 생생히 기억나는데, 사람 마음이란 게 이리 움직이기도 한단 말이지. 카리사. 네 마음은 어떨 것 같아?"

돌아보는 블레신의 시선에 카리사는 머뭇머뭇하며 말했다.

"……움직일 거예요."

"좋은 자세야. 나도 네 머릿속을 꽉 채우고 그게 흘러넘쳐 마음까지 퍼지도록 근사한 모습을 보여줄 테니까."

블레신은 씩 웃고는 침대에서 내려갔다. 쉬다 나오라고 말하고 침대의 휘장을 쳐준 뒤 돌아서는 그의 얼굴에 그늘이 졌다. 어딘가로 가버린 줄 알았던 코로나가 소리 없이 나타나 그의 발치에 가볍게 머리를 비비는 것을 내려다보는 눈빛도 딴 사람처럼 가라앉았다. 고양이를 안아들려고 허리를 숙이는 그에게 문득 휘장 너머에서 카리사의 물음이 들려왔다.

"왕자님, 그럼 제…… 애인이 되어주신다는 건가요?"

코로나를 품에 안고 블레신은 휘장 한쪽을 슥 걷어 올렸다. 일어나 앉긴 했지만 아직 기운이 돌아오지 않은 카리사가 스톨라로 가슴을 가린 채 그를 말끄러미 쳐다보았다. 손이 다 빨갛게 익도록 참아가며 고지식하게 배운 대로 그의 어깨에 찜을 해주던 그 성실한 눈으로.

그런 여자니까 그를 조금은 좋아한다는, 입에 발린 말 한마디가 쉬 나오지 않는 거다.

'이 아일 원해.'

절실한 자각 속에 그가 사르륵 웃었다.

"물론. 우리는 이제 애인이야, 카리사."

'날 홀린 대가를 치러야 해, 너도.'

"그러니 둘만 있을 땐 내 이름을 부르는 거야, 카리사."

"무슨 생각을 그리 골똘히 해?"

언뜻 들려온 질문에 카리사가 고개를 들었을 때 발레리아가 말을 세우고 그녀를 돌아보고 있었다. 카리사는 땀이 배어난 이마를 훔치면서 그늘에서 잠시 쉬자고 청했다.

나무그늘로 가서 말에서 내린 두 사람을 위해 나스타가 자리를 펴주고 준비해온 음료를 한 잔씩 챙겨주었다. 차가운 복숭아주스를 시원하게 들이켠 카리사가 말을 꺼냈다.

"말씀드릴 일이 있어요. 그분이 비밀로 삼으실 것 같진 않으니 제게서 먼저 들으시는 게 나을 듯해서."

"오호. 마침내 루키아랑 그렇고 그런 관계가 된 거야?"

바로 핵심을 찔러오는 물음에 카리사는 깜짝 놀라 발레리아를 돌아보았다.

"어떻게 아신 거예요? 설마 왕자님이 벌써 소문을?"

"우후훗, 소문은 무슨. 척하면 척이지. 내가 저번에 그리 공을 들여서 이트궁까지 데리고 간 게 무슨 의미라고 생각한 거야?"

"아, 그야 제가 마세르 오라버니께 드릴 선물을 챙기러 가야 했으니."

"그런 거라면 그냥 사람을 보내면 그만이지 나까지 널 따라 갔겠어? 구경하고 싶었어. 널 보고 놀랄 루키아 얼굴을. 덤으로 클라이저의 놀란 얼굴도 구경했지만."

발레리아의 말에 그날 일을 떠올린 카리사는 마음이 어지러워지려는 것을 끊어내듯이 눈을 한 번 질끈 감았다 떴다. 그리곤 미소와 함께 쾌활하게 말했다.

"네, 생각해 보니 발레리아 님의 공이 지대하시네요. 그날 제 어여쁜 모습을 보고 왕자님께서 제게 홀딱 반하셨지 뭐예요."

"어머머, 정말? 잘됐구나…… 하고 내가 속을 줄 알아? 그렇게 둘러댈 것 없어. 이미 진즉부터 루키아가 널 남다르게 대하는 거 알고 있었어."

그리 표가 나는 일이었나 싶어 머쓱한 기분에 카리사는 빈 잔만 하릴없이 만졌다.

"하지만 내 덕이 없진 않다고 생각할래. 일전에 우리 수호부적까지 바꾸어 가졌잖니. 나는 여러 신탁에서 들은 대로라면 오로지 상승할 뿐, 하락하지 않을 고귀한 운명을 타고 태어났거든. 그런 내 기운이 깃든 수호부적이야. 네게도 분명 효험이 있을 줄 알았어."

"……그렇군요. 새삼 제가 받아도 되는 건지 모르겠네요."

카리사는 목에 걸고 있는 수호부적을 내려다보다가 퍼뜩 눈을 찡그리며 발레리아를 보았다.

"제가 드린 수호부적은 탐탁하세요? 저한텐 썩 훌륭한 행운의 목걸이였지만 과연 발레리아 님께도 그럴지……."

발레리아는 보란 듯이 제 목걸이를 꺼내 보였다. 번쩍거리는 금줄에서 대롱거리는 행운의 돌이 몹시 투박하게 겉돈다. 원래 제 짝이었던 가죽끈과 함께일 때는 꽤 봐줄 만했는데.

"저기, 원래의 가죽끈은 어쩌셨어요?"

"가죽끈? 아, 그런 게 있었지 참. 내가 목이랑 가슴의 살이 특히 약해서 질 나쁜 가죽에 며칠 부대끼더니 빨갛게 일어나더라고. 어쩔 수 없이 버렸는데, 왜? 그게 중요한 거니?"

"아뇨, 중요하기는요. 괜히 고생하셨네요. 그 돌도 발레리아 님 덕분에 호사를 누리네요."

의미를 모르는 발레리아에게 굳이 설명할 것은 없다고 생각해 얼버무렸다. 다만 버릴 바엔 날 줬으면 좋았겠다고 막연히 아쉬워했다. 발레리아는 유쾌한 낯빛으로 짝 박수를 쳤다.

"이런 소식을 들었는데 그냥 넘어갈 수는 없지. 어때? 내가 한 자리 떠들썩하게 마련할 테니 하룻밤 즐겁게 놀아보는 건?"

"그냥 알고만 계셔요. 아직 공주님께도 말씀 못 드렸거든요."

"그러니까 즐거운 향연 자리에서 밝히라구. 에스테르는 물론, 클라이저도 불러서!"

"아뇨, 발레리아 님! 정말 민망해서 싫어요. 아무쪼록 모른 체 해주세요. 제발, 제발요."

"그렇게까지 싫어? 그럼 나도 어쩔 수 없지만. 아쉽네."

깨끗이 단념하는 모습으로 카리사를 안심시켰던 것도 잠시. 승마를 마치고 공터를 뒤로하는 카리사를 지켜보던 발레리아가 나스타에게 말했다.

"이 길로 곧장 출궁해서, 저택으로 가. 그리고 테아로드의 향연을 준비하도록 해."

"손님은 몇 분 정도로 생각하고 계십니까?"

"많으면 넷. 틀림없이 셋이 될 거야. 에스테르는 오늘도 아플 테니까."

"세 분의 손님은 구성이 어찌 될까요?"

갑자기 눈치랑 담 쌓은 것처럼 구는 나스타를 발레리아가 해괴한 거라도 보듯 쳐다보았다.

"남자 둘에 여자 하나. 그래야 짝이 맞지."

쯧 하고 못마땅한 얼굴로 혀를 차며 발레리아는 날렵하게 말머리를 돌렸다.

"클라이저는 훈련장에 루키아는 이트궁에. 어디부터 갈까? 그래, 미끼부터 걸고 낚싯대를 드리우는 거지. 하!"

자문자답으로 행선지를 정한 발레리아가 힘찬 구령과 함께 채찍을 치자 그녀를 태운 말이 지면을 박차며 달려갔다. 뒤에 남은 시종 나스타는 느릿한 걸음을 떼어놓으며 중얼거렸다.

"적당히 타다 말 불에 기름을 붓는 건 아닌지 모르겠군."

막 점심식사를 마치고 훈련장으로 돌아가는 친위대 병사들과 한데 어울려 걸어가던 클라이저는 술렁거리는 친위대의 분위기에 앞쪽을 보았다가 발레리아를 발견했다.

"클라이저! 당신을 기다리고 있던 참이에요."

다가오는 발레리아를 위해 병사들이 옆으로 물러나며 저절로 길이 만들어졌다.

"구경을 온 겁니까? 내가 그러지 말라고 어제 말했을 텐데."

"다른 일 때문이에요. 여기서 그냥 이야기할까요?"

듣는 귀가 많은 주변을 그녀가 슥 돌아보자 클라이저가 좀 걷자고 말해 왔다. 말고삐를 클라이저의 시종에게 맡기고 발레리아는 클라이저와 얼마쯤 걸었다.

"아아, 피곤해. 카리사가 조금만 더 타자고 보채는 바람에 평소보다 무리했지 뭐예요."

클라이저의 팔에 슥 팔짱을 껴오며 발레리아가 푸념했다.

"오늘이 반니 양과 승마를 하는 날이었군요."

"네. 어제 점심 먹을 때 내가 말하지 않았나요?"

"하지 않았습니다."

덤덤한 중얼거림 속의 희미한 애석함을 능히 캐치할 수 있을 정도로 발레리아는 클라이저와 오래 알아왔다. 못 알아들은 척 그녀는 웃으며 고개를 갸웃했다.

"그래도 당장 있을 중요한 일은 이렇게 말하러 왔잖아요. 오늘 밤에 황궁 밖에 있는 내 저택에서 조촐한 향연을 벌일까 해요. 손님은 얼마 안 되지만 클라이저가 꼭 와줬으면 해요."

"경기 예선이 얼마 남지 않았습니다. 향연은 나 말고도……."

"너무 열심히 하다가 정작 당일에 기력이 하나도 없으면 어쩌려고 그래요. 오늘도 아침부터 쉼 없이 몰아쳤을 텐데, 밤이라도 즐겁게 지내요. 모처럼 루키아도 오겠다고 했는데."

"……블레신이요?"

미심쩍은 기색이 담긴 물음. 블레신은 클라이저와 소원해졌듯이 어릴 적 퍽 가까이 지내던 발레리아와도 소원해진 지 오래다. 발레리아가 미망인이 된 후 황궁 안팎에서 연 셀 수 없이 많은 연회 손님에 블레신이 이름을 올린 경우는 전혀 없을 정도로.

"애석하게도 날 보러 오는 건 아니에요. 내 생각엔 카리사가 오니까 못 이겨서 오겠다고 한 게 아닌가 싶어요."

클라이저는 눈썹을 슥 들어 올렸을 뿐 아무 말 없이 걸었다.

"에스테르에게도 와 달라고 청하러 갈 참이에요. 우리 가냘픈 공주께서 모처럼 황궁 밖에 나갈 용기를 낼 수 있게 약혼자가 좀 도와줘야 하잖아요. 클라이저, 오는 거죠?"

"생각해 보겠습니다."

"생각해 보다니! 와요, 클라이저. 오는 거라고 믿을 테니까요."

클라이저의 손을 한 번 꼭 쥐었다 놓고 발레리아는 자신의 말을 시종에게 돌려받았다. 다시 말에 올라탄 그녀가 말머리를 돌리다가 문득 생각난 것처럼 클라이저에게 말했다.

"참, 예비 옷을 준비하도록 해요, 클라이저. 오늘 내가 여는 건 테아로드의 향연이랍니다."

"테아로드……? 그걸, 반니 양도 아나요?"

대답 대신 발레리아는 어깨를 으쓱하며 묘한 미소를 지었다.

"저택에서 봐요!"

낭랑한 인사를 남기고 멀어져가는 발레리아를 지켜보는 클라이저의 미간에 희미하게 주름이 섰다.

30.
헤론 저택의
연회

"어때요, 왕자님? 더 좋아지는 느낌이 드시나요?"

"며칠이나 됐다고 그래. 너 의외로 성격이 급하구나, 석류."

슬쩍 혀를 빼물고 카리사는 막 세 번째 찜질을 마친 블레신의 어깨를 보았다. 김이 모락모락 나는 천으로 온통 뒤덮인 오른팔 때문에 그의 상반신이며 얼굴에서도 땀이 송골송골 솟아나고 있었다. 뜨거운 약물과 씨름을 한 카리사도 땀이 흥건하긴 매한가지.

"날이 정말 더워지긴 했네요. 오늘은 바람 한 점이 안 부는 것 같아요."

손수건으로 블레신의 얼굴의 땀을 훔쳐 주며 카리사는 활짝 열어둔 테라스를 쳐다보았다. 오후 네 시 무렵. 바람은 기미조차 없고 그늘에선 코로나가 널브러져서 골골거리며 자고 있다.

"나 때문에 너까지 덩달아 땀으로 목욕을 하는구나. 내일부턴 부채를 부치게 해야겠어."

"가서 씻으면 그만인데요 뭘. 공연히 부채질을 하다 약물이 빨리 식으면 곤란하기도 하구요. 참, 잊을 뻔했다. 오늘부턴 찜질 마지막에 한 가질 덧붙일 거예요."

"뭘?"

블레신의 물음에 카리사는 대야가 있는 테이블을 옆으로 밀고 블레신의 오른편에 슥 다리를 굽혀 무릎으로 섰다. 그러고선 그의 오른팔에 한 손을 대고 기도를 올리기 시작했다.

블레신은 우스꽝스럽다는 듯 눈알을 굴렸다. 다른 사람이었다면 객쩍은 짓 하지 말라고 당장 손을 휘저었을 게 분명하다. 하지만 눈을 감고 기도하고 있는 이가 카리사라서 마뜩찮은 기색도 이내 거두어들였다. 그녀의 나직한 기도를 서투른 노래로 여기며 블레신은 찬찬히 그녀를 감상했다.

복숭앗빛으로 달아오른 얼굴, 머리를 묶어서 훤히 드러난 목덜미를 비롯해 가늘고 흰 팔, 붉게 익은 두 손까지 땀으로 촉촉하게 젖어 있다. 석류 속살 같은 입술에서 흘러나오는 것은 경건한 기도일진대, 블레신은 차츰 난잡한 생각에 빠져 들어갔다.

기도를 끝낸 카리사는 아직 약간 온기가 남은 찜질천을 만져보곤 블레신을 보며 웃었다.

"용케도 조용하게 계셔 주셨네요."

"나름대로 재미있었거든."

"기도가 재미있었다고요?"

"응. 무슨 내용의 기도일까 상상하는 재미가 있더군."

"자식을 보살피는 어머니들의 사랑을 칭송하는 기도예요. 더 나아가 만물의 어머니이신 하레샤 여신께서 사람에게 베푸시는 자애를 찬양하죠. 말하자면 여기 당신의 아픈 자식이 있으니 자애로움을 보여달라 조르는 거예요. 그런데 정말 기도가 재미있으셨단 말이에요?"

고개를 갸웃하는 카리사에게 불쑥 블레신이 왼손을 뻗어 그녀의 뒤통수를 끌어당겼다. 눈 한 번 깜박할 틈도 없이 입술이 포개어지며 거세게 비벼온다. 균형을 잃고 그에게 쓰러지면서 그만 그의 오른팔을 몸으로 누르게 된 카리사는 그걸 블레신에게 말하려고 애썼다.

"왕자님, 웃, 잠시만요, 팔이, 이쪽 팔이 아프신, 으, 으응."

들썩이는 그녀의 입술을 블레신이 빨고 깨물고 혀로 핥아대다가 아예 입속으로 혀를 밀어 넣고 틀어막아 움직임 자체를 봉쇄했다. 꼼짝없이 압도당한 채로 카리사는 숨을 허덕거렸다. 하지만 어느 순간부터 입 안을 샅샅이 훑는 블레신의 뜨겁고도 촉촉한 혀를 바짝 따라가고 있었다.

가늘게 눈을 뜨고 카리사를 내려다보는 블레신의 눈가에 희미한 만족의 빛이 깃든다. 약탈자의 키스. 제 몫의 숨결도, 타액도 자꾸만 그에게 빼앗기는 걸 모르는 카리사는 그가 찔끔찔끔 내어주는 약간에 매달려 점점 더 녹초가 되리라.

카리사의 목에서 흘러나오는 소리가 못내 가냘파진 것을 확인한 블레신이 천천히 입술을 떼었다. 뒤통수를 붙들고 있던 손까지 떼자 카리사는 그대로 주르륵 바닥에 주저앉았다. 어깨를 들썩이며 호흡하는 카리사의 턱을 들어 올리자 아득히 흐트러진 두 눈이 그에게 향했다.

"고작 키스도 감당을 못하는 거야?"

"……멀미가 나서, 그래요."

"멀미? 석류, 여긴 물 위가 아니야."

"알아요. 하지만 왕자님이 그걸 하시면 저는 꼭 그런 기분이…… 아, 어지러워."

몸을 일으켜보려 했지만 빈혈이 오는 것처럼 눈앞이 핑글 돌았다. 이마를 짚은 카리사의 팔을 잡아당겨 블레신은 그녀를 침대의자 위로 끌어

올렸다. 카리사의 머리를 제 허벅지에 올려놓고 눕게 한 뒤 눈을 손으로 덮어주고 토닥거렸다.

"긴장 내려놓고 푹 쉬어, 카리사. 아니, 한숨 자는 게 좋겠다, 내 예쁜 새끼 고양이도."

"잠은 왕자님께서 주무셔야죠, 저는 잠시만 쉬고 씻으러……."

그녀의 입술을 눌러오는 손가락 때문에 말이 끊어졌다.

"왕자님이 아니라 블레신. 여기 우리 둘 말고 누가 있어서 자꾸 왕자님이야? 벌이 필요하겠어, 내 새끼 고양이."

"지금은 대낮이고 테라스도 저리 활짝 열려 있는 걸요. 조심해야 해요, 왕자님. 낮말은 새가 듣고 밤말은 고양이가, 아니, 이게 아닌데…… 고양이 말고, 고양이 말고……."

그렇게 고양이 운운하다가 카리사는 그만 잠들었다.

"애인이 왕자인데 뭘 그리 몸을 사리는 거람."

빙그레 웃으며 카리사의 머리카락을 쓰다듬던 블레신의 눈길이 다시금 그녀의 쇄골에 머물렀다. 아직도 땀이 맺혀 반짝거리는 것이 못내 유혹적이다. 그대로 몸을 숙여 카리사의 쇄골로 입술을 가져가던 블레신은 언뜻 보게 된 무언가 때문에 동작을 그쳤다. 자고 있었던 코로나가 언제 깼는지 초록색 눈을 크게 뜨고 그를 쳐다보고 있었다. 씩, 블레신이 웃었다.

"과연 단둘이라기엔 애매하구나."

조심스레 카리사의 머리를 내리고 의자에서 일어난 블레신은 찜질천들을 풀어 아무렇게나 던져놓고 잠시 팔을 돌려보았다. 그러곤 역시 왼손을 뻗어 카리사를 일으켜 제 어깨에 기대게 했다.

가볍게 그녀를 들쳐 메고 일어선 블레신은 침소로 향하며 다시 고양이를 보았다. 동그랗게 눈만 그를 따라오는 코로나에게 그가 찡긋 눈을 깜박해 보였다.

"해치지 않아. 살짝 맛만 볼 거야."

침소 입구의 커튼이 가볍게 흔들린 뒤, 문이 닫혔다. 지난봄 이래 닫힌 적 없는 문은 끼이익, 유난히도 큰 소리를 냈다.

퍼뜩 잠에서 깨어난 카리사는 얼마쯤 멍하니 눈을 깜박이며 어스름의 저편을 응시했다. 뭔가 중요한 일을 잊고 있다는 찝찝함이 밀려오는데 그게 뭔지 얼른 생각이 나지 않았다. 눈을 감고 눈자위를 꾹꾹 문지르며 카리사는 반대쪽으로 돌아누웠다.

"뭐더라, 뭐가 있긴 있는데……."

하도 세게 문질러 도리어 뻑뻑해지고 만 눈을 씀벅이던 카리사는 코앞에 있는 사주식 침대의 기둥 형상이 정확히 맺힌 순간 벌떡 몸을 일으켰다.

"내가 어째서 여기에?"

주위를 휘둘러보고 그녀는 자신이 왕자의 침대에 있음을 분명히 확인했다. 다행히 혼자였지만 그래도 제 옷차림을 보고 자기 전과 별다를 바 없는 것에 가슴을 쓸어내렸다.

구르듯이 침대에서 내려서서 내실로 향하던 카리사는 그만 문에 부딪혀 쿵하고 뒤로 나동그라졌다. 아픈 이마를 문지르며 이 문이 왜 닫혀 있는지 의아해했다. 어쨌든 일어나 문을 열었더니 코로나가 기다렸다는 것처럼 긴 울음을 칭얼거렸다.

"여기 있었니, 코로나? 미안, 내가 어쩌다 잠이 들어버린 모양이야. 어머, 저 노을 좀 봐."

테라스 밖으로 보이는 하늘이 타는 듯한 선홍빛으로 물들어 하늘과 맞닿은 건물이며 나무들이 부옇게 일렁거리고 있었다. 고양이를 안고 테라스로 걸어간 카리사는 구름에 가려 도가니에서 타는 금처럼 빛나는 태양을 보고 다시금 긴 탄성을 내뱉었다.

"근사하지 않니, 코로나? 다시 태어날 수 있다면 난 남자로 태어나서 바로 저 태양처럼 살고 싶구나. 거침없이, 저돌적으로 순간순간을 아낌없이 태우면서."

"그런 막연한 희망 같은 건 집어치우고 바로 지금 그렇게 사는 게 어때, 석류?"

등 뒤에서 들려온 목소리에 고개를 돌린 카리사는 힘찬 걸음으로 다가오는 블레신을 보고 살짝 뺨을 붉혔다. 젖어서 직모에 가까워진 머리카락 아래로 요의 위에 헐렁하게 걸친 붉은 카프탄은 어찌나 얇은지 살결이 얼마쯤 비쳐 보였다. 팔락이며 손에 든 깃털부채를 부칠 때마다 촉촉하게 물기가 배인 구릿빛 살결이 반짝거렸다.

"목욕을 하고 오시는 건가요?"

고개를 까딱한 블레신은 그녀의 옆에 이르러 대뜸 어깨동무를 하며 하늘을 올려다보았다.

"구태여 다음 세상까지 기다릴 거 있어? 아직도 살날이 쟁쟁한데, 그 소원대로 살아. 거침없이, 저돌적으로, 순간순간을 아낌없이 태우면서랬지?"

"지금 세상에서 여자는 태생적으로 그리 살기엔 한계가 있습니다."

한숨을 쉬면서 하늘로 시선을 던진 카리사는 목덜미며 어깨에 걸쳐진 블레신의 팔에서 뿜어져 나오는 열기를 강하게 의식했다. 신선한 발삼 향유 냄새가 알싸하게 코끝을 맴도는 걸 깊게 들이쉬던 카리사는 정작 자신은 땀범벅인 채 잠든 사실을 떠올리고 덜컥 심장이 내려앉았다. 급히 블레신의 팔에서 빠져나온 그녀는 물시계를 찾아 두리번거렸다.

"시간이 벌써 저리……. 저녁 준비가 어찌 되고 있는지 한 번 가보겠습니다."

허둥지둥 걸음을 옮기는 카리사의 목덜미를 덥석 잡는 손이 있다. 손가락 끝까지 유난히도 뜨거운 그 손으로 희롱하듯 그녀의 목덜미를 가벼이 쥐었다 놓았다 하며 블레신이 말했다.

"자다 깨서 그런가? 뭘 잊고 있는 것 같은데, 석류."

홱 몸을 돌린 카리사가 크게 고개를 끄덕였다.

"역시 그렇죠? 안 그래도 깨면서부터 뭔가 있는데 그게 뭔지 모르겠다고 생각했습니다."

"그래. 있어. 뭐 잊어도 상관없는 일이긴 한데, 나중에 내 탓을 할까 봐."

"제가 잊은 거니 왕자님 탓을 할 이유는……. 아! 연회! 발레리아 님!"

물시계를 다시 돌아보고 그녀는 놀라서 숨을 들이켰다.

"시간에 맞춰서 갈 수 있을까요, 왕자님? 전 아직 가본 적이 없어서요, 왕자님께선 어딘지 알고 계실 거라던데, 지금부터 나서면 늦지 않게 갈 수 있는 곳인가요?"

"아니. 시간을 생각했으면 한 시간쯤 전에 움직였어야지. 괜찮아. 원래 주빈은 약속 시간에 늦게 나타나는 법이야."

"아! 제가 정신을 똑바로 차리고 있었어야 하는데……. 왕자님, 그 옷을 입고 가실 건 아니죠? 다른 옷을 준비하고 머리도 말려야 하는데, 쿠르도, 쿠르도, 밖에 있어요?"

당장 밖으로 뛰어나갈 태세인 카리사의 팔을 잡고 어디까지나 느긋하게 블레신은 카리사의 머리카락을 쓰다듬었다.

"나는 알아서 할 테니 너부터 살펴, 석류. 풀밭에서 놀다 온 새끼 고양이 같거든."

어머나, 하고 놀란 카리사는 홍당무가 되어 방을 뛰쳐나갔다. 복도에서 마주친 시종들에게 카리사가 그의 시중을 부탁하는 말이 어렴잖게 들려왔다. 그 뒤로 가볍지만 맹렬하게 대쉬하는 발소리도. 물을 따라 마시며 블레신은 뒤에 남겨진 고양이에게 말했다.

"저리 가고 싶어 하는데 방해하는 건 안 되겠지? 어때, 나 꽤 상냥한 애인이지 않으냐?"

단정하게 앉은 자세 그대로 한 시간이 넘도록 두루마리를 들여다보는 클라이저의 뒤로 다가간 발레리아가 가볍게 그의 양 어깨에 손을 올리며 고개를 기울였다.

"그 책이 마음에 든다면 당신에게 드릴게요, 클라이저."

"어렵게 구했다면서 그리 쉽게 줘버리면 쓰나요. 빌려준다면 읽고 돌려드리겠습니다."

"당신이니까 쉬운 거예요. 다른 사람이 달라고 했다면 아주 어려운 일이 됐겠지만."

"일단 빌려주는 걸로 충분해요. 다 읽고 너무 마음에 들면 그때 조를지도 모르겠습니다만."

"흠. 당신이 조르는 모습이라. 어떤 모습일지 상상이 안 가서 한 번 보고 싶은 걸요?"

교태가 담긴 눈길이며 그의 어깨를 건드리는 요염한 손짓, 장미 향기로 휘감은 발레리아는 이 밤 더욱 아름다웠으나 정작 그녀를 돌아보는 클라이저의 눈빛은 담백하기만 했다.

"시간이 꽤 된 것 같은데, 블레신은 아직입니까?"

"네, 아직이로군요."

수없이 씹었을 실망을 눈 안에 감추며 발레리아는 그에게서 물러났다.

"혹시 길을 몰라 못 오는 건가 싶어서 닿는 길마다 하인들을 보냈답니다."

"올 생각이 없는 건지도 모르지요."

그 말에 발레리아는 눈썹을 슥 들어 올렸지만 잠시 후 그럴 리 없다는 듯 고개를 저었다.

"올 거예요. 틀림없이. 카리사에게 단단히 약조를 받았거든요. 아무렴 루키아가 그 아일 홀로 여기까지 보낼 리가 없죠."

그리고 말을 마치기 무섭게 저택 뜰이 떠들썩해지며 하인들이 "옵니다! 옵니다!" 하고 연계하며 외치는 소리가 그들이 있는 곳까지 미쳤다. 발레리아가 함빡 웃음 지었다.

"봐요, 클라이저. 온다고 했죠?"

황금빛 옷을 추슬러 급히 걸음을 옮기는 발레리아를 보며 클라이저도 의자에서 일어났다. 두루마리를 싸개에 넣고 입구의 매듭을 지으며 그는 씁쓸히 한숨을 내쉬었다.

이윽고 그도 발레리아의 서재를 나서 손님이 도착한 홀로 향했다. 눈이 번쩍 뜨이도록 잘 어울리는 붉은 카프탄을 걸친 블레신이 클라이저를 보고는 눈짓으로 인사를 해왔다. 고개를 까딱 해보이며 클라이저는 블레신의 바로 옆에서 발레리아와 이야기를 주고받고 있는 카리사에게 시선을 주었다. 연보라빛 비단을 댄 흰 스톨라를 입은 그녀의 화장기 없는 얼굴은 그 싱그러움으로 인해 마주선 발레리아보다 더 환하게 느꺼졌다.

"이렇게까지 지각을 하다니, 역시 너답다, 블레신."

짐짓 활기차게 말하며 다가가는 클라이저를 뒤늦게 돌아본 카리사가 깊숙이 절하며 옆으로 물러났다. 블레신이 손부채질을 하며 대답했다.

"네, 늘어지게 자다 보니 어느새 해가 지고 있지 뭡니까. 뭐 아예 달이 떴을 때 깬 것보다는 낫지요. 카리사, 나 더워."

투정하는 블레신에게 카리사가 손에 쥐고 있던 홍학 부채를 열심히 부쳐주었다.

"서서 이럴 게 아니라 시원한 곳으로 가자구요. 열기와 냉기가 한껏 어우러진 아주 멋진 곳이 기다리고 있답니다. 자, 따라들 오세요."

발레리아의 인도로 자리를 옮기면서 살짝 뒤로 쳐진 기회에 카리사는 블레신에게 목소리를 낮춰 말했다.

"그냥 제 잘못이라고 한다니까요."

"흥, 그런 사과는 나한테만 해. 그래야 희소성이 있지."

그냥 널 감싸주고 싶었다는 말을 몇 바퀴 꼬아서 하니 카리사의 반응이 마뜩치 못한 것도 당연하다. 그녀는 괜한 걸 물었다는 듯이 눈을 굴리고 부채질에 더 열을 올렸다.

"어이, 그래서야 내가 날아가겠어? 좀 더 힘을 줘서 이렇게, 이렇게 크게 부쳐보라구."

덥석 블레신이 카리사의 손을 쥐고 부채질하는 것을 돕는다. 아니, 방해한다. 뒤에서 자꾸만 속살거리는 기색에 이어 부채를 서로 쥐고 가볍게 몸싸움을 벌이는 것을 곁눈질하는 클라이저의 눈빛이 어두워졌다. 훔쳐보는 고양이가 된 느낌에 단호하게 앞을 보는 그의 눈이 발레리아의 눈과 마주쳤다. 발레리아는 생긋 웃더니 그 너머 블레신을 나무랐다.

"루키아, 곧 원없이 시원한 곳이 나오니까 애꿎은 카리사는 그쯤 괴롭혀요. 카리사 얼굴이 발갛게 익은 것도 안 보여요?"

그 말에 또 그만 클라이저는 뒤를 돌아보았다. 과연 달아오른 붉은 얼굴을 홍학 부채로 가리며 푹 고개를 숙이는 모습에 클라이저의 가슴이 뛰었다.

'저 모습을 나만 볼 수 있었으면.'

부질없는 소원에 한숨을 삼키며 고개를 돌리는데 다시금 카리사가 블레신과 타시락거리는 소리가 들려왔다. 쓴웃음이 그의 입가에 맴돈다.

"어머……."

카리사의 탄성이 넓은 장소에 울리듯이 퍼졌다. 이미 어떤 곳을 보게 될지 알고 있었던 클라이저와 블레신에게선 이렇다 할 큰 반응은 없었다. 카리사만이 조금 빠른 걸음으로 앞으로 몇 보 나서며 주위를 둘러보느라 바빴다.

무지개 빛깔의 모자이크 타일이 깔린 내부엔 뜨거운 김이 피어오르는 탕으로 시작해서 푸른빛이 도는 탕도 있고 포돗빛이 도는 탕, 뽀얀 흰빛이 도는 탕까지 총 네 개의 탕이 있었다. 중앙의 분수대에선 솟구치는 물줄기 사이로 자리한 금빛 새장에서 색색의 새가 아름다이 지저귀고 있다. 게다가 탕 주변으로 늘어선 반짝이는 유리조각상처럼 보였던 것들이 뚝뚝 물이 녹아 흘러내리는 얼음조각임을 알고 카리사는 그 정교한 솜씨에 거듭 탄성을 내뱉었다.

"근사해요, 발레리아 님!"

"이런 거 처음 보나 봐, 카리사?"

"네, 처음이에요. 얼음조각은 황제폐하의 탄신연 구경을 갔을 때 봤지만 제가 갔을 땐 많이 녹아서 형상도 잘 구별이 안 됐거든요. 게다가 지금은 여름이잖아요! 어머, 하레샤 님!"

얼음조각 중에서 하레샤 여신을 귀신같이 알아본 카리사가 재빨리 그쪽으로 달려가 무릎을 굽히며 기도하는 모습에 발레리아는 웃음을 터뜨렸다.

"저 애가 있으면 심심할 일은 없다니까요. 무덤덤한 두 손님께선 반성 좀 하시지 그래요?"

블레신은 하품을 하더니 볼 것도 없다는 듯 소매를 휘두르며 말했다.

"설마하니 눈요기로 배를 채우라는 뜻은 아니지요? 목마르면 저 조각이라도 핥아야 합니까? 아니면 저 퍼런 물이라도 떠서 마실까요?"

"후훗, 성미 한 번 급하긴. 설마 귀인들께 내어드릴 물 한 잔이 없을까요? 나스타!"

발레리아의 부름에 하인들이 긴 식탁을 줄줄이 들고 안으로 들어왔다. 나스타의 지시 아래 식탁을 놓고 앉을 자리를 만들고 나서도 음식을 나르는 하녀의 줄이 한참 이어졌다. 카리사는 풍성한 연회 음식들에 놀라서 눈을 깜박거리다가 불현듯 중요한 사실을 깨닫고 물었다.

"그런데 저희 공주님은요? 다른 방에서 쉬고 계시나요?"

"에스테르가 오기로 했었어?"

블레신이 카리사와 발레리아를 갈마보며 물었다. 카리사가 고개를 끄덕였다.

"그럼요. 모처럼의 외출에 내심 기대하고 계셨어요. 발레리아 님, 공주님은요?"

"에스테르는 오지 않았어."

대답은 클라이저에게서 나왔다. 카리사는 놀란 눈으로 그를 돌아보고 다시 발레리아를 보았다. 발레리아가 애석하다는 듯 한숨을 쉬었다.

"막 출궁하려는데 헤러반궁에서 사람이 왔지 뭐니. 에스테르가 갑자기 열이 올랐대. 네 말대로 에스테르도 오랜만에 바깥 걸음을 하는 건데 어그러져서, 유감이구나 카리사."

카리사의 얼굴은 곧 눈물을 뚝뚝 떨궈도 이상하지 않을 정도로 구겨졌다.

"아까 뵐 때까지만 해도 괜찮으셨는데 왜 또 열이…… 그리 설레서 웃으셨는데."

클라이저가 애처로운 눈길로 무어라 말을 건네려는 찰나 돌연 블레신이 카리사의 뺨을 두 손으로 꾹 눌러 우스꽝스러운 얼굴을 만들었다.

"뭘 새삼스럽게 충격이야. 에스테르야 하루에 열두 번도 좋아졌다 나빠졌다 하는 걸 이제 알았어? 기왕 이렇게 된 거, 네가 할 일은 두 눈, 두 귀 똑바로 열어놓고 땀으로 목욕할 때까지 즐겁게 놀다가 가서 들려주는 거야. 공주님 몫까지 두 배로 더 즐겼습니다, 하고. 알겠어?"

뺨을 꽉 누른데 이어 다시 옆으로 쭉 잡아 늘이는 손가락 힘이 장난이 아니다. 덕분에 카리사는 정신이 번쩍 났다. 그가 하고 싶은 말이 무엇인지도 제대로 이해했다.

"알겠어요, 왕자님. 최선을 다해 즐기겠습니다!"

"그렇게 나와야 석류답지."

하지만 뺨을 붙들고 있는 손은 놓지 않는다. 카리사가 눈을 찡그리며 홱홱 고개를 저어도 낄낄거리며 웃기만 하는 걸 만류하는 손이 있다.

"그쯤 해둬, 아프겠다."

블레신은 클라이저를 힐끗 쳐다본 후 다시 카리사에게 강아지라도 어르듯 혀를 찼다.

"어우, 우리 고양이, 많이 아파요?"

"당연히 아프죠. 어머, 카리사 뺨이 새빨개진 거 봐."

발레리아도 카리사의 얼굴을 보고 한마디 거드니 마지못해 블레신이 카리사의 얼굴을 놓아주었다. 클라이저의 손도 그때야 블레신의 팔에서 떨어졌다.

"정말 당신은 자기 힘에 대한 자각이 없다니까요, 루키아."

발레리아가 부드럽게 카리사의 뺨을 만져주며 혀를 차더니 그녀를 안 듯이 이끌면서 말했다.

"자, 음식은 옷부터 갈아입고 와서 들도록 하죠. 남자분들은 나스타가 안내해줄 거예요."

"옷을 갈아입는다니요?"

카리사가 의아해하며 묻는 말에 발레리아는 고개를 갸웃했다.

"여기 와서 봤는데도 아직 모르는 거야, 카리사?"

"제가 뭘 모르는지도 모르겠습니다."

"귀여운 강아지 같으니. 가면서 가르쳐줄게. 나도 옷을 갈아입을 거니 까."

나스타가 안내하는 대로 따라가면서 블레신이 툭하니 말을 꺼냈다.

"어째 순서가 좀 틀린 것 같습니다. 난 에스테르도 올 거란 이야긴 전혀 듣지 못했거든요. 발레리아 님이 내게 말하기론 이 저택에 크라페던의 곡예단이 머물고 있어서 카리사가 꼭 구경하고 싶어 하는데 그게 오늘까지라는 이야기였습니다."

클라이저가 알만하다는 듯이 웃었다.

"내게 와선 네가 올 거니까 연회에 참석하란 거였지. 이제 보니 발레리아가 각자에게 다른 미끼를 던진 모양이다."

"아. 석류는 에스테르란 미끼를 덥석 문 거였군요."

꼬리에 꼬리를 무는 듯한 관계가 우스워 블레신이 머리를 내저었다. 클라이저도 고개를 끄덕이다가 문득 생각했다. 발레리아가 내게 드리운 미끼가, 정말 블레신이었나? 아니면…….

이윽고 젖어도 상관없을 흰 튜닉으로 갈아입던 블레신은 오른팔에 슬그머니 찾아온 통증에 눈살을 찌푸리다가 아까 클라이저가 그 팔을 쥐었던 일을 떠올리고 새삼 그에게 시선을 던졌다.

블레신에 비할 바는 아니지만 군단복무를 마친 후로 호리호리한 몸에 잔근육이 더해져 썩 탄탄한 체격을 갖게 된 클라이저가 옷을 입다 말고 시선을 느꼈는지 블레신을 보았다.

허공에서 마주친 눈길은, 아주 잠시 서로의 눈빛 너머를 탐색하듯 빛났다. 곧 그 낯선 분위기를 일소하듯이 클라이저가 빙긋 웃었다.

"언제 봐도 굉장한 몸이다, 블레신."

블레신이 턱짓과 함께 선심 쓰듯 말했다.

"숙부도 이제 어딜 가든 남자 소리는 듣겠습니다."

"호오, 그런 과찬까지. 영광이구나, 루키아노스."

짐짓 예를 갖춰 클라이저가 절을 하니 블레신이 유쾌하게 웃음을 터뜨렸다.

"요새 훈련장에 뜸하던데 따로 극비훈련이라도 하는 거냐?"

"극비라고 할 것까지야 없습니다. 장소가 훈련장에서 후원으로 바뀌었을 따름이죠."

"연습을 하긴 한다는 거군."

"암요, 열심히 하고 있습니다. 판돈이 커졌거든요. 값을 매기기 힘들 만큼."

"단순히 돈 이야기가 아닌 것 같군. 뭘 건 거냐?"

블레신은 어깨를 으쓱하고선 먼저 나간다고 걸음을 옮겼다. 경쾌하게 휘파람을 불며 나가는 블레신의 뒷모습을 쳐다본 클라이저는 시중을 드는 체로스의 손길을 마다하고 제 손으로 허리띠 매듭을 지으며 밖으로 나왔다. 그사이 꽤 멀어진 블레신을 따라잡기 위해 그는 달렸다.

바로 옆까지 온 클라이저를 본체만체 블레신은 휘파람을 이어갔다. 클라이저는 그것이 끝나길 기다리지 못하고 말을 건넸다.

"나랑도 내기를 하는 건 어떠냐, 블레신? 나도 판돈이라면 크게 걸 수 있어."

"글쎄요, 숙부의 돈을 우려내봤자 좋은 소릴 들을 것 같지도 않고⋯⋯."

"그럼 꼭 돈이 아니어도 되지."

"돈 말고 뭘 걸겠다는 말씀이십니까?"

"뭐든. 이기는 자의 소원을, 그것이 무엇이 되었든 들어준다, 어떠냐?"

"무엇이 되었든?"

마음이 좀 동하는지 블레신이 클라이저를 쳐다보았다. 하지만 곧 고개를 젓고 만다.

"시시합니다. 뭘 하든 제가 이길 게 뻔한 걸요."

주변에 향내가 자욱하게 흘러오면서 오늘의 연회장소인 탕이 가까워졌다는 걸 깨닫고 블레신은 크게 기지개를 한 번 켜다가 하품을 했다. 그때 클라이저가 건넨 말에 하마터면 블레신은 턱이 빠질 뻔했다.

"팔씨름이나 한 번 하자, 블레신."

"제 팔, 안 보이십니까, 숙부?"

블레신은 떡 벌어진 어깨에 달린 두 개의 무기를 가리켰지만 클라이저는 태연했다.

"레슬링을 한다면 네게 이길 자신은 없다만, 팔씨름이라면 오 대 오라고 생각하거든."

"저한테 비길 수 있을 거라고 생각하시는 거군요. 진심으로."

정말로 놀라워서 블레신이 고개를 젓는데 클라이저는 빙긋 웃으며 어깨를 으쓱했다.

"어찌 될지 모르는 일 아냐? 전에 팔씨름을 한 것도 거의 십 년이 넘었으니까. 난 그때 그 어린애가 아니다."

"제가 아직 그 어린애였다면 승산이 없진 않으실 텐데."

블레신의 빈정거림에도 클라이저는 어디까지나 온화하게 자신의 의지를 밀어붙였다.

"일단 해보자. 결과가 비기는 걸로 나온다면 내가 말한 내기도 생각해 보렴."

블레신이 이렇다 할 확답을 하지 않은 채 둘은 탕으로 돌아왔다. 이미 와 있던 발레리아가 둘을 보고 어찌 여자보다도 더 행동이 굼뜨냐며 타박을 던졌다. 클라이저가 웃으며 변명했다.

"내가 계속 블레신을 조른 탓에 걸음이 좀 느려졌나 봅니다."

"클라이저가 루키아를 조르다니요? 무슨 일로 말이죠?"

준비된 연회석에 앉으며 클라이저는 팔씨름에 대한 이야기만 꺼냈다. 발레리아는 대번에 손뼉을 치며 반색을 했다.

"어쩜, 클라이저! 당신이 아무 대책 없이 말을 꺼낼 사람이 아니란 건 아는데 상대가 루키아라니 이건 뭐라고 말해야 할지! 아, 난 무조건 당신을 응원할게요, 저 오만한 루키아를 확 이겨버려요! 아니, 이건 비기기만 해도 당신의 승리인 거예요!"

시녀에게서 포도주 병을 받은 발레리아가 클라이저에게 걸어와 그의 잔을 채워주며 달콤한 응원도 가득히 쏟아냈다. 말미에 블레신을 건너다 보며 떠보듯이 묻기도 했다.

"무작정 거절만 하는 건 경우가 아니지 않을까요, 루키아? 모처럼 숙부가 팔씨름을 하자는 건데, 당연히 이길 거라서 싫다는 건 핑계라기엔 좀 빈약하네요."

블레신은 시큰둥하게 눈알을 굴리다 복숭아주스를 마시고 있는 카리사와 눈이 마주쳤다. 까딱까딱 그가 손짓하자 카리사는 잔을 들고서 그에게로 왔다.

"뭘 그리 혼자 맛있게 마시는 건데?"

"복숭아주스요. 신선해서 정말 맛있습니다. 한 잔 드실래요?"

"됐어, 너나 마셔. 하여간에 어린애라니까."

그 어린애의 뽀얀 뺨을 살짝 꼬집고서 카리사 쪽으로 돌아앉은 블레신은 주스로 적셔져 더욱 윤이 나는 그녀의 붉은 입술을 응시하며 물었다.

"어때, 석류. 숙부의 무모한 도전에 내가 장단을 맞춰드리는 게 옳은 일일까?"

카리사는 블레신을 쳐다보고 이내 맞은편의 클라이저를 보았다. 여느 때 같았다면 블레신의 압승에 무게를 두었으리라. 하지만 카리사는 블레신의 오른팔에 문제가 있다는 것을 안다. 그렇기에 클라이저에게 승산이 있을지도 모르나 그것은 공정한 게임이 아니다.

"카리사, 대답을 잘해야 돼. 네 말 한마디가 루키아의 마음을 움직일지도 몰라."

발레리아가 던진 말에 카리사는 살짝 어깨를 움츠리긴 했으나 대답은 정해져 있다.

"여흥 삼아 팔씨름도 좋겠지만 더 중요한 경기가 며칠 뒤면 있지 않습니까? 힘을 아껴두시고 진짜 실력은 그때부터 보여주시는 게 어떨까요?"

양측 모두를 배려한 만류였으나 카리사가 자신의 오른팔을 신경 쓴다는 것을 깨달은 블레신은 외려 호승심이 불끈 일었다. 설사 팔이 부러졌다고 해도 클라이저 따위야!

"석류가 아무래도 숙부께서 무참해지실까 봐 걱정하는 모양입니다. 보세요, 역시 이게 정상이라니까요."

"또 말씀을 이상하게 하신다. 그런 뜻으로 한 말 아니에요."

블레신의 옆구리를 쿡 찌른 카리사가 클라이저를 보며 두 손을 내저었다. 백 마디의 말보다 두 사람에게서 느껴지는 허물없는 태도가 클라이저의 급소를 건드렸다.

"길고 짧은 건 대봐야 아는 거지."

그리 중얼거린 클라이저가 슥 자리에서 일어나 블레신에게 걸어왔다.

"겨뤄보자, 블레신. 또 거절한다면 정말로 모욕으로 받아들이겠다."

클라이저를 올려다보며 블레신은 입꼬리의 한쪽만 들어 씩 웃었다. 두 쌍의 푸른 눈이 허공에서 만나 쨍하니 빛난다. 카리사는 뭔가 심상치 않은 기류에 꿀꺽 마른침을 삼켰다.

잠시 후 낭랑한 발레리아의 웃음소리가 정적을 갈랐다. 그녀는 웃으면서 블레신이 자리한 탁자까지 와서 클라이저의 어깨를 두드렸다.

"우후훗, 이래서 내가 클라이저를 좋아한다니까요. 이리 온화해보여도 알고 보면 호승심 강한 남자야. 달리 네메트러스의 핏줄일까. 루키아, 이래도 상대를 안 해줄 건 아니죠?"

찡긋 블레신에게 윙크를 던진 발레리아가 노예들을 시켜 탁자 위를 치우게 하고 팔씨름을 할 만한 장소를 만들었다.

"아시죠? 이쪽은 조심하세요. 아예 힘을 주는 척만 하세요. 방락 님 말씀 기억하시죠?"

한동안 무거운 건 들 생각도, 힘을 쓸 생각도 말라는 방락의 말을 상기시키며 카리사가 눈에 힘을 주고 쳐다보자 블레신이 고개를 갸웃했다.

"하지만 괜히 져준다는 소리나 들을 텐데……."

"들어도 돼요. 여기서 이기고 돌아가서 제게 들볶이고 싶으신 게 아니면 잘 생각하세요."

"어떻게 들볶을 건지 한 번 보고 싶은데?"

블레신은 낄낄거리며 어깨를 푸는 등 준비에 들어갔다. 도무지 그가 미덥지 않은 카리사는 머리를 굴려 보다가 발돋움하여 그의 귀에 몇 마디 속삭였다. 블레신은 눈을 천천히 깜박이며 카리사를 쳐다보다가 가타부타 말없이 준비된 자리로 나아갔다.

이미 자리에 앉아 있던 클라이저가 그를 맞는다. 블레신을 쳐다보는 눈이 아닌 게 아니라 여느 때와는 다르다. 블레신은 이 녀석도 이렇게 수컷 같은 눈빛을 지을 줄 아는 건가 하고 피식 웃었다.

'하기야 피는 거짓말을 하지 않는다고 하니까.'

과연 클라이저의 피는 전에 없이 들끓고 있다. 카리사가 블레신의 곁에 딱 붙어서 그의 팔을 만지고 저희들만의 속삭임을 나누고, 귓속말까지 하는 걸 그는 똑똑히 보았다. 저도 모르게 가빠진 숨을 누르느라 클라이저의 관자놀이에 핏줄이 섰다.

"왼손부터?"

"좋지."

서로 왼손을 탁자 위로 올리는데 발레리아가 문득 잠깐, 하고 제지했다.

"명색이 사내들의 시합인데 여인의 응원이 없어서야 쓰나요. 자, 이미 난 클라이저를 응원하겠다고 말했으니까 이 손은 내 거예요. 클라이저,

행운을 빌어요."

클라이저의 왼손을 들어 그 손등에 발레리아가 입술을 댔다. 쪽 소리가 날 정도로 분명한 키스는 클라이저의 손등에 붉은 자국을 남겼다.

블레신이 대뜸 "석류!"하고 외치며 왼손을 들었다. 발레리아 님은 왜 이런 것까지 챙기신담, 하고 속으로 원망하며 카리사도 별수 없이 블레신의 손을 잡았다. 푸르스름한 혈관이 울룩불룩한 큰 손을 멀뚱멀뚱 쳐다보다가 블레신의 재촉이 있고서야 각오하고 꾹 입술을 댔다. 파, 하고 참았던 숨을 내뿜으며 입술을 떼었으나 블레신은 손에 아무 자국도 없다고 트집이다.

"차라리 물기라도 해. 이빨 자국 몰라? 앙, 하고 물어."

"개나 고양이도 아니고 어찌……."

난감해하는 카리사에게 발레리아가 이럴 때 한 번 시원하게 물어버리라고 부추겼다.

"루키아 때문에 골탕 많이 먹는다고 속상해 했잖아. 자리 깔아줬으니 복수해버려, 카리사!"

"그래, 석류. 어디, 얼마나 복수를 잘하나 구경 한 번 하자. 물래도?"

양쪽에서 몰아대니 카리사가 에라 모르겠다 하고 블레신의 손등을 깨물었다.

"자요, 자국. 행운을 빕니다, 왕자님."

"약한데……. 지면 이거 다 네 탓이야."

희미한 이빨 자국에 머리를 내저었으나 클라이저에게 손을 내미는 블레신의 얼굴엔 자신감이 넘쳐흘렀다. 또 한 번 질투의 감정으로 내몰린 클라이저 또한 전의는 가히 폭발적이다.

심판을 맡은 발레리아가 "시작!"을 외치기 무섭게 맞잡은 손에 엄청난 힘이 흘러들었다. 순식간에 넘겨버리는 것은 조금 가엾은 일이라고 생각해 처음엔 잠시 호락호락하게 상대해줄 생각이었던 블레신은 어느 순간 자신의 생각보다 더 많이 기울어가는 팔을 보고 정신이 번쩍 들었다.

더 이상 넘어가는 일 없이 버티며 클라이저를 쳐다보니 목은 물론 탁자 위에 놓인 다른 손까지 팽팽하게 긴장해 그야말로 자신의 모든 힘을 다 끌어낸다는 느낌이었다.

'나한테, 이길 참이야, 진심으로?'

'결과는 두고봐야 아는 거지.'

눈빛을 통해 대화가 오가고 블레신이 쿡 웃었다. 이어서 "으랴아!"하는 기합과 함께 사정없이 반대쪽으로 팔을 꺾었다.

여지없이 클라이저의 왼손이 탁자에 먼저 닿고 말았다.

붙잡았던 손을 툭 떨궈 내고 블레신은 오른손을 들며 "바로 다음 판?" 하고 물었다. 태연자약한 표정과 달리 이마에 한줄기 땀이 흘러내리고 있다. 클라이저는 얼얼한 왼손을 쥐었다 폈다 하며 역시 괴물 같은 녀석이라고 생각하면서도 블레신의 땀 한 방울을 뚫어져라 응시했다.

"기억하겠지만 난 오른손이 더 강해. 이것보다는 더 어려울 거다."

"전 다 강합니다."

지지 않고 말하는 블레신을 카리사가 불안한 눈으로 쳐다보았다. 그런 그녀를 눈에 담은 클라이저가 불쑥 말을 꺼냈다.

"블레신. 행운의 여신을 바꾸는 게 어때, 이번엔."

카리사가 놀라서 그를 쳐다보는 가운데 블레신이 실소를 지었다.

"제가 실력이 아니라 석류의 가호로 이겼다고 보십니까? 발레리아 님이 서운하시겠어요."

"어쩌겠어요. 제 응원이 효력이 없었던 건 사실인데요."

발레리아의 눈가에 언짢은 기색이 떠올랐으나 이미 요염한 미소로 그것을 감추고 장난스럽게 한탄했다. 그녀는 클라이저의 어깨를 양손으로 짚고 고개를 기울여 다정하게 말했다.

"카리사와 자리를 바꿀게요. 대신, 이번엔 꼭 이겨야 해요, 클라이저."

"상냥한 발레리아. 이해해줘서 고마워요."

클라이저의 미소를 받은 발레리아가 당장 블레신의 옆으로 왔다. 하지만 카리사는 선뜻 움직일 생각을 못 하고 있는 것을 블레신이 지그시 그녀의 손을 쥐며 말했다.

"괜찮아. 어차피 여흥일 뿐이잖아? 가서, 숙부의 손도 한 번 깨물어 드리렴, 석류."

말은 쉽게 했으나 그녀의 손을 놓아주지 않고 계속 쥐고 있다. 발레리아가 둘 사이에 끼어들어 그 손을 떼어놓았다.

"그래, 카리사. 여흥이잖아. 그래도 용기가 안 나면 술이라도 한 잔 할래?"

"아니, 저는, 공주님께 면목 없는 짓은 하고 싶지 않습니다만……."

"어머, 그럼 난 에스테르에게 면목 없는 짓을 했다 이거야?"

"에, 아뇨, 아뇨, 그런 뜻이 아니라……."

"오늘 에스테르가 오려다 못 왔으니 네가 에스테르의 대신이라고 생각해, 그럼. 루키아, 카리사가 다시 겁쟁이가 됐네요. 당신이 가라고 좀 더 분명하게 명령해 봐요."

블레신이 씩 웃으며 주먹을 불끈 쥐어보았다.

"가, 석류. 나만 믿고."

"어머, 어찌 됐든 자기가 이길 거라고 생각하나 봐. 가끔 정말 얄밉다니까."

그 말을 오해한 발레리아와 달리 카리사는 그 속뜻을 알아들었다. 알아들었다고 생각했다. 그렇기에 뻣뻣이 굳은 몸을 돌려 클라이저에게로 걸음을 옮겼다.

"이빨 자국까지 내진 않아도 되죠, 전하?"

애써 장난스럽게 웃으며 건넨 카리사의 말에 클라이저는 고개를 끄덕였다. 불쑥 일어난 충동에 일을 저지르긴 했지만 정작 카리사가 그의 곁에 서니 심장이 요동을 쳤다. 그녀가 자신의 오른손을 붙잡는 순간 그는 빤히 쳐다보지 않으려고 부러 헛기침을 했다.

카리사는 손을 잡고서부터는 주저하지 않았다. 블레신과는 달리 퍽 희고 깨끗한, 그리고 조금은 차가운 손을 의식하며 그의 손등에 쪽 입술을 댔다.

"행운을 빌겠습니다, 전하."

"고마워요."

그녀의 눈을 응시하며 클라이저가 말했다. 은근한 뜻을 담은 그의 시선. 머리로 몰려드는 열을 자각하며 카리사는 뒤로 물러서 발레리아를 재촉했다.

"이번으로 끝나는 거 맞죠? 발레리아 님, 뭐하세요? 어서어서 해치워 버려야지요."

"뭐야, 급하긴. 이건 여간해선 볼 수 없는 경기라구, 카리사."

"그래 봤자 팔씨름이죠. 전 배가 고파요, 그리고 어서 물놀이도 하고 싶은 걸요!"

카리사의 호들갑에 발레리아가 웃고 블레신도 시간 끌지 말자고 박자를 맞췄다. 발레리아의 입술 연지가 손등을 장식하기 무섭게 블레신이 클라이저에게 오른손을 내밀었다.

"속전속결로 숫자 다섯을 셀 동안 결판을 보지요, 숙부."

고개를 끄덕이며 클라이저는 블레신의 손을 맞잡았다. 벌써부터 짜릿하게 들어오는 손아귀 힘을 느끼며 클라이저는 조용히 호흡을 골랐다.

"시작!"

발레리아의 말이 떨어지고, 두 남자의 상체가 앞으로 쏠린다.

"하나, 둘, 셋, 넷, 다섯!"

쿵 하며 탁자에 내리눌러진 손은, 블레신의 것이었다. 클라이저가 이겨놓고도 멍하니 탁자 위만 쳐다보는 가운데 블레신이 고개를 절레절레 저었다.

"이런, 우습게 생각했다가 한 방 먹었습니다, 숙부. 열까지만 셌어도 역전했을 텐데 아, 이래서 방심이 무서운 적이라니까."

손을 풀고 일어난 블레신이 당장 카리사에게 어깨동무를 하며 그녀를 추켜세웠다.

"이야, 석류. 알고 보니 너한테 행운이 붙어 다니는 모양이야. 앞으론 숙부가 아니라 할아버지가 달라고 해도 안 줘야겠다."

"루키아, 중요한 걸 잊고 있는 거 아니에요? 애초에 카리사는 에스테르의 시녀라는 걸요."

엉겁결에 두 번 연속 패자 편에 서게 된 발레리아가 살짝 가시 돋친 말을 던졌다.

"설령 에스테르가 욕심꾸러기 오라비를 위해 돌려받는 걸 영영 단념한다고 해도 근본적인 문제가 남아요. 카리사는 이십 년 후, 정확히 십팔 년 후면 황궁을 떠나 어디로든 갈 수 있는 자유인이란 거죠."

"아, 십팔 년 후라면, 벌써부터 걱정해주실 필요는 없습니다, 발레리아 님. 알고 보면 우리 석류는 막연한 자유 따위보다 더 큰 것을 볼 줄 아는 야심가거든요."

"야심가라고요? 카리사가? 참! 루키아, 당신, 카리사의 장래 희망에 대해 알고 있는 거군요? 카리사, 내 말이 맞지?"

머쓱하게 고개만 갸웃하는 카리사를 보고 발레리아가 토라진 체했다.

"내게만 몰래 들려준 비밀 아니었니? 루키아까지 알고 있다니 나 좀 서운해."

"어쩌다 보니 그렇게 되었습니다. 그래도 아는 분은 두 분뿐이에요. 그러니 아무쪼록……."

아무쪼록 마음속에만 담아달라는 부탁을 하려던 카리사의 시선에 클라이저가 들어왔다. 어느새 여느 때처럼 침착한 모습으로 돌아온 그가 엷은 미소와 함께 입을 열었다.

"넷 중에 셋이 알고 있는 일을 나 혼자 모르는 것 같군요. 때문에 부쩍 소외감을 느낀다고 고백해도 소심하다고 손가락질 하는 건 아니겠죠?"

전혀 아니라고 대꾸하며 발레리아가 클라이저의 귓가에 무어라 속삭이는 것을 카리사는 초조하게 지켜보았다. 발레리아가 다시금 허리를 펴고 반듯하게 섰을 때 클라이저는 중얼거렸다.

"반니 양의 충실한 현재는 그런 미래를 위한 포석이었군요."

아아, 이래서야 나중에 총관이 못 되면 죽을 수도 없겠구나 하며 카리사는 벌겋게 익은 얼굴을 썩썩 문질렀다. 그런 그녀의 등을 가볍게 치며 블레신이 야단쳤다.

"새삼스레 뭘 쑥스러워해. 꿈이란 건 말하라고 있는 거야. 남들이 많이 알수록 이루려는 발분도 강해지는 거라고. 뭐야, 석류 너 얼굴이 석류가 됐잖아? 불나겠어, 아주."

블레신의 말에 그만 더 얼굴에 열이 오르는 부작용이 났다. 열심히 손부채질을 하며 이야기는 그만 하고 식사나 하자고 카리사가 말했지만 블레신은 듣는 둥 마는 둥 물빛이 일렁이는 탕을 돌아보다가 발레리아에게 가장 시원한 탕이 어느 거냐고 물었다.

"저기 저 보랏빛 탕이요. 포도주를 부어놓았으니 마실 수도 있답니다."

"와우! 석류, 저기 지상낙원으로 가자!"

"예? 저는 그냥 자리로 돌아가 식사를, 꺄아아!"

블레신이 팔을 이끄는 것에 카리사가 사양의 말을 꺼내기 무섭게 기습 공격을 받았다. 블레신은 두 번 권하는 대신 그녀를 냅다 어깨에 들쳐 메고 성큼성큼 걸음을 옮겼다. 내려달라고 외치는 카리사의 목소리를 귓등으로 흘리며 걸어가는 블레신의 모습에 클라이저가 슥 자리에서 일어났다. 하지만 그의 의도를 미리 짐작하고 붙잡는 손이 있었다.

"눈치 없이 굴지 말아요, 클라이저. 연인들의 장난인 걸요."

클라이저는 발레리아를 빤히 쳐다보고 블레신을 다시 보았다.

탕 앞에 이르러 블레신은 카리사를 큰 통나무라도 되듯이 번쩍 머리 위로 들고선 물로 들어갔다. 깊이를 몸소 확인한 그가 씩 웃더니 카리사를 물에 확 내던졌다.

풍덩 빠지기 무섭게 카리사는 "헤엄칠 줄 모릅니다! 전 헤엄칠 줄 몰라요! 살려주세요!"하고 사색이 되어 비명을 질렀다. 포도주가 섞인 물을 몇 모금 삼킨 후에야 카리사는 발로 서 있어도 가슴까지 밖에 안 오는 깊이인 걸 깨닫고 민망함에 그만 제풀에 꼬르륵 물속으로 잠수했다. 그러다 죽는다고 놀려대면서 블레신이 낄낄 웃었다. 그러곤 바로 물속에서의 숨바꼭질이 시작되었다.

발레리아가 부채로 교묘히 입가를 가린 채 클라이저를 보며 말했다.

"꽤 어울리는 한 쌍이죠? 난 그가 좀 더 성숙한 여성을 찾지 않을까 했는데 예상이 빗나갔어요. 카리사, 저 아이, 어릴 적의 루키아와 닮은 것 같지 않아요? 사람은 자신과 닮은 사람에게 끌리거나 정반대의 사람에게 끌린다던데 루키아는 전자였나봐요. 당신은 어때요?"

저 멀리, 블레신에게 붙잡히지 않으려고 기를 쓰고 도주 중인 카리사를 뚫어지게 바라보며 클라이저가 중얼거렸다.

"나는 모릅니다, 그런 건."

"아아, 그래요, 어차피 괜한 질문이었네. 당신에겐 에스테르가 있으니까. 에스테르와 당신은 많이 닮았죠. 역시 당신도 전자네요, 클라이저."

물놀이에 낄게 아니면 식사부터 하자는 발레리아의 말에 클라이저도 천천히 몸을 돌렸다. 문득 생각났다는 듯 발레리아가 클라이저의 승리를 축하해주었다.

"팔씨름으로 두 사람이 비기는 날이 오는 걸 내 눈으로 구경하다니, 참으로 멋져요. 며칠 후의 경기에 더 많은 판돈을 걸겠어요, 물론 당신에게."

"나라면 다시 생각하겠습니다. 저 녀석, 두 번째 판은 내게 부러 져준 겁니다."

"어머. 루키아가 그럴 성격은 아닌데……."

발레리아의 말은 클라이저의 아픈 부분을 찔렀다. 확실히 블레신은 이런 자리에서 상대를 생각해 져주고 말고 할 만큼 세심한 성격이 아니다. 그러니 한 가지 수밖에 남지 않았다. 다른 의지의 작용. 아마도, 카리사가 지는 것을 종용했으리라.

아주 틀린 생각은 아니었으나 그 원인을 클라이저는 잘못 짚었다. 당장엔 원인을 알 수도 없다. 다만 오해의 샘물이 펑펑 솟아나 들끓었던 피를 싸하게 식혀나가고 있을 뿐이었다.

한참 놀다가 몸이 너무 차가워져 김이 펄펄 나는 열탕으로 옮겨서 몸을 데우는 사이 포도주 탕에서 마셨던 물이 그것도 술이라고 카리사를 취기로 몰고 갔다. 다행히 약간 어지러운 것을 스스로 자각하는 정도로, 술주정을 할 정도는 아니라 짐짓 아무렇지 않은 척 밖으로 나와 푹 꺼진 배를 채우기 시작했다.

황궁에서도 잘 먹고 지내긴 하지만 연회석의 음식에 비할 바는 아니다. 특히 그것이 발레리아가 작정을 하고 준비한 것이라면 단연 수도 카데사레아 최고의 산해진미일 수밖에 없다. 보는 것도 탐스럽고 먹으면 맛도 기막힌 음식들을 카리사는 포만감이 뭔지 모르는 사람처럼 열심히 먹었다. 평소 주량을 넘긴 포도주가 더 식욕을 부추겼을지도 모른다.

세 번째 코스 요리가 치워지고 후식을 기다리면서 발레리아는 일행을 뽀얀 젖빛으로 물든 탕으로 이끌었다. 실내에 가득한 장미향 때문에 거의 느끼지 못했는데 그 탕에선 톡 쏘는 계란 썩는 냄새 같은 게 나고 있었다. 온천수를 쓴 거냐는 블레신의 물음에 발레리아는 가문의 비밀이라며 미소를 머금더니 휴식에도 좋고 소화도 잘 될 거라며 어서들 들어가기를 권했다.

딱히 거부하는 이 없이 모두가 제자리를 차지하고 앉아 쉰지 얼마나 됐을까. 문득 천장에서 쉭, 쉬익 하는 소리가 나더니 엷은 안개비 같은 게 얼굴에 흩뿌려졌다. 뜨뜻한 물에 잠겨 살짝 졸음에 빠져 있던 카리사가 얼굴을 적시는 찬 느낌에 눈을 뜨고 위를 보았을 때 그녀의 시야에 팔락거리는 붉은 나비가 보였다.

"나비가, 나비가 저렇게나 많이……."

멍하니 입을 벌린 카리사를 돌아보며 블레신이 피식 웃었다.

"나비가 아니라 꽃잎이야. 장미꽃. 테아로드의 연회, 몰라? 천장에서 쉴 새 없이 흩뿌려지는 향수며, 쏟아져 내리는 꽃잎들 때문에 질식해 죽는 자들도 나왔다는 악명 높은 연회. 덤으로 탕에서 술을 마시다 익사해 죽기도 하고 또…… 어찌됐든 이래저래 죽는 사람이 많았지."

"홍, 나는 어디까지나 좋은 점만 가져왔다구요, 루키아."

둘의 신경전은 흘러들으며 카리사는 천장 가득 팔락이며 내려오는 장미꽃잎을 보느라 벌린 입을 다물 줄 몰랐다. 그 바람에 엷은 안개비가 되어 내리는 향긋한 물도 꽤 삼켰다.

클라이저는 어린애처럼 상기된 얼굴로 꽃비에 푹 빠진 카리사를 보며 그나마 블레신이 입에 담지 않은 테아로드 연회의 어두운 점을 생각했다.

연회의 중반부터는 너나할 것 없이 벌거벗고 혼음을 벌인 것으로 유명하다. 폭군이 지배하던 시절 궁의 천장에서 노예들이 열심히 불어댄 관에서 나온 물에는 막대한 양의 미약이 섞여 있었던 것이다. 그런 이유로 죽은 사람 또한 존재한다. 물론 지금, 발레리아의 연회에서 그런 일은 일어나지 않을 테지만.

하지만 딱히 미약이 아니더라도, 사방에 가득한 향기, 또 비현실적인 꽃비 속에 혼욕을 하는 남녀라는 상황은 야릇한 일을 불러일으킬 충분한 계기가 됨을 클라이저는 깨달았다. 카리사의 흠뻑 젖은 머리카락, 말갛게 반짝이는 얼굴, 꽃을 받으려고 손을 뻗으면서 펼쳐진 가느다란 팔에서 좀처럼 눈을 뗄 수가 없다. 너무 오래 그녀를 응시했음을 깨닫고 클라이저는 고개를 숙여 세수라도 하듯 얼굴을 문질렀다. 도저히 이대로는 안 되겠다.

"아무래도 술을 좀 과하게 한 모양이에요. 잠시 조용한 곳에서 쉬었으면 하는데."

"그렇게 해요, 클라이저. 나스타, 쉴 방을 마련해 드려."

클라이저가 탕을 나간다는 이야기에 비로소 그가 있는 방향으로 시선을 준 카리사는 물에서 일어서 나가는 그를 보고 눈앞이 아련해지는 착각에 빠졌다. 노예에게서 수건을 받아 얼굴을 훔치는 단정한 옆얼굴과 달리 젖어서 한층 어두워진 갈색 머리며 몸에 바짝 달라붙은 튜닉은 그에게 전에 없는 요염함이란 색을 부여했다.

언뜻 그녀 쪽을 보는 그와 눈이 마주칠 뻔도 했으나 카리사는 머리를 쓸어 넘기다가 마침 눈 먼 꽃잎 하나가 그녀의 손가락 사이에 떨어지는 느낌에 반색을 하며 "잡았다!"하고 외쳤다. "글쎄, 그건 나비가 아니라니까."하고 블레신이 웃었다.

클라이저는 카리사를 보는 블레신의 눈빛에 새삼 가슴이 답답해졌다. 그래. 분명 네 눈엔 탐심이 실려 있구나, 블레신.

나 또한 저리 쉽게 마음을 드러내고 있었던 건 아닐까, 두렵게 여기며 클라이저는 나스타를 따라 걸음을 떼었다. 하지만 탕을 아주 벗어나기 전 들려온 발레리아의 말에 그는 발을 멈추었다.

"연인들 사이에 낀 눈치 없는 사람은 되고 싶지 않으니 나도 이만 물러 갈게요."

"아뇨, 발레리아 님, 그러시지 말고 함께 놀아요."

카리사의 만류에도 블레신은 기왕 가는 거 소음도 전부 치우고 가라는 말로 그녀를 부추겼다. 그 결과, 발레리아는 구석에서 악기를 타던 연주자들까지 데리고 목욕탕을 나섰다.

우르르 몰려나오는 연주자들을 보고 클라이저는 다시 서둘러 걸음을 옮겼다. 밖으로 나온 발레리아는 나간 지 좀 됐는데 아직 시야에 들어오는 클라이저의 뒷모습을 보고 싱긋 웃었다. 어깨너머를 돌아보며 발레리아는 중얼거렸다.

"루키아, 아무쪼록 분발해요."

쉰 명이 들어와 놀아도 충분할 너른 공간에 달랑 둘이 남았다. 향긋한 안개비와 함께 천장에서 내려오는 꽃잎은 여전하다. 카리사는 천장을 올려다보며 물었다.

"저건 역시 사람이 하는 것이지요?"

"물론. 넌 안 보이나 본데 난 저기 위에서 열심히 꽃을 뿌리는 두 녀석의 손이 보여."

"그럼 그만해도 된다고 여기서 외치면 들릴까요? 우리 둘뿐인데, 꽃도 아깝고……."

"당당히 즐겨. 어차피 꽃잎 떨어지면 관둘 거야."

목욕탕 바깥에 대기 중인 노예는 있지만 안에서 그들의 시중을 들던 노예마저 발레리아가 데리고 간 바람에 블레신은 빈 잔을 들고 일없이 주위를 쳐다보았다. 그가 술병을 찾는 걸 알고 카리사가 재빨리 탕에서 빠져나가 술병을 챙겨 그의 옆으로 갔다. 포도주를 한 잔 따라주며 이제 그만 마셨으면 좋겠다고 당부하길 잊지 않았다.

"다른 주스도 있고 그냥 물도 있어요. 오늘 좀 과음하셨어요, 왕자님."

일을 마치고 몸을 일으키는 카리사의 팔을 블레신이 확 붙잡아 당겼다.

"또, 또. 왕자님이 아니라 블레신, 이라고 해야지? 여긴 우리 둘뿐이라며."

"저기 천장에 사람이 있다고 말씀하신 건 왕자님이세요."

금세라도 얼굴이 닿을 정도로 가까워진 거리에 카리사는 숨결을 누그러뜨리며 대답했다. 물기로 반짝이는 금빛 속눈썹을 깜박거리며 블레신이 미소했다.

"귀족이라면 저런 자들을 사람으로 헤아리지 말아야지."

"저는 헤아리겠어요. 누가 뭐라고 해도."

"그래, 그래서 내가 널 좋아해, 석류."

블레신이 카리사에게 입술을 포개왔다. 입맞춤보다 방금 그가 중얼거린 좋아한다는 말에 더 당황해 움츠러든 카리사를 블레신은 하염없이 부드러운 키스를 거듭하며 조금씩 녹여갔다.

혀를 전혀 쓰지 않고 오로지 입술만 비벼가며 반복되는 풋풋한 키스임에도 오히려 그 어느 때보다 농염하다는 생각이 드는 건 왜일까 카리사는 멍하니 생각했다.

어느 순간 입술이 떨어지고 뺨을 쓰다듬는 손길에 그녀는 눈을 떴다. 두 눈에 들어온 블레신의 모습에 어렴풋이 카리사는 그 이유를 알 것 같았다.

언뜻 클라이저에게서 흘러나왔던 아련한 요염함의 아우라가 지금 그녀 앞에 있는 남자에겐 훨씬 진하게 배어 있다. 그녀에게 기대오듯 흐트러진 상체, 살며시 주름을 지으며 찌푸려진 짙은 눈썹 아래로 숨김없이 욕망을 드러내며 빛나는 짙푸른 눈, 달아오른 숨결을 뱉어 내는 짙은 적자주색의 입술. 그의 전신이 그녀에게 향해 있었다. 온전히 그녀를 갈망하여.

나풀거리는 꽃잎들이 그의 머리에도, 몸에도 몇 개나 내려앉았다. 그것을 털어주는 카리사의 손을 잡아 손바닥에, 손등에, 손가락에 그가 키스했다. 여느 때라면 간지럽다고 손을 빼고도 남았을 텐데, 지금의 카리사는 그 간지러움이 기분 좋았다.

"아까 내게 말한 거, 지금 실행하기 좋은 때 아냐?"

"제가 무슨 말을 했는데요?"

블레신이 손을 뻗어 카리사의 입술을 매만져오며 눈을 가늘게 떴다.

"적당히 물러나면 위로의 키스를 해주겠노라 약속했잖아."

아아, 팔씨름 때 그런 말을 한 기억이 났다. 카리사의 귓속말에 블레신은 이렇다 할 반응이 없었지만 두 번째 판에서 깨끗이 클라이저에게 지는 걸로 정확히 그녀의 요청을 지켰다.

그때는 그리 심각하게 생각하지 않고 덜컥 꺼낸 말이었다. 어차피 입맞춤이라면 수차례 했으니까 한 번 더하는 것쯤이야 하며. 하지만 이제 자신의 입맞춤을 바라는 블레신을 마주 보자니 온몸이 따끔거리는 것도 같고, 죄어드는 것도 같은 생경한 기분이 들었다.

"뭐야, 그 표정은. 기억하지 못한다고 잡아뗄 작정이야?"

"잡아떼기는요. 기억해요. 그리고 할 거예요. 그게 뭐 어려운 일이라고."

"좋아. 해봐."

씩 웃으며 블레신이 그녀를 빤히 쳐다본다. 그 장난스런 표정에 카리사는 뭐라 한마디 해주려다가 차라리 제 손으로 눈을 감겨주는 쪽을 택했다. 그렇게 손으로 눈을 덮은 채, 얼굴을 기울였다. 그녀의 입술이 블레신의 입술을 덮었다.

붉은 나비가 꽃에 내려앉아 날개를 쉬듯 조심스럽게.

두어번, 소르륵 떨린 날개가 이윽고 그를 떠나려는 순간 블레신의 팔이 그녀를 휘감아 물로 끌어들였다.

"왕자님, 왕……! 으, 으읏!"

버둥거릴 겨를도 없이 강한 팔에 휘감겨 입술을 짓눌렀다. 쏟아져 내리는 꽃비 속에서 한동안 부질없이 거듭되던 카리사의 날갯짓도 결국 잠잠해졌다. 그악스럽게 그녀를 사로잡고 있던 팔에서 힘이 가신 후에도 카리사는 고요히 그에게 안겨 있었다. 내쉬는 숨마다 몸속에서 휘몰아치는 열의 덩어리가 바깥으로 나오고 싶어 하는 듯 콕콕 여기저기를 자극했다.

"거칠게 할 생각은 아니었는데 또⋯⋯."

가볍게 몸을 떠는 그녀를 내려다보며 블레신이 중얼거렸다. 천천히 눈을 떠 카리사는 그를 올려다보았다. 가장자리로 엷게 홍조가 퍼진 블레신의 파란 눈이 시리게 반짝였다. 숨이 가쁠 정도로 강한 욕망을 몸에 머금고 있는 자로는 보이지 않는다.

"⋯⋯단념할까 봐요, 당신의 상냥함은."

'당신'이란 호칭에 블레신의 눈동자가 흔들리는 것을 보며 카리사가 빙긋 웃었다.

"이리 휘둘리는 것에도 슬슬 익숙해져 버렸나봐요. 그래도 난 예의 바르고 상냥한 사람이 훨씬 좋지만⋯⋯."

그런 이유로 마음에 곱게 품었던 사람이 뇌리를 파고들기 전에 카리사는 블레신의 가슴에 얼굴을 묻었다. 사방을 채운 아찔한 장미향에도 불구하고 그의 살결의 체취를 맡을 수 있다.

마음아, 이 사람에게 가는 거야. 이 사람에게로⋯⋯.

주문을 외우는 그녀의 목덜미에 블레신이 고개를 숙여 입술을 댔다.

"난 사실 참을성이 그리 강하지 못해. 원하는 걸 얻는데 고생을 해본 일이 별로 없으니까. 그나마 자라면서 가까스로 끌어 모은 게 있어 이 정도인 거야. 그렇지 않았다면 다시 만난 그 날, 그 숲에서 널 안고 말았을 걸."

"다시 만난 날이라면?"

고개를 든 카리사의 의아한 눈빛을 보고 블레신의 장난기가 동했다.

"그래, 그날 실은 네 다리에 반했다, 어쩔래?"

"푸홋. 알고 보니 눈이 낮네요, 왕자님. ……아니, 브, 블레신."

"그렇게 얼렁뚱땅 말고 제대로 좀 불러 봐."

블레신이 채근하듯 허리를 감은 손을 흔들자 그에게 기대어진 그녀의 몸이 부드럽게 요동쳤다. 그 바람에 한껏 밀착되어 있는 몸을 서로가 강렬하게 의식하고 말았다. 화악 얼굴을 붉히며 물러나려는 카리사를 블레신이 붙잡았다.

"이름, 또 안 부르고 넘어갈 셈이야?"

부쩍 잠긴 블레신의 목소리에 카리사는 입술을 감쳐물었다.

"이름, 카리사."

"불러요, 부르겠어요. ……블레신."

공기 속에 당장 녹아들 것처럼 작은 목소리였다. 하지만 그 소리가 들려온 귀부터 시작해서 블레신의 온몸으로 엷게 소름이 퍼져갔다.

"돌겠군."

이를 악물며 중얼거린데 이어 블레신은 한층 더 어두워진 눈으로 카리사를 응시했다.

"널 안고 싶어, 카리사. 당장이라도."

다시 와락 그녀를 안아오며 블레신이 뜨겁게 내뱉는 말에 카리사는 어쩔 줄 모르는 눈으로 허공을 더듬었다. 언젠가 일어날 일이라고는 해도 아직은 도저히…….

그때 문득 그녀의 눈에 목욕탕 입구를 가린 휘황한 비단 커튼이 들어온 것은 순전한 우연이었다. 커튼 사이로 누군가의 실루엣이 비쳤다. 키가 크고 호리호리한 남자의 실루엣. 언뜻 갈색 머리가 보인 듯도 싶었다.

어쩌면 그것은 꽃비에 취한 그녀의 착각이었을지도 모른다. 하지만 카리사는 거기에 서 있는 이가 그 사람이라고 생각했다.

　그 착각, 혹은 실재를 바라보며 카리사가 입을 열었다.

　"말씀드렸잖아요. 며칠 후의 경기에서 승리자가 되세요."

　카리사의 단호한 목소리가 탕에 유난히도 크게 울려 퍼졌다.

　"그리고 그날 밤, 승리의 여신을 품어요, 블레신."

"좋아, 이젠 다녀올게."

손을 씻은 수건을 내려놓고 블레신이 의자에서 일어난 순간 이른 아침의 식사는 끝이 났다. 배웅하고자 몸을 일으키려하는 에스테르에게 대번에 그가 손을 저었다.

"그냥 거기서 말해도 충분해. 오늘은, 모래알처럼 많은 평범한 날들 중하나야."

씩 웃는 블레신을 보며 에스테르도 엷게 미소를 지었다.

슈파르나 제전에 열리는 무술대회를 위한 예선이 치러진지 사흘째인 오늘 마침내 블레신도 예선에 참가하게 되었다.

기사층과 평민에 그치지 않고 기량 있는 노예들에게도 기회가 열린 이번 대회에 참여할 생각으로 수도로 몰려든 자들만 해도 기천에 달한다. 게다가 장성한 청년들이 있는 귀족 가문에서도 체면치레에 그치지 않고 다투어 대회 참가를 신청했기에 사흘 후 황제 앞에서 열릴 본선진출자를 가리는 오늘 하루는 길어질 공산이 다분했다. 하물며 블레신은 두 개의 병종에 참가 신청을 한 상태.

"글쎄요, 못해도 모래는 아니고 석영쯤은 될 것 같은데요, 오라버니. 하지만 수선을 피운다고 나무라실까 봐 여기서 배웅할게요. 아무쪼록, 즐겁게 지내다 돌아오셔요."

오라비의 실력을 아는 동생답게 걱정의 언사는 조금도 비추지 않았다. 블레신은 고개를 끄덕이곤 빙글 몸을 돌리다 이내 누이의 옆으로 가서 그녀의 이마에 다정히 키스했다.

"내 걱정은 할 것 없으니, 네 약혼자한테나 열심히 마음 쓰렴. 아, 낮잠은 자면서."

에스테르의 작은 손을 한 번 꼭 쥐어준 뒤 정말로 블레신이 방을 나섰다. 성큼성큼 그가 내실 문 너머로 사라지는 걸 보고 카리사는 재빨리 에스테르에게 고갯짓을 했다.

"내 몫까지 맡길게. 부탁한다, 카리사."

생긋 미소 짓는 걸로 에스테르의 당부에 대답하고 카리사도 내실을 나갔다.

현관 앞에서 흐릿한 하늘을 올려다보고 있던 블레신을 따라잡았다. 그는 달려오는 그녀를 돌아보지도 않고 "어째 비라도 올 것 같지?" 하고 물었다.

"오늘은 오지 않을 겁니다."

"하하하, 네가 기도를 했으니까?"

쿡 하고 웃으며 카리사를 돌아본 블레신이 불쑥 물었다.

"행운의 키스는?"

시종 쿠르도도 곁에 있고, 문지기 하인을 비롯해 헤러반궁의 식솔도 둘이나 지척에 있다. 하지만 카리사는 그들의 눈치를 살피는 대신 덤덤히 블레신의 왼손을 쥐고 손등에 입술을 댔다.

지그시 눌렀다 뗐을 때 손목 가까운 부위에 엷게 붉은 흔적이 남았다. 이 순간을 위해 그녀는 아침 단장을 하며 입술에 연지를 펴 발랐다. 블레신은 그 흔적을 기꺼운 듯이 바라보다가 불쑥 고개를 기울여 속삭였다.

"사흘 후엔 입술에 부탁하지."

카리사는 못 들은 척 시치미를 떼며 블레신의 오른팔을 가볍게 건드렸다.

"아시죠? 이쪽은 되도록 조심하세요. 아예 안 쓰면 좋겠지만 그럴 수 없다고 해도 움직임은 최소한으로 아끼셔야 해요."

"안 쓸게. 아예."

"하지만 검술시합도 치르셔야 하잖아요. 기마술이라면 몰라도 검투를 어찌 한 손으로……."

"아, 좋은 생각이 났다. 여기에 다시 한 번 키스해줘. 어서, 시간이 남아돌지는 않는다구."

블레신의 재촉에 카리사는 그의 오른손 손바닥에도 입술 자국을 남겼다. 블레신은 그녀의 손수건까지 요구했다. 카리사가 손수건을 내밀자 그것으로 블레신은 요령껏 오른손을 휘감아 이빨로 매듭을 묶었다. 그 손을 들어 보이며 그가 장담했다.

"돌아와서 멀쩡하게 남아 있는 네 키스 마크를 보여줄게. 약속한 거야."

꼭 그 약속을 지키지 않더라도 오른팔은 충분히 조심하겠구나 싶어 카리사는 싱긋 웃었다. 블레신은 그런 카리사의 머리를 쓰다듬는데 이어 슥 고개 숙여 정수리에 입맞춤을 남겼다. 마치 에스테르를 대하는 것처럼 다정한 몸짓이었다.

"다녀올게, 내 새끼 고양이. 너는 하루 종일 나한테 마음 쓰기야, 애가 닳도록."

"노력, 해보겠습니다."

"나중에 확인할 거야. 너 거짓말 못하는 거 아니까."

활짝 이를 드러내며 블레신이 뒤돌아섰다. 쿠르도와 함께 헤러반궁의 뜰을 저벅저벅 걸어가던 그가 뒤를 돌아보며 카리사에게 손을 흔들었다.

마주 손을 흔들며 카리사는 요 며칠 담뿍 보여주는 왕자의 상냥함을 절감했다. 장난치기 좋아하는 건 여전하지만 그리 장난을 칠 때조차 전보다는 어딘가 조심스럽다. 얼마나 갈 건지가 문제겠지만 그러한 변화 자체는 반갑다. 그럼에도 마음이 썩 개운치 못한 것은⋯⋯.

"알고 보면 그리 못하는 것도 아닌데."

스스로 거짓을 품고 있다는 자각 탓이다. 그렇다고 그에게 솔직히 털어놓을 수 있는 성질의 일도 아니니 일말의 따끔거림은 감내하는 수밖에.

"아무쪼록 비가 오지 않기를."

찌푸린 하늘을 올려다보고 다시금 경건히 빌고서 카리사는 공주가 있는 내실로 돌아왔다.

식사 뒤처리를 하느라 하인들이 부산한 내실에 에스테르의 모습은 보이지 않았다. 침소로 들어간 카리사는 자리에 누워 있는 에스테르를 보고 얼른 침대 옆으로 뛰어갔다.

"역시 몸이 안 좋으신가요?"

안 그래도 아침에 일어나 굳은 날씨를 보고 그 걱정부터 했는데 아침식사를 들며 너무도 평온해 보이는 공주의 모습에 그만 오늘은 다른가 하는 희망을 품었다. 하지만 역시나였다.

해가 바뀌면서 공주는 날이 궂으면 온몸에 저릿저릿한 동통이 찾아와 몇 발 걷는 것조차 힘들어했다. 그녀의 팔다리를 주무르고 있는 시녀들 옆으로 한자리 차지해 왼팔을 주무르는 카리사를 힘겹게 쳐다보며 에스테르가 배웅은 잘했느냐 물어왔다. 이리 힘들면서 블레신 앞에선 필사적으로 참았을 거란 생각에 왈칵 눈물이 나려는 것을 꾹 누르며 카리사가 방그레 웃었다.

"네, 발톱 숨길 것 없이 그냥 압도적으로 쓸어버리고 오시라고 말씀드렸습니다."

말뿐 아니라 손으로 다 쓸어버리는 시늉을 하는 카리사를 보고 에스테르의 입술 끝이 희미하게 올라갔다.

"오라버니라면 그럴 거야. 신경전 같은 거…… 할 생각도 안 할걸? 어차피 자신이 가장 강할 텐데 시시하게 무슨 머리 굴리기냐면서."

"저도 그 생각을 하지 않은 건 아닌데, 왕자님께서 또 은근히 짓궂은 면이 있으시잖아요. 대기하면서 기다리는 시간도 꽤 될 텐데 그러다 무슨 파격적인 생각을 하실지도 모르구요."

"그렇구나. 내가 그 생각을 못했어. 오라버니, 진득하게 기다리는 일에 한없이 취약하신데."

가는 한숨을 내쉬고 에스테르가 눈을 감더니 한동안 말이 없어 다들 잠이 든 건가 하고 생각했다. 그래도 에스테르의 팔다리를 주물러주는 시녀들의 손길은 계속 된다. 점차 단조로운 일에 하품을 하기도 하고 제 팔이나 어깨를 간간이 두드리는 시녀도 생겨났다. 얼마쯤 더 있다가 록사네가 나가서 충분히 쉬고 들어오라는 말로 시녀들을 내보냈다.

"모처럼이라 그런지 전 아직 괜찮아요."

시녀들과 함께 나가지 않고 카리사는 반대쪽으로 자리를 옮겼다. 모처럼

이라고 단서를 달았지만 이런 일에 카리사는 늘 마지막까지 남는다는 걸 록사네는 잘 알고 있다.

"그럼 탕약을 준비해올 테니 잠시 자리를 지켜주시지요. 그쪽도 가시겠습니까?"

카리사에게 당부를 한 록사네가 힐긋 쳐다본 구석에 그야말로 그림자처럼 방락이 기척도 없이 가부좌를 틀고 앉아 있다.

눈을 지그시 감고 있어 록사네의 질문을 듣기나 한 건지 카리사가 의아히 여기다, 뒤늦게 쿠아론어로 통역해주려고 하는데 번쩍 방락이 눈을 뜨고 말했다.

"난 저 바위할멈과 다녀올 테니, 혹 특이사항이 생기거들랑 하나도 빠짐없이 기억하고 있다 말해주어야 한다."

바, 바위할멈? 퍼뜩 놀라 카리사가 록사네를 돌아보았지만, 다행히도 록사네는 쿠아론어를 모른다. 다만 뭔가 묘한 기분이 들긴 했는지 매섭게 방락을 쏘아보고 있긴 했다.

"그럼, 갑시다, 바위할멈."

"저기 아무리 말을 못 알아듣는다고 해도 그 호칭은 좀……."

카리사가 말을 다 맺기도 전에 방락은 턱하니 뒷짐을 지고 제가 먼저 종종종 내실을 나갔다. 어지간히 심기가 불편해 보이는 록사네가 유난히 쿵쿵 소리를 내며 그를 뒤따라갔다.

"고지식한 록사네가 은근히 고생하겠는걸."

한숨을 쉬며 고개를 돌린 카리사는 그녀를 보고 있는 에스테르의 하늘빛 눈에 깜짝 놀랐다.

"공주님, 말하는 목소리에 깨신 거예요?"

"아냐, 처음부터 그냥 눈만 감고 있었어."

"어머, 그런 줄도 모르고 그만……. 잠시만 기다리셔요, 일단 내실에 있는 자들이라도 데리고 들어올게요."

"괜찮아, 카리사. 다들 정성껏 안마해준 덕분에 아까보다는 한결 나아. 그리고 저들도 푹 쉬어야 다시 기운 내서 날 돌봐줄 거 아니니."

에스테르의 만류에 얼마쯤 망설이던 카리사가 도로 앉아 팔을 주물렀다. 그녀에게도 에스테르가 쉬라고 하는 것을 카리사는 웃으며 괜찮다고 말했다.

"전 팔 힘이 좋아서 하나도 힘들지 않아요. 그나저나, 이렇게 몸이 안 좋으실 때에도 사람을 대하는 공주님의 마음가짐은 정말 상냥하세요. 저도 꼭 본받고 싶어요."

"내가 아프니까 그런 거야. 하루가 멀다 하고 골골거리는 주제에 날 보살펴주는 주변 사람들에게 험하게 굴 수는 없는 거잖아. 너라면 그러겠어?"

"아마 안 그럴 거예요. 하지만 제가 유리크제국의 황손녀라는 위치에 있으면 어땠을지는 장담 못하겠어요. 어쩌면 제 기분에 엄청 물렁물렁해서 틈만 나면 주변을 괴롭히는 걸로 악명 높은, 모시기 싫은 황족 1위로 뽑혔을지도 몰라요."

"퍽이나."

엷게 웃은데 이어 에스테르는 작은 손짓으로 가까이 와보라는 시늉을 했다. 카리사가 바싹 얼굴을 기울이자 에스테르는 카리사의 귓가에 작게 속삭였다.

"너랑 있는 게 역시 제일 유쾌해, 카리사."

당장엔 뿌듯함에 미소가 번졌고, 이어서 단둘뿐인 방에서도 그 말을 조심스레 들려주는 공주의 마음 씀씀이에 생각이 미쳐 새삼 카리사는 감탄했다. 행여나 다른 시녀들이 듣고 마음이 상할까 배려한 것이다. 카리사도 벅찬 마음으로 에스테르에게 마주 속삭였다.

"저도 공주님과 함께 할 때가 가장 즐거워요."

"피, 거짓말. 이젠 오라버니랑 있는 게 가장 즐거울 텐데?"

에스테르의 반격에 카리사는 꿀 먹은 벙어리처럼 눈만 씀벅거렸다. 블레신이 둘 사이의 일에 대해 말했다고 들은 이래 직접 에스테르가 그 관계를 아는 척한 건 처음이다.

"난 눈치가 그리 기민하지 않아서 록사네가 언뜻 그런 말을 했을 때에도 의아하게만 여겼어. 하지만 역시 쌍둥이는 마음이 흘러가는 게 비슷하나봐. 오라버니가 널 진지한 상대로 여긴다는 말을 듣고 기뻤어. 넌 지혜롭고, 심성이 따뜻할 뿐 아니라 끈기도 남다르니까."

에스테르는 고개를 푹 숙인 카리사를 말끄러미 쳐다보다가 말을 이었다.

"내가 오라버니더러 변덕스럽다고 여러 번 타박한 것을 너도 들어 알지? 솔직히 고백하자면 난 오라버니가 여성을 어찌 대하는지 잘 몰라. 막연히 시녀들에게 들은 얼마 안 되는 말과 오라버니가 장난처럼 툭툭 내뱉는 말로 아마 그러지 않을까 하고 짐작만 했을 뿐이야. 그리고 또 고백하자면 난 그 핑계로 오라버니에게 핀잔을 하는 걸 조금, 즐겼어."

에스테르답지 않은 고백에 카리사가 고개를 갸웃했다. 설마, 공주님께서? 라고 묻는 그 눈빛에 에스테르가 고개를 끄덕였다.

"정말이야. 오라버니는 아주 어릴 때부터 못하는 게 없는 완벽한 사람이었어. 말 그대로 아리우스 신의 총애를 온몸 가득 받은 태양 같은 분. 나는 그런 오라비에게 늘 걱정이나 끼치는 변변찮은 누이였지. 그러다가 한번 크게 상황이 바뀐 적이 있어. 우리가 열세 살이 되던 해 어릴 때부터 돌봐준 시종장이 죽었어. 그 일로 크게 상심해 오라버니가 칩거까지 했었지. 내가 찾아가도 한동안 얼굴도 보여주지 않을 정도였어. 한 달쯤 되어 훌훌 털고 나오시긴 했지만 오라버니는 전과는 좀 달랐어. 여전히 밝지만, 뭐랄까…… 살짝 흐릿한 안개를 한 꺼풀 두른 것처럼. 거기에 대해 제대로 이야기해 볼 틈도 없이 오라버니는 군단으로 떠나고 말았어. 몇 년간 떨어져 지낸 후에 다시 만난 오라버니는…… 안개가 몇 겹 더 늘어 있더라."

카리사는 블레신의 불면증에 대해 생각했다. 낙뢰를 가까스로 피한 날도 생각했다. 그가 털어놓고 이야기한 적은 없지만 그의 악몽은 군대에 있을 때 겪은 일들과 무관치 않을 터였다.

"모든 게 마냥 투명하던 어릴 때가 영원히 계속될 수는 없으니까요."

조심스레 카리사가 꺼낸 말에 에스테르가 "그렇겠지?" 하고 고개를 주억거렸다.

"이젠 아무리 노력해도 오라버니가 내게 속엣말을 모두 들려주는 날은 오지 않을 거야. 게다가 난 이리 약하니까 더욱 많은 걸 놓치고 있을 테고. 그래서 카리사, 네가 오라버니의 '그 사람'인 게 기뻐. 너라면 오라버니가 기댈 수 있을 거란 믿음이 들거든."

너무나도 맑고 따스하게 바라봐주는 에스테르의 시선에 카리사는 목 근처가 죄어드는 듯한 답답함을 느꼈다. 에스테르는 카리사의 손을 지그시 붙잡으며 당부했다.

"카리사, 오라버니는 내게는 절대로 약한 말을 하는 분이 아니야. 오라버니를 신처럼 여겼던 어릴 때는 그게 당연한 줄 알았지만, 이젠 오라버니 또한 인간일 뿐인 걸 아니까. 그러니, 지켜봐줘 카리사. 내게 그러하듯 오라버니의 옆에서 웃음을 주고 힘이 되어줘."

문득 에스테르가 눈가에 미소를 담으며 덧붙여 말했다.

"너무 성급하다고 할지도 모르겠지만, 오늘 나란히 있는 두 사람을 보면서 난…… 조금 먼 미래의 일을 상상했어. 뭐랄까, 환영처럼 뇌리에 저절로 펼쳐지더라. 그런데 내 상상이 이루어진다면 카리사, 넌 총관이 되지 못할지도 몰라. 그래도 오라버니를 원망하진 않을 거지?"

무슨 상상을 했기에. 아니, 그보다 에스테르마저 총관에 대해서 알고 있다니? 카리사는 퍼뜩 놀라 잠겨 있던 목을 헛기침으로 풀고 물었다.

"총관 이야긴 어떻게 들으셨나요, 공주님?"

"아, 맞다. 이거 비밀이지, 참."

뒤늦게 에스테르가 입술을 깨물며 눈길을 피했다.

"역시 왕자님이 범인이시군요, 그렇지요?"

카리사의 추궁에도 에스테르는 한사코 눈길을 피한다. 그러다 아예 눈을 감으며 다리가 부쩍 저리다고 말을 돌려 버렸다. 카리사는 벌게진 얼굴을 양손에 묻고 투덜거렸다.

"이러다 황궁의 모두가 알게 되는 날이 올 거예요. 아예 경기장에 나가서 외치고 말까!"

에스테르는 숨죽여 웃다가 그만 침을 잘못 삼켜 사레가 들렸다. 숨차 하면서도 웃는 에스테르 공주라니, 실로 진귀한 광경을 본 날이었다.

투렐리아가 며칠 전부터 몸살 기운이 있다더니 오늘은 정도가 심해져 아예 방에서 내려오지 못했다고 들었다. 당장 에스테르의 일이 급해 짬을 내지 못하다가 에스테르가 오수에 드는 걸 보고 카리사는 2층으로 향했다.

노크에도 대답이 없어 방문을 열고 들어서는데 시큼한 냄새가 코를 찔러 카리사는 멈칫했다. 침대 쪽을 쳐다본 카리사가 화들짝 놀라 달려갔다.

"투렐리아, 투렐리아!"

이름을 부르는 소리에 투렐리아가 약간 눈을 떴다가 도로 감았다. 다행히 큰 변은 없다는 걸 확인한 카리사가 팔을 걷어붙이고 주변 정리에 나섰다. 아직 치워지지 않은 반쯤 남아 있는 죽 그릇을 보며 카리사는 투렐리아가 얼마 못 먹은 아침조차 토할 정도로 아픈 걸 깨달았다. 침대며 베개 덮개를 새로 갈아주고 길어온 물로 얼굴과 머리도 최대한 닦아주었다. 옷을 갈아입히며 보니 그사이 살조차 내린 게 느껴졌다.

창문을 열어 환기를 시켜놓고 카리사는 속을 달랠 만한 따뜻한 박하차를 준비해 올라왔다. 투렐리아는 그마저도 속에 받치는 듯 웩웩거리다가 간신히 몇 모금을 삼켰다.

"……이런 거 말고, 단것이 먹고 싶어요."

"정신이 들어요?"

기운이 좀 도는지 꼭 자기다운 말부터 꺼내는 모습에 카리사는 한시름 놓았다. 투렐리아는 카리사의 도움을 받아 쿠션에 기대앉는데 성공했고 박하차를 더 마시고선 제법 말도 했다.

"다른 건 모르겠는데 못 먹으니까 진짜 죽겠어요, 카리사 님. 배 속에서 무슨 난리가 났나 먹는 것마다 저리 나가라고 발로 뻥뻥 차네요. 덕분에 입안도 죄 탈이 나서 뭘 먹을 수가 없어요."

"의사에겐 보였어요?"

"그냥 몸살인데 의사까지 불러 뭣하게요."

일없다는 듯 손을 젓는 투렐리아의 퀭한 얼굴을 카리사는 유심히 쳐다보았다. 첫인상으론 참으로 건강한 아가씨라고 생각했는데 의외로 몸이 약해서 헤러반궁에선 에스테르 다음으로 자주 앓아눕곤 한다. 그래도 보통 하루 이틀이면 일어나던 사람이 올해 들어 한 번 누우면 며칠간 운신을 못하는 게 심상치 않아 록사네와 이야기를 해봐야겠다고 생각했다.

"아플 만큼 아팠으니 내일부턴 살 만해지겠죠. 아아, 혀가 문드러지게 단것 좀 먹었으면."

투렐리아의 푸념에 카리사는 급히 허리에 달고 있는 작은 쌈지를 꺼냈다.

"대추야자랑 오렌지를 꿀로 굳힌 거예요. 딱 투렐리아가 좋아하겠다 싶어서 챙겨왔어요. 좀 딱딱하니까 처음부터 깨물어먹지 말고 빨아서 녹인 후에 먹어요."

쌈지 속에서 꺼낸 돌돌 만 손수건을 카리사가 투렐리아의 손에 올려놓았다. 손수건을 펼치자 먹음직스러운 사탕이 여덟 개. 투렐리아는 그중 하나를 들어 입에 넣다 말고 픽 웃었다.

"못된 심보로 누구 배탈이나 나라고 빌었더니 이리 호되게 아픈가 봐요, 카리사 님."

"저런, 그랬어요? 하기야 사람 미워하는 것도 마음이 힘든 일이니까 그럴 수도 있겠네요. 근데 또 누가 우리 투렐리아에게 얄밉게 보인 거죠? 어…… 혹시 나예요?"

불현듯 마주 보는 투렐리아의 얼굴에서 카리사는 깨닫는 바가 있었다. 그 이유에 대해서도 어렵잖게 짐작이 갔다. 알고 보면 퍽 오랫동안 블레신을 동경해 온 투렐리아인 것을.

"어……. 얄미울 만해. 미안해요, 투렐리아. 어쩌다 보니 일이 이렇게 되어버렸어요."

고개를 푹 숙이며 카리사가 사과했다. 그 바람에 투렐리아가 허둥거리며 손을 내저었다.

"사과라뇨, 왕자님은 처음부터 카리사 님 일에 관심이 지대하셨잖아요. 만난 지 얼마 안 되어 석류라는 예쁜 애칭도 받고. 오랜만에 돌아오신 뒤에도 계속 카리사 님에게 시선을 주는 거, 저도 모르지 않았어요. 결국 자기 시녀로 달라고 카리사 님을 반억지로 데려가실 때, 이리될 줄 알았어요. 그렇게 멋진 분이 좋다고 구애하는데 세상 어떤 여자가 마다할 수 있겠어요."

한때나마 마다했던 여자로서 카리사는 쓴웃음을 머금고 변명삼아 중얼댔다.

"네, 그랬어요. 그렇게 멋진 분이 좋다고 하니까……. 그래도 미안해요. 정말 미안해요."

다시금 카리사가 고개를 깊이 숙였다. 투렐리아는 그러지 말라며 손을 젓다가 숨이 차는지 도로 자리에 누웠다. 사탕을 입에 물고 투렐리아는 퀭한 눈에 미소를 담았다.

"그래도 카리사 님이니까 괜찮아요. 황궁에 득시글거리는 얼굴 좀 반반하고 성깔 못된 여자 중에 하나였으면 약이 올라 길길이 뛰었겠지만요. 아예 재 뿌리려고 흉계를 꾸몄을지도 몰라요. 카리사 님이니까 그냥 배탈 선에서 빈 거예요. 그러니 나 미워하지 않기예요?"

"내가 부탁해야 할 말이에요. 투렐리아, 나……."

카리사는 입술을 감쳐물었다가 심호흡을 한 번 하고 빙긋 웃었다.

"왕자님께 정말 잘할게요. 그러니까, 그 말 나중에 해줘요. 나니까 괜찮다는 말. 알았죠?"

"알았어요. 정말 잘하세요. 저한테 미움 받고 싶지 않으면요."

짐짓 새침하게 턱을 흔들어 보이는 투렐리아에게 못내 미안하기만 한 카리사였다.

점심을 먹은 후 곤히 잠든 것까지 보고서 카리사는 투렐리아의 방을 나섰다. 내실로 돌아가니 침실에서 에스테르에게 책을 읽어주는 롤리아의 단조로운 목소리가 흘러나오고 있었다. 마침 탕약 마신 그릇을 챙겨서 나오는 록사네와 마주쳐 카리사는 그녀에게만 잠시 다녀올 곳이 있다고 말했다.

"공주님께서 기다리는 눈치이신데 어딜 또 가시려구요?"

"아무래도 지성소에 좀 다녀와야 할 것 같아서요."

"어느 지성소를 말씀하시는지?"

황궁 내에서도 신전이 모여 있는 사원 구역은 서북쪽 끄트머리라 꽤 멀지만 가볍게 오며 가며 기도를 올릴 수 있는 지성소라면 도처에서 쉽게 볼 수 있다.

"라미아 여신을 모신 지성소로 가려구요. 이트궁으로 가는 길목에 있으니 그리 오래 걸리진 않을 거예요."

"왕자님의 일 때문입니까?"

거침없이 핵심을 캐고 들어오는 록사네의 물음에 카리사는 그렇다고 즉답했다.

"경쟁자들이 구름처럼 많은 날이잖아요. 예선쯤이야 하고 방심하고 있다가 코 깨지는 일이 있어서야 안 되죠. 왕자님의 무운도 빌고, 무사하게 돌아오십사 빌 생각이에요."

"공주님께서도 어제부터 이미 공물을 보내 기도를 올리게 하고 있습니다. 거기에 반니 양께서 직접 가신다면 더할 나위 없겠지요. 서둘러 가져가실 공물을 챙기게 하겠습니다."

흔연히 기도에 쓸 공물까지 챙겨주려고 걸음을 떼던 록사네가 다시 카리사를 돌아보았다.

"왕자님께서 아시면 괜한 짓을 했다고 타박하실 겁니다."

"역시, 그렇겠죠?"

"말로는 언짢아하시고 돌아서선 웃을 겁니다. 그분의 하지 말란 말을 곧이곧대로 알아들어선 안 됩니다. 그 비슷한 말로, 괜찮다라던가 상관없다, 신경 쓸 것 없다 같은 말이 있습니다. 카리사 님 정도의 총기라면 이 말들이 감춘 것도 얼마 안 가 능히 찾아내시겠지요. 더도 덜도 말고 딱 공주님께 하듯 하시면 어렵잖은 일일 겁니다."

잠시 말을 끊고 카리사를 쳐다보던 록사네가 헛기침을 하고 빠르게 덧붙였다.

"늙으면 부끄러움이 적어진다더니 제가 그런 모양입니다. 괜한 오지랖을 떨었습니다, 그럼."

목례를 건네고는 퍽이나 민첩하게 록사네가 자리를 떴다. 내실에 홀로 남은 카리사는 잠시 문가를 쳐다보다가 가만히 의자에 앉았다.

얼마 후 공물 준비가 되어 지성소를 향해 떠났다. 공물 꾸러미를 든 두 명의 하인까지 대동하게 되었으니 꽃이라도 얼마 꺾어갈까 했던 애초 계획보다는 일이 커졌다.

올린 제물만큼의 기도라고 말하긴 우습지만 라미아 여신께 올리는 카리사의 기도가 보다 진지해지고 길어진 것은 사실이다. 다만 오늘 하루의 일뿐 아니라 본선이 치러질 날의 일, 아직 낫지 않은 블레신의 팔이며 그를 떠나지 않는 몽마에 대한 일까지 시시콜콜 여신께 하소연하고 가호를 빌었다.

마지막으로 또 하나의 하소연거리를 두고 카리사는 눈을 떴다. 오늘 있었던 여러 일들이 뇌리에 떠올랐다. 에스테르의 부탁, 투렐리아의 당부, 하물며 록사네의 조심스런 충고까지 방금 막 들은 것처럼 생생했다. 블레신의 애인이 되겠다는 결심은 다만 그를 선택한 것으로 끝나는 게 아니라는 것을 새삼스레 절감하고 카리사는 바르르 떨었다.

카리사는 피 묻은 칼을 쥔 팔은 하늘을 향해 뻗고 칭칭 뱀이 감겨 있는 팔은 땅을 향해 뻗은 전쟁의 여신 라미아의 위엄어린 얼굴을 올려다보며 스스로의 결심을 다졌다.

"여신이시여. 당신의 총애 받는 아들, 블레신 루키아노스만이 제 심장에 아로새겨지도록, 당신이 할 수 있는 일이 있다면 베풀어주소서. 지켜보시기만 하시겠다면, 그것도 좋습니다. 제가 할 수 있는 최선을 다해 하루하루 그의 이름을 제 심장에 새겨갈 테니까요. 대신, 혹여 제가 그에게 해를 끼칠 여자라면 당신께서 그의 마음을 거둬가 주십시오. 누가 진심으로 당신의 아들을 사랑하고 걱정하는지 당신께선 이미 알고 계시겠지요. 제가 그 사람들의 가슴에 생채기를 낼 여자라면 당장 오늘이라도, 그의 마음을 돌려놓아주세요."

힘을 잔뜩 넣은 간청을 끝맺고 나자 맥이 탁 풀려 자세가 흐트러졌다.

"누군가를 좋아하는 일이란 건 어디에서, 어떻게 시작하는 것일까요. 분명 시작된 일인데 전 기억할 수가 없어요. 여신이시여, 당신이 적의 머리를 베듯 저 또한 마음을 베고 싶은데 이 녀석이 좀 무섭습니다. 아무리 잘라도 또 머리가 돋아나네요……."

의식하고 덮으려 한 순간부터 더더욱 생생해진 '마음'이라는 녀석. 실로 그것은 '괴물'이라고 생각하며 카리사는 긴 한숨을 쉬었다.

지성소에서 돌아와 보니 에스테르는 다시 잠이 든 후였다. 방락은 내실 옆방에 자리를 잡고 카리사를 상대로 문진을 시작했다.

환자의 상태라면 본인에게 듣는 것이 가장 좋을 것이나 에스테르는 말을 길게 하면 금세 지쳐서 숨이 가빠오는 형편이니 방락은 일단 기초 조사는 공주를 모신 시녀들을 통해 모으고 그때그때 궁금한 점만 공주에게 확인하기로 했다. 때문에 며칠간 쿠아론어를 구사할 줄 아는 롤리아와 조이스 같은 고참 시녀를 상대로 에스테르의 병력을 조사했으나 시녀들은 방락의 억양이 강한 쿠아론어를 잘 알아듣지 못했고 방락 또한 시녀들의 빈약한 어휘에 학을 뗐다.

카리사는 방락의 괴상한 억양과 관계없이 그의 말을 잘 알아들었고 쿠아론어도 공주만큼이나 능숙하게 구사했으나 에스테르를 모신 기간이 짧은 관계로 록사네의 도움을 받아 그녀의 말을 통역하고 자신의 경험도 덧붙이면서 방락의 궁금증에 대답했다.

방락의 붓 아래에서 그림이나 다름없는 신기한 문자로 두루마리가 그득히 채워져 나가길 한참, 누군가의 낭랑한 목소리가 집중을 깨트렸다.

"세상에, 방락, 그 옷차림은 또 뭐예요?"

"보다시피 옷이지."

방해를 한 이가 요염한 미인 발레리아라는 사실에 방락은 언짢은 기색도 없이 의자에 올라 아예 빙그르르 돌며 자신이 입은 옷을 선뵈었다. 그가 입은 옷이 에스테르의 것을 흉내 낸 여자 옷이었기에 그 꼴은 너무도 기괴하다. 발레리아가 웃음을 겨우겨우 깨물며 물었다.

"옷인 건 아는데 왜 그런 옷을 입고 있느냐 이거예요."

"이 또한 환자를 이해하는 내 나름의 비법이라네, 미인."

거드름을 피우며 폼을 잡아봤자 꼴이 그러하니 우스울 따름이다. 발레리아와 교대하듯이 바람처럼 자리를 뜨는 록사네를 힐긋 보고 카리사는 방락의 기행을 설명했다.

"방락 님은 온통 공주님처럼 지내고 계셔요. 입는 것, 먹는 것은 물론 화장까지요."

"화장도 했다고? 저게 지금 한 얼굴이야, 카리사?"

믿을 수 없다는 듯 방락의 얼굴을 쳐다보는 발레리아 때문에 카리사도 웃었다. 방락이 얼굴에 손부채질을 하며 대꾸했다.

"오늘은 향기 나는 물이랑 기름만 발랐네. 미인, 자네처럼 백묵을 뒤집어쓰고 붓질에 열중할 체력이 저 공주에겐 별로 없단 말이지."

"공주님이 좀 미령하시거든요. 그래서 오늘은 화장수를 바르고 향유로 머리만 빗었다고 말씀하시는 거예요. 어째 좀 아쉬워하는 것 같죠?"

"그렇게 티가 나나? 어이쿠, 여자 옷을 입었더니 얼굴 가죽이 얄팍해졌나 보다!"

카리사의 부연설명에 방락은 호들갑을 떨며 제 뺨을 톡톡 두드려댔다. 한바탕 웃은 발레리아가 엷게 이슬까지 배인 눈가를 훔치며 물었다.

"일종의 신내림 같은 건가요, 방락? 환자의 삶을 고스란히 재현하면 어느 순간 자신이 환자가 된 듯이 파악, 어떤 깨달음 같은 게 오는?"

"어떤 의미에서는 그렇네."

"굉장하네요. 킨의 의사는 주술사이기도 한가 봐요."

미인에 약하고, 미인의 달콤한 혀놀림에는 더욱 약한 방락은 거들먹거리는 태도로 탁자 위에 가부좌를 틀고 앉아 딴에는 진지한 표정을 지었다.

"사람의 병이란 것은 단순히 몸뚱이의 허실만으로 답이 나오는 게 아닌 경우가 많다네. 언젠가 내가 일 년을 약을 쓰고 침을 쓴 사내가 하나 있었네. 경미한 소갈증 말고는 딱히 이렇다 할 병도 없는데 와서 침을 맞

으면 반짝 좋아지고 다시 올 땐 비실거리며 오는 골칫덩어리였지. 먹으란
것도 잘 지키고 약도 잊지 않고 여자도 멀리하며 보양에 힘썼지만 통 차
도가 있어야 말이지. 내 그래 어느 날은 녀석이 사는 집에 찾아가 보았지.
한 사흘 머물면서 놈이 사는 꼬락서니를 보다가 탁, 무릎을 치게 되었어.
뭐가 문제였을 것 같나?"

카리사와 발레리아는 서로 마주 보며 고개를 갸웃했다. 카리사는 발레
리아의 귀에 걸린 사파이어 귀걸이를 보고 아, 하며 뭔가 생각해냈다.

"소갈증이라고 하면 물을 자꾸 마시는 병이지 않습니까? 혹시 그 집에
서 마시는 물에 뭔가 이상이 있었던 건 아닐까요?"

"물이 이상하면 그 집 식구가 다 아프게?"

발레리아가 고개를 내저었지만 방락이 손가락을 튕기며 정답이라고
말했다.

"똑같은 물을 마셔도 소갈증 환자는 몇 배는 더 마시게 마련이지. 때문
에 같은 물을 마셔도 그놈에게만 독이 될 수 있었던 게지."

"어떤 물을 마셨는데 그렇죠?"

"뒷마당에 있는 우물물. 문제는 그놈이 사는 저택 뒤에 있는 산이었어.
거기엔 오래전에 문을 닫은 납광산이 하나 있었지. 산 아래로 흐르는 지
하수에 분명 납이 녹아 있었을 게야."

"납이 독이 될 수 있다는 건가요? 그런 말은 박물지에서도 못 읽었는
데?"

카리사가 놀라서 묻자 방락이 쯧쯧 혀를 찼다.

"이 몸이 한 십 년 두루 나라를 돌며 조사한 것이다. 모든 광산이 해로
운 것은 아니지만 어떤 광산이 있는 곳은 분명히 그 일대에 이유 없이 아
픈 자들이 많아. 비단 광산에 국한한 것이 아니라, 난 사람이 오래 살아선

안 될 땅이 분명히 있다고 생각한다."

압도된 듯이 방락을 올려다보던 카리사가 퍼뜩 소스라치며 일어섰다.

"그럼, 우리 궁전의 물에도 문제가 있나요? 그래서 공주님께서……."

"아직은 몰라. 하지만 이 몸이 모든 감각을 동원해 살피고 느껴보고 있으니 숨어 있는 납 같은 게 있으면 절대로 내 눈을 피할 수 없을 게다. 암, 이 몸은 '신의 손'이란 말이지."

전 같았으면 마땅찮다는 듯 그를 쳐다보았을 카리사가 열심히 고개를 주억거렸다.

"네, 방락 님. 방락 님의 능력을 믿습니다, 신의 손을 믿어요."

발레리아는 못내 희한하다는 표정을 지었다. 그때 마침 다과를 내어오던 하녀가 공주가 일어났다는 소식을 전했다. 당장에 방락이 두루마리를 옆에 끼고 위풍당당하게 방을 나서는 걸 보며 뒤따라 일어난 발레리아가 카리사에게 슬쩍 험담을 했다.

"신의 손이라니, 저 어릿광대가 못하는 말이 없구나. 불경해."

"자화자찬으로 그러는 것만은 아닐 거예요. 저희 왕자님께서 그토록…… 총명하신데 마냥 허풍선이를 데려왔겠습니까?"

블레신이 방락을 데려오기 위해 겪은 생고생을 언급할 뻔한 카리사가 급히 수정한 말에 발레리아가 천천히 고개를 끄덕였다.

"하긴, 블레신도 굳이 킨에서 여기까지 초빙한 걸 보면 믿을 구석이 없진 않겠지."

"틀림없이요."

큰 기대와 함께 카리사는 방락의 뒷모습을 보며 눈을 빛냈다. 그러다 그 뒤로 음식을 담은 쟁반을 들고 걸어가는 하녀들을 본 카리사는 투렐리아를 떠올렸다.

"이따가 한 번 투렐리아를 좀 봐달라고 말씀드려볼까?"

그녀의 혼잣말을 발레리아가 아는 체했다.

"투렐리아라면 너랑 친한 빨간 머리지? 그 애가 왜?"

"몸살로 누워있거든요. 올해 들어 벌써 여러 번 아픈 게 좀 마음에 걸려서요. 의사에게 보이자고 해도 아는 병이라고 가볍게 생각하네요."

"말 그대로 아는 병이니까 그런 거 아냐? 달거리 중이라거나."

"아, 그렇긴 해요."

"봐. 여자들 달거리 때 몸 아픈 건 거기서 거기야. 괜히 수선 피우지 말고 모른 척해."

"……그럴까요?"

카리사는 초췌해 보이던 투렐리아의 안색을 떠올리며 고개를 갸웃했다. 그녀의 망설임을 털어내듯 발레리아가 툭툭 카리사의 어깨를 두드렸다.

"저 '신의 손'은 에스테르에게만 집중할 수 있도록 해드려야지. 다른데 신경 쓸 때야? 이제 에스테르의 혼인 날이 보름도 안 남았다구."

"발레리아 님 말씀이 옳습니다. 공주님의 안위가 최우선. 여유 부릴 때가 아니죠."

또한 자신이 헛된 시름에 잠겨 있을 때도 아니다. 괴물은 어둠 속으로. 라미아의 지성소에서 다짐한 바를 되새기며 카리사는 입술을 감쳐물었다.

발레리아가 그런 카리사에게서 방락에게로 천천히 시선을 옮겼다.

내내 흐릿했던 사방에 어둠이 섞여들 무렵 이트궁에 주인을 태운 마차가 들어왔다. 내실로 통하는 테라스에서 바느질을 하던 카리사가 누구보다 먼저 뜰로 내려가 블레신을 맞이했다.

"오, 내 고양이들."

마차에서 내리는 블레신의 주위를 공처럼 뛰어오르며 코로나가 환영했다. 새삼, 그 친밀감의 표현에 놀라 쳐다보던 카리사는 블레신과 눈이 마주치자 빙긋이 웃었다.

"긴 하루를 무사히 보내고 돌아오신 것 같아 다행입니다."

"너무 무사했지. 널 데리고 오는 건데, 하는 생각을 수백 번도 더 했다."

카리사의 앞에 다다른 블레신이 불쑥 고개를 숙여와 카리사는 움찔했다.

"너랑은 그냥 숨만 쉬고 있어도 지루한 줄 모르겠는데."

조금은 피곤한 기색을 띤 얼굴 속에서 푸른 눈이 유난히 빛났다. 카리사는 등 뒤로 시종들의 부산한 기색을 느끼고 옆으로 비켜섰다. 글리코 시종장이 블레신에게 말을 건넸다.

"목욕 준비가 진즉부터 되어 있으니 그리로 가시죠. 식사는 어디에 준비할까요?"

"내실."

짤막한 대꾸와 함께 블레신이 고양이를 카리사의 품에 안겨주며, 슬며시 그녀의 손을 어루만졌다. 놀란 카리사가 그를 쳐다보자 씩 웃고선 목욕탕을 향해 몸을 돌렸다. 하지만 몇 걸음 못 가 되돌아오며 블레신은 오른손에 감고 있던 손수건을 풀었다.

"보이지?"

아침에 그녀가 남겨준 연지 자국이 아직도 묻어 있다.

"난 약속 지켰어, 석류. 이젠 네 차례야."

시종들과 함께 멀어져가는 블레신을 물끄러미 쳐다보던 카리사는 품에서 코로나가 우는 소리에 정신을 차렸다. 저도 모르게 팔에 힘이 들어가 꼭 껴안았던 모양이었다.

"미안, 코로나. 근데 뭘 보여주든 결국 저분은 억지를 부릴 거란 내 생각이 기우일까?"

억지까진 부리지 않았다. 다만, 카리사가 보여준 것이 블레신에겐 약했을 뿐이다.

식사를 하는 내내 블레신은 오늘 카리사가 공부를 하지 않는 시간에 '그를 생각하며' 만들었다는 손수건을 쳐다보았다. 푸른 리넨 손수건 두 장에 은회색 실크 손수건 두 장. 끝단을 아우른 솜씨는 물론이거니와 귀퉁이에 블레신의 이름 앞 글자와 라미아의 상징인 붉은 뱀과 칼을 아울러 수놓은 솜씨도 단연 빼어나다. 문제는…….

"이런 건 이미 서른 개도 넘게 있잖아. 어쩌란 거야, 이걸로 옷이라도 지어 입어?"

블레신이 으르렁거리는 소리에 카리사는 고개를 갸웃했다.

"이트궁에 오시는 분들께 선물로 하나씩 드릴까요?"

"이게 무슨 신전 기념품이야? 그리고 난 네 바느질 솜씨를 잘 알거든? 한 시간이면 뚝딱 해치울 수 있는 일 아냐."

"한 시간 반 정도 걸렸습니다. 오늘은 한 땀 한 땀 기도하는 마음으로 했어요."

"한 시간이나 한 시간 반이나. 땡볕 아래 지루함에 몸부림치는 나한테 고작 한 시간 반?"

"책을 보면서도 종종 생각했습니다. 또 오늘은 날이 흐려서 땡볕은 날래도 날 수가 없었고 말이죠."

조곤조곤 반박하는 카리사 때문에 블레신은 한껏 미간을 찌푸리고 투덜거렸다.

"흙먼지 뒤집어써가며 사방에 득시글대는 사내놈 구경을 한 보람이 이거라는 거군."

"왕자님께선 기마술과 검투술 두 종목에서 당당히 본선에 오르셨습니다. 그게 오늘의 참 보람이겠지요."

"네, 반니 양. 보람이 넘쳐서 가슴이 다 메는군요."

카리사는 빙그레 웃고 잠자코 포도주 한 잔을 더 따라 주었다. 무심코 그 잔을 들어마시던 블레신은 뒤늦게 오늘 몫의 포도주는 이미 마셨다는 걸 떠올리고 피식 웃었다.

"감격스러운 포도주 한 잔이로군. 아껴 마셔야겠어."

그 한 잔을 블레신은 식사를 다 마칠 때까지 마시지 않았다.

식사를 치우고 찜질할 준비를 마친 카리사 앞에 블레신이 카프탄을 걷어내고 앉았다. 아직도 얼굴에 못마땅한 기색을 담고 있는 그를 웃음 섞인 눈으로 힐긋거리며 카리사는 정성스럽게 찜질을 해갔다. 오늘은 다친 오른팔뿐 아니라 왼팔도 같이 했다.

"두 팔 몫을 하느라 이 아이가 고생이 많았지 않습니까. 칭찬을 받아 마땅하지요."

기특하다는 듯 카리사가 그의 왼팔을 쓰다듬는 손길에 블레신은 움찔했다. 그리곤 그런 자신이 겸연쩍어 부러 이죽거렸다.

"잘했다고 쓰다듬어주는 건 고양이한테나 통할 일이지. 사내한테 칭찬하는 법을 배워야겠어, 석류."

카리사는 주변을 뛰어다니며 놀고 있는 코로나를 쳐다보고 그도 그렇구나, 하고 생각했다.

힐긋 내실 문을 돌아보고 쿠르도나 다른 시종이 들어오지 않는 걸 확인한 후 카리사는 슥 고개 숙여 그의 왼쪽 어깨에 입술을 댔다. 블레신의 몸이 긴장으로 확 굳어졌지만 워낙에 근육질인 터라 카리사는 그 변화를 느끼지 못했다. 숫자를 다섯쯤 셀 수 있는 시간이 지나고 고개를 든 카리사는 왼팔을 쓰다듬으며 다정히 말했다.

"오늘 참 고생했어요. 어때요, 왕자님, 이런 칭찬은 통할까요?"

"……부족해."

가라앉은 중얼거림에 이어 방금 카리사의 칭찬을 받은 왼팔이 그녀를 억세게 휘감아왔다. 그리고 품에 가둔 카리사의 얼굴로 그는 주저 없이 입술을 내렸다.

놀라서 살짝 버둥거렸을 뿐 카리사도 순순히 눈을 감고 키스를 받아들였다. 찜질 천의 물기를 머금어 젖어든 얇은 옷이 그녀의 살갗에 뜨거운 기운을 전해왔다. 약물에 손을 담글 땐 화끈거릴 정도로 뜨겁다고 생각했었는데 실제론 아주 뜨겁지만도 않다는 느낌이 들었다. 그의 본래 체온과 별 차이가 없는 건 아닐지.

몇 번이고 블레신이 방향을 바꿔 입술을 겹쳐오는 사이 카리사는 그마저도 생각할 수 없게 되었다. 키스가 길어지면서 블레신의 품에 단단히 안겨 있건만 너울에 들까불리는 조각배가 된 것처럼 사방이 뒤흔들리는 감각에 사로잡혀 카리사는 현기증을 느꼈다.

"멀미가 나요……."

잠시 입술이 떨어졌을 때 카리사가 호소하는 말에 블레신이 나직이 웃었다.

"저항하기 때문이야."

"저항하지 않아요."

손가락 하나도 꼼짝할 힘이 없는데 무슨 저항을 할까. 장밋빛으로 달아오른 카리사의 뺨을 감싸고 촉촉이 젖어든 그녀의 눈가에 입술을 대며 블레신이 속삭였다.

"작은 물고기는 물을 거슬러 헤엄치지 않아. 그냥 물에 맡기는 거야. 카리사, 너도 내게 맡겨야 해. 내가 널 온전히 삼킬 수 있게 전부, 내려놔. 오로지 키스뿐이야. 무서워하지 마."

몸은 저항하지 않았을지라도 머리가 한사코 정신을 차리고 버티려 애쓰고 있었다는 걸 카리사는 깨달았다. 방향을 바꿔 입술을 댈 때마다 이름을 불러주며 무서워하지 말라고 거듭하는 블레신의 속삭임이 점차 효력을 발휘했다.

'그래, 무섭지 않은 일이니까. 이건…… 무섭지 않아. 이분에게 나를 맡길 거야. 나는, 이분을 믿어.'

현기증이 물러간 자리에 말할 수 없이 노작지근해지는 나른함이 퍼졌다. 모든 감각이 희미해진 대신 오직 그의 목소리를 듣고, 그의 입맞춤이 그녀 안에 심는 생경한 열기에 빠져들었다. 그 자리, 자리마다 그녀에겐 낯선 붉은 꽃이 피어났다.

이름 모를 그 꽃은, 가슴이 떨리도록 아름다웠다.

32.
경계

가늘게 울어대는 고양이 울음소리를 들으며 카리사는 설핏 눈을 떴다. 아주 잠시 잠의 유혹에 굴복해 도로 눈을 감았지만 그대로 고양이에게 아침인사를 건네며 깨어날 준비를 했다.

"좋은 아침, 코로나. 오늘도 알찬 하루를 보내자꾸나."

부스스 몸을 일으키는데 뭔가 묵직한 것이 배에서 다리로 툭 떨어지는 느낌에 코로나가 배 위에 올라와 있었나 하고 쳐다보던 카리사의 눈에 고양이하고는 완전 딴판인 게 보였다.

그것은 '사람의 손' 모양을 하고 있다. 하물며 팔 비슷한 것도 달려 있다.

잠이 덜 깬 눈으로 그 팔을 더듬어 올라간 카리사는 옆으로 누운 자세로 잠들어 있는 블레신의 얼굴과 만났다.

잠결에 헝클어진 고수머리조차 부러 꾸민 것처럼 잘생긴 얼굴. 나중에 남자로 태어난다면 나도 이런 몸을 가지고 싶다고 생각한 적도 있는 건장한 근육질의 상반신. 얇은 리넨 이불이 허리춤부터 하체를 덮고 있다.

고개를 좀 더 뒤로 돌려본 카리사는 왼쪽으로 돌아누운 블레신의 왼팔이 꼭 무언가를 끌어안는 듯한 자세란 것도 깨달았다. 그 왼팔 아래로 구겨진 시트의 흔적. 오래 고민할 것은 없다. 방금 전까지 카리사가 거기서 자지 않았다면 그녀는 공중에 떠서 잤다는 소리가 된다.

자, 생각해 보자, 침착하게. 어찌하여 자신이 여기에서 잠까지 들고 말았는지 지난밤의 일을 천천히, 차분하게…….

"으응……."

문득 블레신이 머리를 뒤척이며 내는 소리에 카리사는 당장 일어날 듯이 엉덩이를 들었다. 다행히 머리를 몇 번 움직였을 뿐, 블레신은 깨지 않았다. 놀란 가슴을 쓸어내린 카리사는 부랴부랴 자신의 차림을 살피고 거듭 안도의 한숨을 쉬었다. 잘 때 입은 자리옷 그대로였다.

머리가 좀 깨이는지 간밤의 일도 어렴풋이 기억이 났다. 한밤중에 블레신의 침실에서 꼭 누구랑 싸우는 듯한 고함이 연신 들려와 카리사가 놀라서 침실로 뛰어 들었다.

고함은 결국 그가 꿈결에 내지르는 소리로 판명이 났는데 대체 누구랑 싸우는 건지 사력을 다하는 그를 깨우다가 몇 대 맞기까지 했다. 빗맞았는데도 눈물이 찔끔 날 만큼 아파서 그냥 내버려두고픈 마음이 굴뚝같았지만 문득 꿈속의 상대에게 지기라도 했는지 블레신이 신음하기 시작해 그럴 수도 없었다.

신음소리가 점차 흐느낌에 가까운 것으로 바뀌며 애를 끊는 듯이 비통해져갔다. 그야말로 철저히 몽마에게 휘둘리는 모습에 카리사는 다시 그를 깨우기 위해 노력했고, 그것이 여의치 않자 옆에 누워 우는 아이를 달래듯 토닥거리며 기도를 외웠다.

마침내 블레신의 숨결이 평온해져 일어서야 할 때였지만 그녀 또한 자신의 단조로운 기도에 취해 반은 자고 반은 습관으로 기도를 웅얼거리던 중이었다. 혹시 모르니까 이 기도를 다 마치고 일어나야지, 하는 생각을 했었다, 분명히.

그것이 기억할 수 있는 마지막.

겸연쩍음에 혀를 차고 그대로 조용히 침대에서 내려가려고 하는데 갑자기 코로나가 큰 소리로 울어댔다.

"아우, 아우, 아우우웅."

하필이면 블레신의 머리맡에서 소리 높여 울어대는 고양이 때문에 카리사가 기겁을 하며 급히 고양이를 품에 안았지만 블레신이 뒤척거리는 걸 막기엔 늦었다.

"추워……."

그의 입에서 새어나온 말에 카리사는 잠시 제 귀를 의심했다. 여름날 아침하곤 전혀 안 어울리는 말이니, 혹시 그 비슷한 음가를 가지는 외국어를 한 걸까?

그때 다시금 블레신이 어깨를 움츠리며 한숨을 내쉬곤 같은 말을 반복했다.

"추워. 추워, 카리사."

비로소 카리사는 육안으로 보일 정도로 그가 떨고 있는 것을 알아차렸다. 급히 손을 대본 얼굴이며 목덜미가 땀으로 축축하다. 그녀는 얇은 이불이나마 목까지 끌어올려 덮어준 후 측실에 있는 이불도 챙겨와 그 위로 덮었다.

부랴부랴 내실을 가로질러간 그녀가 문을 열고 복도를 달음박질치는 소리가 침대의 휘장 너머까지 희미하게 들려온다. 어슬렁거리며 이불 속으로 파고든 코로나가 블레신의 목 옆에 자리를 잡고는 작은 입을 한껏 벌려 하품을 했다.

　금세 빗방울이 뚝뚝 떨어져도 이상하지 않을 먹구름이 짙게 깔린 여름날 아침, 이트궁에선 주인이 앓아눕는 초유의 사태가 벌어지고 있었다.

　"들어가시면 안 됩니다."

　"네? 방금 나한테 들어가면 안 된다고 한 건가요?"

　느닷없는 금지령에 카리사는 자신이 뭘 잘못 들었나 싶어 반문했다. 그런데 내실 문 앞을 지키고 선 시종은 그녀가 제대로 들었음을 확인시켜 주었다.

　"네. 아무도 들이지 말라는 왕자님의 말씀이 있으셨습니다."

　"그 '아무도'에 내가 포함되는 거 맞아요?"

　시종은 시선을 내리깔며 그녀가 더 놀랄 만한 말을 했다.

　"특히 카리사 님은 안 된다는 말씀이셨습니다."

　아연해서 멍하니 벌리고 있던 입을 다문 카리사는 일단 돌아서려는 듯이 몸을 돌렸다. 실제로 몇 걸음 내딛었다. 하지만 얼마 못 가 빠르게 되돌아와 따져 물었다.

　"안에 누구누구 있죠? 방락 님은 아직 안 간 거 아는데."

　"시종장님과 쿠르도가 함께 있습니다."

　"그 두 사람도 있는데 나는 안 된다구요?"

　"저는 왕자님께서 명령하신 대로 따를 뿐입니다, 카리사 님."

　"일단, 들어가게만 해줘요. 뒷일은 내가 책임질 테니까."

　시종은 난처한 얼굴로 안 된다고 버텼고 카리사는 카리사대로 강경하게 들어가겠다고 우겼다. 안의 상황이 궁금해 조바심이 나서 그녀는 그리

실랑이 벌이는 시간조차 아까웠다.

새벽부터 발로 뛰며 블레신의 병간호를 한 사람은 그녀였다. 날이 밝는 기척에 급히 글리코 시종장을 찾아 블레신을 맡기고 헤러반궁에 가서 방락을 데려온 것도 그녀였다.

침실로 들어가 앓고 있는 블레신을 들여다보고 방락이 알아들을 수 없는 킨 말로 블레신에게 말을 걸었다. 눈도 뜨지 않고 같은 언어로 대꾸하며 몸을 일으킨 블레신이 잠시 후 모여 있는 사람들 속에 있는 카리사를 보고는 눈살을 찌푸렸다.

"홀딱 벗어야 할지도 모르니까 나가 있어."

차마 반기를 들기 힘든 말이라 카리사는 내실에 있겠다고 대답했다. 블레신은 걸어가는 카리사의 등에 대고 시각을 물었고 그녀는 여덟 시가 좀 넘었다고 대꾸했다.

"여덟 시……. 뭣 좀 먹긴 했어? 아직이지? 식사부터 하고 와."

"아뇨, 기다렸다가 왕자님 드실 때 저도……."

그녀의 대답을 끝까지 듣지 않고 블레신이 시종장에게 언짢은 눈빛을 던졌다.

"글리코. 반니 양이 여덟 시가 넘도록 아무것도 못 먹었다는데 챙겨주지 않고 뭘 한 거야? 시종장쯤 되는 자가 어떤 일이 가볍고 중한지 분별 하나 못해?"

목소리는 몹시 맥이 빠져 있지만 뱉어내는 말에 어린 불쾌감만큼은 베일 듯이 날카롭다. 애꿎은 시종장이 더 닦달을 당하기 전에 카리사는 재빨리 식사를 하고 오겠다고 했다.

"얼른 다녀오겠습니다. 방락 님, 아무쪼록 왕자님을 잘 살펴주셔요."

"글쎄다. 아침도 못 얻어먹은 건 매한가지인데 나도 우선 배부터 채워야 눈이 좀 뜨일 것 같다만. 가는 김에 나도 좀 같이……."

카리사를 따라나서려던 방락은 블레신의 나직한 "저 영감 잡아."라는 한마디에 쿠르도를 비롯한 시종들에게 붙들렸다. 밥도 못 먹은 사람 끌고 와놓고 너만 배 채우러 가기냐, 나도 배가 고프다고 외치는 방락의 목소리를 뒤로하고 카리사는 도망치듯이 내실을 떠나야 했다.

그리고 먹는 게 입으로 들어가는지 코로 들어가는지도 모를 만큼 서둘러 식사를 마치고 돌아왔다. 한데 지금 침소도 아니고 내실 문 앞에서 들어갈 수 없다고 가로막힌 것이다.

그저 들어가고 볼 생각에 카리사의 목소리가 점차 높아졌다. 여차하면 만만해 보이는 시종을 옆으로 밀치고라도 들어갈 판인데 불쑥 내실 문이 열리고 쿠르도가 모습을 드러냈다.

"카리사 님, 오늘은 헤러반궁에 돌아가서 공주님의 말벗이 되어드리라는 왕자님의 전언입니다. 아니면 하고 싶은 일을 하시며 자유로이 지내도 좋다고 하셨습니다."

"왜요?"

그런 질문이 나올 줄 몰랐는지 쿠르도가 당황했다.

"저는 그저 왕자님께서 말씀하신 걸 전할 뿐입니다."

카리사는 빠르게 깜박이는 눈으로 쿠르도를 쳐다보며 도무지 블레신답지 않은 일이라고 생각했다. 무슨 핑계를 대서든 그녀와 함께 있으려고 하던 사람이 느닷없이 그녀를 역병 환자라도 되듯 얼굴도 보지 않고 밀쳐내고 있잖은가.

잠깐, 역병? 별생각 없이 떠올린 비유가 돌연 무슨 계시처럼 느껴져 카리사는 얼굴이 창백해졌다. 덥석 쿠르도의 팔을 잡으며 물었다.

"왕자님께서 큰 병이신가요? 심각한 거래요? 무슨 병인데요?"

"아뇨, 저도 그게 잘…… 두 분께선 계속 알아들을 수 없는 말을 주고
받으시는 터라."

"본 게 있을 거 아니에요. 방락이 무슨 치료를 하던가요?"

"아직 이렇다 할 치료는. 아까부터 계속 머리를 만지고 있긴 합니다."

머리? 사람의 배를 쨰고 내장을 갈라서 아픈 곳을 치료한다는 쿠아론
의 의사들도 고개를 절레절레 젓는다는 게 머릿속 병 아닌가. 머리라니,
머리라니? 급기야 카리사가 이마를 짚으며 휘청거리는 것을 쿠르도가 급
히 부축했다.

몸은 금방 가눴지만 카리사는 조금 더 현기증이 이는 척 끙끙대다가 갑
자기 힘껏 쿠르도를 밀쳐내고는 내실로 뛰어 들어갔다.

"앗, 카리사 님, 안 됩니다, 카리사 님!"

뒤늦게 쿠르도가 쫓아왔지만 카리사는 빠른 발을 유감없이 자랑하며
내실을 가로질러 침소로 쇄도했다. 당장 침대 옆으로 달려오는 카리사를
보고 블레신이 혀를 찼다.

"석류를 막으라고 쿠르도 하나를 내보낸 내 불찰이군."

"어지간한 사내 네댓은 찜 쪄 먹겠는 걸, 뭐."

방락의 이죽거림에 못마땅한 눈길을 던지는 블레신을 이리저리 살피
던 카리사가 방락을 돌아보며 물었다.

"왕자님께선, 머리가 아프신 겁니까? 머릿속에, 머릿속에…… 병이 있
는 건가요?"

방락이 힐긋 블레신을 쳐다보곤 다시 카리사와 눈길을 맞추며 손을 내
저었다.

"병은 무슨. 두통이 좀 심하고 오한 기미가 있어. 차차 경과를 봐야 알
겠지만 아무래도 어제 사내들로 득시글대는 먼지구덩이에서 누구한테 감

기라도 옳은 듯하구나."

"감기라니. 지금은 여름인데요?"

"그러니 걸릴 만하다는 게야. 내 살던 곳에선 난다 긴다 하는 귀족집 자제들이 여름에 유행처럼 감기를 달고 살더구나. 한여름에 얼음 구경을 하다 감기가 들 정도로 사치를 부리는 치들이 귀족 말고 또 있더냐? 여기 귀족 자제들도 크게 다를 것이야 없겠지."

어느 정도 수긍이 되는 말이라 카리사는 약간은 안심해서 블레신을 돌아보았다.

"고작 감기일 거라는데 왜 사람을 못 들어오게 막고 그러십니까? 공연히 역병이니 뭐니 별 상상을 다 했지 않습니까."

"그리 걱정되어 쿠르도도 무찌르고 뛰어 들어온 거구나?"

"무찌르긴, 누굴 무찔러요. 납득이 안 되는 일이라 조금 의욕이 넘쳤을 뿐입니다."

변명하는 카리사의 뺨에 홍조가 퍼졌다. 빙그레, 블레신이 웃는 걸 못 본 체하며 카리사는 시종장에게 방락이 뭔가 시술을 했느냐 물었다. 계속 왕자와 이야기만 주고받았다는 말에 카리사가 당장 일어나 주위를 둘러보곤 방락의 침상자를 찾아들고 왔다.

"며칠 후에 큰 경기를 치르셔야 할 분입니다. 최소한 사흘 안엔 나으셔야 할 겁니다. 실력을 보여주세요, 방락 님."

눈에 부릅 힘을 주고 침상자를 들이미는 서슬에 방락은 그만 기가 질려 고개를 끄덕였다.

"방락 님 조수는 내게 맡기고 시종장께선 가서 왕자님의 식사를 챙겨주세요. 치료도 잘 먹어야 효과가 있지 않겠어요? 자, 어서 가서 요리사들을 지휘하세요. 어서요, 글리코."

멀뚱히 눈을 깜박이던 글리코 시종장도 카리사가 재차 이름을 부르며 손으로 나가라고 지시하자 급히 몸을 돌려 침실을 나갔다. 어정거리는 발소리를 들은 카리사가 뛰어가라고 한마디 하자 정말로 글리코가 뛰는 소리가 났다.

침상자를 열던 방락이 혀를 내두르며 한마디 했다.

"과연 이 망아지가 보통 기가 센 게 아니구나. 왕자, 아무래도 자네가 잡혀 살듯 싶으이. 내 나중에 약을 좀 써줄 테니 밤일에 각별히 신경을 쓰게나. 한 몇 번 나 죽었소 소리 나오게 만들라구. 모름지기 계집은 초장에 잡아야 해, 초장에."

블레신이 이마를 짚은 채 낄낄거렸다. 방락의 킨 말을 알아듣지 못한 카리사는 수상쩍다는 눈빛으로 두 사람을 갈마보았다.

방락이 킨에서부터 챙겨온 바랑에서 꺼낸 몇 가지 약초를 갈고 다려서 준비한 조금 걸쭉한 약을 마신 뒤 블레신은 깊은 잠에 빠졌다. 반나절은 잘 거라는 말을 남기고 방락이 돌아간 뒤로도 카리사는 침실에서 블레신의 옆을 지켰다.

그사이 헤러반궁에서 블레신의 병세를 묻는 사람이 다녀갔다. 경황 중에 방락을 데려오느라 다른 핑계를 대지 못한 것을 후회하며 카리사는 공주님께 걱정할 것 없다고 말씀 올리라 거듭 부탁했다. 그래도 에스테르가 마음을 놓지 못할 것 같아 글리코 시종장까지 함께 보냈다.

"가끔씩 감기 정도는 걸리시지 그러셨어요. 생전 처음 있는 일이 하필 제가 있을 때 일어나니 꼭 제 탓만 같습니다."

엷게 배어난 땀을 닦아주며 카리사는 블레신의 잠든 얼굴에 대고 푸념했다. 그의 머리 옆에 몸을 말고 누워 있던 코로나가 고개를 들고 꼬리를 살랑살랑 흔들었다. 평소 같았으면 뜰에 나가 노느라 정신이 없었을 텐데 오늘은 나갈 생각도 하지 않고 블레신의 침소만 오락가락한다. 이 어린 것이 왕자의 일을 걱정하느라 그러나 싶어 몹시 신기했다.

"코로나. 넌 이분이 좋으니? 어디가 그리 좋은데?"

머리를 쓰다듬어주자 고양이는 기분 좋은 듯 그르르르 목을 울리더니 몸을 말고 눈을 감았다. 너무 어려운 주제였나 하고 빙긋 웃으며 블레신의 얼굴로 시선을 옮겼다. 새 손수건으로 목이며 어깨의 땀을 훔쳐내면서 그녀는 계속 그의 얼굴을 보았다.

좋은 점…… 싫은 점……. 그런 걸 일일이 분별하는 것이 덧없게 느껴졌다. 애초에 사람의 관계라는 건 그런 분별로 헤아릴 것이 아니라는 생각도 들었다.

배 위에 올려진 그의 왼손에 가만히 손을 덮어보았다. 미열로 축축한 손이 안쓰러워 그녀의 얼굴에 그늘이 진다.

"아프지 마세요. 이런 모습 왕자님께 어울리지 않아요."

고개를 기울여 그의 흉터를 매만지며 카리사는 속삭였다.

"나약한 모습 따위…… 어울리지 않아. 자신감이 넘쳐서 거만해도 좋으니까, 평소의 당신으로 돌아와요. 당신은 반짝이는 게 어울려."

발레리아와 함께 승마를 하면서, 떡갈나무 사이의 작은 오솔길을 가볍게 달려본 적이 있다. 오솔길을 따라 늘어선 양편의 떡갈나무끼리 서로 맞닿을 만큼 울창하게 드리운 가지로 인해 멀리서 봤을 땐 사뭇 어두울 것 같았지만, 실제로 그 아래를 달리자 나뭇잎 사이로 쏟아져 내리는 햇살의 결정이 너무도 고와 눈이 부신 줄도 모르고 계속, 계속 바라본 기억이 있다.

카리사는 이따금 블레신에게서 바로 그 햇살을 바라볼 때의 기분을 느꼈다. 최초로 그것을 의식한 것은, 밖에서 화재를 겪었던 날. 돌연 피보라를 일으키며 전에 없이 날카로운 갈기를 드러낸 그에게서 카리사는 그 어쩔한 빛을 보았다.

제왕의 기백, 지휘관의 위엄, 뭐라고 말해도 좋다. 카리사는 그 광휘에 위압당했다. 저 빛을 따르고 싶다는 충동의 격발.

그 이후로도 그처럼 폭발적이진 않아도 블레신을 휘감은 빛을 볼 때가 있었다. 그래서 에스테르가 오라비를 태양이라고 묘사하는 말에 공감하기 시작했다. 태양이지만, 구름 뒤에 숨어버린 태양이라고. 어떤 계기가 있으면 구름을 헤치고 나오지 않을까 카리사는 생각했다.

다가오는 대회에서 그를 응원하겠다는 말은 어영부영해본 말만은 아니었다. 나아가 승리자가 되라는 요구도 나름의 바라는 바가 있었다. 다시금 광휘에 휩싸인 그를 보고 싶다는 바람. 누구나 바라는 영예의 자리에 당연하다는 듯이 올라서서 웃음을 터뜨리는 그를 보고 싶었다.

때문에 덜컥 블레신이 이리 누워있는 게 꼭 제 탓만 같다. 그녀의 부추김이 아니었다면 대충 시늉만 하고 말았을 것을.

"날 놀라게 하는 게 목표였다면 제대로 성공했어요. 아까는 정말 여기가 다 아팠다구요."

왼쪽 가슴을 눌렀다. 지금은 무슨 일이 있었냐는 듯 평온하지만 블레신의 머리에 문제가 있을지 모른다는 생각에 어떤 손이 그곳을 틀어쥐어 비트는 것처럼 아팠던 기억이 선명하다.

"이깟 감기, 푹 자고 떨치고 일어나는 거예요, 왕자님."

문득 카리사는 엷게 웃고 고개를 저었다. 블레신이라는 이름이 아직 입에 붙지 않는다. 연습 삼아 몇 번 거듭 그의 이름을 불러보면서 카리사는 마음속으로 다른 말을 되뇌었다.

"블레신. 블레신……."

애인. 나의 연인. 내······ 남자.

천천히 마음 깊은 곳에서 일어난 어떤 감정이 목덜미를 간지럽혔다.

"아픔 따위, 내가 가져갈게요. 나는 당신의 연인이니까. 내게 줘요, 전부. ······블레신."

그의 입술에 입술을 포개며 스르륵 카리사는 눈을 감았다. 쓰디쓴 약물을 삼킨 입술이건만 이상하리만치 달콤했다. 어째선지 또 심장이 저려와 꾸욱, 가슴을 눌렀다.

설핏 잠이 들었던 카리사를 깨운 건 그녀의 머리카락을 쓰다듬어주는 어떤 손길이었다. 눈을 뜨고 고개를 드니 블레신의 새파란 눈이 그녀를 보고 있었다.

"아, 죄송해요. 잠깐 옆에 눕는다는 게 그만······."

"왜, 더 자도 되는데."

당장 몸을 일으키는 그녀를 만류하는 블레신의 목소리가 유난히도 나직했다. 카리사는 옷매무새를 가다듬느라 손을 옴질거리며 그를 찬찬히 살폈다. 약간 높게 돋운 베개에 파묻히듯 상체를 기대고 그녀를 올려다보며 그는 엷게 미소 짓고 있다. 표정을 덤덤히 하고 말을 하지 않고 있을 뿐인데 분위기가 평소와 몹시 달라 카리사는 조금 당황했다.

"얼굴이 빨간데, 어디 아파?"

"글쎄요, 잘 모르겠는데. 자고 일어나서 그렇지 않을까요? 몇 시쯤 됐으려나."

카리사는 시각을 확인할 생각에 침대에서 내려가려고 했다. 그때 조용히 뒤에서 뻗어온 블레신의 손이 그녀의 팔을 감아쥐었다. 손길 자체의 감촉에 놀라고, 다음으로 그 손의 열기에 놀라 카리사는 급히 그를 돌아보았다.

"열이 있으신 건가요?"

그의 손을 쥐어보고 목덜미며 뺨에 손을 대어보자 고열이 분명해졌다.

"방락 님을 모셔오겠습니다."

"그럴 필요 없어."

"하지만 열이 이렇게 높은 걸요."

"내 체온은 원래가 좀 높잖아. 네가 느끼기엔 엄청난 열인지 몰라도 이 정도면 나한텐 미열이야. 또 열이 난다는 건 내가 순조롭게 나아가고 있다는 증거라구."

반박하려는 카리사의 손을 블레신이 가볍게 잡아당겼다. 휘청이며 그에게로 거의 쓰러질 뻔한 것을 버티는 카리사에게 블레신이 사과했다.

"미안. 머리가 멍해서 그런가 손에 힘이 얼마나 들어가는지도 모르겠어. 거칠게 굴어서 화내는 거 아니지?"

이렇게나 온순한 얼굴로 그녀의 기분까지 묻다니, 역시 이 사람은 정상이 아니라고 카리사는 생각했다. 부쩍 심각한 표정으로 카리사는 열나는 거 말고 다른 불편한 건 없느냐 물었다.

"목이 좀 말라. 석류도 먹고 싶고."

"열이 나시니 당연하죠. 얼른 가서 석류랑 시원한 과일 주스를, 얼음도 넣은 게 좋겠죠? 준비해 오겠습니다."

"그런 건 다른 사람한테 맡기고 넌 내 옆에 있어."

물끄러미 카리사의 눈을 바라보며 블레신은 손을 놓아주지 않는다.

"저기 일단 다른 사람한테 말을 전하려면 제가 나가야 하는데요. 그러니 잠시만 손을 좀."

"참, 그렇군."

피식 웃으며 블레신이 그녀의 손을 놓아주었다. 그리곤 침대에서 내려서며 휘장을 젖히는 카리사를 눈으로 좇다가 그녀의 모습이 휘장 너머로 가려지자 보채듯 말했다.

"숫자 센다. 스물 안에 돌아오기야."

스물이라니 너무 짧다. 하지만 블레신은 이미 하나, 둘 하고 숫자를 헤아리기 시작했고 카리사는 종종종 내실로 달려 나갔다. 내실 문을 발칵 열고 복도에 대기 중이던 시종에게 어서 석류랑 주스를 가져다 달라고 부탁했다. 무슨 주스냐고 묻는 말에 "뭐든지, 빨리 만들 수 있는 것으로! 아, 얼음도요!"라고 외치고 다시 침소로 달려갔다.

그녀가 다시 침대 휘장을 젖혔을 때 블레신은 열아홉을 헤아리던 중이었다. 숨이 턱에 달한 그녀를 보고 블레신이 빙그레 웃었다.

"하여간에 대충하는 게 없구나, 너는."

침대에 걸터앉아 카리사는 숨을 고른 후 그를 돌아보며 또 필요한 건 없느냐 물었다. 블레신의 손이 그녀를 가리켰다. 그다음에 자신의 옆자리를 툭 두드렸다.

"곧 음료를 준비해 올 텐데요. 그 후라면……."

"뭘 꺼리는 거야? 카리사, 나는 네 애인 아니었어?"

머쓱하게 입술을 감춰물었던 그녀는 잠시 후 고개를 저었다.

"지금은 환후 중의 왕자님이십니다."

"공사의 구별을 하겠다는 뜻?"

블레신이 끙, 하고 신음을 내뱉으며 상반신을 일으켰다. 급히 카리사가 침대에 올라 그에게 다가가 어깨를 붙들며 부축했다. 손에 닿은 어깨 또한 아찔할 정도로 뜨거워 카리사는 새삼 놀랐다. 그녀를 돌아보는 블레신의 눈이 열기로 몽롱하게 젖어 있는 것도 당연했다.

"뜻은 가상하지만, 사양이야. 난 지금 애인의 손길이 간절히 필요한 남자일 뿐이야. 그러니 쓸데없는 데 신경 쓰지 말고 내 옆에서 나만 봐 줘."

입맞춤을 할 정도로 가까워진 얼굴. 저도 모르게 카리사가 눈을 감았지만 그녀가 생각하는 일은 일어나지 않았다. 그 대신 블레신은 스르륵 그녀에게 기대어 눕다가 아예 그녀의 다리를 베었다. 팔을 뻗어 그녀의 가느다란 허리를 끌어안으며 블레신이 중얼거렸다.

"네 냄새가 나, 카리사."

어떤 냄새? 카리사는 쭈뼛 목덜미에 솜털이 일어날 정도로 긴장했다. 새벽부터 경황이 없었던 터라 겨우 세수나 했지 아침 단장도 건너뛰었다. 하물며 이리저리 뛰어다녔다. 한여름에! 팔을 들어 재빨리 킁킁거려보자 과연 땀 냄새가 그녀를 반겼다.

"경황이 없어서 지금 꼴이 엉망이에요, 그러니 이런 건 다른 날에⋯⋯."

민망함에 머리를 멀찍이 밀어내려는 카리사의 허리를 보다 꼭 끌어안으며 그가 말했다.

"그래서 더 좋은 냄새야. 너한테선 석류 냄새가 나거든."

"석류 냄새요?"

믿기지가 않아 카리사는 다시 제 팔에 코를 묻었다. 그리곤 블레신이 너무 아파서 후각에도 문제가 있는 게 틀림없다고 생각했다.

"열에 취해 해보는 헛소리가 아니라, 부둣가에서 널 처음 본 날에도 그 생각을 했었어. 그 소동이 있고 널 데려다주는 길에 우린 마주 보고 선 적이 있어. 기억나?"

"어렴풋이……."

카리사도 블레신이 그녀의 앞을 가로막고 섰던 걸 떠올렸다.

"잠시 바람이 불었었지."

"그랬죠."

이야기를 하던 중 바람이 불었고, 그때서야 카리사는 뒤늦게 그의 미모에 동요했었다.

"그 바람 속에 부둣가의 짠내 나는 바람 말고 다른 게 내 후각을 자극했었어. 뭔가 참 좋은 냄샌데 그 당장엔 몰랐어. 너랑 헤어지고, 그날 저녁 석류를 쪼개다가 아, 이거구나 했지."

"석류를 드시고 싶었던 나머지 착각하신 것 같은데요."

블레신이 도리도리 고개를 젓는 바람에 카리사는 새삼 배를 꼿꼿이 긴장시키며 마른침을 삼켰다.

"항해 중에 다시 확인했어. 네가 멀미로 다 죽어간다는 소리를 듣고 선실로 내려갔을 때."

"……석류만 두시고 가신 게 아니었습니까?"

선실에서 무엇을 했는지 말해주는 대신 블레신은 빙그레 웃고 다른 것은 들려주었다.

"남은 항해 기간 동안 저 말라깽이 좀 봐달라고 레노아 여신에게 반지를 바쳤어. 에스테르 말고 다른 사람을 위해 기도를 다 했다구, 내가."

확실히 그 말은 카리사를 놀라게 했다.

"두고두고 생각해도 영문 모를 일이었지. 그런데 지금은, 아마 어떤 예감 같은 게 작용한 거라고 생각해. 뭇 철학자들이 육신보다 백만 배는 중요하다고 역설하는 영혼의 눈에는 보였던 건지도 몰라. 언젠가, 나는 이 소녀에게 속절없이 빠져든다. 이 소녀의 눈길 한 번, 웃음 한 번에 일희일

비하며 사랑에 애가 탈 날이 온다……."

덤덤한 어조 속에 고이 자리한 사랑이라는 말에 카리사의 심중에 격랑이 일었다. 사랑. 이분은 날 사랑한다고 말하는 것인가? 이 나를, 진심으로?

"알고 보면 눈에 보이지 않는 것들에 은근히 매여 사는 분이로군요."

이야기의 방향이 걷잡을 수 없이 흘러가기 전에 카리사는 슬며시 화제를 돌렸다.

"어쨌든, 목숨의 은인이실지도 모르니 앞으로는 더욱 극진히 헌신하겠습니다."

블레신은 살짝 눈을 떴다가 도로 감았다. 독한 약 때문에 머리는 멍했지만 카리사가 말을 돌리려는 기척을 느끼고도 남았다. 쓴웃음. 하지만 그는 카리사를 보다 꼭 껴안는 걸로 씁쓸함을 감춘다.

"헌신이라……. 그럼 노래부터 불러볼래?"

"노래요?"

"그래, 연가가 좋겠어. 세상의 모든 연가가 다 동이 날 때까지 매일 연가를 불러주는 거야."

"다음에요. 몸이 좋아지시면 꼭 매일같이, 노래를 불러드릴게요. 싫다고 도망 다니셔도 절대 못 피하실 거예요."

"가버리면 그만인 오늘 하루를 놓치란 거야? 불러, 카리사. 네 솜씨라면 익히 아니까 마음 푹 놓고. 절대로 큰 기대 안 해."

조르고 사양하길 반복하고 있을 때 내실에 사람이 드는 기척이 났다. 시종이 음료를 준비해 왔다고 알렸다. 일어나려는 카리사를 따라 블레신도 몸을 일으켰다. 누워만 있었더니 더 축축 처진다는 블레신의 말에 그럼 잠시만 쉬다가 들어오는 걸로 하고 그를 부축해 내실로 나갔다.

블레신은 내실에서 또 한 번 마음을 바꿔 테라스로 나갔다. 시종들이 부랴부랴 대리석 벤치에 담요를 깔고 쿠션을 늘어놓았다. 블레신은 카리사의 무릎을 베고 누워 그녀가 은스푼으로 떠주는 석류를 받아먹으며 거듭 노래를 졸랐다.

"저 때문에 머리가 더 아파졌다고는 하시지 마세요."

변명부터 하고 카리사는 헛기침을 하며 목을 가다듬었다.

"봄날 지저귀는 새소리,

그저 오색 꽃이 좋아 그러는 줄 알았어요.

함께 꽃을 보던 당신,

그저 그윽한 향기 좋아 그러는 줄 알았어요.

근심이 무엇인지 도무지 몰랐어요, 나는.

애달픔이 무엇인지 도무지 몰랐어요, 나는.

이제 뜨락 가득 떨어진 꽃이 찬 이슬에 젖네요.

바람이 일고 꽃잎이 날려요.

밤잠 없는 새의 노래에 나는 하늘을 보고 있어요.

달이 참 예뻐요.

달이 참 예뻐요.

당신도 저 어여쁜 달을 보고 있나요……."

모기만 한 목소리로 시작된 노래는 자꾸 작다고 지적하는 블레신의 목소리에 조금씩 더 커졌다. 그리고 여름 대목으로 넘어가려고 하는데 블레신은 봄을 다시 부르라 주문했다.

"여름은 내일. 오늘은 봄만 불러. 내가 질렸다고 할 때까지."

"질릴 때까지요? 뭐예요, 전 가희도 아닌데."

"솜씨나 기량 같은 건 아무래도 상관없어. 난 네가 불러주는 노래가 좋아. 네가 부르는 노래를 듣고 있으면 말이지, 음…….."

천하의 블레신이 잠시 말문이 막혀서 헤매다가 말했다.

"노래에서처럼 달이 참 예쁘다는 기분이 들어."

올려다보는 촉촉한 푸른 눈이 너무도 순진무구하게 다가와 이쪽에서도 뭔지 모르게 스르륵 허물어질 것만 같았다.

"그나저나 우리도 함께 꽃구경을 한 적이 있지, 카리사. 그날 그거, 첫 키스였어?"

사과나무 아래에서의 일을 떠올린 카리사는 당황해서 애꿎은 석류 속을 열심히 팠다.

"그, 그럼 달리 누가 그런 무례한 일을 또 했을라고요."

"음. 좀 그랬구나. 미안해, 무례했다면. 그래도 어차피 나랑 했을 테니까, 뭐."

이제 와서 지난 일에 화를 낼 의욕도 없다. 그의 사과에 대해서도 뭐라 말해야 좋을지 몰라 카리사는 듬뿍 떠 낸 석류 알갱이를 블레신의 입에 밀어 넣고선 다시 노래를 시작했다.

우물거리며 석류 알들을 빨던 블레신이 '달이 참 예뻐요' 부분을 따라했다. 이내 입안의 것을 꿀꺽 삼키고 이어지는 노래를 함께 흥얼거렸다. 흥얼거림조차 빼어난 그의 목소리가 곁들어지니 카리사의 서툰 노래도 어쩐지 제법 그럴 듯하게 들리는 효과가 생겼다. 그 덕에 그녀의 목소리에 묻어나던 주저하는 기색이 사라지며 노래는 한껏 발랄해졌다.

서로를 보며 입을 맞추어 노래를 부르던 중 또다시 '달이 참 예뻐요' 라는 부분이 돌아오자 블레신이 찡긋 윙크를 던졌다. 카리사는 그만 웃음이 터져 노래를 제대로 맺을 수가 없었다.

"왜 웃는 건데? 응? 왜 웃어, 내가 윙크하는 게 웃겨?"

그저 이유 없이 웃음이 나기는 저도 마찬가지면서 블레신은 그녀의 팔을 흔들며 왜 웃느냐 물었다. 카리사가 그저 웃으며 고개를 젓고 있는데 다른 이의 목소리가 그들에게 찾아왔다.

"둘만의 세상에 푹 빠져서 사람이 오는 것도 모르기에요?"

목소리가 들려온 곳을 본 카리사는 불과 일고여덟 걸음 앞까지 온 발레리아와 클라이저의 모습에 몸을 일으키려다가 그녀의 다리를 베고 있는 블레신 때문에 엉거주춤 도로 앉았다.

"카리사는 둘째 치고, 루키아 당신조차 모르다니 솔직히 좀 놀랐다구요."

부채를 팔락이며 놀려댄 발레리아가 클라이저를 돌아보았다.

"그걸 보면 꾀병은 아닌 모양이죠, 클라이저?"

고개를 끄덕이는 클라이저의 무표정한 얼굴은 거의 평소와 다를 바가 없어 보였다. 하지만 발레리아는 그가 온몸으로 발하는 언짢은 기색을 알아볼 수 있을 만큼 그를 잘 알았다.

블레신 또한 클라이저를 잘 알고 있다. 다만 지금은 주의력이 흩어질 대로 흩어져 모처럼 즐거운 시간을 방해한 불청객들에 대한 짜증으로 얼굴을 찌푸릴 따름이다.

"그 녀석이 아플 때가 다 있구나 하고 구경 오신 겁니까?"

"당연하잖아요. 언제 또 볼지 모르는 구경거리일 텐데. 근데 아픈 사람 치곤 너무 여유만만해 보인다. 애인이랑 노닥거릴 힘도 있고."

"계속 누워계시다가 막 바람 쐬러 나오셨어요. 보기에만 이렇지, 열도 높으시고……."

놀리듯 말하는 발레리아에게 카리사가 항변하는 것을 슥 손을 들어 올려 블레신은 그만두게 했다. 그는 천천히 몸을 일으켜 앉으며 앞에 있는 쟁반을 향해 손을 펼쳤다. 아직 입도 안 댄 과일 주스가 담긴 잔으로 수두룩했다.

"기왕 오셨으니 목이라도 축이고 돌아가십시오. 잠시 말 상대를 해드릴 힘 정도는 있지만 얼른 낫겠다고 약속을 한 터라 저는 그만 돌아가서 쉴까 합니다."

재빨리 블레신이 신도록 슬리퍼를 놓아준 카리사가 벤치에서 일어나는 그를 부축하려 하는데 클라이저의 손이 그녀의 눈앞을 가로질렀다.

"기왕 온 김이니, 한 번쯤은 내가 돕지."

하필 클라이저가 잡은 곳이 블레신의 오른팔이라 카리사는 눈을 빠르게 깜박거렸다. "그래도……."하고 카리사가 운을 떼는데 블레신이 피식 웃었다.

"숙부에게 맡겨, 카리사. 말 그대로 한 번쯤이니."

내실로 들어가는 두 남자를 따라 발레리아도 안으로 걸음을 옮겼다. 그녀도 기왕 왔으니 침소에 가서 눕는 것 정도는 보겠다는 거였다.

블레신의 침대에서 자고 있던 코로나가 뜻밖의 사람들을 보고 흥분했던지 이리 뛰고 저리 뛰는 것을 카리사가 안아들었다. 블레신이 침대에 오르는 동안 발레리아는 고양이에게 생긋 웃으며 머리를 만져주려고 손을 뻗었다. 그 순간 코로나가 매섭게 송곳니를 드러내며 하악거렸다.

"이 녀석, 사납게 왜 그래."

"내 손에서 강아지 냄새가 나서 그러나?"

민망해진 카리사가 고양이를 야단쳤지만 발레리아는 대수롭잖다는 듯 웃어넘겼다. 그리곤 침소를 한 바퀴 훑어보다가 한편에 자리를 차지한 리라를 발견하곤 눈을 빛냈다.

"못 보던 리라네? 누구 거지?"

리라를 들기 무섭게 습관처럼 현을 뜯으며 발레리아가 물었다. 카리사가 손을 들었다.

"왕자님께서 안 쓰시는 거라고 주셨습니다."

"루키아가 쓰지 않는 리라 따윌 보관할 리가 없지. 널 주려고 새로 마련한 게 틀림없어. 아, 소리가 좋구나. 누가 만든 리라인지 한 번 맞춰볼까요, 루키아?"

"주인이 누구인지 알았다면 그만 내려놓는 게 어떻습니까? 내가 두통이 좀 있어 시시한 소리를 듣고 있을 기분이 아니거든요."

블레신의 언짢아하는 대꾸에도 발레리아는 침대 옆 의자에 앉아 본격적으로 자세를 잡았다.

"그럼 시시하지 않은, 진짜 음악을 들려드리죠. 들어올 때 보니 〈사계절의 노래〉를 부르시더군요. 이걸 내 병문안 선물이라고 생각해줘요, 루키아."

당장이라도 블레신의 입에서 모난 소리가 나올 것 같아 가슴이 조마조마해진 카리사가 서둘러 입을 열었다.

"발레리아 님의 리라 솜씨라면 의심할 여지가 없죠. 왕자님께서 이리 병치레를 할 일이 앞으로 또 있겠어요? 이럴 때 한 번 누워서 발레리아 님의 연주를 듣는 사치를 누리시는 거죠. 응당 고맙게 여기셔야 해요."

"그렇게 호들갑을 떨지 않아도 네가 발레리아 님의 숭배자인 건 잘 안다구."

블레신은 눈알을 굴리긴 했지만 그 이상의 비뚤어진 언행은 없었다. 심지어 그는 건성으로나마 발레리아에게 감사인사까지 했다. 발레리아가 웃으며 카리사를 돌아보았다.

"덕분에 이 제멋대로의 왕자님께 고맙다는 소리를 다 들었어. 카리사, 야무진 줄은 알았는데 남자도 능숙하게 잘 다루는구나. 자질이 넘쳐."

들어도 기쁘지 않은 칭찬에 카리사는 쩔쩔매며 클라이저를 곁눈질하는 찰나, 황자에게서 그럼 자신은 그만 가보겠다는 말이 나왔다. 발레리아가 돌아보며 만류했다.

"벌써 가게요? 기다렸다 나랑 같이 가지."

"훈련장으로 돌아가 봐야 합니다. 블레신, 크게 아프진 않은 것 같아 다행이다. 몸조리 잘 하고 나중에 또 보자."

블레신은 고개만 까딱하나 싶더니 몸을 돌리는 클라이저에게 몇 마디 건넸다.

"훈련도 좋지만 적당히 긴장을 풀어줄 필요도 있습니다, 숙부. 저 리라도 너무 줄을 세게 감으면 제대로 된 소리는 나오지 않거든요."

"유념하지."

황자를 배웅하기 위해 따라나선 카리사는 내실 중간쯤에서 머뭇거리며 걸음을 그쳤다. 시종이 열어주는 내실 문 사이로 나서던 클라이저가 흘깃 뒤를 돌아보았다. 카리사는 멈춘 그대로 목례만 건네려다가 다시 걸음을 옮겨 내실 밖 복도까지 나와 절을 했다.

"오늘은 여기서 배웅하겠습니다. 살펴 가십시오, 전하."

"혹시 발레리아를 질투하는 겁니까?"

뜻밖의 말에 카리사가 어리둥절해서 고개를 들었다. 클라이저는 표정을 읽을 수 없는 얼굴로 그녀를 쳐다보며 말했다.

"둘이 단둘이 있는 게 신경 쓰여 어서 돌아가려고 그러나 싶어서."

"아닙니다, 그런 생각은 전혀⋯⋯."

"그럼 물 한 잔도 안 마시고 돌아가는 방문객을 좀 더 정중히 배웅해도 되리라고 생각합니다만. 특히 그자가 주인보다 더 윗사람이라면요."

카리사는 크게 당황해서는 무례함을 사죄했다. 클라이저는 이렇다 할 말없이 휙 몸을 돌려 복도를 걸어갔다. 머뭇거리던 카리사도 총총히 그 뒤를 좇아 한동안 말없이 걷다가 어렵사리 화제를 떠올리고 전날 일을 입에 올렸다.

"세 종목 모두 수월하게 본선에 오르셨다고 들었습니다."

"정말 수월했던 건 블레신입니다. 블레신은 심지어 한 손은 쓰지도 않더군요."

그 이유를 아는 카리사는 미소를 살짝 머금었다. 터무니없는 약속이라고 해도 왕자는 스스로 말한 바를 지켰다. 여태 그녀의 눈살을 찌푸리게 했던 큰 요인인 블레신의 경박한 언행. 하지만 그것은 언제든 내키는 대로 벗어버릴 수 있는 얄팍한 의복 같은 것임을 카리사는 최근 들어 깨닫고 있다. 눈을 어지럽히는 요란한 의복을 걷어내면 그는⋯⋯.

"어제 그리 일도 아니란 듯이 쉽게 해치우고 간 녀석이 오늘은 아파서 누워있다니, 내 귀를 의심했습니다. 그래서 발레리아가 가자는 대로 따라 나섰지만, 오히려 의문만 깊어지는군요."

사뭇 냉랭한 어조에 카리사는 불안한 눈으로 그의 얼굴을 훔쳐보았다. 궁의 출입문이 얼마 남지 않았을 때 우뚝 클라이저가 멈춰 서며 목이 마르다고 중얼거렸다.

"체로스, 주방이 어딘지 기억하지? 가서 내가 마시는 식으로 포도주를 가져오너라."

클라이저는 데리고 온 자신의 시종에게 명령을 내렸고 달려가는 시종에게서 시선을 옮겨 카리사에게 말했다.

"기다리는 동안 손을 좀 씻고 싶습니다만."

카리사는 온 길을 얼마쯤 되돌아가 가장 가까운 회랑 밖에 놓인 수반으로 그를 안내했다. 크게 입을 벌린 사자 모양의 수도관에서 나오는 물로 클라이저는 손을 씻는 것에 그치지 않고 세수를 했다. 그러다 불현듯 아예 수반에 머리를 푹 담그는 걸 보고 카리사는 깜짝 놀랐다.

그리도 더우셨나 하고 바라보던 것도 잠시, 목까지 잠긴 채 꼼짝 않는 시간이 길어지는 것에 카리사는 손에 쥔 손수건을 비틀며 눈을 깜박거렸다. 숨죽이고 지켜보는 것에도 한계가 있다. 아무래도 이건 아니다 싶어, 카리사가 클라이저의 옷자락을 잡아당겼다.

"전하, 그만 밖으로 나오세요!"

푸, 하고 클라이저가 머리를 들며 흩뿌려진 물이 카리사에게 튀었다. 호흡이 사뭇 거칠다 못해 머리까지 찢어질 듯 아파 클라이저는 수반을 잡고서 버텼다.

그도 이미 한계에 도달했던 것이다. 룰을 알려주지 않은 일방적인 게임, 그가 포기하기 직전에 카리사가 패를 집어 들었다.

"괜찮으십니까, 전하?"

얼굴에 와 닿는 부드러운 무엇. 홱 고개를 돌린 클라이저는 손수건으로 물기를 닦아주는 카리사의 눈과 마주쳤다.

붉게 핏발이 선 클라이저의 눈에 카리사는 움찔하며 뒤로 물러나려 했다. 그러나 클라이저가 그녀의 손을 붙잡았다. 뿌리치지 못하도록 아예 그녀의 두 손목을 잡아 자신에게 당겼다. 확, 끌어당겨진 채로 카리사가 버텼다.

"왜 이러십니까, 전하."

"너야말로 왜 이러는 거지?"

"제가 무엇을 어쨌다는 말씀인지 모르겠습니다."

"블레신! 그 녀석을 사랑하나? 진실로?"

씹어 내뱉듯이 클라이저에게서 나온 이름에 카리사는 다시금 흠칫했다.

"제가 그것을 전하께 말해야 할 이유가……."

"있어. 나는 들어야 해. 그래서 날 납득시켜 보라구, 카리사."

손목에 파고드는 강한 악력보다, 처음 보는 클라이저의 험악한 기세가 카리사는 두려웠다. 납득시키다니, 그럴 수 있을까? 아니야, 말려들지 마, 이 분에겐 내게 이럴 명분이 없어!

"이상한 말씀을 하시는군요. 제가 전하와 이런 이야길 주고받을 이유가 없습니다."

"카리사, 난 천치가 아니야."

클라이저의 입가에 얼핏 웃음이 떠올랐다.

"너와 나 사이에 오간 게 무엇인지 모를 정도로 숙맥도 아니야."

카리사는 속절없이 얼어붙었다. 하지만 시의 적절하게 나타난 코로나가 발 주위를 맴돌며 털이 스치는 감각이 그녀의 부동상태를 깨트렸다. 그녀는 천천히, 차갑게 내뱉었다.

"도무지 무슨 말씀을 하시는지 모르겠습니다."

한 번, 두 번 고개를 젓고서 그녀는 말했다.

"전하께서 아셔야 할 것은 제가 루키아노스 왕자님께 화관을 받았다는 사실입니다. 저는 그분의 구애를, 제 의지로 받아들였습니다."

"그래서 묻는 거야. 그 이유를."

이분은 그 이유를 안다고 믿고 있어. 그의 눈을 보면서 카리사는 그것을 깨달았다.

"루키아노스 왕자. 내 조카 블레신. 내 약혼녀의 쌍둥이 오라비. 넌 달아난 거야. 내가 다그치지 않고 참았다면 넌 결코 블레신의 구애를 받아들이지 않았을 거야. 왜 그렇게 겁을 낸 거지? 나는 더도 덜도 말고 2년을 기다려 달라 했을 뿐인데."

물론 애초엔 달아날 생각뿐이었지만……. 카리사는 부드럽게 미소했다.

"제 설명이 부족했던 것 같습니다. 전 루키아노스 왕자님의 구애를 제의지로, **기쁘게,** 받아들였습니다. 머리로 먼저 판단했을진 몰라도 가슴 또한 그에 따랐습니다. 사랑하느냐는 물음에는 대답해 드릴 수 없습니다. 그 고귀한 말은 오직 제 소중한 분께만 바칠 테니까요."

투명하게 직시해오는 녹색의 눈. 카리사의 손목을 쥔 클라이저의 손에서 빠르게 힘이 빠졌다. 그것을 더 부추긴 것은 그리 멀지 않은 곳에서 들려온 블레신의 목소리였다.

"오, 코로나. 네 주인은 어디에 있니?"

카리사는 단 한 번의 몸짓으로 클라이저의 손에서 빠져나갔다. 홱 몸을 돌려 회랑을 벗어나 건물 안으로 뛰어든 그녀는 생각보다 훨씬 가까운 곳에 있는 블레신을 보고 흠칫 놀랐다. 발치를 맴도는 고양이에게서 천천히 그녀에게로 시선을 던지며 블레신이 물었다.

"젖었네?"

"네, 좀 더운 것 같아서 수반에서 씻었습니다."

물기를 훔치려던 그녀는 손수건이 없다는 것을 깨닫고 멈칫했지만 그대로 블레신에게 뛰어가 그를 부축했다.

"침대에서 쉬셔야 할 분이 여기까지 어찌 오신 겁니까? 발레리아 님은 요?"

"갔어. 누구처럼 문이 아니라 테라스를 가로질러 갔지. 알다시피 무도한 여자니까."

"활발하고 추진력이 강하신 거예요."

그의 말을 정정해주고 카리사는 걸음을 옮기려 했는데 블레신이 움직일 생각을 안 했다. 의아한 눈길로 올려다보니 블레신이 말끄러미 바라보다가 입술을 포개왔다. 지그시 입술을 댄 것뿐인 키스였지만, 카리사는 그의 빠른 심장 고동을 고스란히 전해 받았다.

"너한테 감기 옮길까 봐 내실에 들어오지도 못하게 하려던 나는 어디로 갔을까."

입술을 떼며 자조를 섞어 블레신이 푸념했다. 자그맣게 웃으며 카리사가 말했다.

"제발 제게 옮기세요. 그리고 낫기만 한다면 원망하지 않을게요."

다시금 키스할 것처럼 고개를 기울여오던 블레신이 이마를 맞댄 채 중얼거렸다.

"난 이길 거야. 압도적으로."

그 말의 숨겨진 의미에 카리사 안에서 가벼운 떨림이 일었다.

"우선 감기부터 좀 이겨보세요."

팔에 힘을 주어 앞으로 걸어가고자 하는 그녀의 몸짓에 블레신이 반응했다. 앞서서 뛰어가는 코로나의 날랜 모습을 보며 카리사는 뒤돌아보고 싶어지는 걸 참고 부지런히 걸었다. 마른침을 삼키며 앞만 뚫어져라 쳐다보는 카리사 대신 블레신이 슬쩍 뒤돌아보았다.

친위대 병사들처럼 군인이 신는 징이 박힌 샌들을 신은 누군가가 멀어

져가는 발소리에 섞여 수도관에서 졸졸거리며 흐르는 물소리가, 아직도
그의 귀에 닿았다.

33.
축제의
시작

아침 여섯 시. 이른 시각에 전에 없이 황궁 곳곳에 큰 뿔피리 소리가 울려 퍼졌다. 두 시간 후인 여덟 시가 되었을 때 또 한 번 길게 뿔피리 소리가 황궁의 공기를 갈랐다.

황궁 북서쪽 사원구역의 슈파르나 신전에서는 막 신성한 소를 바치는 희생제의가 시작되었다. 황궁에 기거하거나 전날까지 황궁에 들어온 황족은 모두 그 자리에 참여하고 있었다.

황족을 모시는 시인侍人들은 신전 밖을 에워싸듯 모여 서서 신전으로부터 흘러나오는 아득한 향내를 맡거나 웅얼웅얼 들려오는 사제들의 노랫소리에 귀를 기울이는 게 고작이다. 하지만 제아무리 세력이 당당한 귀족도 황족이 아니면 이 신전 근처에조차 올 수 없는 날인 터라 뭇시종과 시녀들 얼굴엔 나름대로의 자부심이 넘쳐흘렀다.

투렐리아가 그처럼 우쭐한 낯으로 한껏 치장한 머리를 꼿꼿이 들고 있는 것이 카리사의 웃음을 불러일으켰다. 며칠 영 기운을 못 차리다가 어제 자리를 털고 일어나서 다행이라고 생각했는데 오늘 그녀는 그야말로 언제 아팠냐 싶게 쌩쌩한 모습으로 최선을 다해 멋을 부렸다.

"더 누워 있어야 하는데 축제 생각에 아픈 것도 잊어버린 거 아니에요, 투렐리아?"

투렐리아에게서 풍기는, 백단 향유통에 빠졌다 나온 것처럼 진한 냄새를 참으며 물었더니 투렐리아가 유난히 초롱초롱한 눈으로 그녀를 돌아보았다.

"아닌 게 아니라 어제 눈을 떴을 때 오늘부터 축제라고 생각하니 정신이 번쩍 들더라구요, 카리사 님. 어쨌든 아파서 쓰러져도 열흘 후에 쓰러질 테니 염려 붙들어 매세요."

투렐리아의 입담에 카리사가 숨죽여 웃다가 록사네에게 눈총을 받고 뚝 그쳤다.

거의 한 시간여를 기다린 끝에 신전의 문들이 열리고 황제를 필두로 황족들이 쏟아져 나왔다. 노쇠한 황제를 양측에서 부축한 것은 생존해 있는 두 황자인 열넷째와 막내황자로 두문불출하며 이런 날에나 겨우 바깥 걸음을 하는 열넷째 황자는 전에 봤을 때보다 한층 더 작고 핼쑥해 보였다. 황제를 부축하고는 있지만 오히려 그가 부황에게 의지한 듯이 보일 정도. 때문에 왼편에서 부황을 부축하는 젊고 아름다운 막내아들, 아르키스 황자가 더 두드러졌다.

기백에 달하는 황족 속에 젊은 남자가 드물지 않지만 그만한 인물은 거의 없다. 거의라고 말한 것은, 사람들을 훑어보던 카리사의 눈에 블레신이 들어왔기 때문이다.

다른 황족들처럼 입술에 소의 피를 바른 블레신은 에스테르의 어깨를 감싸안듯이 하고 그녀에게 보조를 맞춰 느릿느릿 걷고 있다. 한껏 성장_{盛裝}을 했어도 바람 불면 날아갈 듯 가냘픈 에스테르의 곁인 탓에 블레신이란 사내 자체에게서 발산되는 강한 생명력은 그 색채가 극도로 선명하다.

며칠째 비가 올 듯 말 듯한 날씨가 이어지면서 에스테르는 아침저녁으로는 두통에, 낮에는 체증 비슷한 답답함에 시달리고 있다. 지금도 두통이 그녀를 압박하고 있겠지만 한사코 의식에 참가하겠다고 우겼던 것에 당위성을 부여하듯 의연한 표정을 짓고 있었다. 하지만 록사네는 영 못미더운지 에스테르가 몇 걸음 걷고 잠시 쉬는 모습을 보일 때마다 두툼한 어깨를 옴질거리며 걱정스러운 시선을 던졌다.

카리사 또한 그 비슷한 시선을 에스테르에게 던졌고, 이어서 블레신에게도 던졌다. 그는 금세 웃음을 터뜨려도 무방할 늠름한 미소를 머금고 듬직한 산처럼 서 있지만, 아직 몸 상태가 완전하지 않음을 카리사는 알고 있다. 오늘 아침만 해도 방락이 지어준 쓰디쓴 약물을 가득 따른 잔을 카리사가 직접 올렸다.

'대회, 정말 이대로 괜찮은 걸까?'

올해 슈파르나 축제의 특별 행사가 될 무술대회가 마침내 내일부터 이틀간 다이몬 전차경기장에서 펼쳐질 것이다. 창술, 궁술, 기마술, 검투술의 네 종목 중에서 내일은 창술과 궁술 경기가 그 다음 날엔 기마술과 검투술 경기가 열린다. 그나마 블레신이 참가할 종목이 하루에 집중된 게 다행이다 싶다가도 그래서 더 걱정이 되기도 했다.

골똘히 쳐다보는 시선이 느껴지기라도 했던지 블레신이 슥 아래에 선 사람들을 향해 눈길을 돌렸다. 우왕좌왕하는 일 없이 단번에 카리사를 찾아낸 그가 씩 웃더니 장난기가 동했던지 동그랗게 입술을 내밀고 쪽쪽거리는 시늉을 했다.

카리사가 재빨리 시선을 피하며 모른 체했지만 근처에 모여 있던 헤러반궁의 시녀들이 일제히 그녀를 한 번씩 돌아보았다. 투렐리아도 "아아, 어느 분에 대한 총애가 흘러넘치는군요."하고 조금 빈정거리듯이 말할 정도였다.

쑥스러움을 이겨내려고 카리사는 얼른 반대편으로 시선을 옮겼다. 황후의 곁에서 걷고 있는 발레리아의 당당한 모습에 눈길을 주었다가 다시 연로한 황제와 그 아들들을 바라보았다.

가마에 오르는 황제를 거들고 가마꾼들이 일어나는 걸 본 후 클라이저는 준비된 백마에 올라탔다. 그리고 황제의 가마 앞으로 나아갔다. 이제부터 수도에서 가장 큰 슈파르나 대신전에 방문했다가 다시 황궁으로 돌아올 황제의 순행에서 그는 황제의 가마 앞에서 호종하는 임무를 맡았다. 아버지뻘에 가까운 형인 열넷째 황자가 황후의 가마 뒤를 따르며 순행에 함께할 황족들 속에 섞여 있는 것과 명백히 대비되는 일.

카리사는 새삼 모두가 알지만 구태여 입에 담지 않는 어떤 일을 실감하며 클라이저를 눈이 부신 듯이 응시했다.

'머지않아 저분이 황제가 되시는 거야.'

순간 너무도 먼 곳의, 실로 손이 닿지 않을 사람처럼 그가 낯설게 보였다. 그에게서 받은 은밀한 제안이 그저 백일몽처럼 아득하게 느껴졌다.

꿈……. 언젠가 그와 함께 황궁을 나섰다가 돌아오는 마차 안에서 살짝 마음에 품었던 씨앗이 발아해서 그런 꿈을 꿨던 건 아닐까 카리사는 생각했다.

'어리둥절하도록 아름다운 꽃이 피었더랬지. 하지만 그건 결코 내가 꺾어서는 안 되는 꽃.'

자신들의 주인이 말을 타거나 가마에 오르는 걸 돕기 위해 시종과 시녀들이 부산히 물결처럼 움직여 가는데 카리사도 동참했다. 이윽고 가마 옆에 이르러 에스테르의 손을 잡아 가마에 타게 도우며 카리사는 제 손에 쥐어진 아이의 것처럼 작고 찬 손의 무게를 강하게 의식했다.

"혼자 괜찮으시겠습니까? 누가 옆에 있어드리지 않아도 될지."

록사네가 걱정하는 것도 무리가 아닐 만큼 에스테르의 낯빛이 창백했다.

"괜찮아. 참을 만해."

에스테르는 의연히 록사네를 다독였다. 통 공주에게서 시선을 못 떼는 늙은 시녀장의 걱정을 덜어주는 황금비 같은 목소리가 옆에서 들렸다.

"카리사, 가마에 올라. 지켜보다가 아무래도 무리다 싶으면 옆으로 가마를 빼게 해."

아끼는 킨산産 종마에 올라 카리사를 내려다보며 블레신은 어서 타라고 고갯짓을 했다.

"이런 행사에 황족도 아닌 제가 가마에 동승하는 건……."

"누가 뭐라고 하면 내 이름을 대. 뒷일 걱정하지 말고 타, 늑장 부릴 여유 없어."

블레신이 다그치고 록사네도 고개를 끄덕이는 것으로 암묵의 동의를 표했다. 에스테르마저 "시녀들 중에 네가 가장 날씬하니까."라며 다른 시녀들의 불만을 잠재우듯 말했다.

생각지도 못하게 가마에 오르면서도 카리사는 못내 떨떠름한 표정이었다. 하지만 곧 생각이 바뀌었다. 휘장이 내려지고 가마꾼들이 일어설 무렵 에스테르가 스르륵 카리사에게 몸을 기대며 한숨을 쉰 것이다.

"실은 그 먼 곳까지 어찌 갔다 오나 조금 암담했었어. 함께라서 다행이다, 카리사."

"눈을 좀 감고 계셔요. 주무실 수 있다면 주무시는 게 좋겠는데, 가마 안이라 힘들겠죠?"

에스테르가 조금이라도 편히 갈 수 있게 가는 길 내내 카리사는 자세를 비롯한 온갖 것에 신경 썼다. 그 배려가 통했는지 에스테르는 황궁에서 벗어날 즈음엔 황도 연변에 선 사람들의 환호성에도 불구하고 깊이 잠들었다. 그녀가 깨지 않도록 숨소리조차 크게 내지 않으면서 카리사는 제게 기대온 자그마한 공주를 하염없이 바라보았다.

'난 이분이 좋아. 이 파리한 달빛 같은 분은 내게 늘 상냥하셨어. 아니, 그게 아니더라도 이분을 만나기 전에 맹세한 바가 있어.'

록사네가 공주를 달과 같은 분이라고 말했을 때, 카리사는 하늘을 올려다보며 별과 같은 이가 되겠다 다짐했었다. 이후 시간이 흐르면서 소양을 갈고 닦는 자체에 재미를 느끼고 자발적으로 더 나은 자신을 갈망하게 되었으나 처음 다짐은 변함이 없다.

그때 문득 세찬 바람이 불면서 가마의 휘장이 하릴없이 펄럭거렸다. 가마의 옆에서 걷던 블레신이 말을 바짝 붙이고 그 휘장을 붙잡아주던 중에 팔락이는 틈새로 안쪽의 둘을 보게 되었다. 마치 날개를 한층 부풀려 새끼를 비에서 보호하는 어미 새처럼 카리사가 에스테르를 감싸느라 여념이 없다. 저절로 블레신의 입가에 미소가 그려졌다.

오가는 데에만 한나절이 걸린 순행에서 돌아온 이들은 이른 정찬에 모두 반갑게 달려들었다. 이트궁의 시종들도 특별히 헤러반궁에서 준비한 정찬을 받아 함께 어울리며 회포를 풀었다. 정작 에스테르는 간신히 배를 채우는 시늉만 하고 침소로 건너갔고 카리사도 졸려서 한숨 자고 봐야겠다는 블레신을 따라 이트궁으로 먼저 돌아왔다.

궁을 지키면서 주사위놀이를 하던 문지기와 정원사조차 헤러반궁으로 가서 실컷 즐기다 오라는 블레신의 명령에 신이 나서 떠났다. 그야말로 텅 빈 궁에서 침소로 향한 블레신은 반은 막무가내로 침대로 끌어들인 카리사의 무릎을 베고 누웠다.

"이리 자는 게 편할 리가 없잖아요. 편하게 주무세요, 좀."

"이것도 편한데 더 편하게? 그거 좋지!"

괜히 말을 잘못했다가 카리사는 블레신의 곁에 눕는 처지로 내몰렸다.

"그냥 옆에 누워만 있어주면 다른 짓은 안 할 거야. 계속 저항하면 이런 짓, 저런 짓 마구 할 수도 있고."

협박을 잘 포장한 달래는 말에 카리사는 몸을 일으키려고 바동거리던 것을 단념했다. 대신 손은 떼고 있으란 카리사의 조건에 블레신이 재빨리 두 손을 들었다. 카리사는 그와 간격을 유지한 채 천장을 보고 누웠다. 그가 또 금세 그녀의 머리카락으로 손을 뻗는 것을 보긴 했지만 그 정도는, 하고 내버려두었다.

"넌 나보다 에스테르가 더 좋지?"

불쑥 블레신의 입에서 나온 말에 카리사는 또르르 눈알을 굴렸다.

"말해 봐. 너무 당연해서 대답하기도 싫다는 거야?"

"아시니 됐습니다."

쿡쿡 블레신이 웃었다. 손에 쥔 카리사의 머리카락 향기를 맡는 것에 그치지 않고 입술에 비비면서 또 유치한 질문을 던졌다.

"내가 에스테르의 오라비가 아니었다면 애인 같은 거 생각도 안 했을 거고. 안 그래?"

대답 대신 카리사는 한숨을 쉬며 눈을 감았다. 하지만 옆에서 자꾸 부스럭거리는 게 신경 쓰여 휙 돌아본 곳에서 그녀의 머리카락을 입에 물고 잘근거리던 블레신과 눈이 딱 마주쳤다.

"대체, 왜 그런 걸 빨고 계십니까?"

"뭐라도 만지고 싶어서."

"만지는 게 아니라 씹고……. 됐습니다. 그러다가 머리카락을 삼키셔도 책임 안 져요."

"오, 그럼 머리카락엔 뭘 해도 된다는 거지?"

기회는 이때란 듯이 블레신이 그녀의 머리카락에 얼굴을 묻고 뺨을 비벼댔다. 휘둥그레진 눈으로 쳐다보는 카리사의 시선에도 아랑곳하지 않고 여기저기 쪽쪽 입술을 대면서 슬금슬금 그녀의 얼굴 가까이 다가왔다.

"자, 잠시만요. 잠시만요, 왕자님?"

카리사의 머리 양옆에 손을 짚고 막 그녀의 귀밑머리에 입맞춤하려던 블레신이 고개를 들었다. 그녀를 내려다보는 짐짓 크게 뜬 파란 눈이 천진함을 가장하고 있다.

"그냥 옆에만 누워 있으면 된다고 하셔놓고선."

"사람의 욕심엔 끝이 없지. 그리고 나, 분명 손은 안 대고 있어. 맞지?"

씩 웃은 블레신이 고개 숙여 그녀의 머리에 입맞춤을 퍼부었다. 머리카락과 살갗의 경계선이 되는 근처를 집중 공략하는 교묘함. 그것은 서로의 옷이 맞닿아 바스락댈 정도로 가까워진 몸의 간격만큼이나 아슬아슬하다. 얼굴을 붉히며 카리사가 고개를 옆으로 비틀자 블레신은 흘러내린 머리카락이 덮은 귀에 입술을 대고 머리카락을 잘근거렸다. 머리카락은 핑계일 뿐, 희롱하는 것은 그녀의 보드라운 하얀 귀였다.

"정말, 왕자님!"

새빨개진 얼굴로 귀를 가리는 카리사를 보며 그는 쯧쯧 혀를 찼다.

"블레신, 이겠지? 벌을 줘야겠어."

그나마 유지하던 간격조차 지우며 블레신이 그녀에게 허물어졌다. 숨막힐 듯한 포옹의 순간, 블레신의 입을 가로막은 건 카리사의 손이다.

"뭐야, 이건? 약속이 틀리지 않나?"

"······봐줘요, 좀. 쉬러 오신 거잖아요. 괜히 힘쓰지 마시고 얌전히 누워 계세요. 아직도 약을 드시면서 그런다."

쉴 새 없이 깜박이는 속눈썹 사이로 그를 올려다보는 초록의 눈이 그가 걱정스럽다고 강하게 호소했다. 그 눈길을 즐기며 블레신이 물었다.

"약 같은 거 없어도 버틸 수 있는데. 당장 끊을까?"

"버틴다는 말이 틀렸잖아요."

카리사는 인상을 찡그리고 블레신의 이마며 뺨, 목덜미에 손을 대보았다. 미열은 여전하다. 그가 며칠 전보다 나은 게 아니라 아픈데 익숙해졌을 뿐인 것 같아 저절로 한숨이 일었다.

"모레, 정말 괜찮겠어요?"

빙그레 웃으며 블레신이 그녀의 입술을 훔쳤다. 카리사가 움찔 눈을 감기 무섭게 입술을 떼는 짧은 입맞춤. 카리사가 조심스레 눈을 뜨자 블레신은 그 눈을 들여다보며 속삭였다.

"지금 온전히 날 걱정해주는 거지, 카리사?"

"걱정에 온전하고 말고가 어딨어요?"

카리사가 묻자 블레신은 미소와 함께 다시금 그녀의 입술을 훔쳤다. 카리사는 바짝 긴장했지만 그는 슬며시 입술을 비비고 물러나는데 그쳤다.

"그래, 카리사. 그렇게 온전히 날 봐줘. 걱정이든 뭐든 좋아. 나만 보고 있어. 네게 허술한 모습 따위 보이지 않아. 승리자가 될 거야. 네가 바란 대로."

"그 말씀은…… 제가 바라지 않는다면 대회를 단념할 수도 있다는 건가요?"

"하라면 하지. 할까?"

일말의 주저도 없는 대꾸에 카리사가 주춤했다.

"다른 사람들에겐 뭐라고 하고요? 무엇보다도 황제 폐하께는……."

"말했잖아. 난 무얼 해도 용납이 된다구. 뭣하면 그날 하루 잠적해 버리지 뭐. 그 다음 날 돌아와서 만사가 다 귀찮았다고 둘러대면 그만이야. 할아버지한텐 한 이틀 재롱 떨어드리면 돼. 우리 할아버지, 나라면 끔뻑 죽어, 옛날부터."

예전이라면 얄밉게 보였을 거드럭거림도 지금의 카리사에겐 웃음으로 화했다.

"그래요, 강한 분이시죠, 왕자님……이 아니라 블레신. 하지만 그래서야 믿을 수 없는 사람이란 평판을 얻게 될 뿐이에요. 다른 사람들이 당신을 그런 이유로 얕보는 건 싫어요."

"나는 상관없지만 뭐든 너 좋을 대로 할게. 내가 원하는 건 하나뿐이니까."

새삼 발그레 물드는 카리사의 뺨에 입술을 대고 블레신은 그녀의 얼굴 곁에 머리를 놓았다. 지그시 그녀를 꼭 껴안았다가 힘을 풀면서 블레신이 속삭였다.

"지금 나보다 강한 건 너야, 카리사. 네 말 한마디가 날 사로잡아 무엇이든 시킬 수 있어. 날 지배해, 카리사. 내게 군림해, 카리사. 대신 넌 나만 보는 거야. 오로지 나만."

블레신이 힘을 뺀다고 뺐어도 카리사에게 실려 오는 무게는 만만치 않았다. 조금 호흡이 버거울 정도의 뻐근함. 그러나 마냥 무겁지는 않았다.

마냥 두렵지도 않았다. 어쩌면 그의 말대로 그녀가 지금의 그보다 강하기 때문일지도 모른다.

날 지배해, 카리사.

내가, 이 강한 남자를? 그럼 내가 그려준 꿈을 위해 이 사람이 날갯짓하는 날을 볼 수도 있는 걸까? 그것이 아무리 큰 꿈이라고 해도?

두 팔을 뻗어 블레신의 등을 보듬으며 카리사는 눈을 감았다.

"당신만 볼게요. 그러니 지금은 쉬어요."

바람에 살랑거리는 휘장 속에서 두 사람은 한가로이 잠에 빠져들었다. 바람이 거세어지고 날이 저물어 툭툭 비 듣는 소리가 날 때까지 세상모르게 곤한 잠이 이어졌다.

슈파르나 축제의 이틀째는 하루 종일 비였다. 빗발이 강해졌다 약해졌다의 차이가 있을 뿐 황궁을 덮은 하늘은 물론 너른 수도의 전역에 비가 찾아들었다. 그럼에도 다이몬 전차경기장에서의 대회는 변경 없이 치러지는 모양이었다.

일찍 일어난 블레신이 오전 내내 운동을 한 뒤 점심 식사를 할 때 방락이 찾아왔다. 홀딱 벗겨서 치료를 해야 한다며 카리사는 잠시 복도로 내쫓겼다. 반 시간쯤 지나 나온 방락은 카리사에게 과한 운동은 독이라며 왕자가 손가락 하나 까딱 못 하게 하라고 지시했다.

"왕자님께선 정확히 어디가 안 좋은 겁니까? 처음엔 몸살인 줄 알았는데 아무래도 단순한 몸살이 아니신 것 같아서요. 두통이 있으신지 자꾸 미간을 찌푸리시는 것도 그렇고……."

"눈뜬장님은 아니로구나. 하긴 저 녀석이 고른 여자가 그리 눈치가 없어서야. 하여튼 내버려두어라, 내일까진 버틸 거다. 못 버티면 허우대가 아깝지."

"내일 이후에 뭔가를 하겠다는 말씀인가요? 그럼 지금까지 치료를 하신 게 아니었습니까?"

거듭되는 카리사의 질문에 방락은 말 많은 계집은 질색이라며 손사래를 치며 달아났다. 카리사는 지지 않고 쫓아가며 계속 말했다.

"어디에 신경을 써야 할지 얼마쯤 언급이라도 해주십시오. 왕자님께선 나을 수 있는 병이긴 하신 건가요? 그거라도 좀 알려주십시오."

"낫는다, 당연히! 이 몸이 없었다면 큰일이겠지만 여기 이리 있으니 고작 저런 걸로 어찌 되지 않는다."

"그러니까 그 큰일이 어떤 일이지 살짝 귀띔이라도……."

아예 앞을 가로막으며 졸라대자 방락이 발을 구르며 짐짓 성을 냈다.

"허어, 어찌 이리 날 잡느냐, 알고 싶으면 나 말고 저 녀석을 졸라야지. 명색이 저 녀석의 첩 아니냐?"

"첩 같은 거 아닙니다."

방락은 귀를 후비며 시답잖다는 듯 그녀를 위아래로 훑어보았다.

"흥, 감투도 없이 시시덕대는 사이니 무슨 일인지 알려주지도 않나보군. 사리분별 못 하는 어린 것이라면 모를까 제 앞가림하는 환자를 맡는 이상 나는 환자의 상태에 대해 떠들고 다니는 사람이 아니다. 자자, 그만 발목 잡고 길 터라."

결국 카리사는 실마리 하나 잡지 못하고 방락을 보내야 했다. 침소로 돌아갔더니 블레신은 깊은 잠에 빠져 있었다.

바늘을 살에 찔러대는 괴이한 치료가 사람을 잠재우는 재주도 있다는 것이 볼 때마다 신기했다. 그의 얼굴을 만져보고 숨결도 확인했다.

"열도 가셨고 숨결도 평온해. 하지만 미봉책일 뿐이니……."

한숨을 쉬고 카리사는 지금 그녀가 할 수 있는 유일한 일, 기도를 정성스럽게 올렸다. 끝마칠 무렵 놀러 나갔던 코로나가 침소로 들어와 침대에 올려달라고 종종거리는 것을 들어주고 돌아서던 그녀의 시선이 창문에 가서 머물렀다.

닫아둔 덧문으로 후려치는 듯한 빗줄기 소리가 아까보다 요란하다. 카리사는 창가로 걸어가 덧문을 열어볼까 하다 이내 단념했다.

"비가 수그러들면 좋을 텐데……."

다이몬 전차경기장에서 펼쳐질 궁술시합은 오후부터. 황자라고 해도 시합에 참가하는 한 명인 이상 이 비를 맞으며 시합에 나서야 할 것이다. 미간에 수심을 드리운 채 작은 한숨을 내쉬길 몇 차례. 카리사는 마음을 굳히고 빠른 걸음으로 침소에서 나갔다.

카리사가 당도한 곳은 주랑으로 꾸며진 옥상이었다. 탁 트인 풍광 때문에 물안개가 자욱하도록 내리는 비가 생생하게 피부에 와닿았다. 옷이 젖는 것도 아랑곳하지 않고 빗속에 무릎으로 서서 카리사는 기도를 올렸다. 비가 잦아들길 바라는 기도.

그리고, 클라이저의 승리를 기원하는 기도였다.

"이기고 돌아오세요, 전하. 전하의 영예에 공주님께서 기뻐하실 모습을 위해서라도……."

승리하기를. 승리하기를. 그분께 영예가 찾아오기를.

어차피 오늘밤에 할 수 없는 기도.

내일은 오로지 블레신만을 보리라, 카리사는 굳게 다짐했다.

"너 어딘가 아픈 거 아냐?"

이튿날 아침 일찍이 아침식사를 마치고 블레신은 옷을 입고 있었다.

그의 허리띠를 단정히 매주는 카리사를 쳐다보던 블레신이 미심쩍다는 얼굴로 거듭 물었다.

"아까부터 내내 얼굴이 좀 붉다 싶어서. 열이 좀 있나?"

블레신은 카리사의 이마를 만져보고 제 이마도 만져 보았으나 분명한 판단이 힘들었다. 옆에서 갑주를 들고 대기 중이던 쿠르도에게 와보라고 해서 그의 이마도 만져보았지만 오늘의 행사로 잠을 설칠 만큼 들뜬 쿠르도 역시 체온이 높기는 매한가지였다.

"제가 시합에 참가하는 것도 아닌데 왠지 설레네요. 얼굴이 붉다면 그 때문일 거예요."

카리사의 설명에 블레신이 빙그레 웃더니 슥 몸을 굽혀 그녀의 귓가에 속삭였다.

"그런 이유라면 난 온통 석류처럼 빨개졌을걸."

워낙에 부드러운 어감의 트라비잔어는 블레신의 입에서 흘러나오면 노래처럼 들리는 효과가 있다. 그래서인지 카리사는 몇 박자 늦게 그 속 뜻을 깨닫고 한층 얼굴을 붉혔다. 허리띠 매듭을 짓고 쿠르도가 블레신에게 갑주를 입히도록 뒤로 물러나면서 카리사가 충고했다.

"너무 당연하다는 듯 장담하지 마세요, 왕자님. 제국 전역에서 올라온 쟁쟁한 실력자들이 저마다 영예를 꿈꾸고 있을 거예요. 그중에 왕자님이 우물 안 개구리임을 깨닫게 해줄 괴물이 있을지도 몰라요."

"없어, 그런 괴물 따위."

"또, 또 그런 장담을. 혹시 사람을 풀어서 어떤 자들이 올라오나 조사라도 해두셨나요?"

"으하하하! 이 블레신 루키아노스를 뭘로 보고. 쿠르도, 이 여자가 날 대책 없이 얍삽한 종류의 인간으로 보는데 뭐라고 해줄 말 없느냐?"

블레신이 시종에게 운을 던지자 쿠르도가 기다렸다는 듯 왕자의 무공을 칭송했다.

"……병영에 계시는 동안 왕자님께선 그야말로 전설을 만드셨습니다. 맞다, 원 겨루기라는 놀이가 있는데 아실지 모르겠습니다, 카리사 님."

"바닥에 원을 그려 놓고 두 명이 그 원 안에 들어가 어느 한쪽을 밀어내면 이기는 놀이 아닌가요?"

"네, 비가 오거나 눈이 와서 밖에서 훈련이 힘든 날엔 막사 안에서 그런 놀이를 곧잘 했습니다. 왕자님께선 그 놀이에서 연속으로 이백 명을 이긴 기록을 세우셨답니다. 말이 이백 명이지, 어휴, 그날 일 기억하십니까, 왕자님?"

"그런 일이야 워낙에 흔해서 딱히 어느 날인지 원. 뭐야, 석류, 왜 웃는 거야?"

거들먹거리는 블레신을 보며 쿡쿡 웃던 카리사가 어깨를 으쓱했다.

"바보가 아닌 이상 누가 왕자님을 상대로 이기려고 기를 쓸까 하는 생각이 들어서요."

"흥. 그렇게 나오는 거냐. 병영에서의 일이야 그렇다 쳐도 난 세상 곳곳을 돌아보고 다녔어. 어디의 누가 몸 쓰는데 재주가 있다는 소리를 들으면 찾아가서 겨뤄보길 수도 없이 했다 이거야. 영 아닌 놈도 만나보고 그럭저럭 쓸 만한 녀석도 만나보고 감탄이 나오는 호적수도 만나봤지만 이 몸의 무릎을 꿇린 녀석은 단 한 명도 없었어. 괴물? 그런 게 있다면 네 눈앞의 내가 바로 괴물이다."

"네, 네, 알아 모시겠습니다."

카리사는 고분고분히 고개를 끄덕였지만 블레신은 그 고분함에 도리어 못마땅한 표정을 지었다.

갑주를 다 입은 블레신은 거울에 제 모습을 비춰보더니 머리가 마음에 안 든다며 카리사에게 다시 빗게 했다. 쿠르도가 눈치껏 시종들을 데리고 나가자 내실에 둘만 남겨졌다.

"이젠 마음에 드십니까?"

다시 빗겨서 묶은 머리를 보라고 거울을 받쳐주는 카리사의 손에서 거울을 치우고 블레신은 그녀를 품에 끌어안았다.

"걱정하지 마, 카리사. 다치지 않고, 아, 좀 긁히긴 할지도 몰라. 어쨌든 어디 부러지는 일 없이 돌아오겠다고 맹세할게. 다만 얼마쯤의 운의 작용은 네게 맡길 테니 행운을 빌어줘."

"빌겠어요. 그 어떤 악운도 접근하지 못하게 해달라고."

카리사의 어깨를 붙잡고 그녀의 눈을 들여다보며 블레신이 확인했다.

"오로지, 나만 보는 거다. 전차경기장 다른 쪽에 벼락이 떨어져도 나한테서 눈 떼지 마."

"당연하죠. 벼락이 떨어지면 더더욱, 기절하는지 안 하는지 열심히 지켜볼게요."

카리사의 농담에 블레신도 이를 드러내며 히죽 웃었다. 그 싱그러운 미소 뒤에 갑자기 그가 그녀의 목덜미에 얼굴을 묻었다. 입술이 닿는다는 느낌이 들기 무섭게 맹렬하게 그녀의 살갗을 뜯어먹을 것처럼 빨아대는 바람에 카리사는 깜짝 놀랐다.

"아! 아파요……."

"미안. 좀 급해서."

잠시 후 고개를 든 블레신이 방금 입술을 댔던 자리를 매만지며 흡족한 듯 미소 지었다.

"두 번째는 오늘 밤에 느긋하게 만들어주지."

포옹을 풀고 블레신은 성큼성큼 문을 향해 걸어갔다. 카리사는 그를 따라가려다가 멈칫하고 거울을 집어 들었다.

의아한 표정으로 목덜미를 비춰본 카리사는 거기 생긴 붉은 반점을 확인하고 눈을 깜박거렸다. 무슨 의미인지 통 알 수가 없어서 물어보려 했는데 블레신은 이미 내실을 나가버린 후였다. 베일을 챙겨 들고 허둥지둥 카리사는 그를 쫓아나갔다.

마차가 준비된 앞뜰로 나가면서 카리사는 힐긋 하늘을 올려다보았다. 개었다고 말하기엔 아직 거무스름한 구름이 좀 남아 있는 하늘을 훑어보던 카리사는 뭔가를 보고 눈을 크게 떴다.

"어, 저기 무지개가……. 아얏!"

포치의 맨 마지막 계단을 헛디딘 바람에 카리사는 그만 풀썩 앞으로 고꾸라지고 말았다. 막 마차에 오르려던 블레신이 바람처럼 그녀에게 뛰어왔다.

"카리사! 괜찮아? 다친 데는 없어?"

카리사는 넘어졌다는 사실보다 방금 자신이 본 것을 그에게 말하는 게 더 급했다.

"아무래도 또 비가 올 것 같아요, 저기 무지개가 떴어요. 저기, 어? 어디 갔지?"

틀림없이 카리사는 오색 무지개를 보았건만 다시 보니 온데간데없었다. 블레신은 하늘을 가리킨 그녀의 손에 피가 묻은 걸 보고 크게 혀를 찼다.

"멍청이, 제대로 앞도 안 보고 다니니까 다친 거 아냐!"

블레신은 마음이 급해 제 튜닉 자락으로 다친 손을 꾹꾹 눌렀다. 그의 붉은 튜닉에 금세 짙은 얼룩이 지는 걸 멍하니 바라보던 카리사의 목덜미에 오싹 소름이 돋았다.

"괜찮습니다, 그만두세요!"

찰싹, 블레신의 손을 때리듯이 물리치고 카리사는 벌떡 일어섰다. 그리고 다시 어떤 힘에 이끌리듯 하늘을 보았다.

무지개. 보았다고 목숨이라도 걸 수 있다. 이른 아침의 무지개는 비를 불러온다. 큰비를……

카리사는 다시 블레신을 보았고, 그의 튜닉 앞자락에 묻은 검붉은 핏자국에 시선을 멈추었다. 형용할 수 없이 묘한 기분이 일었다. 뭔지 모를 어지러움, 메스꺼움, 나아가 현기증까지.

"카리사!"

별안간 눈에 띄게 휘청거리는 그녀를 블레신이 일어서며 붙잡았다. 그의 팔 안에서 잠시 맥을 못 추는 그녀에게 블레신이 다그쳤다.

"역시 어디 아픈 거지, 너? 글리코! 이 녀석 방에 데려다 눕혀, 그리고 전의를 불러와, 당장."

"아뇨, 왕자님. 전 아프지 않아요. 빈혈이 좀 났을 뿐이에요. 빈혈이요. 정말로요."

무슨 큰일이라도 난듯 얼굴까지 파리해진 블레신 때문에 카리사는 희미하게 웃고는 그의 팔을 꼭 잡으며 물었다.

"왕자님, 오늘 시합에서 켄을 타실 거죠?"

"그야 물론."

느닷없이 왜 그런 걸 확인하나 싶어 블레신이 눈썹을 치켜 올렸다.

"우르를 데려가세요."

"우르? 예비용으로?"

"예비용이 아니라 타시라구요, 우르를."

"우르라니, 말도 안 돼. 연습은 둘째 치고, 애초에 이런 시합에 데리고 나가기엔……."

고개를 젓던 블레신이 멈칫하더니 물끄러미 카리사의 눈을 들여다보았다. 그리고 다시금 그녀가 가리켰던 하늘을 돌아보았다가 고개를 돌렸다. 찬찬히 그녀를 보는 그의 진중한 눈길에 카리사는 마른침을 삼켰다. 다시 한 번 우르를 타시라고 말하려는데, 블레신이 고개를 끄덕였다.

"좋아. 그 녀석을 타지. 오늘 밤 우르가 관절이 아파서 앓아누우면 다 네 탓이야."

그가 너무 쉽게 받아들인 탓에 카리사는 좀 얼떨떨했다.

"정말이시죠, 왕자님? 정말로 우르를 타시는 거죠?"

"이런 일로 거짓말해서 뭐해? 어이, 쿠르도! 마구간에 가서 우르를 데려와. 우르 말이야, 우르. 어서, 시간 없어!"

쿠르도를 보내고 블레신은 재차 카리사에게 정말로 아픈 데가 없는 건지 확인했다.

"몸이 아픈데 나 때문에 억지로 따라올 것 없어. 눈에 안 보인다고 내 응원을 등한시하지 않을 거 잘 알아."

"절대 억지로 가는 거 아니에요. 다이몬 전차경기장도 보고 싶고, 게다가 특등석에서 시합을 관람할 기회를 놓치다니요. 아, 물론 왕자님의 눈부신 활약을 보는 게 제일 중요해요. 자, 이렇게 서 있을 게 아니라 어서 공주님께 가요. 기다리느라 공주님 눈이 빨개지셨겠어요."

카리사는 블레신의 팔에 팔짱을 끼고 마차 쪽으로 이끌었다. 뜰에 전송을 나온 시종들의 눈을 의식하지 않는 대담한 행동에 블레신은 다소 놀랐다. 애인이 되자고 한 후에도 사람들 앞에선 전과 다를 바 없이 선을 지켜온 그녀가 아닌가.

블레신 다음으로 마차에 오른 카리사가 문을 닫기 무섭게 덥석 그는 그녀를 제 품으로 끌어당겼다.

"왕자님, 이런 건 아까 안에서 충분히 하셨잖아요?"

바깥에 들리지 않게 속삭이며 그에게서 벗어나려는 카리사를 블레신은 더 그득히 안으며 그녀의 뺨에 입술을 비볐다.

"충분? 카리사, 넌 그 단어의 뜻을 잘 모르는구나."

나지막한 말에 이어 입술을 겹쳐온 블레신은 질리지도 않고 하염없이 그녀의 입술을 탐했다. 적당히 하다 그만두길 바라고 고분히 안겨 있던 카리사는 좀처럼 끝날 기미가 없이 점차 더 농염해지는 입맞춤에 조바심이 나기 시작했다. 이트궁과 헤러반궁은 그리 먼 거리도 아니다. 하물며 마차로 가고 있으니 이제 곧, 앗, 방금 모퉁이를 돌았다!

"아야!"

블레신은 느닷없이 그의 목을 꼬집는 카리사의 맵디매운 손에 놀라서 입술을 뗐다. 미간을 찡그린 카리사가 손수건을 꺼내 그의 입술을 닦아주며 중얼거렸다.

"아까 제 목을 깨무셨으니 비긴 겁니다? 이제 곧 공주님을 뵐 테니 좀 듬직하게 계셔요."

블레신은 그녀가 목에 만들어준 키스자국의 의미를 모른다는 걸 깨달았다. 일전에 발레리아의 저택에서 농염하게 그를 유혹하던 그 여자는 대체 어디에 숨어 있는 걸까.

풋, 웃음이 나서 블레신은 큭큭 이마를 짚고 웃었다. 이해할 수 없다는 듯 그를 쳐다보던 카리사는 헤러반궁에 도착했다는 기별에 제가 먼저 날듯이 마차에서 뛰어나갔다.

그리고 기대했던 것만큼이나 크게 실망했다.

"그렇게 많이 아프세요?"

궁 앞에 나와 그들을 기다리고 있던 록사네 시녀장이 침통한 표정으로 고개를 끄덕였다.

"어제 그 빗속에서 계신 게 안 좋았던 모양입니다. 영 일어나질 못하세요."

어제 클라이저의 궁술시합을 보러 다녀온 에스테르가 결국 앓아눕고 만 것이다. 날이 좋지 않다고 극구 말려도 한사코 가겠다는 공주의 고집을 꺾지 못했던 일을 자책하며 카리사도 새삼 한숨을 쉬었다. 의외로 블레신이 빙긋거리며 웃었다.

"그래도 어제 숙부가 승리자의 월계관을 쓰는 건 봤으니 아파도 뿌듯할 거야. 못 봐서 속상한 것보다 한 며칠 앓는 걸 더 기뻐할 녀석이잖아. 그러고 어차피 오늘은 가봐야 허탕만 칠 테니 아픈 게 나아. 많이 아프라고 해."

"왕자님, 어쩜 그런 말씀을!"

록사네가 한소리 하려고 해도 카리사가 먼저 발끈하니 끼어들 틈이 없다.

"오늘 월계관은 다 내 차지인데 어쩌라구. 카리사, 너는 기쁘겠지만 약혼자가 빈손으로 박수치는 신세가 되는 걸 볼 에스테르한텐 썩 좋은 일만은 아닐 거야."

참으로 안 됐다는 듯 블레신은 고개까지 저었다. 그를 보는 카리사와 록사네의 표정이 어떤지는 전혀 개의치 않고 블레신은 어쨌든 누이의 얼굴이나 보고 가겠다고 나섰다.

"주무시고 계십니다. 왕자님께서 데려온 치료사가 오늘 그나마 밥값을 했습니다."

"방락이 치료를 했어?"

휘둥그레진 눈으로 블레신이 물었고 록사네는 그렇다고 대답했다.

"그 수상한 바늘을 족히 스무 개도 넘게 썼습니다."

"그리고 또? 또 다른 건?"

"지금은 방에 틀어박혀서 약인지 뭔지를 다리는 중입니다."

싱긋 블레신이 웃더니 짝 박수까지 쳤다. "슬슬 시작되나 보군."하고 들뜬 기색으로 말한 블레신은 느닷없이 록사네를 껴안고 그녀의 뺨에 쪽쪽 입을 맞췄다.

"록사네, 내 시합을 못 봐서 가슴이 찢어지겠지만, 에스테르의 곁을 지켜줘. 월계관 하나는 록사네 줄게. 카리사, 록사네한테 월계관 하나 줘도 되지? 두 개 다 갖고 싶어?"

"괘, 괜찮습니다. 얼마든지 주셔도. 어, 어머나, 왕자님!"

블레신은 이번엔 카리사를 답삭 껴안고 뱅글뱅글 돌렸다. 다행히 록사네가 어서 출발하라고 블레신의 등을 떠밀어 둘은 다시 마차로 향했다.

퍼뜩 카리사가 록사네를 돌아보며 시녀들은 다 궁에 머무는 거냐고 물었다. 안 그래도 롤리아만 남기고 다른 시녀들은 마차로 내보냈다는 말에 카리사는 빙긋 웃고는 마차에 올랐다.

마차에 둘이 남기 무섭게 또 손을 뻗는 블레신에게 카리사는 단호히 고개를 저었다.

"이제부터는 아무것도 하지 마시고 쉬세요. 새벽부터 일어나서 찜질을 해드린 제 노력을 무위로 돌리지 마시라구요. 시녀로서가 아니라 애인으로서의 명령입니다."

"호오, 애인의 명이라면야. 대신 이리 와서 내게 어깨라도 빌려줘. 어서."

블레신이 내민 손을 잡고 카리사는 그의 옆자리로 왔다. 스르륵 그가 그녀의 오른쪽 어깨에 머리를 기대왔다. 그러면서 그녀의 손에 깍지를 끼워 꼭 쥔다.

"아, 좋다. 널 만나기 전엔 어떻게 살았는지 모르겠어."

눈을 감고 블레신이 중얼거렸다. 왠지 가슴이 간질거리는 것을 카리사는 헛기침으로 얼버무리고 화제를 돌렸다.

"방락 님이 공주님 치료를 시작했다는 이야기에 몹시 기뻐하셨지요. 그토록 그분에게 큰 기대를 걸고 계신 건가요?"

블레신은 순순히 화제 전환에 응해주었다.

"말이지, 카리사. 세상에 기적을 일으킬 수 있는 의사가 한 명 있다고 하면 그게 방락이야. 그리고 기적을 일으킬 수 있는 의사가 한 명도 없다고 하면 그땐 방락이 죽은 거야. 그게 내가 일 년이란 시간을 쏟아가며 얻은 결론이야. 대답, 됐어?"

"됐습니다."

크게 고개를 주억거린 카리사의 얼굴에 미소가 피어나 활짝 만개했다. 그녀는 블레신이 이미 쥐고 있던 손에 다른 손까지 포개어 꼭 잡았다.

"저도 왕자님의 기대에 동참하겠어요. 아, 혹시 방락 님께 조수가 필요치는 않을까요? 여자 손이 필요한 경우가 있을 것 같은데. 배울 수 있는 일은 제가 배워서 거들게요. 필요하면 킨 말도 배울게요. 뭐라도 할 수 있게 제게 기회를 주세요, 네?"

"욕심꾸러기 같으니. 하여간에 틈만 나면 날 휘두르는구나."

나직이 한숨을 쉬는가 싶더니 대뜸 블레신이 카리사의 뒤통수를 붙잡아 제게로 당겼다.

"쉬시라니……까요. 으응, 제발 좀…… 이건 명령 불복종이에요."

"전쟁에 나간 장군은 필요하다 싶을 땐 군주의 명령이라도 듣지 않을 수 있어."

"엉터리, 지금 여기서 전쟁 이야기가 왜…… 웃, 으음."

더 이상 블레신은 그녀가 말할 여유를 허락하지 않았다.

약 칠만 명 정도를 수용할 수 있다고 하는 다이몬 전차경기장의 관객석이 입추의 여지가 없이 사람으로 들어찬 광경에 카리사는 소름이 돋을 정도로 깊은 인상을 받았다. 모래판에서 이백여 명의 노예들이 흙을 고르는 것이 숫제 점처럼 보일 정도로 그 넓이가 어마어마했다.

블레신이 카리사를 황족들을 위한 특별관람석까지 데려가는 동안 카리사는 제가 경기에 나가는 양 긴장이 되어 식은땀을 흘렸다. 뿐만 아니라 블레신을 바라보는 시선에도 간절한 걱정의 기색이 넘쳐흘렀다.

"긴장하지 마세요, 왕자님. 이 많은 사람들을 개미나 벌이라고 생각하세요. 웅성웅성거리는 게 꼭 벌들이 내는 소리 같지 않아요?"

"함성이라도 한 번 지르면 수천 마리의 들소떼가 되겠지."

"함성……. 그렇구나, 함성을 지르면 어떡하지? 천둥처럼 웅웅거릴 텐데 깜짝 놀라시진 않으려나? 아, 벌써부터 제 심장이 이리 뛰어요. 왕자님, 괜찮아요, 왕자님은 대범하시니까 저처럼 심장이 뛰지는 않을 거예요. 어차피 저기 서 있으면 객석이 보일 여유도…… 어머, 이 자리에선 꽤 잘 보이네요!"

걱정으로 가늘어졌던 눈은 특별관람석 아래로 내려갈수록 잘 보이는 경기장 전경에 휘둥그레 커졌다. 괜히 황제가 와서 앉는 자리겠느냐고 말하며 블레신은 일찍부터 황족들이 입 다실 거리를 준비해 대기 중인 노예의 쟁반에서 불그스름한 사탕과자를 집어 들었다. 놀라서 다물어지지 않은 카리사의 입에 과자를 쓱 넣어주니 반사적으로 과자를 깨물며 카리사가 그를 보았다. 걸음을 멈춘 블레신이 마주 보게끔 카리사의 몸을 돌렸다.

"사람이 한 명이든 만 명이든 나한텐 문제 될 것 없어, 카리사. 내가 의식하는 건, 지금 내 눈 앞에 있는 한 쌍의 눈뿐이야. 내가 저 아래서 한바탕 추게 될 춤은 다 네게 잘 보이고 싶어 벌이는 발악이야. 명심해."

너무도 진지한 눈빛에 카리사는 입술을 삐죽거리며 "피, 황제께도 보여드릴 거면서."라고 넉살 비슷한 것을 부렸다. 싱긋 웃은 블레신이 카리사의 귓가에 속삭였다.

"할아버지는 왕벌이지. 아니면 왕개미로 할까? 네가 결정해. 왕벌, 왕개미, 어느 쪽?"

"쉿, 쉿. 전 그런 불경한 말 한 적 없어요, 왕벌도 왕개미도 아니에요."

"아닌데, 내가 틀림없이 들었는데 여기 사람들 전부 벌이나 개미로……."

주변을 휘둘러보며 블레신이 들으란 듯이 목소리를 높이는 바람에 카리사가 기겁을 하며 그의 입을 막았다. 낄낄거리며 블레신이 그녀를 데리고 다시 걸음을 옮겼다.

아직 황족들의 자리는 반의반도 채 차지 않았지만 얼마 안 되는 숫자의 황족들이라도 블레신을 알아보고 다가와 인사며 말을 건넸다. 그들은 블레신에 이어 그의 곁에 선 카리사에게 시선을 주고 서로들 눈짓을 했다. 블레신은 경기장에 들어온 이래 그녀의 손을 단 한 번도 놓지 않았다.

"카리사, 이쪽으로 와!"

새파란 실크 스톨라를 입은 발레리아가 그들을 향해 웃으며 손짓했다. 그 부근이 전망이 가장 좋을 걸 아는 블레신은 그쪽으로 방향을 틀었다.

얼마쯤 가까워졌을 때 발레리아의 옆 좌석에 앉아 경기장을 뚫어지게 보고 있는 남자가 클라이저임을 알고 블레신은 살짝 눈을 치켜떴다. 블레신은 쥐고 있는 카리사의 손에 힘이 들어가는 것을 의식했다.

"소중한 애인께서 자리를 못 찾을까 봐 여기까지 안내해주는 건가요? 루키아도 사랑에 빠지니 그냥 평범한 남자가 되고 마네요. 오호홋."

낭랑하고 힘 있는 발레리아의 말은 그녀를 둘러싼 꽤 넓은 반경에 퍼지기에 충분했다. 카리사에게 몰리는 시선들이 한층 강해지고, 집요해졌다. 그 바람에 이미 상당히 달아올라 있었던 뺨이며 목덜미가 더욱 짙은 장밋빛으로 물들어, 주홍빛 스톨라와 한데 어울려 그녀를 갓 피어난 꽃처럼 보이게 했다.

황궁에서 높이 치는 가장 전형적인 미인인 발레리아와는 또 다른 싱싱한 아름다움. 그것을 돌아보는 클라이저의 눈에 희미한 찌푸림이 스치고 갔다.

"일찍 왔구나, 블레신."

"예상외로 말이지요. 숙부는 제 예상대로 일찍 오셨습니다. 한데 이런 자리에서 한가로이 계시는 건 제 예상을 벗어나셨군요."

클라이저에게 씩 웃어 보인 블레신은 주위를 둘러보고 고개를 끄덕였다.

"좋은 자리야, 카리사. 이만하면 내 모습을 놓칠 염려는 없겠어."

"자리가 아무리 멀어도 당신 모습을 놓치기가 쉬울까요. 공연한 걱정을 하네요, 루키아."

놀릴 기회를 냉큼 활용한 발레리아가 카리사를 제 옆으로 이끌어다 앉혔다. 그러는 중에도 블레신이 카리사의 손을 놓지 않고 따라와 팔걸이 부분에 걸터앉았다.

"그런데 에스테르가 아파서 못 온다죠? 서운해서 어떡해요."

"어제 참석해서 좋은 구경을 한 걸로 만족할 겁니다. 어차피 오늘은 숙부를 위한 날이 아니니 못 와서 눈물 나도록 서운할 것까지야 없겠죠."

블레신의 속뜻을 금방 알아챈 발레리아가 웃음을 터뜨린 후 클라이저에게로 몸을 기울여 귓속말을 했다. 클라이저는 덤덤한 미소와 함께 구태여 목소리를 낮출 것 없이 말했다.

"이미 충분한 돈을 걸었으니 그만두는 게 좋겠어요. 액수가 올라가면 외려 저 녀석의 호승심에 기름을 부어주는 격일 거예요."

"내가 노리는 게 바로 그거예요, 클라이저! 자만심에 하늘 높은 줄 모르고 턱이 치켜 올라간 사람은 아래를 살필 눈이 없다잖아요?"

들으란 듯한 발레리아의 도발적 언사에도 눈길 한 번 주지 않고 블레신은 느긋하게 경기장을 내려다보며 어떤 식으로 경기가 진행될지 카리사에게 설명해주었다.

진지하게 경청하면서도 이따금 카리사는 하늘을 올려다보았다. 구름 사이로 드문드문 푸른 면도 보여 비가 올 것과는 거리가 멀어 보인다. 그리고 그녀의 짐작보다도 훨씬 넓은 전차경기장의 면적을 보고 있자니 늙은 말 우르가 과연 여섯 바퀴의 경주를 감당할 수 있을지 의심스러워졌다.

"아, 최종예선, 최종예선이 있는데!"

불현듯 카리사가 소스라치며 블레신을 돌아보았다.

"전 결선밖에 생각 못했어요. 맙소사, 오늘 결선 전에 치러야 할 예선이 또 있죠?"

"맞아. 예선을 한 번 더 통과해야 최종 스무 명에 들어가는 거야. 괜찮아, 예선은 두 바퀴밖에 돌지 않으니까."

"그래도 여덟 바퀴가 돼요. 여덟 바퀴나 돌 힘이 있을까요? 그 우르가……."

새삼 전차경기장을 바라본 카리사는 가슴을 누르며 절망적인 한숨을 쉬었다. 별것 아닌 한순간의 느낌 때문에 그녀가 블레신을 패자로 몰아넣을 게 분명했다. 블레신은 팔걸이에서 일어나 카리사 앞에 한쪽 무릎을 꿇고 좌절에 빠진 그녀의 얼굴을 들여다보았다.

"괜찮아, 카리사. 힘도 힘이지만 녀석에겐 관록이 있어. 할 만하니까 하겠다고 한 거야. 설마 날 못 믿는 거야?"

"믿고 싶지만 우르는……."

블레신의 커다란 두 손이 카리사의 얼굴을 감싼데 이어 부드럽게 입술을 겹쳤다. 얼굴을 떼자 귀까지 붉어진 카리사가 그를 바라보며 쉴 새 없이 눈을 깜박이고 있었다.

"모든 게 완벽하면 재미가 없잖아? 지켜봐, 근사한 걸 보여줄 테니."

자리에서 일어선 블레신은 카리사의 얼굴을 치켜들고 한마디 보탰다.

"내 행운의 여신이 최고라는 걸 결과로 증명하지."

새파란 눈동자가 일말의 불안도 없이 생생히 빛났다. 그처럼 확신에 찬 그의 태도가 카리사의 걱정을 누그러뜨렸다.

아니, 단순히 불안을 잠재우는데 그치지 않고 카리사에게도 무언가 고취의 의욕을 지폈다. 카리사는 크게 고개를 끄덕이고, 블레신의 손등에 꾹 입술을 댔다. 이윽고 그를 올려다보는 카리사의 눈도 그에 뒤지지 않도록 반짝였다.

"왕자님을 믿어요."

"마침내!"

껄껄 기분 좋게 웃음을 터뜨린 블레신이 클라이저를 돌아보았다.

"슬슬 대기실로 가야 할 때죠? 숙부, 더 머무르실 참입니까?"

자리에서 슥 일어나는 걸로 클라이저는 대답을 대신했다. 발레리아도 따라 일어나며 클라이저의 팔에 가벼이 손을 댔다. 그리고 그 팔의 딱딱함에 슥 눈썹을 치켜 올렸다.

"어머니를 못 뵙고 가는군요. 마음 졸이지 않도록 옆에서 잘 살펴줘요, 부탁할게요."

평소와 다를 바 없는 온화한 목소리. 하지만 긴장으로 굳어진 몸만큼이나 눈빛 또한 굳어 있다. 클라이저는 동요했다. 안색이 싹 바뀔 정도로.

짐작은 했지만 그 정도를 얕잡아 보았던 발레리아 또한 동요했다. 따라나서려는 발레리아를 클라이저가 슥 손짓으로 만류했다.

클라이저의 시선이 카리사에게 향했다. 공손히 두 손을 모으고 시선을 내리깐 채 그가 지나가길 기다리는 그녀의 얼굴에 감도는 홍조가 다시 그의 가슴 어딘가를 비틀었다.

다시 그의 눈길은 블레신에게 향했다. 블레신은 팔짱을 낀 여유로운 자세로 그의 시선을 되받아쳤다. 서 있는 그대로 조각이 되어도 부족하지 않을 당당함. 아주 어릴 때부터 모든 면에서 그를 압도해온 저 존재를, 클라이저는 시기하는 대신 한없이 사랑했다.

그러나 이 순간, 격렬한 시기심이 그의 마음을 찢었다. 생애 처음, 그의 가슴을 설레게 한 여자가 그가 아닌 블레신을 선택했다. 상대가 저 녀석이니 이길 수 없는 싸움이라고 납득해 보려 했지만 손을 뻗으면 닿을 정도의 거리에서 당당히 그녀에게 키스하는, 그녀의 키스를 받는 블레신을 보면서 거센 질투로 눈앞이 새까맣게 일그러졌다.

"카리사."

문득 클라이저가 걸음을 멈추며 카리사를 불렀다. '반니 양'이 아닌 호칭에 블레신의 미간이 찌푸려졌다.

카리사는 의연하게 고개를 들었으나 마주한 시선에 눈빛이 흔들렸다. 어둡게 불타는 푸른 눈이 그녀를 쏘아보고 있었다.

막상 클라이저는 그녀의 시선을 붙잡았으나, 할 말이 없었다. 하고픈 말이 있으나 해서는 안 될 말. 미친 척 스스로를 포기하고 다 뱉어내 버리는 상상은, 상상으로 그친다.

"에스테르가 오지 못해서, 유감입니다."

"네. 정말로 애석해 하시겠지요."

겨우 건넨 말의 초라함에 클라이저는 쓴웃음을 짓고 그녀를 외면했다. 블레신에게 가 툭 그의 어깨를 두드리며 가자고 했다.

함께 걷기 시작한 블레신이 얼마 안 가 뒤돌아보며 카리사에게 손을 흔들었다. 카리사가 마주 손을 흔들다 힐긋 뒤를 돌아보는 클라이저의 시선에 주춤했다. 클라이저는 곧 고개를 돌렸고 블레신은 이제 맹렬히 두 손을 들어 흔들며 소리쳤다.

"싱싱한 월계관을 씌워줄게, 내 사랑!"

주위에 쩌렁쩌렁 울린 노골적인 선언에 그만 카리사는 몸 둘 바를 몰라 고개를 푹 숙였다.

"저 루키아가 저리 신나하는 거 정말 오랜만이야. 내 사랑이라니. 아아, 부러워서 죽겠어."

"제발 모른 체해주세요, 발레리아 님."

아예 베일로 얼굴을 감추면서 카리사는 몸을 숨기듯 자리에 앉았다. 그런 카리사를 내려다보는 발레리아의 눈빛이 날선 칼처럼 매서웠다.

34.
폭우 속
경주

발레리아가 주변 황족들과 이야기꽃을 피우는 사이 카리사는 에스테르의 시녀들을 찾아 주변을 돌아보다가 구석 자리에 앉아 있는 칼비와 조이스를 발견했다. 블레신과의 관계가 기정사실이 되면서부터 갑자기 그녀를 대하는 태도가 사근사근해진 칼비가 유난스러울 정도로 반갑게 카리사를 맞이했다.

"그런데 투렐리아는요? 볼일을 보러 간 건가요?"

"아, 투렐리아는 오늘 오지 않았어요."

구경거리에 대한 투렐리아의 지대한 갈망을 아는 카리사는 제 귀를 의심했다.

"오려고 해도 올 수가 있어야죠. 어젯밤에 한 차례 토사곽란을 일으키더니 그때부터 내내 누워 있어요. 그러니 어지간히 좀 먹어대야지. 평소에 못 먹고 사는 것도 아니면서 무슨 날만 되면 세 배, 네 배씩 먹어대니 원."

"요샌 별로 안 그러는 줄 알았는데……."

이틀 전 함께 있을 때 먹는 것도 예전 같지 않다고 투렐리아가 푸념하던 게 떠올라 카리사는 고개를 갸웃했다. 하지만 조이스마저 웃으면서 투렐리아에게서 식탐 빼면 뭐가 남겠느냐고 말을 보태자 그도 그렇다며 카리사도 고개를 끄덕였다.

"참참, 오늘 왕자님 몸 상태는 좋으신 거죠? 우리들, 왕자님께 상당한 돈을 걸었다구요."

칼비가 심각한 표정으로 해온 말에 카리사는 어깨를 으쓱하며 자신은 이 년 모은 연급이 걸렸다고 대꾸했다. 칼비는 그건 경우가 다르다고 받아쳤다.

"왕자님이 애인이시니 값비싼 선물도 원 없이 받으실 텐데. 화관만 잘 써도 일국의 공주가 부럽지 않게 살 수 있다고 하는데, 카리사 님은 그야말로 최고의 화관을 쟁취하셨잖아요. 요즘엔 만나는 사람들마다 카리사 님 이야기를 들려달라고 해서 제 입이 부르틀 지경이라구요."

부러움을 노골적으로 드러낸 말에 오히려 조이스가 민망해하며 화제를 치료사 방락 쪽으로 돌렸다. 그 주제에 카리사도 반갑게 응해 한참 그 기묘한 인물의 언행을 화제로 웃음꽃을 피우는데 문득 주변이 유난히 부산해지는 기척이 일었다.

황제가 거동한다는 말이 물결처럼 퍼져왔고 카리사는 급히 자리로 되돌아가 황제를 맞이할 준비를 했다. 며칠 전 그럭저럭 잘 걷는 모습을 보였던 황제가 오늘은 시종의 등에 업혀서 나타났다. 그 뒤로 시녀의 부축을 받은 황후가 따르고 있었다.

발레리아가 맡은 자리가 황후의 좌석 바로 옆이었던 터라 카리사는 뜻하지 않게 황제와 황후를 아주 가까이서 보게 되었다. 멀리서 보았을 땐 그나마 위엄을 느꼈는데, 지척에 이른 그들은 몸에 걸친 호화로운 의관에

짓눌려질 것 같은 앙상히 마른 늙은이와 짙은 화장으로도 병색을 감출 수 없는 파리한 환자였다.

부부가 자리에 앉자 수행하는 시종과 시녀들은 그들의 팔다리를 주무르고 비 오듯 흐르는 땀을 닦느라 분주했다. 발레리아 또한 황후의 시중을 들며 살뜰히 그녀를 챙겼다.

"내 일은 이 아이들에게 맡기고 오늘은 구경이나 잘하렴. 어제도 나 때문에 경기는 보는 둥 마는 둥 했지 않니."

"안 보는 척하면서 볼 만한 건 다 봤으니 어머님이야말로 제 걱정은 마세요. 또 클라이저도 어머닐 챙겨달라고 신신당부를 한 걸요. 믿을 건 저뿐이라나요."

발레리아의 너스레에 황후가 엷게 미소 지었다. 그리고 고개를 돌리던 황후는 시야에 들어온 카리사를 보고 무슨 말인가를 하려다 기침을 시작했다. 스스로 그치려고 애를 쓰며 억눌러 보지만 그 바람에 오히려 더 거세게 터져 나오는 기침이 안쓰러울 정도로 오래 계속되었다.

어찌어찌 기침이 가라앉은 후 몹시 지친 눈빛으로 황후가 카리사를 돌아보았다. 발레리아가 가까이 오란 손짓까지 하자 카리사는 당황스런 마음을 추스르며 그들 곁으로 갔다.

"들었다. 루키아노스가 네게…… 관심을 보인다더구나."

예, 아니오로 대답을 할 수 없는 주제에 카리사는 그저 모아 쥔 제 손을 내려다보았다.

"그야말로 이 아이에게 함빡 빠져서 얼굴에서 웃음이 떠나질 않더군요. 어머님께서도 그 모습을 보셨어야 하는데. 저 아이가 루키아 맞느냐 하셨을 걸요."

발레리아의 말에 황후는 지그시 카리사에게 시선을 두었다가 중얼거렸다.

"네가 총명하다는 이야긴 익히 들었지만, 과연 그 머리가 쓸 만하구나."

카리사의 눈이 크게 떠졌다. 결코 나쁜 의도를 가진 게 아니라는 뜻을 보이고 싶어 고개를 들어 황후를 올려다보았으나 황후는 이미 피곤에 지친 눈을 그녀에게서 거둔 후였다.

"마음을 사로잡았다고 안심하지 말고 끊임없이 노력을 기울여야 할 게야. 루키아노스가 만사에 쉬 질리는 것은, 그 일들이 그 아이에게 너무 쉽기 때문이니까……."

더 할 말이 없는지 황후는 눈을 감고 관자놀이를 지그시 눌렀다. 발레리아의 눈짓에 카리사는 감사의 말씀을 올리고 곁에서 물러났다.

자리로 돌아와 카리사는 멍하니 경기장을 내려다보았다. 아직 빗물이 다 빠지지 않아 짙은 회갈색으로 보이는 바닥을 물끄러미 응시하며 카리사는 황후의 말을 반추했다.

황후의 눈에는 자신이 황자에게 추파를 걸다 여의치 않으니 왕자에게로 방향을 바꾼 듯이 비쳤던 것일까. 최선이라고 믿었던 일이 빚어낼 수 있는 오해에 카리사는 막막해졌다.

'어쩔 수 없어. 오해받는다면 받는 대로, 감수해야지.'

시간이 지나야만 해결되는 일도 있다. 그렇게 불편한 마음을 정돈할 밖에.

열 시 즈음이 되어 텅 빈 경기장을 일련의 남자들이 채우기 시작했다. 방만하다 싶게 사방의 문을 통해 들어오던 남자들은 앞에서 인도하는 자의 구호에 조금씩 줄에 질서가 생기더니 황제를 바라보며 열을 지어 섰을 땐 제법 정연한 엄숙함까지 갖추었다.

귀족과 기사, 평민, 노예 계급에 이르기까지 저마다 복색은 천차만별이었지만 각 무리마다 한 명의 대표가 열 앞으로 나와 경건과 복종의 맹세를 하는 것에 맞춰 일제히 황제에게 허리를 숙였다.

"유리크의 전사들이여, 모두들 유감없이 실력을 발휘하여 정정당당한 승자가 될지니!"

황제의 작은 목소리를 전달하는 선전관의 쩌렁쩌렁한 목소리가 전차 경기장에 울려 퍼졌다. 그 옆에서 시종 두 명이 각각 손에 들고 있던 승자를 위한 월계관을 하늘 높이 치켜들자 시합 참가자들은 물론 구경꾼들도 함성을 질렀다. 정작 카리사는 황금 월계관을 보며 피식 웃었다.

"싱싱한 월계관이라더니 저게 뭐야."

필시 도금이겠지만 그래도 꽤 무거워 보여 카리사는 벌써 그것이 제 머리에 씌워진 양 머리를 만졌다. 금세 손을 내리곤 혹시 누가 봤을까 머쓱해하는데 발레리아와 눈이 딱 마주쳤다. 눈을 찡긋하며 머리를 톡톡 두드리는 것이 이미 속을 훤히 읽힌 후. 카리사는 베일 속에 숨었다.

본격적으로 기마술 경주 예선부터 시작되었다. 스무 명이 한 조가 되어 전차경기장 두 바퀴를 돌고 가장 먼저 들어온 두 명 만이 결승에 진출하는 것이었다. 열 번의 예선에 결선 한 번. 열두 시까지 갈 것도 없이 열한 시도 못 되어 끝나는 게 아닐까 카리사는 생각했는데 그렇게 시간 배분이 된 것은 다 그만한 이유가 있는 것이었다.

스무 필의 말이 출발 신호에 맞춰 일제히 출발하는 것부터가 쉬운 일이 아니었고, 안쪽 자리를 차지하기 위해 벌이는 살벌한 신경전 속에 말이 뒤엉켜 쓰러지는 일도 비일비재했다. 스무 명이 출발해서 스무 명이 모두 결승지점에 도달한 조가 단 한 번도 나오지 않은 가운데 일곱 번째 조가 두 번째 바퀴를 돌고 있을 때 하늘에서 우르릉 하는 심상찮은 소리가 들렸다.

구름이 짙어진 하늘을 쳐다보며 비를 걱정하던 사람들의 이목은 그때 경기장에서 또다시 일어난 낙마사고로 급히 옮겨갔다. 선두 그룹에 속해 있던 두 말이 충돌해 한쪽 말이 쓰러지면서 기수가 내동댕이쳐졌다. 그 기수를 뒤에서 바짝 추격해 오던 말들이 비키지 못하고 짓밟고 갔다. 그나마 얼마쯤 뒤처져 오던 기수 하나는 그 사람을 피하려다 자신마저 낙마하고 말았다.

대기 중이던 노예들이 쓰러진 말과 기수를 끌어냈지만 한눈에 보기에도 먼저 쓰러진 기수는 산 존재가 아니었다. 가여운 마음에 이미 눈을 돌려버렸던 카리사와 달리 주위의 황족들에게선 들뜬 분위기가 흘렀다.

"이걸로 세 명인가. 열다섯 명을 채우려면 아직 멀었는데."

"크게 터지려면 한 방이야. 하늘이 심상치 않은 게 비가 쏟아질 모양이니 기대해 보자구."

"비가 온다면 이야기가 다르지. 스무 명 이상이 죽는다에 금화 다섯 개를 더 걸겠어!"

그들의 비정함에 몸서리칠 여유도 없이 카리사는 아직도 시합에 나오지 않은 두 사람을 걱정하느라 거듭 얼굴이 창백해졌다. 다시금 우르르릉, 하늘이 울었다.

클라이저는 아홉 번째 조였다. 초반 중간 그룹에 속해서 달리던 클라이저의 말은 두 바퀴 초반에 선두 그룹에 들어갔고 반 바퀴가 남은 시점에서 2위와 각축을 벌였다. 마침내 2위를 앞지르는데 성공한 클라이저는 그 페이스를 그대로 유지하며 두 번째로 결승점을 통과했다.

"아, 공주님. 전하께선 무사히 경주를 끝내셨어요."

안도의 한숨도 잠시, 결국엔 투둑투둑 빗방울이 들치기 시작하더니 관객석의 차일 위로 마치 자갈을 뿌려대듯 굵은 빗줄기가 들이닥쳤다. 용케 비가 내리기 전에 경주를 끝냈구나 하고 혀를 내두르던 카리사는 아직 블레신이 남았다는 사실을 깨닫고 자리에서 일어섰다.

비운의 열 번째 조가 출발선을 향해 모여들었다. 스무 명의 남자들 중 원의 가장 바깥쪽 자리를 차지한 붉은 옷을 입은 남자, 블레신이 단연 가장 먼저 눈에 들어왔다. 제일 불리한 자리에서 시작하게 되었는데도 비라도 음미하는 양 등줄기를 꼿꼿이 세우고 천천히 앞으로 나아가는 모습은 전혀 긴장한 사람 같지 않았다. 타고난 그 자신감에 웃는 것도 잠시, 카리사는 왕자를 태운 우르를 보고 신음에 가까운 한숨을 흘렸다.

퍼붓는 비조차 감당하지 못하고 얼마 못 가 쓰러지지 않을까 싶을 만큼 말이 노쇠했음을 깨달은 것이다. 예선을 통과하는 것은 둘째 문제였고, 경주 도중 쓰러지기라도 하는 날엔 블레신의 안위가 위태롭다.

우르를 타라는 말을 꺼낸 제 입을 저주하고, 그 말을 선뜻 수락한 블레신을 원망했다. 정말로 그때 뭐에 쓰였던 게다. 제정신이라면 어찌 저런 말을 타고 경주에 나가라는 소리를⋯⋯.

너무 늦은 후회로 카리사는 눈을 가리며 자리에 주저앉았다.

퍼붓는 비를 뚫을 기세로 크게 뿔피리 소리가 울리며 열 번째 조의 경주가 시작되었다. 카리사는 차마 볼 자신이 없어 고개를 푹 숙인 채 입으로만 열심히 블레신의 무사를 기원했다. 중간중간 사람들의 함성으로 전차경기장이 진동할 때마다 무슨 일인가 싶어 심장이 쪼그라들고 피가 말랐다.

그런 와중에 덥석, 그녀의 어깨를 붙잡으며 "얘, 카리사!"하는 여자의 외침에 카리사는 소스라쳐 놀라 고개를 들었다.

"오, 세상에, 발레리아 님! 사고가 났나요? 결국 우르가, 우르가!"

눈앞에 서 있는 발레리아의 모습에 카리사의 상상은 비약적으로 나쁜 쪽으로 치달아 그만 눈물부터 쏟아냈다. 발레리아는 우스꽝스럽다는 듯 혀를 찼다.

"혼자 경기도 안 보고 잔뜩 움츠러들어 뭘 하나 했더니, 쓸데없이 애만 태웠구나. 보렴, 네 왕자님께선 저리 멀쩡하시단다."

경기장을 내려다본 카리사는 이미 이쪽을 올려다보고 있던 블레신과 눈이 마주쳤다. 손을 흔들며 활짝 웃는 모습이 빗속에서도 눈부신 그를 보며 카리사가 중얼거렸다.

"이기신 거군요? 그렇죠?"

"당연한 소리를. 가만 보면 루키아를 은근히 과소평가하는구나, 카리사."

나무라는 말에 이어 발레리아가 한숨을 쉬었다.

"그런데 클라이저 흉내라도 내는지 초반에 영 부진해서 마음을 졸이긴 했지. 두 번째 바퀴에서 착실히 따라잡더니 2등으로 통과했어. 내 생각엔 노림수지 싶은데."

"노림수든 아니든, 참으로 대단하세요. 정말 대단한 분이에요."

카리사가 벌떡 일어나 손을 흔들어주자 블레신이 비로소 말을 돌려 비를 그으러 갔다. 바야흐로 반 시간 정도 주자들은 휴식을 취하며 결선 준비를 할 것이다.

한 무리의 곡예사들이 경기장을 차지하고 구경꾼들을 위한 볼거리를 선보이는 동안 주위에선 승자를 두고 내기판을 벌이느라 떠들썩했다. 카리사는 대기실에 가보고 싶은 마음이 굴뚝같았지만 가서 얼굴을 본들 자리로 돌아오는 사이에 결선이 시작될 거란 발레리아의 말에 단념했다. 시무룩한 얼굴로 비 내리는 하늘을 올려다보는 그녀를 보며 발레리아가 혀를 찼다.

"루키아가 그렇게 걱정이 되니? 이 정도 비에 어찌될 사람이 아닌 거 지금쯤은 알 만한데? 혹시 내가 모르는 무슨 걱정거리라도 있어?"

뜨끔한 카리사는 재빨리 고개를 젓고 경기장을 보며 눈살을 찌푸렸다.

"하지만 비가 계속 오면 경기장 바닥도 좋지 않을 테고, 말들에게도 결코 좋을 리 없으니까요. 오늘 여기서 가슴이 쿵쿵 내려앉는 사고를 거듭 목도했더니 불안한 게 영 가시질 않네요. 이토록 위험한 경기일 거라곤 생각지도 못했어요, 전."

"후훗. 난 저 두 사람이 이렇게 시시한 곳에서 어찌 될 정도로 박한 운을 가졌다고는 생각해본 적도 없어서 그저 재밌기만 한데. 너도 나처럼 좀 대범해지는 게 어때?"

"저는 저대로 이렇게 걱정하고, 열심히 신의 가호를 빌게요. 심장에 좀 나쁘긴 해도 나름대로 경기를 즐기는 제 방식이라고 생각해주세요, 발레리아 님."

카리사가 애써 웃어보이자 발레리아는 너 좋을 대로 하라며 부채를 흔들었다.

"사서 걱정을 하겠다는데야 말려서 뭐 하겠어. 아, 이제 좀 비가 수그러드는 건가?"

아닌 게 아니라 비의 기세가 조금 수그러든 것도 같았다. 이대로 수그러들어준다면 더 바랄 것이 없을 것이다. 카리사는 더 열심히 빌자고 다짐하며 경건히 자세를 갖추고 기도에 들어갔다. 그 모습에 질렸다는 듯이 실소를 짓고 발레리아는 황후의 옆으로 자리를 옮겼다.

곡예사들이 물러간 후 노예들이 나와 부지런히 경기장 땅을 골랐다.

그들의 노력이 가상했던지 빗발이 한결 약해지며 잠시나마 하늘도 환해지는 듯싶었다.

길게 뿔피리가 울리고 당당히 결선에 오른 스무 명의 기수가 경기장에 모습을 드러냈다. 제국에서 최고라고 불러도 좋을 스무 필의 말들과 기수들을 향해 관객의 함성과 응원이 쏟아졌다.

이를 대하여 어떤 이는 사뭇 개선장군이라도 된 것처럼 의기양양하게 행진을 즐기기도 하고 어떤 이는 얼이 빠진 듯이 주위를 두리번거리고, 어떤 이는 잔뜩 긴장하여 꼿꼿이 앞만 보는 등 기수마다 반응이 달랐다.

후미로 들어오는 클라이저는 덤덤히 나아갈 방향만 보았고, 맨 꼴찌로 들어오는 블레신은, 말에 기대어 하품을 하고 있었다. 늠름한 체격을 자랑하며 당장이라도 뛰고 싶다는 듯 투레질을 하고 발을 굴러대는 다른 말들과 달리 축 처진 머리에 걷는 것마저 지쳐 보이는 우르와 거기 기대어 연거푸 하품을 하는 기수. 멋모르는 사람들이 야유를 할 만한 광경이었다.

그러거나 말거나 출발선이 가까워지자 상체를 일으킨 블레신은 기지개를 켜며 홱 왼쪽을 돌아보았다. 시선이 카리사에게 멈추는 순간 설마 또, 하며 카리사는 베일로 얼굴을 가렸다. 하지만 그런 걱정을 비웃듯 그의 시선이 옆으로 비켜갔다.

블레신은 황제를 바라보았고 시종에게 귀띔을 받은 황제가 감고 있던 눈을 뜨고 손자를 내려다보자 "이 루키아노스, 맡겨둔 월계관을 받기 위해 뛰겠습니다!"하는 우렁찬 외침과 함께 날렵한 몸짓으로 거수경례를 올렸다.

황제는 고개를 끄덕인데 이어 앙상한 팔을 들어 경례를 받았다. 그리고 주위를 돌아보며 "보라, 하는 짓이 퍽 귀엽지 않은가?"하고 묻는 황제의 만면에 모처럼 희색이 그득했다.

전 같았으면 자만이라 여겼을 법한 그의 튀는 행동을 카리사 또한 황제와 마찬가지의 심정으로 받아들였다. 자신은 상상도 못할 행동이지만 저분이 하면 웃으며 받아들일 수 있으니, 언젠가 그가 말한 대로 '블레신 루키아노스'는 실로 강하다.

"공주님도 이걸 함께 보셨어야 하는데."

딱 하나 아쉬운 점에 한숨짓는데 블레신의 시선이 그녀에게 돌아왔다. 그가 활짝 웃었다, 그리고…….

"사랑한다, 석류!"

방심한 카리사의 심장에 그대로 내리꽂히는 벼락같은 말.

한순간 머릿속이 멍해지고 온 세상이 조용해졌다.

그저 저 새파란 바다 같은 눈을 한 제멋대로의 왕자가 그녀의 온 시야를 채웠다.

이어서 온몸에 오소소 전율이 휩쓸고 지나가며 먹먹해졌던 귀가 터졌다. 폭풍처럼 그녀의 귀를 때리는 온갖 소음 속에서 그 무엇보다 크게 뛰는 심장 소리에 저도 모르게 가슴을 눌렀다. 순간, 그것이 가슴 속에서 터지고 마는 줄 알았다.

짧게 세 번 이어지는 뿔피리 소리에 기수들은 출발선에 정렬한다. 대기실에서 뽑은 순서대로 클라이저와 블레신은 원의 안쪽으로부터 세 번째와 열 번째에 서게 되었다.

들뜬 기분에 휘파람을 불던 블레신은 힐긋 고개를 내밀어 클라이저를 쳐다보았다. 뚫어지게 앞을 보며 이를 앙다물고 있는지 턱이 긴장한 게 육안으로 보였다. 고삐를 쥔 손엔 벌써부터 핏대가 도도록하게 솟아 있다.

비에 젖어가는 건 누구나 마찬가지지만 다소 선이 가늘다 싶게 잘생긴 이목구비 탓일까, 처연함, 혹은 비장함이라고 불러도 좋을 것이 클라이저의 주위를 떠돌았다.

"숙부! ……숙부! 이봐, 클라이저!"

거듭 불러도 자기만의 세계에 빠져 있는 클라이저를 밖으로 꺼내기 위해 참으로 오랜만에 블레신은 그의 이름을 불렀다. 그 부름은 효과가 있어 클라이저가 그를 돌아보았다.

"킨 금언에 지나침은 부족함만 못하다는 말이 있습니다. 여기까지 왔으니 느긋하게 즐긴다는 기분으로 임하시죠."

"어차피 네게는 이기지 못할 테니까?"

"유감스럽게도 이기겠다는 약속을 한 터라."

물끄러미 블레신을 쳐다보던 클라이저는 눈으로 흘러들어간 빗물을 훔쳐내며 말했다.

"나도 알고 있는 킨 금언이 있지. '장단長短은 견주어본 후에야 알게 되는 것' 이던가?"

두 번의 뿔피리 소리가 그들의 대화를 가른다. 블레신은 고개를 끄덕이며 씩 웃었다.

"좋습니다, 숙부. 그리 원하신다면야 한 번, 견주어 보십시오."

블레신이 고개를 돌려 앞을 바라본다. 클라이저도 천천히 앞을 보았다. 심호흡을 하고자 하나 가슴을 들썩이는 숨은 빠르고 거칠다. 클라이저는 그만 또 어딘가로 시선을 던지고야 만다.

아, 그녀의 시선이 머문 곳은 그가 아니다. 다시금, 가슴을 뻐근하게 후려 맞았다.

'한 번만, 한 번만 날 봐.'

간절함에 대한 대답처럼, 언뜻 카리사의 눈길이 그에게로 왔다. 하지만 눈길이 마주했다 싶은 순간 공허하게 비켜갔다. 또 한 번의 외면. 클라이저도 거세게 고개를 돌려 앞을 보았다.

그때 출발을 알리는 짧고 높은 뿔피리 소리가 울렸고, 다른 말들과 함께 그의 말도 튕겨나가듯이 질주를 시작했다. 안쪽 라인인데다 처음부터 말의 힘을 다 끌어내며 전력 질주를 한 결과 클라이저는 수월하게 최고 선두 그룹이 되어 치고 나갔다.

반 바퀴쯤 돌았을 때 확실한 후미 그룹이 된 블레신은 한때 최고의 전투마였던 본능이 깨어나 거친 숨을 바르작거리는 우르를 제어하면서 꽤 멀어진 푸른 옷을 눈에 담았다.

"이번엔 갈 길이 멀어, 우르. 천천히. 여기서 널 죽게 하려고 데려온 게 아니야."

폭주에 가깝게 내달리던 선두 그룹의 말들도 두 바퀴를 넘기는 순간부터 하나둘씩 지쳐서 속도가 떨어졌다. 전반적으로 거의 모든 말들의 속도가 두 바퀴를 기점으로 떨어지는 가운데 선두 그룹의 말들은 그 속도의 저하가 더 커보였다. 블레신이 내심 노렸던 시기가 다가왔다.

제국 전역에 이백여 개쯤 되는 원형경기장에서 열리는 기마대회는 많이 돈다고 해봤자 열 바퀴가 고작이다. 전차경기장으로 말하자면 그 원형경기장을 일고여덟 개를 들어앉힌 수준의 너비. 하물며 이 다이몬 전차경기장은 제국에서 가장 큰 전차경기장을 짓겠다는 황제의 의욕으로 다른 전차경기장보다 이할 정도가 더 크다. 한마디로 이 전차경기장을 여섯 바퀴 돈다는 것은 보통의 원형경기장 오십 바퀴 이상을 돈다는 소리다.

세상을 두루 돌아본 블레신이 장담하건대, 말을 이삼 년 쓰고 버릴 게 아닌 이상 그런 장거리를 아끼는 말에게 꾸준히 훈련시키는 자는 없다. 이번 대회 소식을 듣고 훈련을 시작했다고 해도 고작 한 달에 불과한 기간에 비약적인 발전은 힘들다.

하지만 모든 일에 그렇듯 예외가 있으니, 그것은 말이 군마일 경우. 우르는 망아지티를 갓 벗은 때부터 군영에 소속되어 블레신과 함께 하루에도 몇 개나 되는 산을 타고 수백 토드의 거리를 행군한 바 있는 최고의 군마였다. 진정한 군마는 은퇴 후 몇 년이 흘렀다 해도 병장기 부딪히는 소리에 귀를 쫑긋하며 일어서는 법. 블레신은 우르 안에 여전히 살아 있을 전투마로서의 혼을 믿었다.

"우르, 이제부터야. 저 어린 것들에게 노장의 관록을 보여주라고. 자신 있지?"

다독이는 소리를 알아들은 듯 말의 투레질이 힘차다. 전성기를 훌쩍 지나 그르렁거리는 숨소리가 안쓰러울 지경이지만 피땀을 흘려가면서도 우르는 지친 기색 없이 힘차게 내달린다.

처음 두 바퀴와 속도 변화가 거의 없이 꾸준히 내달린 우르가 네 바퀴째에 중진을 넘어섰고 다섯 번째 바퀴를 도는 동안 선두의 네 마리 중 하나가 되었다.

우르르릉, 하고 하늘이 운 것은 그즈음이다. 하늘이 희붐해지면서 비가 그치는 것도 시간문제라고 생각했던 사람들의 기대를 비웃듯, 새까맣게 모여든 먹구름에 삽시간에 사방이 어둑해졌고 구름 너머에선 몇 번이고 커다란 짐승의 신음소리 같은 그르렁거림이 연이어졌다.

'우르를 데려가세요.'

힐긋 하늘을 올려다보는 블레신의 뇌리에 카리사의 말이 스쳤다. 그가 보지 못한 무지개를 보았다고 주장한 그녀는 마치 무언가에 홀린 듯한 표정으로 그에게 우르를 타라고 권했다.

징조나 예언 같은 것은 얽매이기 시작하는 순간 벗어날 수 없는 굴레가 되고 마는 것을 블레신은 빈번히 보고, 겪었다. 보이지 않는 힘을 두려워하는 인간의 나약함에서 비롯된 그릇된 타성. 더는 그 굴레를 얹지 않으리라 스스로 맹세한 바 있다.

그런 그가 카리사의 말을 그리 쉽게 들어준 것은, 오로지 스스로에 대한 자신감이 그만큼 강한 탓이었다. 자신의 실력, 그리고 그가 아는 우르라면 다소 어렵긴 해도 못해낼 일은 아니라고 판단했다. 좀 더 재미난 게임이 되리라. 더불어 카리사의 청도 수락하는 것이니 일석이조라 여겼다.

그런데 이제 전차경기장 위를 뒤덮는 먹구름의 심상찮은 꿈틀거림이 블레신의 어딘가를 불편하게 했다. 새삼 우르를 데려가라고 말하던 카리사의 표정이 마음에 걸렸다. 그 말이 밖으로 튀어나올 때 그녀의 머릿속에서는 어떤 광경이 펼쳐졌던 것일까.

"⋯⋯흥, 까짓것!"

잡다한 생각을 떨쳐내고 블레신은 경주에 집중했다. 또 한 번 출발선을 지나면서 마지막 바퀴가 펼쳐지기 시작했다. 그 시작부터 블레신은 세 번째 주자를 제치는데 성공했다.

이제 앞에 남은 이는 둘. 클라이저와 진초록 튜닉의 평민 출신 사내가 거의 한데 뭉쳐서 달리고 있다. 평민이라고는 해도 진초록 튜닉 쪽은 엄연히 군인이다. 그것도 연락병이라는 특수한 케이스. 말을 타고 달리는 게 일이고, 타고 있는 말도 원거리 돌파에 이골이 난 베테랑인 것이다. 이력을 듣고 짐작해 본 몇몇 다크호스 중에 한 명이었다. 그런 자와 아직도 대등하게 달린다는 점에서 클라이저에게 박수를 쳐줄만 했다.

잦아들었던 비가, 불현듯 쏴아아 퍼붓듯이 거세졌다. 짖는 개는 물지 않는다는 속설과 달리 구름 너머의 짐승은 제대로 이빨을 드러내며 지상을 향해 실력 행사를 했다. 따가운 빗줄기에 가늘게 뜬 눈 너머로 시야는 한층 흐릿해졌다.

거기서 우르의 관록이 빛을 발했다. 여름의 폭우, 겨울의 눈보라, 모두 의연히 인내하며 그의 발이 되었던 우르는 오랜만에 험한 날씨 속에 달리는 것이 즐거워 견딜 수 없다는 듯, 거침없이 쭉쭉 질주했다.

"치고 나가자, 지금!"

안쪽 라인에 바짝 붙어 몸싸움이라도 할 듯 달리고 있는 앞의 둘을 피해 바깥쪽으로 빙 돌아서 마침내 블레신은 그들을 따돌렸다. 진정한 선두가 되는 순간 우르는 콧김을 뿜으며 히히힝거렸다. 스스로의 위업에 도취되어 크게 흥분한 말에게 바짝 붙어 블레신은 다독거렸다.

"우르, 저기 저 너머에 적이 있구나. 멋지게 쓸어버리러 가자, 기습이다!"

다섯 바퀴 반째를 돌면서 완만한 호를 돌아, 쭉 펼쳐진 직선 코스가 나왔다. 블레신이 가리킨 출발지점은 빗줄기로 뿌옇게 안개에 덮였지만 우르는 군마로서 지휘관의 말에 따랐다. 기습! 늙은 말은 필사의 힘을 쥐어짜내며 적을 덮치기 위해 달린다.

한데 기적은 우르에게만 있는 게 아니었다. 멀찌감치 따돌렸으리라 생각한 2위와 3위의 말이 큰 차이를 두지 않고 우르의 뒤를 바짝 쫓고 있었다. 쉼 없이 채찍을 휘두르는 군인 옆에서 클라이저는 오로지 구호와 다그침만으로 자신의 말에게서 최고치를 끌어내고 있었다.

"이번 한 번이야, 우르. 한 번 찬란하게 폭발해버려, 사는 내내 오늘의 꿈을 꾸며 살 수 있어. 힘내, 따라잡히면 끝장이야! 우르, 가자!"

막 말을 달리기 시작하면서 외친 구호를 새삼스레 외쳐주자 무뎌졌나 싶었던 말의 속도에 탄력이 붙었다. 그래도 뒤따라오는 말발굽 소리는 위협적이리만치 가깝다…….

결코 뒤돌아보지 않았음에도 블레신의 시야에 클라이저의 회색 말머리가 눈에 들어오기에 이르렀다. 애초에 채찍 같은 건 없이 출발했지만 지금 손에 쥐어져 있었다면 틀림없이 그것을 사용하고 말았을 거라고 이를 갈며 블레신은 거듭 구호를 외쳤다.

그러던 중에 쿵! 하고 무딘 충격 같은 게 옆에서 전해져 왔다.

고개를 돌린 블레신은 그야말로 말머리 하나 차이로 바로 옆을 달리고 있는 클라이저를 보게 되었다. 또 한 번의 진동과 함께 우르가 옆으로 비틀거리며 밀렸다. 클라이저가, 훨씬 체격 좋은 자신의 말로 우르에게 몸싸움을 걸게 한 것이다. 비로소 블레신은 혈통 좋은 쿠아론 말로만 여겼던 클라이저의 말에 관심을 가졌다.

"뭡니까, 그 말은?"

밀리지 않기 위해 기를 쓰고 버티며 소리쳐 묻자 클라이저의 짤막한 대답이 들려왔다.

"군마야. 그리고 네 말보단 더 어릴걸."

젠장! 다른 유망한 주자들에 대해선 사전조사를 했건만, 정작 가장 가까이에 있는 경쟁자의 말에 대해선 알아볼 생각도 하지 않았으니 명백히 블레신의 과오였다. 비슷한 환경에서 뼈가 굵은 말, 하물며 더 어리고 힘센 녀석이라니 이대로라면…….

생각하기도 싫은 상상에 질끈 눈을 감았다 뜨는 순간, 눈앞이 하얗게 물들었다. 초조한 나머지 비롯된 눈의 착각인 줄 알았으나 뒤늦게 쫘르릉! 하고 귀가 먹먹하도록 들려오는 소리에 블레신은 그 눈부심의 정체를 깨달았다.

전차경기장에 벼락이 떨어진 것이다!

저도 모르게 블레신이 고삐를 당기며 말을 멈춰 세울 뻔했으나 두려움을 모르고 앞으로 내달리는 우르의 결단이 그 순간을 지나게 했다.

우르르릉 꽈앙! 두 번째 벼락은, 출발선이자, 이제 결승선이 될 바로 그 선 위로 내리꽂혔다. 그럼에도 맹렬히 돌진하는 우르는 마치 벼락을 맞기 위해 달려가는 것처럼 보였다.

'살해당한 신의 저주를 받으라, 꼭 세 번, 넘실거리는 불꽃의 개가 네 놈의 혼을 좇으리라!'

이번에야말로, 내게 내린 저주가 이루어지는 것인가?

"신이 있다면 증명해봐!"

블레신은 고함을 치며 하늘을 올려다보았다. 그에게 떨어질 벼락이 있다면 마지막 순간까지 빠짐없이 봐주겠다는 형형한 눈빛으로.

천둥과 함께 하늘을 갈기갈기 찢어내는 희푸른 빛이 작열했다. 그 한 갈래가 다시 전차경기장을 향해 내리뻗었다. 실로 눈이 멀 듯한 빛의 선이 두 번째 벼락의 궤적을 좇아서 혀를 날름거리며……

"물러나!"

두 번의 낙뢰 여파로 모든 소리가 희미한 웅성거림으로 묻힌 가운데 유독 귀에 파고드는 어떤 절규가 블레신의 주의를 흩트렸다. 의식하기 전에 먼저 시선이 그 소리를 찾아 움직였다.

아주 미묘한 차이로 경로가 비틀린 낙뢰는 황족과 귀족들을 위한 좌석 사이의 차일 기둥에 맞았다. 펑! 하는 폭발음과 함께 차일이 무너지며 불꽃이 치솟고 비를 거스르듯 활활 불기둥이 타올랐다. 불꽃을 피해 달아나느라 그 주변에선 난리법석이었다.

어리둥절한 표정으로 그 광경을 바라보는 사이, 블레신은 결승지점을 가장 먼저 통과했다. 스스로도 그걸 몰랐으니 그 사실을 선언하는 심판 하나가 없다는 것에도 생각이 미치지 않았다.

다만 그는 멀거니 눈을 깜박이면서 최측근 황족이며 대신들 모두 제 몸 하나 건사하기 바빠 정작 황제를 챙기기 위해 모인 건 얼마 안 되는 시종 이며 노예들인 것을 보았고, 기절한 황후를 감싼 발레리아며 그 주위를 에워싸고 덜덜 떠는 시녀들을 보았다. 그리고…….

"카리사?"

뒤늦게 카리사의 모습을 찾아 블레신은 불안하게 눈길을 움직였다. 또 다시 절박한 비명소리가 귀에 닿은 것은 그때였다.

"안 돼, 오, 제발, 제발! 그분을 좀, 제발!"

아까 들려왔던 절규와 같은 목소리. 귀가 먹먹한 중에도 그 목소리만 큼은 생생하게 들린다는 기이함도 잠시, 소리를 따라 고개를 돌린 블레신 은 관람석 맨 아래층까지 내려와 당장이라도 경기장으로 뛰어내릴 듯 위 태롭게 몸을 내밀고 있는 카리사를 보고 말을 돌리며 소리쳤다.

"그대로 있어, 카리사! 가까워 보여도 5오드가 넘어!"

그의 목소리가 들렸는지, 홱 고개를 든 카리사가 그를 보곤 발작적인 울음을 터뜨렸다. 격정으로 일그러진 새빨간 얼굴을 하고 그녀는 한껏 뻗 은 손으로 무언가를 가리키며 잠시 말을 잇지 못하다가 울음과 함께 토해 냈다.

"블레신! 어서, 전하를 좀! 전하를 구해줘요, 구해줘요!"

블레신은 잠시 제 귀를 의심했다. 전하라니, 무슨 전하를 구하라는 거 지?

그래서 그녀가 가리키는 대로 무심코 고개를 돌렸는데 시야 끝에 쓰러져 있는 말이 보였다. 불과 방금 전까지 그를 잔뜩 긴장시킨 회백색 쿠아론 말. 그런데 주인은 보이지 않고 심판 노릇을 해야 할 친위대 병사 둘이 말 옆에서 낑낑거리고 있었다.

저들은 뭘 하는 거야? 클라이저는 어딜 가고?

"어서요, 블레신! 전하가 깔리셨단 말이에요! 오, 공주님, 공주님⋯⋯."

블레신의 사고는 몹시 느리게 진행되었다. 무슨 소릴 하는 거야? 깔리다니, 어디에?

마비된 듯한 머리와 달리 손은 무의식적으로 고삐를 당긴다. 하지만 이미 한계를 넘어 폭주한 우르는 몇 걸음 가지 못하고 앞다리를 굽히며 맥없이 주저앉고 말았다. 그 모습을 관람석에 갇혀 지켜보던 카리사가 경악해서 비명을 질렀다.

본능적으로 블레신은 옆으로 튕기듯 뛰어내려 구르면서 무너져 내리는 우르에서 벗어났다. 기진한 말은 입가에 피거품을 흘리면서도 다시 일어나려고 애썼다.

"이제 됐어, 우르. 괜찮아, 쉬고 있으렴."

우르의 콧잔등을 쓰다듬어준 블레신이 클라이저의 말을 향해 걸어가다가, 무언가를 보았다. 바닥에 맥없이 뻗어 있는 흰 팔. 빗속에서도 또렷하게 보이는 손등에 새긴 11군단 문신.

"클라이저!"

단박에 달려간 블레신이 한눈에 상황파악을 했다. 친위대 병사 둘은 다리가 부러진 말을 들어 올리려 헛된 시도를 거듭하고 있었다. 낙뢰에 놀라 허우적대다 쓰러진 말에 깔린 주인, 클라이저를 구하기 위해서였다. 다행히 말에게 깔린 건 하반신의 왼쪽 다리 쪽이었으나 한시가 급한 건 사실이었다.

말은 보이는 것보다 훨씬 무거운 동물이라 병사 두셋으로 어쭙잖게 어찌 할만한 게 아니다. 여느 때였다면 냉정히 그 점을 지적하고 사람들을 불러 모았을 것이나 깔린 이를 보고 블레신은 당황한 두 병사처럼 무턱대고 말을 붙들며 힘부터 썼다.

둘이서는 꿈쩍도 안 하던 말이 얼마쯤 들렸지만 한계가 있었다. 블레신은 일어나려고 버둥대느라 더 방해가 되는 말을 곁에 있는 병사의 검을 꺼내 한 칼에 목을 쳤다. 그리고 다시 말 아래에 손을 넣으며 병사들에게 말은 자신이 들 테니 클라이저를 끌어내라고 말했다.

얼마쯤 정신을 차린 친위병이 사람이 더 필요할 것 같다고 말을 꺼냈지만 바로 그 순간, 기합 소리와 함께 왕자가 말을 들어 올리기 시작했다. 이를 악물고 신음하는 블레신의 두 팔 근육을 비롯한 온몸의 힘줄이 끊어질 듯이 팽팽해진 가운데 말의 몸뚱이가 점점 위로 떠올랐다.

"끌어내, 구경만 하지 말고!"

블레신의 호통에 멍해있던 친위병이 클라이저의 겨드랑이를 잡고 다른 한 명은 발을 잡아당기며 뒤로 끌어냈다. 바들바들 떨리는 팔로 악착같이 버티던 블레신은 클라이저의 다리가 빠져나온 순간 내던지듯 손을 빼고 뒤로 물러나다 풀컥 엉덩방아를 찧으며 주저앉았다.

"살아 있지? 숨, 심장, 헉헉, 확인해, 어서!"

"숨 쉬고 계십니다!"

"심장도 확실히 뛰고 있습니다!"

"헉, 헉, 좋아, 좋아……. 목이 부러진 건 아닌 모양이군. 다리가…… 부러졌나 본데, 병사, 들것을 준비해. 그리고 이리로……."

손을 바닥에 짚으며 일어나려던 블레신은 뒤늦게 오른쪽 팔에서 느껴지는 엄청난 고통과 마주했다. 눈앞이 잠깐 까매지는 것을 이를 악물고 견디며 왼팔에 의지해 자리에서 일어났다.

그러나 두 발로 버티고 선 순간 저도 모르게 심호흡하지 않으면 안 될 정도의 두통이 그를 덮쳤다. 발작적인 욕지기 속에 사방에 대한 감각이 아득히 멀어진다.

이대로는 꼼짝없이 쓰러진다는 예감에 사로잡힌 그의 시야에 클라이저가 흐릿하게 비쳤다. 으드득, 피가 나도록 입술을 깨물며 블레신은 스스로를 지탱했다.

벼락은 세 번으로 그쳤다. 마지막 벼락이 피웠던 불도 기세 좋은 비에 얼마 안 가 가뭇없이 꺼졌고 슬슬 평정을 찾은 사람들이 이쪽으로 달려오고 있었다. 벌써 몇 사람이나 실어내간 들것에 클라이저가 실렸다. 황제와 황후가 거동했으니 그들을 모시는 시의들이 곧 그를 보아줄 것이다.

별안간 구름처럼 많아진 사람들에 에워싸여 클라이저가 경기장을 떠났다. 뒤에 남아 하릴없이 얼굴의 빗물을 훔치며 블레신은 멍하니 하늘을 올려다보았다.

"예언자. 너희들의 신이라는 건, 재주가 별로 없거나 사팔뜨기인 모양이야."

쓴웃음과 함께 몸을 돌린 블레신은 근처에 있던 친위병에게 우르를 부탁했다. 벼락은 클라이저 말고도 여섯이나 되는 기수를 상하게 해 여기저기서 부상자들을 돌보느라 정신이 없었다. 다친 말은 그보다 더 많았다. 말은 실상 엄청난 겁쟁이니까. 일전에 켄만 해도…….

'우르를 데려가세요.'

카리사를 떠올리고 블레신은 번쩍 고개를 들었다. 맥없이 서 있는 게 고작이었던 몸에 힘이 돌면서 그는 아까 카리사가 서 있던 자리를 향해 뛰어갔다. 그녀의 모습이 보이지 않아 소리쳐 부르는데 문득 관람석 난간 밖을 향해 에스테르의 시녀 칼비가 고개를 내밀었다.

"카리사 님이 기절하셨습니다, 왕자님. 제가 조이스와 함께 모시고 나 가려고요."

칼비의 머리가 사라지더니 잠시 후 조이스와 함께 실신한 카리사를 양 쪽에서 붙잡아 일으켰다. 그 창백한 모습에 블레신은 자신의 고통조차 잊 고 나직이 신음했다.

"쓰러지면서 머리를 다쳤을지 몰라. 조심해서, 부탁하마."

시녀들이 카리사를 데리고 가는 것을 지켜보는데 그들과 교대하듯 발 레리아가 내려왔다.

"퍽이나 굉장한 날씨예요. 참, 우승을 축하해요, 루키아."

방금 무슨 일이 있었냐는 듯 침착하게, 최고의 미소를 짓는 발레리아 를 곁눈질하며 블레신은 사늘한 미소를 입에 걸었다.

"그러고 보니 제가 우승을 했군요. 축하 고맙습니다, 발레리아 님."

막 경기장 바깥 통로로 난 문으로 시녀들이 들어가는 순간에도 카리사 는 의식이 없었다. 당장이라도 쫓아가고픈 마음에 두 주먹을 움켜쥐다 잊 고 있던 통증에 블레신은 오른팔을 움켜쥐었다. 발레리아가 휘둥그레진 눈으로 팔을 다쳤느냐 물었다.

"별것 아닙니다."

"별것 아니긴. 당신이 얼굴에 티를 낼 정도면 심각한 거잖아요. 그 팔 로 검투시합은 치를 수 있겠어요?"

검투시합. 설마 그대로 치러지는 건가 싶어 블레신은 눈을 깜박거렸 다. 이미 황제와 황후의 자리는 텅 비었고, 황족들도 대부분 모습을 감추 었다.

"오전 시합이 영 어수선하게 끝나긴 했어도, 오후까지야 그러겠어요? 폐하께선 예정대로 메디우스 대신의 저택에 쉬러 가셨답니다."

"황후께선?"

"클라이저가 다쳤잖아요. 여기 계실 상황이 아니죠."

그녀의 얼굴에 넘실대는 미소에 블레신은 거듭 얼굴을 찌푸리며, 묻고 말았다.

"클라이저, 숙부가 의식 없이 실려 나가는 걸 보셨군요. 모르긴 몰라도 다리뼈가 아마 으스러졌을 겁니다. 웃음이 나오십니까?"

발레리아의 눈이 살짝 커졌지만 미소는 조금도 옅어지지 않았다.

"웃고 있다고 해서 충격을 안 받은 건 아니에요. 클라이저가 이만한 일로 잘못될 리 없다는 믿음이 있으니 불안함을 누를 수 있는 거죠. 놀라서 기절하는 건 둘로 족하잖아요?"

후훗 하고 웃은데 이어 발레리아는 황후를 모시고 환궁할 터라 오후 시합을 볼 수 없어 유감이라고 말했다.

"두 사람의 한판 대결을 기대했는데, 그저 꿈으로 그치는군요. 기왕 이렇게 된 거 루키아, 당신이 오후 시합도 다 휩쓸어버려요. 참, 카리사도 내가 신경 쓸 테니 염려 말아요."

그대로 몸을 돌려 올라가는 듯했던 발레리아가 문득 어깨너머로 돌아보며 말했다.

"그 아이, 몇 차례나 되는 낙뢰에도 눈 하나 꿈쩍 안 하더니 클라이저가 낙마한 일로 기절을 다 하네요. 루키아, 당신이 사랑하는 석류 양은 역시 재미있어요."

싱긋 미소를 남기고 떠나가는 뒷모습을 노려보는 블레신의 눈에 파란 불길이 일었다.

"무슨 소릴 하고 싶은 거야, 저 뱀 같은 여자는⋯⋯."

예상은 했지만 헤러반궁의 여주인은 궁에 없었다. 황후의 궁인 리니우스궁으로 가신 지 꽤 됐다는 말에 블레신은 고개를 끄덕이고는 혹시 방락은 있느냐 물었다. 그는 있었다.

"어이쿠, 왕자 전하, 이 누추한 곳까지 어인 일이시옵니까?"

한창 약재를 재는 중이었던 방락은 홀로 그의 방을 찾은 블레신에게 눈길도 주지 않고 알은체했다. 방락이 당도하기 전부터 블레신이 온갖 경로를 통해 구해놓은 킨의 약재들이 가득 들어찬 방은 손님을 위해 내어줄 의자 하나가 없어 블레신은 바닥에 스르륵 주저앉았다.

블레신이 선물한 이래 그의 괴상한 얼굴을 한층 괴상하게 하는 데 일조하는, 에메랄드로 만든 단안경 너머로 힐긋 시선을 주며 방락은 재빨리 블레신을 위아래로 훑었다.

"그놈의 팔이 또 문제냐? 어중간하게 부은 걸 보니 부러진 건 아닌 듯한데."

"근육이 파열되던가, 인대가 늘어나던가, 아니면 그 둘 다."

"뭔 짓을 한 게냐, 대충 쓰는 시늉만 하라니까."

방락이 혀를 차며 야단해도 블레신은 턱을 괸 얼굴에 슬며시 미소를 지을 뿐이었다. 지친 눈길로 나란히 늘어서 연기를 피우는 주전자를 보면서 블레신이 중얼거렸다.

"팔은 됐고, 머리가 또 터진 모양이야."

방락이 약저울도 내팽개치고 한달음에 달려왔다. 체구에 비해 기형적으로 큰 손으로 블레신의 머리를 감싸듯이 쥔 뒤 방락이 눈을 감았다. 차츰차츰 찌푸려지는 얼굴 아래에서 그의 손이 미세하게 떨림을 이어갔다.

그러다 번쩍 눈을 뜬 방락이 마치 블레신을 후려치기라도 할 듯 손을 치켜들었다.

"이 모자란 놈이!"

차마 때리진 못하고 손을 거두었지만 펄쩍펄쩍 뛰면서 고래고래 욕을 퍼부었다. 그 광대 같은 꼴에 블레신이 웃자 부아가 났던지 기어코 블레신의 다리를 걷어찼다.

"웃음이 나오느냐, 이 녀석아? 다른 사람 같았으면 이미 죽거나 반신불수가 되고도 남아! 너라고 그러지 말란 보장 있는 줄 알아? 겁이 없는 것도 유만부동이지 원."

"그리 위태로운가?"

"내일 당장 열어야겠다. 아냐, 지금 당장이라도 열자."

내친김에 쇠붙이를 찾으러 주위를 두리번거리는 방락에게 블레신이 기가 막힌 소릴 했다.

"내일은 안 돼. 기왕 참은 거, 에스테르 혼인하는 것까지 보고 하자."

"이 미친놈아, 아무리 내가 신의 손이라고 해도 죽은 사람은 못 살린다!"

"영 안 돼?"

"안 돼, 절대 안 돼, 어차피 오늘 말하는 거 들으니 신랑 다리 하나가 아작났다더구만. 그 혼인 어찌 될 줄 알고."

이마를 짚은 채 블레신은 생각에 잠겼다. 주기적으로 강해졌다 약해졌다를 반복하는 두통에 찌푸려진 미간 아래로 푸른 눈이 아련히 빛났다.

"불과 얼마 전까진 딱히 언제 죽어도 상관 없다고 생각했는데……."

"팔자가 늘어진 놈답게 지랄 같은 소리를 하는구먼."

안다고 고개를 주억거리고선 블레신이 방락을 올려다보았다.

"하지만 지금 죽어야 한다면 잠시만요, 하고 사정해야 할 것 같아."

"동생 혼인이 그토록 보고 싶으냐?"

"에스테르는…… 걱정 안 해. 이제 방락 당신도 있고, 황후도 있으니."

신랑이 아니라 신랑감 어머니를 믿는다? 살짝 의아한 걸 속에 묻고 방락은 벙긋 웃었다.

"나라 일일 리는 없고, 살붙이 고민도 아니면, 남은 건 계집 일이로군. 죽어서 한이 될 정도라니, 석류 그 아이, 다시 봐야겠구나."

"응, 영감. 그 앤 놓고 가기 싫어."

"데리고 죽겠다는 말이냐? 아이구, 무서라."

놀란 시늉을 하는 방락의 너스레에도 잠자코 블레신은 눈을 깜박거렸다. 온몸이 너무도 고단하다. 이대로 눈을 감으면 정말로 다시는 못 뜨게 될 것 같아 눈을 감는 것이 두렵다.

화살비가 쏟아지는 전장을 누비면서도 느끼지 못했던 죽음에 대한 두려움이 그를 좀먹는 이유. 카리사가 보고 싶다. 그녀와 더 많은 날을 살고 싶다. 그녀에게 사랑받고 싶다. 갈망, 갈망, 갈망. 그것이 해답이다. 덥석 방락의 팔을 붙잡으며 블레신이 눈을 빛냈다.

"내일모레. 그때 하자. 그러니 이틀 동안 버티게 해줘. 아, 그냥 버티기만 하는 걸로는 안 돼. 신방에 들어가야 하니까."

"신방? 그 신방이란 게 혹시 내가 아는……."

"쉿. 당분간 비밀이니까 그런 줄 알아. 어쨌든 누이에게 새치기 당하는 오라비라서야 면이 안 서지. 아무리 쌍둥이어도 순서가 있잖아. 안 그래?"

"그야 당연한…… 아니, 지금 그게 문제가 아니라 그 몸으로 그 짓을 하겠다고?"

방락이 경악을 했다. 블레신은 유쾌하게 웃음을 터뜨렸다.

"신의 손이잖아. 솜씨를 보여줘, 방락. 하하하하!"

두 시간 남짓 후, 이트궁의 제 침소에서 블레신은 잠들어 있는 카리사를 내려다보고 있었다. 약을 먹고 오후 내내 깨지 않은 채 자고 있다는 얼굴이 해쓱하다.

"그런데 카리사를 여기 눕힌 건 누구 생각이지?"

"어차피 이쪽으로 모셔 오실 듯해서 그리하게 했습니다만, 주제넘은 짓이었다면……."

"아니야, 글리코. 잘했어. 허기가 지는군. 가볍게 요깃거리를 마련해서 가져다줘. 카리사 몫까지. 나도 간단히 죽이면 되니까 거창하게 준비할 것 없어."

"하지만 죽 가지고야 어찌 요기가 되실지. 오늘 점심도 거의 드시지 않았다고 쿠르도에게 들었습니다만."

"너무 피곤해서 그래. 내일 늘어지게 자고 일어나서 오늘 못 먹은 것까지 보충할 테니까."

블레신의 손짓에 머뭇거리던 글리코 시종장이 급히 몸을 돌렸다. 고요해진 침소에서 블레신은 다시 물끄러미 카리사를 들여다보았다. 아침부터 썩 몸이 좋아보이진 않았지. 그러다 경기장에서 크게 놀라 영 맥을 못 추는 거야. 원래 몸이 좋지 않았어. 그래…….

물끄러미 블레신이 카리사의 잠든 얼굴만 바라보는 사이 음식 쟁반을 든 시종들이 들어왔다 나갔다. 뜨겁게 김이 이는 죽을 혀가 데이건 말건 물 마시듯 훌훌 넘긴 뒤 입가를 닦고 카리사 몫의 죽 그릇을 들어 스푼으로 휘저으며 식혔다. 마땅하다 싶자 그는 카리사를 깨웠다.

"죽이야, 카리사. 한 그릇 먹고 약 먹고 다시 자자."

깨우니 눈을 뜨긴 했다. 그가 일으키는 대로 일어나 앉기도 했다. 하지만 몇 번이나 블레신이 죽을 떠서 먹여주는 동안에도 카리사는 거의 비몽사몽이었다. 반 그릇 넘게 죽을 비운 때에야 블레신을 보는 카리사의 눈에 희미하게 빛이 떠올랐다.

"……돌아오셨네요."

"응. 자, 한 입 더 먹자."

그가 떠주는 대로 죽을 우물거리며 블레신을 쳐다보던 카리사가 꿀꺽 죽을 삼키고 물었다.

"다치신 곳은 없어요? 오른팔은요?"

"다 괜찮아."

싱긋 웃으며 블레신이 대답하자 카리사도 배시시 웃었다.

"다행이다. 아까 언뜻 나쁜 꿈을 꿨거든요. 잘 기억은 안 나는데, 나쁜 꿈이라 무서웠어요."

잠이 덜 깨서인지 카리사의 목소리가 어린아이의 것 같았다. 그녀는 그가 떠 준 죽을 한 입 더 먹었다. 씹을 것도 없는 죽을 오래오래 우물대며 눈을 깜박이던 그녀가 다시 중얼거렸다.

"그건 정말 무서운 꿈이었어요."

스산해졌던 눈빛은 블레신이 스푼을 내밀자 답삭 받아먹는 동작과 함께 흩어졌다. 스푼까지 입에 물고 게슴츠레한 눈으로 블레신을 보던 카리사가 슥 빈 스푼을 놓아주곤 확인했다.

"정말 괜찮은 거죠? 어쩐지 얼굴이 창백해 보여요."

"아픈 건 내가 아니라 너야. 내 말대로 가지 말고 여기서 쉬었으면 오죽 좋아."

"응원하겠다고 약속을 했으니까요. 아, 그런데 제대로 못 지켰구나. 난 기마 시합까지밖에 못 봤어……."

시합 이야길 꺼내며 카리사의 눈빛이 아스라이 흔들렸다.

"아르키스 전하가, 낙마하는 걸 봤는데, 그건 꿈이 아니죠?"

"꿈 아니야. 그 녀석, 낙마해서 다리가 부러졌어. 한두 달 고생하겠지."

내친걸음에 그는 리니우스궁까지 다녀왔다. 황후가 다친 아들을 그녀의 궁으로 데려간 까닭이었다. 아직 거동할 만한 몸이 아닌 에스테르가 제법 굳건한 표정으로 클라이저의 침상 옆을 지키는 것을 보고 그는 얼마쯤 감동했다. 방락의 침술이 단기적으로 보이는 마법 같은 효과를 새삼 동생의 모습에서 실감했었다.

그 신의 손의 효험을 제 몸으로 맛보고 있는 또 한 명으로서 블레신은 스푼을 카리사의 입에 대어주며 다른 소식은 궁금하지 않느냐 물었다.

"어떤 소식이요?"

"이를테면 내 월계관의 행방. 아, 월계관 '들' 의 행방이다."

어찌 되었느냐는 카리사의 조용한 물음에 블레신이 자랑스레 대꾸했다.

"둘 다 저기 내실에 있어. 그게 무슨 뜻인지 알아?"

"두 번 다 이기신 거죠. 축하드려요. 과연, 사람 중에 블레신이로군요."

"너도 축하해. 네 2년 치 연금이 다섯 배가 되어서 돌아올 테니."

"우와. 좋아라. 앉은 자리에서 10년 치를 벌었네요."

애처럼 웃으며 박수를 치는 카리사의 입가를 냅킨으로 훔쳐 주며 블레신은 말했다.

"난 승리자가 됐어, 카리사."

카리사가 고개를 끄덕였다. 몽롱한 그녀의 눈을 들여다보며 블레신이 물었다.

"내가 이긴 게 기뻐?"

"네…… . 기뻐요."

그녀가 순순히 고개를 끄덕이며 말갛게 웃는데도 블레신은 초조하게 입이 마르는 기분에 휩싸였다. 저도 모르게 그녀를 품에 당겨 안고 물었다.

"정말로, 카리사?"

그나마 그와 대화를 나누며 조금 맑아졌던 카리사의 머리가 블레신의 질문으로 삽시간에 혼탁해졌다. 별것 아닌 두 마디의 말은 기이할 정도로 저 누군가와 말투도, 분위기도 흡사했다.

고열로 이글거리는 혼탁 속에 카리사는 과거로 실족했다. 스르륵 눈을 감고, 넘어진 자리에서 그녀는 다시 한 번 분명히 대답했다.

"당연히요, 전하."

'거짓말.'

블레신의 귀가 말한다. 그리고 속삭였다.

'방금 그녀가 부른 전하가 누구일까?'

35.
마치
석류와
같은

헤아릴 수 없이 많은 꿈을 꾸었다. 그 모든 꿈이 다 악몽에 가까웠다. 때문에 불현듯 어둠 속에서 눈을 떴을 때, 카리사는 안도의 한숨을 내쉬었다.

"목말라?"

아주 가까이에서 들려온 목소리에 카리사는 흠칫하며 고개를 돌렸다. 팔을 괴고 그녀를 보고 있는 누군가의 실루엣에 또 한 번 놀랐다. 그것이 블레신임을 알아보고서야 그녀는 맥없이 웃었다. 긴장이 풀리며 몸이 나른해지는 감각도 잠시, 자신이 누워있는 곳이 어딘지 깨닫고 카리사는 몸을 일으키려 했다. 블레신이 가볍게 그런 그녀를 제지했다.

"더 자. 아직 한밤중이야."

카리사는 망설이다가 도로 베개에 머리를 두었다. 실로 깊은 어둠을 의식하며 그녀는 마른 입술을 핥았다.

"제가 여기서 잠들었던가요?"

"응. 이 침대에서 밥도 먹고 약도 먹었는데 기억 안 나?"

"잤은……. 아, 왕자님과 이야기를 나눈 것도 같은데, 꿈인 줄 알았어요."

"아팠거든. 열이 굉장했어, 너. 다행히 이젠 내렸어. 혹시 불편한 데가 있으면 말해."

"그다지. 아, 목이 마르네요. 그래서 깼나 봐요."

물을 마실 생각에 다시 일어나려 하는 카리사에게 그대로 있으라고 하고 블레신이 직접 침대 옆 탁자에서 물을 가져왔다. 아직도 환자를 대하는 양 입가에 잔을 대어주는 그를 멀뚱멀뚱 보면서 카리사는 달게 물을 마셨다.

"안 주무신 거예요, 설마?"

대답 없이 블레신은 물을 한 잔 비웠다. 또 한 잔 따르려는데 물병이 바닥을 드러냈다.

"아, 제가 가서……."

"이제 막 깬 주제에 무슨. 잠자코 쉬기나 해."

나지막하지만 박력 있는 명령 후 블레신이 성큼성큼 침소를 나갔다.

점점 더 어둠이 눈에 익으면서 카리사의 머릿속도 차분히 깨어났다. 몇 시나 되었을지 확인하려고 카리사는 침대에서 내려서서 내실로 향했다.

비가 그쳤는지 사위는 고요했다. 바깥에서 비쳐드는 푸르스름한 달빛에 젖은 내실이 어쩐지 그녀가 모르는 낯선 곳 같다고 생각하며 커튼을 걷고 테라스로 한 발 내딛었다. 거짓말처럼 깨끗이 갠 하늘. 동쪽 하늘에 보이는 조각달이 유난히도 밝은 금빛을 발했다.

"곧 그믐이구나."

며칠 남지 않았다. 그때가 하지夏至임을 떠올리며 카리사는 가벼이 드러난 팔을 쓰다듬었다. 막 새벽에 들어선 밤공기가 살짝 싸늘했다. 전날 내내 퍼부은 큰비 때문일 것이다.

비가 일으킨 연상은 그녀를 클라이저에게로 이끈다. 숱하게 꾸었으나 이젠 기억나는 게 거의 없는 꿈과 달리 그가 낙마하던 순간의 모습은 너무도 생생하게 눈앞에서 되살아났다.

"전하께선 괜찮으실까?"

블레신에게 다리가 부러졌다는 소릴 들은 기억이 났다. 더 심각한 게 있으면 다리만 부러졌다는 말로 그치진 않았을 테고, 한가로이 몸살 기운이 있는 카리사의 곁에 머물 여유도 없었을 것이다. 그러니 더 이상의 걱정은 내 몫이 아니라고 생각하며 카리사는 고개를 저었다.

"그래, 그건 공주님의 일이야. 그만 생각해."

베어낸 나무에 내린 비로 새순이 돋기라도 할세라 카리사는 거듭 세차게 고개를 저었다. 그리고 돌아서는데, 바로 뒤에 블레신이 서 있었다.

"뭐, 뭐예요, 기척도 없이."

"난 이름도 불렀는데? 네가 생각에 너무 골똘했던 거 아냐? 혼잣말도 하고."

놀랐던 감정이 당혹으로 전이되며 카리사는 블레신의 눈치를 살폈다.

"……들었어요?"

"잘 안 들렸어. 그리 신경 쓰니까 궁금하다. 뭐라고 했는데?"

카리사는 별것 아니라고 얼버무린 뒤 그의 관심을 다른 쪽으로 이끌었다.

"시합, 둘 다 이긴 거 맞죠? 제가 제대로 기억하는 거죠?"

"응. 제대로야."

"우와. 지금 내 눈앞에 있는 사람이 제국에서 말도 제일 잘 타고 싸움도 제일 잘하는 사람이구나. 하물며 그런 사람이 내 애인이라니. 이거야말로 진짜 꿈같은 일이네요."

조금은 호들갑스럽게 생글거리는 카리사를 보며 블레신도 빙그레 웃었다. 카리사는 내친김에 월계관을 보여 달라고 졸랐다. 블레신은 선선히 월계관을 가지고 돌아왔다. 청동을 주조로 금도금을 한 묵직한 월계관을 달빛에 비춰보며 카리사는 감탄사를 연발했다.

"이걸 황제 폐하께서 머리에 씌워주신 건가요?"

"보통은 그래야 하는데 이게 꽤 묵직하잖아. 가이우스 재상이 씌워주고 폐하께선 머리에 손만 얹는 걸로 하셨어. 두 개 다 쓰고 경기장을 전차로 한 바퀴 도는데 목이 다 아프더라."

"얼마나 멋졌을까. 꼭 보고 싶었는데 먼저 돌아와서 죄송해요, 왕자님. 아니, 블레신."

카리사는 아차 하며 재빨리 정정했다. 블레신은 별말 없이 월계관을 그녀의 머리에 얹어주곤 비뚤어지지 않게 살펴주었다. 카리사도 제 손에 있는 것을 그에게 씌워주려고 들어올렸다. 하지만 그가 슥 한쪽 무릎을 굽히며 그녀 앞에 앉는 것이 더 빨랐다.

"기왕 하려면 제대로 해야지."

"제가 황제 폐하 대역인가요? 당찮은 짓 같아서, 쑥스럽네요."

"대역 같은 거 아냐. 말했잖아. 널 위해 우승하겠다고. 이 순간을 꿈꿨어. 그러니, 어서 현실로 만들어줘."

물끄러미 올려다보는 푸른 눈을 보며 카리사는 문득 빨라지는 심장의 고동을 의식했다. 월계관을 그의 머리에 얹어주는 두 손이 눈에 보이게 떨렸다.

"정말로 승리자가, 되셨네요."

"약속했으니까."

월계관을 씌워준 후로도 블레신은 당장 일어나지 않고 그녀의 손을 붙잡은 채 말했다.

"맹세할게. 앞으로도 너와의 약속은 모두 지키겠다고. 네가 싫어하는 말장난도 줄이고 보다 더 성실해지겠어. 꿈을 찾을 거고, 그 꿈을 이루기 위해 노력하는 근사한 모습도 보여줄게."

마치 다른 사람이 된 것처럼 진지한 블레신의 언행에 카리사는 얼마쯤 낯설다는 생각까지 했다.

오늘 밤, 그는 여느 때와 많이 다르다. 무엇이 다른지 생각해본 카리사는 그녀가 깨어난 뒤로 그가 한 번도 장난을 치지 않았다는 것에 생각이 미쳤다. 금세라도 웃음을 터뜨릴 것처럼 장난기가 넘실거리던 눈이 차분하게 가라앉아 그녀를 응시해온다. 그러고 보니 그녀의 손을 쥔 두 손도 왠지 평소보다 차갑다.

"손이 차네요, 혹시 어디 아프신 건가요?"

블레신은 엷게 웃으며 고개를 저었다. 그것으로 끝. 역시 그 반응도 여느 때와 달라 카리사는 적잖이 당황스러웠다. 그녀는 잡힌 손을 빼 그의 이마며 얼굴을 만졌다. 딱히 땀이 배어 있지는 않다. 어느 쪽이냐면, 오히려 메마른 듯한 느낌?

"내가 진지해지면 기뻐할 줄 알았는데 왜 그리 걱정스런 얼굴이지?"

부드럽게 물으며 일어선 블레신이 카리사의 양 볼을 두 손으로 감쌌다. 커다란 손 안에서 물끄러미 그의 응시를 받자니 카리사는 가슴 어딘가가 조여드는 것만 같다.

"카리사 베로우스 반니. 내게 애인이 되어달라고 말한 것, 후회한 적 있어?"

생각지 못한 질문에 눈을 크게 뜬 카리사는 이내 고개를 저었다.

"없어요."

"정말로?"

"……저 그리 거짓말 잘하는 사람 아니에요."

블레신은 엷게 미소를 띤 얼굴로 "그러면……."하고 운을 뗐다. 무슨 말을 하려는 건지 뜸을 들이는 시간이 길었다.

"그러면 그 후로, 조금은 날 좋아하게 됐어?"

빤히 마주해 오는 시선을 대하며 카리사는 제 가슴에 손을 올렸다. 그 행동이 봉인을 푸는 주문이라도 되듯이 그녀는 고동치는 심장의 진동에 겹쳐 무언가를 떠올렸다.

"심장이 뛰어요, 블레신, 당신 때문에 제 심장이 움직여요. 애인이 된 뒤로, 전보다 더 자주요. 오늘도 여러 번, 경기장에서도 잠시 숨조차 못 쉴 만큼 크게 제 심장이 고동쳤어요."

카리사는 거기서 고개를 갸우뚱했다.

"또 그러네요. 그런 말은 아무래도 심장에 안 좋은 걸까."

"그런 말이라니?"

그의 질문에 그녀는 시선을 내리깔고 입술을 잘근거렸다.

"왜 경기장에서 크게……."

"아, '사랑한다, 석류'?"

"역시, 역시 그 말이 문제에요."

또다시 얼얼하도록 뛰는 심장에 카리사는 어깨를 움츠리며 눈을 찡그렸다.

"누가 제게 그런 말을 해준 적이 처음이라……."

말이 채 끝나기도 전에 블레신이 덥석 그녀의 입술을 훔쳤다. 거센 격

돌, 그러나 이어지는 입맞춤은 섬세하고 보드라웠다. 살짝 살짝 베어 물기를 거듭하던 그녀의 입술을 놓아주며 그가 중얼거렸다.

"사랑해, 카리사."

숨을 들이키며 카리사는 저도 모르게 신음했다. 꼬옥 감고 있는 그녀의 눈꺼풀도 파르르 떨렸다. 그 눈에 입술을 가져다대며 다시금 블레신은 말했다.

"사랑해. 널 사랑해, 카리사."

카리사의 얼굴에 쏟아내는 입맞춤 사이사이 사랑의 호소가 거듭된다. 사뭇 고통스러운 것처럼 카리사의 숨결이 가빠지고 때로 견딜 수 없다는 듯 앓는 신음도 흘러나왔다. 마침내 그녀가 고개를 저으며 애원했다.

"아, 제발 그만두세요, 숨쉬기가 힘들단 말이에요."

그를 바라보는 눈에 이슬마저 비치는 카리사에게 블레신이 말했다.

"카리사 베로우스 반니. 나 블레신 루키아노스 네메트러스는 널 진심으로 사랑하고 있어."

그 선언에 그만 카리사의 등을 따라 크나큰 전율이 오르내렸다. 속절없이 찾아든 아찔한 현기증에 다리에 힘이 풀려 주저앉으려는 카리사를 블레신의 두 팔이 지탱한다.

"부탁이에요, 절 죽이고 싶은 게 아니라면 그 말은 제발. 정말로 심장에 안 좋아요."

주르륵 카리사는 눈물을 흘리는 카리사를 블레신이 제 품으로 당겨 안았다.

"카리사, 그건 아픈 게 아니야. 기뻐하는 거야, 넌."

"⋯⋯기쁨?"

이렇게나 심장이 뛰고 머릿속마저 아득한데 아픈 게 아니라고? 믿을 수 없어서 고개를 젓는데 문득 그녀의 몸이 둥실, 위로 뜨는 느낌이 들었다. 블레신이 카리사를 품에 안은 채 일어서며 말했다.

"가르쳐줄게. 전부."

당혹하여 카리사가 할 말을 찾지 못하는 사이 블레신은 테라스를 벗어나 내실로, 이어서 침소로 들어섰다. 침대를 둘러싼 휘장이 크게 젖혀졌다 내려오며 얼마쯤 팔락임이 이어졌다.

침대에 내려놓고 서슴없이 블레신이 그녀 위로 올라오는 순간 일어날 일을 직감하고 카리사는 눈을 감았다. 하지만 그가 한 것은 그녀의 이마를 무겁게 누르던 월계관을 벗긴 게 전부. 벗겨낸 월계관 두 개가 찰그랑거리며 침대 한쪽으로 던져졌다.

스르륵 눈을 뜬 카리사는 그녀를 내려다보는 아득하도록 새파란 눈과 마주하게 되었다. 두 주먹을 꼭 쥐게 한 긴장이 조금씩 녹아내리며 카리사는 그의 눈이 전하는 감정을 읽기 시작했다.

사위의 깊은 어둠 때문일까, 어쩌면 그 눈은 우울하게도 보였다. 하염없이 바라보기만 하는 그 눈에서 카리사는 얼마쯤 망설임 비슷한 것도 느꼈다.

"무얼 망설이세요?"

블레신의 눈이 살짝 가늘어졌다. 웃는 것 같았다.

"과연 몸을 안는 게 마음을 훔치는 지름길인 걸까 묻던 중이야."

확실히 블레신은 여느 때와는 달랐다. 이렇게 예민하게, 금세라도 부서질 것 같은 느낌은 처음…… 이 아니구나.

일전에 악몽에 시달리다 깨어나 그녀에게 옆에 있기만 해달라고 했던 밤이 떠올랐다. 흡사했다, 그때와.

'그때도 이렇게 창백한 달처럼 스산했던가?'

천천히 손을 뻗어 블레신의 뺨을 만지며 카리사가 말했다.

"약속한 바를 잊지 않았어요. 그러니 원하는 대로 하세요."

"내가 원하는 대로……. 그럼 너는?"

곤혹스러운 미소를 머금고 그녀는 그의 흉터를 살짝 건드렸다.

"그게 그리 중요한가요?"

블레신의 안색이 창백해졌지만 어둠 속에서 알아볼 수 있을 정도는 아니다. 잠시 동요하던 푸른 눈이 이윽고 쨍 하니 예리하게 빛났다.

"생각해보니 중요치 않아."

나직한 말에 이어 블레신은 몸을 일으켰다. 그가 침대를 벗어나 어딘가로 걸어가는 것에 카리사는 귀를 기울였다. 내실에 나갔다가 들어온 그가 벽감에서 어떤 상자를 여는 것 같았다.

잠시 후 그가 침대로 돌아왔다. 포도주 잔을 든 손 말고 다른 손엔 무엇인지 모를 게 담긴 작은 설화석고병을 들고 있다.

"즐거운 밤을 보내는데 도움이 될 거야. 마실래?"

아마도 미약일 거라고 짐작했다. 카리사가 고개를 끄덕이자 설화석고병 마개를 연 블레신이 병의 액체를 포도주 잔에 몇 방울 따랐다. 그리고 자신부터 쭉 들이켰다. 여유분을 남기지 않고 모조리. 그대로 그녀의 뒤통수를 잡아당겨 블레신은 입술을 겹쳤다.

술이 흘러들어온다. 꿀꺽, 꿀꺽 두 모금쯤 마신 것 같다.

그녀가 입에 남은 술맛을 확인해보는데 블레신이 카리사의 옷에 손을 댔다. 급히 카리사는 눈을 감고 점차 빨라지는 그의 손길을 의식하며 심호흡을 했다. 튜닉을 위로 벗길 때 한 번, 가슴 가리개를 풀기 위해 팔을 들면서 또 한 번 카리사는 전신을 떨었다.

마지막으로 아랫도리에 옷이라 할 것도 없는 것을 하나 남겨놓고 그녀를 늪힌 후 블레신은 카프탄을 벗었다. 수천 번도 넘게 입고 벗었던 요의의 성가심을 절절히 깨달은 후 이윽고 그는 그녀에게서 마지막 남은 천 조각마저 떼어놓았다.

얼마 안 되는 짧은 시간 동안 블레신의 눈동자는 카리사의 몸 위에서 어지럽게 춤을 췄다. 눈짐작으로 헤아렸듯이 탐스럽게 부푼 모양 좋은 새하얀 젖가슴과 미끈한 배, 움푹 들어간 배꼽 등이 그의 눈을 사로잡았다. 두 손에 가뿐히 잡힐 잘록한 허리로부터 비교적 넓은 골반으로 이어지는 곡선이 아찔했다.

골반에서 다리로 미끄러지는 또 하나의 선, 그리고 두 다리 사이의 시원始原에 움푹 팬 계곡을 덮은 소담한 숲……. 볼 것이 너무 많아 즐거움의 비명을 지르는 눈을 질투한 다른 감각들이 안달을 내며 그를 그녀에게 몰아붙였다.

"아……!"

그가 갑자기 젖가슴을 덥석 무는 바람에 놀란 카리사가 눈을 떴다. 블레신의 헝클어진 금발이 그녀의 가슴을 뒤덮은 가운데 그는 번갈아가며 그녀의 유방을 탐했다. 한쪽 가슴에 얼굴을 묻고 유두를 빨고, 유륜을 핥고 뽀얀 살집에 이빨을 박아 살짝살짝 깨무는 중에도 다른 쪽 가슴은 손으로 쉴 새 없이 만져댔다.

순간순간 그의 손에 너무 힘이 들어가서 카리사는 몇 번이나 숨을 삼켰다. 대체 뭐가 저리 좋은 건가 싶을 정도로 오래도록 블레신은 그녀의 가슴을 애무했다. 처음엔 그저 불편하고 민망하여 어쩔 줄을 몰라 꽁꽁 얼어 있던 카리사의 몸이 그의 집요한 애무에 조금씩 풀어져갔지만 그녀는 미처 모를 정도로 느릿한 변화였다.

가슴에 이어서 배로, 옆구리로, 다리로, 다시 위로 올라와 팔과 어깨,

목덜미에 이르도록 블레신의 애무가 쏟아졌다. 결코 서두르지 않고, 한곳 한곳마다 여기가 미치도록 좋다는 듯이 끈질기게 탐하는 열의에 카리사 는 수도 없이 한숨을 쉬었다.

그 한숨이 거듭될수록 몸이 뜨거워지는 것도, 그를 담는 눈 속에 점차 물결이 일어나 그 파고가 높아지는 것도 깨닫지 못했다. 문득문득 몸 어 딘가가 기이할 만큼 간지러웠다. 언제라고 의식하지 못한 어느 때부터 자 꾸만 손가락 끝이며 발끝이 찌릿찌릿해서 옴찔거리느라 몸을 비틀기도 했다.

그러던 중에 블레신이 입술을 겹쳐왔다. 그저 입술을 얹어 비비는 것 에 그치는 얄팍한 접촉에 카리사는 갈증을 느꼈다. 하물며 그대로 블레신 이 입술을 떼려는 순간 그녀의 머리가 위로 들리며 그의 입술을 쫓아갔 고, 스스로 입술을 벌리며 그의 입술을 감싸 물었다.

너무나 짧은 순간에 일어난 일로 카리사는 의식조차 못하는 얼굴이었 지만 그녀를 내려다보는 블레신의 눈이 날카롭게 빛났다. 왼쪽 팔꿈치를 괴어 버티고 있던 자신의 체중을 카리사에게 좀 더 실었지만 그녀는 긴장 하는 기색이 없었다.

천천히, 천천히, 그러다 마침내 온전히 그녀를 덮고 블레신은 그가 하 고픈 키스로 그녀를 끌어들였다. 카리사가 응해왔다. 서투르고 머뭇거리 면서도 물러서지 않고 그의 키스에 반응하고 또 얼마쯤 그에게 되돌려주 려고 했다. 조바심이라는 아주 큰 적을 밀쳐가면서 키스의 사이사이 블레 신은 속삭였다.

"사랑해, 카리사."

"아아, 네……."

그때마다 바르르 떨며 카리사는 신음했다. 촉촉하게 젖은 카리사의 몸

을 훑어 내려가던 그의 손이 다리를 벌릴 때에도 블레신은 그녀의 귀에
입술을 대고 사랑을 속삭이고 있었다.

"내 귀여운 새끼고양이, 사랑해, 사랑해, 카리사."

사랑이란 말만으로도 죽을 것 같다고 호소하던 그녀는 이제 없다. 좋
았다. 키스도, 그의 속삭임도 몸을 만져주는 손길도 무엇이 더 좋은지 가
릴 수 없을 만큼 좋아서 어느 하나 놓치고 싶지 않았다.

심지어 그녀의 다리 사이로 그의 손이 들어올 때조차 일순간 놀랐을
뿐, 이내 몸이 붕 뜨는 쾌감을 느꼈다. 다른 모든 곳에 그러했듯 그의 애
무는 집요했다. 그녀는 한 번도 생각해본 적 없는 방식으로 만져오는 손
길이 이토록 기분이 좋을 수 있다니.

쾌감이 거듭되면서 숨마저 차올랐다. 조금만 쉬고 싶다고 블레신에
게 말하고 싶었다. 하지만 그와 눈이 마주했을 때 그녀보다 먼저 그가
말했다.

"사랑해, 카리사."

뜨거운 눈길. 거기엔 비단 흘러넘칠 듯한 열정만 있는 게 아니었다. 그
는 아직도 초조한 눈길로 묻고 있었다.

너는? 너는, 카리사? 날 좋아하니?

다시금 심장이 이상해진다. 전차경기장에서보다 몇 배는 더 강하게 그
녀 안에 휘몰아치는 소용돌이에 떠밀려 카리사는 말했다.

"좋아해요, 당신."

고작 좋아한다는 별것 아닌 말 한마디에 블레신의 표정이 흐트러졌다.
몸이 굳어지고 파르르 눈동자가 떨렸다. 그 또렷한 반응에 충동질당해,
카리사는 속삭임을 거듭했다.

"당신을 좋아해요, 블레신. 좋아해요, 좋아할게요, 앞으로 더 많이, 지금

보다 더, 읏!"

그녀의 대담한 고백은 블레신의 입술에 가로막혀 끝이 났다. 이제까지 얼마나 자제한 건지 알려주기라도 하듯 거친 폭풍 같은 키스에 카리사는 그만 망연해지고 말았다. 가쁜 숨만 겨우 쉬는 그녀를 내려다보며 블레신이 말했다.

"그게 진심이라고 믿을 거야. 난, 너를 믿겠어, 카리사."

"어차피 알 수 있을 거면서. 진심인지 아닌지……."

"이제부턴 네가 들려주는 그대로만 들을 거야. 그러니 날 기만하지 마. 아니, 할 거라면 철저히 해."

뜨거운 머리로도 그의 말의 어딘가가 걸렸다. 하지만 거기에 대해 생각해볼 겨를이 없었다. 마침내 블레신이 그녀의 몸속으로 들어오기 시작한 것이다.

긴 애무로 촉촉하게 젖은 그녀의 꽃이 그를 받아들이며 천천히 피어났다. 첫 개화. 충분히 공을 들였어도 카리사가 받아들이는 부담감은 컸다.

블레신은 격정을 억누르고 최대한 주의를 기울여 조심스레 시도했으나 카리사가 아파하는 것을 막지는 못했다. 좀 더 준비를 해야겠다는 생각으로 몸을 빼려 했지만 카리사는 그마저도 자지러질 듯 고통스러워했다. 달리 결심한 블레신은 가쁘게 호흡을 고르는 카리사의 귓가에 속삭였다.

"조금만 더 내게 열어줘, 카리사, 여는 거야, 내게…… 그래, 그렇게."

카리사는 크게 심호흡하면서 바싹 움츠러들었던 두 다리를 옆으로 벌렸다. 떨리는 그녀의 허벅지를 부드럽게 어루만지며 긴장을 풀어준 블레신이 이윽고 그녀의 엉덩이를 단단히 움켜쥐었다.

"아, 앗, 흑, 흐으윽!"

자신을 묶고 있던 족쇄를 풀고 블레신이 재차 카리사 안으로 파고들었다. 비명에 가까운 신음을 토하며 그녀가 그의 어깨를 붙들었다. 파르르 경련하며 금세 또 좁아지려는 길. 블레신은 이를 악물며 그녀와 하나가 되면서 몇 십, 몇 백배는 더 뜨거워진 화염의 덩어리를 그녀에게로 밀어붙였다.

"카리사, 사랑해."

"아, 아아아⋯⋯!"

그렇게 활짝 꽃피는 순간, 카리사는 블레신의 속삭임 속에서 까무룩 자신을 놓쳤다.

"으음⋯⋯. 으, 으, 흐읏."

얕게 물결을 일으키는 것을 반복하다가 순간 깊게 샘 저 끝까지 몸을 묻자 카리사의 반응이 커졌다. 그때부턴 큰 동작으로 깊게 찌르기를 반복했다. 얼마 못 가 카리사는 베개에 얼굴을 묻고 헐떡이며 통 일어나질 못했다.

블레신은 카리사의 허리를 꽉 붙잡아 단단히 결합한 채로 몸을 숙여 그녀의 목덜미에 입술을 댔다. 쪽쪽 빠는 것을 시작으로 이빨을 세워 숱하게 자국을 만들고 그 위를 또 혀를 굴려 마치 그녀의 살갗에서 꿀이라도 배어 나오는 양 집요하게 핥아댔다.

살짝 아픈가 싶으면 간지럽고, 간지러운가 싶으면 오싹거리는 기묘한 감각의 변주에 카리사가 견디다 못해 도리질하는 것을 블레신은 기다렸다는 듯이 그녀의 얼굴을 제 쪽으로 돌려 입을 맞췄다. 다소 버거운 그 자세로도 부족해 그는 맞물려 있는 하반신까지 움직였다. 카리사의 신음을 음악 삼아 블레신의 허리가 점점 더 빠르게 흔들리다가 마침내 그녀 안에 깊이 파정했다.

가까스로 그에게 맞춰주던 카리사가 맥없이 쓰러지고 그도 그녀 위로 무너졌다. 들숨을 타고 카리사에게서 피어오르는 아찔한 체향이 그의 폐를 채워왔다. 거기에다 그녀의 꽃잎이 그의 분신을 머금은 채로 잘게 경련을 거듭하는 것이 빠른 속도로 블레신의 머릿속에서 나른함을 거두어 갔다. 블레신은 다시 카리사를 천장을 보게끔 돌아 눕혔다.

"······블레신? 부탁이에요, 우리, 아앗······!"

다리를 옴츠리는 카리사의 시도에도 불구하고 블레신은 단박에 그녀의 샘으로 돌진한다. 명치까지 뻐근하게 치밀어오는 중량감에 그녀는 고개를 젖히며 온몸을 떨었다. 그것이 좀 진정될 때쯤 그녀의 등 아래 왼손을 넣은 블레신이 그녀를 안아 일으켰다.

그는 카리사를 제 다리에 걸터앉게 해 그녀의 몸을 지탱했다. 이미 두 번째로 겪는 체위에 카리사는 한숨과 함께 스스로 그의 목에 팔을 둘렀다. 기다렸다는 듯이 허리를 움직이기 시작한 블레신의 몸짓에 흔들리면서 그녀는 미처 못 다한 부탁을 했다.

"이번만, 하고, 자요. 자고 일어나서, 목욕도 하고, 식사도, 하아······ 사람들에게 얼굴은, 보여야 하잖아요."

"잠퉁이 같으니. 얼마나 더 자야, 만족하겠다는 거야?"

"제대로 잔 게, 아니잖아요. 잘만하면 당신 때문에 도로 깨고, 도로 깨고······."

그녀의 반박조차 블레신은 입맞춤으로 한동안 막아버렸다. 뒤통수를 누르던 손이 떨어진 때는 아래쪽에서 맹렬하게 그녀를 휘저어 머릿속을 마비시킨 후였다.

"흐웃, 아파, 아파요. 블레신."

거듭되는 깊은 삽입에 카리사가 고통스러워하자 블레신은 그녀를 옆을 보게 눕혀 부둥켜안았다. 그가 그녀의 등을 부드럽게 쓰다듬어주는 동안에도 하나가 되어 있는 몸은 변함없다.

시간의 흐름이 카리사에게는 몽롱했다. 이미 블레신에게 말한 것처럼 그녀는 몇 번이나 의식을 잃었다 깨기를 반복했다. 밤이 지난 것만은 분명하다. 그가 침대로 가져온 음식으로 식사도 한 번 했다. 하지만 내내 침대를 벗어나지 못한 카리사는 침소에 머문 어둠이 오전의 어둠인지, 오후의 어둠인지 분별해낼 자신이 없었다.

머리가 이상해지지 않는 게 이상할 지경으로 되풀이되는 관계. 횟수를 세는 노력은 이젠 의미가 없다. 카리사의 지친 눈에 여전히 반짝반짝 과도하게 빛나는 블레신의 눈이 들어왔다. 희미하게 고개를 젓고 마는 카리사를 보며 블레신은 빙긋 웃음을 머금더니 그대로 입술을 포개었다. 그녀의 입 안에 숨겨진 영약이라도 찾는 듯이 진득하게 들러붙어 떨어질 줄을 모르는 입술. 저 아래쪽에서도 뒤질 새라 열렬한 탐색전이 재개되었다.

그러기를 한참, 옆으로 껴안는 자세가 영 성에 안 찼던지 다시금 그녀를 밀어 눕히고 위로 올라탄 블레신이 활짝 벌린 카리사의 다리를 팔에 걸치고 허리를 힘차게 찔러 올렸다. 크게 신음하며 카리사는 머리를 비틀었다. 거듭된 관계로 얼얼하게 감각 자체가 무뎌졌던 곳에 화끈 불길이 이는 듯한 통증이 치밀었다. 블레신이 허리를 움직이며 깊게 밀고 들어오고 얕게 빠져나가는 몸짓 하나하나가 그녀의 꽃을 찔러대는 칼날처럼 느껴졌다.

"더는 안 돼요, 블레신, 나 더는, 더는…… 흐윽……."

울먹임에 가까운 호소에 블레신은 흠칫하며 움직임을 그치고 그녀를 살폈다. 지칠 줄도 모르고 노니는 큰 짐승에게 점령당한 샘은 언뜻 봐도 애처로울 지경으로 시달린 후였다.

"가엾게도……."

몸을 일으킨 블레신이 침소 문을 열고 내실로 나갔다. 내실 문 안쪽에 들여놓은 음식 쟁반이 여럿 있다. 오늘 아침 카리사가 잠든 사이 침대를 벗어난 블레신이 글리코를 불러 누구도 들어오지 말고, 들이지 말고, 때가 되면 먹을 것만 준비해 안으로 넣으라고 명령한 대로였다. 음식의 양으로 보아 점심과 저녁 두 끼.

블레신은 손 씻을 물이 담긴 은그릇이 올려진 쟁반으로 손을 뻗으며 혀를 찼다.

"말로만 상냥 운운이지, 저렇게 되도록……. 야만인도 아니고."

침대로 돌아가자 카리사는 그 짧은 사이 옅게 잠이 든 후였다. 등불을 켠 후 지독히 흐트러진 그녀의 모습에 재차 고개를 저으며 블레신이 물에 적신 수건을 조심스럽게 그녀의 꽃에 가져가자 소스라치게 놀라며 카리사가 눈을 떴다.

"괜찮아, 카리사. 닦아주려는 거야."

팔꿈치를 괴고 몸을 일으킨 그녀는 얼마쯤 불안한 듯 다리를 움츠렸다. 블레신은 더는 아프게 하지 않는다고 약속했지만 카리사는 "그렇지만……."하고 말끝을 흐렸다.

힐긋 그를 보는 카리사의 시선에 뒤늦게 블레신은 또 크게 성이 나 있는 자신의 분신을 보고 헛기침을 했다. 주위를 두리번거린 끝에 카프탄을 찾아내 걸치고 그가 말했다.

"이 녀석은 종종 머리하고는 다르게 움직이거든. 이제부턴 통제할 테니까 안심해. 나 안 믿을 거야? 못 미더워?"

결국 카리사는 작은 한숨과 함께 그에게 몸을 맡겼다. 블레신은 그녀의 몸을 정갈히 닦아주고 벽감의 상자에서 꺼내 온 연고도 세심히 발랐다. 그리고 내팽개쳐져 있던 얇은 이불을 끌어와 그녀의 몸에 덮어주곤 음식 쟁반을 더 가져왔다. 졸려서 식욕도 없다는 카리사를 블레신은 충분히 먹어야 재워줄 거라고 을러서 함께 식사를 했다.

처음엔 맛도 모르고 무작정 음식을 넘겼지만 옆에 꼭 달라붙어 쉴 새 없이 챙겨주는 블레신의 노력에 어느 순간 카리사는 웃음이 났고 그때부터 미각도 기지개를 폈다.

"됐으니까 당신도 드세요."

"너 먹는 것만 봐도 배불러."

"굶주린 왕자님께 시중을 받자니 먹을 게 목에 걸릴 것 같아서 그래요. 드세요, 어서."

빵을 뜯어 입에 대주자 그것은 블레신이 덥석 받아먹었다. 그리곤 그가 같은 빵을 뜯어 그녀의 입에 내밀었다. 카리사도 빵을 입에 물었다. 서로를 보는 눈이 조금씩 가늘어지다가, 누가 먼저랄 것도 없이 웃기 시작했다. 이후, 뭘 먹든 그런 식이었다. 제 손으로 쥔 음식을 상대의 입에 넣어주고 그러면서 수차례 서로의 손가락을 깨물고 핥았다.

그러다 한 번 카리사가 포도주를 제 손으로 마시는 걸 본 블레신이 달려들어 그녀의 입에서 포도주를 앗아가면서 한 차례 포도주 쟁탈전이 일어났다. 뺏고, 빼앗기고, 또다시 뺏고……. 조금씩 줄어든 끝에 마침내 더는 뺏고 말고 할 것도 없는 순간에도 꼭 맞물린 둘의 입술 사이로 끈적이는 키스가 오갔다. 누가 더 간절하다고 말할 수 없이 뜨거운 순간의 연속.

얼마나 시간이 흘렀을까. 카리사는 블레신의 가슴에 기대어 긴 한숨을 쉬었다. 키스만 했는데도 격한 관계를 나눈 후처럼 자욱한 열기와 함께 몸 저 깊은 곳이 아릿아릿하게 떨려왔다. 무언가 자신이 아주 다른 사람이 되어버린 듯한 두려움마저 느끼며 카리사는 중얼거렸다.

"당신은 지금껏 품은 모든 여자에게, 이토록 엄청난 열의를 보여주신 건가요?"

탐닉으로 번들거리던 블레신의 눈이 한순간 맑아지며 카리사를 내려다보았다.

"내 여자들이 궁금해?"

얼마쯤 짐작하고 건넨 질문이건만 그의 입에서 나온 '여자들'이란 말에 카리사의 눈이 흔들렸다. 그래도 그녀는 짐짓 아무렇지 않은 듯 대꾸했다.

"아뇨, 다만 전 이런 게 처음이라 다른 여자들은 어땠나 싶어졌을 뿐이에요. 이 정도는 기본인데 제가 서툴러서 못 따라가는 건지, 다른 여자들도 다 이리 힘들어했는지……. 체력엔 꽤 자신이 있었는데."

쿡쿡 웃으며 블레신은 포도주를 죽 들이켰다. 딸그락 잔을 놓기 무섭게 카리사를 확 품에서 떼어내 팔 안에 눕힌 자세로 내려다보며 물었다.

"내 귀엔 네가 질투하는 걸로 들리는데."

"저, 전 그런 거 하지 않아요."

딱 잡아떼는 카리사의 얼굴에 바싹 얼굴을 기울이며 블레신이 "정말?" 하고 장난스런 미소를 지었다. 아스라한 불빛에 카리사의 얼굴에 홍조가 퍼지는 게 너무도 잘 보였다.

"뭐죠? 제가 하는 말은 다 그대로 믿어준다고 하셨으면서 왜 벌써 의심하시는데요?"

펄쩍 뛰는 모습이 사랑스러워 쪽 입술을 겹쳤다 떼며 블레신이 대답했다.

"했으면 싶어서. 질투를 한다는 건 그만큼 날 좋아한다는 뜻이잖아. 나는 질투하거든. 심지어 이트궁 식솔들을 전부 여자로 바꿀까 하는 생각도 했어. 지금도 하고 있고."

"그건, 그건 안 돼요. 그랬다간 당장 목욕시중을 들 사람이······. 안 돼요, 위험해요."

카리사가 진지하단 사실에 블레신은 웃음을 터뜨렸다.

"여자가 내 목욕 시중을 들면 내가 무슨 엉뚱한 생각이라도 할까 봐서? 카리사, 나 눈 높아. 여자 보는 눈이 아주 까다롭다고 그간 숱하게 밝혔을 텐데?"

"그래 봤자 지금 저랑 이렇게······."

카리사는 우스꽝스런 표정으로 눈을 굴렸다. 블레신은 혀를 차며 그녀를 보다가 음식 쟁반을 옆으로 치우고 오도카니 앉아 있는 그녀를 뒤에서 감싸 안았다.

"내 두 눈을 네게 빌려줄 수 있다면 좋겠구나. 그럼 네가 얼마나 예쁜지, 왜 내가 이렇게 네게 절절매는지 알 수 있을 텐데."

기분 좋게 해주려고 하는 말에 불과하다고 생각하면서도 카리사의 얼굴은 한층 붉어졌다. 그새를 못 참고 그가 귀를 핥는 바람에 카리사는 간지러워 몸을 비틀다가 앞으로 아예 상체를 숙여버렸다. 블레신 또한 그대로 그녀의 등을 덮으며 따라와 귓가에 거듭 속삭였다.

"아첨도 아부도 아니야, 카리사. 사랑에 빠졌으니 당연한 거란 말이야. 사랑하는 사람 말고 다른 어떤 이가 더 근사해 보일 수 있는 거지? 카리사, 난 네게 반했어. 넌 내 심장을 사로잡고, 내 눈을 멀게 했어."

품속의 그녀가 바들거리며 떠는 게 전해져온다. 그의 속삭임을 피해 고개를 이리저리 움직여도 보지만 달아날 길이 바이없다. 다시 하나가 되고 싶다는 강한 충동에 그의 손이 이불 속을 헤집었다. 하지만 그녀가 앙다문 잇새로 흘리는 고통스런 신음에 손길을 멈추고 심호흡을 했다.

"나 좀 봐, 카리사. 천재라고 뻐기며 자만하던 놈이 방금 네게 한 약속도 잊고 널 안고 싶어 안달하고 있어. 다른 여자는 어땠냐고 물었지, 카리사? 몰라, 그런 건. 네게 내가 처음이듯이, 나한테도 네가 처음이니까. 그러니 무지막지하다고 날 원망해도 할 말이 없어."

홱 돌아보는 카리사의 뭐라 말할 수 없는 표정에 블레신이 슬쩍 인상을 썼다.

"속에 담지 말고 하고 싶은 말 하지? 아니면 그 속 열어서 뭐가 있는지 보고 만다?"

그러곤 별안간 간지럼을 태우는 바람에 쫓고 쫓기며 둘은 한바탕 얼크러져 침대 위를 굴렀다. 이윽고 들썩임이 그친 고요한 휘장 속에서 둘은 또 오래도록 입맞춤을 나누었다.

"이젠 꽤 능숙한데, 키스?"

블레신의 칭찬에 카리사는 얼굴을 붉히며 고개를 돌렸다. 하지만 곧 그를 쳐다보며 톡 쏘아붙였다.

"내가 첫 여자라면서 당신은 왜 그리 키스를 잘하는데요?"

블레신은 한 방 먹은 표정으로 잠시 말을 잇지 못했다.

"그게, 내가 인기가 좀 많았어야지. 입술까지는 어쩔 수가 없었어. 나같이 잘난 남자가 여자한테 키스조차 하지 않으면 괴상한 소문이 몇 수레는 생겼을걸? 난 너처럼 신전에서 자란 게 아니야, 내 환경을 좀 생각해

달라고, 카리사."

"제 말이요. 왕자라는 거칠 것 없는 신분에, 이토록 잘난 남자가 고작 키스만으로 만족했다고요? 나이가 열서너 살도 아니고 스물한 살이나 되면서. 이제라도 거짓말이라고 고백하세요. 흘러간 일에 가시를 세워서 질투하는 고약한 애인은 되지 않을 테니까요."

"이게 내 고백이야, 카리사. 네가 내게 순결한 몸으로 안긴 것처럼, 나역시 네게 같은 걸 바쳤어. 이래도 진심으로 의심한다면, 화낼 거야."

의심이 아니라 의아함이 카리사의 눈에 가득 실렸다. 그 어떤 여자의 가슴이라도 설레게 할 아름다운 얼굴에 손을 대면서 카리사는 왜냐고 물었다.

"저보다 훨씬 넓은 세상을 보고 오셨잖아요. 스스로 강한 분이라고 자부하셨잖아요. 눈에 드는 아름다운 여자가 전혀 없었던 것도 아닐 텐데, 왜 그렇게까지……."

"알고 보면 꽤 섬세한 놈이거든, 내가."

너스레를 떠는 그를 카리사는 전에 없이 더 또렷하게 볼 수 있었다. 농처럼 말했지만, 실제로 그의 말은 진실을 담고 있다.

"섬세함. 그리고 또요?"

블레신은 빙긋이 웃고는 신중히 대답을 찾아냈다.

"왕자의 긍지. 내가 생각하는 왕자의 고결함이란 건, 결코 난잡함과 병존하지 않아. 돌아가신 내 아버지 또한 그런 면에선 내 귀감이었어. 그분에겐 일찍이 돌아가신 황자비 말고는 오로지 우리를 낳아준 어머니 한 분밖에 없었거든. 할 수 있다면 그 정갈함을 본받고 싶었지."

고개를 끄덕이는 그녀에게 그는 마지막 답도 들려주었다.

"그리고 네 말대로 난 강하다고 자만하는 인간이기 때문이야."

그 말만으론 언뜻 이해가 안 가 카리사는 곰곰이 생각해보고 물었다.

"몸을 섞은 뒤에 따라올 애착이 꺼림칙하셨단 말씀인가요? 그래서 당신이 나약해질까 봐?"

"그래, 카리사. 난 날 휘두를 사람을 만들고 싶지 않았어. 나 이외의 사람 때문에 정도 이상으로 슬퍼하는 일도, 기뻐하는 일도 없도록. 언제나 내가 나, 블레신 루키아노스로서 서 있도록. 그런 감정을 일으키는 건 내 가여운 누이, 에스테르 하나로 그치게 할 셈이었어."

그렇게 말하는 블레신의 눈을 보며 카리사는 직감했다. 이미 한 번 그는 사람에게 크게 상처받은 적이 있다고.

그러자 홀연 여러 가지 것들이 이해되었다. 사람을 대하는 블레신의 태도. 적당한 친절, 적당한 짓궂음, 적당한 무관심. 가벼움이 지나쳐 무심하다, 나아가 냉랭하다고 지탄한 바 있는 그녀의 말은 그를 둘러싼 모든 것에 해당하는 말이었다.

누구일까? 누가, 무슨 일로 그를 상심케 해서 마음의 문까지 닫게 한 걸까?

그에 대해 보고 들은 것들을 필사적으로 떠올리며 해답에 다가가고자 한 카리사의 뇌리에 불현듯 떠오르는 이름이 있었다.

"마이어…… 시종장, 맞죠?"

그녀를 보는 그의 눈동자가 표 나게 굳어졌다. 역시 그쪽이구나 하며 그녀는 내처 물었다.

"그 시종장이 세상을 떠난 뒤 한 달가량 당신이 칩거했었다고 들었어요. 그 뒤엔 황궁을 떠나 병영 생활을 시작하고. 그분이 당신에게 그렇게 큰 의미가 있었나요?"

블레신은 몇 번 입을 열었으나 결국 그대로 고개를 젓고 말았다.

"침상에 올릴 만한 주제가 아니야. 우리, 좀 자자. 너 졸리다며? 내가 팔베개 해줄게. 어, 네가 베고 자기엔 내 팔이 좀 굵나? 이렇게 안으면 어때? 불편하지 않아? 난 좋은데."

부자연스럽게 말을 돌리는 그가 어색해하지 않도록 카리사는 부러 하품을 하며 함께 열심히 편하게 잘 수 있는 자세를 연구했다. 그러는 사이 포만감과 졸음이란 무적의 군대가 기치를 펼치고 습격해 왔다. 기다렸다는 듯 항복의 뜻을 전한 카리사는 잠의 심연에 떨어지기 직전, 무언가를 떠올리고 칭얼거렸다.

"아, 맞다. 코로나. 챙겨줘야 하는데, 그 아이. 설마 굶고 있는 건……."

"쿠르도에게 잘 돌보라고 했으니 염려 마."

낭떠러지로 들려오는 블레신의 말에 카리사는 이미 반은 꿈결에 빙긋이 웃었다. 그녀를 보는 블레신도 웃었다.

그러나 천천히 천장으로 향하는 그의 눈동자엔 묵직한 그림자가 일렁였다.

"마이어……. 그자는 세상에 몰라도 되는 진실이 있다는 것을 가르쳐주었지."

다시 카리사의 단잠을 깨운 것은 집요한 키스나 버거운 체중, 하물며 약속을 어긴 격한 관계도 아니었다. 등불기름이 거의 떨어졌는지 당장이라도 꺼질 것처럼 명멸하는 불빛에 눈을 가리며 옆으로 돌아누웠을 때 카리사는 자신이 깨어난 이유를 깨달았다.

블레신이 가위에 눌려 신음하고 있었다. 그를 깨우려는 카리사의 노력은 등불이 아주 꺼진 후에야 성공했다.

"물이에요, 천천히 마셔보세요."

망연히 눈을 깜박이던 블레신은 카리사의 말대로 물을 얼마쯤 마시다 옆에 있는 그녀를 보곤 물이 아닌 그녀를 잡아당겼다. 한마디 말을 할 틈새도 주지 않고 입술을 훔치며 그녀를 침대로 떠밀고 그가 우악스럽게 다리를 벌렸다.

"아! 잠깐만요, 블레신, 크읏! 하, 으으……!"

설마 하는 순간 그의 분신이 그녀 안으로 들어오며 아픔이 생생해졌다. 그녀가 뒤늦게라도 블레신을 밀어내려고 시도했지만 그는 버둥거리는 그녀의 두 팔을 묶듯이 꽉 부둥켜안고 세찬 몸짓으로 끝까지 자신을 욱여넣었다.

준비되지 않은 상태에서 세차게 계속되는 허리의 움직임에 카리사만 신음하는 게 아니라 블레신의 숨 또한 가빴다. 조금 잔 게 도움이 됐는지 카리사의 샘이 다시 젖기 시작한 덕분에 둘의 숨소리도 조금 진정되었으나 블레신의 단조로울 정도로 거친 움직임은 여전했다. 필사적으로 그녀의 입술에 매달려오는 블레신과 제대로 눈을 맞춰보려고 시도하던 카리사는, 초점이 흐릿한 그의 눈빛을 보고 어쩌면 그가 잠에서 아주 깬 게 아닐지 모른다는 생각을 했다. 카리사는 팔꿈치 아래만 움직일 수 있는 두 팔로 블레신의 등을 그러안아 쓰다듬기 시작했다.

그 손길의 효과인지, 그럴 때가 된 것인지는 모르지만 어느 순간 안개가 걷히듯 블레신의 눈이 맑아지더니 퍼뜩 놀라서 상체를 일으켰다. 맥진한 카리사를 보며 그는 당황하여 어름거렸다.

"이런…… 꿈이라고 생각했는데, 나는……."

"당신, 가위에 눌리는 걸 깨웠는데 그게 어설펐나 봐요."

한숨을 쉰 카리사는 비로소 눈살을 찌푸리며 물었다.

"꿈에선 항상 날 그렇게 거칠게 안아요?"

"미안, 그게……. 아……. 많이 아파? 약을 발라줄까?"

일어나려는 블레신의 팔을 붙잡고 카리사는 고개를 저었다.

"다시 누워요. 그리고 무슨 꿈이 그토록 힘들었는지 말해줘요."

그녀가 이끄는 대로 도로 눕긴 했지만 블레신은 꿈에 대해선 입을 떼지 않았다. 그저 카리사를 가슴에 안고 힘들게 해서 미안하다는 말만 되풀이했다. 그의 심장고동에 귀 기울이며 가슴을 쓰다듬던 카리사가 고개를 들어 그에게 물었다.

"애인이라는 거, 이렇게 서로의 몸을 향유하는 게 전부인가요? 당신은 이걸로 충분해요?"

블레신은 그녀의 얼굴을 만지며 중얼거렸다.

"아니. 이 안의 것도 원해. 마음, 혼…… 그 명칭이 무엇이든 다 날 돌아봐주길 원해."

"저도 그래요. 그래서 알고 싶어요. 당신의 마음, 머릿속의 생각들. 당신을 괴롭히는 꿈은 무언지. 도울 수 있다면 돕고 싶고, 그럴 수 없다면 함께 아파하는 거라도 할 수 있게."

물끄러미 그녀를 바라보던 블레신이 중얼거렸다.

"난 널 사랑해, 카리사."

"네, 알아요, 감사합니다, 아주."

돌연 들려주는 진지한 고백에 쑥스러운 나머지 카리사는 익살을 떨고는 그의 가슴에 푹 얼굴을 묻었다. 블레신은 그녀의 머리를 쓰다듬으며 말했다.

"소중히 대할 거야, 널. 힘들고 궂은 일이 모두 널 비켜가게 할 거야. 아름답고 좋은 것들만, 널 에워싸도록 해줄게. 그게 내 사랑의 방식이야."

자꾸만 심장이 세차게 뛰는 걸 그에게 들킬 것 같아 슬쩍 몸을 돌려 옆자리에 누우며 카리사는 이불을 끌어올렸다.

"소중히 대해주신다는 분이, 절 그리 품으셨군요. 힘들다고 수차례 애원하고, 마침내는 울기까지 했죠. 맞다, 하기 전에 이상한 약도 먹였고."

"어, 그래도 나름 사전준비를 한 건데. 물론 몰두가 지나쳤다는 건 인정하지만, 그것도 너무 좋은 나머지……. 뭐야, 난 전혀 성에 안 차는 걸 누구 때문에 단념했는데. 그 약이란 것도 실은 아무것도 아니라구. 이 몸의 역사적인 첫날밤에 그런 거에 의존할 성싶어?"

변명 반 투덜거림 반에 카리사는 깜짝 놀라 그를 쳐다보았다.

"포도주에 넣은 게 미약 아니었어요?"

"두통약이야. 미약은 무슨. 왜? 내 말이 안 믿겨?"

"그럼 즐거운 밤 운운한 건……."

"긴장하지 말란 뜻에서. 너 너무 떠는 것 같더라구. 그거 마시고 조금은 진정이 되는 것 같았는데, 내 느낌이었나?"

블레신의 느낌만은 아니었다. 카리사는 새삼 그에게 받은 긴 애무에 느낀 짜릿함, 한 몸으로 얼크러져 허덕이는 중에 찾아온 형용할 길 없는 황홀감을 떠올리고 얼굴을 붉혔다.

그게 미약의 영향이 아니라 온전히 자신의 느낌이었다니……. 활활 타는 듯한 얼굴을 감추려 카리사는 그에게 등을 보이도록 돌아누우며 헛기침을 했다.

"어쨌든, 알겠어요. 당신 방식의 사랑이란 거. 하지만 전 그렇게 받기만 하는 건 싫어요."

"싫어?"

그녀의 등 뒤로 다가와 지그시 껴안으며 그가 물었다. 등에 닿는 열기,

귓가에 다가드는 숨결에 조금 진정되는 듯했던 심장이 또 제멋대로 노는 걸 자각하며 카리사는 숨을 삼켰다.

"저는……. 저는 곱기만 한 꽃이 아니니 무조건적인 보호는 원치 않아요. 저는 소중한 사람에게 힘이 되는, 필요한 사람이 되고 싶어요. 상징적인 의미가 아니라 실질적으로요. 그게 제 사랑의 방식이에요."

"아아, 내가 깜박 했다. 너는 그런 애라는걸."

두 손으로 카리사의 가슴과 배를 어루만지며 블레신은 더 바싹 몸을 밀착시켰다. 그녀의 숨이 짧아진다. 그의 안에 피어오르는 염정만큼은 아닐지 몰라도 그녀 또한 흔들리고 있다. 소중한 사람. 소중한 사람이라고 그녀가 말했다. 그거면 지금은 충분…….

'아니, 성에 차지 않아. 이 아인 잠꼬대로 그 녀석을…….'

"으읏."

카리사를 껴안은 팔에 그만 힘이 들어가 버렸던 모양이다. 힘들어하는 기척에 급히 팔에 힘을 풀면서 사과하자 카리사는 볼멘소리를 냈다.

"결국 이렇게 얼렁뚱땅 이야기를 안 하시려는 거죠. 공연히 사람 잠만 홀딱 깨놓고. 이젠 또 가위에 눌려도 모른 체할지도 몰라요."

그녀의 오해에 블레신은 피식 웃었다.

"응. 들려주고픈 이야기가 아니거든. 이제 겨우 마음 한 가닥 내게 준 것 같은데, 그걸 듣고 그나마 있던 마음도 거둬가 버릴까 봐."

"나쁜 짓을 하셨나요?"

살짝 고개를 돌리며 카리사가 물었다. 너무 단순한 질문이다. 하지만 질문의 방향은 틀리지 않았다. 그렇다는 대답에 그녀는 또 물었다.

"그 나쁜 짓을 한 게 언젠데요? 정확히 몇 살 때?"

"열일곱 살. 딱 이 무렵인가."

"그럼 지금의 저랑 비슷할 때네요. 음. 저도 되도록 다른 사람에게 해되는 일은 하지 않으려고 노력하지만 여의치 않은 일이 종종 생겨요. 아직 미숙해서……. 당신은 훨씬 일찍부터 어른이나 마찬가지였다는 이야기를 듣긴 했지만 그래도, 역시 얼마쯤 미숙했을 거예요."

그녀의 귀여운 위로에 응, 하고 대답할 수 있는 성질의 것이라면 좋을 텐데. 블레신은 눈을 감으며 가볍게 몸을 떨었다. 망막에 떠오른 광경은 언제나 그랬듯 그에게 한기를 일으켰다.

카리사는 그런 그의 반응을 느꼈고 자신을 안은 그의 팔에 엷게 소름이 돋은 것도 확인했다. 몸을 돌려 그를 보려는 그녀에게 블레신이 돌아보지 말라고 말했다.

"난 너무 많은 사람을 죽였어."

뜻밖의 고백. 하지만 카리사는 열일곱의 그가 군인이었음을 알기에 아주 놀랍지는 않았다. 급히 기억을 더듬던 카리사는 차오즈 섬멸전에 생각이 미쳤다. 진압 과정 중 그도 얼굴에 큰 상처를 입은 전투에서 그는 적삼천을 전멸시켰다.

"혹시 크두노멧 부족을 진압한 일을 말씀하시는 건……?"

"아아, 너도 아는구나. 하긴, 내 가장 큰 전공이었으니까. 할아버지에게 잘했다고 상으로 받은 장원도 있어."

킥킥거리며 그가 웃었다. 그 웃음소리가 너무도 침통하게 들려 카리사는 다시 그를 돌아보려고 했다.

"보지 마. 얼굴을 보면 말 못할 거야."

"안 볼게요, 절대. 그러니 말해요."

툭툭 그의 팔을 다정하게 두드려주는 것으로 그녀는 힘을 불어넣었다.

"'사람의 탈을 쓴 식인마, 산에 들어온 무고한 이들을 죽여 자신들의 신에게 공양을 하는 야만인들.' 매일같이 시커먼 연기가 피어오르는 산을 가리키며 무렌의 토르콘은 크두노멧 부족을 그리 불렀지. 원병으로 무렌에 도착한 나는 그 무시무시한 전사들에게 당해서 쑥대밭이 된 산 아래 마을과 산에 들어간 뒤 주검조차 찾을 수 없게 된 병사의 유족들의 피눈물을 보았어. 난 당장이라도 녀석들을 쓸어버리고 싶어 몸이 근질거렸는데 나와 함께 간 3부대의 지휘관이 어지간히 평화주의자여야 말이지. 하지만 난 그분을 꽤 존경했기에 일단 그분의 지휘 하에 산을 에워싸고 대치에 들어갔지. 거긴 삼 년째 가뭄이 이어지던 때라 식량이 부족할 거란 판단 하에 항복을 권하는 사절도 두 번 보냈지만 모두 빈말에 사절의 잘린 목만 덜렁 돌아왔어. 그들은 숙영지 우물에 독을 풀고 지휘관들에게 자객을 보내기도 했어. 별 소득 없이 한 달이 지나고 내게 지휘권이 주어졌을 때, 이미 구석구석을 꿸 정도로 알고 있는 산에 오르면서 나는 즐거워 어쩔 줄 몰랐어."

다시금 블레신이 가늘게 떨었다. 카리사는 그의 팔에 손을 얹은 채 숨쉬는 소리조차 삼가며 이야기에 귀를 기울였다.

"다섯 갈래로 흩어져 늑대사냥이라도 하는 듯이 적들을 몰아붙여, 마침내 물이 마른 계곡에 가둔 적들을 '섬멸'했어. 워낙 가물 무렵이라 계곡의 불에서 일어난 불티가 바람에 실려 여기저기서 화재가 일었어. 그 화재의 방향에 부족의 근거지가 위치한 게 보여 기병들을 추슬러 그리로 향했어. 가는 길에, 무렌 토르콘의 군사들과 만났지. 토르콘은 내 승리를 축하하고 뒷정리를 맡겠다면서 내게 어서 내려가라 권했지. 마침 눈도 다쳤던 터라, 무능한 자라는 건 알았지만 여자와 아이들, 노인들만 남았을 마을조차 수습 못할까 싶어 그대로 내려오는 쪽을 택했어. 만으로 하루가 넘게 자고 일어난 나를 위해 토르콘은 승전축하연을 열어주었지. 첫날은 나도 떠들썩하게 즐겼어. 그래, 무지한 자의 즐거움이었지……."

한숨을 쉰데 이어 블레신이 한동안 침묵했다. 재촉하지 않고 카리사는 기다렸다. 다시 입을 열었을 때 블레신의 목소리는 더욱 나직해졌다.

"축하연은 거의 사흘간 벌어졌어. 군 생활에 그런 때가 그리 많지 않다는 걸 아니까 다들 즐기게 내버려두고 나는 나대로 다친 눈을 핑계 삼아 쉬었어. 누워 있은 지 하루 만에 등이 배기더군. 사흘째엔 숙영지를 벗어나 무렌 구경에 나섰지. 그때 노예로 끌려가는 포로 행렬을 만났어. 갑옷을 벗고 있었는데도, 포로들 중 예언자란 이가 날 알아보더군. 살해당한 그들의 신을 대신해 내게 저주를 했지."

"저주를……."

"웃어넘겼어, 그때의 난. 다만 포로의 숫자가 너무도 적고, 모두 늙은이뿐인 것에 의아함을 느꼈지. 남긴 포로가 있나 싶어 알아보았지만 포로는 내가 본 게 다였어. 뒷수습을 맡았던 토르콘의 군사를 찾아내 몇 가지 이야기를 듣고 나는 다시 산에 올랐어. 확인할 게 있었지."

다시 한숨. 하지만 이번엔 미적거리지 않고 말했다. 빠르게, 쉴 새 없이.

산에 오른 블레신은 마을로 향했다. 화마가 휩쓸고 간 마을은 온전치 않았지만, 그래도 즐비한 시신이 그를 기다리는 건 아니었다. 그저 텅 빈 괴괴한 잿더미였다.

그는 풀 길 없는 의문과 함께 말머리를 돌려 계곡으로 향했다. 시신이 쌓였을 텐데도 까마귀가 거의 보이지 않는 것은 그만큼 그 계곡을 태운 불길이 혹독했다는 증거.

오는 길에 들은 예언자의 저주가 꺼림칙했던지 그와 동행한 병사들은 계곡에 들어가는 걸 두려워했다. 블레신은 홀로 계곡 안으로 들어갔다.

아니, 홀로는 아니다. 그를 태운 말 우르가 있었으니.

앞으로 퍽 오랫동안 죽음의 계곡 따위로 불리게 될 그곳에서 블레신은 의문의 해답을 얻었다. 그가 찾던 여자와 아이들이 모두 그곳에 있었다.

"무렌 토르콘이 말한 전사 육칠천의 무시무시한 집단은 없었어. 나도 과장이겠거니 하고 절반 정도로 짐작했지만 그마저도 아니었어. 장정들은 천이나 천오백쯤 됐을까? 겹겹이 쌓인 숯덩이가 된 시신들을 치워낸 자리에 있는 건 아무 무장도 하지 않은 여자들과 어린애들이었어. 엄마 품에서 소중한 나무 장난감을 손에 꼭 쥐고 잠든 것처럼 죽은 아이들, 어떤 여자는 자기 아이에게 젖을 물린 채 죽었더군. 대체 무슨 일이 벌어진 건지……. 항복하라고 보낸 사자의 잘린 머리에 묶어 보낸, 마지막 한 명이 죽을 때까지 항복하지 않을 거라던 혈서가 바로 이런 뜻이었던 걸까 생각도 했지만 그건 너무 지독한 광경이었어. 우리 유리크는 반란군에게 무르지도 않지만, 어미가 죽기 직전에 젖을 물려주고픈 아기를 어찌 할 만큼 잔학하지도 않아. 어째서 항복을 하지 않은 걸까, 대체 무엇이 이들을 이렇게 극단적인 선택으로 몰고 갔을까, 나는 생각하고 생각하고 또 생각했어."

격앙된 목소리가 문득 그치더니, 블레신은 나지막하게 웃기 시작했다.

"이유가 뭐였는지 알아? 고작 한 사람의 농간 때문이었어."

"한 사람의 농간이요?"

조심스럽게 묻자 블레신이 잇새로 씹어뱉듯이 말했다.

"무렌의 토르콘. 그자의 아들이 부족의 여자를 겁탈하려다 죽인 게 그 모든 일의 시작이었어. 아들의 치부를 덮으려고 그자는 항의하러 왔던 부족민들을 감금해서 고문하다 죽이고, 그 죽음을 덮으려고 거짓 습격까지 꾸며냈지. 거짓이 눈덩이처럼 불어나 마침내 크두노멧 부족은 반란을 일으키지 않을 수 없을 지경에 이르렀던 거야. 토르콘은 원병이 도착한 후에 부족 측에서 우리와 접촉하려한 모든 시도를 차단하고 가로채 거짓 정보를 흘리고, 독과 자객으로 농간을 부리고, 우리 편의 항복 사절마저 해쳤어. 결국 크두노멧 부족은 황제의 명령 '섬멸'을 문자 그대로 부족 전체에 미치는 거라고 믿고 극단에 내몰렸지. 무렌의 토르콘, 그 흉측한 뱀 한 마리가 죄 없는 부족 삼천을 동반자살로 몰고, 나를 학살자로 만들었어."

블레신이 바들바들 떠는 게 전해져 카리사는 이번에야말로 작정을 하고 등을 돌려 그를 보았다. 그리고 그를 채운 것이 분노가 아니라 슬픔이란 것을 알아보았다.

"그자의 잘못이잖아요. 당신 잘못이 아니에요, 학살자라는 말은……."

"내 잘못이야. 그토록 많은 여자와 아이들이 있었는데 전혀 몰랐어. 내 좋은 시력과 청력, 그건 대체 뭘 한 거야? 적을 쓸어 내세울 만한 전공을 세우겠다는 공명심에 불타서 보여도 보지 않고 들려도 듣지 않은 거야. 사람 죽이는 걸 한갓 즐거운 사냥으로 여긴 내 잔인함이 아이들을 그 지옥에서 죽게 한 거야. 오, 카리사, 너는 몰라, 그 아이들의 얼굴……. 죽음이 뭔지도 몰랐을 텐데……."

비통으로 일그러진 블레신의 얼굴을 차마 볼 수 없어 카리사는 그를 제 품에 끌어당겼다. 눈시울이 뜨거워진다 싶더니 여지없이 눈물이 솟구쳐 카리사는 애써 목소리를 가다듬었다.

"작정하고 속이려고 기를 썼다면서요. 그 사악한 토르콘의 악운이 너무 강했던 거예요. 신도 이따금 세상에 등을 돌릴 때가 있다잖아요."

"신 따위 없는 거야. 죄 없는 부족이 지상에서 자취를 감췄어. 그들의 예언자가 내게 한 저주도 허무하게 끝났어. 세 번 벼락이 쳤지만, 결국 나 하나를 못 죽였어. 죄 없는 자들을 지켜주지도 못하고, 죄 있는 자를 멸하지도 못해. 대체 뭐가 신이고 어디에 그런 게 있단 말이야!"

카리사의 목덜미를 축축하게 적셔오는 뜨거운 것. 블레신이 울고 있다. 가슴이 저미도록 가여워 그녀 또한 울면서 블레신의 머리를 하염없이 쓰다듬었다.

무슨 말을 해줘야 눈물을 그칠까. 차라리 실컷 우는 게 더 좋을까. 그럴 거란 생각이 들었다. 매사에 껄렁대는 것처럼 보여도 그 누구보다 긍지 높은 왕자님. 때문에 누구에게도 하지 못했던 고백일 것이다. 무쇠처럼 단단한 외면 아래 이토록 여린 심장이 깃들어, 결코 아물지 않는 상처에 홀로 속울음을 삼켜왔을 걸 생각하니 안쓰러워 견딜 수 없었다.

'그때의 그 화재. 그 건물로 뛰어드는 게 얼마나 힘들었을까. 그 뒤로 제대로 잠을 못 이루신 것도. 아아, 이분의 머릿속에 얼마나 처참한 광경이 들어 있기에. 차마 잊지도 못하고.'

그의 소리 없는 울음은 쉬 그치지 않았다. 우는 모습을 보여주고 싶지 않을 것이다. 하지만 자신이 봐야 하는지도 모른다. 그의 악몽을 들려달라고 졸랐으니, 그래서 그의 가슴을 후비는 기억을 끌어냈으니 이제부터는 그와 함께 아파해야 할 의무가 있지 않을까.

연민과 강한 책임감으로 카리사는 블레신의 얼굴을 들여다보았다. 눈을 감으며 한사코 고개를 숙이는 블레신의 가련함에 마음이 뒤흔들렸다. 그의 **뺨**을 꼭 감싼 채 카리사는 입맞춤을 했다. 이마와 눈, 코, 어디라고 할 것 없이 입술을 대어 입에 묻어나는 눈물의 쓴맛도 삼켰다.

"신이 없다면, 내가 대신 용서해줄게요. 백 번이고 천 번이고 내가 용서해줄게요. 당신은 사람을 믿었고, 제국의 수호자로서의 본분에 충실한,

열일곱의 어린 청년이었어요."

"아니, 난 그때도 사람을 믿는 일의 허망함을 알고 있었어. 수호자로서의 본분? 말했잖아, 난 공명심에 불타는 애송이였어. 그리고 고작 열일곱에 그 많은 사람을 죽였지."

그의 가슴을 채운 죄책감은 당장 이 자리에서 몇 마디 말로 희석시킬 수 있는 게 아니었다. 하지만 그만한 죄책감에도 결코 부서지지 않고, 크게 비뚤어지지도 않고 여태껏 버텨온 강한 사람인 것도 사실이다. 카리사는 우선 자신부터 눈물을 그치려고 심호흡을 했다.

"그래요. 열일곱에 그리 많은 사람 죽이는 거 쉽지 않아요. 그러니까 그 대단한 사람이 여태 그리 자책만 하면서 살았다는 것도, 바보 같아요."

젖은 눈을 떠 블레신이 카리사를 응시했다. 카리사는 기도하는 듯한 간절한 심정으로 자신이 찾아낸 최선의 방안을 그에게 말했다.

"후회한다고 지나간 일을 돌이킬 수 있는 건 아니잖아요. 그렇다고 당신 한 명 죽는다고 속죄 같은 게 될 리도 없어요. 벼락조차도 당신을 비켜 간 게 뭘 의미하겠어요? 살아야 해요. 살아서, 그 실수를 만회할 수 있는 좋은 일들을 잔뜩 해야 해요."

"……어떤 일들? 어떤 일들을 해야 죽은 삼천 명을 만회할 수 있지?"

절망에 빠진 눈으로 블레신이 웃었다.

"삼천 명이 죽었으면, 그보다 더 많은 사람을 살게 하면 되잖아요. 삼만 명, 삼십만 명, 하여간 많이, 훨씬 더 많이요. 머리를 쓰세요, 당신의 좋은 머리를. 게다가 당신은 이 거대한 제국의 왕자라는 힘을 가지고 있어요. 제게 강한 사람 운운한 거, 다 거짓말이었어요? 어떤 일을 할지, 무엇을 하고 싶은지 찾아 봐요. 그리고 그걸 하면 돼요. 당신은 강한 사람이니까."

무턱대고 시작한 말이었지만 어느새 카리사는 열의에 사로잡혔다.

"공주님께선 오라버니를 태양이라고 표현하셨어요. 저도 당연히 그렇게 생각했어요. 블레신 루키아노스라는 사람은 달에는 어울리지 않아요. 마음에 밤을 품지 마세요. 태양도 그림자를 드리우지만, 그만큼 환하게 세상을 비춘다는 걸 떠올려 봐요."

강렬한 광채를 머금은 카리사의 눈빛처럼 마침내 블레신의 눈에도 아스라히 빛이 떠올랐다.

"더 많은 사람을 살게 한다……."

"그래요. 죽이는 것보다 살게 하는 게 훨씬 더 어렵잖아요. 죽음은 순식간이지만, 삶은 아주 오랜 시간과 노력이 드는 일이에요. 어때요, 당장이라도 뭔가 시작해야 할 것 같은 의욕이 샘솟지 않아요?"

어찌나 그녀가 열렬한 표정을 짓고 있는지 블레신은 피식 웃고 말았다. 뒤이어 갑작스레 흠뻑 흘린 눈물이 겸연쩍어 카리사를 답삭 끌어안았다. 그의 얼굴을 보지 못하게 품에 묻고선 열없이 중얼거렸다.

"펑펑 울 땐 언제고 이렇게 신이 나서는."

"어, 신이 난 건 아니에요, 죽은 이들의 일을 두고 신이 난 건 아니고, 단지 전……."

"알아. 날 일깨우려고 애쓴 거."

카리사의 머리카락을 쓰다듬으며 블레신은 나지막이 중얼거렸다.

"참 사소하다 싶은 일에 소심해지는 주제에 정작 큰일 앞에선 대담하기 짝이 없구나, 넌. 내가, 무섭지도 않아?"

"무섭지 않아요."

도리도리 고개를 젓고 카리사는 블레신의 얼굴을 올려다보았다. 그의 얼굴에 남은 눈물자국을 훔쳐주며 카리사는 거듭 확인했다.

"무섭지 않아요, 정말. 오히려 이제야 이 사람도 나처럼 약점이 있는 사람일 뿐이구나 싶어 친밀감 비슷한 게 솟구치는 걸요. 그리고 또……."

"또 뭐?"

"우는 얼굴도 굉장히 잘생겼고."

"뭐?"

"정말이에요. 어쩐지 반할 것 같아. 그렇다고 자꾸 내 앞에서 울면 곤란한데."

블레신은 그런 그녀를 멍하니 쳐다보다가 이내 실소에 이어 누굴 울보로 아느냐 을러대며 카리사를 간지럼 태웠다. 카리사는 혼자만 당하지 않았다.

두 사람의 웃음소리로 무겁게 가라앉았던 공기가 흩어졌다. 먹먹한 순간을 헤쳐 나가기 위한, 서로의 작위적인 노력을 의식하면서도 웃음 자체는 맑게 음악처럼 어우러졌다.

그리고 누가 먼저랄 것도 없이 서로를 껴안으며 입을 맞추었다. 또 한 번 자신을 갈구해오는 블레신을 포용하며 카리사는 속으로 하지 못한 말을 그에게 건넸다.

'아무리 내가 말해달라고 졸랐어도 내가 그걸 감당할 수 있다고 믿지 않았다면 당신은 말하지 않았을 거야. 날 믿어준 거, 후회하지 않게 해줄게요.'

블레신 루키아노스라는 남자.

자타가 인정하듯 너무나 잘난 사람이기에, 내가 아닌 그 어떤 여자든 얻을 수 있을 텐데 왜 내게, 라는 생각을 떨칠 수가 없었다. 하지만 이제 카리사는 자신이 정말 그에게 필요한 사람이 될 수 있을지 모른다는 생각을 했다. 비로소 그를 똑바로 마주하는 기분이다.

"사랑해, 카리사."

속삭이며, 뜨겁게 그녀 안으로 잠겨오는 블레신을 바라보는 카리사의 눈이 걷잡을 수 없이 떨렸다. 사랑의 말은 달콤하다. 그녀에게 처음으로 그 달콤한 말을 들려준 것만으로도 평생 그는 그녀에게 특별한 존재로 남을 것이다.

거기에서 한걸음 더 나아가, 오늘 밤 카리사는 귀가 아닌 마음으로 그 달콤함을 맛보았다. 마냥 달지만은 않은 그것은 시고 새큼하고 어떤 면에선 떫고도 아린 듯도 하다.

그래, 그것은 마치 저 석류와도 같았다……

〈3권에서 계속〉

496 나뭇잎 사이로
반짝이는   2